Awarded Novels
长青藤国际大奖小说书系

兔子共和国

WATERSHIP DOWN

[英] 理查德·亚当斯 著
蔡鑫 译

晨光出版社

致

朱丽叶和罗莎蒙德

请铭记

通往埃文河畔的斯特拉福德之路

在英国童话里，兔子经常是活跃的明星。它们轻盈地奔来窜去，时常引路，引爱，滑稽、智慧地引领出一个招人喜爱的世界、感人至深的情感，它们跑着、跳着，乃至站立的瞭望，都属于独特的“兔子酷”。

生命必须奔奔跳跳，警惕瞭望也是生命属性。友好相处是第一优美品味，但迅速转移，乃至“逃之夭夭”，又往往是保卫生命共和国至高水准的决策。

童话的高明艺术在于最善于以逊色于人的生命的动物生命、其他生命，风趣有致地娱乐、启智人的生命，你愿意相信，它就是真的。相信童话是人类精神共和国的智慧，所以人类能写出诸如《兔子共和国》这样的艺术大作。

儿童文学作家、推荐家

2024 年 4 月 22 日

作者自序

如今,《兔子共和国》迎来了出版40周年纪念日。我要承认,哪怕其他人都不以为奇,我却对此深感意外!本书的成功来得颇不寻常。它于1972年首次出版,当时我已52岁,而我家的朱丽叶与罗莎蒙德两个小姑娘,一个14岁,一个11岁。与许多夫妇相似,伊丽莎白和我在几经波折之后才组建起家庭;后来,一切都忽然进入了正轨。朱丽叶在1958年平安降生,罗莎蒙德则于1960年呱呱坠地。

我总是说,要是有了孩子,自己一定可以为其写出值得一看的原创作品。到了20世纪60年代中期,我们这个家已经安定下来,而我发现,在我即兴讲述"按需"创作的故事时,两个女儿总会热心聆听。

有些故事是在她俩睡前讲的。然而后来,她们越发"贪心"。我们经常开车远行,去海边,去会友,或是离开伦敦,前往我们的乡间小屋。在一段段旅程中,她们经常求我讲故事,而我总会尽己所能地编上几段。

有一次，我们远驾去埃文河畔的斯特拉福德（见于莎士比亚的《第十二夜》）游玩，我讲了好几个故事。后来孩子们提出："哎呀，爸爸，讲一个长长的故事吧，要我们没听过的。"

这个要求只能通过即兴创作来满足。我听见自己说："嗯，很久很久以前，有两只兔子。一只叫……呃，叫榛子；另一只叫小多子——他有那种被别人叫作'预见力'的神奇能力。有一天，小多子的脑海里出现了一个画面——他们住的原野血流成河。他吓得够呛，知道这里即将发生可怕的事情，他们必须立即离开自己的家园。可无论小多子如何警示，其他兔子都不肯相信他……"

故事讲啊讲，讲到她俩睡去，讲了好几天、好几个星期；朱丽叶和罗莎蒙德还不时加一些细节进去，给予我新的灵感。最后，故事讲完时，两个小姑娘说："这个故事好棒，不印成书就太可惜啦。爸爸，把它写下来吧！"

起初我没有答应，用"太忙了"一类的借口推脱。可是冥冥之中一定有股力量在激励两个女孩，让她俩锲而不舍地劝说我。最后，我服软答应了。

我动笔后，朱丽叶和罗莎蒙德每天晚上都会为书稿"找毛病"，查漏补缺。"不对啊，爸爸，那时你不是这么讲的。你说……"我一般都会接受她们的意见，加以修改。

某一天，我惊诧于自己居然真的把这部比大多数童话都要长的故事写完了。以前我从未认真地考虑过将其出版。然而，在历尽辛苦之后，我不由自主地想找一家出版商谈谈。

当时，我一心打算把它做成一本价格适中的精装书，却碰了钉子——《兔子共和国》被七家出版社拒之门外，原因大同小异：本书文风太过成人化，小朋友不会喜欢，而青少年则会觉得关于兔子的故事是给小孩子看的。

幸运的是，数月之后，本书终于被雷克斯·科灵思——一家小型独立出版商——所接受。他们资金有限，只能印 2500 本，但这足以让《兔子共和国》飞入大众的视野。之后，这本书幸运地获得如潮好评，引起全世界的瞩目。

如今，《兔子共和国》已经以三十多种语言出版，40 年来从未停印，也有了新一代的读者——我的五个孙辈也在其中。它的确是一部成功之作，而多年以前，我开始为两个女儿讲述这个故事的时候，从未想过它会有今日之成就。

理查德·亚当斯，于 2012 年

目录
CONTENTS

来 自 沃 特 希 普 高 地 的 故 事

第二部分　探索沃特希普高地　143

第一部分

漫漫之旅

1

公告板

合唱：为何你痛哭至此，难道是因为目睹恐怖之状？

卡珊德拉：尸臭充斥屋舍，鲜血滴滴淌落。

合唱：那又如何？祭礼之景本就如此。

卡珊德拉：那恶臭宛若坟墓之息一般。

——埃斯库罗斯《阿伽门农》

报春花花期已过。一片逐渐开阔的地面朝森林边缘向下蔓延开去，钻过一道上了年头的篱笆，越过一条荆棘丛生的土沟。一丛丛山靛和一条条裸露在外的橡树根之间，只有寥寥几簇发蔫的淡黄色花朵倔强地露出头来。篱笆的另一侧，地势较高的地方，满地都是兔子洞。青草不见踪影之处，遍布着干粪堆，只有狗舌草能在其间偷生。在一百码[1]开外的地方，一条小溪蜿蜒流过堤坡。小溪溪面不足三英尺[2]宽，水道几乎要被密密丛丛的金凤花、水芹和蓝婆婆纳阻塞。一道小径经过砖砌涵洞[3]爬上对面的山坡，通向刺篱中的五栅门。门后是一条车道。

[1] 码：英美制长度单位。1 码约等于 0.9 米。（本书若无特殊说明，皆为编者注）

[2] 英尺：英美制长度单位。1 英尺约等于 0.3 米。

[3] 涵洞：指在公路工程建设中，为了使公路顺利通过水渠不妨碍交通而修筑于路面下的排水孔道。

兔子共和国

五月的落日余晖染红了云朵，距离黄昏还有半个小时的光景。干燥的岸坡上，兔子随处可见，有的啃着自己洞旁稀疏的草叶，有的则去到离兔子洞稍远的地方寻找同伴未发现的蒲公英——运气好的话，没准还能碰到樱草。不时有兔子直立起身子，警觉地蹲坐在蚁丘上，竖着耳朵东张西望，嗅来嗅去。而高踞林边枝头、从容高歌的画眉鸟则彰显了附近并无异常。对面的溪畔同样清净宁谧。整片兔子领地都笼罩在一派祥和之中。

溪岸顶端，就在画眉鸟高歌的野樱桃树附近，有几个兔子洞被密布的荆棘丛掩映得几不可见。半明半暗的绿荫中，两只兔子正肩并肩地蹲坐在其中一个洞口。后来，个头儿较大的那只率先跳了出来，在荆棘丛的掩护下沿着溪岸溜进了土沟，又纵身跃入田野。片刻之后，另一只也跟了上去。

先跑的那只兔子在一片洒满阳光的空地上停下脚步，抬起后腿，飞速地抓了抓耳朵。他虽然才一岁多，尚未长成，但完全没有大多数“底层兔”那种邋里邋遢的狼狈相。所谓“底层兔”，就是出生还不到两年、身份并无特殊的兔子。他们既没有显赫的出身，也没有超卓的体格与力量，只能任由前辈把自己踩在脚下，在领地的角落中——一般是无遮无挡的地方——找个安身之所，竭尽所能地活下去。而这只兔子好像知道应当怎样照顾自己：他直立上身，端坐在那里，举目四望，又用两只前爪抹抹鼻子，浑身都透着一股机灵劲，底气十足。待确认好四周安全无虞，他立即放平耳朵，专心致志地啃起草来。

他的同伴却没有这么气定神闲。那只兔子身材娇小，眼睛瞪得溜圆，不停地左顾右盼，与其用“小心翼翼”来形容，不如说是惶惶不可终日。他的鼻子翕动个不停；一只大黄蜂嗡嗡叫着飞到他身后的蓟花上，惊得他高高跳起，急转身子往四下里张望。他旁边的两只兔子见状也被吓得赶忙往洞里蹿。少顷，离他较近的那只耳朵尖是黑色的兔子认出了他，又跑回来继续进食。

“噢，是小多子[1]。”黑耳尖兔子说，“他又被苍蝇给吓了一跳吧。回来吧，沙棘，刚才你要说什么？”

“小多子？”另一只问，“他怎么叫这么个名字？”

“一窝兔崽，他是最后一个出来的，也最小，所以我们就管他叫小多子。大家都奇怪他竟然能好端端地活到现在。我总说，人看不见他；狐狸呢，嫌他不够塞牙缝的。所以嘛，个头儿小倒是也有好处，可以保命。”

就在黑耳尖兔子和他的同伴议论的同时，那只名叫小多子的兔子往他的同伴那边凑了凑，慢吞吞地缩起长长的后腿，一屁股坐在地上。

“再跑远一点吧，榛子。”他说，“虽然我说不出个所以然，但总觉得今天晚上这里有些不对劲。咱们到小溪那边去，好吗？”

“好。”榛子答道，“在那儿你还能给我找根樱草。要是连你都找不着，别的兔子就更没这个本事了。”

棒子率先跃下堤坡，影子映在他身后的草地上，拖得长

[1] 兔子只能数到四。在兔子的语言中，凡是比四大的数字统称为“赫拉尔”，意为“多”。兔子也会用“犹赫拉尔”——“千”——来指代他们的天敌（或称“艾利尔”），如狐狸、雪貂、黄鼠狼、猫、猫头鹰、人类等。小多子出生时，他的兄弟姐妹很可能不止五只，而他的本名“赫拉尔卢”（字面意为“小千”）可理解为“许多个之中的小不点”，或者用兔子形容小猪的话来说，是“小崽崽”。——作者注

长的。他俩来到溪边，一边啃食草叶，一边在小径上的车辙附近搜寻。

没过多久，小多子便有所发现。兔子把樱草奉为珍馐，一到五月底，哪怕在兔子较少的地方，这种植物也会所剩无几。小多子发现的这株樱草尚未开花，扁平的叶片几乎被高草遮了个严实。就在小多子和榛子专注地盯着这株宝贝准备享用时，两只大兔子突然从附近的拦牛浅滩那边跑了过来。

“樱草？”一只兔子说，“太好了。别动，它归我们了。走走走，别磨蹭。”见小多子没有挪步，他又接着说：“跟你说话呢，听见没有？”

“这是小多子找到的，柳穿鱼。”榛子开口道。

“可我们要吃。”柳穿鱼说，“樱草都是奥斯拉[1]的——知不知道？你要是不明白，那我们就教教你，这费不了多少工夫。”

小多子转身离去。榛子在涵洞中追上了他。

“我真是受够了。”榛子说，“总是这样——‘看看我的爪子，这根樱草是我的了。’‘瞧瞧我的牙，这个洞归我了。’跟你说，我要是成了奥斯拉，肯定会对底层兔好一点的。”

“唉，起码你还有盼头。”小多子说，“最近你又壮了不少。我恐怕这辈子都长不了你这么大。”

“我还能丢下你不管吗？”榛子说，“可是，说实话，有时

[1] 几乎所有的兔群中都有“奥斯拉”。奥斯拉指那些强壮、睿智，至少已经两岁的精英兔。这一群体追随在兔子统领及其配偶和部下的左右，职责并不固定。兔群中的奥斯拉可能由能征善战的勇士组成，也可能是机警的巡逻员或身手敏捷的菜园大盗，还可能是擅长讲故事、能预知未来，或直觉敏锐的兔子。在桑德福德领地，奥斯拉与军队类似（尽管诸位在后面会了解到，他们的纪律并不像其他物种的军队那样严明）。——作者注

候我真想好好整顿一下我们这片领地。算了，咱们还是好好享受这个晚上吧。到小溪对岸怎么样？那边兔子少，清静——就怕你觉得那里不安全……”他又加了一句。

榛子最后的那句话表明，他确实认为在探察敌情这方面，小多子比自己强。而且从小多子的反应来看，他俩已经就此事达成了共识。

“不，那里挺安全的。”小多子说，“我要是觉得哪里有危险，肯定会告诉你。可是我对那里好像确实有一种感觉，倒不是危险，而是……嗯，我也说不清楚，就是沉沉的、闷闷的，好像要打雷似的。我想不明白这意味着什么，总之就是不舒服。不过，算了，我们还是过去吧。”

他俩钻过涵洞，穿过溪畔湿润茂盛的青草，跃上对面的土坡，寻找干燥的地方。此时太阳已西沉，土坡有半截笼罩在阴影之中。榛子想找个尚有余光的暖和地方歇脚，于是带着小多子继续前行。他们一直行至车道边，榛子在大门前停下脚步，盯着里面瞧。

“小多子，快看！那是什么？”

前面不远的地方有新情况：草地上堆起了两堆土，两根新立起的木桩还散发着杂酚油和油漆的怪味，矗立在土堆中，差不多跟树篱里的冬青树一样高。钉在木桩上的木板投下长影，让坡顶变得阴森幽暗起来。其中一根木桩的旁边还摆着被人丢下的锤子和几根铁钉。

两只兔子小跑上前，躲在木板外侧的荨麻丛中，被不知从哪里传来的烟头味熏得直皱鼻子。突然，小多子哆嗦起来，缩成了一团。

“哎呀，榛子！这就是那个让我感到不舒服的东西！现在我知道了，要出大事了！很可怕的事，很快，很快就要来了！”

因为恐惧，小多子开始呜咽起来。

“什么事啊——你说说看？你刚才不是说这里没有危险吗？”

“我说不清楚。”小多子可怜巴巴地说，“现在这里还不危险，可是一会儿，一会儿就……啊，榛子，你看，原野那边，满地都是血！”

“别傻了，那是太阳的余光。好啦，小多子，别说了，你都吓着我了。”

小多子坐在荨麻丛中，抖如筛糠，泣不成声。榛子绞尽脑汁地哄他，想弄明白他究竟为何忽然如此失态。榛子不明白，如果真有那么恐怖的事情发生，小多子为什么没有干脆溜走逃命？其他感觉敏锐的兔子都是这么干的。可他现在只是一言不发，任凭自己在悲痛与惊恐中越陷越深。最后，榛子忍不住开口说道：

“小多子，只坐在这儿哭可不行。喏，天快黑了，咱们得回去了。”

“回去？”小多子抽噎着说，“那边会出事的——别不放在心上！告诉你，原野上全都是血——”

“得了，”榛子不容置辩地说，“这次听我的。不管那边会怎样，咱们现在都得回去。”

他跑下土坡，蹚过小溪，向拦牛浅滩奔去。只不过这一次，他并不像往日里那样麻利，因为在万籁俱寂的夜晚，慌了神的小多子越发失魂落魄，几近瘫倒。榛子费尽力气才把他拖过河，又强行把不想进洞的小多子推了进去。

太阳落入对面的岸坡后。风中凉意渐浓，雨丝丝洒落。不到一个小时的工夫，天黑了下来。天幕中色彩全无。门边的大公告板被夜风吹得嘎吱作响，仿佛在提醒大家自己仍在原地坚守，没有消失在夜色里，但上面醒目难懂的大字却无人去读。一笔一画有如乌黑的匕首一般划过雪白的背景，组成一句话：

> 该地段得天独厚；此片面积为六英亩[1]的优质建筑用地将由博克斯郡纽博里市萨奇与马丁有限公司开发，建为高档现代住宅区。

[1] 英亩：英美制面积单位。1 英亩约等于 4046.86 平方米。

2

兔子统领

阴郁的政客，满心酸楚，
悠悠踟蹰，宛若午夜之浓雾。
他没有离去，亦未就此止步。

——亨利·沃恩《世界》

在幽暗温暖的地洞中，榛子猛然惊醒，挣扎几下，蹬了蹬后腿。他身上好疼，可是嗅不到雪貂或是黄鼠狼的气味，直觉也没有告诉他得赶紧逃。他定了定神，想起只有小多子跟自己在一起。原来是小多子爬到了他的身上，像是要在惊惶之中逃脱铜丝圈套一样正又抓又挠。

“小多子！小多子！醒醒，笨蛋！我是榛子。你都要把我给抓伤了，醒醒！”

榛子抱住小多子，后者挣扎着醒了。

“啊，榛子！我做梦了。好可怕啊。梦里有你。咱俩坐在水上，沿着河往前漂。后来我才发现，原来咱们屁股底下有块板子——就跟高地上的那块一样，白白的，上面全是黑乎乎的杠杠。板子上还有别的兔子，公的母的都有。可是，我往下一看，发现板子是用骨头和铜丝缠成的，就喊了起来。你说：‘游吧，都下水。’后来我到处找你，想把你从河岸上的洞里扯出来。我好不容易找到你，可是你说：‘兔子统领就该单打独斗。’然后就漂进了一条暗暗的水道。”

“哎哟，你伤着我肋骨了。水道？呸！说什么胡话！咱们继续睡吧，行吗？”

“榛子，要出事了，大坏事。危险还没过去呢，就在这儿，咱们被包围了。别让我没心没肺地睡觉，咱们得赶紧跑，不然就来不及了。”

“跑？你是说，离开这里，离开这片领地？”

“对，马上。去哪儿都行。”

“就你跟我？”

“不不不，大家都走。”

“整片领地的兔子？别傻了好不好。他们不会走的，只会说你哪根筋搭错了。”

“那……等出事的时候，他们就只能待在这儿了。可你得听我的，榛子。相信我，很坏很坏的事就要发生了，咱们得逃出去。”

“嗯，我觉得咱们最好去找兔子统领。你跟他说说这事，要不就我来。不过我猜他肯定不想走。”

榛子带路，跑下堤坡，向高处的荆棘密丛奔去。他虽然不愿意相信小多子的话，但是又怕日后追悔莫及。

此时刚过正午，兔子们大多在洞中沉睡。榛子和小多子在地上跑了一小会儿，又钻进沙地上的一个宽阔洞口，一路向下，左转右拐，向树林深处行进了三十英尺，来到一棵橡树盘虬交错的树根之间，被一只魁梧健壮的大兔子拦住了去路。那是奥斯拉的一员，他头顶的毛发繁茂得出奇，模样有点怪，就跟戴着顶帽子似的。这只兔子因独特的外表而得名——“斯雷利”，意为“毛毛头”。我们在这里就叫他“长毛”好了。

“榛子？”长毛问道。从树根间透出的微光中，长毛把榛子嗅了个遍。“是榛子吧？你来这儿干什么？还是在这个时候？”至于在稍远处静待的小多子，他连理都没理。

“我们想见兔子统领。”榛子答道，“有大事，长毛。帮帮我们好不好？”

“‘我们’？”长毛问，“他也要见统领？”

“没错，他一定要去。相信我吧，长毛。平时我都不怎么来这儿，也不会这么一本正经地说话，对吧？以前我什么时候来找过统领？”

“好吧，虽然可能会把统领大人惹火，但我愿意帮你一把。我一会儿就跟他说你是个有分寸的家伙。咳，他本来应该认识你的，可你知道，他现在上了年纪。你先在这儿等等好吗？”

长毛沿地道向下走了一小段路，在一个大地洞的洞口停下脚步，跟里面的兔子说了两句话，便被叫了进去。榛子和小多子在外面一声不吭地等待着，打破沉寂的，只有坐立不安的小多子时不时弄出的声响。

兔子统领的真名是“斯利尔拉”，是“山梨大人”的意思。出于某些原因，大家总是称其为“独一无二的斯利尔拉”——这或许是因为这一带只有一棵“斯利尔”，也就是他借以得名的山梨树。兔子统领在壮年时不仅孔武有力，而且头脑冷静、少言寡语、超凡脱俗，跟大多数热血上头就不管不顾的兔子迥然不同，他也因此登上了统领之位。众所周知，他从不会因为流言和危机而自乱阵脚。有一次，黏液瘤病毒肆虐，他镇定自若——甚至可以说是冷酷无情地把疑似染病的兔子都赶了出去。所有事关集体迁徙的建议，他都予以反对。不仅如此，他还严禁自己的兔群同外界交往，从而成功地令兔群逃过了几次灭顶之灾——这几乎是理所当然之事。还有一次，他置生死于度外，把一只讨厌至极的白鼬鼠引入雉鸡舍，引到养鸡人的枪口之下，让对方再也无法兴风作浪。正如长毛所说，兔子统领日渐苍老，但依然耳聪目明。榛子和小多子被带进去之后，他向他俩和蔼可亲地打了招呼。柳穿鱼那样的奥斯拉或许得经常逞逞威风，耍耍霸道，山梨则完全没那个必要。

“啊，核桃。是核桃吧？”

“榛子。”榛子说。

“哦对，榛子。你来看我，我甚是喜悦。我跟你的母亲很熟。还有，你这位朋友——”

“是我弟弟。”

“你的弟弟。”山梨说，腔调中微微透出“别再纠正我了，嗯？”的意思，“请自便。吃些莴苣？”

对面，离这里半英里[1]开外的地方有座菜园，兔子统领的莴苣都是奥斯拉从那里偷来的。见过莴苣的底层兔寥寥无几，甚至根本没有。榛子叼起一小片莴苣叶，客客气气地啃了起来。小多子没有接，只是坐在那里惨兮兮地眨着眼睛，

[1] 英里：英美制长度单位。1 英里约等于 1.6 千米。

打着哆嗦。

“好了，你们为何而来？”兔子统领问道，“如有所求，但说无妨。”

“那个，大人，”榛子犹犹豫豫地说，“是因为我弟弟，就是他——小多子。每次要出事，他都有预感。而且我发现，他的预言从来都没有落空过。去年秋天，他就说要发洪水，有时他还知道哪里设了铜丝圈套。这两天他说，感觉我们要遭难了。”

“遭难？好的，我知道了。真可怕。”兔子统领说，但丝毫没有显露出慌张的神色。“那么，即将降临的，是怎样的祸事呢？”他望向小多子。

“我也不知道。”小多子说。“可……可是，是很坏的事。很——很坏，坏得不得了。”他慌里慌张地下了结论。

山梨平心静气地等待片刻，说道：“那么，我试问，我们应当作何对策？”

“跑哇。”小多子立即答道，“跑，咱们一起跑。马上。山梨……大人，咱们都得逃。”

兔子统领又沉默了。片刻之后，他颇为体谅地说：“呵，仓皇逃窜，绝非我之所为！这个要求未免太过离谱。你这番想法究竟从何而来？”

“那个，大人，”榛子开口道，“我弟弟从来不琢磨预感从哪里来，只是有那样的感觉而已——希望您能明白我的意思。您肯定能为我们做主，告诉我们应该怎样做。”

“嗯，听你这样讲，我很欣慰。我也希望能够如你所愿。然而，我亲爱的小伙伴，让我们对这个问题稍加考虑，如何？现在已经五月了，对吧？大多数兔子都忙于享受生活，无暇顾及其他。方圆几十英里都没有敌人出没——他们是这样报告的。没有疫病，风和日丽。而你想让我对整个兔群说，说那边的小……呃……小……呃……你弟弟预感灾难将至，我们得拖家带口去翻山越岭，漫无目的、不计后果地乱跑，嗯？你猜他们会怎样说？难道他们会为此欢呼雀跃吗？”

“他们会听您的话的。”小多子突然插嘴道。

“承蒙高看。”兔子统领继续说，“呵，他们或许会听命于我，或许。可是我本应在深思熟虑之后再下命令。这一步，绝不可轻易迈出。随后——”

“可是来不及了，山梨……大人！”情急之下，小多子不禁叫道，“有危险，我能感觉到，就好像要被铜丝勒住脖子一样！铜丝！榛子，帮我说几句啊！”他尖声嚷嚷着，在沙土中打着滚，发狂般地乱踢乱蹬，就好像中了圈套一样，直到被榛子用两只前爪死死按住，才安静了一点。

“十分抱歉，统领大人。”榛子说，“他有时候就这样，一会儿就好了。”

“可怜，可怜哪！可怜的小家伙。或许他应该回家好好养养。没错，你最好现在就带他离开。嗯，你们前来见我，我真是开心之至，核桃。谢谢，真是谢谢了。放心，你们所说之事，我一定会仔细思量。长毛，你稍等片刻，好吗？”

榛子和小多子灰心丧气地钻进了山梨地洞外面的地道，刚好听到兔子统领在洞中高声呵斥，不时还有一只兔子的应答声：

“是的，大人。……不，不，大人。”

长毛简直未卜先知，现在统领大人真的在对他大发雷霆。

3

榛子的决定

我为何躺身于此？……我们躺于此处，
仿佛尚可享受静谧时光……
难道我是在等待，等待自己徒增岁数？

——色诺芬《远征记》

“可是，榛子，你不是真的相信兔子统领会听你的劝吧？你还没死心？”

又是一个晚上，榛子和小多子在森林外面进食。跟他俩在一起的，还有两位朋友：黑莓和蒲公英。黑莓就是昨天被小多子吓了一跳的黑耳尖兔子。榛子之前讲过那边竖起了公告板，他仔仔细细地听着，然后说人类搞出这些东西来，就跟兔子在小径和路口做记号一样，肯定是想干点什么。蒲公英是榛子和小多子的邻居，他又把话题扯回到山梨还有他对小多子的冷漠态度上了。

“我也不知道干吗跟他啰唆那么多。”榛子说，“以前我从没跟兔子统领打过交道。可是我想，就算他不把我们的话放在心上，以后要是真出了事，也不会有兔子怪我们不提前提醒统领大人了。”

“那你觉得这里肯定会有可怕的事情发生？”

“没错。我又不是第一天认识小多子。”

黑莓刚要开口，林中茂密的山靛丛便哗啦作响——又一只兔子钻了过来。他停停走走，穿过荆棘，爬出了土沟。是长毛。

“你好啊，长毛。”榛子说，“歇班了？”

“歇班了，”长毛答道，“而且大概得歇一辈子。”

“什么意思？”

“我不是奥斯拉了。就是这个意思。”

“不会是因为我们吧？”

“不全是吧。山梨因为午睡被一件他认为是鸡毛蒜皮的事打断而憋了一肚子火。他张嘴训斥的话让我烦得要命。我敢说，肯定有一大群兔子巴不得趁机装乖巴结他，可我做不来那种烂事。我跟他说，在我这儿，奥斯拉的特权算不了什么。有能耐的兔子就算离开这里也能过上好日子。他劝我别冲动，再好好想想，可我实在待不下去了。我不觉得偷莴苣有多好玩，更不喜欢在地洞里给他放哨。啊，现在我可舒坦了。”

“再过一阵，谁都用不着偷莴苣了。”小多子小声说。

“哎，你就是小多子吧？”长毛似乎是第一次注意到他的存在，“太好了，我就是来找你的。我一直在琢磨你报告兔子统领的事情。说实话，你那么说，是想搞恶作剧，显摆能耐，还是因为真的要出事？”

“我说的都是真的。”小多子答道，“要是假的就好了。”

“那你要离开领地吗？”

长毛竟然直言不讳，这份坦率把在场的兔子都吓了一跳。

蒲公英喃喃地说道："离开领地，弗瑞斯[1]啊！"黑莓则抖抖耳朵，先是看看长毛，又瞧瞧榛子，目光意味深长。

榛子接了话。"小多子和我今晚就走。"他郑重其事地说，"我们不知道该往哪儿走，不过如果有谁想一起来，我们就带上他。"

"那好。"长毛说，"算我一个。"

榛子根本没有想到这么快就会得到一位前奥斯拉成员的支持。他的脑海中闪过一个想法：尽管长毛在危急关头派得上用场，可这只兔子并不好相处。长毛肯定不会听从一只底层兔的吩咐——哪怕只是劝告。"他是不是奥斯拉倒不要紧。"榛子暗自想道，"等离开了兔群，绝对不能任由长毛发号施令，不然我们干吗还要费心出走？"可他说出口的话却是："太好了。有你在，我们就放心了。"

榛子扭头看了看其他几只兔子，他们不是在打量长毛，就是在盯着他瞧。最后，黑莓开口说道：

"我也会去。不知道我是不是因为听了你的劝，小多子。可是，不管怎么说，这片领地上的兔子实在太多了，当不成奥斯拉就没什么乐子。现在你不敢留下来，而我一想到走就心里发毛——太有意思了。狐狸在这边，黄鼠狼在那边，小多子在中间。走吧走吧，管他那么多！"

他扯下一片地榆叶子，慢条斯理地咀嚼起来，极力掩盖着心中的恐惧：本能告诉他，领地之外的未知之域肯定危机重重。

[1] 兔子语，意思是"太阳神""创世神"，后文有详解。

“我们要是相信小多子，”榛子说，“就该相信不能再有兔子留在这里。所以从现在到动身出发前，我们要努力劝大家跟我们一起走。”

“我想，奥斯拉里应该有那么一两只值得我费费口舌。”长毛说，“要是说得动他们，我今晚就带他们一起去找你。他们都跟我一样，刚进奥斯拉没多久，憋了一肚子的闷气，就算不怕领地出事，也早就想溜了。让小多子好好劝劝他们吧，他们会相信的。反正我现在一点都不怀疑。小多子肯定得到了启示——这种事，我信。真想不明白，山梨竟然把他的话当耳旁风。”

“因为山梨讨厌意料之外的事情。”榛子说，“不管他了，咱们得看看还能不能再拉上几只兔子，让大家在这里集合。等到‘弗银雷’就出发，不能再耽搁了。这里随时都有可能出事。还有，长毛，我敢说，山梨大人和冬青队长要是知道你想劝走奥斯拉里的兔子，肯定会不高兴。他们不把我们这几只底层兔放在心上，可一定不想失去你。如果我是你，绝对不会到处乱说这件事。”

4

启　程

如今，大人，年轻的佛庭布拉斯，
血气方刚、争强好胜，
在挪威边境四处招摇撞骗，
集结了一群法外狂徒。
他们胆大包天，铤而走险，
只求果腹。

——莎士比亚《哈姆雷特》

“弗银雷”的意思是“月出之后”。当然，兔子既不知道分秒为何物，也没有时间观念。从这一点来看，他们跟原始人差不多——当时人们要做些什么前，也得花上好几天来召集人手，再磨蹭些时日后才开始行动。大家在准备就绪之前，彼此之间肯定存在一种心灵感应。火候一到，他们便全都知道该出手了。人人都见过九月里的燕子或像燕子一样的小鸟，他们会挤在电话线上叽叽喳喳地叫着，会独自或者三五成群地在满是庄稼茬的田野里飞飞停停，要么就转回到一条条小径的上空，沿着其泛黄的边际越排越长。成百上千只各种各样的鸟儿兴高采烈，随意地聚集在一起，组成一个个纷乱的小鸟群，最后又形成零零散散、但规模可观的大鸟群，其中央密度最大，边缘松散凌乱，时分时合，宛若云朵、浪花一般。鸟儿们飞着，飞着，直到有一刻，大部分队员忽然知晓时机到来，于是离群而去，又开启了南迁之旅——即便许多小鸟都无法到达终点。目睹过这一幕，你就会明白，有些生物首先把自己当作某一集体的成员，其次——倘若他们有自我意识——才会自认是生命个体，有一种精神上的感应在这样的生物之间静静流淌，将他们团结在一起，驱使他们不约而同地遵循本能行动。

直到月出整整一个小时后——此时还未至午夜，榛子和小多子才钻出荆棘掩映的洞口，沿着沟底悄悄地跑了起来。还有一只兔子随他们同行：赫拉欧——叫他“小水窝”也行，他是小多子的朋友。“赫拉欧”的本意是“草丛里有水凝聚其中的小凹坑”，比如蒲公英毛球上的小窝窝，比如蓟叶中间的那道浅槽。小水窝是只怯懦怕事的小兔子，榛子和小多子劝了他半天，他才不情不愿地答应跟他们一起离开。可即便如此，他还是提心吊胆，生怕离开领地便会遭遇不测，因此下定决心，一定要待在榛子身边，乖乖听话，避免惹祸上身。

三只兔子在沟中奔跑时，榛子忽然听到上方有响动，立即抬头望去。

“谁啊？”他问，“蒲公英？”

“不，我是鹰齿菊。”那只兔子从土沟边上探出头，又纵身一跃，“砰”的一声落了地，“榛子，还记得我吗？去年冬天下雪的时候，咱俩住一个洞来着。蒲公英说你今天晚上要离开领地。你要是真的想走，那就带我一个。”

榛子想起来了，鹰齿菊是只笨爪笨脚、呆头呆脑的兔子，跟他一起度过的那五个大雪封山的日子简直无聊至极。不过榛子觉得现在不是挑三拣四的时候。长毛可能劝得动一两只奥斯拉入伙，但愿意与他们同行的，肯定大多是处境艰难、想要翻身的底层兔。他在脑海中列名单时，蒲公英出现了。

“我觉得咱们越早动身越好，”蒲公英说，“情况好像不太妙。我劝完鹰齿菊，又去找了几只兔子，发现柳穿鱼那家伙一直跟在我身后，还问我到底在打什么鬼主意。我告诉他只是想看看有没有兔子打算离开领地，可他好像不相信，还气冲冲地问我是不是有异心，要跟山梨作对。说实话，我被他吓得够呛，赶紧带着鹰齿菊跑出来了。”

“这事不怪你。”榛子说，“我知道柳穿鱼那副德行。他没先把你揍倒在地再问长问短就算不错了。不管怎么样，咱们还是再等等吧。黑莓应该快到了。”

时间一点一点地溜走，几只兔子伏在沟底，一声不吭。月影在草地上渐渐北移，正当榛子想要奔下堤坡，去黑莓的巢穴一探究竟时，就看见黑莓钻出洞来，至少三只兔子紧随其后，其中一只还与榛子熟识——是沙棘。榛子见状十分高兴，因为他知道，这是位刚毅不屈、彪悍魁梧的狠角色。大家一致认为，沙棘一成年，便可跻身奥斯拉队伍。

“不过我敢说，他现在有点不耐烦，”榛子想，“要不就是在配偶争夺战里落了下风，打不起精神来。算了，有他和长毛在，碰上有架要打，起码我们不会太吃亏。”

榛子不认得另外两只兔子。黑莓告诉他，他俩一只叫虎尾草，一只叫橡子，可榛子对这二位还是毫无印象。这倒也不足为奇，因为虎尾草和橡子都是典型的底层兔：又瘦又小，才六个月大，战战兢兢、紧张兮兮，一副受惯了委屈的模样。他俩好奇地打量起小多子来。听黑莓讲过事情的原委之后，他们就一直想找小多子，看他眉飞色舞地就末日之事慷慨陈词一番。不过小多子现在倒是比他们冷静、从容得多——他知道可以带几名同伴离开，心情多少明朗了一些。

时间还在慢慢流逝。黑莓爬进上面的蕨草丛，返回堤顶，紧张万分地左顾右盼，明明没看见什么，却总摆出要转身逃跑的架势。榛子和小多子待在沟里，心不在焉地啃着浸透了夜色的青草。最后，榛子终于听到了自己想要听的声音。一只兔子——或者两只——从森林那边跑了过来。

片刻之后，长毛来到了沟底，身后跟着一只肌肉健硕、麻利精干、一岁有余的兔子。整个兔群都知道他的大名，因为他的外貌与众不同——一身灰毛上点缀着近乎纯白的斑点，仿佛点点月光凝固在了他身上。他一言未发，径直坐下抓痒痒。这位是闪银，山梨的一个侄子，进入奥斯拉还不到一个月。

见长毛只带了闪银来，榛子不禁松了一口气。闪银少言寡语，性格直率，尚未跟老奥斯拉们打成一片。长毛起初说要去奥斯拉那边探口风时，榛子就有些拿不定主意。一方面，他们离开领地之后，很可能会遇到危险，因此迫切需要英勇善战的斗士加盟。还有，倘若小多子的预言无误，那么整个兔群都会面临灭顶之灾，他们理应对同胞来者不拒。可是另一方面，万一有柳穿鱼那副德行的兔子入伙，他还得为镇住他们而大伤脑筋，那就得不偿失了。

“不管我们最后在哪里落脚，”榛子暗下决心，“我都会留心不让小水窝和小多子受委屈，受欺负，直到他们成长到能独自脱离险境的那一天。不知长毛是不是这样想的？”

“你认识闪银吧？”长毛打断了榛子的遐想，“奥斯拉里有几只年轻兔子一直排挤他，笑话他长得怪，还说他是因为有山梨罩着才当上奥斯拉的。我本来还打算多拉几只奥斯拉里的兔子过来，可是后来才知道，他们一个个都知足着呢。”

紧接着，他向四下里看看，问道：“我说，过来的兔子也没几只，就这么上路有意思吗？”

闪银刚要开口，便有细碎的脚步声从上方的灌木丛中传来。又有三只兔子钻出树林，来到溪岸上。他们跟之前那几只畏畏缩缩、瞻前顾后，现在已经聚在沟底的兔子截然不同，一举一动都带着毅然决然、志在必得的架势。他们里面最大的那只跑在前面，其他两只紧随其后，好像奉了谁的命令一样。榛子马上察觉到这三只兔子跟自己和周围的同伴不是一路的，心中一惊，紧张地立起上身。小多子对他耳语道：“哎呀，榛子，他们是来——”紧接着，他又把后面的话咽了回去。长毛转身望向来者，迅速地嗅了嗅。三只兔子径直跑到了他的面前。

“长毛？”领头的兔子依例询问。

“你认识我也不是一天了。”长毛说，“冬青队长，你想怎样？”

“你被捕了。”

“被捕？什么意思？你凭什么逮捕我？”

“扰乱民心，无事生非。闪银，你也一样——因为你今晚没有及时向柳穿鱼报告，你的职位已被移交给我们的另一位战友。现在，你们俩得跟我走。”

长毛猛地扑向冬青，踢蹬抓挠。冬青不甘示弱，予以还击。他的部下围了过来，寻得空当，压制住长毛。忽然，沙棘从堤顶一跃而下，跟冬青他们扭打成一团，先是用后腿踢飞一名卫兵，然后马上又解决了另一个。不一会儿，蒲公英也加入战斗，“咚”的一声砸在被沙棘蹬倒的兔子身上。两名卫兵脱身出来，寻机跃上溪堤，逃进了树林。冬青挣脱长毛，弓起身子，咆哮起来，前爪乱抓一通——兔子发火时就是这个样子。他见榛子望向自己，张开嘴巴，似乎有话要说。

“快走，”榛子嗓门儿不大，但说出的话掷地有声，“不然就要你的命。”

“你知道自己在说什么吗？”冬青回答，“我可是奥斯拉的队长，你知道吧？”

“走，”榛子又重复了一遍，“不然你就没命了。”

“要丢掉性命的是你。”冬青丢下这句话，便沿着堤岸跑开，消失在森林中。

蒲公英的肩膀血流不止。他舔舔伤口，对榛子说：

“要不了多久，他们就会找咱们算账，榛子。他们去搬救兵了，一会儿就该咱们吃苦头了。”

“咱们得马上走。”小多子说。

“嗯，现在是时候了。”榛子说，“出发吧，去溪边，然后沿着溪岸走，免得谁掉队。”

“不如听我说一句——”长毛开口道。

“没时间了，不能再耽搁了。”榛子如此回话。

榛子与小多子比肩而行，带头爬出土沟，奔下堤坡。顷刻之间，这一小群兔子就消失在了朦胧的月色之中。

5

森林之中

这群年轻的兔子……如果想要生存，就必须迁徙出去。他们恣情肆意，自由自在……有时可以跑几英里远……寻得合适的落脚之地后，便开始东逛西荡。

——R.M. 洛克利《兔子的私生活》

将近月落之时，他们离开原野，进入了森林。此前，这群兔子已经沿着小溪跑了半英里有余。他们鱼贯而行，队伍零零散散，彼此之间的距离时远时近。尽管榛子猜测他们已经远离领地、来到了现在和曾经的同伴从未到过的地方，但仍然说不准他们是否真的逃离了危机，他总会不时地怀疑自己听到了追兵的脚步声。蓦地，他惊觉眼前之景已经变成了阴暗茂密的森林，小溪在其中隐匿了身形。

兔子一般会对密林敬而远之，因为那里阴暗潮湿，寸草不生，幽秘的环境看起来危机四伏，总让他们心惊肉跳。榛子此刻可顾不上在意森林是否可怖，而是在想，冬青要是追到这里，一定会迟疑该不该进去。另外，沿溪而行也比在原野上东奔西跑安全得多，那样不会迷失方向，更不会稀里糊涂地转回领地。他决定不问长毛的意见，直接钻进森林，他相信，其他兔子会跟上自己。

“要是一切顺利，跟随小溪的方向前行，我们一定可以走出森林。”他想，“到时就能彻底甩掉追兵，找个地方歇歇脚了。大家好像还能继续跑，不过小多子和小水窝大概撑不了多久了。”

一踏进森林，榛子就感觉里面杂音不断。湿叶和苔藓的味道扑面而来，到处都回荡着潺潺的水声。在林中深处，小溪似瀑布般从断坡上倾泻而下，汇入一个池塘，环绕的密林宛如洞穴一般聚拢着水流发出低沉的回响。惊鸟扑簌簌地飞过他们的头顶。夜风拂得树叶沙沙作响，时不时还有树枝噼啪断落。更远的地方，有诡异的陌生声响在向他们靠近。

对于兔子来说，未知的事物就意味着危险。他们很容易受到惊吓，进而逃跑。于是我们可以看到，林中的这群兔子一次又一次地胆战心惊，他们被恐惧折磨得几近精疲力竭。然而，那些响动到底源自何处？茫茫树海中，他们又能逃向何方？

他们凑在一起，脚步越发迟缓。接连的惊慌逃窜让他们不知不觉间偏离了小溪的方向。现在，这几只流亡的兔子只好借着渗出树荫的月光悄然潜行，最终止步于一片灌木丛中。此时月已低垂，他们竖起耳朵，瞪大眼睛，感觉连月光都显得更浓重、苍老了。

榛子站在一棵冬青树下的厚落叶堆上俯视下方。那里有一条小径，两旁满是在微风中轻轻摇曳的高蕨和刚刚冒出头来的杂草。小径之上，除了一棵橡树落下的颗颗橡子外空无一物。蕨丛中隐藏着什么东西？远处的弯道又埋伏着怎样的危险？如果一只兔子舍弃冬青树的庇护，贸然踏上那条小路，会落得何种下场？他转身对旁边的蒲公英说：

“你们最好在这儿等着。等我跑到弯道那里，如果没事我就跺脚；要是我出事了，你就赶紧带领大家逃跑。”

不待对方答话，榛子便直冲了出去，不一会儿就跑到了橡树底下。他停下脚步，四下张望，又接着向弯道奔去。转过弯的地方是一道缓坡，蜿蜒没入一丛冬青浓重的暗影之中，小路在渐渐淡去的月光下看起来并无异常。榛子跺脚示意，片刻后，蒲公英便蹿进蕨丛，停在了他的身旁。即便此时榛子依然提心吊胆，也不由得要分神感慨一句：蒲公英的腿脚真是敏捷。

“干得漂亮。”蒲公英小声说，“你为了大家不顾自己的安危，简直就跟艾尔-阿瑞拉一样。”

这话把榛子说得心花怒放，他亲切地瞧了蒲公英一眼。艾尔-阿瑞拉——千敌王子——之于兔子，正如罗宾汉之于英国人，约翰·亨利之于非洲裔美国人。雷木斯叔叔[1]很可能听说过这位王子的大名，因为“兔子兄弟”系列中有几段故事讲的就是这位王子的经历。还有，这位兔子英雄运用过的计谋，奥德修斯[2]本人或许也曾借鉴——要知道，艾尔-阿瑞拉历经了无数寒暑，其诈敌之计简直万无一失。他们说，有一次王子得游过河回家，而河中住着一条饥肠辘辘的大梭子鱼。艾尔-阿瑞拉就先给自己理起毛来，把梳下的毛都粘在

[1] 美国作家乔尔·钱德勒·哈里斯所著《雷木斯大叔讲故事》一书中的人物。——译者注

[2] 荷马史诗《奥德赛》的主人公。——译者注

一只兔子陶像上，再把兔像推入河中。只见那梭子鱼立马冲了过来，一口咬住兔像，而后犯着恶心将它甩到了一旁。过了一会儿，艾尔-阿瑞拉把漂到岸边的陶像捞起，等待片刻，又将它扔了回去。就这样，一个小时之后，受骗五次的梭子鱼就对兔像视而不见了。于是艾尔-阿瑞拉轻轻松松地游过河，如愿到了家。有的兔子还说他能操控天气，因为风、湿气和露珠都是兔子们借以对敌的良友与法宝。

“榛子，不能再往前走了。”长毛说着，从一群气喘吁吁、俯身爬行的兔子中挤了过来，“我知道这个地方不怎么样，可是小多子，还有你们拐来的那个小不点都要累垮了。咱们必须歇一歇，不然他们肯定撑不下去。”

其实大伙儿都已经疲惫不堪了。许多兔子一辈子就只在一个地方过活，一口气跑出的距离绝不会超过一百码。他们虽然有时会到地面上吃吃睡睡，度过几个月，但还是不喜欢离有洞的藏身之处太远。在自然状态下，兔子的步态有两种：有时一群兔子会在夏夜里慢条斯理地闲荡，有时某只兔子则会以迅雷不及掩耳之势狂奔——此情此状，想必人人都见过。我们很难想象兔子规行矩步是什么样的——他们好像天生就不会好好走路。虽然年富力强的兔子的确是优秀的迁徙者，远行几英里也不在话下，可这个物种就是不愿意东跑西窜。

这个晚上，榛子和同伴们把违背兔子天性的事情做了个遍，这可是破天荒头一遭。他们结队而行，或者说，为结队而行伤透了脑筋——有好几次，他们的队伍变得松松垮垮。他们尽量不跑不跳，稳步行进，而这绝非易事。自打钻进森林，他们始终惶惶不安，有几只都快“萨恩”了。所谓“萨恩”，就是兔子在极度惊慌失措、筋酸骨乏之时所陷入的麻痹状态。这种状态下的兔子只会目光呆滞地坐在那里，盯着黄鼠狼、人类等天敌，等着对方上前取走自己的性命。此时，小水窝正坐在一株高蕨之下，耷拉着耳朵，瑟瑟发抖。他别扭地把一只前爪伸到嘴边，可怜兮兮地舔个没完。小多子比他稍好一点，精神还不错，但也倦乏至极。榛子明白，他们应该先待在原地好好地休息休息，否则，大家这般跌跌撞撞地上路，万一遇到天敌，八成连逃命的力气都没有，那样只会更危险。然而，如果他们在原地闲待着，既找不到吃的，也没法挖洞，那么种种因眼前困境而生的哀愁便会一股脑儿地涌上心头。到时伙伴们会在恐惧中越陷越深，继而散伙逃命，甚至有返回领地的念头。如此思忖了须臾，榛子有了个主意。

“嗯，好，就在这儿歇歇吧。”榛子说，“咱们钻到蕨丛里面去。蒲公英，给我们讲个故事嘛，我知道你是讲故事的行家。小水窝要听，都等不及了。”

蒲公英瞧瞧小水窝，明白了榛子的用意。密林之中，凄冷幽暗，寸草不生。黎明将至，归巢的猫头鹰在远方咕咕怪叫。恶臭扑鼻而来，似乎有野兽在近处伺机而动——这一切都令蒲公英毛骨悚然。然而，他还是按捺住恐惧，讲起了故事。

6

小故事：《艾尔-阿瑞拉受福》

他为何认为我残忍冷酷，
认为自己惨遭背叛？
我令他爱上之事物，
明明存于创世之前。

——W.B. 叶芝《女子，青春与暮年》

很久很久以前，弗瑞斯创造了世界。其实，所有星辰都是他创造的，世界不过是其中的一颗。他把自己的粪球往天上一扬，它们就变成了星辰，所以世界上的草和树才长得这么茂密。弗瑞斯还让小河、小溪流淌起来。他在天上飞，飞到哪里，水就跟着他往哪个方向流淌。后来他离开了天空，河啊，溪啊的就到处流，找了他一个晚上。所有的鸟兽也都是弗瑞斯的作品，且当他初造百兽时，所有鸟兽都不分高下。麻雀和红隼是好朋友，都吃草籽和苍蝇；狐狸和兔子的关系也不错，都把草当饭吃。那时草和苍蝇多的是，因为世界是新做出来的，弗瑞斯把光明与温暖恩赐给了大地。

当时，艾尔-阿瑞拉也在那群动物中间。他娶了很多妻子，多得数不清。他的妻子又生下好多小兔子，多得连弗瑞斯都数不过来。小兔子们吃草，吃蒲公英，吃莴苣，吃苜蓿。艾尔-阿瑞拉是所有兔子的父亲。

这时，长毛发出了艳羡的低吼。蒲公英继续讲道：

可过了一段时间，当地的青草越来越稀少，兔子们开始四散觅食。他们每到一处就吃掉那里的青草，然后继续繁衍。

后来，弗瑞斯对艾尔-阿瑞拉说："兔王子，如果你不能控制住你族群的数量，那我就要设法来控制了。我的话，你不可不听。"可是，艾尔-阿瑞拉不想任人摆布，他对弗瑞斯说："我的子孙繁衍得最快，吃得最多，本事也最大。这正说明他们最爱戴您，因为所有的动物都享受了您的温暖和光辉，可数兔子们的反响最积极。大人，您要知道，他们非常非常重要，绝对不能毁了他们的好日子。"

弗瑞斯本来可以立即杀掉艾尔-阿瑞拉，但这位神还想把他留在世上，跟他玩游戏，听他讲笑话，看他耍计谋。于是弗瑞斯决定不用蛮力，而是以心计制服他。弗瑞斯放出消息，说要举办一场大会，向一众鸟兽赠送礼物，使每一种动物都拥有独一无二的特质。所有的动物都动身去参加会议，但正如弗瑞斯所料，他们到达会场的次序有先有后。画眉来了，弗瑞斯赐予了他动听的歌喉；牛来了，弗瑞斯赐予他尖利的双角和强悍的力量，使其以后再也不必害怕其他动物。轮到狐狸、雪貂和黄鼠狼了，弗瑞斯赐予他们狡猾的头脑、凶狠的性格，还有时刻想要猎杀艾尔-阿瑞拉的子孙并以其为食的渴望。因此，这三种动物从弗瑞斯那里离开时，一心只想着吃兔子。

在这段时间里，艾尔-阿瑞拉则忙着跳舞、繁衍，还到处显摆说要去弗瑞斯的会场收大礼。最后他终于启程了。途中，他在山坡松软的沙地上歇了歇脚。这时，从山的那头飞来一只黑色的崖燕。崖燕一边飞，一边大叫："号外！号外！号外！"对了，他都这么嚷嚷一早上了。于是艾尔-阿瑞拉叫住崖燕，问："有什么新闻？""哎哟，"崖燕回答，"好在我不是你，艾尔-阿瑞拉。弗瑞斯给了狐狸和黄鼠狼奸诈的心与尖利无比的牙，给了猫蹑足潜踪的本事和夜视眼，现在他们正从弗瑞斯那里出来，要把你的子孙杀光吞尽。"说完，崖燕便向旁边的群山飞去。同时，艾尔-阿瑞拉听到了弗瑞斯的声音："艾尔-阿瑞拉身在何处？大家都已得到礼物，我要亲自去找他。"

艾尔-阿瑞拉这才知道，弗瑞斯比自己聪明得多。他怕得要命，觉得狐狸和黄鼠狼会跟弗瑞斯同行，所以背向山坡，开始挖土，打算挖个洞藏身。可是他还没挖多深，弗瑞斯就独自从山上下来了。弗瑞斯看见艾尔-阿瑞拉的后半截身子露在洞外，被他刨出来的沙子漫天飞舞，于是大声问道："我的朋友，你可曾见到艾尔-阿瑞拉？我有礼物要赠予他。""没有，"艾尔-阿瑞拉把头缩在洞中答道，"我没见到他，他出远门了，没法来这边。"弗瑞斯又说："那么请你出来，我想赐福予你。”“不行，我出不来，”艾尔-阿瑞拉说，“我忙着呢。狐狸和黄鼠狼要来了。您要是想赐福，就冲我的后半身来吧，反正它现在露在外面。”

在场的兔子对这则故事并不陌生。一个个冬夜，寒气席卷领地上的每一条小径，地洞下方坑坑洼洼的地道变得湿冷难耐；一个个夏晚，草地被通红的山楂花所笼罩，接骨木花又臭又甜的气味弥漫开来——不知有多少个这样的夜晚，他们是听着这个故事度过的。蒲公英绘声绘色地讲着，就连小水窝都把疲惫和危险抛在了脑后，记起了兔子生生不息的韧劲。这一刻，他们都把自己当成了艾尔-阿瑞拉，这位冒犯了弗瑞斯大人，却能安然无恙的兔王子。

蒲公英接着讲了下去：

这时，弗瑞斯一下子心软了。他觉得艾尔-阿瑞拉聪明机智、坚忍不屈，即使知道狐狸和黄鼠狼要来杀害自己，也没有灰心等死。于是弗瑞斯说：“很好，那我就赐福于你露在洞外的双腿。腿啊，祝你们永远强壮、灵活、敏捷，能帮助你们的主人转危为安。就这样吧！”弗瑞斯话音刚落，艾尔-阿瑞拉的尾巴就变得洁白无瑕，像星星一样闪闪发光，后腿则变得颀长强健。然后，弗瑞斯故意重重地跺着脚走开，把草杆上的甲虫都震得掉了下来。兔王子艾尔-阿瑞拉这才赶紧钻出洞，在山上飞奔起来，速度比世上任何一种生物都快。弗瑞斯又在他身后喊道：“艾尔-阿瑞拉，不经我的允许，世界不可能由你的子孙来统治。从现在开始，你们的仇敌遍布天下，你就是千敌王子。只要敌人捉到你们，你们就会小命不保——但前提是，他们要先捉到你们。你们会挖洞，耳力好，行如风，反应快。凭借智慧与巧计，兔子们必然可以逃过灭顶之灾。”直到现在，艾尔-阿瑞拉才知道，弗瑞斯凛然不可侵犯，但同时又是自己的挚友。每天晚上，艾尔-阿瑞拉做完一天的事务、优哉游哉地躺在满天红霞中时，总要和他的子孙们钻出地洞，在弗瑞斯的注视下进食、玩耍，因为他们是弗瑞斯的朋友，而弗瑞斯说过，他们定将生生不息。

7

獾与河

至于道义上的勇气，此物极为罕有，尤其在凌晨两点之时。

——拿破仑·波拿巴

故事讲完了。坐在风口的橡子猛地一惊，竖着耳朵立起上身，鼻孔也抽搐起来。一种浓烈的怪异的恶臭传来。片刻之后，他们都听到了越来越近的沉重脚步声。忽然，从小径另一侧的高蕨丛中钻出一个黑白相间的大脑袋。那家伙长得跟狗差不多——他俯下身体，龇牙咧嘴，下巴贴在地上，后面有力的巨爪和毛发蓬乱的黝黑身体隐约可见。他一脸凶相，双眼恶狠狠地盯着兔子们。他开始向前挪步，沿着幽暗的小径渐渐逼近，庞大的身躯占据了路面，凶巴巴的眼神再次射向兔群，嘴也张得更大了些，露出寒光闪闪、跟头上斑纹一样洁白无瑕的利齿。他与呆若木鸡、静默无声的兔子们对视了好一会儿。忽然，距小径最近的长毛猛地转身逃跑，其他兔子也紧跟其后。

“咳，是獾。”长毛穿过兔群时喃喃地说，“獾危不危险得看他的心情，我可不想在这种事情上碰运气，还是快跑吧。”

大家跟着长毛穿过蕨丛，不一会儿又见到一条和刚才的路相似的小路。长毛一个急转，跑入那条小径，开始全速疾奔。蒲公英与他齐头并进，顷刻之间，他俩便消失在冬青林中。榛子和剩下的几只兔子见状也赶紧追了上去，就连踉踉跄跄地跑在最后的小水窝也一样。尽管他的爪子又酸又痛，但在恐惧的驱使之下，他也万万不敢停步。

从冬青林的另一侧钻出来，榛子带领大家在小路上转了个弯。忽然，他猛地刹住脚，蹲坐在了地上。前方，长毛和蒲公英正站在一道高岸的边缘，瞪着眼睛凝视下面的小河。这条河叫恩博恩河，河面约有十二到十五英尺宽，即使现在春雨连绵，也只不过两三英尺深。然而在兔子眼中，恩博恩河简直就是浩浩荡荡的大江。榛子他们从未想过世界上还有这么大的河。月亮已几近落下，天还未亮，河面上却泛着微微的波光，对岸的榛树和赤杨依稀可辨。不远处，有一只啄木鸟啼叫了几声，随后便安静下来。

渐渐地，落在后面的兔子也一只接一只地赶了上来，他们在岸边驻足，一声不吭地望着水面。冷风吹过，几只呆坐在岸边的兔子不禁打起了冷战。

“哈，你是想给我们个惊喜，榛子？不错嘛！”长毛终于开口道，“要不然，就是你领我们钻进这片林子时，早就知道这儿有条河喽。”

榛子心烦意乱。他知道，长毛在找自己的碴儿。长毛绝不是胆小鬼，但他只有在前途明朗、胸有成竹时才能从容沉着。在这只兔子心里，悬而不定的局面比实实在在的危险还要糟糕。他感觉茫然无措时，就会怒气冲冲。昨天他被小多子的预言弄得心乱如麻，因此才对山梨恶语相向，脱离了奥斯拉。后来，他尚未想清楚离开兔群是否明智，倒霉的冬青队长就恰好出现在他面前，让他挨了一顿毒打不说，还替他们的出走制造了完美的理由。如今，有条河挡在面前，长毛又开始心慌意乱。除非榛子能立刻想出办法扭转局势，否则他们恐怕会先陷入一场内部纷争。就在这时，榛子突然回想起山梨和他那虚情假意的做派。

“哦，长毛，刚才要不是你，真不知道我们会怎么样。”榛子说完后问道，“刚刚那是什么东西？他吃兔子吗？”

“獾嘛，”长毛说，“我以前在奥斯拉的时候听别的兔子说过。这东西也不算危险吧，兔子要是跑起来，他根本就追不上。而且他臭得要命，只要他一靠近你就能闻出来。我甚至还听说，有兔子就算住在他们巢穴的上面，也从来没挨过咬。但咱们最好别惹他们，他们肯定是‘千敌’里头的，会把小兔子从地洞里挖出来叼走，捉到受伤的兔子也会几口就吃掉。刚才闻到那股怪味，我就该想到有獾在附近，可这玩意，我也是头一次遇见。”

“他在发现我们之前吃过东西了。”黑莓颤声说道，“我看见他的嘴上有血渍。”

“可能是老鼠吧，要不就是小野鸡什么的，不然他刚才就会朝我们直接扑过来了。咱们挺走运的:第一，他吃饱了;第二，咱们没有傻愣在那里，而是马上把他甩远了。”长毛说。

小多子和小水窝瘫坐在路面上，也端详着眼前的河流。

“你说咱们怎么办，小多子？”榛子问道。

小多子低头盯着河面，抖抖耳朵。

“我们得游过去。”他说，“可是我游不动，榛子，我都要累垮了。小水窝恐怕比我还糟糕。”

“游过去？”长毛嚷嚷道，“用游的？谁说想游泳了？游过去干什么？别乱出主意好不好？”

兔子跟其他野生动物一样，在无计可施时可以游泳，有的兔子甚至还会在条件适宜时主动下水——栖息在树林边缘地带的兔子就经常过河去远方觅食。但无论如何，大多数兔子还是不愿意游泳的，因此这群精疲力竭的兔子们在面对恩博恩河时一筹莫展就不足为奇了。

“我可不想跳进去。”虎尾草说。

“沿着河岸跑不行吗？”鹰齿菊问。

榛子觉得，既然小多子觉得他们应该游过河去，那么他们就得依言而行，否则可能会遇到不测。可是该怎么劝大家下河呢？他冥思苦想，忽觉心中一亮。怎么回事？他是嗅到了什么味道，还是听见了什么声音？接着，他恍然大悟。河的正对面，一只云雀啁啾啼鸣，越飞越高。清晨已至。一只画眉发出一两声低沉婉转的长吟，斑鸠紧随其后。没过多久，朦胧的晨曦便将他们笼罩其中。他们看见远方，这条河沿着森林的边际流过，而河的那一边，是一片宽广的原野。

8

难　关

百夫长……命令可以泅水之人首先跳入海中，游到岸边；其他人，有些留在船上，有些则置身于船只残骸。就这样，他们都逃到了安全之地。

——《使徒行传》第二十七章

沙堤足足比水面高六英尺。兔子们坐在那里，能瞧见上游和下游的水面。河堤的侧壁上肯定有鸟巢。现在天色更亮了，他们看见三四只崖燕掠过河面，飞进了对面的原野。顷刻之后，一只崖燕又叼着所获之物转回，向兔子们的脚下飞去，被河堤遮蔽了身影。与此同时，雏鸟叽叽吱吱的叫声飘了上来。两侧的堤岸都不是很长。上游，沙堤渐渐向下倾斜，同森林和水面之间长长的草径会合。河道与草径平行，一眼望不到头，这里既没有浅滩，也没有木板桥。兔子们的正下方是一个平静无波的大水潭。左侧，堤岸向下伸入赤杨林，隐约有浅水区所独有的水流声从那边传来。兔子们猜测，那里也许跟他们旧领地附近的小溪一样，也有一片拦牛用的浅滩。

榛子望着上游的小径说："那边有草。我们去吃点东西吧。"

兔子们冲下河堤，在河边大啃大嚼起来。在他们和河水之间，是尚未完全成熟的马鞭草和飞蓬。起码还要再过两个月这里才会开满紫花。而现在，这里只有早开的绣线菊和一片粉红色的蜂斗菜。兔子们再度端详河堤侧面，发现上头布满了星星点点的崖燕穴。短崖一般的河堤脚下是一条窄窄的空地，地面上堆满了这里的居民的垃圾——树枝、粪便、羽毛、一枚碎蛋，还有一两只夭折的雏鸟。河面上空，崖燕正成群结队地飞来飞去。

榛子凑到小多子身旁，一边吃草，一边悄悄地把他隔到一旁。等他们来到离兔群稍远的芦苇丛中后，榛子问："咱们非得过河不可吗，小多子？沿着河岸前进不行吗？"

"不行,咱们得过河,榛子。过了河,咱们才能去对面的原野，甚至去更远的地方。我已经知道咱们要去的地方是什么样了：那是一片人迹罕至的干燥高地。在那里，只要稍有一丁点响动，我们就能注意到。这样的好地方,难道不值得咱们辛苦一回吗？"

"当然值得。可是，河对岸真的有这样的地方吗？"

"肯定不在河岸这边——这个不用我说。不过,要是过了河，咱们就得往上爬了，对吧？咱们得爬到顶上去——顶上，开阔的地方。"

"可是，小多子，大家好像不想再往前走了。而且你现在是这么说，可刚才你还哼唧着自己太累，游不动了呢。"

"我歇歇就行，榛子，但小水窝恐怕有点糟糕。我觉得他好像受伤了。咱们得在这儿待上半天。"

"好，咱们找大家说说。他们应该也想歇歇脚。这是一道难关。谁也不想为难自己，总得有点什么招逼大家一把才行。"

他们刚一回到兔群中，长毛便钻出小径边的灌木丛，跑上前来。

“我还琢磨你俩去哪儿了呢，”他对榛子说，“继续赶路吧？”

“还是等等吧。”榛子不容置疑地说，“我觉得咱们应该待在这里，让大家先休息休息，等到中午再走。到时候咱们就游过河，去那边的原野。”

长毛想要说话，但被黑莓抢了先。

“长毛，”他说，“不然你现在就游过去，瞧瞧那边的情况，怎么样？这片树林好像不大，等你过了河，还能瞧瞧这边的情况。到时候咱们没准就知道该往哪边走了。”

“好吧，”长毛没好气地说，“有道理。这条臭河，你们让我游多少回我就能游多少回。该我干的事，我从来都不推脱。”

说完，他便毫不犹豫地连蹦两下，钻入水中，游过了无波深潭，在其他兔子的注视下爬到一丛开花的玄参旁边，紧紧咬住一株粗壮的茎秆，抖落皮毛上的水珠，蹿入了赤杨林。片刻之后，榛子他们透过稀稀拉拉的榛树看见长毛跑进了原野。

“有长毛在真是太好了。”榛子对闪银说着话，又想起了令人扫兴的山梨，“咱们需要知道的事情，他肯定能查得一清二楚。哈，我就说嘛，看，他回来了。”

长毛穿过原野往回飞奔，看起来比之前同冬青队长打架时还要激动。他一头扎进水潭，拼命划水，在褐色的平静水面上激起层层涟漪。刚一出水、踏上河边的沙地，长毛就迫不及待地说：“啊，榛子，我要是你，就不会磨蹭到中午才出发。我会马上就走。说实话，我觉得咱们现在非走不可。”

“为什么？”榛子问。

“有条大狗正在林子里转悠！”

榛子大吃一惊。“什么？”他说，“你怎么知道的？”

“站在河对面，没有树挡着，就可以把下坡的林子看得清清楚楚。我看见有条狗正穿过一片空地，他的脖子上还拴着铁链，一定是从哪儿逃出来的。那条狗可能是闻到了刚才那只獾的臭味，可是獾现在已经钻到地底下去了。你说，狗要是闻着咱们的味儿会怎样？就算身上挂满露珠，他也会欢欢喜喜地从森林那头蹿过来的。好了好了，咱们就别磨蹭了。”

榛子不知所措。他眼前站着长毛——浑身湿透、英勇无畏、率直坦诚，催促他做出决定。他身边是小多子——默不作声，时不时地抽搐一下。黑莓正在热切地望着他，等他下决断，却对长毛不屑一顾。随后，他望向小水窝——这只小兔子正缩在沙坑之中，惊惶万状、可怜至极。就在这时，从上风处传来一声兴高采烈的犬吠，一只松鸡也被惊得跟着一起叫起来。

榛子满不在乎、大大咧咧地说：“行，那你就先过去吧——谁想去就跟着长毛。我留下，等小多子和小水窝缓过来再说。”

“你这个大笨蛋！”长毛嚷嚷起来，“这样下去咱们都会没命的！咱们都会……”

“别发火嘛！”榛子劝长毛，“那你说该怎么办？听你的也不是不行。”

“听我的？我没什么好说的。能游的游，不能游的就待在这里碰运气——没准那条狗不会来这边。”

“恐怕我得留下，是我把小水窝拉过来的。我不能丢下他不管。”

“哈，小多子总不是你拉过来的吧？你是被他拉过来的。”

尽管有点不情愿，榛子还是不禁钦佩起长毛来：这位勇士虽然正在发火，但他显然并没有只考虑自身的安危，而且比其他兔子镇定许多。他环顾四周，寻找黑莓，发现这家伙已经离队，正站在潭边狭窄沙地与碎石滩交界的地方，四爪在浅滩中半隐半现，嗅着河道中一个又大又平、像木板一样的东西。

“黑莓，”榛子叫道，“能不能先回来一下？”

黑莓抬起头，从水中抽出爪子，跑了回来。

“榛子，”他急匆匆地说，“那是一大块平平的木头，咱们领地上面的‘大绿场’那儿也有这么一块。这东西一定是顺水漂过来的。它能浮起来。咱们可以让小多子和小水窝坐在上面，再让它浮起来。这样他们就能过河啦！懂了吗？”

榛子如坠云雾里。黑莓这番胡言乱语似乎只会把危急与困惑之网越拉越紧。现在长毛正在不耐烦地发脾气，小水窝六神无主，大狗步步逼近——就好像这些还不够，偏要让他们中间最聪明的兔子发起疯来，老天才会满意。榛子已几近绝望。

“弗瑞斯大人啊！哈哈，我明白了！”欣喜若狂的喊声传进了榛子的耳朵，是小多子，“快，榛子，别等了！走吧，带上小水窝！”

最后还是黑莓吓唬了呆呆愣愣的小水窝一通，才迫得他站起身，一瘸一拐地走了几码，来到碎石滩上。那块搁浅在河滩上的木板比大黄叶大不了多少。黑莓几乎是用蛮力把小水窝推上去的。小水窝抖抖索索地缩成一团，小多子随即也爬上了木板。

“谁力气大？”黑莓问，“长毛！闪银！推！”

谁都没动。大家蹲在那里，满头雾水，大惑不解。见状，黑莓只得自己把鼻子探进木板下方的砾石中，用力一拱。木板歪了歪，小水窝尖叫一声，小多子则低下头，伸长四肢，爪子抠紧木板，好让自己立得稳一些。木板滑入水潭，稳稳地漂出几英尺远。上面的两只兔子弓着脊背，僵着身体，一动都不敢动。木板缓缓地打了个转，小多子和小水窝回头呆望着站在岸边的同伴。

“我的天哪！”蒲公英叫道，“他们坐在水上啦，怎么没沉？”

“他们坐在木板上，而木板可以漂浮，你看不出来吗？”黑莓答道，“行了，咱们也赶紧游过去吧。下水吧，榛子？”

榛子刚才还着急得快要发疯，觉得自己已经无能为力，因此并未对长毛在情急之下吐出的刻薄话予以回应，只是下定决心豁出性命陪在小多子和小水窝身边。直到现在他也仍然不明白小多子和小水窝为何能漂于水面，但至少清楚了一件事：黑莓想要让他端起领袖的架势。他的思路一下子清晰起来。

“游吧，”他说，“都下水。”

榛子注视着同伴们依次跳入潭中。蒲公英游得轻松、飞快，就跟在地上跑一样，闪银也同样敏捷，其他兔子则有些吃力。眼见大家快要游到岸边，榛子才扎进水中。冰冷的水瞬间浸透了他的毛。他的呼吸急促起来，被水没过头顶时，他听到潭底的砾石在沙沙作响。他笨拙地划着爪子，尽力把头探出水面，终于游到了玄参丛边。他爬到岸上，扫视着赤杨林中一个个落汤鸡一般的同伴。

“长毛呢？”他问。

“在你后面。”黑莓答道，牙齿直打架。

长毛依然待在对面，泡在水中。刚才他游到“筏子”旁边，用头将其顶住，后腿猛力蹬水，推着木板前进。“别动！”榛子还听见他喘着粗气、凶巴巴地说。紧接着，长毛沉了下去，片刻之后又露出头来，使劲用脑袋拱了木板后侧一下，又拼命拨水，用力一蹬，木板歪歪斜斜地向前漂去。其他兔子在岸边往回看的时候，长毛才缓缓地游过来，上了岸。小多子先把小水窝推到岸边的石头上，随后才爬上了岸。长毛也蹚着水从他们身边爬上岸，累得全身发抖，上气不接下气。

“刚才黑莓一拱那玩意，我就明白了。”他说，“可是在水里根本用不上劲。但愿太阳赶紧出来，我要冷死了。快走吧。”

他们快步穿过赤杨林，爬上高地，钻进灌木丛。那条狗不知所终。兔子们大多没看懂黑莓刚才的“发明”，不过很快就把这件事抛在了脑后。不过小多子没忘，他凑到了倚在一株黑刺李上的黑莓旁边。

“是你救了我和小水窝。”小多子说，“小水窝还糊涂着呢，但我心里有数。”

“说实话，我也觉得自己想了个好主意。”黑莓答道，“咱们得把这个点子记住，以后没准还能派上用场。”

9

乌鸦与豆田

怀捧扁豆花之芬芳，

身绕画眉之歌唱。

让五月、六月伴随身旁。

——罗伯特·布朗宁《味道》

兔子们还趴在灌木丛中休息的时候，太阳已经悄悄爬上了天际。有几只兔子蜷缩在黑刺李粗壮的茎秆之间酣睡，尽管知道这里并非稳妥的安身之处，但他们实在困乏至极，只能听天由命。榛子望着他们，刚才在河对岸困扰着他的忐忑似乎又要爬上心头。这么一片毫无遮拦的灌木丛绝非长久的藏身之所，可他们又能去哪儿呢？他得好好查探一下周围的情况。榛子沿着灌木丛前行，感觉有微风自南方吹来，于是打算找个安全的地方坐下来，仔细嗅一嗅——风从高处裹挟下来的气味或许能让他有所发现。

灌木丛被牛群踏出了缺口。榛子站在此处，看见牛群正慢慢地沿坡而上，安闲自在地吃草。他小心翼翼地钻出灌木丛，走进原野，蹲坐在一蓬蓟花旁边，嗅起风来。风中，有山楂树的芬芳，还有牛粪的恶臭。他完全辨明了随风钻入鼻孔的气味，其中只有一种他从未闻过——一种馥郁的甜香在空气中飘荡，让他神清气爽，毫无不适之感。不过这到底是什么味道，怎么这么浓烈？它怎么能在旷野之中借南风之力将其他气味一应掩盖？它的源头肯定就在附近。榛子思忖着要不要派一只兔子去察看一番。蒲公英跑得飞快，他蹿上坡顶再回来，应该用不了多久，而且他喜欢寻刺激，看热闹，总是闲不住。蒲公英要是独自行动，不等大家察觉他不见，他就已经带着情报回来了。在这一点上，长毛跟他比也相形见绌。

最后，榛子矫健地跃上草场，向牛群奔去。牛儿们见有只兔子来了，纷纷抬起头，端详了一会儿，又专心地啃起草来。一只大黑鸟扑扇着双翅，蹦蹦跳跳地跟在牛群后面。这只鸟看起来颇像白嘴鸦，可白嘴鸦一般不会单独活动，榛子又不那么肯定了。榛子瞧着他用微微发绿的利喙在地上猛啄，但怎么都猜不出这只鸟在干什么。榛子从没见过乌鸦，不知道那只乌鸦正在沿着鼹鼠的踪迹追踪鼠洞，打算把鼹鼠啄死再从洞里拖出。要是他知道这些，就不会掉以轻心，把乌鸦归为鹧鸪、雉鸡等“非鹰之鸟”的同类，也不会贸然行进了。

奇异的芳香越发浓郁，如浪潮一般从坡顶涌来，简直要把榛子熏晕了——初次去地中海游玩的人嗅到香橙花的气味也会有同样的感受。榛子如痴如醉地径直跃向坡顶。前方有一排灌木篱，远处，一片蚕豆正捧着盛开的花朵在风中摇曳。

榛子俯身打量着眼前这片整整齐齐的“树林”——这里的“树”又矮又小，呈灰绿色，挂着一簇簇黑白相间的花。榛子从没见过这样的植物。他认得小麦和大麦，还见过芜菁田。但眼前之物跟那些东西截然不同，是那样地勾魂摄魄、生机勃勃、赏心悦目。没错，他闻得出，这玩意不能吃，可是在这片“林子”中，他们可以安心住下，想趴多久就趴多久，也可以借“小树”作掩护，肆意奔跑。榛子当即下定决心，要带同伴们过来，在豆田中藏身，好好歇歇，晚上再上路。他跑回去，在原处找到了同伴们。长毛和闪银醒着，其他兔子还在打盹儿，时不时抽搐一下。

“没睡啊，闪银？”榛子问。

“这里太危险了，榛子。”闪银答道，“我跟他们一样，也困得要命。可是，我们要是都睡着了，如果有艾利尔出现，谁来提醒大家？”

“嗯。我发现了一个好地方。在那儿，咱们都可以安安心心地睡觉，睡多久都行。”

“是地洞吗？”

“不是。是一片田地，里面长着香香的东西。咱们躲在里面，谁都瞧不见，闻不着。咱们进去歇脚，等缓过来再上路。你们要不要到树丛外嗅一嗅？这里就能闻到。”

闪银和长毛出去嗅了嗅。“你说你看见地里的东西了？”长毛一边问，一边转动着耳朵，捕捉远方豆田中传来的响动。

“看见了，就在坡顶。好了，咱们赶紧带着大家过去吧，省得一会儿有人类坐着‘隆嘟嘟[1]’来，把大家吓得到处乱跑。”

闪银叫醒大家，连哄带劝，催他们往豆田那边跑。他们没

[1] 兔子语，指拖拉机或人类的其他机动车辆。——作者注

精打采、跌跌撞撞地挪出灌木丛，即使听榛子反反复复地说“没多远”，也依然提不起精神。

兔子们有气无力地爬上缓坡，队伍拉得越来越长。闪银和长毛带路，榛子和沙棘跟在稍远的地方，其他兔子则懒懒散散地跳跳停停，时不时啃两口草，或者在被太阳晒得暖洋洋的草地上方便。闪银快到坡顶时，坡地中段忽然响起一声大叫——兔子的大叫，既非求救，也不是恐吓，而是单纯的惊呼。比同伴瘦小、疲惫不堪的小多子和小水窝落在最后，成了乌鸦袭击的目标。乌鸦先是贴地飞行，而后伸着尖喙朝小多子冲去。小多子忙不迭地往旁边一闪，躲开了。乌鸦随即在草丛中跳来跳去，时不时地冲他们猛啄。小水窝发现乌鸦是瞄准他们的眼睛下嘴的，于是把头藏在一蓬杂草中，还想在里面挖个地洞。刚才扯着嗓门儿喊的就是他。

榛子马上狂奔过去。他也不知道自己该如何是好。如果乌鸦对他置之不理，没准他就只能愣在原地了。好在乌鸦见他飞跑过来，分了神，转而去对付他。榛子一个急转弯，从乌鸦身旁掠过，长毛这会儿也从另一侧冲来了。乌鸦又转过身去啄长毛，但同样扑了空。榛子听见他的喙撞击在草丛中的鹅卵石上，发出“咚”的一声响——鸫鸟把缩进硬壳的蜗牛往石头上扔时也会砸出这样的声音。闪银本想跟长毛一起左右夹击，但乌鸦缓过神来，恶狠狠地盯着他，吓得他猛地停下脚步。这时，他面前的大鸟仿佛起舞一般，黑翼乱拍，让兔子望而生畏。乌鸦刚要啄榛子，长毛便发起背袭，冲上去把黑鸟撞到了一边。乌鸦在草地上踉跄几下，火冒三丈，粗声粗气地嘎嘎大叫。

“顶住！”长毛喊道，“从后面上！这家伙是胆小鬼，只冲老弱病残下嘴！”

但乌鸦已经落荒而逃。他笨拙地扇着翅膀，飞得很慢、很低。兔子们看着他越过远方的灌木丛，消失在河对岸的森林中。四周一片幽寂，一头牛吃着草过来了，扯得草叶噼啪作响。

长毛大步来到小水窝身旁，说了一句奥斯拉常挂在嘴边的粗话：“哎哟哎哟，那群废物。跟他们打架，拉屎都用不着耽误。”

“得啦，小东西，”他又说，“把脑袋拔出来吧。今天可真够劲。”

说完，长毛转身前行，小水窝三步并作两步走，唯恐被落下。榛子这才想起小多子说过，小水窝好像受了伤，此时见他一瘸一拐、跌跌撞撞地沿坡而行，才觉得小多子恐怕真没说错。

“等到了安全的地方，我得赶紧看看他的爪子。”榛子心想，“可怜的小水窝，他这样可走不了多远。”

坡顶，沙棘已经领着大家往豆田里钻了。榛子钻过灌木丛，穿过一片狭窄的草地，发现眼前有一条长长的幽暗通道夹在两列蚕豆之间。这里的土壤又松又软，蚕豆叶下方的绿荫中，随处可见农田中常见的野草，有蓝堇、野芥子、紫蘩蒌、小白菊。豆秧在微风中轻轻摆动，斑驳的光影随之在褐色的泥土、雪白的鹅卵石和各种野草上摇曳。无边的静谧里简直没有一丁点惊心动魄的东西，就连那片树林也被笼罩其中，还奉上连绵平缓的窸窣之音作为点缀。循着一列蚕豆望去，榛子看见了沙棘的背影，于是赶上去，钻进了豆田深处。

没过多久，兔子们便都聚集在一片洼地之中。四周成行成列的蚕豆掩护着他们，为他们抵挡外敌，遮蔽体味。就算待在地洞里也未必比这里更安全。藏身于此，哪怕在紧要关头也不会饿肚子——成撮的嫩草遍地都有，蒲公英到处都是。

“咱们可以在这儿睡上一整天。”榛子说，“不过我想，放哨还是有必要的。我先来放哨吧，顺便看看你的爪子是不是扎了东西，小水窝。”

气喘吁吁的小水窝本来面向左边侧趴着，听见榛子的话，他翻了个身，伸出了左前爪。榛子透过浓密的粗毛仔细检视（兔子的脚上没有肉垫），片刻之后便有所发现——小水窝的脚掌上扎着一根从荆棘上脱落的椭圆头尖刺，伤处皮肉撕裂，周围还有一点血迹。

“有根大刺，小水窝！”榛子开口道，“难怪你跑不动。咱们得把它弄出来。”

拔刺并非易事，因为那只前爪一碰就疼，哪怕榛子只是用舌头轻轻挨到，都让小水窝痛得扭来扭去，一个劲儿地把前腿往回抽。榛子不厌其烦地试了许多次，最后终于用门牙把断刺叼住，顺利地将它拔了出来。鲜血随即流了出来。这根刺又长又粗，在一旁休息的鹰齿菊赶紧叫醒虎尾草，让他开开眼界。

“弗瑞斯在上，小水窝，”虎尾草嗅着被丢在鹅卵石上的尖刺说，“你要是再弄到几根，就能用它们做个公告板，吓唬吓唬小多子了。刚才要是知道你身上有这玩意，我们没准还能用它戳瞎那只獾的眼睛来壮胆。”

“舔舔伤口，小水窝。”榛子说，“等不疼了，你就去睡吧。”

10

马路与村庄

怯懦回答道：他们……已经爬出了困难之境。不过，他又说：我们越往前走，就越发觉得危险重重。因此便转身踏上了回头路。

——约翰·班扬《天路历程》

过了一段时间，榛子唤醒沙棘，自己则在地上刨出一个浅坑，沉沉睡去。这一天，兔子们就这样轮番放哨。至于他们据何判断该在何时换岗，即使是身处文明世界的人类也不得而知。许多生物既没有钟表，也无从阅读书籍，却掌握了所有关于时间与天气，以及方向的知识——正如我们所知，某些鸟兽会准时南迁北归，令人啧啧称奇。空气的冷暖，土壤的干湿，阳光的浓淡，蚕豆株随风摆动幅度的大小，以及风的来去与强弱——清醒的兔子对这一切心知肚明。

日暮时分，榛子醒了，只见橡子在两块泛白的燧石之间一边聆听，一边嗅个不停，可是周遭没有一丝响动。暮色渐浓，风停了，一株株蚕豆纹丝不动。小水窝伸展着四肢卧在那里，一只黑黄相间的埋葬虫爬上他雪白的肚皮，停下脚步，晃了晃弯弯的短触须，又继续行进。这突如其来的凶兆令榛子紧张起来。他知道，这种甲虫会被死尸吸引，并将其当作食物和卵床。他们常常把鼩鼱、落巢幼鸟等小动物尸体下面的土挖走，爬上尸身产卵，再把土盖在上面。难道小水窝已经在睡着的时候死去了？想到这儿，榛子猛地起身。橡子被他吓了一跳，也转过身来。小水窝动了动，醒了，甲虫赶紧逃到了鹅卵石上。

“爪子还疼吗？”榛子问。

小水窝把左前爪放在地上，踩了踩。“好像好多啦。”他说，“我应该能跟他们跑得一样快了。他们不会丢下我的，对不对？”

榛子用鼻子蹭蹭小水窝的耳后。“谁都不会把谁丢下。你要是跑不动了，我就留下来陪你。不过别再往尖刺上踩了，小水窝，前面的路可还长着呢。”

忽然，大家都慌里慌张地蹦了起来。一声枪响从近在咫尺的地方传来，撕裂了笼罩四野的寂静，一只田凫惨叫着飞上天空。回声宛若涟漪一般，一波一波地荡漾开来。河对面的森林中，一只只斑鸠扑棱扑棱地扇着翅膀。刹那间，兔子们在豆田中四散奔逃，每一只兔子都在本能的驱使下心急火燎地找洞钻，却不得其所。

榛子在豆田边上刹住了脚，环视四周，并未发现异样。他杵在那里瑟瑟发抖，等待着第二声枪响；然而，一切都归于沉寂。紧接着，他感觉地面震动起来，沉重的步伐朝着早上他们过来的山坡后面走去。这时，闪银现身把榛子推到了旁边的蚕豆后面。

“希望被打的是那只乌鸦。你说呢？”闪银说。

“但愿别有兔子犯傻窜到外面去。”榛子答道，“要是大家散开了，咱们可怎么找？”

“没法找。”闪银说，“咱们还是回到原地吧，他们会找回来的。”

很久之后，这群四散的兔子才陆续跑回豆田中央的低洼处。榛子在等待同伴的过程中，更加清晰地认识到他们的处境有多危险：他们没有可以跻身的地洞，而且正在完全陌生的乡野中东窜西逃。獾、狗、乌鸦、猎人……他们全凭运气躲避。可是这样的运气还能维持多久？他们真的能长途跋涉，到达小多子说的那个高高的地方吗？那个地方又究竟在哪里呢？

“等找到合适的、干燥的土坡，我就让大家安下身来。”他想，“只要有草，没有开枪的人就行。越快找到越好。”

鹰齿菊是最后一个回来的。一见到他，榛子就立即让大家动身。他小心翼翼地往豆田外面窥察，猛地蹿进附近的灌木丛，又停下脚嗅了嗅。风中没有任何异状，夹杂其中的，只有夜露的气息、山楂花的芬芳和牛粪的臭味。榛子带领大家踏上了旁边的草场。在这里，他们肆无忌惮、心安理得地吃起草来，仿佛自己的领地就在不远的地方。

榛子来到草场中央时，发现一个“隆嘟嘟”从远方的树篱后疾驰而来。这一个个头儿小，也没农场里的那么吵——以前他躲在旧领地的报春花丛中向外眺望，有时就会发现又大又响的“隆嘟嘟”。榛子眼前的这一个颜色鲜亮得过分，浑身都闪闪发光，比冬天里的冬青树还显眼。过了一会儿，汽油和尾气的味道飘了过来。榛子死死地盯着它，抽抽鼻子。他怎么都想不明白，这个“隆嘟嘟”为什么能在野地里跑得四平八稳，还这么快。它还会回去吗？它会不会穿过乡野，赶上他们，把他们当作猎物？

正在榛子犹豫不决、不知接下来该如何是好时，长毛凑了过来。

“那边有条马路。”长毛说，“他们没见过这玩意吧？”

“马路？”榛子想起了公告板旁的小径，“你怎么知道的？”

“哈，你说‘隆嘟嘟’为什么跑得那么快？再说，你就一点都闻不出来吗？”

晚风吹起，柏油经太阳晒过散发出来的气味清晰可辨。

“我以前没闻到过这种味道！”榛子恼羞成怒。

“哦，”长毛说，“也就是说，山梨从来都没派你出去给他偷莴苣，不然你就会知道马路是什么东西了。其实马路没什么了不起的，真的，只要晚上离它们远点就行。它们是艾利尔，肯定是。”

“你得教教我。”榛子说，“我跟你走，一会儿再让大家过去。”

他们奔上路堤，穿过树篱。榛子万分惊奇地俯视着下面的马路。有那么一刻，他还以为自己又看到了一条河——黑黑的，平平的，直直的，两边还有岸。可是他随即又瞧见柏油中还嵌着砾石，一只蜘蛛从路面爬过。

“这不是天然形成的。”榛子嗅嗅空气中浓郁的怪味，“这到底是什么？怎么来的？”

“人类做的嘛。”长毛说，“他们把它放在那儿，让‘隆嘟嘟’在上面跑，速度远比我们快。不然还能有什么东西能比我们跑得快呢？”

“那很危险吧？‘隆嘟嘟’能抓到我们吗？”

“不危险，怪就怪在这里。它们根本就不理咱们。你要是想见识一下是怎么回事，我就让你开开眼。”

当长毛跃下路堤，蜷伏在路边时，其余的兔子也陆续来到树篱边。汽车的声音从前方弯道那里传了过来。榛子和闪银提心吊胆地凝望着下方。一辆绿白相间、熠熠生辉的汽车出现了，径直冲向长毛。霎时间，整个世界都被嘈杂和恐惧所充斥，不过下一刻又归于平静。等众兔子回过神来时，汽车已不见了踪影，只剩一团兔毛随着被掀起的气浪飘向树篱。长毛在大家的注视之下跳上路堤。

“看见了吧？它们不猎捕兔子。”长毛说，“其实我觉得它们根本就不是活物，可是说实话，我也不清楚它们到底是什么东西。”

就像当初在河边一样，黑莓又跑远了。现在，他已来到马路中央，冲弯道那边嗅了半天，随后惊慌失措地返回路堤。

“怎么了？”榛子问。

黑莓没有答话。榛子和长毛沿着路堤边缘蹦了过去。黑莓欲言又止，像被恶心到的猫咪一样舔了舔嘴唇。

“你说它们不危险，长毛？”黑莓低声说，“但我觉得，它们危险得不得了。”

公路中间，血肉狼藉。那具扁平的尸体上，棕色的尖刺、雪白的茸毛、黑色的小脚爪依稀可见。尸体鼻子的边缘已被碾碎，有苍蝇在上面爬来爬去。血肉之间处处都可以看到硌穿了血肉的尖锐石子。

“一只尤纳[1]。”黑莓说，“尤纳只吃鼻涕虫和甲虫，为什么会惹祸上身？什么东西连尤纳都吃？”

“他肯定是在晚上遭殃的。”长毛说。

“那当然了，尤纳只在夜里找食吃。他们只在快死的时候才在白天活动。”

“我知道。可我想说的是，那种‘隆嘟嘟’会在晚上发光，比弗瑞斯还晃眼睛。活物看见光跑过去，一下子就头昏眼花、找不着北了，这时候很可能被它们撞到。反正奥斯拉里的兔子是这么说的，我可不想用自己的命去试。”

“好了，天快黑了，”榛子说，“咱们赶紧过去吧。我本来就觉得这马路不是好东西，听长毛这么一说，只想能离它多远就多远。”

月亮升起的时候，兔子们已经穿过了纽镇的墓地。那里有一条小溪流经草地，从小径下方钻过。兔子们跑来跑去，最后爬上一座小山，来到了纽镇公地[2]。这里遍地泥炭，满眼都是荆豆花和银桦。与那座牧场相比，这里简直怪异无比，让他们望而生畏。这样的树，这样的草，乃至土壤，他们以前从未见过。兔子们在茂密的帚石楠丛中茫然无措，放眼望去，只瞧得见方圆几英尺以内的东西。他们的毛都被露水打湿了。地面上，裂缝纵横交错，坑洼随处可见，里面露出了黝黑的泥炭土，还积着水。时而有雪白的锐石散布其中，在月光下闪着微光。论其

[1] 兔子语，指刺猬。——作者注

[2] 指政府所拥有或控制的土地。

个头儿，大的与鸽子相当，小的跟兔子脑袋差不多。每逢有地缝挡在面前，兔子们便挤在一起，等榛子和长毛去旁边找路。他们在一株株纤细坚韧的帚石楠中穿行，总能看见甲虫、蜘蛛和小蜥蜴东奔西逃。有一次，一条蛇被沙棘惊动，往他的前爪之间一蹿，"咻"地钻进银桦下的洞中，吓得沙棘蹦了起来。

最让他们觉得新鲜的，是周围那些他们闻所未闻的植物——马先蒿的粉红色花朵像是伸着钩子，纳茜菜开着小花。茅膏菜的花茎细细的，毛茸茸的嘴巴高昂着，白天张开捉苍蝇，晚上则死死地闭上。这片茂密的"丛林"中，万籁俱寂。兔子们渐渐放缓了行进速度，又被一条条地缝耽误了不少工夫。然而，帚石楠丛里虽然没有动静，吹过公地的微风却把远方的声响送进了他们的耳朵：一只公鸡喔喔地叫着；一条狗边跑边吠，一个人冲他嚷嚷了几句；一只小猫头鹰叽叽咕咕地嘟囔个没完；一只田鼠，要么就是鼩鼱，冷不防地高声呼喊。因此纵使周遭没有什么动静，兔子们却感觉处处透露着危险。

深夜，月亮即将落下的时候，兔子们又缩在一条地缝跟前。榛子抬头望向不远处的一道矮坡。他还在犹豫该不该爬上去察看前面的地形，便听见身后有脚步声响起。他扭头一看，原来是鹰齿菊过来了。鹰齿菊一副鬼鬼祟祟、欲言又止的样子。榛子着急起来，连连打量他，以为他生了病，或者中了毒。

"呃，榛子……"鹰齿菊的视线越过他，落在阴森森的"黑崖"上，"我……呃……就是说，我们……呃……我觉得我们……嗯，我们不应该再往前走了。我们受够了。"

他没再说下去。榛子这才发现，鹰齿菊身后，虎尾草和橡子正在听他俩说话，似乎有所期待。随后是一阵沉默。

“接着说呀，鹰齿菊。”虎尾草催道，“不然我来？”

“我真的受够了。”鹰齿菊说。他似乎想摆出居高临下的派头，却显得有点蠢。

“我也一样，”榛子说，“真希望咱们以后不用再受这么多苦。歇歇吧。”

“我们不想再往前走了。”虎尾草插嘴道，“我们觉得，稀里糊涂地跑这么远，实在太傻了。”

“咱们这一路经过的地方，一个不如一个。”橡子也忍不住了，“咱们到底要去哪儿？还得跑多远才能安稳下来？”

“原来你们担心这个。”榛子说，“我自己也有点着急，不过总有一天，我们能找到安身的地方。”

鹰齿菊眯起眼睛，冷冷地说：“我们觉得你根本就不知道该往哪儿走。你连马路都不认识，对吧？你更不知道前面有什么东西在等着我们。”

“好了，”榛子说，“直接说你们想怎样，然后咱们再商量商量。”

“我们想要回去。”橡子说，“我们觉得小多子说错了。”

“咱们好不容易才来到这里，你们现在却说要回去？”榛子反问道，“还有，咱们打伤了奥斯拉队长，你们要是回到领地，会不会被处死？看在弗瑞斯的分上，别说傻话了。”

“打伤冬青的又不是我们。”虎尾草说。

“当时你们可都在旁边，而且是黑莓带你们过去的。你以为他们那么健忘？还有……”

榛子把后半截话咽了回去——小多子过来了，他身后跟着长毛。

“榛子，”小多子说，“陪我爬到那道坡上待一会儿行吗？我有要紧事。”

长毛透过额前浓密的毛发，怒气冲冲地瞪着鹰齿菊他们，说道：“等你们上去了，我跟他们仨说两句。怎么不把自己舔干净点，鹰齿菊？看你那副邋遢相，就跟老鼠撇在夹子上的尾巴尖似的。还有你，虎尾草……”

榛子不等长毛说完虎尾草像什么，就跟着小多子跃上土块突兀、层层叠叠的泥炭坡，向顶部的“突崖”爬去——那里由掺杂着砾石的泥土构成，长满了细草，刚好悬在兔群的上方。其实刚才就是小多子找到路，把榛子带到泥炭坡跟前的。这里距下方在微风中颔首的帚石楠丛仅有几英尺远，十分空旷，最高的地方满是绿油油的青草。他们爬上去，坐了下来。右边，昏黄的月亮在淡淡的云层后若隐若现，将微光洒向远方的松树林。他俩向南望去——那里是一片萧索的荒原。榛子等小多子开口，可他就是不吭声。

最后，还是榛子主动问道：“你想跟我说什么？”

小多子没有回答，于是榛子满心困惑地扭回头去。长毛的声音从下面飘了上来。

“你呢，橡子，你个耷拉着耳朵、满脸糊着粪的丑八怪，护林人都懒得把你吊起来。我要是闲得没事干，肯定告诉……”

月亮钻出云层，照得帚石楠丛中一片通明，然而榛子和小多子并没有下去。小多子的目光越过公地边缘，飞向远处。在四英里开外的地方，绵延七百五十英尺的山峦沿着南边的天际伸展过去。在其顶峰，柯林顿丛林中的山毛榉正在左摇右摆——显然，那里的风比帚石楠丛这边的猛得多。

“你看！”小多子忽然叫道，“那就是咱们要找的地方，榛子。又高又偏，还有风，只要有动静，我们远远地就能听到。那里的土干得就跟谷仓里的稻草似的。那就是我们应该去的地方，也是我们必须去的地方。”

榛子望着远方朦胧的群山，感觉小多子根本是在异想天开。不过，也许他们可以设法走出帚石楠丛，找到一个幽静的地方。其实那片树木丛生、他们曾经栖身其上的坡地就不赖。好在小多子还没有把他那傻傻的念头公之于众，现在他们的麻烦已经够多了。要是小多子听劝，就此改变主意，那倒还好说——就怕他早就跟小水窝透过口风了。

“不行，我觉得那边太远了，小多子。”榛子说，“你想想，那么远，多危险哪。大家都提心吊胆的，还累得要命。咱们得尽快找个安全的地方。我想顺顺利利地做咱们力所能及的事情，不想逞强蛮干。”

但是小多子对榛子的话充耳不闻，似乎彻底陷入了沉思。他再次开口时，更像是自言自语。“那边的山和咱们中间隔了一片浓浓的雾，我看不透，可是咱们得穿过去，起码得钻进去。”

“雾？”榛子问，“什么意思？”

“咱们有麻烦了，说不清、道不明的那种。”小多子轻声说，“可是跟艾利尔没有关系，感觉更像是……更像是在雾中迷了路。我们好像受到蒙蔽，迷失了方向。”

四周并没有雾气，五月的夜晚本就清朗明净。榛子默默地等了一会儿，小多子终于淡淡地缓声说道:“可是，咱们得继续前进，得爬上那边的山。”接着，他压低嗓门儿，像说梦话一般:“要上山，直到我们抵达那片高地为止。回去的兔子会遭遇不测。往那边跑,不明智。往那边跑,不安全。跑……不……”他剧烈地哆嗦起来，突然蹬了一两下腿，不作声了。

下方的洼地中，长毛好像快说完了。“哼，得了，你们几个贼眉鼠眼、心眼儿小得像兔笼的臭羊虱子，赶紧滚出我的视线！不然我就……”他的声音又消失了。

榛子再度望向远处模糊的山坡。这时，小多子动了动，嘴里又开始嘟囔个不停。榛子伸出一只前爪，轻轻地推了推小多子，又用鼻子蹭了蹭他的肩膀。

小多子猛地惊醒过来。“我说什么了，榛子?”他问，“我好像忘了。我本来是想告诉你……”

“没事的。”榛子安慰他，“咱们下去吧。该招呼大家上路了。你要是还有刚才那种奇怪的感觉，就待在我身边。我来照顾你。”

11

艰难跋涉

随后博曼爵士用尽办法，一次又一次地穿过沼泽、原野与深谷……他一头坠入深潭，因为他在森林中迷了路，走反了方向……最后，他竟然找到了一条绿草茵茵的坦途。

——马洛礼《亚瑟王之死》

榛子和小多子返回洼地时，发现黑莓正伏在泥炭地上，嘴里啃着莎草的枯茎等他俩。

“嘿，”榛子说，“怎么回事？大家都去哪儿了？”

“那边。”黑莓答道，“他们吵得可凶了。长毛跟鹰齿菊和虎尾草说，要是他俩不听话，就把他们撕个稀巴烂。鹰齿菊说他想知道谁是老大，就被长毛咬了。这个问题好像确实挺伤感情的。可是，你和长毛，到底谁是咱们的兔子统领呢？”

“我也不知道。”榛子说，“长毛确实最有本事。可是，他根本用不着咬鹰齿菊的——他们一上路，就知道根本回不去了。让他们发发牢骚，事情就过去了。但现在长毛把他们三个惹毛了，反而让他们有了出走是迫于无奈的感觉。我想让他们坚持下去，因为最后他们肯定会明白只有这一条路可走。都到这个地步了，还要咬他们，冲他们耍横，是嫌咱们这儿的兔子太多吗？

咱们眼前的麻烦和危险已经够多了！”

他们来到了洼地的另一头。长毛、闪银和沙棘正在花串下聊着天。小水窝和蒲公英正装模作样地在附近的一片灌木丛中进食。在稍远一点的地方，橡子舔起了鹰齿菊的脖子，动作很夸张，虎尾草就在一旁看着。

“别动，真可怜哪，哥们儿。”橡子提高了嗓门儿，这话显然是说给旁边的兔子听的，“我先把血舔干净。别动别动！”鹰齿菊做作地龇牙咧嘴，把头仰得高高的。榛子过去时，其他兔子都扭过头来，满脸期待地望着他。

“嗯，”榛子开口道，“我知道你们闹了别扭，不过这事就这么算了吧。这个地方不怎么样，不过咱们很快就能离开了。”

“真的？”蒲公英问。

“只要跟着我就行。”榛子孤注一掷，“日出之前，我一定会带大家脱身。”

“我要是做不到，”他暗自想，“他们很可能会把我撕成碎片。但愿老天保佑。”

榛子再次跃出洼地，其他兔子紧随其后。耗神费力、惊心动魄的旅行又开始了，只有在碰到意外的时候他们才会停一停。有一次，一只雪鸮悄无声息地俯冲而来，榛子甚至看到了他凝视自己的乌黑双眸。不过，要么是雪鸮无心狩猎，要么就是他觉得榛子个头儿太大，难以制服，反正最后这只猛禽消失在了帚石楠丛中。榛子一动不动地杵了许久，对方都没有飞回来。还有一次，蒲公英和其他兔子先后嗅到了雪貂的味道，大家窃窃私语，在地上嗅来嗅去。然而这股气味其实是很久以前留下来的，于是他们又继续行进。这里的植株并不高，可是他们懒懒散散，跑得时快时慢，有的兔子还拖拖拉拉，因此这段旅程比森林之行还要艰难。他们时而跺脚发出警报，时而停下脚步，愣在那里——这些发出的警报，有的确有其事，有的只是错觉。夜色已浓，榛子根本不清楚带路的究竟是自己，还是长毛或者闪银。有一回，榛子感觉前方传来一阵短促的响动，他驻足呆愣了半天，随后提心吊胆地跑上前去，却发现原来是闪银趴伏在一蓬鸭茅后面。就这样，在极度的困惑与疲惫中，他们茫然地往前走着。在这段噩梦般的深夜之行中，小水窝始终紧紧地跟着榛子，而其他兔子则如浮萍一般时聚时散。榛子知道小水窝需要他的鼓舞，而这份需要也最终成了榛子疲惫时唯一能支撑他坚持下去的动力。

“快到了，小水窝，马上就到了。”榛子不停地念叨着，最后发现这样的话其实毫无意义，不过是在不知不觉中反复吐出的妄语而已。他不是在安慰小水窝，甚至也不是自言自语，只是在睡梦里，或者在半梦半醒之中呢喃呓语罢了。

最后，他终于看到了黎明时分的第一道曙光，就好像身处洞穴深处，转过一个弯突然看到从洞口照进来的微光。与此同时，一只黄鹀鸟亮起了歌喉。榛子仿佛败军之将一般，沮丧、彷徨与悲怆一股脑儿地涌上他的心头。伙伴们有没有跟着他上来？但愿他们在不远的地方。他们是否真的都跟了上来，一只都没有掉队？他究竟把同伴们领到了何处？现在又该何去何从？万一有天敌出现，他们该如何是好？这些问题，榛子既无法回答，也没有精力去思考。在他身后，小水窝在湿气中瑟缩不已。榛子转身用鼻子蹭了蹭他——打了败仗的将军也只能在落寞中安慰一下陪在自己身旁的仆人了。

天色亮了一些。榛子很快便看见前方不远的地方有一条光秃秃的砾石小径。他一瘸一拐地走出帚石楠丛，坐到石头上，抖落身上的水珠。如今，小多子口中的理想之地在他眼前展露无遗：几座灰绿色的小山浸在湿润的空气中，似乎近在咫尺；陡坡之上，就连荆豆丛里星星点点的小花，还有一株株矮小细弱的紫杉都依稀可辨。他眺望着那里，听见一声兴高采烈的呼喊从身后传来。

“他做到了！我就说他做得到吧！”

榛子转过头去，看见黑莓沿着小路过来了。他满身泥水，憔悴不堪，但刚才的确是他在欢呼。从他身后的帚石楠丛中，又陆续钻出了橡子、虎尾草和沙棘。四只兔子直勾勾地盯着榛子瞧，让他深感莫名其妙。紧接着，他们凑上前来，榛子这才发现他们盯着的不是自己，而是远方的某处。他也扭过身去，只见那条砾石小径蜿蜒而下，伸入狭窄的银桦与山梨林带。前面一点是一排稀疏的树篱，再前面一点，是夹在两丛灌木之间的一片绿地。他们已经来到了公地的另一端。

“哎呀，榛子。”黑莓绕过砾石上的泥潭，跑到他身边，“刚才我累得要命，心里也没底，都开始琢磨你到底知不知道该往哪儿走了；我还听见你在帚石楠丛里一个劲儿地嘟囔‘快到了，快到了’，简直烦得不得了，以为你在糊弄我们。我真不应该怀疑你，弗瑞斯大人在上，以后你就是我的兔子统领了！”

“干得漂亮，榛子！”沙棘也说，“太棒了！”

榛子一时语塞，傻傻地望着大家。接下来开口的是橡子。

“走吧，”他说，“看谁第一个到绿地！我还跑得动呢！”橡子转身奔下斜坡，速度并不算快，当榛子跺脚让他停下时，他马上乖乖地刹住了脚。

“别的兔子呢？”榛子问，“蒲公英呢？长毛呢？”

就在这时，蒲公英钻出帚石楠丛，坐在路上，也望向了绿地。跟着他出来的，先是鹰齿菊，然后是小多子。小多子打量起前面的原野来。榛子在一旁等着，可沙棘让他往坡底瞧。

“看，榛子大人，”他叫道，“闪银和长毛正在下面等着我们呢。”

闪银亮闪闪的浅灰色毛发在低矮的荆豆丛中十分醒目，而长毛坐起、朝大家跑来之后，榛子才瞧见他。

“大家都到齐了吧，榛子？”长毛问。

“到齐啦。”黑莓接了话，“告诉你，我以后要叫他‘兔子统领’了。榛子大人，我们能不能……”

“‘榛子大人’？”长毛插嘴道，“‘兔子统领’？哈，真搞笑！等我哪天叫你‘兔子统领’，榛子，从那天开始，我保证再也不打架了！”

从长毛的这番话听来，要是真有那么一天，那一定是个大日子。长毛也绝不是在开玩笑，然而谁都不知道那一天何时会到来。此时此刻，可怜的榛子只能把满心失落抛在一旁，毕竟在大家穿越帚石楠丛时，他并未起到至关重要的作用。

“好了，橡子。”他说，“你想跑，我就跟你一起跑。”

片刻之后，他们奔入银桦林。太阳冉冉升起，蕨草和嫩枝上的水珠迸发出五颜六色的光彩，兔子们穿过树篱，跃过浅沟，钻入了如茵的草地。

12

原野中的陌客

即使在拥挤的领地上，为寻找干燥住处而造访的年轻兔子也不会遭到驱逐……兔子们倘若健硕强壮，还可能夺得一席之地。

——R.M. 洛克利《兔子的私生活》

要想摆脱忧虑和恐惧，就看看我们头顶时聚时散的流云吧——有时遥望着它，人便不会急功近利，会觉得眼前的幸福也不过是过眼云烟。现在几乎所有生物都把看云当成一种乐趣。

这里有一个等着挨罚的男孩，可是，不知是大人忘记了他的过错，还是已经原谅了他，他的世界竟然又变得五光十色、多姿多彩了。这里有一名心如死灰、在战场上等待战死的士兵，可是他忽然转了运：消息来了，战争结束了！人人都放声高歌，他终于可以回家了！红隼飞来，耕地中的麻雀惊慌失措地伏下身子。可猛禽只是一掠而过，于是麻雀们又一窝蜂地飞上旁边的灌木篱墙，在自己心仪的地方蹦蹦跳跳、吵吵嚷嚷、安心歇脚。凛冬将整个原野笼罩其中，河边的野兔被冻得呆头呆脑、有气无力，都不再外出活动，只一个劲儿地往冷冰冰的雪堆和僻静的地方钻。可谁又想得到呢？如今寒冰正在消融，雪水汇成了小溪。大山雀在叶子掉光的酸橙树顶婉转鸣叫，大地上芬芳四溢。兔子们在暖风中欢蹦乱跳。绝望和不甘烟消云散，从地底蔓延开的、难以言喻的静谧先是被他们踏过，又如玫瑰般盛开，向群山和天空无限延展。

疲惫至极的兔子们吃过草，舒心惬意地在草地上晒着太阳，仿佛并未经过长途跋涉，只是从附近杂树丛旁边的坡地上溜达过来的。关于那片帚石楠丛和在黑暗中艰难穿行的记忆像被阳光晒化的冰雪一般，渐渐消散。长毛和鹰齿菊在高草中你追我赶。虎尾草来到流经田野的小溪旁，从小溪上一跃而过。橡子想要跟上，却跳得不够远，狼狈地落入水中。他赶紧爬上岸，钻进一堆枯橡树叶里翻滚着擦拭身体，闪银在一旁不停地奚落他。太阳升得更高了，地上的影子变得短短的，连草叶上的露水也蒸发得无影无踪。兔子们大多回到了土沟旁边峨参斑驳的叶影中，榛子、小多子和蒲公英则坐在鲜花盛开的野樱桃树下。洁白的花瓣打着转落在兔子们身边，覆盖了草地，也装点了他们的皮毛。一只画眉在距兔子们头顶三十英尺高的地方高歌："樱桃露，樱桃露，齐膝深，齐膝深，齐膝深。"

"啊，这真是个好地方啊！你说呢，榛子？"蒲公英懒洋洋地说，"虽然我自己也不想动，但我觉得咱们最好赶紧沿着溪岸到处察看一下。我总觉得好像一会儿要下雨。"

小多子似乎想说话，但最后只是抖抖耳朵，扭头啃起了蒲公英叶。

"森林旁边的那片坡地好像是个好地方。"榛子答道，"你说呢，小多子？咱们是现在过去，还是再等等？"

小多子犹豫了一下，开口道："听你的，榛子。"

"哈，用不着急着去那边挖洞吧？"长毛插嘴道，"那是母兔子的活儿，咱们哪儿会干？"

"那咱们也至少得挖一两个洞，"榛子说，"紧急关头总得有个地方藏身吧？走吧，去那边的杂树林看看情况。咱们可以慢慢地边走边观察，好确定在哪里挖洞最合适，省得以后费事。"

"嗯，也对。"长毛说，"你们去那边，我带着闪银和沙棘去下面看看。"

长毛他们三个从溪边出发，榛子则带着其他兔子穿过原野，来到林地边上，沿着坡地底部时而钻进火红的剪秋萝花丛和知更草丛，时而探出头来。他们之中不时地有兔子爬上砾石遍布的坡面，或是蹿进高矮树木混杂的丛林，在腐叶中扑腾两下。几只兔子就这样默不作声地边跑边看，最后爬上了一片高地。站在这里，下方的原野一览无遗——原野三面环树，中间的草地以溪流为中心，近乎一个圆。他们还看到了农庄的屋顶，不过那几座房子离这里都很远。榛子停下脚，大伙儿围了过来。

"我觉得在哪儿挖洞都行。"榛子说，"在我看来，这里处处都合适，没有一丁点艾利尔活动的迹象——气味、踪迹、粪便什么的都没有。这简直太少见了，不过也有可能是咱们的老领地原本就比别的地方招艾利尔喜欢，反正咱们应该能在这儿活得不错。现在我跟你们说说我的想法：咱们进林子，往回走一小段路，在那边的大橡树旁边挖洞——就是那片白色的繁缕花那里。我知道那座农场离这里不近，可咱们还是离它越远越好。咱们要是在林子边上安身，冬天还能借树木避避风。"

“太好啦！”黑莓说，“你们看，天已经阴下来了。日落之前准会下雨，咱们赶紧挖洞吧，到时就能在洞里避雨了。走！哎，长毛他们回来了。”

长毛、闪银和沙棘来到坡底，没有看见同伴们，直接从他们的脚下跑过，钻进了两蓬灌木之间的狭窄地带。直到橡子听命跑过去叫他们，他们才回身跃上坡面。

“咱们就在这儿安安心心地住着吧，榛子。”长毛说，“农场离这儿很远，周围也没有发现艾利尔的踪迹。那边有路，应该是人类做的，好像经常有人在上面走，气味还很新鲜。我还发现几截圆圆的东西，应该是从人类总叼在嘴里燃烧的小白棍上掉下来的。这样正好：咱们离人类远远的，人类又能把艾利尔给吓跑。”

“你说人为什么要来这里？”小多子问。

“人想干什么就干什么，哪有那么多‘为什么’。他们要么是把牛羊赶到原野上，要么就是去树林里砍树。这都没什么大不了的。比起雪貂和狐狸，我倒宁愿跟人打交道。”

“嗯，没事的。”榛子开口道，“你发现了挺多，而且都是好消息。我们正打算沿着那边的土坡挖洞呢。开工吧，我感觉马上就要下雨了。”

公兔从不认认真真地挖地洞，那是母兔干的活儿。只有在给即将出生的兔宝宝挖洞时，母兔的配偶才会帮帮忙。然而，一群公兔要是找不到现成的洞住，也会刨出几条短短的地道栖身，但并不会为此专心致志地埋头苦干。兔子们漫不经心、时干时停地挖了一整个上午。那棵大橡树两旁都是质地轻盈的沙砾土。有那么几次，兔子们挖错了地方，又重新来过。中午时分，他们终于刨出了三个洞。榛子瞧着伙伴们，时而去这边帮帮忙，时而去那边鼓鼓劲，还隔一会儿就溜出去，眺望原野，看看有没有危险。小多子则独自待在一旁。他没有跟大家一起挖洞，只是坐立不安地窝在沟边，不时啃两口草，一惊一乍的，仿佛总能听到林中有异响。榛子跟他搭过一两回话，但他都不理不睬，榛子便随他去了。榛子再次离开大伙儿时，没有去找小多子，而是坐在那里观察坡面，似乎在一心关注伙伴们的进度。

中午刚过，天空便布满了乌云。天色越发阴沉，大雨的气息从西方飘来，钻进了兔子们的鼻孔。刚才还在树莓丛中荡来荡去并唱着“嘿——呵，再去找片苔藓吧”的蓝山雀停止了表演，飞入树林。榛子正在想是否有必要再挖条地道，把长毛和蒲公英的洞连在一起，忽然就感觉到有同伴跺脚发出了警报——附近有情况。他慌忙转身，只见小多子一边踏地，一边死死地盯着前面瞧。

小溪对面灌木林外的草丛旁边，有只兔子坐在地上望着他们。他竖着耳朵，显然是在仔细观察他们的举动，嗅他们的气味，听他们的动静。榛子在大家眼前直立起身体瞧了对方一会儿，便坐了回去，而对方则纹丝未动。榛子直勾勾地凝视着他，并察觉到有三四个同伴跑到了自己身后，但他没有回头看，只是开口问道：

“黑莓？”

“他在洞里呢。”答话的是小水窝。

“叫他过来。”

对面的兔子还是没动。起风了，双方之间洼地中的长草颤动着泛起了涟漪。黑莓从后面过来，问道：

“你叫我吗，榛子？”

“我要过去跟那只兔子说两句话。”榛子说，“你陪我。”

“带上我吧？”小水窝问。

“不行，小水窝。过去的兔子不能太多，别吓坏对方。”

“小心点。”榛子和黑莓跃下坡地时，沙棘嘱咐道，“他可能不是独自来的。”

那条小溪有的地方十分狭窄，比兔子挖出的地道宽不了多少。榛子和黑莓直接跳到对岸，爬上了对面的堤坡。

“稳住。”榛子说，“我觉得他没打什么坏主意。就算情况不对，咱们也能开溜。”

见他俩靠近，那只兔子仍然一动不动地瞪着眼。现在他们看清楚了，对方可真是个大块头，魁梧结实，膘肥体壮。他的毛油光水滑，爪子和牙齿完整无缺。他似乎没有敌意，甚至还礼貌得出奇，只是满心好奇地等着榛子和黑莓过去。榛子和黑莓在离大块头兔子稍远的地方停下脚步，直视着他。

“应该没事。”黑莓低声说，“我先过去吧？”

“我们一起。”榛子答道。然而不等他们行动，对面那只兔子已经主动上前，还跟榛子碰了碰鼻子。两只兔子彼此嗅来嗅去，仿佛在默默地向对方询问。这位陌客的气味有点特别，但并不刺鼻。榛子嗅出对方不愁吃喝，身体健康，逍遥自在，似乎来自榛子从未见过的丰饶乡野。除此之外，这只兔子还透出一种贵族风范；他瞪着棕色的大眼睛转头端详黑莓时，榛子因感觉自己像邋遢的流浪汉和乞丐头子而自惭形秽起来。榛子本来不想先开口的，可是对方始终缄默不语，他实在忍不住了。

“我们是从帚石楠丛那边过来的。”他说。

对方没有接话。他的表情中没有恶意，但是流露出的忧郁和感伤实在有些诡异。

“你住在这里？”榛子想了想，接着问道。

“是的。”对方回答，然后又接着说，“你们来到这里，我们是知道的。”

“我们也想住在这儿。”榛子直截了当地说。

对方未置可否，只是略微迟疑了一下，说：“有什么不可以呢？我们猜想你们就是想住在这儿。不过，你们能全凭自己安然度日吗？”

榛子有点纳闷。听说他们打算留在这里，面前的陌客显然并不担心。对方的领地究竟有多大，位于何处？现在有多少兔子正埋伏于灌木丛中监视着他们？对方会动粗吗？陌客的言行并未透露出这些问题的答案。他冷漠却有礼。可正是他那慵懒的气质、健壮的体格、整洁的外表和从容的风范让榛子犯了难，榛子感觉自己遇到了前所未有的难题。如果对方在搞鬼，那么这个局他怎么都看不穿。思前想后，榛子决定开门见山。

“我们这边兔子够多，能保护自己。”他说，“我们不想树敌，可是，如果遇到什么状况……”

对方坦然自若地打断了他的话。“别担心，我们十分欢迎你们的到来。若无不便，我想去拜访一下你们。”

说完，那位陌客率先跳下了堤坡。榛子和黑莓先是面面相觑，随后追了上去。陌生兔子脚步轻快、毫不犹豫，一副漫不经心的模样，这让榛子心中的困惑又加重了几分：对方显然一点都不怕被他们偷袭；前方明明是一群不知是敌是友的陌生来客，冒这么大的险独自去见他们是否值得又是个未知数，可他竟然那样胸有成竹。榛子甚至开始在心中自我调侃：就算他们的牙齿和爪子都落在这位陌客矫健强壮的身体和油光锃亮的皮毛上，也许连一道印子也留不下。

他们回去时，大家都蹲坐在一起，看着他们渐渐靠近。榛子在同伴们的面前驻足，但不知道该说什么。要是没有这只陌生的兔子在身边，他会讲讲事情的来龙去脉；倘若陌客是被他和黑莓赶到这里来的，他也可以把对方交给长毛或者闪银看管。然而，如今那家伙就坐在他身边，默默地望着他的伙伴，还客气地等着别的兔子先发言，这倒令榛子不知该如何是好了。最后跟往常一样，还是长毛直截了当地打破了紧张的局面。

“这是谁呀，榛子？”长毛问，“他怎么跟你们一起回来了？”

“我不认识他。”榛子答道，他想表现得坦然一些，可又觉得自己的回答实在很蠢，“他说想见见大家。”

“那咱们就好好问问他。”长毛语带讥讽。他凑到陌客跟前，像榛子刚才那样嗅了嗅对方，随后愣住了，好像还有点不知所措。看来他也被对方身上彰显出的富足味道震慑住了。过了一会儿，长毛猛然厉声问道：“你是谁，想怎样？”

“我叫樱草。”对方说，“我没有任何恶意，只是听说你们长途跋涉才来到这里。”

“没错。”长毛说，“我们不光能跑远路，还能保护自己。”

“我对此深信不疑。”樱草一边说，一边扫视着一只只满身泥土、邋里邋遢的兔子，仿佛出于礼貌，不愿意就他们的模样说三道四，“不过抵御雨雪绝非易事。大雨将至，而你们的洞似乎还没有挖好。”樱草瞧着长毛，好像在等他问出下一个问题。长毛似乎也如坠云雾里。很明显，他跟榛子一样，对眼前的情况毫无头绪。此时此刻，搅扰这片沉寂的，只有越发响亮的风声。那风把他们头顶上方的橡树枝摇晃得吱嘎作响。忽然，小多子走上前来。

“我们跟你不熟，”他说，“所以咱们最好把话说清楚。我们能相信你吗？这里除了我们，还埋伏着多少兔子？你不妨说说看。”

相较于小多子紧张兮兮、如临大敌的模样，樱草就显得淡然许多。他伸出一只前爪，压下一边的耳朵抚了抚，然后才答话：

“你们真是多虑了。不过，如果你们想要答案，那我就如实回答：是的，你们完全可以相信我们。我们无意驱逐你们。这里确实有一片领地，可能没你们想得那么大，但青草完全够吃，我们没必要伤害你们。”

虽然樱草举止怪异，让他们捉摸不透，可他说话条理分明，这让榛子自愧弗如。

“我们经历了很多危险才来到这里。”榛子说，“对我们来说，陌生就意味着危险。我想，也许你们会害怕我们把你们的母兔带走，或者抢你们的洞住。”

樱草认真地聆听，随后答道：

“嗯，说到地洞，我早就想劝你们两句。你们挖的这些洞实在太浅，而且也不太舒适，对吧？你们想把洞挖在避风之处，这些洞也确实可以避过眼前的风雨，但你们要知道，眼下这场从南边刮来的带雨的风，跟我们平时的风可不太一样——我们这里通常刮西风，而你们的洞恰好在风口。我们的领地上有许多空穴，你们要是肯去，我们自然欢迎。不过现在，请恕我失陪。我讨厌下雨，得马上回去了。我们的领地就在对面树林的转角那里。”

话音刚落，樱草便跑下堤坡，跃过小溪。榛子他们目送着他跳上对面灌木丛生的溪岸，消失在翠绿的蕨丛中。雨丝纷纷落下，打得橡树叶劈啪作响，也砸得他们耳朵里没有长毛的粉嫩皮肉隐隐作痛。

“啊，真是个大块头。”沙棘感叹道，“他好像在这儿过得挺舒坦的。”

“榛子，你说该怎么办？”闪银问道，“他说得没错，咱们挖的这几个洞，也就只能挡挡雨。咱们不能挤在一起，得分开。”

“咱们过一会儿再去找他们。”榛子说，“现在还是先躲雨吧，然后再商量商量他说的事。小多子、长毛、黑莓，咱们挤一挤，行吗？剩下的洞，你们随便分。”

新挖出来的洞又短又窄，内壁也十分粗糙，两只兔子都无法在里面并肩而行，再加两只，大家就挤得跟豆荚里的豆子似的了。这是榛子第一次感觉自己和同伴们处于劣势。他们以前所在的兔子领地的地洞和隧道绝不会有坑洼棱角，都被来来往往的兔子打磨得光滑平坦，用起来既安心，又舒适，处处都有兔子的味道——这股味道为每一只兔子所拥有，属于尊贵伟大、经久不灭的兔之血脉；正是这股血脉让他们得以在世上踏实立足、安全无虞。脏活累活早已被不计其数、不辞劳苦的雌性祖辈及其配偶干完，兔洞的一应缺陷得以弥补，存留下来的都是最有用的功能。那里排水顺畅，洞壁坚厚，就连冬天的寒风也无法吹透。而榛子他们谁也没有正儿八经地挖过洞。这些花费了他们一上午的时间挖出来的、简陋粗糙的洞穴，充其量也不过是不甚舒适的藏身之所。

最能让住处暴露缺点的，莫过于恶劣的天气，蜗居更是如此。大家委屈地挤在一起，心情难免急躁。平日里生龙活虎的长毛闲不住，又刨起土来；而榛子回到洞口，坐在那里，望着轻巧的雨幕在两丛灌木之间悄悄随风晃动，陷入了沉思。眼前，每一株草、每一片蕨叶都低垂下去，滴着水，闪闪发亮。凉意渐浓。远处，樱桃树上的花朵已软塌透湿、零零落落，而他们上午还在那棵树下聊天、休憩。瞧着瞧着，榛子发觉，果然正如樱草所说，南风渐渐变成了西风，风裹挟着雨一个劲儿地往洞里灌。榛子赶紧往后躲，跟其他三只兔子挤在一起。外面淅淅沥沥的雨声轻快柔和，却又遮天蔽地，将原野和草木笼罩其中，让整个世界都变得空寂冷清。以绿叶和青草为食的昆虫不再活动，画眉倒是可以高歌，但榛子无心聆听。此刻，他正和伙伴们蹲在偏远乡野的一个窄洞里，顶着寒风，满身污泥地刨着，挖着。这个洞，连雨都抵挡不住。他们又湿又冷，只能等待天气转晴。

“黑莓，”榛子开口问道，“你怎么看刚才那只兔子？你愿意去他们的领地住吗？”

“我嘛，”黑莓答道，“我是这么想的：除非亲眼所见，否则谁都不知道他说没说实话。虽然他看起来似乎没有恶意，可是，万一是原住民害怕外来的兔子搅扰他们的好日子，而派了一名油嘴滑舌的说客来，想把我们骗进地洞好一网打尽呢？不过话又说回来，樱草说得确实也对，这里的草绝对够吃。这里的原住民如果都像樱草那么壮实，那他们也确实没必要担心母兔和地洞会被咱们这样的兔子抢走。咱们往这边跑的时候，他们肯定在哪里瞧着，知道咱们都累得够呛。再说，咱们在开始挖洞之前不是分开了吗？他们要是打着坏主意，那个时候趁机冲过来不是更省事？可是他们没有。所以，我觉得他们应该是怀着一片好心的。唯一让我琢磨不透的是，拉咱们入伙对他们有什么好处？”

“傻兔子容易被抓，可以用来吸引艾利尔的注意。”长毛抹掉胡须上的泥巴，龇了龇长长的门齿，“咱们现在就是傻兔子，一个个都稀里糊涂的。说不定他们还打算教教我们——我不知道，也不想知道。不过我觉得去他们那里瞧瞧没什么大不了的。他们要是敢耍花招，就让他们知道知道我的厉害。我愿意冒冒险，找个好地方舒舒服服地睡觉。咱们从昨天下午开始就没合过眼。”

“小多子，你说呢？”

“我觉得咱们不应该跟那只兔子，还有他的领地扯上关系，最好马上离开这里。可是，你们会听我的话吗？”

在一片湿冷中饱受煎熬的榛子不耐烦了。虽然平时他早已习惯听小多子的劝，但在此时，在他最需要兄弟鼓励的时候，对方却泼了他冷水。黑莓把事情分析得头头是道，长毛的话起码也让心智健全的兔子觉得中听，小多子却似乎只会愁眉苦脸地发癔症。他不住地提醒自己——小多子本就身体弱，又跟大家一起历尽苦难，现在已经心力交瘁——以此来平复自己的心情。而就在这时，土洞的最里面塌陷出一个窟窿，闪银的头和前爪露了出来。

“成了！”闪银兴奋地说，“我们实现了你的心愿，榛子——隔壁沙棘那边也挖通了。可是我想知道……他叫什么来着？蝇子？不……樱草？咱们要不要去他那边看看？总不能因为害怕冒险就一直缩在这里，不然他会怎么看我们？”

“要我说，”蒲公英从闪银身后露出头来，说，“他要是在打鬼主意，就会觉得我们是害怕不敢去；他要是诚心邀请，就会觉得我们都是疑心重、躲躲藏藏的胆小鬼。咱们要是打算住在这里，迟早得跟他们搞好关系。那边明明有一片领地，咱们却自甘怯懦，东游西荡，实在说不过去。”

“不知道他们那边有多少兔子？”闪银说，“可是咱们也有一大群呢。反正我不喜欢躲躲藏藏的。兔子什么时候也变成咱们的艾利尔了？樱草刚才在咱们中间可一点都没害怕，对吧？”

“很好。”榛子开口道，“我也是这样想的，只是打算问问你们的意见。这样吧，我和长毛先去打探打探。”

“不，”闪银说，“要去都去。弗瑞斯保佑，咱们如果集体行动，还能给彼此壮壮胆。你说呢，蒲公英？”

“有道理。”

“那咱们现在就出发。”榛子作了决定，“叫上其他兔子，跟我来。”

洞外，暮色渐浓，雨水一个劲儿地往榛子的眼睛和尾巴下面渗。他扫视着陆续到齐的伙伴：机警聪慧的黑莓站在小溪前左右打量之后纵身跃过；长毛为前景实在美好而欣喜不已；闪银一如既往地从容沉静；风度翩翩、擅长讲故事的蒲公英急不可待地跳过小溪，蹿进原野，根本顾不上等同伴们一会儿；沙棘也许是他们之中最稳重、老实的；小水窝先是东张西望，找到他后便赶紧靠了过来；至于橡子、鹰齿菊和虎尾草，只要形势不是糟糕得过分，他们倒也安分守己；小多子跟在队尾，不情不愿、拖拖拉拉，宛若一只在数九寒天觅食的麻雀。榛子背对洞口转过身来，看见西方天边的乌云略微消散，忽然透出几缕微弱却又醒目的金光。

“啊，伟大的艾尔-阿瑞拉！”榛子默默祈祷，“我们要去跟一群同类会面。您既熟悉我们，也了解他们，请保佑我做出了正确的决定。”

“打起精神来，小多子！”他大声说道，“大家都在等你呢，耽搁得越久，身上湿得越透！”

一只浑身挂满水珠的大黄蜂振动着翅膀越过荆花，飞向远方。榛子跟了上去，在泛着银光的草地上留下一串乌黑的足迹。

13

盛情款待

午后时分，他们终于靠岸，
下昼时光仿佛无尽绵延。
慵懒的气息昏醉在海边，
一呼一吸，仿佛陷入困梦一般。

——丁尼生《食莲人》

对面的森林凸出一个尖角；旁边的一道沟和一丛树木顺势凹了进去，在绵延溪岸的勾勒下，酷似一片绿树的海湾。现在看来，刚才樱草匆匆离开时直接奔入树林是有原因的。他一定是穿过狭窄的林地，走捷径回到了自己的地盘。其实榛子转过森林尖角、四处眺望时，便已瞧见樱草的安居之地：那里有条清晰的兔踪掩映在蕨丛之下，自篱笆穿过，通向前方。“海湾”对面光秃秃的堤岸上，一个个黑洞洞的兔穴清晰可见。可想而知，这里肯定是一片兔子的领地。

“天哪！”长毛嚷嚷起来，“方圆几英里的活物肯定都知道他们住在那里！草地里到处都是脚印！你们说，他们是不是跟画眉一样，一到早上就扯着嗓门儿唱歌？”

“可能是因为日子过得太安生了，他们懒得躲躲藏藏。”黑莓说，“不过咱们以前那片领地也挺好找的。”

“那倒是，但也没像这样！这儿的洞，估计‘隆嘟嘟’都跑得进去。”

“赶紧进去吧。”蒲公英说，“我浑身都湿透了，真难受。”

他们继续前进，一只大兔子忽然从沟旁现身，迅速打量了他们一下，随后钻进岸边的一个洞中。片刻之后，又有两只兔子钻了出来，同样皮毛光洁，个头儿大得出奇。

“是樱草叫我们来的。”榛子说，“你们大概知道他找过我们？”

两只兔子怪模怪样地摆摆头，晃晃爪子，好像跳起了舞。其实除了互相嗅——就是榛子和樱草初次见面时那样——榛子他们对这群兔子的其他正式礼节根本一窍不通；哦，讨好配偶的套路除外。因此，他们此时除了感到一头雾水，还有点不自在。“舞蹈”告一段落，两位舞者显然在等来客以言语或者行动作出回应，然而最后什么都没有等来。

“樱草在大地洞里。”其中一只兔子终于按捺不住开口道，“我们带你们进去？”

“我们可以进去几只兔子？”榛子问。

“全都进去呀！”另一只兔子惊讶地说，“谁都不想待在外面淋雨吧？”

榛子原本以为这两只兔子会带他和一两名同伴去见这里的兔子统领，然后给他们各自安排住处——既然樱草独自去找他们，那就说明他或许不是这群兔子的领袖。榛子最怕的就是他们被分开。直到这时，榛子左顾右盼，才吃惊地意识到：仅仅是这片领地的一个区域，就足以容纳他们全部。因此他好奇万分地东张西望，甚至顾不上定定神，让大家按照次序排好队进洞。可尽管如此，他还是没忘了叫小水窝跟在自己身后。“还是照顾照顾这个小东西吧，”他想，“这样即使我们几个领头的遇袭，多少也能保护他。”紧接着，榛子又吩咐长毛殿后。“情况要是不对就往外跑，”他说，“能带几个同伴就带几个。”随后，他跟着那两只兔子钻进了一个洞口。

这条地道十分宽阔，平缓又干燥，显然是地下交通网的主干，它的周围有许多岔路，通往四面八方。带路的两只兔子跑得很快，榛子几乎没有时间去嗅一嗅周围的气味，等他回过神来，他们已经来到了一个空旷之地。他的胡须触不到前面的泥土，身边也没有一点泥地。这里的洞顶很高，空气充足，甚至还有风徐徐拂过。又有三只兔子围上来。榛子忽然意识到，在这里大家很可能会三面受敌，于是赶忙后退一步，他感觉自己的尾巴撞在了后面的小水窝身上。“我真是个大傻瓜！”他想，“为什么不让闪银打头阵？”就在这时，榛子听到了樱草的说话声，惊得跳了起来。因为他听得出，那声音是从很远的地方传来的。这地下世界广阔得超出他的想象。

“是你吗，榛子？”樱草问道，“欢迎你和你的朋友。你们大驾光临，我们十分开心。”

人类倘若身处伸手不见五指的陌生之地，恐怕除了勇气非凡、经多见广的盲人外，一定都会无所适从，但兔子不同。兔子一生中有一半的时间都是在地下幽暗无光、或者半明半暗的境域中度过的，因此他们的触觉、嗅觉和听觉同样发达，甚至可以说更胜于视觉。就像现在，榛子已经对这个地下洞穴的情况一清二楚，哪怕时隔半年再来，他也认得出这里的路。而此时，他正站在一个大地洞的一端，洞里有暖和干燥的沙地和光洁坚实的地面。树根互相盘错着从洞顶穿过——正因有它们做梁，宽广得出奇的顶部才没有垮塌。许多兔子跻身于此——比他们这群新来的多很多，而且个个都跟樱草一样，身上散发着饱暖丰足的味道。

樱草在这间大厅的最里面，榛子发现对方在等自己开口。同伴们鱼贯而入，互相推挤了半天。榛子既不知道此刻该不该严肃一点，也拿不准自己是否担当得起“兔子统领”这一角色。面对这样的场合，他毫无经验。要是山梨在这里，他一定能够应付自如。榛子不想露怯，更不想让伙伴们失望，因此决定开诚布公地同对方谈谈。毕竟他们在安定下来以后，有的是时间来向对方证明自己并不逊色，而现在，完全没有必要冒着被对方看穿的风险虚张声势。

“能进来躲避风雨，我们很高兴。”榛子说，“我们跟别的兔子一样喜欢群居。樱草，你去找我们的时候还说你们的领地不大；可照我看来，这绝对是我们见过的最大、最好的领地。”

榛子说完，发觉长毛走进了大厅，于是他明白大家都已到齐。接着他注意到，周围的原住民似乎对他刚才的赞扬并不领情，甚至还隐隐有些不安。难道这里的兔子并没有那么多？又或是这里曾有瘟疫肆虐？可他既闻不到，也没有察觉任何相关的迹象。且在他见过的同类之中，确实数这里的兔子最魁梧、健壮。要不然就是这些原住民的躁动与沉默其实同他刚才的那番话无甚关联，也没准是他第一次说恭维话，表现不佳，让他们觉得他跟这个群体格格不入。“没关系，”榛子想，“反正昨晚我们已经定好了方案。我们如果真的一无是处，那现在根本就不会出现在这里。这群兔子应该没有恶意，只是还不了解我们而已。”

随后大厅中一片沉寂。兔子们有自己的礼节和规矩，只是以人类的标准来判断的话，显得过于简单。假如榛子是人类，他现在就应当把同伴们一个一个地介绍给对方；这边做主人的，也应以热情的款待作回应。但是在这个大地洞里，一切都有所不同。兔子们通常会大大咧咧地凑到一起，绝不像人类一样没话找话说，甚至强迫各自的猫猫狗狗社交。可这也不代表他们没有交流——他们只是没有用语言沟通。在整个地洞中，不论是新来的兔子还是原住民，都在尝试用自己的方式不慌不忙地了解对方，通过彼此身上气味的香臭、跑跳的快慢高低、呼吸的轻重、挖刨力度的强弱，甚至心跳和脉搏的缓急来探听讯息。同参与类似聚会的人类相比，兔子们在察“言”观色的同时，对气氛的变化也更为敏感。只消片刻，他们就知道大家相处得还不错，打不起来。通常两拨兔子相遇时总会暗暗较劲，一会儿你压过我，一会儿我凌驾于你之上，直斗到在气势上分出个高下才罢休。这群在黑暗中相聚的兔子也正是如此。他们起初犹犹豫豫地互相接近，静默、踌躇、走来绕去、并肩而伏，一点点逐步试探，直到所有兔子确信不必惊恐，一切才尘埃落定。这时，小水窝也不再紧跟榛子，而是懒洋洋地躺在两只只要一使劲就能折断他脊梁骨的大兔子之间；长毛和樱草嬉闹起来，他们像幼崽一样互相咬着玩，随后又丢下对方，装模作样地理起自己的耳朵。只有小多子独自坐在一旁，仿佛生了病，消沉得不得了。在本能的驱使下，这里的原住民都对他敬而远之。

“哗啦”一声响，闪银的脑袋和爪子从砾石中露了出来——不久前挖洞的场景猛然跃入榛子的脑海；不过他随即想到，现在他们已经要融入这个群体了。霎时间，榛子感到热血沸腾，心上的石头终于落了地。他穿过大厅，随即被兔群挤到了一公一母两只兔子身边——那两只兔子的个头儿丝毫不逊于樱草。他俩缓跳几步，进入旁边的一条地道；榛子紧随其后，跟着他们挪出了大厅，进入一个位置更深的小地洞。来到此处，两只兔子悠然自得地休息起来，显然这里属于他俩。不过榛子趴下时，他们也并没有表示反对。三只兔子默不作声。

“樱草是这里的统领吗？”待激昂的情绪渐渐平静下来，榛子终于开口问道。

对面，一只兔子反问道：“他们都叫你‘兔子统领’？”

榛子觉得这个问题实在难以回答。如果他承认，万一这里的新朋友以后都如此称呼他，长毛和闪银会作何反应，他心知肚明。于是他再次实话实说。

“我们这边的兔子不多。”榛子说，“为了避难，我们匆忙离开了以前的领地。我以前的同伴大多留在了那里，兔子统领是其中之一。我想要做个好领袖，可就是不知道现在的伙伴愿不愿意叫我‘统领’。”

“接下来他们就该问东问西了。”榛子在心里猜想，“‘你们为什么出走？别的兔子为什么没有跟来？是什么事吓得你们非走不可？’……我该怎么回答他们呢？”

然而不知对方是对榛子的话不感兴趣，还是另有理由，总之他们并没有多问。

“我们这儿没有什么兔子统领。”那只公兔说，“今天下午，樱草说要去瞧瞧你们，于是他就去了。”

“那……要是艾利尔来了，谁来拿主意？还有挖洞、巡逻这些事情怎么安排？”

“哈，你说的那些事，我们从来不干。艾利尔也不敢来这儿。去年冬天，有只狐狸过来了，但人类穿过原野，用枪把他打死了。”

榛子瞪圆了眼睛。“人类打狐狸干什么？”

“那谁知道，反正人把那只狐狸打死了；他们还打过猫头鹰。我们从来都不挖洞，反正我长这么大，就没见谁挖过洞。这儿的空地洞太多了，有时甚至还会有老鼠来借住，可是那个人一看见老鼠就追着打。我们用不着到处觅食，这里的食物比哪里都多。住在这儿，你的同伴们一定过得很快活。”

话虽如此，可这只公兔的声音中并未透出兴高采烈的意味。榛子再次心中起疑。“那人在哪里……”可他刚开口，话头便被对方截住了。

“我叫草莓。这是我的配偶——妮尔卓-海茵[1]。附近有几个上等的地洞没兔子住，我带你去看看；你的朋友们要是喜欢，可以随便选。刚才那个大地洞不错吧？能让一整群兔子在地下聚会的地方肯定不多；那边的洞顶有树根架着，上面的大树还

[1] 兔子语，意思是“画眉之歌”。——作者注

能挡雨。那棵树能活到现在，简直是个奇迹，可它就是命大。”

榛子怀疑草莓说这么多是为了堵他的嘴，不让他乱问。在不明就里的同时，他也有点恼火了。

“不要紧。”他想，“我们要是能长得跟他们一样壮实，他们就不会小瞧我们了。这里的吃食不赖，他旁边的母兔也挺漂亮。在这片领地上，这样的母兔应该不止一只。”

草莓钻出地洞，带榛子进入另一条通往森林深处的隧道。这片领地真是让榛子叹为观止。他们经过通往地上的地道时，榛子听见了外面的雨声。此时已是夜晚，但雨还没停。尽管雨已经持续下了几个小时，但他们钻过的几条隧道、看过的诸多地洞完全没有受到湿气与凉意的侵扰。这里的排水与通风条件简直好得让榛子不习惯。沿途不时有其他兔子在走动。有一次，他俩还遇到了橡子——其他原住民也在带着他挑选住处，熟悉这里的情况。“他们好热情啊！”橡子与榛子擦肩而过时说，“我做梦都没想到咱们能到这样的地方来！你的眼光真是绝了，榛子！”草莓客客气气地等在一旁；榛子想到他或许听见了橡子的话，不禁得意起来。

最后，在仔细察看过几个老鼠味扑鼻的洞穴之后，榛子和草莓在一个土坑中停下了脚步。此时，他们的头顶有一条隧道径直通往地上。兔子的地道一般都是弓形的，这一条却笔直笔直的，榛子一抬头就望见了夜幕映衬下的树叶。他发现有一段坑壁凸了出来，那里由一些坚硬的东西构成。他疑惑地嗅了嗅。

“你不认识这玩意？”草莓开口道，“这是砖——人类用来盖房子和谷仓的石头。很久很久以前，这里是一口井，不过现在人类用不上它，就把它给填了。这是井壁，这边的土墙完全是平的，因为有人类做的东西在后面撑着，不过那究竟是什么，我也说不清。”

“有东西卡在上面。”榛子说，“咦，是石头，墙里有石头！那是干什么用的？”

“你喜欢吗？”草莓问。

榛子好奇地端详起那几块石头来。它们大小一致，按照某种规则嵌入土中。他实在猜不出它们的用途。

“这是什么呀？”他又问。

“这是艾尔-阿瑞拉。”草莓答道，“是一只名叫拉波尼姆的兔子做的。别的地方也有，不过这里的最精致。挺好看的，是吧？”

榛子困惑至极。他从来没有见过“拉波尼姆”这种植物，而且在兔子语中，这个词的意思是“有毒的树”。怪了。还有兔子叫这种名字？还有，艾尔-阿瑞拉怎么会是几颗石头？草莓的话到底是什么意思？榛子觉得一头雾水，只好说：“我看不懂。”

“这个东西嘛，我们叫它‘石形’。”草莓解释道，“你没见过？这些石头在墙上组成了艾尔-阿瑞拉的模样。这是他从国王那里偷莴苣的场面。你看不出来吗？”

榛子上一次如此迷茫，还是黑莓在恩博恩河边说让小多子和小水窝乘筏子的时候。在他看来，墙上的石头跟艾尔-阿瑞拉根本毫无关联。草莓刚才的话，简直就跟说他的尾巴是一棵橡树一样荒诞。榛子又凑上前去嗅了嗅，还伸出一只前爪摸了摸。

“轻点！轻点！”草莓说，“弄坏了可不好。走吧，以后再来。”

“可是，我们在哪里……”榛子的话又被草莓打断了。

“你饿了吧？反正我饿了。这雨得下一个晚上，我心里有数，不过咱们在地底下也有东西吃。你想睡觉的话，去刚才那个大地洞，或者我那里都行。要回去就快多了，这儿有条笔直的地道，可以穿过……”

在回去的路上，草莓絮絮叨叨地说个没完。榛子忽然想起，好像他一问“哪里”，草莓就会插话打断，于是他决定验证一下这个想法。过了一会儿，草莓终于快说完了，“快到大地洞了，这次咱们走的是另一条路。”

“哪，哪里……”榛子才起了个头，草莓立即拐进旁边的隧道，同时喊了起来：“金凤花？你要去大地洞那边吗？”没有兔子答话。“奇怪。”草莓说着，回到榛子身旁，领着他继续往前走。“往常这个时候他都在这儿。我总来找他。”

榛子拖拖拉拉地跟在后面，飞快地用鼻子和胡须搜集着周围的信息。地洞的入口处盖着一层昨天从洞顶掉下来的泥土，草莓的足迹清清楚楚地印在上面。这附近根本没有别的兔子，一只也没有。

14

“十一月的树林”

人只有在法院和军营之中才能了解人间……说话的方式要因人而异。

——切斯特菲尔德《伯爵家书》

大地洞里已经没那么热闹了。妮尔卓-海茵是他俩回去后碰到的第一只兔子。她正跟三四只母兔围在一起悄声低语；那几只母兔也身形俊美，似乎正在吃东西。菜叶的清新气息弥漫开来。他们果然像山梨藏莴苣一样，在地洞中储存了食物。榛子驻足，跟妮尔卓-海茵搭话，后者问他有没有去井底的土坑，有没有看到拉波尼姆做的艾尔-阿瑞拉石形。

“嗯，去了，也见到了。”榛子说，“我觉得它有点奇怪。比起墙上的石头，我还是觉得你和你的朋友更好看。”

榛子说这番话的时候，发觉樱草过来了，草莓正在跟他小声说话。榛子捕捉到了只言片语——“别再去看石形”。过了一会儿，樱草又说：“对我们来讲并无区别。”

疲惫和惆怅忽然涌上榛子的心头。这时，樱草宽厚的身影后传来了黑莓的声音，榛子径直走了过去。

“去外面的草丛。”他轻声对黑莓说，“尽可能多地带上咱们的同伴。”

榛子话音刚落，樱草就转过身来，说：“想吃东西了？请跟我来。”

“我要跟一两个朋友希尔弗雷[1]。”榛子说。

“哦，雨还没停呢，实在不适合出去。”樱草的语气可着实没有商量的余地，“我们在这里招待你们。”

“抱歉，我也不想辜负你的好意。”榛子寸步不让，“可是，我们这边有几只兔子非得希尔弗雷不可，下雨天对我们也没什么影响。”

樱草似乎吃了一惊，但转瞬间又笑了起来。

狗和大象似乎有理解笑容的能力，但大多数动物并不知道“笑”为何物。听到这阵怪声，榛子和黑莓立即慌了神。榛子的第一个念头是，樱草罹患疾病，这是病发之兆；黑莓则认定对方打算发动袭击，连连退后。樱草什么话都没有说，但他诡异的笑声不绝于耳。榛子和黑莓宛若碰到雪貂一般，立时转身，拔腿飞奔，钻进了附近的隧道。他俩在半路上和小水窝擦身而过。小水窝见状，也回身跟了上去。

雨仍然不紧不慢地下着。外面漆黑一片，虽是五月，但凉意袭袭。他们三个在草丛中缩成一团，吃起草来；雨水从他们身上流过，汇成了小溪。

“天哪，榛子，”黑莓开口道，“你真的想要希尔弗雷吗？真要命！我还想在下面随便找点东西吃吃，然后去睡觉呢。到

[1] 兔子语，指在地面上进食。——作者注

底怎么回事？”

“我也不知道。”榛子答道，“我只是突然觉得非出来不可，就想让你陪陪我。我终于明白小多子为什么不放心了，他肯定预感到了什么。这里的兔子有点怪。你知道吗，他们往墙里插石头。”

“他们做了什么？”

榛子道出了自己的所见所闻，黑莓听完也是一头雾水。“还有一件事，”黑莓说，“长毛倒是没说错，他们真的会学小鸟唱歌。有只兔子名叫马先蒿，我去他的洞里做客。他的配偶生了一窝幼崽；我听见她对着那些幼崽哼哼唧唧，就跟秋天里的知更鸟似的。马先蒿跟我说，这是为了哄兔宝宝睡觉。啊，我当时就觉得浑身不自在。”

“你有什么发现，小水窝？”榛子问。

“他们挺和气的，也很善良。”小水窝回答，“可是，我得说，他们还是吓着我了。我不明白，他们明明那么高大健壮，还拥有漂亮的洞穴，可他们一个个看起来都好难过，让我想起十一月的树林。我可能是在胡思乱想。你带我们来这里，那这里肯定是个安全的好地方。”

“不，你不是在胡思乱想。听你一说，我才明白过来——没错，他们好像确实有心事。”

“还有一件事——”黑莓插嘴道，“不知道为什么这里的兔子这么少，都没有把领地住满。他们大概是遭过什么难，所以才这么伤心。”

“他们不说，咱们也只能瞎猜。不过咱们要是打算住在这里，就得好好跟他们相处。不能跟他们打架——他们太壮实了。记住，千万别惹他们动粗。”

“我可不觉得他们有打架的本事，榛子。”小水窝说，“他们虽然长得壮，但是一点斗士的模样都没有，跟长毛和闪银一点都不一样。”

“你发现得还不少呢，小水窝。”榛子说，“现在你有没有发现雨下得更大了？我吃饱了。咱们回去吧，暂时先别惊动他们。”

“那先去睡一会儿好不好？”黑莓问，“咱们都熬了一天一夜了，我都要累垮了。”

三只兔子另找一个洞口钻了进去，很快就觅得一个干燥的空地洞。他们蜷起疲惫的身体，相互取暖，就这么睡着了。

榛子醒来时，发觉已经是早晨了——从周围的气味判断，太阳升起有一阵了。苹果花的芬芳扑鼻而来；随后，他又嗅到了若有似无的毛茛和马匹的气味。除此之外，还有些别的让他不安的怪味道，可他一时间也辨不清那到底是什么味儿。那股气味刺鼻、危险，绝非来自自然——就在外面！是烟味，着火了。紧接着，榛子想起前一天长毛在探察情况回来后说过，那边的小路上有一截一截的小白棍。没错，就是它。有人在外面。他就是被这股怪味熏醒的。

榛子趴在温暖幽暗的地洞中，心中安全感十足。他嗅得到那个人的味道，可对方对他的存在无知无觉。他琢磨了一会儿土壁上的石形，便又昏昏欲睡。在半梦半醒之中，榛子听见艾尔-阿瑞拉说，他把自己伪装成“有毒之树”，还把石头插入墙中，就是为了转移草莓的注意，好跟妮尔卓-海茵搭讪。

小水窝在熟睡中蹬了蹬腿，翻了个身，还嘟囔起来：“是绉叶菊吗，妈妈？”榛子心有所感，知道这个小东西一定是梦到了往事。他侧过身去，体贴地腾出地方，好让小水窝睡得更舒服一些。就在这时，榛子忽然听见一只兔子从某条地道跑过来的声音，随之而来的还有对方的呼喊和跺脚声。榛子从心底里觉得别扭，因为正如黑莓所说，对方的声音跟鸟鸣别无二致。待那只兔子靠近了一些，榛子终于听清了他在嚷嚷什么：

“弗雷拉[1]！弗雷拉！”

原来呼喊的兔子是草莓。小水窝和黑莓也醒了。吵醒他俩的是跺脚声，而不是草莓的叫嚷——这阵喊声轻柔怪异，还不足以穿过梦境唤起这两只兔子的深层本能。榛子蹿出地洞，刚进隧道就看见草莓急急忙忙地用后脚踩踏着坚硬的地面。

“我妈妈以前总这样骂我：‘如果你是匹马，洞顶都会被你震塌。’”榛子说，“你干吗要在这里跺脚？”

“我要把大家叫醒。”草莓答道，“昨天雨下了差不多一晚上。平时，早上天气要是不好，我们就不起来了，不过现在天转晴了。”

“那为什么非把大家叫起来不可呢？”

“嗯，那个人刚才路过，樱草和我觉得弗雷拉快被抢光了。我们要是不赶紧过去，老鼠和乌鸦就会聚在那里；我可不想跟老鼠打架。不过我猜，像你们这么有能耐的兔子，一天的工夫就能把他们打完。”

[1] 众所周知，兔子是食草动物，然而偶尔也会为莴苣、胡萝卜等更为美味的小吃远征或者偷袭菜园。这类点心就是他们口中的“弗雷拉”。——作者注

“我还是没听明白。”

“嗨，跟我来吧。我回来是为了找妮尔卓-海茵。现在我们不用照顾小兔子，她可以跟咱们一起出去。”

其他兔子此时也挤进了地道；草莓跟他们之中的几只说了几句话，一再重申他要带着新来的伙伴去原野那头转转。榛子觉得自己有点喜欢草莓了——昨天他实在太累，事事都看不明白，对草莓也始终喜欢不起来。而在酣睡一晚之后，他瞧得出，草莓确实是一只心地善良、正派厚道的兔子。草莓对漂亮的妮尔卓-海茵情深义重，性格开朗，也很懂得享受。现在，沐浴在五月的晨光中，草莓一下跃过土沟，蹿进了高高的草丛，活像一只无忧无虑的小松鼠；他身上前一晚还令榛子深受困扰的忧郁气质都已烟消云散。榛子则伫立在洞口向远方眺望——以前他也是这样躲在地道口附近的荆棘丛后观察周围的情况的。

太阳从灌木丛后升起，拖着长长的树影投照在西南方的土地上。湿漉漉的草地闪闪发亮；附近，一棵榛树在微风中轻轻摆动着枝条，散发出耀眼的七彩光芒。溪面变宽了，水声也更浑厚流畅，跟前一天大不一样。灌木丛和小溪之间的岸坡上，一株株石芥花高举着纤细的花茎零零星星地从绿草中探出头来。衬托那一朵朵淡紫色小花的，是酷似水芹叶的叶片。风停了。小小的河谷鸦雀无声，阳光透过两旁茂密的树林照耀进来，化作一道道长长的光柱。明净幽寂的天空中，突然响起了布谷鸟的叫声，宛若几片羽毛落在了平静的池面上。

“前面绝对平安无事，榛子。”樱草在榛子身后说，“我知道你们以前要希尔弗雷的时候总得东瞧西望，不过在我们这里，直接出去就好。”

榛子既不想放弃原有的习惯，也不打算对樱草言听计从。好在没有其他兔子催他，而且为这种小事斗嘴也毫无必要。榛子跳过土沟，又张望起来。他看到几只兔子向远方夹杂着大片白色山楂花的树篱奔去。接着他瞧见了长毛和闪银，便赶忙凑过去，像猫一样一边走一边抖抖湿漉漉的前爪。

“你新交的朋友不错吧？我们认识的那几个也不赖，榛子。”长毛开口道，“闪银和我就跟到了家似的。要我说，咱们真是走运，过上好日子了。就算小多子说错了，之前的领地什么事都没有，我还是得说，这一趟咱们没白跑。你也是出来吃东西的？”

“他们这是去吃东西？”榛子问。

“他们没告诉你？那边有弗雷拉，这儿的兔子每天都去吃。”

“弗雷拉？现在去菜园偷菜太晚了吧？”榛子瞄了瞄远方大树下农庄的屋顶。

“不晚，一点也不晚。”一位原住民听到他俩的谈话，插嘴道，“那里，一般是在溪边，总能找到弗雷拉。以前我们要么在那儿吃，要么把东西运回去；有时候是等吃完了再运。不过今天咱们一定得弄回去一些。昨天晚上雨下得那么大，大家都没出洞，差不多把存在领地里的食物都吃光了。”

小溪穿过树篱的地方有一片拦牛浅滩。经过一夜大雨的洗礼，浅滩的边缘泥泞不堪，一个个蹄印中也积满了水。兔子们放弃了这里，改从位于远处的另一个树篱缺口进入，那缺口旁矗立着一棵树干上长了好多木瘤的老海棠树。前面，一丛灯芯草的四周围着一圈半人高的围栏，里面还有开着花的驴蹄草，小溪自其源头汩汩流出。

榛子看见前方满地都是红褐色与橙色的碎块，有的还顶着酷似羽毛的浅绿色叶子，在深绿色的草地上显得十分醒目。它们散发着一股辛辣的味道，跟马身上的味道差不多，似乎刚被切碎。榛子停下脚步，一边流口水，一边排泄。樱草凑上前来，朝他露出了诡异的笑容，可是榛子现在根本顾不上看对方的表情，急欲一饱口福。他蹿出树篱，冲到一枚橙色残块旁边嗅了嗅，又尝了尝。是胡萝卜。

榛子长这么大，吃过许多植物的根，但此前他只尝过一回胡萝卜的味道。那次是在农场附近，一匹拉车的马把套在鼻子上的布袋弄破了，胡萝卜撒了一地。那些胡萝卜块很硬，有的还被老鼠咬过，被苍蝇舔过，但在兔子的眼中，它们仍是芬芳四溢、值得为之抛下一切的奢侈美食。榛子此时就坐在那里大嚼特嚼，任那些丰美爽口、清香馥郁的根块将愉悦注入自己的心田。他在草地上东蹦西跳，左啃右咬，将一簇簇嫩绿的叶子连同下方的碎块送进口中。没有兔子跟他抢；这里的弗雷拉足以让每一只兔子大快朵颐。有那么几次，榛子在本能的驱使下抬头嗅风，但也始终心不在焉。“艾利尔要是想来，就让他们试试看。”他想，“我要保护这里！绝不退缩！这么好的原野，这么好的领地！就算他们跟马一样大，又凶又狠，我也绝不退缩！”“哈，小水窝，吃吧，尽情吃，以后你再也不用哆哆嗦嗦地缩在河边了，小可怜！”

“再过一两个星期，他就不知道该怎么打哆嗦了。”鹰齿菊塞着满口的胡萝卜，说，“现在我心里舒坦多了！以后不管你去哪儿我都跟着，榛子。那天晚上我实在太过分了。可是，如果我没有地洞钻，心里就难受得要命。希望你能理解。”

“别想那事了。”榛子说，“我最好问问樱草怎么才能把这些东西弄回领地去。”

榛子在泉眼附近找到了樱草；对方正在用前爪抹脸，看来是刚刚结束进食。

“那样的根块每天都有吗？”榛子问，“哪里……”他及时截住了话头。“我学得还挺快。”榛子想。

“不止是根块。”樱草回答，“你以后就会发现，这里的东西都是去年长出来的。据我猜测，还会有其他东西被扔到这里——根块、菜叶、干苹果，应有尽有，依情况而定。有时，尤其在晴朗的夏日，这里空无一物。但是一到冬季，特别是天气恶劣之时，这里几乎每天都有食物。一般是硕大的根块或者羽衣甘蓝，有时则是玉米。都是可供我们食用的东西。”

“那吃的就不成问题了。这里应该住满了兔子才对，我觉得……”

“你慢慢吃，不用着急。”樱草打断了榛子的话，“如果你已经吃饱，心满意足，就运些根块回去吧。除了莴苣之外，比起其他的东西，这些根块倒是更容易携带，只要把它们叼回去放在大地洞中就行。我一次可以叼起两块，当然，这也是熟能生巧。我知道，一般情况下，兔子并不会运食物，但你要学起来。储存食物大有必要——母兔要喂养稍大的幼兔，天气不佳时我们也可以借以果腹。现在和我一起回去吧，如果你遇到了困难，我还能帮帮你。”

榛子尝试了好一会儿才像小狗一样叼起半根胡萝卜，向领地奔去。有那么几次，他跑得实在费劲，不得不把东西放下；好在樱草一直从旁鼓励他，他也决心要维护好新来者中神通广大的领袖形象。在樱草的建议之下，榛子跟着他在一个较为宽敞的地道口向外张望，想看看同伴们的表现如何。大家似乎都在尽力而为，尽管对于小个头儿的兔子——尤其是小水窝来说，这一任务确实有些吃力。

“加油啊，小水窝。”榛子开口道，“想想看，你今天晚上就能开开心心地美餐一顿了。唉，小多子肯定跟你一样辛苦，他个头儿也不大。”

“我不知道他在哪里。”小水窝问，“你看见他了吗？”

经小水窝这么一提醒，榛子才想起来自己许久没有见到小多子，他有点担心了。当他跟着樱草一起沿原路返回时，他试着向樱草解释了一下小多子的某些特别秉性。“但愿他没事。”他说，“等我们把这块胡萝卜运回去，我就去找他。你知道他可能会去哪儿吗？”

他等着樱草答话，对方却岔开话题，说：“看到那些围着胡萝卜乱飞的寒鸦了吗？这些天，我们一直深受其扰。我要请一只兔子去阻挡他们，以便把东西运完。可是他们实在太过健硕，一般兔子无法与之抗衡。而麻雀……”

“这些跟小多子有什么关系？”榛子毫不客气地问道。

“其实，”樱草猛地跑了出去，“我打算自己去。”

但他并没有去对付寒鸦，而是又叼起一块胡萝卜匆匆往回跑。榛子心烦意乱，他找到沙棘和蒲公英，跟他们一起返回领地。在快跑到岸边时，榛子忽然看到离领地稍远的地方，小多子的身影在灌木丛旁、一棵紫杉低垂的枝叶下方若隐若现。于是他放下胡萝卜，狂奔过去。榛子爬上溪堤，钻进树枝，跟小多子一起坐在光秃秃的地面上。小多子一言未发，仍然眺望着远方。

“要不要学学怎么运胡萝卜，小多子？”榛子终于开口问道，“要是掌握了窍门，这也不算难。”

“不去。”小多子低声说，“狗……你们跟捡木棍的狗没什么两样。”

“小多子！你想惹我发火是不是？你这些傻话根本就气不着我。可是，把活儿都甩给别的兔子干总归不大好。”

“该生气的是我。”小多子说，“可是我不会发脾气，问题就在这里。他们怎么会听我的？他们中有一半的兔子认为我疯了。这都怪你，榛子。你明明知道我没疯，可你还是不听我的话。”

“直到现在，这片领地也入不了你的眼吗？哈，我觉得你错了。谁都会犯错，你怎么就不会跟大家一样出错？鹰齿菊犯错，是在咱们在帚石楠丛里的时候；你嘛，是现在。”

“那边的兔子像运坚果的松鼠一样满地乱跑，可他们是兔子！你就不觉得不对劲吗？”

“哼，要我说，他们倒像是跟松鼠学了一招，长了能耐。”

“你觉得那个人，不管他是谁，把吃的东西放在那里，完全是出于好心？他打的到底是什么主意？”

“扔垃圾嘛。有多少兔子在人类的垃圾堆里吃过大餐？烂莴苣？老荸荠？要是有机会，咱们肯定也不会放过，对吧？那些吃的没有毒，小多子，我向你保证。再说，那个人要是想打兔子，今天早上他肯定大有收获，可是他没有开枪。”

趴在硬地上的小多子缩了缩身体，似乎变得更小了。“我真傻，还打算跟你讲理。”他无可奈何地说道，“榛子，我亲爱的榛子，我知道这里不一般，邪恶四处环绕。我不明白这究竟是怎么回事，所以也说不清楚，可是我知道，我离真相越来越近了。就好像——你知道该如何用鼻子把铜丝网拱到苹果树跟前，可就算成功了，你也啃不到树皮，因为有铜丝网挡着。我现在就是这样，我能感觉到自己离真相很近很近，可就是抓不住它。让我自己待会儿吧，说不定我就能想明白了。”

“小多子，你就不能听听我的话吗？美美地吃上一顿胡萝卜，然后进地洞睡一觉，到时候你就不会胡思乱想了。”

“实话告诉你,我不想跟这片领地扯上关系。”小多子说,“比起钻地洞，我更想回到帚石楠丛里去。那个大厅的洞顶是骨头堆成的。”

“不不不，那是树枝。而且不管怎么说，你已经在地洞里待过一晚上了。”

“我没有。”小多子还嘴道。

“没有？那你昨晚去哪里过夜的？”

“这里。”

“你整晚都待在这里？”

“没错。紫杉能挡雨，你知道的。”

榛子这时真真切切地担心起来。如果小多子是因为恐惧而冒雨在外待了一整晚，全然不顾寒冷，不顾艾利尔可能会潜行而至，那么要劝他离开这棵紫杉绝非易事。沉默片刻后，榛子开口道:“真可惜！我还以为你会顾念着情分来陪我们呢！那你就待在这里好了，一会儿我再来看你想通没有。别把那棵紫杉给吃了。”

小多子没有答话；榛子则回到了原野上。

其实，在这样的一天中有不祥之感也不足为奇。到了中午，天气变得酷热无比，原野的低处则潮闷不堪。空气中弥漫着浓郁的草药味，仿佛到了六月底一般。尚未开花的水薄荷和墨角兰举着绿叶奉上阵阵清香；早开的绣线菊随处可见。洼地上，废弃的地洞旁有一棵银杉，棕柳莺兴高采烈地在树上忙碌了整整一上午。灌木丛深处，从那口废井的附近传来了白颊鸟悦耳的歌声。中午刚过，四处都热浪滚滚、沉寂无声，只有牛群在高地上慢条斯理地吃着草踱进树荫。还有寥寥几只兔子在地面上活动，剩下的几乎都躲在地洞里沉睡。然而，小多子依然坐在那棵紫杉树下，形单影只。

傍晚刚至，榛子找到长毛，叫他一起去领地后方的灌木丛查探情况。起初两只兔子还谨小慎微，但没过多久，他们发现在周遭留下踪迹的动物都不比老鼠大，于是底气也足了起来。

“没有什么味道，”长毛说，“也没有脚印。樱草说的应该是实话，这里真的没有艾利尔，跟咱们过河以前进的那片林子不一样。不怕跟你说，榛子，那天晚上我真吓坏了，只是没让你们看出来。”

“我也是。”榛子说，“关于这个地方，我想你说得对，这里没什么危险。咱们要是……”

“怪了。”长毛站在一丛荆棘中，打断了榛子的话。那荆棘从的中间有一个洞口——隧道的尽头是地下兔子王国的某段通路。这里的地面又软又潮，厚厚的叶堆已经发霉。吸引长毛在此驻足的正是这满地狼藉。腐叶被扬的到处都是，有的挂在荆棘上，少数平整湿润的叶片则躺在荆棘丛旁边。叶堆中央露出了光裸的土地，上面满是横七竖八的抓痕，还有一个圆圆的、刚好插得进一根胡萝卜的小洞——就是他们早上运回领地的那种胡萝卜。两只兔子嗅了嗅，端详了半天，还是没有看出个所以然。

“太奇怪了，一点气味都没有。”长毛说。

“有。有兔子的气味，但这种气味这里到处都是；还有人的气味，也处处都闻得到。不过我们现在只知道有个人穿过了树林，扔下了一根小白棍。可是把这个地方弄成这样的，不是人类。”

“哈，可能那群疯兔子还在月光底下跳舞什么的。”

“确实，”榛子说，“那还真像是他们会做出来的事情。咱们去问问樱草吧！”

“咱们认识这么久，这是你说的第一句傻话。说说看，自从咱们来到这里，不管你问什么，樱草给过你答案吗？”

“嗯，没给过……多少。”

“那你就问他晚上在哪里跳舞好了：‘樱草，哪里……’”

“哎，你也发现了？我一问‘哪里’，他就说别的。草莓也一样。我想他们可能是在提防我们。小水窝说得对，他们不是斗士，所以哪怕接纳了我们，也有所保留。忍一忍，先别把他们惹急了，顺其自然吧。”

“今天晚上还要下雨。”长毛说，“没准马上就要下起来了。

咱们进地洞吧，看能不能从他们那儿套出些话来。”

“这事恐怕得慢慢来，不过现在，我也觉得应该赶紧下去了。唉，还是带上小多子吧。他可真让我操心。你知不知道，昨天他在外面淋了一整夜雨。”

他们往回走时，榛子向长毛讲了早晨和小多子的谈话。他俩在那棵紫杉下找到了小多子。一番哄劝之后，长毛开始不耐烦，火冒三丈地大吼大叫，最后硬是逼着小多子跟他们一起钻进了大地洞。

大地洞里此时已然十分热闹。开始下雨了，又有几只兔子沿着地道挤了进来。他们你推我搡，高高兴兴地聊着天。早上他们运进领地的胡萝卜要么被当场分给三五成群的兔子们，要么被拖进一个个兔穴，供独居的母兔及其家属大饱口福。可即便这样，在用过餐后，大厅里的胡萝卜仍然堆得满满当当的。这么多兔子聚在一起，大家都感觉暖洋洋的。慢慢地，这群多嘴多舌的家伙聊够了，安静下来，但大家似乎都不想去睡。黄昏，正是兔子们精神抖擞的时刻；哪怕是被雨赶进地洞中，他们依然会兴致高昂地彼此为伴。榛子发现，黑莓他们几乎都跟这里的原住民热络起来了。此外，无论他走到哪里，那些原住民兔子显然都知道他是谁，视他为新来者的领袖。榛子没找到草莓。过了一会儿，樱草从大厅的另一端过来了。

“太好了，你也来了，榛子。”他说，“我们这边有几位想听故事。也许你们可以讲一个？或者你们愿意的话，我们也可以先抛砖引玉。”

一只兔子开口道：“这片领地上的故事比地道都多。”爱尔兰人不能避而不战，要讲故事的时候，兔子也不能畏畏缩缩。榛子和伙伴们商量了一下，随后黑莓说道："那我们请榛子讲讲我们的冒险经历，说说我们是怎么历尽艰险来到这里并有幸成为你们的同伴的吧。"

尴尬的沉默笼罩了大厅，时而有兔子窸窸窣窣地走来走去，窃窃私语。黑莓觉得有点扫兴，扭头望向榛子和长毛。

"怎么回事？"他低声问道，"讲这事有什么不好的？"

"等等吧。"榛子也压低了嗓门儿，"他们要是不想听这个，肯定会明说。也许他们有自己的规矩。"

然而接下来谁都没有开口，那些原住民似乎都不愿意讲明他们错在哪里。

"这样可不行。"黑莓说，"你得说点什么，榛子。啊？你没话说？那就我来。"他顿了顿，大声说："对了，榛子想起我们之中有一个讲故事的行家。这样吧，让蒲公英来讲一个艾尔-阿瑞拉的故事。这样总行了吧？"最后那句话，黑莓是小声嘟囔出来的。

"讲哪个？"蒲公英问。

榛子想起了土壁上的石头。"国王的莴苣。"他说，"这肯定合他们的心意。"

蒲公英接受了榛子的提议，像当时在森林中一样，摆出一副胸有成竹的派头，高声说道："我来讲《国王的莴苣》好了。"

"喜闻乐见。"樱草马上接话道。

"但愿吧。"长毛嘀咕了一句。

蒲公英开始讲故事了。

15

小故事：《国王的莴苣》

阿方索："医生在此，亲爱的女士们。"

费朗多和古列尔摩："是易容的黛丝比娜，多么丑陋！"

——洛伦佐·达·彭特《女人心》

据说有那么一段时间，艾尔-阿瑞拉和他的追随者们实在倒霉。他们被天敌赶出领地，不得不在凯尔法辛沼泽藏身。我不知道这片沼泽在哪儿，不过在那个时候，论起哪里最荒凉阴森，那里要是排第二，就没有地方可以排第一。住在那里，只能吃难吃得要命的草；草地上还长着不能吃的东西，有的苦，有的酸。那里的地太湿，没法在上面挖洞；哪怕只是刨出个小坑，里面也会渗出水来。其他的动物都知道艾尔-阿瑞拉足智多谋，因此格外防备他，不允许他离开那个烂地方。彩虹王子每天还会走进沼泽，看艾尔-阿瑞拉有没有偷偷跑出去。彩虹王子掌管着天空和群山，弗瑞斯允诺他可以随心所欲地摆布这个世界。

一天，彩虹王子又来到了沼泽地。艾尔-阿瑞拉对他说："彩虹王子，我的子民都在挨冻，可是地太湿，没法挖洞；而他们的食物也实在粗劣。要是变天，他们一定会生病的。你们为什么非把我们困在这里不可？我们又没有害谁。"

"艾尔-阿瑞拉，"彩虹王子说，"所有动物都知道你到处招摇撞骗，还偷东西。你完全是自作自受。你要在这里赎罪，不到我们相信你会改过自新的那一天休想脱身。"

"那我们就别想出去了。"艾尔-阿瑞拉说，"我可不好意思劝子民别再靠智慧过活。这样吧，咱们打个赌。我要是能游过满是梭子鱼的湖，你就让我们出去，怎么样？"

"不行，"彩虹王子说，"我听说过你的往事。艾尔-阿瑞拉，你那套把戏瞒不了我。"

"那……如果我能偷到达尔津国王菜园里的莴苣，你就放了我们，怎么样？"艾尔-阿瑞拉又问。

当时，整个动物王国最大、最富有的城市都是由达尔津国王统治的。他的士兵个个凶恶勇猛，而他的菜园就被围在深沟中间，由一千名卫兵日夜站岗守护。此外，国王的追随者也都住在一座城市里，而菜园就在那座城市旁边，彼此相隔不远。所以，当艾尔-阿瑞拉说要去偷达尔津国王的莴苣时，彩虹王子忍不住笑了，他说：

"你可以试试看，艾尔-阿瑞拉。要是你真的偷到了，我就允许你的子民四处繁衍；此后不论是属于谁、位于世界哪一个角落的菜园，他们都可以随意进出。不过我认为，最终的结果只会是你被那里的士兵杀掉，世上从此少了一个刁钻油滑、满口胡言的无赖。"

“那好，”艾尔-阿瑞拉说，“等着瞧吧。”

那时，尤纳恰好在附近找鼻涕虫和蜗牛吃，听见彩虹王子和艾尔-阿瑞拉的对话，便溜进宫殿，向达尔津国王通风报信求奖赏去了。

“达尔津国王，”尤纳吸着鼻子说，“艾尔-阿瑞拉那个坏心眼儿的大盗说他要来偷你的莴苣。现在他正往这边来，届时肯定会要花招混入你的菜园。”

达尔津国王听罢，急忙走进菜园，命人把警卫队长叫来。

“看见这片莴苣没？”国王说，“自从种子入土，这里连一片叶子都没丢过。现在,眼看莴苣就要长成。待到了收获日，我要请所有子民大吃一顿。可是我听说，艾尔-阿瑞拉那个无赖要来偷我的菜。你去告诉卫兵,还有种菜的和除草的人,每天都要多加小心。除非有我和首席品尝师的命令，否则，一片菜叶都不能离开菜园。”

警卫队长依令而行。当晚，艾尔-阿瑞拉便钻出凯尔法辛沼泽，蹑足潜踪地爬过了菜园旁的深沟。随他同行的，是他的心腹——奥斯拉队长拉布斯卡特尔。他俩蹲在灌木丛中，发现四处巡逻的卫兵简直多得离谱。直到天亮，他们又见到所有园丁和除草师来到墙边，由三名卫兵搜身检查。其中一位是新面孔，是替他生病的叔叔来的。卫兵不认识，硬是没有放行，催他赶紧回家，还差点把他丢进沟里。艾尔-阿瑞拉和拉布斯卡特尔一下子不知该如何是好,只能先行离开。当天,彩虹王子来沼泽巡视,问道:“哎呀哎呀，千敌王子，莴苣呢？”

“运着呢。”艾尔-阿瑞拉答道，“但实在太多了，我们叼都叼不动。”待彩虹王子走后，艾尔-阿瑞拉和拉布斯卡特尔寻了一处没有积水的洞穴入内商量对策，另安排了其他兔子在外守护，如此过了一天一夜。

达尔津国王位于山顶的宫殿旁边有一座花园，国王和大臣要员家的孩子们经常由他们的妈妈或随从带着一起去那里玩耍。花园没有围墙，只在孩子们去的时候才有人把守；到了夜里，这里便空荡荡的，因为里面既没有东西可偷，也没有东西值得偷。第二天晚上，拉布斯卡特尔遵照艾尔-阿瑞拉的吩咐钻进花园，挖了一个地洞，在洞中躲了一个晚上。翌日清晨，孩子们又来这里玩耍，他趁机钻出洞来，混在孩子们中间。那里的小家伙实在太多，而他个头儿小，长相又可爱，所以大家都把他当作别人家的孩子。拉布斯卡特尔点子多，又会玩，不一会儿就学起小不点的模样，仿佛他天生就是一个小孩子，甚至还和几个小家伙交上了朋友。孩子们要回家时，拉布斯卡特尔也跟着他们一起离开。到了城门前，卫兵见拉布斯卡特尔跟达尔津国王的儿子在一起，就叫住他，问他妈妈在哪里。可国王的儿子接过话来，说："别多管闲事，他是我的好朋友。"就这样，拉布斯卡特尔跟着小家伙们一起进去了。

拉布斯卡特尔一溜进国王的宫殿，便蹿进一个幽暗的地洞，在里面潜伏了一天。到了晚上，他爬出洞来，设法来到了王家储藏室——准备献给国王、国王的左膀右臂和他们亲眷的食物都放在那里，其中有草，有水果，有根块，甚至还有坚果和浆果，都是达尔津国王的手下东奔西走，钻树林，穿野地，好不容易弄来的。储藏室没有卫兵守卫，光线又暗，于是拉布斯卡特尔决定藏身于此。他先吃得饱饱的，又拼命把四周的食物糟蹋了个遍。

晚上，达尔津国王叫来首席品尝师，问他莴苣是否准备完毕。首席品尝师称赞这批莴笋中不乏上品，他已责令摘取一些，存入了储藏室。

“很好。”国王说，“那今天晚上咱们就吃两三棵。”

可谁知第二天早上，国王和他的几名亲信都开始肚子疼。且自此以后，他们不管吃什么东西都觉得难受，那是因为拉布斯卡特尔一直藏在储藏室里，只要吃的一存进去就会被他祸害了。在随后的日子里，国王又吃了几片莴苣，病不但没好，反而越发严重了。

五天以后，拉布斯卡特尔又混在孩子们中间溜出城门，回到了艾尔-阿瑞拉的身边。艾尔-阿瑞拉听说拉布斯卡特尔已经完成了他的任务——让国王生病，随后也开始乔装打扮自己，准备实施下一步计划。艾尔-阿瑞拉割掉了自己的白尾巴，又令拉布斯卡特尔啃短了他的毛，还在身上糊满了泥巴和黑莓浆，随后又把蟋蟀草和牛蒡粘上去，令草茎一根根地支棱起来；他甚至还想出了改变味道的法子。到最后，就连艾尔-阿瑞拉的妻子都认不出他来了。一切就绪。艾尔-阿瑞拉向达尔津国王的宫殿走去，让拉布斯卡特尔远远地跟在后面。他俩爬上山顶之后，拉布斯卡特尔就留在外面待命。

艾尔-阿瑞拉来到宫殿门外，要求面见警卫队长。“带我去见国王。”他说，“是彩虹王子让我来的。他听说国王生病了，就派人去找我，让我从比凯尔法辛沼泽还远的地方赶过来，查找国王的病因。快点！我可不耐烦等这等那的。”

“你怎么证明自己没有说谎？”警卫队长问道。

艾尔-阿瑞拉应答:“在一位从弗瑞斯金河河畔而来的首席医者眼中,一个微不足道的国王生病又算得了什么?既然你不信,那我就走了。等回去以后,我就告诉彩虹王子,由于国王的卫兵愚笨蛮横,对我失礼至极,我才没能给他治病。”

语毕,艾尔-阿瑞拉转身就走。警卫队长被吓破了胆,立马叫住他。艾尔-阿瑞拉假装被对方哄好,随士兵来到国王面前。

国王吃了五天污物,也闹了五天肚子,如今听对方说他是彩虹王子派来救治自己的,根本顾不上起疑,反而苦苦哀求,请他务必好好为自己诊治,还承诺对他言听计从。

艾尔-阿瑞拉大费周章地诊查起来,他把国王的眼睛、耳朵、牙齿、粪便、爪子检查了个遍,还问对方最近吃了什么,随后要求去王家储藏室和莴苣园看看。过了一会儿,他神色凝重地回来了,说:“国王陛下,恐怕有个坏消息要告诉您。让您生病的根源,正是您放在储藏室里的莴苣。”

“莴苣?”国王嚷嚷起来,“不可能!那都是好种子长成的好菜!每天还有人看着!”

“哎呀!”艾尔-阿瑞拉说,“我当然知道!可是它们都被可怕的沃扁得虱爬过,就是带着伽底伽德——一种致命病毒——飞行轨迹是螺旋状的那种。啊,天哪,没错!这种虫子有紫色纳格森摩做掩护,在灰绿色的纠斯翩尼森林长大——为了能让您理解,我已经尽量用白话为您解释了。从医学角度来说,此事实在太过复杂,我也没有必要让您为此劳神。”

“难以置信。”国王说。

“最简单的法子，”艾尔-阿瑞拉说，“就是证明给您看。不过我们不必让您身边的人受苦。请让士兵出去抓一个囚犯。”

士兵刚出城堡，就瞧见拉布斯卡特尔在山顶吃草。他们二话不说，拖着他去国王那里交差。

“哼，兔子。”艾尔-阿瑞拉开口道，“好恶心！正好。坏兔子，把那棵莴苣吃了！”

拉布斯卡特尔吃掉莴苣，随后马上哼哼着抽搐起来，翻着白眼，口吐白沫，不住地啃地，腿乱踢乱蹬。

“他病得这么厉害，”艾尔-阿瑞拉说，“也许是因为吃了一棵遭受污染特别严重的莴苣，或者更可能由于这种病毒对兔子的伤害尤其大。但不管怎样，谢天谢地，趴在那里的不是您，国王陛下。好了，我们的目的已经达到，把他扔出去吧！”艾尔-阿瑞拉继续说道：“我奉劝您，陛下，不要再把那些莴苣留在原处，因为那上面的病毒还会生根发芽，开花结籽，它们的扩散范围会越来越广。我知道您舍不得，不过您可不能因小失大啊。”

就在这时，警卫队长好巧不巧地带着尤纳进来了。

“陛下，”警卫队长大声说，“这家伙是从凯尔法辛沼泽来的。艾尔-阿瑞拉的部下正在备战，他们说要攻进陛下您的菜园，把王家莴苣偷得一干二净。请您下旨，让我带兵将他们击溃！”

“啊哈！”国王说，“我有个可以一举两得的主意——对兔子的伤害尤其大——这里的莴苣，他们想吃多少就吃多少。你们干脆运一千棵到凯尔法辛沼泽去，然后就丢在那里。哈哈！太有意思了！我感觉病都好了！”

“啊，您可真是睿智。”艾尔-阿瑞拉说，“难怪您能统治如此优秀的子民。我相信您正在慢慢康复。许多疾病一经确诊，治疗便相当简单，您的病也一样。不不不，不用给我奖赏。这里的东西放在弗瑞斯金河河畔那片金光闪闪的土地上，简直跟尘土一样。我只是按照彩虹王子的要求行事，这就够了。或许您可以施恩让士兵把我送到山脚？”说完，他深鞠一躬，离开了宫殿。

到了晚上，艾尔-阿瑞拉命令兔子们猛叫狂号，在沼泽地里东奔西窜。彩虹王子过了河来找他。

“艾尔-阿瑞拉，”他叫道，“我是不是眼花了？”

“很有可能。”艾尔-阿瑞拉说，“可怕的沃扁得虱……”

“沼泽地里的高地上堆着一千棵莴苣。是谁放在那里的？”

“早前我就告诉你运着呢。”艾尔-阿瑞拉说，“你当然想不到，我的子民，一个个都饿得虚脱了，竟然还能把那么多莴苣从达尔津国王的菜园里拖回来。可是他们很快就会有力气了——我会给他们看病、开处方的，我是医生。就算你怀疑也不要紧，彩虹王子，反正用不了多久，就会有地方感念我的恩德，到时候你不信也得信。拉布斯卡特尔，出去收莴苣。”

后来，彩虹王子见艾尔-阿瑞拉说到做到，便只好履行承诺，把兔子们放出了凯尔法辛沼泽，让他们到处繁衍。直到今天，兔子想进哪里的菜园，谁都无力阻挡，因为艾尔-阿瑞拉教给了他们一千条妙计，而且是世界上最好的那种。

16

诗者银叶花

他说：“为我起舞吧。”又说：
“你如此美丽，让风不愿狂吹，
太阳也不忍炙灼。”
他说：“我衣衫褴褛，但也心怀慈悲，
懂得善待悲伤的舞动之人，
与舞中的逝者。”

——西德尼·凯耶斯《死神的四种姿态》

“太棒了。”蒲公英讲完后，榛子夸奖道。

“讲得真好！”闪银也附和，“多亏有蒲公英在。光是听听他的故事都能让人热血沸腾。”

“镇住他们了吧？”长毛轻声道，“看他们谁能比蒲公英讲得好。”

榛子他们都自信满满，觉得蒲公英已经让对方心悦诚服。自从来到这里，他们大多觉得这群外表光鲜、吃喝不愁的原住民莫名其妙：这群家伙超然自得，举止优雅，对新成员的问题几乎都避而不答，还往墙上插石头——最奇怪的是，他们总是一副郁郁寡欢的模样，完全不像兔子。而现在，蒲公英一定能让他们刮目相看。没有兔子会不喜欢这精彩的故事。榛子他们等着对方开口说点什么，可不久之后便讶异地发现，这里的原住民其实并不觉得刚才的故事有多么精彩。

“不错，不错。”樱草终于开口道，同时似乎在努力找话说，“嗯，不错，很好，非同凡响。”

“他到底听没听过这个故事呀？”黑莓小声问榛子。

“我一直觉得这些老故事还是能入耳的。”另一只兔子说，“尤其是有兔子把它们讲得绘声绘色，还带着一种古典韵味的时候。”

“没错。”草莓也说，“首先要相信这些故事，才能把故事讲好。你们一定相信艾尔-阿瑞拉和彩虹王子确实存在，对不对？这样才能把大家的心给牵住。”

长毛正没好气地磨着前爪，看上去想说些什么，榛子便低声嘱咐道：“别说话，长毛。他们要确实不喜欢，咱们总不能逼他们。等着听听他们的故事吧。”接着，他大声说：“我们的故事代代相传，总是老样子，毕竟我们也没怎么变。我们的父辈，还有父辈的父辈怎么活，我们现在就怎么活。但这里就不一样了——我们心里明白，而且也觉得你们的新点子、新法子很实用。我和我的朋友们十分好奇，不知你们要讲什么样的故事。”

“哦，我们很少讲老故事。”樱草说，“我们的故事和诗歌大多与自己的生活息息相关。你见过拉波尼姆的石形——在我们这里，那都早已过时。我们并不觉得艾尔-阿瑞拉有多么了不起——哦，但这不代表你朋友的故事讲得不够精彩。”说到最后，他赶忙加了一句。

“艾尔-阿瑞拉是计谋大师。”沙棘插嘴道，“兔子总是要用计的嘛。”

“不，”从大厅另一端、樱草的身后，传来了陌生的声音，“兔子要讲究体面，还要有接受自己命运的意志。”

“长久以来，银叶花一直是我们这里最出色的诗者之一——这一点得到了我们的公认。”樱草说，“他独树一帜，追随者甚众。大家要不要听他吟诗？”

“要！要！”欢呼声响成一片，“银叶花！”

“榛子，”小多子忽然开了口，“我想好好看看这个叫银叶花的兔子，可是不敢自己过去。你陪我好不好？”

“怎么了，小多子？他有什么好怕的？”

“啊，弗瑞斯保佑！”小多子的声音颤抖着，“我在这里就能闻到他的味道。真可怕。”

“哎呀，小多子，别胡说！他明明跟这里的原住民一个味儿。”

“一大堆大麦丢在地里，最后烂掉了；一只受伤的鼹鼠钻不到地底下去，只能在外面等死——他身上就是这样的味道。”

“我闻着他就是一只大肥兔子，肚子里还装满了胡萝卜。算了，我还是陪你过去吧。”

他俩挤到对面的兔群中后，榛子惊讶地发现银叶花只是一只非常年轻的兔子。在桑德福德领地，除了自家亲友私聚的时候，听众根本不会让如此年轻的兔子讲故事。银叶花身上有一种忧郁颓废的气质，两只耳朵不时地抽动。他一开口，似乎便再也看不到那些拥趸。他摇头晃脑，仿佛听见了某种从他身后隧道飘来的、只有他自己才听得到的声音。他的嗓音极富磁性，宛若风之吟唱，酷似沼泽之光。他放声诵读，将抑扬顿挫之音送入听众耳中。所有的兔子都默然聆听。

清风吹起，拂过碧草，
树叶闪着银光，柳絮轻摇。
风儿啊，你去向何处？远方，远方，
翻过群山，越过天涯海角。
请携我同行，飞上天空，
我愿随你，做一只风中灵兔，
跃入苍穹，冲向云霄。

溪水潺潺，流过砾石，
穿过芦苇、金凤花，穿过春季的幽蓝与金黄。
小溪啊，你去向何处？远方，远方，
钻出石楠丛，彻夜奔淌。
请携我同行，融入星华，
我愿随你，做一只清溪灵兔，
随波逐流，潜越碧浪。

秋叶飘飘，金棕相间，
流连于树篱，又在沟渠中沙沙作响。
叶子啊，你去向何处？远方，远方，
同雨滴和浆果一道，融于足下的大地。
请携我同行，共赴黑暗，
我愿随你，做一只凋叶灵兔，
深入地底，与土相拥。

弗瑞斯徜徉于夜空；身旁晚霞，红艳欲滴，
我在这里，弗瑞斯啊，奔过遍覆高草之地。
啊，请携我同行，在森林深处撒下颗颗粪球，
前往远方，于光中，享受静寂。

我已准备就绪，愿把我的气息与生命献出，
去迎接朗日，与它相拥。

小多子在旁聆听时露出了一副全神贯注却又惊恐万分的表情。他深吸一口气，有一种如梦方醒的感觉；待诗者吟诵完毕，他才终于镇定下来。他同那天在公路上瞧见尤纳尸体的黑莓一样，龇起牙，舔了舔嘴唇。

被敌人吓到的兔子偶尔会一动不动地趴在原地，有时是因为不知所措，有时则是由于这样做可以利用自己的天然优势隐蔽身形。然而，除非被吓得完全麻痹，否则到了紧急关头，他们还是会有如突然破咒一般，不再以静制动，转而求助于另一本能——逃跑。小多子现在就是如此。他猛地跳起，拼命往外挤。有几只兔子被他撞到，发起火来，但他不以为意。后来，他被两只魁梧的大兔子挡住，便歇斯底里地又蹬又挠。榛子虽然紧随其后，但一场纷争似乎在所难免。

“我弟弟也算会作诗吧。”榛子对周围毛发直立的原住民说，“有时他头脑一热，就犯这样的毛病。他也不知道为什么。”

一只兔子仿佛相信了榛子的话，但旁边的一只说道：“哦？他也是诗者？那就让他作一首给我们听听。他的诗要是好听，那这事就算了。他可抓掉了我一大片毛。”

此时，小多子已经跑远，向地道口冲去。榛子想要追上去，但问题是，他不能破坏自己在原住民心中的好形象。榛子为此火冒三丈：小多子竟然就这样不管不顾地激起了他们新朋友的敌意。于是，在从长毛身旁经过时，他说：“走，帮我教训教训他。我们现在可不适合跟这些原住民打架。”他真的感觉应该让长毛给小多子一点颜色瞧瞧了。

他俩钻进地道，在入口处按住了小多子。不等他们开口，小多子便回过头唠叨起来，仿佛在解答两位同伴心中的疑问。

“你们感觉到没有？你们是不是想问，我有没有感觉到什么？我当然有。这是最可怕的事！他不是在作诗，而是在说实话。榛子，你是不是想说‘既然那首诗说的都是他的心里话，那他就不会糊弄我们’？我不怪你。刚才我也不由自主地被他打动了，就像一片浮云抑制不住地飘向另一片云，万幸最后我还是脱身了。天知道那是怎么回事！当时我根本没想挣脱，但心底有一股力量催促我，把我拉得远远的。我有没有说过那边的洞顶是用骨头堆成的？啊，待在那个大地洞里，我感觉就好像有一大片迷雾遮住了天空，咱们再也没法借弗瑞斯的光辉逃出去了。天知道咱们未来会怎样？这是我们需要面对却让我感到无比绝望的事情。”

“他到底在说什么？”榛子一头雾水地问长毛。

“他说的是那只垂耳傻兔子，会作诗的那个。”长毛答道，“这我听明白了。可我想不通为什么小多子会觉得我们想跟那家伙，还有他那套漂亮话扯上关系。省省吧，小多子。现在让我们头疼的只有你惹出来的乱子。提起那个银叶花，我只想说，我要是把‘银’给叼走，他就只剩下叶和花了，根本不足为惧。”

小多子瞪大眼睛回望着长毛。“你是这么想的？”他说，“以为自己有那个能耐？可是你们都已经深陷在那片迷雾中，晕头转向了。大家都……”

榛子猛地开口截住了小多子的话。“小多子，不瞒你说，追着你跑到这里，我没法心平气和地和你说话。我们在这片领地刚刚过上好日子，你正在拖大家下水……”

“我拖大家下水？”小多子嚷嚷起来，“拖你们下水？哈，这整片领地都……”

“别说了。我要生气了。我看你也烦得要命，都胡言乱语起来了。现在跟我们回去，睡一觉。别磨蹭，也别再多嘴！”

兔子没有像人类一样把日子过得烦琐复杂，原因之一便是前者并不耻于动粗。就这样，小多子无可奈何地跟着两位伙伴钻进了榛子睡过的那个地洞。那里没有被别的兔子占据，于是他们趴下，沉沉睡去。

17

亮闪闪的铜丝

绿地如盖子般脱落，
令深藏的丑陋之物
赤裸无遮；
看！后方，群树纷纷站起，
围成夺命新月，
清冷寂寂。
霹雳沿轨划过；
窗外，运输车漆黑墨乌，
蓦地，墨镜遮目的女子、驼背医生与手持剪刀的男人
赫然而出。

——W.H. 奥登《目击者》

好冷，好冷啊！洞顶是用骨头堆成的——不，是由紫杉的树枝交织而成的。僵硬的嫩枝互相交叠，缠绕盘错，像冰块一样坚硬，上面点缀着猩红的浆果。“走吧，榛子。”樱草说，“我们去采紫杉莓，含在嘴里运回来，在大地洞中享用。你的朋友要是想与我们同舟共济，就要把这个本事学起来。”“不行，不行啊！”小多子哭着，喊着，“榛子，不行！”这时，长毛又出现了，他含着满口浆果，身体扭曲，跟树枝交缠在一起。

“看！”长毛说，“我能行。我跑的是另外一条路，榛子，快问我吧！问我它在哪儿，在哪儿，在哪儿？”随后，他们又一起沿着另一条路飞奔而去，可目标不是领地，而是冷风中原野上的某处。长毛吐出紫杉莓——一枚枚果实艳若鲜血，硬如铜丝。“糟了。”他说，“别咬。冻嘴。”

榛子就是在这混乱的梦中幽幽转醒的，醒来时他感到瑟瑟发抖。为什么感觉不到旁边同伴的体温？小多子去哪里了？他猛地坐了起来。一旁，长毛在熟睡中不住地扭动身体，明显是想靠在另一只兔子身上暖和暖和——可小多子不见了。沙质洞底上的浅坑温度犹存——小多子刚才就睡在那里，但现在已经不知所终。

“小多子！”榛子在黑暗中喊道。

但刚一开口，他就意识到自己不可能得到应答。他急忙用鼻子拱了拱长毛，说：“长毛！小多子不见了！长毛！”

长毛一下子清醒过来。这位勇士昼警夕惕，绝对靠得住；榛子此刻无比庆幸这一点。

“你说什么？怎么啦？”

“小多子不见了。”

“他去哪儿了？”

“外面，只能是外面。你也知道，他不会在领地里乱转，他不喜欢这里。”

“啊，可真麻烦！他一走，这个洞都变冷了。你是不是怕他会遇到危险？想出去找他？”

“嗯，不去不行。他心情不好，总胡思乱想个没完。现在天还没亮透，艾利尔可能会出现——虽然草莓说这里没有艾利尔，但不能大意。”

长毛一边听榛子说话，一边嗅。

“天亮透也就是一会儿的事。”长毛说，“咱们现在出去应该不会两眼一抹黑。唉，我还是陪你一起去找吧。别担心，他跑不了多远。不过，我以国王的莴苣的名义起誓，等咱们捉到他，我可不会心软！”

“你踢他的时候，我帮你按着。不过咱们得先找到他。走吧！”

他俩穿过地道，来到洞口，一齐停下脚步。“这回咱们的朋友没在后面催。”长毛说，“咱们还是好好看看外面有没有雪貂、猫头鹰什么的再出去吧。”

话音未落，猫头鹰的叫声便从对面的树林中传来。榛子和长毛立即趴伏在地，一动不动，数了四下心跳。第二声呼啸随即响起。

“飞走了。”榛子说。

“每天晚上得有多少只田鼠这么说？但这话顶多是自欺欺人。”

“唉，是我太心急了。”榛子说，“小多子在外面，我得找到他。不过你说得对，现在天刚蒙蒙亮。”

“咱们先去那棵紫杉树底下瞧瞧吧？”

然而那里没有小多子的身影。天色渐明，高地逐渐露出全貌，但远方的树篱和小溪仍然笼罩在幽暗当中，仿佛有部分天幕尚未揭开。长毛跳下斜坡，在湿润的草丛中奋力飞奔，跑出了一条长长的弧线。最后，他在他们之前见过的小洞附近停下脚步，榛子也赶了过去。

“这是他的脚印。”长毛说，“还新鲜着呢。他是一直冲着小溪跑的，还没跑多远。”

草地上挂满了雨珠，足迹清晰可辨。他俩循踪而行，来到小溪的源头——不久之前，他们还在这里享用过胡萝卜大餐。长毛说得没错，这行脚印刚出现不久。两只兔子一钻过树篱，就看见了小多子。他正在吃草——孤零零地吃草。泉眼旁还丢着几截胡萝卜，可小多子碰都不碰，只顾着在满是木瘤的海棠树下啃草叶。他俩跑上前去，小多子抬起了头。

榛子一言未发，靠在他身旁，也吃起草来，心中暗暗后悔——不该带长毛来。他们刚刚发现小多子失踪的时候，长毛一直是一副大大咧咧、事不关己的模样。现在，榛子一看到自己所熟悉的小多子那单薄的身影，看到他因恐惧，或许还有寒冷而在湿漉漉的青草中瑟缩不已，心中的愤怒便全然消散。如今榛子只觉得万分愧疚。他知道，要是让他俩独处一会儿，小多子的心情一定会明朗起来。可是现在劝长毛温柔一点已然太迟，榛子只能往好处想了。

然而他担心的事情并没有发生。长毛也默不作声，似乎还有点茫然无措，显然是想让榛子先开口。三只兔子就这么静静地在草地上边吃边挪；花木的影子渐渐变浓，林鸽在远方的树丛中叽叽咕咕地聊着天。一种感觉自榛子心中冒出头来：一切都会好的。经此一事，他还发觉，长毛其实是一只粗中有细的兔子。不知过了多久，小多子终于直起上身，用爪子抹了抹脸，望向了榛子。

“我要走了。”他说，“我感到很难过。榛子，但愿你们顺心如意，尽管我还是想提醒你，这个地方根本就不会有好事发生。就这样吧，永别了。”

“你要去哪儿，小多子？”

“离开这里。上山——如果我上得去的话。”

“就你自己？不行，你会连小命都保不住的。”

“你想得倒是挺美，小东西。”长毛插嘴道，“我敢说，到不了中午，你就会被抓走了。”

“才怪。”小多子低声说，“而且比起我来，你们离死亡更近。”

“你是想吓唬我，你这个叽叽歪歪的小鬼头？”长毛嚷嚷起来，“我早就说……”

“等等，长毛，”榛子劝道，“先别这么凶。”

“什么？你刚才还说……”长毛不服气。

“我知道，可我改主意了。抱歉，长毛。我原本打算让你帮我把他弄回领地，可是现在……呃，我老是觉得，小多子话里有话。前两天我一直都不想听他说，哪怕现在我也觉得他不对劲，但我不想逼他回去了。我相信这地方一定有什么东西把他吓得够呛。让我陪陪他，说不定还能跟他聊聊，就不勉强你了。再说，大家得知道我们到哪里去了，你就回去报个信吧。中午之前，我一定回去；要是能带上他就更好了。”

长毛瞪起眼睛，气得对小多子厉声说道：“你个老是愁眉苦脸的小蟑螂，总是不听话，心里面只有‘我，我，我！’‘哎哟，我的脚指头不对劲，咱们赶紧倒立着走吧！’喏，咱们现在好不容易找到了一个不用争抢就能安稳度日的好地方，你却一个劲儿地扫大家的兴；还跟发疯的田鼠似的到处乱跑，让咱们里头最有本事的兔子豁出命来找你。哼，告诉你，我受够了！现在我就回领地去，让大家都别再搭理你。他们肯定不会犹豫——你趁早认清现实吧！”

说完，长毛转身从附近的树篱缺口蹿了出去。随后，从树篱的另一侧传来了一阵可怕的响动：“啪嚓啪嚓——扑通！”一根细枝飞到了半空中，一团扁平的湿叶蹿过缺口，落在树篱旁边、榛子的眼前；对面的荆棘丛也猛烈地摇动着。榛子和小多子面面相觑，强压着逃跑的冲动。是不是有艾利尔在那里活动？可是，没有猫咪的怒吼，也没有老鼠的尖叫，什么动物的叫声都没有，只有惨遭蹂躏的树枝和青草噼啪作响。

榛子竭尽全力生生压制住本能，鼓起勇气，逼着自己走进缺口，小多子紧随其后。眼前的一幕恐怖无比：地面上，落叶尽悉不见，却多出了几条长长的抓痕。长毛侧躺着，后腿猛踢乱蹬，奋力挣扎。一根弯弯曲曲的铜丝在晨曦中闪着微光，缠着他的脖子，还把他的前爪结结实实地捆在了插入土中的木桩上，上面的活结已经拉紧，深深地陷入他的耳后。铜丝上的一根尖刺割破了他的脖子，暗红色的血珠像紫杉莓一样一滴一滴地滚落到他的肩膀上。长毛躺在那里精疲力竭地喘着粗气，侧腹起起伏伏。过了一会儿，他又折腾起来，前蹿后挣，最后终于背过气去，不动了。

榛子悲痛欲绝，发狂般地跃出树篱缺口，伏在长毛的身边。长毛双眼紧闭，龇牙咧嘴，仍是一脸怒容。他以前就爱在生气的时候咬下嘴唇，现在也一样。血冒个不停，白沫糊满了他的下巴与前胸。

“长毛！”榛子跺着脚大喊，“长毛！听着！你中了圈套，中了圈套！奥斯拉是怎么说的？快想想！我们该怎么帮你？”

过了一会儿，长毛的后腿又蹬了一下，然而这一下实在是有气无力。他的耳朵耷拉下来，双目张开，眼神空洞，眼白泛起血丝，棕色的眼珠左边晃晃，右边闪闪。过了一会儿，他终于开口讲话，声音低沉，嘴里还喷着血沫。

“奥斯拉……不能……咬铜丝，木桩……去……挖。”

说完，他猛地痉挛几下，又开始抓地，混着血的湿土纷纷落在他的身上。紧接着，他又不动了。

“快，小多子，去领地！”榛子喊，“去叫黑莓、闪银他们过来！快，迟了他会死的！”

小多子赶紧沿坡飞奔起来，只剩下榛子待在原地，绞尽脑汁地琢磨怎样救出长毛。“木桩”是什么？怎么才能挖出来？他低头望向狼藉的地面。长毛被缠在铜丝之中，铜丝则从他的肚子下方穿过，似乎消失在了土中。榛子实在是看不明白，苦思冥想起来。长毛说的是“挖”。他恍然大悟，开始刨长毛身旁的松土；不久之后，他的爪子便碰到了一个硬邦邦、光溜溜的东西。他大惑不解地停了下来，发现黑莓已经站在自己的身后。

“长毛刚才还说话来着，”他对黑莓说，“可是现在他好像没劲了。他说‘挖木桩’。这话什么意思？咱们应该怎么办？”

“等一等。”黑莓说，“让我想想，别急。”

榛子转身低头望着溪流。远方，有棵樱桃树矗立在两丛灌木之间；两天前，他还跟黑莓和小多子坐在树下，沐浴在阳光之中。他想起当时长毛追着鹰齿菊嬉闹的画面——这位勇士因为到达这片乐土而沉浸在欢乐之中，完全把前一晚的争吵抛在了脑后。鹰齿菊正朝这边狂奔而来，陪着他的是闪银、蒲公英和小水窝，另外还有几只兔子跟在后面。蒲公英跑在最前方，“嗖”地一下蹿过树篱缺口，随即被眼前的惨状吓得呆若木鸡，直瞪圆了眼睛看。

“怎么回事啊，榛子？这是怎么了？小多子说……”

“长毛中了圈套，咱们先别过去，等着黑莓想办法。别让大家到这儿来。”

蒲公英转身往回冲；这时小水窝过来了。

“樱草来了吗？”榛子问，“也许他知道……”

“他不来。”小水窝答道，“他不许小多子提这事。”

“不许？”榛子简直不敢相信自己的耳朵。然而就在这时，黑莓开口了，榛子赶紧跑过去。

“就是这个。”黑莓说，“铜丝缠在木桩上，木桩插进了地里——喏，看，咱们得把它挖出来。快，挖它旁边的土。”

榛子又开始刨土，他的前爪扬起一把把松软的湿土，一碰到坚硬的木桩就打滑。同伴们都在一旁随时待命；过了一会儿，榛子没劲了，上气不接下气地停下，闪银接过他的班，随后是沙棘。这根可恶透顶、平滑且满是人类气味的木桩露出地面的部分已经跟一只兔子齐耳高，可它仍然毫不松动。长毛双目紧闭、安静地躺在那里，他缠着铜丝的身体皮开肉绽，血流如注。沙棘埋着头，拼命地继续掘土，把泥巴糊得满脸都是。

“下面细细的、尖尖的。”他说，“我觉得可以把它啃断，可地方太小，我的嘴够不着。”

“让小水窝来。”黑莓说，“他个头儿小。”

小水窝“扑通”一下跳入掘好的坑中，“咔嚓、咔嚓”的声音随即响起——老鼠如果在三更半夜溜进一间木屋，也会弄出这种响动。最后，小水窝出来了，鼻子上还滴着血。

“好闷，木刺扎得我好痛，不过木桩马上就要断了。”

“让小多子去。”榛子说。

没过多一会儿，小多子也满脸是血地爬了上来。

“行了！断了！”

黑莓用鼻子拱了拱长毛的脑袋；长毛的头先是往旁边歪了歪，又正了回来。

“长毛，”黑莓冲着他的耳朵喊道，“木桩断了。”

长毛仍然纹丝未动，没有答话。一只大苍蝇落在他的耳朵上；黑莓在悲愤中往前一扑，苍蝇急匆匆地飞了起来，嗡嗡叫着逃入阳光之下。

“他可能走了，”黑莓说，“好像都不喘气了。”

榛子趴在黑莓身旁，把鼻子凑到长毛的鼻孔前面，感受到一丝气流；可他也不确定这气流是不是长毛的鼻息。长毛的腿耷拉着，肚子也软塌塌的。榛子在脑海中反复搜寻着自己所掌握的、关于圈套的零星知识。一只健壮的兔子要是中了圈套，可能会在挣扎中把自己的脖子弄断，或者被铜丝上的尖刺扎破喉咙。

“长毛，”他低声说，“铜丝松了，起来吧。”

然而长毛还是一动不动。榛子猛然想到，如果长毛死了，自己一声不吭地浸在污泥之中还有何意义？他应该赶紧带着大家离开，否则失去伙伴的悲痛就会耗干他们的勇气，令他们万念俱灰。不，不能再守着这具尸体了。那个人说不定一会儿就到，也没准正提抢赶路，预备把可怜的长毛提走。该走了。他要尽力让大家，让他自己把这桩惨事永永远远撇在身后。

“‘我的心已与千敌为伍，只因我的朋友无法再奔跑蹦跳。’”榛子对黑莓说了一句兔子的谚语。

“怎么偏偏是长毛呢？”黑莓说，“没有他，咱们该怎么办？”

“还有大家呢。”榛子说，“咱们得活下去，大家都得想一想以后的路该怎么走。帮帮我，我自己可劝不了他们。”

榛子扭过头去，背对着长毛的尸体，在同伴中寻找小多子，然而始终没有看到对方的身影。他不敢开口问小多子到哪里去了，不想让伙伴们觉得此时的他伤感脆弱，急需弟弟的安慰。

“小水窝，”他厉声说，“把脸弄干净，止一止血。血腥味会引来艾利尔的。”

“好的，榛子。抱歉。长毛他——”

“还有一件事，”榛子恨恨地问道，“刚才你说樱草怎么着？他让小多子别多嘴？”

“是啊，榛子。小多子钻进领地，说这里有圈套，长毛他……”

“嗯。然后樱草他？”

“樱草和草莓，还有别的兔子，都假装没听见。这太奇怪了。小多子冲他们大喊大叫，可他们一点反应也没有。后来，我们往外跑时，闪银问樱草：‘你会去的吧？’可樱草直接用后背对着他。后来小多子跟樱草说了些什么，声音很轻，但我听到了樱草的话：‘上山入地，随便你们去哪儿，对我都没有区别。你唯一要做的，就是管住你的嘴。’他还扑到小多子身上，甚至抓伤了他的耳朵。”

“我要杀了他。”从他们身后飘来一阵低沉微弱、夹杂着喘息的声音。大家吓了一跳，赶忙转过身去，只见长毛抬起头，努力用前爪撑起上身，但他的后腿上依然缚着铜丝，所以下半身动不了，只能贴在地上。他大睁着眼睛，脸上糊满了鲜血、白沫、呕吐物和泥土。此时的长毛根本没有兔子的模样，简直跟怪物差不多。大家知道他还活着，本该松一口气，可此情此景又令他们惊恐万分。兔子们往后缩了缩，谁都没有说话。

“我要杀了他。”长毛又说了一遍，紧接着咳嗽不止；他沾满污物的胡须和凝结着血块的毛抖个不停。“你们几个笨蛋，上来帮帮忙好不好！能不能把这条该死的铜丝扯开？”长毛扑腾了几下，扯了扯后腿，却再次摔倒。他又用前爪拖着身体，拉着绑有断木桩的铜丝在草丛中爬了几步。

“都别动！”榛子见大家想要围上去帮他，连忙喊道，“你们想害死他吗？让他歇歇，缓口气！”

“用不着……用不着歇。”长毛气喘吁吁地说，“我没事。”可话音刚落，他便栽倒了，只是马上又用前腿支起了上身。“我的后腿动不了。那个樱草，我一定要杀了他！”

“干吗还让他们在那片领地舒舒服服地待着？”闪银也跟着嚷嚷起来，“他们也算是兔子？一个个都见死不救！樱草在地洞里说的话，你们都听见了吧？他们都是胆小鬼。咱们去把他们赶走——杀了他们，占了领地自己住！”

“好哇！好哇！”大家纷纷应和，“走！回领地去！干掉樱草！干掉银叶花！把他们统统杀光！”

“哦，弗瑞斯呀！”高草丛中响起一声尖叫。

这异样突兀的叫喊令热血上涌的兔子们安静了下来。他们东张西望，想看看刚才是谁在吼。沉寂之中，小多子从两蓬高草之间露出头来。他眼神迷乱，着了魔一般地冲伙伴们嗷呜乱叫，把身旁的几只兔子吓得瘫倒在地；就连榛子都目瞪口呆。后来他们终于听清楚了，小多子是在说话。

“领地？你们还想回领地去？傻瓜！那里是死亡之穴，是邪恶艾利尔的食品室！是陷阱，是圈套！处处如此，日日如此！现在一切都说得通了，我们来到这里之后所发生的一切都说得通了！”

小多子稳坐下来，话音回荡在阳光下的草丛中。“蒲公英，你不是喜欢讲故事吗？我现在就给你讲一个——一个让艾尔-阿瑞拉听了都会心碎的故事。从前，在林边牧场的上风处有一片美好的兔子领地，那里宽广辽阔，住满了兔子。突然有一天，白盲病爆发，许多兔子病倒，死去，但仍有几只命大的活了下来。可这片兔子领地也因此十室九空。于是农夫想：‘我来养兔子吧，把他们变成我的家畜，他们的皮肉都派得上用场，干吗还费事做什么兔笼呢？他们在这儿就活得挺好的。’就这样，农夫把所有兔子的艾利尔——獾、狐狸、雪貂、猫头鹰——都打死了，还经常主动投喂兔子。不过，他没有把食物放在领地旁边，因为他打算让兔子们养成在田野和树林中到处觅食的习惯。接下来，他就开始设圈套猎杀他们了，但下手又没有太狠。农夫始终把猎物的数量控制在既能满足需求，又不至于把兔子们吓得弃巢逃跑的程度。在他的精心‘照料’下，兔子们果然都长得结实健壮；他们再不必为过冬发愁，也无所畏惧——除了要注意树篱缺口附近和林中小道上的圈套。于是，他们开始按照农夫给他们设定的生活度日，其间不时总会失踪几只兔子。时间久了，那里的兔子变得怪里怪气，跟他们的同类完全不一样。对于这一切，他们其实心知肚明，却违心地摆出一副岁月静好的模样，只因为这样可以尽享美食，受到庇护；而他们需要警惕的事唯有一桩，就是那些圈套。尽管到处都是圈套，但一次遇害的同伴数量毕竟有限，还不足以把他们惊得四散奔逃。他们丢弃了野生兔子的天性，忘记了艾尔-阿瑞拉——他们甘愿住在天敌的领地之中，以生命换取安稳的生活，那艾尔-阿瑞拉的计谋和智慧于他们来说又有什么用呢？于是，他们摒弃了各种妙计和古老的故事，以另一种花哨的东西——'艺术'取而代之。他们在隆重的场合以舞蹈向对方致意，像小鸟一样歌唱，还在墙壁上布置石形。尽管这些活动毫无实用价值，但足以让他们消磨时间，让他们相信自己是非凡的生物，是兔之血脉开出的璀璨之花，比喜鹊还要聪明伶俐。他们那里没有兔子统领——怎么可能会有？兔子统领一定是一片领地中的艾尔-阿瑞拉，是能够引领同伴远离死亡的杰出领袖。然而面对那里唯一的死神，什么样的兔子统领找得到办法带领大家逃出生天？因此弗瑞斯赐予了那群兔子诡异的诗者，美丽却一触即碎。倘若在其他地方，这群诗者或许会因睿智而出类拔萃，但在那里，他们无法面对现实，只能苟活在黑暗秘密的重压之下，最后用花言巧语欺骗自己和同类，说他们讲究体面，有内涵，等等，他们哄骗大家相信那亮闪闪的铜丝是兔子们的心头至宝。然而他们之间有一条不可逾越的规矩——谁都不能询问其他兔子的去向。除了吟诗唱歌的时候，谁只要提到‘哪里’，周围的兔子就得截住他的话。询问其他兔子的去向会引起他们的不快，而公开提及铜丝圈套的兔子，则会被他们视作尽可诛之的对象，很可能因此遭受袭击乃至丧命。”

小多子停住了。大家都呆呆地杵在原地。在一片沉默中，长毛终于摇摇摆摆地站起身来，跌跌撞撞地向小多子爬了几步，又一下子趴倒。小多子没看长毛，只是扫视着在场的其他同伴，而后继续开口道：

“后来，在一个漆黑的夜里，我们这群野兔子穿过帚石楠丛来到这里，开始在山谷对面挖洞。领地中的原住民起初并没有现身，他们要想一想何为上策。没过多久，他们有了答案：隐瞒真相，把我们带入领地。难道你们没发现，农夫并非每天都到处设置圈套？一只兔子死了，其他兔子就能活得更久一些。黑莓，你提议让榛子讲一讲我们的冒险经历，可是他们都不自在起来，对不对？以懦弱为生的生物，怎么会愿意听其他同类的英勇事迹？你们还要我继续说吗？这一件件、一桩桩，都充分表明了他们不怀好意。现在，你们还说要杀死他们，将大地洞据为己有吗？你们还想置身于一个以骨为顶，到处缠绕着闪着寒光的铜丝线的陷阱里吗？到时候，迎接我们的，只有苦难和死亡！”

说完，小多子重新缩回草丛中。长毛拖着那截光滑而可恶的木桩费力地向他爬去，用鼻子蹭了蹭他的鼻尖。

“我还活着呢，小多子。”他说，“我们都活着。你咬断的木桩，可比我拖着的这根粗多了。你说，咱们现在该怎么办？”

“怎么办？”小多子说，“走，当然是马上走。我在离开地洞之前，就跟樱草说过了。”

“去哪儿？”长毛又问。“山上。”接话的是榛子。

沿溪向南，地势渐高，坡面上有一条车马道，更远处是一丛灌木。榛子朝那边转过身去，其他兔子也三三两两地跟在他身后跑上斜坡。

“你身上的铜丝怎么办，长毛？”闪银问，“木桩要是刮在地上，铜丝就又勒紧了。”

“没事，已经松开了。”长毛说，“要是我脖子没受伤，抖一抖就能把它甩掉。”

“那就试一试。”闪银说，“这样你可跑不了多远。”

“榛子，”虎尾草突然开口道，“快看，有只兔子从领地那边过来了。”

“就一只？”长毛说，“可惜啊！交给你了，闪银。这次我不跟你抢。好好干。”

分散于坡地之上的兔子们停下脚步，等对方过来。那只兔子慌里慌张地跑着，模样有点怪，只见他一头撞在一株粗壮的荆花上，栽了个跟头，打了个滚又起身，仍然锲而不舍、一瘸一拐地向他们奔来。

“他是不是得了白盲病，”沙棘说，“就这么两眼一抹黑地跑？”

“弗瑞斯保佑！”黑莓叫道，“咱们躲着他点吧？”

“不必，他要是得了白盲症，肯定跑不了这么快。”榛子说，“虽然不知道他生了什么病，但总归不是白盲症。”

“是草莓！”蒲公英喊道。

草莓穿过海棠树旁的树篱缺口，先是朝四下里看看，又跌跌撞撞地向榛子跑来。他那彬彬有礼、淡定从容的气质已无处可寻。此时的草莓双目圆睁，瑟瑟发抖，在那魁梧的身形衬托下，这副惨相更为彰着。来到榛子他们面前之后，草莓又在草地上后退了几步。榛子面无表情、一动不动地等他开口，闪银则伴在他身侧。

“榛子，”草莓问，“你们要走吗？”

榛子不置可否，闪银却厉声回复：“关你什么事？”

“带我一起走吧！”没有听到回应，草莓又恳求了一次，“请带我一起走吧！”

“我们不想理睬满嘴谎话的家伙。”这一次闪银拒绝了他，“你还是回去找你的妮尔卓–海茵吧，她没这么挑剔。”

草莓在啜泣中发出一声哀号，仿佛遭受了什么重创。他瞧瞧闪银，又看看榛子，最后望向小多子，悲声说道：

“她被铜丝勒死了。”

闪银还要再说什么，榛子却抢先开了口。

“跟我们走吧。”他说，“别说了，可怜的家伙。”

片刻之后，兔子们越过小径，消失在灌木丛中。一只喜鹊在他们经过的光秃秃的坡地上发现了可疑的光芒，飞过去一探究竟。然而映入他眼帘的，只有一截断木桩和一条弯弯曲曲的铜丝。

第二部分

探索沃特希普高地

18

沃特希普高地

如今得经证实之事，不过是往日之幻想。

——威廉·布莱克《天堂与地狱的婚姻》

已是翌日黄昏。沃特希普高地北面的悬崖从清早便被阴影笼罩，直到日落前一小时才照耀到夕阳。这座高地拔地而起，高约三百英尺，长度在六百英尺之内。从侧面看去，一座峭壁从山脚处的稀疏树林探出，一直延伸到陡坡逐渐平移下来的山脊。明媚的柔光像是给高地上的草皮、荆豆、紫杉和几株因常遭风吹而长得低矮歪斜的荆棘树裹上了金壳。阳光仿佛从高地顶上倾泻而下，随后便凝滞不动了。然而在草地上，在灌木之间，在甲虫、蜘蛛与鼩鼱遍布的茂密森林中，日晖却如微风一般舞个不停，催得小生灵们有的匆匆赶路，有的奋力织网。霞光透过草丛，在一对对纤薄的翅膀上闪烁，在一条条细到极致的虫腿后投下长长的阴影，把每一片赤裸的土地分隔成无数细碎的亮格。昆虫们吱吱嗡嗡，唧唧啾啾，为余晖烘暖了空气而高兴异常。林中的黄鹀、红雀和绿金翅雀倒是比较克制，叫得却更响。云雀飞上九霄，在高地上空清新的空气中啁啾鸣唱。山顶，那看似宁静的广阔碧蓝被缕缕青烟和玻璃反射出的微光划出了痕迹；下方，青翠的麦田、有马儿在其上进食的平整牧场和幽绿的树林蔓延开来，同位于山腰的丛林一样，随着傍晚的临近而变得热热闹闹，但静谧的气氛自高处笼罩而下，让这一带的生物有所收敛。

碧草丛生的悬崖脚处，榛子和同伴们趴伏在三两株桃叶卫矛低垂的枝条下；从昨天早上到现在，他们已经行进了将近三英里。离开那片领地后，他们的运气始终不错——正所谓大难不死，必有后福。他们蹚过了两条小溪，心惊胆战地穿过爱琴斯维尔西部的幽密林地，还曾在一座农场或谷仓之类的地方休息过，只不过一睁眼就发现他们被老鼠团团包围了。多亏了长毛协助，闪银和沙棘才能掩护大家突出重围，逃之夭夭。沙棘的前腿还因此被老鼠咬伤，那可是一种疼痛剧烈的创口。后来，兔子们沿着一个小湖的边缘跑，一只灰色的大鱼狗一个劲儿地对着莎草丛中的他们猛啄，好在一群野鸭及时嘎嘎叫着飞过，把他吓跑了。在一片空旷的牧场上，他们无遮无挡地跑了半英里有余。其间他们随时都有遇袭的危险，却幸运地安然无恙。他们还听到了夏日里高压线铁塔诡异的嗡鸣，直到小多子保证这东西不会对他们造成任何伤害，他们才放心地从塔下奔过。现在，他们静卧在桃叶卫矛之下，疲惫而警惕地嗅着人迹罕至的旷野那陌生的气息。

自从离开那片布满圈套的领地之后，他们变得更为谨慎机智；大家情同手足，齐心协力，顽强不屈。关于那片领地的真相虽然残酷，但也把他们团结得更紧密了。他们没有再吵过架，一直相扶相帮、患难与共——现在他们知道，只有这样，他们的生命才能得以延续。他们共同拥有的财富，绝不能浪费一分一毫。长毛深陷铜丝圈套的时候，榛子已经竭尽全力，他们全都以为长毛死了，为此伤心欲绝并忧心自己的未来。如果没有榛子、黑莓、沙棘和小水窝，长毛肯定保不住性命；如果他本身不是这般强悍坚毅，恐怕也难逃一死——除了长毛，剩下的兔子里还有谁能在承受这样的劫难之后依旧活蹦乱跳？大家已经就长毛的刚猛、小多子的远见、黑莓的睿智和榛子的威信达成了共识。在后来抵御鼠群的突袭时，沙棘和闪银就听从了长毛的吩咐，寸步不退；榛子叫醒其余兔子，二话不说带领他们逃出谷仓。接着，同样是榛子告诉大家，除了穿过牧场，他们别无他法；于是，蒲公英探路，闪银打头阵，他们就这样平安地到达了对面。再后来，小多子说那棵大铁树不会伤害他们，大家也对此深信不疑。

草莓有阵子状态不太好，忧伤使他心神恍惚，而他也为自己曾是领地原住民的帮凶而感到内疚。他性格柔弱，过惯了养尊处优的生活，然而这一路上，他毫无怨言；任谁都看得出来，他已经下定决心要做出自己的贡献，坚决不拖同伴们的后腿。比起榛子他们来，草莓对密林的情况更熟悉，因此他在穿越那片林地时功不可没。“只要我们肯给他机会，他就能做好。”他们来到湖边时，榛子这样对长毛说。“那可真是太好了。”长毛说，“哼，一个混混，还油头粉面的。”同他们这群野兔子比，草莓确实是过分干净、体面了。“好了，留心别吓着他，长毛，那样对他没好处。”长毛没好气地答应了。其实跟以前比起来，榛子的态度也没有那么强硬了。长毛身陷圈套的那一幕让他始终腿爪发软，心有余悸。当时在谷仓里，他之所以能火速发现异状并叫醒大家，是因为他根本睡不着，周围窸窸窣窣的声音刚一响起，他就被惊醒了；他也不想留下闪银和沙棘独自应战，却不得不让他们来担负重任。同样的，长毛也是平生第一次学着耐着性子，谨言慎行。

日头西垂，碰到了地平线上的云朵。榛子自枝条下钻出，将下方的坡地仔细地扫视了一番，又抬头望向耸立在空阔高地之上的蚁丘。小多子和橡子也出来了，他们在一蓬红豆草前俯下身体。虽然从未见过这种植物，但仅凭本能，他们就知道它味道甘美，能令自己精神焕发。榛子回过身来，跟他们一起啃食起这些品红色、带有玫瑰色纹理的硕大花穗。

“小多子，”榛子开口道，“我想再好好问问，你是打算让我们爬上去——不管爬多高，在山顶上找个地方安身？”

“没错，榛子。”

“可是这座山肯定很高。我在这儿都看不见山顶。那里一定没有树木草丛，而且还会很冷。”

“地底下不会啊，那里土质松软。只要咱们找对地方，不用费多大工夫就能挖出几个地洞。”

榛子又想了想。“我担心的是现在。喏，咱们都累得要命，待在这里肯定很危险，可咱们又没地方躲藏。再说，咱们对这里一点也不熟，还没法挖地洞。不过大家今晚爬上去应该没问题，就怕山顶更不安全。”

“不能挖也得挖啊！”橡子说，“这里跟那片帚石楠丛一样，都没有能让咱们藏身的地方。就算有树，要是四只脚的艾利尔来了，咱们也没地方躲。”

“这种情况我们又不是第一次遇到。”小多子说。

“我不是要跟你顶嘴，小多子。”橡子说，“可是咱们现在就需要地洞。这个地方可不怎么样，根本挖不了。”

“我想先上去看看情况再把大家带上去。”榛子开口道，“我自己去，动作尽量快一些，在我回来之前，你们先别往坏处想，就在这里休息休息，吃点东西。”

“你自己？不行。”小多子不容置疑地说。

尽管大家都已疲惫不堪，但都愿意陪榛子一起上去。榛子最后作出妥协，让精神尚好的蒲公英和鹰齿菊伴自己同行。三只兔子跃上山腰，慢慢地在一棵棵灌木和一丛丛草中穿行，还时不时地停下脚步四处嗅嗅，循着广阔的草地向上远眺——他们两旁的绿荫简直一眼望不到头。

人都是直立行走的。对于我们来说，爬陡坡绝非易事，因为我们要直着腰行进，得不到任何推进力。兔子则完全不同，他们可以用前腿支撑与地面平行的身体，靠健壮的后腿发力。对于他们来讲，健步如飞地向上冲简直是小菜一碟；哪怕地形陡峭，他们的速度也绝不会受到丝毫影响。可也正因如此，他们在下坡时反而会狼狈不堪。如果山势很陡，他们便会干脆缩成一团滚下去。此外，一个人一般比山腰的地面高出五到六英尺，可以遍观四周。因此尽管地势险峻，人类也可轻轻松松地一边走，一边规划路线。而矮小的兔子在爬山时内心的焦虑与恐慌，诸位读者恐怕要亲至此处才能有所体会了。让他们深受其扰的，其实并非身体上的疲倦。榛子刚才说的“咱们都累得要命”，其实更多的是指他们的内心已经被忧惧折磨得太久，实在不堪重负了。

待在地面上的兔子，除非对周围环境十分熟悉，而自己的巢穴又离得不远，否则始终会提心吊胆。在惊惧过度时，他们甚至还会发呆以麻痹自己——用兔子语说，就是“萨恩”。榛子和伙伴们至今已经心惊胆战地赶了将近两天的路，离开他们出生的领地更是已有五天。在这五天里，他们经历了各种各样的艰险磨难。一路上，他们忐忑不安地匆匆行进，看到高草地便钻进去一趴，还时不时地被错觉吓一跳。长毛和沙棘老是能闻到血腥味，其他兔子知道，他俩的嗅觉不会出错。而这一边，榛子、蒲公英和鹰齿菊在为陌生的高地上全无藏身之处、自己又看不到远方而发愁。他们没有直接向上爬，而是钻进了日红草；周围，被惊醒的昆虫爬爬跳跳，霞光如烈焰一般，染红了起起伏伏的草叶。他们躲在蚁丘脚下，小心翼翼地让目光绕过一簇簇起绒草向上瞧，可仍然看不出还要爬多高。一有短坡，他们就跃上去，然而走到头之后，却总能发现还有另一道坡在上面。榛子觉得黄鼠狼也许会喜欢这样的地方；雪鸮在这里应该也如鱼得水：薄暮时分，他们可以沿着绝壁高飞，凌厉的目光足以穿过片片树林、丛丛碧草，一个急转身便将活物从其掩身之处拖出。有的艾利尔习惯等待猎物出现，但雪鸮却总是四处搜寻，主动出击，而且来去无声。

榛子还是没有停脚。南风轻拂，六月的余晖染红天空。榛子同几乎所有的野生动物一样，并没有仰望苍穹的习惯。平日里，天在他的眼中，其实是有树和树篱分布其上的地平线。如今，他鼻尖向上，望见了山峦，也望见了在天边悄然流动、沾染上红霞的团团云朵，因此吓了一跳——这些大家伙跟树、草和兔子截然不同；它们朝着一个方向不紧不慢、无声无息地飘着。那不是属于他的世界。

“啊，弗瑞斯呀，”榛子想，又扭头瞧瞧西方天幕上耀眼的光彩，“您是要让我们住在云彩里面吗？如果您真的跟小多子说过，请让我也相信他的话。”就在这时，榛子看见刚才远远跑在前面的蒲公英正蹲坐在一座蚁丘上，他的前方是一片碧蓝。榛子心中一惊，赶忙冲上前去。

“蒲公英，快下来！”他喊道，“你坐在那里干吗？”

“在这儿我看得见！”蒲公英欢天喜地地答道，“上来看看！整个世界都在眼前。”

附近还有一座蚁丘，榛子学着蒲公英的样子，也爬上去直起了上身，环顾四周。直到现在他才知道，他们下方几乎是一片平地，而他们刚刚顺着地势越过的山坡也十分平缓。只是在此之前，他们一心想着暴露在敌人眼前有多么危险，因此忽略了脚下的变化。原来，他们早已登上了高地之巅。他们凌驾于草地之上，可以将四面八方的风貌尽收眼底。这周围没有任何活物：如果哪里有哪怕一丁点动静，他们都能立即发觉。远方，草地与天空仅有一线之隔。在这里，一个人、一只狐狸，哪怕一只兔子，都休想藏踪匿迹。小多子说得对，在高地的顶端，不论什么东西来了，他们都看得见。

风裹挟着百里香和夏枯草的味道，摩挲着他们的毛发，拉扯着草叶。这份孤寂似乎代表着一种解脱、一份福祉。高地、远方与天空一同涌入他俩的眼帘。他们在阳光下欢呼雀跃。“哈，弗瑞斯呀！”蒲公英叫道，“是他给我们创造了这个好地方！”

“大概吧，可想带我们来这里的，是小多子。”榛子接话道，“来吧，让我们把小多子大人请上来！”

“鹰齿菊呢？”蒲公英忽然问道。

天色尚明，但鹰齿菊的身影无处可寻。榛子和蒲公英先是在蚁丘上东张西望，后来又跑到对面的一座小山岗上向下看，然而只见到一只田鼠钻出地洞，蹿进一丛结籽的青草中翻来找去。

“他肯定是下去了。”蒲公英说。

“嗯。不管他有没有下去，”榛子说，“咱们都不能再去找他了。大家都在等着,说不定他们还遇到了危险。咱们先走吧。”

“真可惜。”蒲公英说，“咱们好不容易才找到小多子说的好地方，明明刚才还一个不少。他真是个大笨蛋，咱们根本就不该带他上来。可是，如果咱们把他独自丢在这里，艾利尔来了怎么办？”

“不会的。他肯定在下面。”榛子说，“不知道长毛会怎么教训他，但愿他这回不会挨咬。走吧。”

“你准备今晚就把大家带上来吗？”蒲公英问。

“我还没想好。”榛子说，“这是个问题。这里有地方给咱们藏身吗？”

他们费了好大的劲才来到陡峭的崖边。暮色渐浓，他俩找到了来时见到的一丛矮树，知道他们没有走错路。这种歪歪扭扭、矮小细弱的树木构成的景观堪比无水绿洲，在高原上随处可见。此时，映入他们眼帘的是一道坡，坡上、坡下生长着两三棵接骨木和五六株荆棘树。坡面寸草未生，奶油色的接骨木花下，一片光泽黯淡、肮脏不堪的白垩裸露出来。榛子和蒲公英跑过去，忽然看见鹰齿菊正坐在荆棘丛中用爪子抹脸。

“我们还找你呢。”榛子说，“你去哪儿了？”

“抱歉，榛子。”鹰齿菊恭敬地说，“我一直在研究这几个洞，我想它们没准派得上用场。”

他身后的土丘上有三个兔子洞，地面上盘结在一起的树根中还有两个。周围没有脚印和粪便，显然它们已被弃置许久。

“你进去看过没？”榛子一边问，一边嗅四周的气味。

“看过，”鹰齿菊回答，“呃……看过三个。里面都不深，还坑坑洼洼的，不过没有死亡和疾病的味道；还算不错吧，能住——反正咱们在这儿也住不了多久。”

暮光之中，一只崖燕尖啸着从他们头顶飞过。榛子转身对蒲公英说：

“这可真是个好消息！走吧，我们把大家带到这里来。”

就这样，一只兔子小卒的侥幸发现让他的同伴们断绝了后顾之忧，放心地爬上了高地。或许他还挽救了一两条性命：对于他们来讲，平平安安地在旷野中过夜几乎是不可能的，不论是在山上还是在山脚下。

19

黑暗中的哀号

“谁在隔壁？——究竟何许人士？

一位重要人物，给某人带来了口信：

某事已近在咫尺？

我是否可以马上与之相识？”

“没错，是他；他带来了口信；

您可以与他相见，无需多待时日。”

——托马斯·哈代《谁在隔壁？》

那几个洞的确挖得不怎么样。“给咱们这群流浪汉[1]住正合适。”长毛如是说道。对于这些精疲力竭、身处异地的兔子们来说，居住条件可没什么好挑的。这些洞穴至少空间够大，挤得下十二只兔子，而且一点也不潮，还连着地道——荆棘树丛下方有两条地道直通白垩上方的洞。兔子一般不絮窝，对于不习惯这种环境的兔子来说，睡在满是石头、硬邦邦的洞底或许

[1] 长毛实际说的是“赫莱希尔”。我在故事中曾多次用它来指代迷路、到处挖洞，或者无巢可归的动物。实际上，在兔子的语言中，“赫莱希尔”专指没有地洞可以藏身、只好栖身于旷野的兔子。形单影只或者尚未寻得配偶的公兔会在很长时间内保持赫莱希尔这一身份，尤其是在夏季。一般来讲，公兔并不会认认真真地挖洞，但有时也会刨出浅穴供自己栖身，或者直接使用现成的地洞。在大多数情况下，只有准备育崽的母兔才会勤勤恳恳地承担这一任务。——作者注

会觉得不舒服。然而，洞口开在土丘上的几条隧道先是通往下方的白垩地面，而后才转向三个洞底松软的兔穴。洞穴与洞穴之间并不相连，但他们实在太累，已经顾不了那么多了。他们每四只钻进一个土洞，感觉既暖和又安全。榛子依旧长久未眠，始终舔着沙棘的伤口——沙棘的那条伤腿已经痛得不能动了。好在没有嗅到感染的味道，榛子放下心来。他以前听说过老鼠有多么可怕，因此拿定主意，要让沙棘好好歇息，等他的伤情有所改善再上路。“这是我们受伤的第三位伙伴；不过，情况本来可能会更糟糕。”他想着想着便昏昏睡去。

六月的黑夜往往只有几个小时。一大早便有阳光照在高地上，但兔子们并未苏醒；拂晓过后，他们仍在从未体会过的幽寂中静静沉睡。当今社会，森林里、原野中，白天的噪音简直大得让动物们难以忍受，不受人类打扰的地方寥寥无几——私家车、公交车、摩托车、拖拉机、卡车，都吵得要命。住宅区里的喧闹声，更是隔得老远都听得到。录鸟叫的人总是起得很早——一般在六点之前；要不了多久，闯入大多数林地的噪音便会绵绵不绝、震耳欲聋。近五十年，大片大片的乡野失去了往日的静谧。然而在沃特希普高地，哪怕在白昼，能够飘至此处的声响也只有微微几缕。

榛子醒来时，太阳已经爬得很高了，但尚未与高地齐平。卧在他身边的，是沙棘、小多子和小水窝。他离洞口最近，小心地没有惊醒同伴，直接沿隧道钻了出去，先去排泄，随后穿过荆棘丛来到草地上。下方，笼罩乡野的晨雾正在消散。远处，树木与屋顶在缕缕薄雾的掩映下影影绰绰，宛若拍打在岩石上又化作碎浪的波涛。天空万里无云，澄碧透蓝；天地交接处却被染上了一抹淡紫色。风已平息，一只只蜘蛛爬进了草丛。看来今天会很热。

榛子像往常一样吃着草东游西荡——麻利地慢跳五六下，看看周围的情况，竖着耳朵立起上身，然后匆匆忙忙地啃上几口，就这样逛了几码远。这还是他这么多天以来第一次有逍遥自在、安全无虞的感觉。他开始琢磨这里还有什么是需要他们费心思考的。

“小多子说得对。”他想，“这是个好地方。不过我们得慢慢习惯这里，把发生意外的可能降到最低。留下那些洞的兔子到底怎么了？是死了，还是去了别的地方？要是能找到他们问一问就好了。”

就在这时，榛子恰好看见一只兔子踟蹰着从最远的洞里钻了出来。是黑莓。他也一样，先是一通排泄，又抓抓痒痒，还在灿烂的阳光照耀下梳理了一下耳朵。之后他开始吃草，榛子就是这时凑过去的。他靠在黑莓身边，在草丛中嗅来嗅去，黑莓去哪儿，他便跟着去哪儿。就这样，两只兔子来到一丛地丁跟前，纤长的花茎顶着像天空一样幽蓝的花朵探出碧草；每一朵小花都伸展着酷似双翼的两片花瓣。黑莓上前闻了闻，发觉地丁叶实在质地粗糙、难以入口。

“这是什么东西？”他问。

“不知道。”榛子说，“没见过。”

“咱们不知道的事实在是太多了。”黑莓说，“我是说，关于这里的事。这里的花草树木，咱们没见过；这里的味道，咱们也没闻过，得多学学了。”

“你已经知道得够多了。”榛子说，“好多事情，要是不听你讲，我怎么都想不明白。”

“可是，冒着生命危险冲在前面的是你。”黑莓说，“我们都看在眼里。现在咱们的旅程终于结束了。这个地方跟小多子说得一样安全。没有一只艾利尔能悄悄地接近咱们——只要咱们看得见，闻得着，听得到。”

“这些倒还不成问题。”

“可是睡觉的时候就不行了，而且咱们又没有夜视眼。”

“晚上，天总是要黑的。兔子也不能不睡觉。”

“在没遮没挡的地方睡？”

“如果有必要，咱们还可以接着用那几个洞。不过我想，睡在外面的兔子应该也不少。挖洞这事实在是太难为咱们这群公兔子了。像那天在帚石楠丛里那样，勉强刨一两个浅洞倒还可以，可是挖真真正正的地洞？还是别想了。”

“这就是我一直在考虑的问题。”黑莓说，“那片领地上的兔子——樱草他们——平日里干的事，普通的兔子根本不会干：往墙上插石头，往地洞里运吃的——至于还有别的什么，大概只有弗瑞斯才知道。”

“说到这个，山梨的萬苣也是奥斯拉放在他的地洞里的。”

“没错，那你想过没有，他们难道是因为觉得自己比同类能干，才做出了另类的事？既然他们可以，那我们也行——只要我们愿意。你说公兔子不挖洞，这没错，可公兔子要是想挖，还是能挖出地洞来的。想想看，又深又舒服的大地洞，咱们睡在里面是什么感觉？晚上，外面狂风暴雨，咱们躲在地底下，是什么感觉？到时候咱们就安全了。其实，抛开‘公兔子不会挖洞’这个想法，什么都碍不了咱们的事。咱们不是不会挖，是不想挖。”

“那你觉得该怎么办？”榛子半是好奇、半是犹豫地问，“你觉得我们应该把这几个洞连起来，弄出一片领地？”

“不，这几个洞可不行，我一眼就能看出为什么没有兔子住在里面。从地面再往下一点点，就是这片白白的、硬邦邦的东西，谁都挖不动；冬天洞里肯定很冷。不过，昨天晚上咱们往这边赶的时候，我看见山顶上有片树林。咱们现在上去看看好不好？”

于是他俩登上了山顶。一道山毛榉丛生的突崖悬于西南侧，有一条越过山脊的草径与之相连。

“那边有几棵大树，”黑莓开口道，“树根一定扎得很深。要是在那里挖洞，咱们就能像在以前的旧领地一样，过上安稳的日子了。退一万步讲，就算长毛和别的兔子不愿意挖，说他们不会，只靠咱们也没问题。喏，这里没有树挡风，还背阴，所以别的动物通常也不愿意在这附近活动，这里是安全的。唯一的缺点是，要是赶上变天，这里可就没法住了。”

“我从来没想过让一大群公兔子认认真真地挖洞。”他们回身下坡时，榛子满怀疑虑地说，“兔宝宝倒是非得住在洞里不可，可是咱们……”

“咱们小时候住的地洞被挖出来的时候，咱们的妈妈都还没有出生。”黑莓接过话来，“地洞，咱们都住惯了，可是谁都没有帮忙挖过。那洞是谁挖的呢？母兔。我敢说，咱们要是还按老路子来，肯定没法在这里长住——换个地方没准可以，但这里不行。”

“那可够咱们忙活的了。”

“喏，长毛他们过来了。现在就跟他们商量商量，听听他们怎么说？”

大家希尔弗雷的时候，榛子先把黑莓的想法透露给了小多子。过了一会儿，大多数兔子进食完毕，他们有的在草丛中嬉闹，有的趴着晒太阳。这时，榛子提议大家去突崖那里集合——“看看地形”。长毛和闪银当即同意，最后大家都兴致勃勃地跟了上来。

这片长达四五百码，宽度却不足五十码的狭长树林与之前草甸上的灌木丛截然不同，却是狂风肆虐的丘陵地带的常见产物。防风林中大多是完全长成的山毛榉——树干高大光滑，层层叠叠的枝叶向四面八方铺展开来。林间空地开阔，几乎没有遮蔽物。兔子们感到有些困惑：这片树林为何稀疏至此，根本遮挡不住他们的视线？山毛榉叶“唰——唰——”地响个不停，而在榛树林、橡树林或银桦林里，根本听不到这样的声音。

兔子们心存疑虑，沿着突崖的边缘奔跑，在山毛榉之间钻进钻出，最后来到了东北角。这里有一座土丘；站在上面望得见远方空阔的草地。小多子挨在魁梧健壮的长毛身旁，更衬得他弱小得可怜。而此时，这只孱弱的兔子正欢天喜地、底气十足地对榛子说：

“黑莓说得没错，榛子。咱们确实应该尽力在这里挖几个洞。

反正我要试一试。”

听闻此言，其他兔子都怔愣了一下。小水窝率先跟着榛子来到土丘底部开始挖土；不一会儿，又有两三只兔子刨起了松土。在这里打洞并不难；尽管他们总是歇工吃草，晒太阳，但在中午前，榛子他们还是刨出了一条通往树根的隧道。

突崖上几乎没有灌木，不过山毛榉的枝条起码可以阻挡空中之敌。而且他们很快便发现，这里虽然环境清幽，可红隼随处可见。尽管这种鸟很少捕食比老鼠大的猎物，但偶尔也会以年轻的兔子为目标，因此大多数成年的兔子都不会在头顶有红隼盘旋的时候优哉游哉地溜达。果然，没过多久，橡子见到南边有一只红隼飞了起来，跺脚示警后便蹿进了树林；其他暴露在外的兔子也紧随其后。过了一会儿，他们钻出来继续挖，可马上又看见在他们昨天经过之地的上空有只红隼在盘旋，于是榛子决定让沙棘放哨。那个下午，沙棘至少发出了两次警报，大家就这样时干时停地忙活着。薄暮时分，他们又因为一个策马前往树林北端的人类而中止了一次挖洞。除此之外，这一天，他们瞧见的活物都不比鸽子大。

骑马的人在山地顶端向南转了个弯，随后消失在了远方。榛子回到林边，朝北面下方明亮宁静的原野望去，只见一座座高压线铁塔排成一行，朝金斯克利尔北部延伸而去。空气凉爽下来，太阳又要挨到北边的悬崖了。

“就这样吧。”榛子说，“今天就到这里吧。我想去山脚下找点像样的草吃。这里的草虽然也能凑合，但又薄又干，味道不好。你们谁想跟我一起去？”

长毛、蒲公英和虎尾草蠢蠢欲动，但其他的兔子更愿意吃完草赶紧返回荆棘丛，好随太阳一起钻入地下。长毛和榛子选定一条遮蔽物最多的路线，带着蒲公英和虎尾草跑出了四五百码，平安无虞地来到了山脚下，开始在麦田边上的草地中大快朵颐。榛子尽管已经疲倦不堪，但仍未忘记寻找藏身之地，以备不测。索性他运气不错——不远处有一条荒废已久、杂草丛生的土沟，大部分沟壁已经塌陷，长在里面的峨参和荨麻密密丛丛，几乎把它变成了一条隧道。他们四个都觉得自己完全可以在一瞬间从草丛冲入沟中。

“那个地方在紧要关头肯定派得上用场，”长毛一边嚼着苜蓿，一边嗅着绵毛荚蒾的落花，“天哪，从离开老领地到现在，咱们也算学到不少东西了吧？要是不走，咱们一辈子都只能按老套路活着。挖洞，哈！接下来说不定就要学飞了。你们发现没？这儿的土跟老领地的土一点都不一样——不管是味道还是滚落的模样。”

“这你倒是提醒我了。”榛子说，“我想问问你们，樱草的领地把我吓破了胆，但那里有一个东西，让我羡慕得要命，就是那个大地洞。我打算在这里也挖一个。如果地底下有个地方能让大家舒舒服服地住在一起，聊聊天，讲讲故事什么的，不是很好吗？你们觉得怎么样？可行吗？”

长毛想了想。“这事我知道。”他说，“地洞要是挖得太大，洞顶容易塌。所以，要想弄出那么个地方来，就得把洞顶撑住。

樱草用的是什么？”

“树根。”

“咱们挖洞的地方就有嘛！不过那种树根也行吗？”

“还是问问草莓吧，不过估计他也说不大清楚。大地洞成型的时候，他应该还没出生。”

“就算洞塌了，他也死不了。樱草他们萨恩的时候就像白天里的猫头鹰，也就草莓够机灵，知道跑远点。”

暮色笼罩了玉米地；尽管长长的霞光仍然照耀着高地的顶端，但太阳已然西沉。树篱参差的影子渐渐淡去，直至不见。黑夜湿润清爽的气味弥散开来。一只金龟子嗡嗡飞过，蚱蜢却都不出声了。

“猫头鹰要出来了。”长毛说，“咱们赶紧回去吧。”

忽然，昏暗的田地中传来了脚步声。一步，两步，越来越近。兔子们在惊慌中向外张望，一截雪白的尾巴自他们眼前一闪而过。他们撒腿就跑，冲向土沟。直到被逼无奈真用到它时，兔子们才发现，这条沟远比他们想象中窄，窄到只有尽头才堪堪容得下他们转身。长毛和榛子率先跃至沟中，转身时看到虎尾草和蒲公英自他们身后跌跌撞撞地扑滚过来。

“刚才那是什么东西？”榛子问，“你们听见什么声音了？”

“沿着树篱那边过来的。”答话的是虎尾草，“一只动物，脚步声挺大的。”

“你看清是什么动物了吗？”

“没有，而且也没闻到他的气味——他在下风口。不过我听得清清楚楚。”

“我也听见了。”蒲公英说，“个头儿很大——跟兔子一样大；腿脚好像不太灵活，但还知道隐蔽自己——反正我觉得是这样。”

“是狐狸？”

“不是，不然咱们早就闻着臭味了。”长毛插嘴道，“不管有风没风，听你们这么说，我倒觉得好像是一只猫。但愿不是雪貂。‘哎哟哎哟，那群废物！’真讨厌！咱们还是在这儿躲一躲吧，不过要是被他发现了，就赶紧开溜。”

于是他们等啊等，一直等到天都暗了，等到他们的头顶上只剩下枝枝蔓蔓间透出的星点余晖。这道土沟里的杂草繁茂得过了头，严严实实地挡在他们眼前，只有他们刚才钻进来的地方有一个小缺口，露出一小片墨蓝色的苍穹。随着时间的流逝，一颗星星现了身，仿佛正随着时急时缓的风而微微律动。许久之后，榛子终于从那里挪开了视线。

“咱们干脆在这里打个盹儿吧。”他说，“反正今天晚上不冷。不管听见了什么动静，咱们最好都别出去冒险。”

“听，”蒲公英说，“又是什么？”

榛子起先什么都没听到；后来，忽然有一阵声音传入了他的耳朵，远远的，但又清晰无比——是哀鸣，是哭号，忽高忽低，断断续续。尽管那哀号并非猛兽被捕时的吼叫，但在这个寂静的夜里着实有些诡异，那无形的恐惧从他们的心底蜂涌而出。可待榛子想要再仔细聆听一下时，周围又恢复了一片沉寂。

“以弗瑞斯之名！到底是什么东西在叫？”长毛两耳之间的毛发根根直立。

“猫？”虎尾草瞪圆了眼睛。

“不是猫！”长毛龇着牙，仿佛在别别扭扭地扮鬼脸，“不是猫！你不知道？你妈妈……”他顿了顿，压低了嗓门儿，“你妈妈没告诉过你吗？”

“不！”蒲公英叫道，“不，是鸟，或是老鼠，受了伤……”

长毛站了起来，弓着背，梗着脖子，低着头。

“是黑兔银雷[1]。”他低声说，“在这样的地方，除了他，还能是什么？”

“别乱说！”榛子喝道。他感觉自己在发抖；那沟本来就窄，可榛子还是不自觉地又往旁边挪了挪，努力把自己贴在沟壁上。

忽然，叫声再次响起。这次感觉离他们更近了。不会有错。是兔子的声音。这次是彻底畸变的那种。那声音像来自夜幕之外的冰冷空间，神秘而凄惨。起初还只是无意义的号叫，后来变成了清晰可闻的话语。

“泽恩[2]！泽恩！”对方用恐怖至极的声音大喊着，“都去死吧！啊，泽恩！”

蒲公英呜咽起来；长毛的脚在沟底蹭来蹭去，窸窣作响。

“小声点！”榛子说，“别乱踢！让我好好听听。”

忽然，那个声音又高声大喊起来：“斯雷利！啊，斯雷利！”

听闻此声，四只兔子都慌了神，呆若木鸡。长毛更是死死地盯着杂草中的缺口，一副随时准备跳出沟去的样子。“该走了……”

[1] 兔子传说中地狱的主宰者，类似于人类传说中的魔鬼撒旦。——作者注

[2] 兔子语，“终结”“毁灭”的意思，预示可怕的灾难即将到来。——作者注

他舌头打结，喃喃低语，榛子费了好大的劲才听清长毛在说什么，“他叫谁，谁就该走了。”

榛子几乎被吓呆了，根本无法思考。就像那时在岸边一样，他感觉周围的一切都变得如梦似幻。是谁，是什么东西在叫长毛的本名？现在榛子的脑海中只剩下一个念头：长毛现在惊慌失措，绝不能让他出去！于是，榛子硬爬到长毛身上，拼命把这位同伴往沟壁上按。

“别动。”榛子喘着粗气说，“不管外面的是黑兔还是白兔，先让我去探个究竟。”榛子嘴上这样说，腿却直发软，但他还是逼着自己爬了出去。

有那么一小会儿，榛子几乎什么都看不见，但他可以嗅到露珠和接骨木花的味道一如既往。他感觉到自己的鼻子蹭上了冰凉的草叶，随后立起上身，环顾四周——附近没有活物。

“谁？”榛子开口问道。

对方并未回话。待榛子准备再次开口，那个声音又响了起来：“泽恩！啊，泽恩！”

声音是从田边的树篱中传来的。榛子扭头循声望去，半晌之后才看清：一丛铁杉之下伏着一只兔子。他走上前去，问道：“你是谁？”但对方还是未作应答。踟蹰的片刻，榛子听到身后有响动。

“我陪你，榛子。”蒲公英上气不接下气地说。

他俩又一起往前挪了挪，那个身影纹丝未动。借着微弱的星光，他们发现，原来那是一只跟他俩一样、有血有肉的兔子，是一只疲惫到几近崩溃的兔子。那只兔子的后腿拖在扁平的臀部后方，似乎已经失去了知觉；他圆睁的双目已经发白，眼珠左右转动，目光迷茫迟滞。此时，那只兔子显得惊恐万状，惶惶不安，继而忽然瘫倒，可怜巴巴地舔着眼前残破滴血的耳朵；他不时地怒吼哀号，仿佛在祈求四面八方的千敌前来助他摆脱难以承受的痛苦。

那只兔子，正是桑德福德领地的奥斯拉队长冬青。

20

“蜂巢”与老鼠

从其面容看来，他似乎曾经跋山涉水、历尽艰辛。

——《吉尔伽美什史诗》

在桑德福德领地，冬青始终位高权重，深受山梨统领器重，而他也不止一次地凭借非凡的勇气完成重任。早春时节，一只不知从哪里来的狐狸潜伏在领地附近的树丛中，是冬青带着两三名志愿者监视了这只野兽好几天，时刻报告他的行踪，直到这只狐狸离开领地。冬青虽曾主动请命逮捕长毛，但绝非气量狭窄的兔子。恰恰相反，他高风亮节、就事论事、恪尽职守、事必躬亲。冬青机警睿智又谦逊认真，甚至缺了点兔子的狡猾与刁钻的性格，仿佛天生就是做二把手的材料。倘若当时有谁想说服冬青和他们一起离开老领地，那绝对是天方夜谭。因此，对冬青此时赫然出现在沃特希普高地下方，榛子和蒲公英感到惊诧不已；尤其是他竟以如此狼狈的模样现身，更让他们难以置信。

榛子和蒲公英一认出铁杉下那可怜兮兮的家伙是谁，立时瞠目结舌，仿佛在地底见到了松鼠，在山上见到了倒流的小溪。他们简直不敢相信自己的眼睛。虽说证实了刚才那黑暗之中的声音并非来自鬼魅，可眼前的现实也足够恐怖。冬青队长为什么会出现在高地脚下？到底是何种遭遇竟让他落魄到如此境地？

榛子定了定神，想到当务之急是先处理好眼前之事。他们身处黑夜中的旷野，四周可供他们避难的只有一条乱草丛生的窄沟；面前的同类浑身血腥，发疯一般地大喊大叫，似乎已经无法蹦跳奔跑，身后还很可能跟着一只雪貂。他们要是想帮对方一把，就得赶紧行动起来。

“快告诉长毛这里的是谁，”榛子对蒲公英说，“然后带他来。让虎尾草上山，告诉大家别下来——他们帮不上忙，别白白冒险。”

蒲公英刚一离开，榛子便发觉树篱里有响动，然而此刻他顾不了那么多了。幸运的是，发出动静的是另一只兔子。他忽然出现，一瘸一拐地走到了冬青身边。

“帮帮我们吧。”他对榛子说，“我们摊上大事了，队长又在这时候病了。这里有地洞能让我们休息一下吗？”

榛子认得他——当初跟冬青一起去抓捕长毛的兔子里就有他，只是不知道他叫什么名字。

“你怎么自己藏在树篱里，任他在荒郊野外乱喊乱叫？”榛子问。

“我听见你们过来才逃跑的。”那只兔子说，“队长动不了，我又扯不动他。我以为你们是艾利尔，觉得不该留下来等死——我现在连一只田鼠都打不过。”

“你认识我吗？”榛子又问。不待对方回答，蒲公英和长毛已经穿过幽暗，来到了他们跟前。长毛瞪大眼睛，端详了冬青好一会儿，随后俯下身，跟他碰了碰鼻尖。

“冬青，我是斯雷利。”长毛说，“刚才你叫我来着。”

冬青一言未发，只是呆呆地望着长毛的背后。长毛抬起头来。“是谁跟他一起来的？哈，是你啊，风铃草。还有谁来了？”

“没有了。”风铃草刚要开口，话头便被冬青截走。

“斯雷利，”他说，“我们一定要找到你。”

冬青费力地坐了起来，环顾四周。

“你是榛子吧？”他问，“还有……哦，我应该认得你，可现在实在是心力交瘁。”

“这是蒲公英。”榛子说，“喏，我知道你累得要命，可是咱们不能待在这里——这里太危险了。我们有洞住。跟我们走，好吗？”

“队长，”风铃草突然插嘴说，“你知不知道，第一片草叶会跟第二片草叶说什么？”

榛子认为风铃草的话不合时宜，没好气地瞪了他一眼，冬青却接话道：“什么？”

“它说：‘看，有只兔子！太危险了！’”

“现在不是……”榛子说。

“让他说。”冬青打断了榛子的话，“要是没有他一直在我耳边叽叽喳喳，我根本熬不过来，我们也到不了这里。好了，现在可以动身了。远吗？”

“不太远。”榛子虽然嘴上这样说，但心里还是暗自怀疑冬青可能爬不上去。

爬山确实颇费了一番周折。榛子安排大家分散开走：他自己陪着冬青和风铃草，长毛和蒲公英分走在两侧。有好几次，冬青走不动了，不得不停下歇脚；满心恐惧的榛子费了好大劲才让自己耐下心来等他。直至月亮初升，把下方的天际和他们身后的景物映得越发明亮，榛子终于忍不住了，恳求冬青抓紧时间。正说着话，榛子在月光的映照下瞥见了前来与他们会合的小水窝。

“你来这儿干吗？”榛子厉声质问，“我明明嘱咐过虎尾草不要让你们出来。”

“不是虎尾草的错。”小水窝说，“平时你总照顾我，现在我觉得应该下来找你，榛子。而且，咱们正好有洞在这边。你身边这位，真的是冬青队长？”

长毛和蒲公英凑了过来。

“听我说，”长毛开口道，“这两位得好好歇上一阵。就让小水窝和蒲公英陪他俩找个空地洞住着吧？咱们别去烦他们，等他们好点再说。”

“好的，这样最好。”榛子说，“我跟你上去。”

他俩跑了一小段路，来到荆棘树下，见同伴们都聚在地面上低声猜测着。

“得了，”不等他们发问，长毛便抢先说，“没错，是冬青，和他一起的还有风铃草。他们现在情况不太好。咱们把那个洞留给他们住，尽量不要去打扰他们。现在，我要进洞休息了，你们要是不傻，就别杵在那儿，也赶紧歇歇吧。”

长毛在进洞之前，又对榛子说了一番话：“刚才我缩在沟里，是你替我出去的，榛子。我这辈子都不会忘记的。”

榛子惦记着沙棘的腿伤，于是带着他也钻进了一个地洞；他俩身后跟着虎尾草和闪银。

“我说，到底是怎么了，榛子？”闪银问，“老领地肯定出事了，否则冬青说什么也不会离开山梨统领的。”

“不知道。”榛子回答，“他俩什么都没说，等明天再问吧。冬青可能挺不住了，但风铃草应该没事。好了，不说了，现在先让我看看沙棘的腿。”

沙棘的伤势已经大有好转。榛子见状总算放心睡下了。

翌日也是个无云的大热天。早上，小水窝和蒲公英都没有希尔弗雷；榛子心绪不宁地带着大家来到山毛榉突崖继续挖洞。他向草莓打听大地洞是怎么挖成的，了解到洞顶的土中不仅掺有一种纤维，而且从地表扎下去的树根也对其起到了加固作用。

“树根不是很多，但十分重要。”草莓说，“它们承担了很大一部分的重量，否则一下大雨，洞顶就会垮塌。在风雨交加的夜晚，我们有时甚至会感觉到头顶上的土受到了重压，可是下面仍然安然无恙。”

榛子、长毛、草莓一齐钻入地下。一个新地洞已经在一株山毛榉的树根间成型，只是目前还很小，不甚规整，而且只有一个入口。三只兔子在此基础之上开始扩建，还在上方开出了一条通往林中的隧道。后来，草莓突然不挖了，开始在树根间钻来钻去，时而轻嗅，时而啃咬，时而用前爪刨土。榛子开始还以为他是累了，装模作样地想偷懒，然而过了一会儿，草莓回到榛子和长毛跟前，说他有个建议。

“是这样，”草莓解释道，“这个洞上面的树根不多，也不够粗壮。以前兔子们能在樱草那片领地上挖出那么大的一个洞出来纯属侥幸，我觉得那样的好运气未必会降临在咱们头上。但是咱们完全可以利用好眼前的这些东西。

“什么是‘眼前的这些东西’？”黑莓恰好从隧道钻进来，听到了草莓的话。

“看，这里伸下来的粗树根比大地洞那边的还多。咱们最好绕着它们挖，别把它们啃断、拖出去。有它们在，咱们想把洞挖多大就挖多大。”

“那咱们的大厅不就到处插着树根了？”榛子有点失望。

“是的，”草莓说，“可我不觉得这样有什么不好。树根可以让咱们钻着玩，不妨碍咱们讲故事，还能让这里更暖和。更重要的是，它们可以把上面的声音传到下面来——咱们迟早用得上。”

兔子们将这个大地洞称为“蜂巢”。草莓在整个挖掘过程中起到了关键性的作用：榛子把大家集合起来后便不再过问，让草莓嘱咐大家该做什么，怎样做。这群挖掘工轮着班去地面上吃草，玩耍，晒太阳。整整一天，这里都清静宁谧，根本听不到人声、牛叫，以及拖拉机响。大家因此更佩服小多子的远见卓识。到了傍晚，大地洞已初具规模。北边，树根组成了一条七扭八歪的柱廊，中央则十分宽敞。此外，在没有树根伸下来的南边，草莓留下了几墩土，隔出了三四个互不相连的隔间；大地洞也从此处渐渐收窄，与几条举架不高的地道相连；地道的尽头是他们睡觉的地方。

榛子亲眼见到梦想中的家园一点点地化作实物，不禁心花怒放。现在，他同闪银坐在地道口，忽然听到有兔子跺脚发信号：“鹰！鹰！”外面的兔子随即四散奔逃，找地方躲藏。榛子自觉安全，仍然留在远处向外张望。他让目光越过树荫，落在洒满阳光的辽阔草地上。一只红隼飞入他的视野，悬停在半空中，垂下饰有黑边的尾巴，飞快地拍动着尖翼，扫视着下方。

“你觉得他真的会冲我们飞来吗？”榛子眼见红隼飞得低了些，接着说，“他也太小了吧？”

“也许不会。”闪银说，“你打算过去吃草？”

“我倒是想跟他比试比试。”刚刚沿着地道来到他们身后的长毛插嘴道，“咱们老是怕这怕那的。不过，会飞的艾利尔确实不好对付，尤其是动作很快的那种。他们要是搞突袭，连大兔子都招架不住。”

“老鼠！”闪银突然喊道，“那边，看！可怜的小东西。”

丝绒一般的草地上，一只老鼠在他们的眼前露出头来，显然是逛得离巢太远了——他并没有看到红隼，可那么多兔子一下子无影无踪，令他不知所措。他开始局促不安地东瞧西望。此刻，红隼尚未发现那只老鼠，但只要后者稍微一动，便会即刻成为前者的猎杀目标。

“一会儿的事。”长毛冷冰冰地说。

忽然，榛子的心头涌起一股冲动。他跃下土丘，没跑多远便蹿进了草地。老鼠不懂兔子的语言，但有一种简单的通用语可供生存在灌木篱墙与林地中的动物互相交流。榛子用这种语言叫道：

“跑啊！这边，快！”

老鼠看了看榛子，没有动。榛子又把刚才的话喊了一遍，老鼠这才反应过来，冲他跑来；与此同时，红隼也回头侧身俯冲过来。榛子赶忙蹿回洞中，向外张望，只见老鼠也跟了过来。那小东西眼看就要抵达土丘下方，却被一根挂着两三片绿叶的断枝绊倒了。断枝稍稍滚动，斜着射入树林的余晖照在一片叶子上，反射出一道微光映入了榛子眼帘。红隼转瞬间侧飞至地表，同时合起双翅。

不待榛子闪身，老鼠便从他的前爪间钻过，匍匐在他后腿间的土地上了。与此同时，喙尖爪利的红隼则宛若一枚从树上投射出的导弹，轰然降落至洞口。他气急败坏地扑腾着翅膀；须臾间，洞中的三只兔子都瞧见了他乌黑溜圆的眼睛。忽然，红隼奋力一跃，猛地腾空，吓得榛子连连后退，撞到了一旁的闪银；接下来，红隼却飞走了。兔子们见状，一声不吭地站起身来。

“你想跟他‘比试比试’？”闪银打量着长毛，“等定了日子，务必通知我去看热闹。”

“榛子，”长毛开口道，“我知道你不傻，可你冒那个险干吗？来不及回洞的鼹鼠和鼩鼱那么多，难道你还都想罩着不成？”

老鼠钻出榛子身下后，始终一动不动地缩在地道里面，阳光勾勒出他的轮廓。榛子发现他正在望着自己。

“红隼，可能在外面。”那只老鼠说，“等一等，稍后再走。”

长毛刚要说话，蒲公英便从里面的地道口探出头来：他看见老鼠，把对方往旁边轻轻一推，来到大家面前。

“榛子,”蒲公英说,“我想跟你说说冬青的情况。他现在好多了;夜里他折腾了一宿,我也一样。每次他快睡着时,就会惊醒过来,接着大喊大叫。我甚至都以为他疯了。小水窝一直在陪他聊天——这小家伙可真棒——冬青似乎想让风铃草来讲他们一路的经历,风铃草却给他讲了一宿笑话,天不亮就累垮了。我们大家昨晚几乎没合眼,所以今天睡了一天。冬青是下午醒来的,好像正常了一些,现在去希尔弗雷了。他还问起你和其他兔子今晚在哪儿休息,我不知道该怎么答复他,所以来问问你。”

“我们可以跟他聊一聊吗?”长毛问。

“没问题,我甚至觉得咱们可以多跟他聊聊。要是咱们可以陪着他,我想他今晚能舒心一些。”

“那……咱们,咱们大家,今天晚上睡在哪里?”闪银问。

榛子思忖起来。虽说“蜂巢”尚未完工,略显粗糙,但要论舒适程度,那里应当完全不逊于荆棘树下的地洞;就算稍有不足,以后大家也会鼓足干劲,精益求精的。他们忙了这么久,要是知道今天便可以享用以辛劳换来的成果,一定会喜出望外。再说,这是他们来到这里的第三个晚上,如果让大家选择是聚在这里度过,还是挤在白垩洞中凑合,答案八成是前者。

“我觉得这里就挺好的。”榛子说道,“不过还得问问大家的意见。”

“这儿怎么有只老鼠?”蒲公英这才反应过来。

榛子解释了一番。蒲公英跟长毛一样,满面疑惑。

“咳,说实话,我出去帮他的时候没多想。”榛子说,“不过,我有了个想法，一会儿就讲给你们听。现在，我得先和长毛去找冬青谈谈。蒲公英，把你刚才说的事告诉大家，再问问他们今晚想睡在哪里。”

榛子和长毛是在蚁丘旁的草地上找到冬青、风铃草和小水窝的。蒲公英早先登高眺望，爬的就是这座蚁丘。此刻，冬青正在嗅兰花；他的鼻子一凑上去，花茎便撑着紫色的花朵轻轻地摇曳起来。

“别吓着它，队长。”风铃草说，“不然它会飞走的——能让它歇脚的地方多着呢。你看，叶子上，这里，那里，到处都是这样的小东西。”

“好吧，听你的，风铃草。”冬青和和气气地说，“咱们得好好了解一下这里，这里有一半的花花草草我都不认识。这东西不能吃，好在那里还有地榆，它们的味道错不了。”一只苍蝇落在冬青受伤的耳朵上，他龇着牙晃了晃脑袋。

榛子见冬青振作起来，十分欣慰。他过去搭话，竭力想把冬青留下，然而对方却截过话头，问了一连串的问题。

“你们有多少只兔子？”

“赫拉尔。”长毛说。

“所有跟着你离开领地的那些？”

“没错。”榛子颇为得意。

“一只都没受伤？”

“呃……有几只伤着了，因为各种各样的原因吧。”

“这一路可精彩了。”长毛说。

“那边的是谁？我不认识他。”

草莓从突崖飞奔过来，一停脚，就开始怪模怪样地摇头晃脑，舞动前爪——在那个雨天，榛子他们刚被带到樱草的大地洞洞口时，那里的兔子也是这样“行礼”来着。草莓忽然回过神来，神色慌张地管住自己，不等长毛出言奚落，便抢先对榛子说起了话。

“榛子大人，”草莓开口说道，听到这个称呼，冬青面露诧异，但未置一词，于是草莓接着说，“大家今晚都想在新领地中过夜；他们还希望冬青队长能前去讲讲自己的经历。”

“是的，其实我们都很好奇。”榛子对冬青说，“这是草莓，是我们在路上认识的，他帮了我们好大的忙。你愿意来讲讲吗？”

“没问题。”冬青说，“可是我要先说明白，我要讲的事，会让每一只兔子心惊胆寒。”

说到这里，他黯然神伤，似乎悲不自胜；周围的兔子见状都不吭声了。片刻之后，他们六个默默地向土丘走去。到达山毛榉林东北角时，他们发现大家要么在吃草，要么在树林的北端沐浴着余晖。冬青先是环视着他们，而后走到了闪银跟前；此时，闪银正跟小多子对着一片黄花三叶草细嚼慢咽。

“很高兴见到你，闪银。”冬青说，“听说你们受了好多苦。”

“那个时候确实很不容易。”闪银答道，“榛子创造了奇迹，此外还要多多感谢小多子。”

“我听说过你。”冬青对小多子说，“你就是那只能预见未来的兔子。你提醒过山梨统领，是吧？”

“可他把我教训了一顿。”小多子说。

“他要是听了你的劝告该有多好啊！唉，事已至此，只能说是橡子长在荆花上——阴差阳错。闪银，我有话想跟你说。比起榛子和长毛，我跟你说话还可以更随意一些。我并不想给你们添麻烦——我是说，不想给榛子造成困扰。很明显，他现在是这里的兔子统领。我对他并不了解，可他一定是一位优秀的领袖，否则你们根本活不到今天；再说，现在也不是吵架的时候。如果你的哪位同伴怀疑我心有不轨，你能帮我调和一下吗？”

“没问题。”闪银答应了。

长毛过来了。“我知道还没到猫头鹰飞出来的时候，”他说，“可是大家都急着听呢，冬青。他们恨不得马上进地洞。你现在方便吗？”

“地洞？”冬青说，“你们要是在下面，怎么听我讲？我想在这里说。”

“过来看看嘛。”长毛说。

冬青和风铃草都被“蜂巢”震撼住了。

“还是新挖的。”冬青说，“洞顶是怎么撑起来的？”

“不用撑，”风铃草插嘴道，“它本来就挂在山上。”

“这是我们在来这里的路上学到的一个好法子。”长毛说。

“躺在这儿就像躺在原野上一样舒服。”风铃草说，“太棒了，队长，我保证你说话的时候我一定不再插嘴了。”

“最好如此。”冬青说，“不过再过不久，谁都没有心思听俏皮话了。”

几乎所有的兔子都进了地洞。“蜂巢”虽然很大，足以容纳他们，但并不像樱草的大地洞那么通风，在这个六月的黄昏，洞里不免有些闷热。

“要让这里凉快起来一点都不难。”草莓对榛子说，“樱草他们当时在大地洞里挖了好多地道，夏天打开，冬天封上。明天咱们就在睡觉的那边也弄一条地道，好让风吹进来。”

榛子刚想请冬青开始讲，虎尾草就沿着东边的地道钻了进来。“榛子，”他说，“你的，呃……客人，那个……老鼠，他想跟你谈谈。”

“啊，我都把他给忘了。”榛子说，“他在哪儿？”

“那边的地道里。”

榛子过去了，老鼠正在洞口等他。

“你要走了？”榛子问，“你觉得外面现在安全了？”

“走了。”老鼠用不流利的通用语磕磕绊绊地说，“不等，猫头鹰。不过，有话：你帮，老鼠；老鼠，帮你。你有事，找我。”

“弗瑞斯呀！”长毛嘟囔着，也钻进隧道，“他和他的兄弟姐妹都会来回报你的！我敢说，到时候这地方一定挤得要命。榛子，你干脆让他们再帮咱们挖一两个地洞得了。”

榛子目送老鼠钻进高草，然后回到“蜂巢”，坐在了准备开讲的冬青身旁。

21

“连艾尔-阿瑞拉都闻之泪流”

热爱动物吧。神给了他们思考的能力，让他们无忧无虑。不要怀疑，不要伤害他们，不要剥夺他们的欢乐，不要违逆上天的旨意。

——陀思妥耶夫斯基《卡拉马佐夫兄弟》

罪恶之事已行，
在黄昏与黎明之间。
如沉入历史长河之白骨，
无一能够幸免。

——W.H. 奥登《登 F6 峰》

“你们离开领地的当晚，奥斯拉全体出动，誓要抓你们回去。回想那个时候，真是恍若隔世啊！我们循着你们的气味来到溪边，发现你们好像已经顺流而下，于是回去向山梨统领报告。统领说没必要冒着生命危险去追捕你们，既然要走就随你们去吧，只是若有谁返回领地，一定要将其抓捕。就这样，追捕行动取消了。

“第二天，没有发生什么了不得的事，但流言四起，大家都在议论小多子和跟他一起离开的兔子们如何如何——谁都知道小多子说过领地要出事。许多兔子认为不必多想，但也有一些兔子相信小多子确实预见到可能会有带着枪和雪貂的人来袭击领地，或是白盲病肆虐——大家最坏也就只能想到这里了。

“柳树和我就此事向山梨统领汇报。山梨统领说：‘号称有预知力的兔子，我此生只碰到过一两只，然而我依然奉劝诸位不必对他们给予过多关注，因为他们所言之事亦多为戏言。试想一只力弱体虚的兔子，若无法凭借战力登上高位，那便只能另辟蹊径求得青睐，而宣布拥有预知力便是这类兔子的首选。奇怪的是，哪怕后来事实证明他们所言非真，可只要他们继续装模作样，胡言乱语，他们的朋友们仍会心甘情愿地再一次受其蒙蔽。不过话说回来，就算拥有预知怪力的兔子的确存在，他宣称自己看到了洪水、雪貂，或者枪，一大群兔子会死于非命，那又如何呢？疏散兔群绝非易事。有些兔子会拒绝离开，如果兔子统领只带着有意愿逃跑的那些兔子上路，那他的威信势必受到最严酷的考验，而威信一旦丧失，很难在短时间内重建。届时，大家最好的下场，也不过是沦为在荒郊野外四处游荡的赫莱希尔。至于母兔和小兔，则只能听天由命，毕竟艾利尔可是无穷无尽的。这样的解困之法难道不比灾祸本身更可怕吗？其实就一般情况而言，兔子们只要团结一致，坚守在领地，藏身于洞中，便可躲过危险。’”

“确实，我没能坐下来像山梨统领那样思考得那么细致。”小多子开口道，“但我当时真的被吓蒙了。啊，弗瑞斯呀！但愿我别再有那样的感觉了！那段时间，还有在紫杉下度过的那个晚上，我一辈子都忘不了。可这世界上的邪恶的东西实在太多了。”

“罪恶的源头是人类。”冬青说，“其他艾利尔只是为了求生，跟我们一样，都蒙受着弗瑞斯的恩典。可只有人类要毁掉所有土地，杀掉所有动物，否则便不肯罢休——说远了，我继续讲。

“第二天中午下起雨来。”

“就是咱们在那儿刨土的时候，后来樱草就去找咱们了。”这时，沙棘对蒲公英小声耳语了一句。

“大家都躲在地洞里，要么嚼粪球，要么睡觉。我出去排泄，恰好在树林边的土沟旁看见几个人穿过对面坡顶上的大门过来了——就是里面竖了个大板子的门。总共有三四个人吧——说实话我也数不太清楚。他们的腿长长的、黑黑的，每个人嘴里还叼着点着了的小白棍，好像不是特意要去哪里。他们冒着雨，慢条斯理地走着，一会儿看看树篱，一会儿又瞧瞧小溪。后来他们蹚过溪面，啪嗒啪嗒地冲领地走去，看见兔子洞就戳一戳，嘴里始终在聊着什么。我现在还记得那天雨中接骨木花的气息，以及那小白棍的怪味。当他们靠近时，我趁机钻回地洞，听着他们在外面砰咚砰咚地走路，哇啦哇啦地说话。当时我一直安慰自己：‘万幸他们没带枪，也没带雪貂，不会有事的。’可不知怎么回事，我就是安不下心来。”

“山梨怎么说？”闪银问。

“不知道。我没有问他；据我所知，也没有别的兔子为这事找过他。后来我睡着了，等我再醒来时，上面已经安静了下来。

当时是傍晚，虽然雨还在下，不过我依然闲逛了一圈，打算像平常一样希尔弗雷。那时，我发现一些洞口被插上了棍子，除此之外也没有别的什么异常。

“第二天早上，天晴了。大家跟往常一样希尔弗雷。我还记得当时龙葵挑衅山梨，说统领大人年纪大了，别太辛苦；而山梨则说要让龙葵看看是谁上了年纪，接着一扑而至，把龙葵从岸上推了下去。你们知道的，山梨通常都是一副和和气气的样子，当时那样做，完全是为了警告龙葵：兔子统领一职，他当之无愧。那天上午，我准备出去偷莴苣，并且不知道是为什么，我打算单独行动。”

“偷莴苣这事，一般都是三只兔子一起干的。”长毛说。

“没错，我知道，可那天我就是有了别的想法——啊，对了，我想起来了——我想去看看菜园里有没有刚冒出头的胡萝卜。可是胡萝卜跟莴苣离得很远，所以我觉得还是孤身前往比较好。我在菜园里转了大半个上午，快到中午时才钻回树林。我跑下‘静岸’——我知道大家都叫那里‘大绿场’，可是我习惯这么称呼它——准备穿过森林边上立着老篱笆的坡地时，看见对面坡顶的路上，有一个‘隆嘟嘟’停在门口的板子旁边，从上面下来了好多人，其中还有一个男孩扛着枪。他们搬下来好多又大又长的东西——我也不知道该怎么跟你们说——它们好像跟‘隆嘟嘟’差不多，还很重，要两个人一起才搬得动一个。那群人就这么搬着那怪东西走进了原野。几只在地面上活动的兔子一看见这些人就吓得钻进地洞里去了，可我没有。我看见了枪，觉得他们说不定会在领地放雪貂，设网，于是就想待在那里看清楚他们打算干什么，好回去向山梨统领报告。

“那些人还是叼着小白棍，说着话，一副不急不忙的样子。过了一会儿，其中一个人拿起铲子，开始往兔子洞里填土，还把洞口的草皮铲起来塞进洞里。就这样，那人把他目之所及的兔子洞都封死了。当时我还特别纳闷：他们要是带了雪貂，就该让雪貂把兔子都赶出来。然后我就想，他们还留了几个洞，或许是为了网兔子，——不过那也太笨了，难道他们不知道，兔子要是钻进死路，肯定会被雪貂当场咬死吃掉，到时他们的雪貂也会被困在地底，很难找到出路。”

“快别吓大家了，冬青。”榛子插了句嘴。此时，小水窝正在瑟瑟发抖，他一定是想到了被封死的地道和穷凶极恶的雪貂。

“‘吓大家’？”冬青凄声说道，“我甚至还没开始讲呢。有谁胆子小的话，就请先避一避吧！”冬青停顿了一会儿，见没有兔子走开，又继续讲下去。

“接着，又有一个人取来了一些细细长长弯弯曲曲的东西——我不知道这些人类的东西叫什么，总之它们有点像长长的粗树莓，空心的那种。后来，他们中的一个人拿起一根，把它插在我刚才说的那个大东西上。随之而来的就是‘嗡——嗡——’的巨响。我知道，接下来我要讲的事，你们肯定觉得难以理解：难闻的气味飘了出来，纵使我离得那么远，还是嗅到了从‘树莓’里钻出来的味道，那味道使我头昏眼花。有一瞬间，我感觉自己要没命了，只能拼命跳，使劲跑，可我那时晕了头，等回过神来的时候，才发现自己居然正沿着林边往人类那边冲，吓得赶紧停住了脚。我承认那时我慌张无措，完全想不起应该马上向山梨统领报告，只是傻傻地坐在那儿。

“他们往每一个没有封死的兔子洞中都插了一根‘树莓’，有那么一阵，到处都安安静静的。忽然，我看见了山萝卜——你们还记得他吗？山萝卜从树篱旁边被他们漏掉的洞口钻了出来。看得出来，他也因为嗅到怪味而失去了理智。人类起初还没有发现他，后来一个人伸胳膊指了指，那个拿枪的男孩子便朝他开了枪。山萝卜没有马上死，还扯着喉咙惨叫。一个人走过去，把他提起来，还冲他身上狠狠地敲了几下。我相信他死去的时候没有受什么苦，因为兔子闻到怪味以后都会变傻；可我还是希望没有看到这一切。后来，那个人走到了山萝卜刚刚钻出来的洞口跟前。

“这时，所有的地洞和地道里一定都弥漫着那个味道。我想象得出来，下面已经变成了什么模样——”

“不，你根本想象不出来。”说话的是风铃草。冬青合上了嘴巴，风铃草犹豫片刻，接着讲述：

“我还没闻到怪味，就听见大家乱成了一团。好像是母兔先觉出不对头，有几只想要往外逃；可是有小兔子的母兔不愿意撇下宝宝，谁靠近他们，她们就咬谁——她们只是想保护自己的孩子。就这样没过多久，地道里就挤满了兔子，你踩着我，我压着他。大家好不容易才钻进自己平常用的地道，却发现洞口都被封死了。有几只兔子想要往回跑，但后面涌上来的兔子挤得他们无法转身。于是，死掉的兔子越来越多，堵住了地道，还活着的兔子只能把他们撕得稀烂。

“真不知道我是怎么熬过来的，真可谓九死一生啊。当时我待的地洞不远处，人类正在往另一个洞里插‘树莓’，这时不知道是什么东西吱吱嘎嘎地响了起来，我猜它可能是出了问题。接着就有一股怪味飘了过来，我趁脑子还没迷糊赶紧跳出了地洞。我钻出洞口的时候，人类刚好把‘树莓’抽出去，正对着它研究，因此没瞧见我。我就赶紧又跑了回去。

“你们还记得‘无用地道’吗？大多数兔子可能一辈子都没钻进去过吧。它那么深，好像根本没有尽头；谁都不知道它是哪只兔子挖出来的。一定是受到了弗瑞斯的指引，我径直跑进了无用地道，开始往里面爬，不时还要动爪刨几下——那里到处堆着土和碎石。大大小小的通风井从上面一直通到这里，随时会有粪球落下来，还夹杂着各种各样可怕的声音：有兔子惨叫着求救的声音，有小兔子哭号着找妈妈的声音，有奥斯拉叫嚷着维护秩序的声音，甚至还有兔子叫骂、打架的声音。我正在这片混乱的杂音间往前走时，一只兔子像秋天里的马栗一样‘啪’的一声从一个通风井滚落下来，爪子差点抓到我。是白屈菜，已经断气了。这条地道又矮又窄，我要往前爬，就不得不把白屈菜的尸体撕碎。就这样，我爬了过去，也闻到了怪味，可也许是因为那里太深，怪味没有渗透太多，所以我的命还在。

“这时，我又发现前面有一只兔子——这是我在无用地道中碰见的唯一一只活兔子。是紫虉蒌。只一眼，我就看出了他不对劲——他喘着粗气，咳嗽个没完，但还能往前爬。他问我有没有事，可我只顾着问他从哪里才能出去。紫虉蒌说他可以带我出去，但需要我的帮助。于是，我开始跟着他走。沿途，只要他一发晕犯糊涂、停下脚步，我就拼命推他几下，努力把他弄醒——有一次为了弄醒他，我甚至下口咬了他。我真害怕他死掉堵在前面。最后，我们终于开始向上爬，我也嗅到了新鲜的空气——我们钻进了一条通向森林的地道。”

“那几个人做事太敷衍。”冬青继续讲，“他们要么没发现树林里也有洞口，要么是嫌堵住它们太费事，竟然留下了活路。不过，几乎每一只跑到原野上的兔子都被男孩打死了，但我看见有两只逃了出去，一只是傲傲，另一只……我记不起来了。枪声轰鸣，我吓得魂飞魄散。我真想赶紧逃命，可仍然强撑着待在原地，想看看山梨统领出来没有。过了一会儿，我发现森林里多了几只兔子,有松针,还有蜂斗菜和灰灰。我强打起精神，尽可能聚拢大家，嘱咐大家一定仔细藏身，不要轻举妄动。

“不知过了多久，那群人终于罢休了。他们把‘树莓’抽了出来，那个男孩把兔子的尸体挂在一根棍子上——”

冬青说不下去了，把鼻子埋进了长毛的侧腹。

“呃，细节什么的就算了。”榛子沉着如常，“说说你是怎么来到这里的吧。”

“在一切发生之前，”冬青说，“一个大‘隆嘟嘟’沿路来到原野——不是装着人的那个——很响，黄色的，像野芥子那么鲜亮。它的前面有一个银色的、亮晶晶的大东西，还长着爪子。怎么说呢？银雷也许就是这副模样，不过这个‘隆嘟嘟’很宽，看着也没那么聪明，会……呃……会把地扯烂。它把整片原野都毁了。”

冬青讲到这里，又停下了。

“队长，”闪银开口道，“我们知道你的所见所闻惨烈得无法描述，可是你也想让大家知道旧领地究竟怎样了吧？”

“天啊，”冬青声音颤抖着继续开口道，“它把利爪插进地面，往前一推，面前就堆起了一座小山。它就这样走来走去，直到地上什么都不剩才停下。树林和小溪之间的那片地方已经变成荒原，面目全非。它走过的地方，土、树根、草、灌木——不管什么东西，都不可能留在原处。

“很久很久以后，我钻出树林，完全忘记了要召集其他兔子一起走，不过还是有几只兔子陪在我身边——风铃草、紫蘩蒌，还有年轻的柳穿鱼。柳穿鱼是我见到的唯一一名奥斯拉成员；我问他山梨统领是否平安，可他也毫无头绪。直到现在，我也不知道山梨统领有何遭遇，只希望他能死得干脆一点。

“紫蘩蒌头昏眼花，一直在说胡话——其实我和风铃草也好不了多少。不知为什么，我满脑子想的都是长毛。我想起自己之前打算逮捕他，杀掉他，当下又觉得应该找到他，告诉他我错了——当时我心里就只剩下这个念头了。我们四个恍恍惚惚地走走跑跑，大概多绕了半圈路，因为我们最后来到了领地下面的小溪旁——现在那里已经不是我们的领地了。我们沿溪走进一片大森林；当晚，柳穿鱼就在林中咽了气。去世前，他曾短暂清醒了一阵，我至今还记得他的话。风铃草一直不停嘴地说他知道人类憎恶我们，恨不得除之后快，是因为我们总扫荡他们的田地和菜园；柳穿鱼却说：‘人类毁掉我们的领地不是因为这个，仅仅是为了满足他们自身的需求，而我们刚刚好碍事。’说完，他就睡着了。过了一会儿，我们听见周围有响动，想把他叫醒，这才发现他已经死了。

“我们把他留在原地，继续前行，最后来到了河边。你们都去过那里，我就不细说了。当时太阳已经出来了。我们觉得你们可能在附近，就沿着河岸向上游走，希望能找到你们，结果没过多久就来到了你们过河的地方：河岸下方的沙地上有好多脚印，还有大约三天前留下的粪便。那里的足迹并没有向上下游延伸，所以我知道你们一定是到了对岸。我游过河，又发现了几行踪迹，于是知道你们都平安无事。那天河水涨得很高；我猜你们是在下雨之前过去的，那样还容易一点。

“河对岸的原野，我一点都不喜欢。有个背枪的人到处乱走；我带着风铃草和紫蘩蒌穿过一条马路，来到一个环境极其恶劣的地方——那里四周都是帚石楠，脚下是软软的黑土，我们在那里历尽艰辛。后来我又找到一摊粪便，也大约是三天前留下的，可周围既没有洞，也没有兔子的踪迹，因此我想你们或许走出了这里。风铃草精神还不错，但紫蘩蒌发起了高烧，可能也活不久了。

“随后，我们的运气终于好了起来——起码我们当时以为如此。当晚，我们在帚石楠丛边碰到了一只游荡的赫莱希尔——一只强悍的老兔子，鼻子上满是横七竖八的伤痕——他告诉我们，不远处有一个兔子领地，还给我们指了路。就这样，我们又钻进树林，踏上原野，可大家都已经精疲力竭，无力奔跑，于是钻进一条土沟藏身。我不忍心让紫蘩蒌或者风铃草放哨，想要自己撑着，可还是睡着了。”

“那是什么时候的事？”榛子问。

“前天清晨。”冬青答道，“我醒来时，还没到中午。周围一片寂静，可我满鼻子都是兔子的气味；当时我便察觉出不对劲。我推醒风铃草，刚要去叫紫蘩蒌，就发现我们被一大群兔子包围了。他们个个膘肥体壮，身上的味道又很奇怪，就像……嗯，像……”

“不用说了，我们知道。”小多子接话道。

“我估计你们也知道。那群兔子中的一只说：‘我是樱草。你们是谁，为何来此？’我不喜欢他那副腔调，可又觉得他们没有伤害我们的理由，于是告诉他，我们历尽苦难，长途跋涉来到这里，是为了寻找昔日的同伴——榛子、小多子和长毛。我一说出你们的名字，这只兔子便扭头喊道：‘我就知道！把他们撕碎！’然后他们就扑了过来，其中一只咬住我的耳朵拼命撕扯，好在风铃草把他拉了下来。我们以少对多，起初我惊魂未定，难以招架。可是后来我发现，他们虽然体格魁梧，嘴上功夫厉害，可明显对如何战斗一无所知。风铃草打倒了两只个头儿是他两倍大的兔子；我尽管耳朵血流如注，也丝毫未落下风。然而最后，我们还是寡不敌众，只好逃跑。风铃草和我爬出土沟之后，才想到紫蘩蒌还在里面昏睡。可怜的紫蘩蒌，经历了那么多磨难，没想到最后夺走他性命的却是一群兔子。不知你们对此作何感想？”

“对我来讲，这简直是奇耻大辱。”其他兔子都无言以对，只有草莓开了口。

“我们穿过原野，来到一条小溪旁。”冬青接着讲，“还有几只兔子对我们穷追不舍。忽然，我热血冲顶，想：‘要不干脆解决一两只吧？’起先我们为求苟活，只知道逃跑；可在紫蘩萎丧命后，我却觉得自己不应该活得如此窝囊。我看见那个叫樱草的冲在最前面，于是故意放慢速度，待他靠近时忽然转身，把他扑倒。我本打算让他粉身碎骨，可他忽然尖叫起来：‘我知道你那几位朋友的去向！’‘那你就快点招！’我用后腿压着他的肚子说。‘他们上山了，’他气喘吁吁地说，‘昨天早上走的。’可我依旧摆出不予置信的样子，假装仍要杀他，但他并没有再改变说辞。知道他说的都是实话，我就抓了他两下，之后就把他放走了。我和风铃草继续前行，犹记得天气很好，群山就在眼前。

“一路上，我们辛苦至极。要不是风铃草不停地讲俏皮话，跟我聊天，我一定无法到达这里。”

“我这辈子，最重要的事有两件：一是排泄；二呢，就是讲笑话。”风铃草接口道，“这一路上，我时不时地掏出一个笑话，往地上一滚，然后我俩在后面跟着，就这么来到了这里。”

“后来，我的意识可能也变得混乱起来。”冬青又说，“我感觉耳朵疼痛难忍，心中又始终为紫蘩萎的死而自责。我认为，如果我没有睡着，那他就不会丧命。有一次，我们又打起盹儿来，可是我梦见的事简直可怕得离谱。其实那个时候，我应该已经疯了，真的；我的脑袋里只有一个念头：找到长毛，告诉他，他决定离开领地真是极为明智的选择。

“第二天黄昏，我们终于来到了山脚下。此时此刻，我们已然麻木，竟然在猫头鹰活动的时间穿过了平坦的旷野。我也不知道自己还有什么指望。你们也明白，有时我们一直鼓励自己说，只要到达某地，做好某事，一切都会好起来；然而，待我们真正身处其中时，才发现事情远没有那么简单。我真是蠢得可以，一直以为长毛正在等着见我。面前的山又高又大——我们从没见过这么大的东西。没有树林，没有可供躲藏的地方，也没有兔子，夜色却越来越深。忽然，我眼前的一切似乎都分崩离析。我看见了山萝卜——就像眼前的草一样，一清二楚，甚至还听见了他的惨叫。我看见了山梨、柳穿鱼和紫蘩蒌，想要跟他们说话。我喊着长毛的名字，但又知道他不可能听到，因为我知道他不在附近。我记得自己钻出了树篱，真真切切地希望有艾利尔前来给我一个了断。我万万没想到，当我清醒过来的时候，长毛竟然真的站在我面前了。起初我还以为自己已经死了，后来又怀疑是幻觉作祟。好了，剩下的事情，你们都知道了。抱歉吓到你们了。不过，就算我不是黑兔银雷，这个世界上曾经离他那样近的，也几乎只有我们了。”

一阵沉默过后，冬青又说：“有地洞藏身，有朋友相伴——你们一定想象得到，对于此时此刻的我和风铃草来讲，这一切有多么可贵。长毛，当初要抓捕你的冬青已经死了，死在很久很久以前。”

22

小故事：《艾尔-阿瑞拉智对审判》

难道他没有长着一张恶棍的脸？……一看便知，应该立即把他送上绞架，不必请牧师为之忏悔。

——康格里夫《为爱而爱》

据洛克利先生[1]所述，从许多方面来看，兔子都与人类十分相似。比如，他们在面对灾难时坚忍不拔，会极力让血脉延续下去，让自己的种群免于在祸难之中灭绝。他们具有一种特殊的天性——将其描述为“麻木不仁”或者“冷漠无情”也许并不准确，不如这样讲：他们得天独厚，想象力有限，却拥有超群的直觉，自知应该活在当下，及时行乐。而一种四处觅食、认为生存高于一切的野生动物，自然跟野草一样坚韧、顽强。总的来说，这些生命力旺盛的兔子内心始终坚信弗瑞斯曾对艾尔-阿瑞拉许下的承诺。恰如冬青前一日还在沃特希普高地脚下神志不清地说着胡话，第二天便已几乎痊愈；大大咧咧的风铃草更是像根本没有经历过那场大难一样。听了冬青的故

[1] 动物学家，本书作者曾参阅其《兔子的私生活》一书。——译者注

事，榛子他们都悲痛欲绝、胆战心惊。小水窝知道山萝卜不在了，更是可怜兮兮地哆嗦着哭个不停；风铃草讲到毒气在地洞中蔓延开来时，橡子和虎尾草也泣不成声，险些背过气去。然而，他们也同原始人一样，可以在强烈而实际的共鸣中真正地寻得解脱。他们从不装模作样，不像人类——即使是最善良的现代人，在读报纸时也会克制住澎湃的情感，可这些兔子们听了冬青的故事，完全没有置身事外。他们感觉仿佛是自己被困在了弥漫着毒气的隧道中，又为可怜的紫蘩蒌在地沟内不幸丧命而怒火中烧。待故事讲完后，要活着，要坚强地活下去这一信念，已经渗透到他们的心中、灵魂中、血肉中，那强烈的、活下去的动力甚至让他们胃口大开。如果那些曾经的同伴没有死去该多好啊！然而，草还是要吃，排泄还是照旧，洞也依然要挖，觉还同样要睡。一切就如奥德修斯上岸时，尽管身边已无人陪伴，但他仍然可以在卡吕普索身边酣然入梦，且在他醒来的时候，心中就只有珀涅罗珀了[1]。

正是因此，在冬青还没有讲完故事时，榛子便已经低头嗅起了冬青受伤的耳朵。之前他没顾得上查看冬青的伤势，而现在他明白了，冬青如此萎靡的主要原因并非恐惧和疲惫——他伤得很重，比沙棘还重。冬青一定流了很多血。他的耳朵已经被撕烂，伤口上还粘着许多泥土。榛子有点责怪起蒲公英的粗心大意了。六月的夜晚气温适宜，圆月高悬，几只兔子聚到一起希尔弗雷。闪银刚准备钻进另一条隧道，想了想又扭头

[1] 荷马史诗《奥德赛》中的故事。——译者注

凑到了榛子和冬青跟前。

“蒲公英他们好像哄得你挺开心的。”榛子对冬青说，“真可惜，他们没把你的伤口弄干净。这么多泥，很危险的。”

“那个，我呢……”守在冬青身边的风铃草开口道。

“别说俏皮话了。”榛子说，“你还以为……”

“我没想说。”风铃草截住了榛子的话头，“我只是想说，我打算给队长舔伤口来着，可是我一碰，他就疼。”

“没错，”冬青说，“是我让他们别管我的。不过你觉得怎样最好就怎样来吧，榛子。现在我感觉好多了。”

榛子开始舔冬青那只受伤的耳朵。那里的血已经凝结成了黑色的痂，清除掉颇费了一番工夫。过了一会儿，那些长长的、参差不齐的伤口渐渐干净起来，于是又开始流血。榛子累了，换闪银接力。冬青则强忍着痛，按捺不住时就低吼着挠地。闪银见状，开始说闲话来转移冬青的注意力。

“榛子，”他问，“你怎么会想救那只老鼠？你刚才说一会儿再向我们解释缘由，不如现在讲讲吧？”

“嗯。”榛子说，“我的想法很简单，就是我们正处于一个陌生的环境，正是需要朋友的时候，因此只要是可能对咱们有好处的事情，一件都不能放过。艾利尔当然指望不上，但外面有许多不是艾利尔的动物——鸟、老鼠等等。虽然咱们跟他们扯不上什么关系，但通常都拥有共同的敌人。因此我想，咱们应该尽己所能，跟他们搞好关系，说不好什么时候咱们的付出就会获得回报。”

“就我自己而言，我不同意你的看法。”闪银听罢抹了抹鼻尖上冬青的血，“我觉得这些小东西根本靠不住，还能指望他们给我们回报？他们既不会挖洞，也没法为我们找食吃，更不能帮我们战斗。我们帮他们的时候，他们自然会说几句好听的，可也只是如此了。刚才我听见那只老鼠说的话了，他让你有事找他。哈，他当然会来了——老鼠嘛，只要有小虫子当零嘴，够暖和，他们去哪儿都行。可是，你也不想让咱们的领地里挤满老鼠，还有……还有鹿角虫吧？”

“当然！再说我也不是那个意思。”榛子答道，“我没打算让大家出去满林子找老鼠，拉他们入伙。而且就算真那样，他们也不会念我们的好。可那只老鼠，今晚——咱们救了他的命……”

“救他的是你。”黑莓说。

“咳，反正他的小命保住了。他会记得的。”

“可是这事对我们有什么好处？”风铃草问。

“至少他可以给我们讲讲，他觉得这里是个什么样的地方……”

“他觉得？兔子可用不着知道老鼠怎样觉得。”

“老实说，我也认为老鼠没有多大能耐。”榛子说，“不过，鸟肯定不一样——只要咱们对他们够好。咱们不会飞，可周围远远近近的情况，有的鸟知道得一清二楚。他们对这里的天气也一定很了解。我只是想说，谁要是碰到老鼠、小鸟这些不是艾利尔的动物需要帮助，就不要让机会白白溜走，那就像看着胡萝卜烂在地里一样可惜。”

“你怎么想？”闪银问黑莓。

“我觉得这个主意不错，只是榛子想的那种机会，未必能让我们碰到。”

“我也这样想。”冬青因为闪银又舔起了他的伤口而龇了龇牙，“这个主意很棒，但现实未必会事事顺意。”

“好吧，那我就试一试。”闪银说，“我们的心血肯定不会白费——谁不想看长毛给小鼹鼠讲故事，哄他睡觉呢？”

“艾尔-阿瑞拉就找过别的动物帮忙，”风铃草插嘴道，“最后解决了大问题。你们不记得了？”

“呃，”榛子说，“我没听过这个故事。给我们讲讲吧。”

“先希尔弗雷吧。”冬青说,“这只耳朵已经让我忍无可忍了。”

“可至少它已经干净了。”榛子说，“不过恐怕没法恢复原样了。”

“没关系，”冬青说，“我已经很知足了。”

满月已然升至纤云不染的东方天际，将银辉洒向高地上的一片幽寂。对于驱散黑暗的日光，我们仅仅认为其存在是理所当然之事，是与地球和空气有所关联的自然之物。自然之物——没错，在我们心中，高地——沐浴在阳光之中的高地，兔子——披着皮毛的兔子，均属此类。名画家斯塔布斯或许想象过马儿的骨架是何样貌，但我们大多数人并未如此。当然，我们也从不深究倘若没有阳光，高地会变为何样——阳光之于高地，并不相当于马皮之于马，因为前二者并非属于一体。对于我们而言，阳光普照，天经地义。然而月光则截然不同——明月不是时时可见。月亮圆而复亏，亏又复圆。乌云无法彻底遮蔽阳光，却可以令月光黯淡至极。水是我们的必需之物，但瀑布不是——后者可遇而不可求，是大自然美丽的装点。同样，我们需要阳光，也从实用的角度来看待它，对月光却抱以全然不同的态度。升起的明月不会满足我们的基本需求，只是兀自时圆时缺，将光辉洒向堤岸与草地，勾勒出根根长叶的轮廓，要么让高高堆起的棕褐色霜叶银光闪闪，要么将湿漉漉的嫩枝变为光娇柔细软的化身。长长的雪白光缕穿过朦胧雾气笼罩之下的一棵棵山毛榉，越是深入林中，越觉四周混沌。月光下，两英亩齐踝高的翦股颖宛若翻起的波浪。它们像马鬃一样粗粝毛糙，又参差不齐，因此草浪中也满是幽暗的坑洼。这片如茵之草生得很密，风都难以吹动，然而月光却让它灵动起来。我们视月光为天赐之宝；与它类似的，有雪，还有七月清晨的露珠。月光映照之处，景物不会纤毫毕现，却会展露新颜。因此纵使月光不似炽烈的阳光，但它的柔和、淡雅，却让我们觉得它是高地上必不可少的点缀，令这里的景色勾魂摄魄、妙不可言，而我们只能分秒必争地欣赏，因为须臾过后，这份美便会荡然无存。

兔子们穿过地道，来到林中。疾风吹过，树枝的布局有所改变，地上斑驳的月影也随之摇曳变幻。大家聆听片刻，但从辽阔的高原传入他们耳中的，除了树叶的窸窣声，便只有远方草地中蟋蟀带着颤音、一成不变的鸣啭了。

“月亮可真美呀！”闪银赞叹道，“趁它还没落，咱们好好欣赏一番。”

于是大家爬到了土丘顶端。这时，虎尾草和鹰齿菊回来了。

“啊，榛子！”鹰齿菊说，“我们刚跟别的老鼠聊过天。他知道今天傍晚你救了他的同类，对我们特别热情，还告诉我们森林那边有被切短的草——好像跟马有关系。‘你们，喜欢，好草？那里，多多。’所以我们就过去看了看——果然没错，那边的草都特别棒。”

那片草场足有四十码宽，里面的草株经过切割，只剩下不到六英寸[1]长的草茬。榛子知道自己的想法通过了现实的考验，备受鼓舞，兴奋得跃到一片三叶草上大快朵颐。其他兔子也都默默地享用了一顿美餐。

“你可真有远见卓识，榛子。”冬青终于开口道，“你那位老鼠朋友帮了我们一个大忙。虽说这样的地方，我们自己迟早也找得到，但要是没有他们指路，我们绝不可能这么快就吃到如此可口的美味。”

榛子听了颇为自得，差点就要用下巴去蹭冬青了，但最终还是淡定地回答了冬青：“毕竟咱们不该总是山上山下地来回跑嘛。”他顿了顿，又接着说：“可是冬青，你身上有血腥味，哪怕在这里也可能会招来麻烦。咱们快回树林里去吧。夜色这么美，咱们可以坐在洞口，一边嚼粪球，一边听风铃草讲故事。”

草莓和沙棘早就坐在土丘上等了。当大家都放平耳朵、悠然自在地嚼起粪球时，风铃草开口了。

* * *

昨天晚上蒲公英跟我说起了樱草的领地，还说他讲过《国王的莴苣》这个故事。那时我脑海里就

[1] 英寸：英美制长度单位。1英寸约等于0.03米。

在酝酿这个故事了，这是我爷爷总挂在嘴边的故事，讲的是艾尔-阿瑞拉把他的子民救出凯尔法辛沼泽以后发生的事。他们去了凡洛草原，在那里挖了好多地洞。可是，彩虹王子始终盯着艾尔-阿瑞拉，决心不让他再耍花招。

一天傍晚，艾尔-阿瑞拉和拉布斯卡特尔坐在洒满余晖的坡地上，彩虹王子穿过草原，来到他们面前，身后还跟着一只艾尔-阿瑞拉从没见过的兔子。

“晚上好，艾尔-阿瑞拉。”彩虹王子打了个招呼，“你从凯尔法辛沼泽脱身以后，倒是学乖了不少。我见你的母兔都忙着在坡上挖洞呢，想必你也有了安身之所？”

“当然。”艾尔-阿瑞拉说，“这个洞就是给我和拉布斯卡特尔挖的。我们一看见这道坡就觉得这个地方不错。”

“这里的确是个好地方。”彩虹王子说，“可是很遗憾，艾尔-阿瑞拉，我奉弗瑞斯大人之命，禁止你同拉布斯卡特尔同居一洞。”

“不让我跟拉布斯卡特尔住在一个洞里？”艾尔-阿瑞拉问，“为什么？”

“艾尔-阿瑞拉，”彩虹王子答道，“我们了解你，知道你诡计多端；而拉布斯卡特尔跟你一样狡猾。你们整日聚在一个洞里绝不是好事；不等月亮变幻两次，你俩就会把天上的云彩偷得一干二净。不行——拉布斯卡特尔必须在你们领地的另一端找地洞安身。我向你们介绍一下：这位是胡夫萨。希望你们可以和他成为朋友，善待他。”

“他是从哪儿来的？”艾尔-阿瑞拉问，“我从没见过他。”

“从另一片乡野来。”彩虹王子回答，“不过他与其他兔子一般无二。希望你能帮助他在此处安身。待他熟悉这里后，想必你会很乐意同他分享你的地洞。”

现在，艾尔-阿瑞拉和拉布斯卡特尔得分开住了，他俩都很不高兴。可是艾尔-阿瑞拉给自己定过一条规矩：绝不能让其他兔子看到他生气的样子；此外，他还觉得胡夫萨离开了以前的同伴，孤零零的，无所适从，这让他心生怜悯。于是艾尔-阿瑞拉对胡夫萨表示欢迎，并许诺要帮助他融入大家。胡夫萨始终客客气气，似乎正急着讨他们的欢心。就这样，拉布斯卡特尔搬到了领地的另一头。

然而，过了一段时间，艾尔-阿瑞拉开始觉出不对劲了。一个春天的晚上，艾尔-阿瑞拉带着一群子民去玉米地啃嫩芽，发现有个人正带着枪在月光下转悠，好在兔群平安无事。还有一次，艾尔-阿瑞拉发现了一片卷心菜园，并且在篱笆下面挖出了一个洞；然而，等第二天早上他再次来到这里，却发现洞口被铁丝网拦住了。于是，他怀疑是自己的计划被泄漏给了讨厌兔子的人。

一天，艾尔-阿瑞拉决定考验考验胡夫萨，看看是不是他在捣鬼。他将一条穿过草原的小路指给胡夫萨看，说前面有一座装满了芜菁的谷仓，他和拉布斯卡特尔准备明天去那里看看。其实艾尔-阿瑞拉不仅没有这个想法，而且没把这条情报告诉其他任何兔子。第二天，艾尔-阿瑞拉小心翼翼地沿着路往前走，果然发现草丛中勒着一条铜丝。

艾尔-阿瑞拉顿时火冒三丈——万一他的子民跑到那里去，肯定会中圈套丧命。当然，他并不认为铜丝圈套是胡夫萨亲手设下的，更不相信胡夫萨早知道人类会用这么残忍的手段来捉兔子。然而胡夫萨显然跟某个心狠手辣的人有联系。最后，艾尔-阿瑞拉有了定论：也许是胡夫萨向彩虹王子通风报信，而后者又提醒农夫、猎场看守人，让他们多加防备，却没想到这样做会招致怎样的后果。先不说从此以后兔子们再也吃不到莴苣和卷心菜，现在就连他们的小命都危在旦夕。艾尔-阿瑞拉尽量什么都不对胡夫萨讲，可是对方还是什么都知道——我想你们也明白，在其他动物面前，兔子绝对管得住自己的嘴，可在同类之间……大家挤在一片领地里生活，毫无秘密可言。艾尔-阿瑞拉想过杀掉胡夫萨，但他知道，如果那家伙丧命，彩虹王子一定会来找他们的麻烦，到时他们就更没有好日子过了。他甚至觉得什么事都瞒着胡夫萨也不行——对方一旦发现自己卧底的身份败露，一定会向彩虹王子告状。届时，彩虹王子就会把胡夫萨带走，进而想出更坏的点子来对付他们。

艾尔-阿瑞拉想啊想，一直想到了第二天晚上。这时，彩虹王子来到了兔子领地。

“看来你是真的洗心革面了，艾尔-阿瑞拉。”彩虹王子说，“你要是不耍心机，谁都会相信你的。我途经这里，觉得应该感谢你对胡夫萨的照拂——跟你在一起，他好像十分开心。”

“当然，当然，可不是嘛！”艾尔-阿瑞拉说，“我俩高高兴兴地住在一个洞里，身体都越来越壮实。

可我总是对子民说：‘别相信各位王子，不能……’”

“艾尔-阿瑞拉，”彩虹王子打断了他的话，“我已经确信可以完全给予你信任了。为了证明这一点，我决定在山后种一片胡萝卜。那里土壤肥沃，要是没有兔子什么的打坏主意，胡萝卜一定长势良好。你要是愿意，可以来看我种菜。”

“好哇，”艾尔-阿瑞拉说，“肯定很有意思。”

于是艾尔-阿瑞拉、拉布斯卡特尔、胡夫萨和其他几只兔子陪着彩虹王子来到了山后的田地，还帮他播了几垄胡萝卜种子。那里的土又松又干，种胡萝卜正合适。可艾尔-阿瑞拉窝了一肚子的火，因为他知道彩虹王子摆出一副深信他已经痛改前非的样子，实际上是在戏弄他。

“胡萝卜一定可以茁壮成长。”种子播撒完毕后，彩虹王子说，“当然，我知道，没有谁想偷我的胡萝卜。不过如果有，如果他们敢做坏事，艾尔-阿瑞拉，我一定会大发雷霆。打个比方，倘若是达尔津国王偷的，弗瑞斯就会把他的王国夺走，当礼物送出去。”

艾尔-阿瑞拉听明白了，彩虹王子是在警告他，如果发现他偷胡萝卜，要么杀掉他，要么把他放逐出去，让别的兔子来统治他的子民。艾尔-阿瑞拉猜想“别的兔子”八成就是指胡夫萨，恨得牙根直痒痒，但他还是说：“当然，当然，就该这样。”于是彩虹王子离开了。

在他们种下胡萝卜之后的第二个晚上，月亮又露出头来。艾尔-阿瑞拉和拉布斯卡特尔去看胡萝卜。一垄垄没有经过间苗的胡萝卜苗密密的，绿绿的。艾尔-阿瑞拉判断，现在地下的胡萝卜应该比他的前爪还细。他在月光下看着，看着，心里突然有了个主意。自从开始提防胡夫萨——其实谁都说不准这家伙的行踪——艾尔-阿瑞拉就格外谨慎，因此在回去的路上，他先和拉布斯卡特尔在偏僻的土丘上挖了个洞，才敢躲进去密谋。艾尔-阿瑞拉对拉布斯卡特尔说，他不仅要偷彩虹王子的胡萝卜，还要借机赶走胡夫萨。后来，他俩钻出洞，拉布斯卡特尔去农庄偷了些玉米种子，艾尔-阿瑞拉则把当晚剩下的时间都用在了捉鼻涕虫上——这事可一点都不轻松。

第二天黄昏，艾尔-阿瑞拉早早地跑出领地，发现一只尤纳正沿着树篱溜达。

“尤纳，”他说，“想不想来点又肥又嫩的鼻涕虫？”

“当然想！”尤纳说，“可是，艾尔-阿瑞拉，你要是只尤纳就知道了，鼻涕虫可不好捉。”

“我这儿有，这几条都给你。别多问，你只要听我的话，我还可以再给你一大堆。你会唱歌吗？”

“唱歌？哪有尤纳会唱歌的？”

“很好，好极了。不过你要是想大吃一顿，就得学着唱。哈！那边有个旧空箱子，是农夫丢在沟里的。太好了，你好好听我说。”

与此同时，拉布斯卡特尔正在跟哈沃克[1]说话。

“哈沃克，”他问，“你会游泳吗？”

“要是看见哪里有水，我能绕就绕。”哈沃克回答，“我特别讨厌下水，不过要是被逼急了，我也能游那么一小会儿。”

“太棒了。”拉布斯卡特尔说，“喏，我有一整片

[1] 兔子语，指雉鸡。——作者注

地的玉米；只要你在林边的池塘里游一游，我的玉米就都是你的了——你也知道，玉米在这个时节可是稀罕物。等咱们过去，我再跟你细说。”于是他俩走进了森林。

艾尔-阿瑞拉此时回到自己的地洞，看见胡夫萨正在嚼粪球。“啊，胡夫萨，你在这里呀！”他说，“太好了。别的兔子我信不过，不过如果是你的话倒是可以。来，跟我走吧！就你跟我，别惊动他们。”

“那……咱们干什么去，艾尔-阿瑞拉？”胡夫萨问。

“我每天都去看彩虹王子的胡萝卜，实在忍不了了。我还从没见过那么好的胡萝卜呢！我要把它们全偷光——给他留上一点也行。要是带着一大群兔子去，那就太显眼了，一旦谁走漏了风声，肯定瞒不过彩虹王子的耳目。不过如果只有咱俩去，肯定神不知鬼不觉。”

“好，我去。”胡夫萨说，“明晚出发。”他打算先去彩虹王子那里报信。

“不行，”艾尔-阿瑞拉说，“现在就去，马上。”

艾尔-阿瑞拉以为胡夫萨或许会劝他改改主意，但他端详对方的表情时，发现这家伙似乎笃定今天就是他艾尔-阿瑞拉的末日，而他自己即将成为新的兔子之王。

两只兔子趁着夜色动身了。

他俩沿着树篱跑了半天，忽然看见沟里放着一只旧箱子。尤纳坐在上面，全身的刺上都扎着犬蔷薇的花瓣。他一边挥舞着黑色的爪子，一边怪声怪气地号叫着，间或还哼哼几声。两只兔子停下脚步，谨慎打量。

“你干什么呢，尤纳？”胡夫萨惊讶地问。

“对着月亮唱歌呀。”尤纳回答，“尤纳对着月亮唱歌才能把鼻涕虫引过来。这事你肯定知道呀。

“喔，鼻涕虫，啊，月亮;喔，鼻涕虫，啊，月亮;

“喔，请把恩惠放在您虔诚的尤纳身旁！”

“这动静真可怕！”艾尔-阿瑞拉如是说——事实也的确如此，“咱们动作可得快点，再慢他该把艾利尔招来了。”他俩继续前进。

过了一会儿，他俩来到了林边的池塘附近，忽然听到一声尖叫和哗啦哗啦的声音。两只兔子赶过去，只见尤纳哈沃克正拖着长长的尾羽在水里扑腾。

“这是怎么了？”胡夫萨问，“哈沃克，有人用枪打你？”

“没有没有！”哈沃克说，“我一看见满月就想游泳。这么游一气，我的尾巴就又能长长几分；要是不游呢，我脑袋上红色、白色和绿色的羽毛就会通通掉光。这事你肯定知道吧，胡夫萨？大家都知道。”

“其实他不想让别的动物看见他游泳。”艾尔-阿瑞拉小声说，“走吧。”

接着，他们来到一棵大橡树下的古井旁。农夫早就把井填死了，可在月光下，井口黑黝黝的，仿佛里面仍旧盈满了水。

“咱们歇歇吧。”艾尔-阿瑞拉说，“就歇一小会儿。”

可他话音未落，便有一只怪模怪样的动物从草丛中钻了出来。那样子有点像兔子；可他俩借着月光又瞧见这东西长着红色的尾巴和绿色的长耳朵，还像人类一样嘴里叼着小白棍。其实这只怪物是拉布斯卡特尔假扮的，但胡夫萨没有认出他来。拉布斯卡特尔早先在农场里找到了一些给羊洗澡用的消毒粉，往粉末上一坐，尾巴就被染红了；后来他又把泻根叶糊在了耳朵上。最后他把小白棍往嘴里一塞——还为此恶心了半天。

“弗瑞斯呀，快救救我们！”艾尔-阿瑞拉喊，“这是什么东西？但愿他不是千敌里面的一个！”他跳起身来，一副随时准备逃跑的样子。“你是谁？”艾尔-阿瑞拉打着哆嗦问道。

拉布斯卡特尔把小白棍吐在地上。

“哈！”他粗声粗气地说，“你看见我了，艾尔-阿瑞拉！很多兔子穷其一生也没能见过我。我是弗瑞斯的兔子信使，白天悄悄地到地面上来，夜晚再悄悄地回他的金殿！现在，弗瑞斯正在世界的另一端召唤我，我要穿过地心，赶回他的身边！再见了，艾尔-阿瑞拉！”

奇怪的兔子跃过井沿，消失在井下的黑暗中。

“咱们看见了不该看见的东西！”艾尔-阿瑞拉诚惶诚恐地说，“这个地方真可怕！咱们快走吧！”

他俩继续赶路，过了一会儿，终于来到了彩虹王子的胡萝卜田边。我也说不清他们到底偷了多少胡萝卜。你们心里有一定有数，艾尔-阿瑞拉是一位伟大的王子，掌握了你我都不知道的能力。我爷爷是这么说的：不到天亮，田里就不剩什么了。艾尔-阿瑞拉把胡萝卜藏在林边土坡上的一个深洞里，然后就带着胡夫萨回到了领地。接下来，艾尔-阿瑞拉跟一两名心腹在地洞里待了整整一天，胡夫萨则在下午出去了，谁也不知道他要去哪里。

傍晚，艾尔-阿瑞拉和他的子民们在布满晚霞的天空下希尔弗雷，彩虹王子来了，他的身后还跟着两条大黑狗。

“艾尔-阿瑞拉，”他说，“你被捕了。”

“为什么？”艾尔-阿瑞拉问。

“你心里清楚。”彩虹王子说，“艾尔-阿瑞拉，休想再耍花招，快说胡萝卜在哪儿？”

“逮捕我也可以。”艾尔-阿瑞拉说，“不过你得给我一个理由。只说我被捕了，就审问我，这可不公道。”

“好了，艾尔-阿瑞拉，不要再浪费时间了。快告诉我胡萝卜在哪里，我就留你一条性命，只把你流放到极北之地去。”

“彩虹王子，我再问你第三遍——我能不能知道你为什么要逮捕我？’

“很好，”彩虹王子说，“艾尔-阿瑞拉，既然你死不悔改，那我就让你死个明白。我逮捕你，是因为你偷了我的胡萝卜。你真的想要一场公正的审判吗？别说我没提醒过你，证据确凿，你可占不到一丁点便宜。”

这时，艾尔-阿瑞拉所有的子民都过来了；他们怕狗，只能远远地围成一圈看着。只有拉布斯卡特尔不知所踪。此前，他用了整整一天的工夫才把胡萝卜转移到另一个秘密地洞，随后他就藏了起来，因为他尾巴上的红颜色怎么都洗不掉。

“没错，请堂堂正正地审判我吧。”艾尔-阿瑞拉说，“不过这个案子得由动物陪审团来裁决。你既要做原告，又想当法官，这可不行。”

“如你所愿。”彩虹王子说，“只是组成陪审团的会是你的艾利尔，绝不会是兔子——他们只会罔顾证据，拒绝判你有罪。”

彩虹王子没想到艾尔-阿瑞拉竟然痛痛快快地答应了，于是表示晚上就带陪审团来，然后把艾尔-阿瑞拉关进了地洞，让他的大狗在外面看守。兔子们试了又试，但谁都见不到艾尔-阿瑞拉的面。

消息不胫而走。树篱内外、灌木丛上下的动物们知道艾尔-阿瑞拉即将被彩虹王子推到艾利尔陪审团面前，接受生死攸关的审判，都纷纷涌了过来。彩虹王子也确如他所说，带来了兔子的天敌陪审团：两只獾、两只狐狸、两只雪貂、一只猫头鹰，还有一只猫。艾尔-阿瑞拉被两条大狗一左一右地夹在中间押上了地面。艾利尔都舔着嘴唇，直勾勾地盯着他，眼睛在月亮下面冒着寒光；两条狗则窃窃私语，说他俩已经把行刑这件差事应承下来了。在场的动物不计其数，其中当然有好多兔子；他们都感觉艾尔-阿瑞拉的末日已到。

“好。”彩虹王子说，“开始吧。一切很快就会结束。胡夫萨在哪里？”

这时，胡夫萨出来了，点头哈腰地告诉陪审团，前一天晚上，他正在安安静静地嚼粪球，艾尔-阿瑞拉去找他，逼他做从犯，去偷彩虹王子的胡萝卜；他本打算拒绝，可实在太过害怕。胡夫萨还说，被逼无奈，他只好乖乖地把胡萝卜藏进了一个地洞——他可以带大家去找；而且事发第二天，他就赶忙去向彩虹王子报告了——他绝对是彩虹王子忠实的仆从。

“那些胡萝卜，很快就会物归原主。”彩虹王子说，“喏，艾尔-阿瑞拉，你有证据要出示，还是有话要说？不要耽搁时间。”

“我想问这位证人几个问题。”艾尔-阿瑞拉说。陪审团认为这个要求十分合理。

“胡夫萨，”艾尔-阿瑞拉说，“既然你说跟我一起去偷胡萝卜，那你能不能讲一讲这一路的所见所闻？我实在是记不清了。你刚才说咱俩是在晚上钻出地洞出发的，然后呢？”

“哈，艾尔-阿瑞拉，”胡夫萨说，“你不是真的忘了吧？咱俩沿着一条沟走，然后就看见一只尤纳坐在箱子上对着月亮唱歌——想起来没有？”

“一只尤纳怎么着？”一只獾开口问道。

“对着月亮唱歌呀。”胡夫萨急了，“这样他们才能把鼻涕虫引出来嘛，大家都知道。他全身都扎着犬蔷薇的花瓣，还挥着爪子，还……”

“哎，别急，慢慢来。”艾尔-阿瑞拉心平气和地说，“我可没逼着你编瞎话。唉，真可怜。”接着他转而对陪审团说：“他肯定笃信他说的这些话。你们知道的，他并无恶意，只是……”

“我说的是真的！”胡夫萨大声嚷嚷起来，“那只尤纳还唱呢：喔，鼻涕虫，啊，月亮；喔，鼻涕虫，啊，月亮；喔，请……”

“尤纳的歌无关紧要。”艾尔-阿瑞拉说，“大家想要的，是实实在在的证据。唉，算了。咱们看见一只满身花瓣的尤纳坐在箱子上唱歌，然后呢？”

“哼，然后，咱俩走到一个池塘的旁边，看见了一只哈沃克。”

“哈沃克？”一只狐狸出了声，“要是我也在就好了。他在池塘旁边干什么呢？”

“他在池塘里面游来游去。”胡夫萨答道。

“他受伤了？”狐狸问。

“没有没有。”胡夫萨说，“你竟然不知道？哈沃克都游泳，好让尾巴长得长一点。”

“好让——什么？”狐狸又问。

“让尾巴长得长一点嘛。”胡夫萨不耐烦了，“是他自己说的。”

“他这才开了个头。”艾尔-阿瑞拉对艾利尔陪审团说，“你们一会儿就习惯了。我已经忍受了两个月，天天都要听他说这些。我耐着性子，从没说过他的不是，没想到到头来却害了自己。”

一片沉默。艾尔-阿瑞拉稳重、沉着地转身望向胡夫萨。

“我的记性实在不好。”他说，“来，你继续说。”

“哎哟，艾尔-阿瑞拉，”胡夫萨说，“你装得还挺像。不过接下来的事，你还敢说忘了吗？一只红尾巴、绿耳朵、嘴里还叼着小白棍的恐怖大兔子从草丛里钻了出来，后来又扎进井里不见了。他说他要穿过地心，去世界那一头找弗瑞斯。”

这一次，整个陪审团一言未发，只是盯着胡夫萨一个劲儿地摇头。

“他们嘛，都是疯子。”一只雪貂小声说，“这群讨厌的小东西，一旦被逼急了，什么话都说得出来。可是说话这么离谱的，我还是头一回见。咱们还得待多久？我都饿了。”

艾尔-阿瑞拉早就知道艾利尔瞧不起兔子，尤其是一群兔子里最像傻瓜的那一个，所以他才同意让艾利尔做陪审团。倘若是一群兔子坐在上面，他们一定会把胡夫萨的故事一字一句地听进去，不把事情的来龙去脉弄个清清楚楚决不罢休；而现在，艾利尔陪审团已经烦不胜烦，只想赶紧脱身，出去打猎。

“所以你的意思是，”艾尔-阿瑞拉说，“咱们先是看见了一只满身插着玫瑰花、唱着歌的尤纳，然后又碰到一只精神头十足、在池塘里游来游去的哈沃克，最后又瞧见了一只红尾巴、绿耳朵、叼着小白棍的兔子——那只兔子还直接跳进井里去了。我没说错吧？”

“没错。”胡夫萨说。

“然后咱们就去偷胡萝卜了？”

“对呀！”

“咱们偷的东西，是不是紫色的，上面还有小绿点？”

“紫色？小绿点？什么东西？”

“胡萝卜。”

“喂，别瞎说，哪有那样的胡萝卜，艾尔-阿瑞拉？那些胡萝卜都是橙色的，放在一个地洞里了！”胡夫萨气急败坏地嚷嚷道，“在地洞里！去看看吧！”

休庭了。胡夫萨带着彩虹王子来到他说的那个地洞，可是里面一根胡萝卜也没有。他俩又回到了陪审团面前。

“我在地洞里待了一整天，”艾尔-阿瑞拉说，“我可以证明给你们看。其实我应该好好睡一觉，可这位朋友……算了。我只想说我根本没有办法出去运胡萝卜什么的——如果真的有胡萝卜的话。”他又加了一句，“好了，我再没什么想说的了。”

“彩虹王子，”猫说，“虽然我讨厌兔子，可我还是认为，要说那只兔子偷了你的胡萝卜，证据并不充分。很明显，举证者疯了，疯得一塌糊涂。你应该尽快释放囚犯。”陪审团一致表示赞成。

“快点从我眼前消失！”彩虹王子气急败坏地对艾尔-阿瑞拉说，“滚回你的地洞去，艾尔-阿瑞拉，免得我亲自动手。”

“好的。”艾尔-阿瑞拉说，“可是麻烦你把你派来的兔子领回去，因为他总是犯傻，还给我们添了好多麻烦。”

就这样，胡夫萨跟着彩虹王子离开了。艾尔-阿瑞拉的子民又过上了安宁逍遥的日子——只有一点不太好：他们因为在这段时间里吃了太多胡萝卜而一个个都有点消化不良。至于拉布斯卡特尔，等他的尾巴重新变回白色，那已经是很久以后的事情了。我爷爷是这么说的。

23

基哈尔

翅膀垂落，宛若折断的旌旗，
唯有饥饿与痛楚相伴，
永不能再翱翔天际。
纵使他仍体雄魄健，
可于强者而言，
无能比痛楚更令其饱受摧残。
唯有死亡之救赎才可让他低头，
唯有死亡才可让他闭起可怕的双眸，
慷慨以赴。

——罗宾逊·杰弗斯《受伤的鹰》

人类常说："不雨则已，雨则倾盆。"其实这句话有点问题：下雨但不下倾盆大雨的情况并不少见。相较而言，兔子的谚语就准确得多："孤云寂寞，呼朋唤友。"没错，只要有一朵云出现，第二朵、第三朵……紧接着就会冒出头，把整片天空都遮得灰蒙蒙的。现在，让我们回到故事中来。第二天，榛子的想法再一次得到了验证。

清晨，曙光乍现，兔子们跃入清爽的幽寂中开始希尔弗雷。地面凉意犹存。草叶上挂满了露珠，一丝风都没有。五六只野鸭飞上天空，组成“V”字阵，朝位于远方的某个目的地疾飞。他们用翅膀扇出来的声响成片地飘下，清晰可闻，又随着他们向南远去而渐渐消散。寂静再次笼罩大地。当最后一缕朦胧消散之时，四周洋溢起满含期待的紧张气氛——我们仰望屋顶，盼着上面的融雪滑落下来时，也有同样的感受。紧接着，高地上下，不论是地面上还是天空中，都被阳光占据。太阳盛气凌人、畅行无阻地闯进这个世界，宛若一头公牛甩甩头，让角从懒倚在牛棚上的人手中挣脱而出，慢慢悠悠，但又势不可当地踱起步来。没有什么能拦住它的去路，也没有什么能遮蔽它的光辉。几英里长的崖边，树叶和碧草都默默地灿烂起来。

树林外面，长毛和闪银理理耳朵，嗅嗅空气，追着自己长长的影子越跳越远，最后跃入了马场那片草地，时而啃啃短短的草茬，时而直起身子，东张西望，慢慢向一片不到三英尺宽的土坑挪。可他俩还没挨到坑边，走在前面的长毛忽然站住了脚。只见他俯下身子，瞪大了眼睛，虽然此时看不清坑里的情况，但他能确定里面有活物，而且个头儿还不小。透过周围的草叶望去，长毛终于从那东西弓起的雪白背部得知，对方的身形和他相仿。长毛又屏气凝神地等了一会儿，但对方没有任何动静。

“什么东西的后背是白色的，闪银？”长毛小声问。

“猫？”

“这儿没有猫。”

“你怎么知道？”

这时，他俩都听到从坑内传出一阵低沉的嘶叫。过了好一会儿，那叫声才停下。

长毛和闪银都自视甚高。桑德福德领地幸存下来的奥斯拉成员，除了冬青，就只有他俩了；他们知道自己是同伴们仰仗的对象。当时谷仓中的兔鼠大战绝非儿戏，足以证明他俩不可或缺。长毛正直大气，从未因为那晚自己被“银雷之吼”吓得魂飞魄散，榛子却临危不惧勇敢上前，而对榛子心生嫉恨。不过，一想到自己回到“蜂巢”后只能向大家报告自己在草地上发现了一只神秘动物却未探究竟，并且还把他单独留在了那里，他又觉得实在说不过去。长毛回头看看闪银，发现对方也跃跃欲试。他最后瞧了一眼那白色的后背，径直蹿到了坑边。闪银紧随其后。

不是猫。那是一只鸟，一只足有一英尺高的鸟。长毛和闪银都没有见过这样的鸟：他俩刚才透过草丛看见的部位其实不是后背，而是鸟的肩膀和脖子；他的下背部是淡灰色的，合起来的翅膀也一样，但尖端覆盖着长及尾巴的黑色翅羽。鸟头是深棕色的，深得发黑，与雪白的脖颈形成了鲜明的对比，让他看起来像戴着风帽。他俩只瞧得见一条鸟腿，发现那条深红色的腿连着一只伸出三根利爪的蹼足。鸟喙的末端微微向下弯曲，坚实又锋利。那鸟在两只兔子的注视之下张开嘴，露出里面鲜红的舌头和喉咙狂啸不已，似乎想要让他俩知道自己的厉害，却怎么都动不了。

“他受伤了。”长毛说。

“没错。”闪银说，“可我没看见他的伤口，等我绕过去看看。”

“小心点！”长毛喊道，“别被他啄到！”

闪银绕坑跑了几步，伸头看了看。那鸟冲他猛地一啄，闪银连忙后闪，才勉强避开。

“你的脚差点完蛋。”长毛说。

长毛和闪银直起上身，认真地打量着那只大鸟；直觉告诉他俩，这只鸟飞不起来了。忽然，那鸟扯着嗓门儿发出了刺耳的大叫：“嘎！嘎！嘎！”在近处听来，这声音简直震耳欲聋，绝对可以响彻整片高地，撕碎清早的沉寂。长毛和闪银转身就逃。

后来，他俩缓了缓气，定了定神，在树林里刹住脚，又极力摆出若无其事的模样，往土丘那边跑。榛子从对面飞奔过来，在草地上碰到了他们。见他俩双目圆睁、鼻孔翕张，榛子心中一惊。

“艾利尔？”榛子问。

“啊，说实话，要是我知道就好了。”长毛答道，“那边有只从没见过的大鸟。”

“有多大？跟雉鸡一样大？”

“那倒没有。”长毛说，“不过比林鸽大，还凶巴巴的。”

“刚才是他在叫？”

“对，把我吓了一大跳。刚才我俩就在他身边。不知道为什么，他动不了了。”

“快死了，没力气？”

“应该不是。”

“我去看看。”榛子说。

“他可凶了！你小心点！”

长毛和闪银跟着榛子回到坑边，远远地直起上身，望着那大鸟；对方则恶狠狠地扫视着他们。榛子说起了动物们的通用语。

“受伤了？怎么不飞？”

那鸟哑着喉咙，叽叽嘎嘎地说了半天，兔子们一句都没听懂——这只鸟一定来自很远很远的地方。他的口音很奇怪，带着大量喉音，腔调还拐来拐去的。他们只能勉强听出只言片语。

“完蛋吧！嘎！嘎！你们，完蛋吧！嘎！让我完蛋，我不！你们这群……”那深棕色的鸟头随着话语左摇右甩。忽然，那鸟啄起地来。直到这时，榛子他们才发现，那鸟身前的草地早已残乱不堪，上面布满了横七竖八的划痕。大鸟乱啄了一会儿，最后终于放弃，继而抬起头，直勾勾地盯着面前的三只兔子。

“我觉得他饿了。”榛子开口道，“咱们给他找点东西吃吧。长毛，去抓几条虫子什么的，这位朋友要吃。”

“呃……你要什么，榛子？”

“虫子。”

“我？你让我挖虫子？”

“哎？你当奥斯拉的时候没谁教过你吗？——算了，我来吧。”榛子说，“你和闪银待在这里别动。”

然而，片刻之后，长毛还是跟着榛子回到沟里，刨起了干土。高地上的虫子本就不多，何况还接连几天没下雨了。刨了一会儿，长毛抬起头来。

“甲虫怎么样？木虱呢？这类的行不行？”

他俩找到几根腐枝，一同拖了回去。榛子小心翼翼地把其中一根拱到大鸟跟前。

“虫。”

眨眼间，大鸟就用喙把树枝劈成了三片，吃光了里面的所有虫子。一会儿的工夫，木头碎片就在坑底堆成了堆——兔子们把周围可能藏着虫子的东西都带过来了。长毛在小路上找到几个马粪蛋，忍着恶心把虫子一条条挖出来，叼了过去。榛子一夸他，他就嘟囔着说“兔子干这事可是头一遭，千万别让那些画眉鸟知道”什么什么的。后来他们累了，但又强撑着忙了好久，直到大鸟停下不吃，一直望着他们。

“吃饱了。”大鸟顿了顿，又说，“你们，干什么？”

“你受伤了？”榛子问。

大鸟眼中露出狡黠的神色。“没伤。架，打好多。歇一歇，就走。”

“你待在那儿就完蛋了。”榛子说，“这里不好。狐狸会来。红隼会来。”

“哼。又要，打架，好多。”

“我看也是。”长毛羡慕地望着大鸟两英寸长的尖喙和粗壮的脖颈。

“我们，不想你完蛋。”榛子说，“你在这儿，就完蛋了。我们可以帮你。”

“呸！不用！”

“好，”榛子立即扭头对长毛和闪银说，“那咱们走。”说完，他不紧不慢地向树林的方向蹦了蹦。“红隼要是来了，就让他自己对付吧。”

“说什么呢，榛子？”闪银说，“这太残忍了吧？你这样可交不到朋友。”

“大概吧。”榛子说，“可是蓝山雀、知更鸟什么的，对我们有什么用呢？他们又飞不远。咱们得找只大个儿的。”

“你为什么这么急着跟鸟拉关系？”

“一会儿我再仔细说。”榛子说，“我想让黑莓和小多子也听一听。咱们先进地洞吧。你要是不想嚼粪球，我还想呢。”

下午，榛子又组织大家挖了一会儿洞。“蜂巢”已经几近完工。尽管他们既不得要领，也不知道这个地下设施怎样才算建好，但周围的地洞和地道仍在不知不觉中成型了。黄昏刚至，榛子又跑到坑边，见那鸟还在里面，只是有气无力，懈怠了不少，但看到榛子上前，他还是弱弱地叫了几声。

“还在啊？”榛子问，“鹰，打赢了？”

“没打。”鸟说，“没打，光是看，看，看。眼睛不好了。”

“饿了没？”

鸟没答话。

“听着，”榛子说，“兔子不吃鸟。兔子吃草。我们帮你。”

“为什么帮我？”

“不为什么。想救你。我们，有大洞。有吃的。”

鸟想了想，终于吐口：“腿没事。翅膀有事，坏了。”

“那好，走着去。”

“你，伤我。我，不饶你。”

榛子转过身去。那鸟又开口道：

“远吗？”

“不远。”

“走吧。”

鸟的腿修长有力，但走起路来却不那么灵便。他跌跌撞撞地走啊走，忽然把双翼高高举起。榛子被他宽阔的翼展吓了一大跳，往后一蹦；但鸟随即合起翅膀，现出一副苦相。

“翅膀不好。我走。”

鸟乖乖地跟着榛子走在草地上，但榛子还是有意拉远了同他之间的距离。当他俩到达树林外面时，兔子们都呆呆地望了过来；榛子一反常态，开始态度强硬地发号施令。

“好了，你们，别闲着！”他对蒲公英和沙棘说，“这只鸟受伤了，咱们得找个地方给他养伤。让长毛教教你们怎么给他找东西吃——他吃虫子、蚱蜢、蜘蛛——这些都可以试一试。鹰齿菊、橡子，对了，还有你，小多子！想什么呢？愣着干吗？我们需要一个洞！大一点的，宽度要比深度大，洞底要平，还要比洞口低——天黑之前务必挖好。”

“我们都挖了一个下午了，榛子……”

“我知道，待会儿我也过去帮你们。”榛子说，“好了，你们现在就开始吧，天马上要黑了。”

错愕不已的兔子们发着牢骚依令而行。榛子的权威受到了些许挑战，但又被长毛牢牢地撑住了。其实长毛并不知道榛子的想法，但他对这只身强力壮、勇猛非凡的鸟钦佩不已，一心想拉对方入伙，因此并没有开口多问。于是长毛带头挖起洞来，榛子则跟鸟说起了话，尽己所能地让他明白他们怎样生活，怎样保护自己不受天敌侵害，以及他们可以帮助他到何种程度。

兔子们能找到的昆虫并不多，不过树林里很安全，鸟虽然只能跌跌撞撞地走，但自己四处找食吃应该不成问题。

猫头鹰开始活动之前，长毛他们已经在一条地道的入口处刨出了一个大洞——沿着这条地道前进，不一会儿就能到达树林。他们还在洞底铺了山毛榉细枝和落叶。黑暗降临时，鸟住了进去。他仍旧疑虑重重，但疼痛又让他顾不了许多——既然想不出更好的办法，那就只能躲进兔子的地洞里保命了。兔子们在外面也瞧得见鸟在幽暗中警惕地探着脑袋、瞪着乌黑的眼睛左顾右盼，直到他们在地面进食完毕，进地洞休息时，他仍毫无睡意。

黑头鸥是群栖鸟。他们住在便于觅食的地方，整天不是聊天，就是斗殴，很少安安静静、一声不吭。黑头鸥会在繁殖季南迁；每年这个时候，总会有伤鸟掉队。这只黑头鸥之所以凶恶暴戾、胡乱猜疑，一半是因为剧痛难忍，一半是因为他自知无法飞行，身边又无亲无伴，心急如焚。第二天一早，他喜欢凑热闹、多嘴多舌的天性便冒出头来。长毛始终陪在鸟左右，鸟一说要出去找食吃，他就急了。还没到中午，兔子们便想方设法把鸟的肚子撑得滚圆，而后便又躲进地洞里避暑休憩。然而长毛仍然没有离开，他跟鸟推心置腹地畅谈了几个小时，敬佩之情溢于言表。黄昏时分，长毛终于跑到土丘附近，同榛子和冬青一起进食——风铃草就是在这里讲述那个关于艾尔-阿瑞拉受审判的故事的。

“那只鸟怎么样了？”榛子问。

“好像好多了。”长毛回答，“他可真厉害呀！弗瑞斯哟，他是怎么活到今天的？你们都不知道自己错过了什么！他的故事，我坐在那里听上一整天都听不腻。”

“他是怎么受伤的？”

“在一个农场的院子里被猫扑了，没躲开。猫扯坏了他的一只翅膀，不过他在逃跑之前也教训了那个混蛋一顿，然后就硬撑着来到这里。想想看——跟猫斗！现在我知道了，要说做勇士，我可连门儿都没入。兔子怎么就不能跟猫比试比试呢？咱们想想……”

“这是只什么鸟？”冬青插嘴问道。

“呃……我也不知道。”长毛说，“不过，如果我没有弄错——我自己也说不准——他说在他以前住的地方，跟他一样的鸟有好几千只，多得咱们无法想象。在那里，他们到处飞，到处落，周边都是白花花的。到了生小鸟的季节，他们的窝多得就跟树林里的树叶似的——反正他是这么说的。”

“可那是什么地方呢？我从没见过他这样的鸟。”

“他说，”长毛郑重其事地望着冬青，“他说那里离这里很远很远；大地伸到那里就到头了。”

“哦，大地有尽头，这倒不足为奇。那再往前，是什么东西？”

“水。”

“你是说，河？”

“不，”长毛说，“不是河。他说那里有好大一片水，大得没有边；你站在这边，根本就瞧不见对岸——根本就没有对岸。不不不，有，他去过……啊，我也不知道。他说到这里的时候，我没听懂。”

“他难道是想说他飞出了世界，然后又回来了？这不可能吧。”

“不清楚。”长毛说，“不过我知道他没骗我。他说那片水动个不停，还总往岸边撞。现在他不在那里，还怪想念那个声音的。他的名字‘基哈尔’，意思就是水打在岸上的声音。”

榛子和冬青听入了迷。

“他来这儿干吗？”榛子问。

“其实他不该来这儿的。很久很久以前，他就出发朝那一大片水飞了，打算去那里生小鸟。冬天那个地方太冷，风又太大，所以他和同伴们都是冬天飞走，夏天再飞回去。可是今年春天他受了一次伤，虽然伤得不太重，可还是误了他的事。他打算休养一阵，等伤痊愈再动身，可后来就在一个农庄碰见了那只坏猫。”

“这么说，等伤口痊愈，他还要继续飞？”榛子问。

“对啊。”

“那咱们根本是在浪费时间。”

“怎么说，榛子，你到底打的什么主意？”

“去把黑莓和小多子叫过来，还有闪银。我讲给你们听。”

在一片静谧之中悠闲地希尔弗雷；看余晖遍洒山脊、照耀着小草拖长了身影；嗅闻清凉的空气中弥漫着的百里香和犬蔷薇的芬芳——这一切，都是他们在桑德福德领地从未享受过的。其实他们不知道，几百年前，这片高地并不如此寂寥——现在这里没有羊，金斯克利尔和赛德蒙顿的村民也不再为经商或者消遣而翻山越岭。以前，桑德福德领地上的兔子们几乎每天都能瞧见人类来来往往；可自从到达这里之后，他们只见过一人一马。榛子扫视着聚集在草地上的几位同伴，发现比起刚来此处的时候，他们的身体更加壮实，皮毛更加油亮，精力也更加旺盛——就连冬青也不例外。榛子知道，不论未来是喜是忧，至少他目前还没有让同伴们失望过。

“在这里，咱们的日子过得不错。”榛子开口道，“至少我觉得是这样。咱们再也不是一群赫莱希尔了，可我还是有心事。我也很奇怪，没想到先想到这个问题的居然是我，可如果咱们找不到答案，那这片领地也撑不了多久，咱们的一切努力终是徒劳。”

“怎么回事，榛子？”长毛说。

“你还记得妮尔卓-海茵吗？”榛子问。

“当然。她不在了。可怜的草莓。”

“这我知道，但我要说的是，咱们这里没有母兔——一只都没有。没有母兔，就没有小兔子，要不了几年，咱们的领地就空了。”

他们竟然忽视了如此重要的问题，听起来简直匪夷所思。然而同样的错误，人类也犯过不止一次：把整件事置于脑后，听天由命，有时甚至会冒九死一生的危险。兔子们朝不保夕，在身处危难之时，无暇考虑生存以外的问题也是理所当然。可在此时此刻，住在空旷宁谧的高地之上，沐浴着余晖，背后是安全舒适的地洞，肚子里装满了正在化作粪球的青草，榛子感觉自己急需母兔的陪伴。见几位伙伴沉默不语，他便知道自己的话钻进他们心里去了。

兔子们有的吃草，有的趴下晒太阳。一只云雀唱着歌飞到他们的头顶上方——这里的阳光暖意尚足——猛地蹿入云霄，又缓缓下落，最后平伸双翼，侧身滑翔而去；一只鹡鸰从草地上飞奔而过。斜阳渐渐西沉。最后，黑莓开口问道：“那怎么办？再换个地方？”

“希望没有这个必要。”榛子说，“看情况再说吧。我想，要是能找到几只母兔，把她们带到这里来，那就再好不过了。”

“去哪儿找？”

“其他的领地。”

“这一带还有别的领地吗？就算有，咱们怎么找得到？风从来都没有带来过一丁点兔子的气味。”

“这就是我想告诉你们的——”榛子说，“鸟。让鸟替我们找。”

“榛子大人！”黑莓不禁叫道，“这个主意真是太棒了！那只鸟在一天里搜集到的情报，咱们花上一千天都弄不来！不过他会愿意帮咱们的忙吗？他要是养好伤一去不回怎么办？”

“不知道。”榛子答道，“咱们只能靠给他找东西吃套套近乎，尽量往好处想嘛。长毛，你好像跟他挺合得来的，也许你可以侧面跟他说说这事对我们有多么重要。他只要在高地上空飞一圈，再把他的发现告诉我们就行了。”

“交给我了。”长毛说，“我心里有数。”

没过多久，所有兔子都知道了榛子的心事，也都意识到了他们所面临的困境，但并未惊慌失措。榛子恰如其分地排遣了潜伏在大家心中的忧虑——称职的兔子统领本应如此。而请黑头鸥帮忙这一计划更是令他们热血沸腾；他们都觉得就连黑莓都想不出这么妙的点子。兔子都是侦察能手——不论去了哪里都要先察看地形，这本来就是兔子的天性。然而，让鸟，而且是一只那么怪、那么凶的鸟来代劳……这个主意让大家觉得，要是榛子的计划能够实现，那他一定跟艾尔-阿瑞拉一样睿智。

在接下来的几天里，大家找虫子找得更加卖力。橡子和小水窝带回了不计其数的甲虫和蚱蜢，还自吹自擂地说他俩是领地中最棒的捉虫大师。起初饮水还是鸟的一大难题。他干渴难耐，只能扯断长长的草茎，靠吸取草汁来补充水分。然而，在他来到领地之后的第三个晚上，大雨忽降，一连下了三四个小时；洞外的小径因此布满了水坑。这也是汉普郡的魔咒之一：一到晒干草的时候便阴雨连绵。疾风从南而来，吹了整整一天，小草根根倒卧，被镀上一层暗哑的银光；山毛榉的粗枝倒是几乎纹丝不动，但铿锵有声。一阵阵狂风裹挟着雨点呼啸而过，基哈尔焦躁起来，总是望着飞掠的流云走来走去，把兔子们带来的东西啄得劈啪作响。雨天里，昆虫都躲进了草根下方，要找到他们就更难了，得动爪使劲挖。

榛子现在跟以前一样，同小多子住在一个地洞里。一天下午，长毛过来把他叫醒，说基哈尔有话要对他讲。榛子沿着地道来到了基哈尔的住处，一眼便看到鸟的脑袋正在褪毛且逐渐变白，两只眼睛后面还各有一片棕斑。榛子向他打招呼，听见对方用磕磕巴巴的兔子语作回应，顿觉惊讶，看来基哈尔是有所准备的。

“枝……榛子先森（先生），兔子们，用心。”基哈尔说，“我，不会完蛋。好得快。”

“那可太好了。”榛子说，“这真是个好消息。”

基哈尔又说起了通用语。

“长毛先森，很好。”

“没错。”

“他说，你们这儿，没有兔子妈妈。没有妈妈，完蛋了，你们，很麻烦。”

“没错，是的。我们也没办法。哪里都没有兔子妈妈。”

“听着，我有，好主意。我好了。翅膀好了。风停了，我飞。替你们飞，找妈妈，好多好多妈妈。你说，哪里有，她们？”

“啊，这个主意真是太妙了，基哈尔！难为你想得到，你可真聪明！你真是只了不起的鸟！”

“今年，我也，没见，鸟妈妈。太晚了。妈妈都在窝里，孵蛋。”

“唉，真为你难过。”

“下次，我找。现在，我替你们飞。”

“我们一定尽力帮你。”

第二天，风弱了。基哈尔试着飞了一两次，时间都不长。直到三天以后，他才觉得自己已经恢复得差不多了。一个六月的早晨，阳光明媚，基哈尔在湿漉漉的草地上找到好多白壳丘陵蜗牛，用尖喙把他们的壳夹碎，享用里面的嫩肉。吃着吃着，他突然扭头对长毛说：

“现在，我替你们飞。”

基哈尔展开了双翅。长毛呆愣了一下，他感受到那翼展达两英尺的翅膀遮住了他头顶的天空，雪白的翅羽拨动着他脑袋周围的空气，仿佛是基哈尔在同他告别。长毛在气流中放平耳朵，目送基哈尔略有迟滞地飞入半空。鸟的身躯在地面上显得修长优雅，而在天上却变成了敦实的圆柱体，前端是从他乌黑溜圆的两眼间伸出的红喙。基哈尔悬停片刻，身体随两翼起起落落。紧接着，他越飞越高，侧身掠过草地，消失在北方的崖边之下。长毛这才回过神，跑回突崖，告诉大家基哈尔出发了。

基哈尔离开了好几天，比兔子们预想得要久很多，久到榛子都忍不住怀疑基哈尔也许不会再回来了。因为他知道，鸟儿跟他们一样，也急着找配偶；他想，也许此刻基哈尔正在朝那一大片水飞，身边热热闹闹地围着一大群嘎嘎乱叫的同类——他曾满怀深情地向长毛讲述过他们的故事。榛子尽可能地不让自己的忧虑外露；然而有一天，当周围没有其他兔子时，他实在忍不住，还是询问了小多子基哈尔到底还会不会回来。

“会。”榛子得到了小多子斩钉截铁的回复。

“那他会带什么东西回来？”

“这我怎么知道？”小多子说。可是，当他俩钻进安静温暖的地洞之后，小多子突然开口：“是艾尔-阿瑞拉的礼物。诡计，极大的危险，还有给我们的祝福。”榛子继续追问，可小多子好像不知道自己刚刚说了什么，再无回应。

白天，长毛现在几乎什么都不做，就那么呆呆地等基哈尔回来，他变得越发暴躁与不耐烦。听到风铃草调侃“长毛先森”想念离去的朋友想得都快秃顶时，长毛勃然大怒，拿出了前奥斯拉的气势，狠狠揍了风铃草一顿，还在“蜂巢”里骂过他两回，最后还是榛子出面给风铃草解围，长毛才肯罢休。

傍晚将至，北风轻拂，干草的清香也从赛德蒙顿的田野飘上了高地。忽然，长毛蹿入“蜂巢”，高喊基哈尔回来了。榛子按捺住心头涌出的狂喜，表示自己先去单独会见基哈尔，请大家稍候。但考虑再三，榛子最终还是带上了小多子和长毛。

三只兔子到时，基哈尔已经回到了他污物遍地、脏乱不堪、恶臭无比的栖身之所。兔子是绝不会在地洞里方便的，因此基哈尔随地大小便的毛病让榛子厌烦得要命。不过此时他急于听基哈尔带回的消息，就连钻进他鼻孔的鸟粪味都变得亲切而清新。

“看见你回来，我可真高兴，基哈尔。”榛子寒暄道，“累了吧？”

“翅膀累。飞一会儿，停一会儿。挺好。”

“饿了吧？我们给你抓几只虫子？”

“好，好。好兔子。甲虫。要好多。”基哈尔习惯把所有的昆虫都称为“甲虫”。

看得出来，基哈尔十分怀念这里吃喝不愁的生活，正等着兔子们给他接风。虽说这只鸟现在已经无需等待兔子们把吃食送到嘴边了，但他明显觉得自己受之无愧。长毛赶紧冲出去为他捉虫；基哈尔使唤着这群兔子一直忙到日落。最后，他终于故作神秘地对小多子说：

“啊，小多先森，我带来的，你知道，对吗？”

“不知道。”小多子直截了当地答道。

“那我说。我飞，飞过大山，飞好远。这边，那边，太阳升，太阳落。没有兔子。什么都没有。没有。”

基哈尔不说了。榛子忧心忡忡地瞧了小多子一眼。

“然后我下去，去底下。农场，都是树，在小山上。你知道吗？”

“不知道。请继续说。”

“告诉你们，不远，能看见。那里，有兔子。兔子住箱子，跟人住，知道吗？”

“跟人一起住？你是说，他们跟人住在一起？”

“对，对，跟人住。小屋里，兔子在箱子里，人喂。知道吗？”

“知道。”榛子说，“我听说过，太好了，基哈尔，你调查得很仔细。可是这条情报，我们用不上。”

“有妈妈，大箱子里。不过，别的地方没有兔子。原野里，树林里，都没有。反正，我没看见。”

“不妙啊。”

“等等，还有。听着，我，往那边飞，太阳中午在的方向。喏，大水的方向。”

“你去那边了？”长毛问。

“没有，没有，远着呢！但是，那边有河。你们知道？”

“不知道，我们没跑那么远。”

“河。”基哈尔重复道，“那里，兔子城。”

“在河对面？”

“不，不。朝那边，穿过田野，再走远，就到了。兔子城，很大。再往前，是路，铁的，还有河。”

“路？铁的？”小多子问。

“对，对，铁的路。你们没见过？人做的。”

基哈尔的这番话实在有些离奇，让在场的三只兔子感到莫名其妙，不知道自己理解得是否准确。海鸥对铁路司空见惯，但动物通用语中的“铁”“路”二字，榛子他们从未听过。基哈尔很快就不耐烦了，而三只兔子在见多识广的鸟儿面前再次自惭形秽起来。榛子稍稍琢磨了一下，确认起码现在有两件事已经很清楚了：首先，基哈尔在南边找到了一片大领地；其次，不论“铁的路”是何物，总之往那边行进，不用跑过“铁的路”，不用过河，就看得见那片领地。如果他没有误会，那么那条“铁的路”，还有那条河可以忽略不计。

“基哈尔，”榛子说，“我想弄清楚，我们要到兔子城去，是不是用不着穿过铁的路，也不用游过河？”

“对，对，不去铁的路。兔子城在灌木里，在原野上。好多妈妈。”

“从这里去……去兔子城，要走多久？”

“两天。很远。”

“谢谢，基哈尔，你可真是帮了我们大忙。好好休息吧，想吃东西就叫我们。”

“睡了。明天，好多甲虫。要甲虫。”

三只兔子回到“蜂巢”后，由榛子把基哈尔带来的消息转述给大家听，兔子们七嘴八舌、时断时续地议论开来。兔子们都是这样讨论事情的。曾经有一群兔子商讨要不要南迁。他们一会儿这样，一会儿那样，最后却把此事抛在了脑后，宛如一枚硬币落入深水之中，东飘西荡，翻来翻去，忽隐忽现，最终还是免不了“哒”的一声沉底。榛子始终一言不发，在旁边静静地听着，一直等到伙伴们纷纷散去，回洞睡觉。

第二天清晨，他们像往常一样给基哈尔找食吃，填满自己的肚子，开开心心地玩耍，勤勤恳恳地挖洞。然而，就像一滴水珠越来越大，越来越重，最终总会落下枝头。关于未来何去何从，大家的思路越发清晰，想法也越发地一致。第三天，兔子们考虑的结果便清清楚楚地呈现在了榛子眼前。曙光中，榛子正坐在土丘上发呆，大家彼此交心的时机仿佛猝然成熟——小多子带着三四只兔子过来了。兔子们已然达成共识，没必要再聚在一起开会。等他们几个谈妥，哪怕不在场、没有旁听的兔子也会欣然接受榛子的决定。

“基哈尔在那边找到一片领地。”榛子说，“他说那里挺大的。”

“那就不能动武了。”长毛说。

“我不想过去住。”榛子说，“你们呢？”

“离开这里？”蒲公英说，“咱们好不容易才来到这里，在这里挖出了安身的地方。而且我猜，要是去了那边，咱们的日子根本不会好过。依我看，谁都不想去那里住。”

“那么，我们的目标是去那里请几只母兔回来。”榛子说，“你们觉得有困难吗？”

“我觉得没有。”冬青开口道，“大领地一般都十分拥挤，有的兔子连果腹都成问题。在这种情况下，年轻的母兔整日忐忑不安、紧张兮兮，有的甚至不打算生育。就算怀上宝宝的，最后也会把胎儿融入身体。这事你们知道吗？”

“不知道。”接话的是草莓。

“那是因为你们那里的兔子始终不太多。不过我们的领地，不，是山梨的领地，曾经有一两年发生过超员的情况，因此许多年轻的母兔都把兔胎吸收掉了。山梨告诉我，很久很久以前，艾尔-阿瑞拉跟弗瑞斯达成协议，弗瑞斯会设法不让兔子的死胎与多余的小兔子问世。倘若小兔出生以后能过上体面生活的可能性微乎其微，母兔便有权不让他们出生，选择将胎儿吸收回去。”

“没错，我想起来了。”榛子说，“也就是说，你认为那里会有对现状不满的母兔？那样的话，我们就可以一试了。那就这样定下来：组一支远征队去那片领地。咱们很有可能不必打斗就可以达成目标。所有兔子一起去？”

“不必吧。”黑莓说，“这次远征要花上两三天时间，而且一来一回都可能遇到危险。三四只要比一大群安全得多，小团伙行动迅速，也不容易引起艾利尔的注意。再说，几只兔子，客客气气地去提请求，相信那边的兔子统领不会强硬地拒绝。”

“你说得对。”榛子说，“那我们派四只兔子去，让他们把我们的困难讲给对方听，请对方允许愿意离开的母兔来我们这里。这样的请求，我想任何一位兔子统领都不会回绝。那么，我们派哪几只兔子去最好呢？”

“榛子大人，你绝对不能去。”蒲公英说，“这里需要你，我们也不想让你冒险——大家都是这样想的。”

榛子早就知道同伴们不会让他做使团的领队。他有点失望，但又不得不承认大家的想法没错。兔子统领如果什么事都要亲力亲为，很可能会被对方小觑；再说他既没有光鲜出众的外表，也不能言善辩，让其他兔子去的确更合适。

“好吧，”他说，“我就知道你们不会让我去。我不行，但冬青可以。他知道怎么在旷野里跑动躲藏，见到对方也不会说错话。”

谁都没有反对这个提议。大家都知道冬青出类拔萃，但为他选择随从却非易事。每只兔子都跃跃欲试，可事关重大，马虎不得。最后，榛子不得不把每位伙伴的长处都权衡了一番：谁耐得住长途跋涉，谁精力旺盛，谁在陌生领地里也能大受青睐。长毛因为总是对陌生动物恶语相向而被排除在了备选名单之外。他刚要发火，忽然想起基哈尔还等着他照料，于是作罢。冬青想携风铃草同行，但黑莓认为，要是那家伙不知轻重，拿对方的兔子统领开玩笑，那就坏了大事。最后他们选出了闪银、沙棘和草莓。草莓话不多，但十分讨喜，且他经历了重重考验，用行动证明了自己并不怯懦。如今有机会为伙伴们效力，草莓感到荣幸之至。

天刚蒙蒙亮，远征队便出发了。基哈尔答应晚些时候飞出去看看他们有没有走错路，以及走到了哪里。榛子和长毛陪着四位同伴来到突崖的南端，目送他们向远方农场的西侧奔去。冬青意气风发，另外三只兔子也神采飞扬。没过多久，他们的身影便隐没在了草丛中。榛子和长毛这才转身跑回树林。

“我们已经尽力了，”榛子说，“剩下的事情只能交给他们和艾尔-阿瑞拉了。应该没问题吧？”

“当然啦！”长毛答道，“但愿他们能早点回来。我还盼着有个漂亮的伴儿，可以养一窝小兔崽呢。好多好多小长毛！哈！想想看——颤抖吧，榛子！”

24

努斯安格农场

罗宾来到努斯安格农场，
底气十足，诚意满满。
他向上天祈求，
能让他再一次安然无恙。
他身边站着一位傲慢的僧侣，
但愿此人身遭祸殃！
只因僧侣刚刚看到罗宾，
便一眼认出他的模样。

——童谣第一百一十九首《罗宾汉与僧侣》

仲夏之夜，榛子坐在土丘上。天黑后已经过了五个小时，但那半明半暗的天色搅得他心神不宁，难以入睡。其实一切都很顺利。下午，基哈尔找到了冬青，让他再稍微向西调整一下行进的路线。看着冬青钻进一片茂密的树篱，基哈尔确认远征队走上了正确抵达那片大领地的路线，便放心地飞了回来。现在看来，两天的时间就足够了。长毛和其他兔子已经开始扩展地洞，为冬青胜利归来做准备。基哈尔跟一只红隼大吵了一架，他扯着嗓门儿骂出的脏话能把康沃尔港惊扰得鸡犬不宁。基哈尔明显意犹未尽，红隼却出于对自身健康的考虑，决定不再靠近突崖。兔子们自从离开桑德福德，还没有过过如此舒心惬意的日子。

榛子扬扬自得。那天早上他领着大家渡过恩博恩河，还有独自出发找到蚕豆田时的感觉再次涌上他的心头。他信心百倍，踌躇满志，已经为做出壮举准备就绪。什么样的壮举？当然是等冬青和闪银回来，值得跟他们炫耀的事。嗯，也不能抢他们的光，绝对不行；只要让他们知道，他们的兔子统领绝不逊于他们就行了。榛子琢磨着这件心事，跳下土丘，嗅了嗅草丛中的一小簇地榆。怎样才能用不伤大雅的方式让他们对自己刮目相看呢？榛子忽然想到："等他们回来，这里就会有一两只母兔了吧？"同时他又想起基哈尔说过，那边的农场有许多兔子住在箱子里。那是一群什么样的兔子？他们有没有钻出过箱子，有没有见过野兔？照基哈尔所述，那座农场在高地附近的一座小山上；趁人类还没有出来活动，到那里去一趟应该并不难。这个时候，狗通常都被拴着，猫倒是会四处乱窜。可只要视野开阔，兔子能在对方接近时及时察觉，那么想甩掉一只猫也不在话下。唯一需要注意的是，不能在被对方盯住时还无知无觉。沿着树篱行进而不被艾利尔发现——榛子自觉没问题，除非他运气实在不佳。

可是，为什么要去农场？去农场做什么？榛子吃完最后一株地榆，在星光中回答了自己："只是去看一看。要是见到住在箱子里的兔子，就跟他们聊一聊，不干别的。我才不会冒险……呃，不会豁出命。算了，先看看值不值得再说。"

要独自行动吗？与伙伴同行会更安全，也更有意思。但只能带一只兔子。一只，不能再多了。绝不能吸引艾利尔的注意。找谁好呢？长毛？蒲公英？不行。这只兔子要听话、顺从。榛子自然而然地想到了小水窝。小水窝一定会乖乖地跟着他，什么也不问，对他言听计从。这个时候，小水窝应该在地洞里同风铃草和橡子一起睡觉吧。

榛子运气不错：他找过去的时候，小水窝已经醒了，就待在地洞口附近。因此，榛子得以不惊动其他两只兔子，悄悄地把这个小家伙带了出去。小水窝茫然地望着一路领他到土丘上的榛子，预感到好像有什么危险在等着自己。

“没事的，小水窝。”榛子说，“没什么好怕的。我只是想让你陪我去山底下转转，找找基哈尔口中的那座农场。看看就行。”

“去农场，榛子大人？为什么？那太危险了吧？有狗，有猫，还有……”

“没关系的，你只要跟着我就不会出事。只有咱俩去，我嫌他们碍事。这是个秘密，不能跟别的兔子说——反正现在不行。我只想让你陪着我。”

一切都如榛子所料。小水窝听到他这样讲，立即打定主意，跟他一起走。两只兔子跃过草径，穿过草地，设法翻下绝壁，钻过窄窄的树林，来到一片田地——当初他、长毛和另外两位同伴就是在这里与冬青重逢的。榛子停下脚步，嗅了嗅，又听了听。此时天还未亮，猫头鹰尚未归巢，仍在四处捕猎。尽管他们通常不会把成年的大兔子当作目标，但偶尔也会有那么几只头脑一热就什么都不顾的冒失鬼。这一带也许还有雪貂和狐狸出没，但此刻四周寂静无声，空气湿润。榛子自信满满，感觉只要是四只脚的艾利尔便一定逃不脱他的侦察。

不知农场离这里有多远；不过对面的田埂旁边有条马路，他们的目的地一定在马路的另一侧。榛子和小水窝静悄悄地在树篱中穿行——当初冬青和风铃草就是沿着这道树篱找到他们的，时而钻出去瞧瞧。夜空中，线缆在他俩头顶上嗡嗡作响；他们不一会儿就跑到了路边。

有时候我们不知何故，就是自觉心中有数，万事皆顺。在一局比赛中有抢眼表现的板球击球手会在赛后说自己预感到了不会失球；演讲者或者演员在状态极佳时，会感觉受到了听众、观众的捧托，如鱼得水。榛子此时就是这样。在这个万籁俱寂的夏夜，天幕上尚有星光点点，而远方的天际已现出了鱼肚白。不必担忧，不必畏惧；榛子觉得自己简直可以安然无虞地接连穿过一千座农场的院落。柏油味四溢的马路旁有一道路堤，榛子带着小水窝坐在上面，突然看见一只小老鼠蹿出对面的树篱。起初他并未觉得自己走了运，然而，当老鼠消失在他们下方影影绰绰的繁缕花丛中时，榛子猛然想到，也许可以向对方问问路。于是他赶紧跃下路堤，发现老鼠正在沟中嗅来嗅去。

“农场，”榛子上前打听，“农场在哪儿？就是离这儿不远，在山上的那座。”

老鼠抖着胡须，上下打量着榛子。他实在没有理由对榛子热情相待，然而榛子的眼神令他不由得据实以告。

“穿过马路，沿小道上去。”

天渐渐亮了。榛子径自穿过马路，没有等小水窝；及至他跑到小道旁的树篱中时，小水窝才追上来。他俩驻足聆听片刻，又沿着山坡向北奔去。

努斯安格农场仿佛脱胎于古老的传说。爱琴斯维尔和沃特希普高地之间，距两地各有约半英里远的地方，耸立着一座宽宽的小山。这座山跟高地上的山脊一样，北坡陡，南坡缓。两条小径分别从南北两边向上延伸，在围着平整山巅的一大圈榆树中交会。哪怕一阵微风吹过，一株株高耸的榆树也会沙沙作响。透过榆树林，农庄、谷仓和其他设施依稀可辨。这座农庄起码有两百年的历史，以砖筑成，直面南边的高地。屋前东侧立着一座谷仓，其对面是牛棚。

榛子和小水窝到达山顶时，曙光恰好映亮了场院和农庄。他们已经认得出四周啁啾的鸟：一只知更鸟站在低枝上，先是叽叽喳喳地说了几句，等到农庄旁边的那只答话时，便一声不吭地听着；一只苍头燕雀唱着歌落下，接着又猛力一蹿，飞上枝头，惊得棕柳莺大呼小叫。榛子坐下，立起上身，仔细地嗅着。稻草、牛粪、榆树叶、灰烬和牛饲料的味道混合在一起，冲入他的鼻腔，犹如钟声刺激着听力卓绝的耳朵。他又嗅到了几丝微弱的气味：烟草——这不足为奇；附近有许多猫、几只狗；当然还有——兔子。果然。榛子瞧瞧小水窝，发现这个小家伙也有了发现。

他们一边嗅，一边听，然而除了鸟闹出的细微响动、苍蝇围着他俩打转时发出的嗡鸣，以及树叶连绵不断的簌簌之响，这里再没有别的声音了。来自南方的微风似乎经过榆树无数小巧的叶片搅动之后变得活力十足，宛若菜园中阳光经过一颗颗露珠的折射显得更为耀眼一般。从树顶落下的声音吓得榛子心惊肉跳——他总以为有大家伙过来了，又总是看不到对方的身影。他和小水窝一动不动地趴了一会儿，诚惶诚恐地聆听着头顶上气势恢宏却又空空洞洞的声响。

附近好像没有猫，但农庄旁有一座狗屋。他俩只能略略瞧见睡在狗屋里面的东西——体型健硕，黑毛油亮，头搭在了爪子上。榛子没有看见锁链，但过了一会儿，他发现有条绳子穿过狗屋的门，似乎系在了狗屋的屋顶上。“怎么用绳子？”他琢磨起来，最后明白了，“晚上，狗要是又跳又闹，就会把锁链弄得哗啦乱响，会吵到睡觉的人。”

两只兔子开始在外侧的几座小屋之间寻找。起初他俩还东躲西藏，提防有猫扑过来；然而始终无事发生，他们也因此放开了胆子，大大咧咧地奔来跑去，甚至还啃了几口野草丛中的蒲公英。榛子循着气味来到一座矮顶棚屋，见门半开着，他只在砖砌门槛上犹豫了片刻便钻了进去。正对门口的，是一张类似于某种台面的宽阔木架，架子上放着一只前面绷着铁丝网的兔笼。榛子透过网眼看到了一只棕色的大碗、几片绿叶和几只长耳朵——这里住着两三只兔子。正当榛子专心致志地仰望笼子时，笼子里的一只兔子也凑到了铁丝网前，向外望着他。

架子旁边立着一捆干草。榛子跳上去，借力跃上了台面——这几条厚木板上了年头，有些发软，落满了灰尘和谷糠。榛子做这些的时候，小水窝就在门口放风。

“小水窝，”榛子转身嘱咐道，“要想离开这里，只有一个法子。现在你放哨，小心有猫钻进来，不然咱们可能就出不去了。你待在门口，要是看见了猫，就马上告诉我。”

“好的，榛子大人。”小水窝说，“现在外面天够亮了，我看得清楚着呢。”

榛子来到兔笼侧面；笼子前方有铁丝长长地支了出来，因此他无法靠近，但这边的木板上有一个木瘤脱落之后留下的洞。从笼子的另一侧还探出一只不住翕动的鼻子。

“我是榛子统领。”他说，“我想跟你们谈谈。你们能听懂我说的话吗？”

对方口音有点怪，但口齿清楚，说的绝对是兔子语。

“嗯，能听懂。我叫黄杨木。你从哪里来？”

“从山上。那里没有人，我和伙伴们活得可自在了。我们吃草，趴着晒太阳，睡在地洞里。你们这里有几只兔子？”

“四只。有公兔，也有母兔。”

“你们能出来吗？”

“有的时候能。一个孩子会把我们带出去，放在草地上的围栏里。”

“我得跟你们说说我的领地。我们那里兔子太少了。离开农场，跟我们一起生活吧。”

“笼子背后有一道铁丝门。”黄杨木说，“你到那边去，咱们说话更方便。”

那道门是用铁丝网蒙在木框上做成的，一边钉了两个皮革合页，另外一边则用几缕铁丝绑着搭扣。四只兔子挤在铁丝网前，努力把鼻子从网眼中伸出去。他们之中的两只——月桂和三叶草是黑色的短毛安哥拉兔；另外两只——黄杨木和他的配偶草垛，一黑一白，都是喜马拉雅兔。

榛子讲起了领地里的生活，说做野兔多么开心、多么自由。他像往常一样直截了当地告诉面前的同类，他的领地正在面临没有母兔这一困境；他此行的目的就是找几只。“可是，”他说，“我绝不是要抢夺你们这里的母兔。你们四个，无论是公兔还是母兔，随时都可以加入我们。山上的领地很大，吃的东西也多，谁都不会挨挤，挨饿。”接着，他描绘起了日落时分和清晨他们在高草丛中进食的场面。

笼子中的兔子们听得入了迷。三叶草——一只健壮活泼的安哥拉母兔——在听了榛子的叙述后，兴高采烈地就领地和高地的问题问这问那。但显而易见的，他们虽然感觉笼子里的生活枯燥无聊，却平静安全。他们早就通过各种方式了解到艾利尔有多么可怕，笃信命长的野兔寥寥无几。榛子感受得到，他们欢迎他的到来，愿意跟他聊天，是因为他讲了许多新鲜事，给他们一成不变的生活注入了一丝新鲜感，但决定自己的命运并为此采取行动完全不在他们的思考范围之内。他们四个根本不知道该怎样拿主意。对于榛子和他的同伴们而言，感知和行动是他们的天性；但这里的兔子从来没有逃过命，甚至没有觅过食。他要是打算把他们带回领地去，恐怕得下一番功夫。榛子就这样静静地坐了一会儿，啃了啃兔笼外台面上的糠皮，最后说道：

“现在我得回山里去找我的伙伴了，不过我们还会再来的。下一次我们会在晚上来——相信我，我们可以跟农夫一样，轻轻松松地打开这个笼子。那时，不管你们谁想离开这里，都可以跟我走。”

黄杨木刚要开口，留在门口的小水窝便叫道：“榛子！院子里有只猫！”

“我们不怕猫。”榛子对黄杨木说，“只要在空旷的地方就不怕。”他尽力做出从容不迫的样子，从干草捆跳到地上，向门口走去。小水窝正在从铰链下方的门缝向外瞄，显然害怕得不得了。

“他好像闻到我们的气味了，榛子。”他说，“他好像知道我们在哪儿。”

“那咱们就换个地方。”榛子说，“跟紧点，我跑你就跑。”说完，榛子甚至都没有先从门缝观察一下外面的情况，就直接绕过门扇，站在了门槛上。

外面那只白胸白爪的虎斑猫正在小院最里面的原木堆旁慢条斯理地溜达。他一眼便瞧见了棚屋门口的榛子。他先是愣住，随后眼睛瞪得圆圆的，尾巴还不时抽搐两下。榛子沉稳地跃过门槛，又停下脚步。晨晖已然洒进院子，几英尺开外的地方，一群苍蝇正围着牛粪嗡嗡叫个不停。干草、尘土和山楂的味道弥散开来。

“饿了吧？”榛子对猫说，“老鼠都太机灵了，对不对？”

猫没有回答。榛子坐在阳光下，眨眨眼睛。猫也趴下，伸长脖子，把头搭在地上。小水窝躲在榛子身后，战战兢兢，大气都不敢出，而榛子始终注视着猫。他感觉到身后的小水窝正在发抖。

“别怕，小水窝。”榛子轻声宽慰，“我有把握带你逃出去，不过我们得等他先过来，在此之前别动。”

猫甩着尾巴翘起了后半身，屁股左摇右摆，似乎越发地兴致高昂。

“你还能跑？”榛子对猫说，“得了吧，你这个只会干瞪眼、吃剩饭的……”

猫猛地向前一蹿。两只兔子用后腿蹬地，一跃而起。这只猫的确行动敏捷，尽管他俩早就做好了逃跑的准备，但还是险些没能及时冲出院门。他们贴着长长的谷仓飞奔而去，听见那只拉布拉多犬扯直了拴绳狂吠不已，而后又有个男人冲他吼了几声。榛子和小水窝一直跑进小路旁的树篱才停下脚步，回头望去：那猫猛地刹住脚，又装作一副无所谓的样子舔了舔前爪。

“那只猫只是故作姿态。”榛子说，“他要是真想捉我们，不会只跑这么一小阵，甚至还会叫上几个同伙。总之，除非他们先发起攻击，否则不要马上逃窜。今天多亏了你放哨，很在行嘛，小水窝。”

“能帮上你的忙，我太高兴啦，榛子。可是咱们刚才为什么去那里，你怎么跟笼子里的兔子说了那么久的话？”

“一会儿再告诉你。现在咱们先去田里吃点东西，然后就可以回家喽。”

25

突　袭

他同意了，否则他绝当不成国王……谁都不能对他说："献祭时辰已至。"

——玛丽·瑞瑙特《国王必死》

那天，榛子和小水窝直到傍晚才回到"蜂巢"。他俩在田地中大快朵颐时，凉风携雨而来。他们先是躲进了附近的土沟；可沟壁是坡形的，还不到十分钟，沟底就积满了水。他们只好跑到路边，在一座座棚屋之间找避雨的地方。好不容易找到一个大稻草堆，他们钻进去，竖起耳朵，小心提防有老鼠突袭。然而周围一片静寂，他俩昏昏沉沉的，最后竟然睡着了。雨下了一个早上，榛子和小水窝醒来时已是下午，仍有雨丝纷纷散落。榛子似乎并不着急。冒雨赶路实在难受，而且任何一只有自尊心的兔子都不会在这样的地方空着肚子匆匆动身。他俩在一堆饲料、甜菜和甘蓝跟前忙活了半天，直到天色渐暗才慢悠悠地上路，终于赶在天黑之前抵达了突崖。除了毛被淋湿，有点不舒服外，归程还算顺利。这时，只有两三只兔子在湿漉漉的草地上别别扭扭地希尔弗雷，没有谁注意到他们曾擅自离开。在钻回地洞前，榛子还嘱咐小水窝暂时不要把这趟外出的所见所闻说出去，随后他见地洞里没有别的兔子，就独自趴下睡觉去了。

再睁眼时，榛子跟往常一样，看见了身边的小多子。天尚未破晓，洞底暖融融的，干爽又舒适。他正想接着睡，小多子开口了。

“你浑身都湿透了，榛子。”

“哎呀，那不是很正常嘛，外面草都是湿的。”

“希尔弗雷哪儿能沾到这么多水？你昨天出去了一整天，对吧？”

“啊，我下山吃草去了。”

“吃的是甘蓝？你的脚上还有农庄院子的味道——鸡粪，糠……还有一股我闻不出来的奇怪味道。到底发生了什么事？”

“我就是碰到了一只猫，不用大惊小怪。”

“你有事瞒着大家，榛子。是危险的事。”

“去冒险的是冬青，又不是我。你费这个心干吗？”

“冬青？”小多子面露诧异，“冬青他们昨天傍晚就跑到大领地了，是基哈尔说的。你不知道？”

榛子被小多子抓住了破绽，说：“哦，现在我知道了。太好了。”

“所以是这么回事。”小多子笃定地说，“昨天你去了一座农场，还从一只猫的爪子下面逃了出来。你满肚子心事，甚至昨天晚上都没顾得上问问冬青他们好不好。”

“唉，行了，小多子，我全告诉你吧。昨天我带着小水窝去了基哈尔说过的那座农场——那里真的有住在笼子里的兔子。

我找到了他们，还说哪天晚上会回去把他们放出来，跟咱们一起住。”

“为什么？”

“嗯，其中有两只是母兔。”

“可是，冬青要是成功了，我们这里很快就会有一大群母兔了。我听说笼养兔在野外没法生活——你这是自作聪明。”

“自作聪明？”榛子说，“哼，一会儿咱们去听听长毛和黑莓怎么说。”

“你想做的事根本没有意义——就算有，也只是一点点；而代价呢，是你自己，还有别的兔子的命！”小多子说，“当然，他们肯定会附和你，你是他们的兔子统领嘛！可你本应清醒一点，替大家做出理智的决定，因为大家是那么笃信着你啊！就算能劝那几只笼养兔入伙，你也证明不了什么，却有可能让三四只兔子因此丧命！到那时再悔悟就太迟了！”

“哼，闭嘴吧。”榛子还嘴道，“我要睡了。”

早上，大家希尔弗雷的时候，小水窝毕恭毕敬地让榛子讲讲昨天的事，于是榛子绘声绘色地描述了自己在农场的见闻。果然不出他所料，一听说他打算突袭农场、解救笼养兔，长毛便雀跃不已。

“错不了的！”长毛说，“这真是个好点子，榛子！虽然我不知道怎么开笼子门，但黑莓肯定有办法。唯一让我担心的是那只猫。可是一只有能耐的兔子完全可以跟猫打个平手。有一次我妈妈就遇见了一只，还狠狠地教训了他一顿。相信我，把猫当成秋天的柳草，扑上去使劲刨就行了！那边的猫完全可以交给我，要是再有一两只兔子帮忙的话，那更是胜券在握。”

黑莓多想了一会儿，不过他跟长毛和榛子一样，也在为没能成为远征队的成员而暗暗失落。因此，听见榛子和长毛说打开笼门要靠他想办法时，他马上表示愿意与他们同行。

“没必要把大家都带上吧？”黑莓说，“你说狗拴着，我想那里的猫最多有三只。要是去的兔子太多，在黑漆漆的地方反倒麻烦：可能会有兔子迷路，咱们还得花时间找。”

“好，那就叫上蒲公英、虎尾草和鹰齿菊。”长毛说，“让别的兔子留守。今天晚上就出发吗，榛子大人？”

“是的，事不宜迟。”榛子说，“把咱们的决定告诉他们三个。可惜咱们非得晚上去不可，不然就可以带上基哈尔了——这样的热闹，他肯定愿意凑。”

然而他们的打算落了空；不等黄昏，天又下了雨，西北风也随之而来，将下方女贞树篱酸酸甜甜的气味都送上了高地。榛子在土丘上坐到天黑，直到看出这雨一整晚也不会停歇后才怏怏地钻进了“蜂巢”，跟同伴们聚在一起。基哈尔听了兔子们的劝，也下来躲风避雨。蒲公英先后讲述了艾尔-阿瑞拉的传奇和另一个精彩的故事，听得大家如痴如醉。故事说的是，有一次，弗瑞斯因为要事出了远门，于是雨就趁机把整个世界都淹没了。这时，一个人做了一个很大很大的木头笼子，把所有动物和鸟类都装了进去。最后弗瑞斯回来，把他们都放了出来。

“今天晚上也有雨，没事吧，榛子大人？”外面，雨点击打在山毛榉叶上，噼啪作响，小水窝一边听，一边问，“这儿可没有笼子。”

"基哈尔会带着你飞到月亮上去的，小水窝。"风铃草说，"然后呢，你就可以往下跳，像挨了霜冻的桦树枝似的，'啪'的一下落在长毛的脑袋上。不过现在，你还是先去睡吧。"

不久后，小多子在就寝之前又找榛子谈起了突袭农场的事。

"就算我不让你去也没用，对吧？"他问。

"行了，"榛子说，"你是不是又有预感了？干吗不直说？等你说完，我们就知道该不该去了。"

"我没什么预感。"小多子说，"可是，我没有预感不代表一定不会出事。预感该来的时候才来，不是不管什么时候都往我的脑袋里面涌。咱们碰到獾，还有遇见乌鸦的时候，我都没有预感，而且我现在也不知道冬青他们怎么样了，不知道那边的情况是好是坏。可是你把我给吓到了，榛子——是你，不是别的兔子。你现在那么孤僻，那么尖刻，跟天空映衬之下的枯枝一样凄惨。"

"哈，你要是觉得只有我会出事，那就告诉他们，让他们决定我要不要去。不过这样太扫兴了，小多子，不管你说什么，他们都会觉得我胆小怕事。"

"我的意思是，这个险不值得冒，榛子。等冬青他们回来好不好？其实咱们什么都不用干。"

"要我干等着？那我还不如中圈套死掉算了！难道你看不出来，我想的是，拉几只母兔入伙，让冬青他们瞧瞧我的本事！好了，小多子，跟你说，我相信你，一定会把你的话放在心上。到时我不进院子，在外面，在小道的尽头等着。如果这样你都不放心，那我也没办法了。"

小多子不吭声了；榛子转而考虑起该怎样实施突袭、怎样才能把笼养兔大老远地弄到领地来——这可不是件容易的事。

翌日是个响晴天，清风将潮气一扫而空。云朵从南边的天际聚集到山脊上空——榛子首次登上高地的那个五月的傍晚，这一幕也曾在苍穹中上演。然而，今天的云更高、更小，最后排列成了鱼鳞的形状，让天空宛若退潮时的沙滩。榛子带着长毛和黑莓来到崖边，眺望小山上的努斯安格农场，给他俩讲他和小水窝是怎样上山、怎样找到兔笼的。长毛兴致勃勃——风令他神清气爽，此次行动的前景让他斗志昂扬。他跟蒲公英、鹰齿菊和虎尾草在这里多待了一会儿，让他们都扮作猫来攻击自己，进行实战演习。榛子听过小多子的那番话之后一直闷闷不乐，可如今见伙伴们在草地上乱斗，心情忽然好了起来；他也冲了过去，时而做斗士，时而又扮作努斯安格农场里那只动不动就瞪圆眼睛、激动得全身发抖的虎斑猫。

“咱们练得这么卖力，到时候要是没瞧见猫，我肯定会大失所望。”蒲公英说，他在等着轮到自己出击——扑到一根山毛榉断枝上，抓两下，而后闪身逃开，“我觉得自己跟一只野兽没什么两样。”

“你得小心点，蒲蒲英先森。”在旁边啄蜗牛的基哈尔说，“长毛先森，这个，不能闹着玩，要用心。猫很厉害。你吃东西，一走神，看不见，听不见，然后，他就扑……扑上来了！”

“我们去那儿又不是为了吃东西，基哈尔。”长毛说，“两码事嘛。我们会一直提防着的。”

“干吗不把猫吃了呢？”风铃草说，“不然就带一只回来生宝宝？到时候咱们领地就热闹喽！”

榛子和长毛决定，等到天色转暗，农场一安静下来，他们就发起突袭。也就是说，他们要赶在日落前跑完半英里的路，抵达农场外侧的棚屋，免得摸黑行动——毕竟那个地方只有榛子去过。他们可以在路上一边偷甘蓝吃，一边好好休息，然后再一口气跑到农场去。既然那只猫已经构不成威胁，他们绝对有充足的时间来对付笼子。可若是他们黎明时分才到达那里，那就要争分夺秒，务必赶在人类开始活动之前办妥一切。总之，一定要在明早之前把笼养兔弄回来。

“记住，”榛子说，“我们可能得费好大的工夫才能把那几只笼养兔带上高地。一定要有耐心。不论有没有艾利尔，我都宁愿在晚上行动；要是在大白天，还不知他们会怎么胡闹。”

“往坏了想，”长毛开口道，“大不了把他们丢下，咱们赶紧溜呗。艾利尔不是只抓落在最后面的那一只吗？唉，虽然有点残忍，不过在紧要关头，咱们还是得先保住自己。但愿咱们没那么倒霉。”

他们出发时，小多子不知所踪。榛子松了一口气，因为他真怕小多子说出丧气话来。然而让他操心的反而是小水窝——小家伙因为自己不能参与行动而失望不已。榛子哄他说之所以这次不带他去，是因为他已经完成了使命，小家伙这才释然。最后，风铃草、橡子和小水窝陪着他们下了山，又目送他们钻进了树篱。

榛子一行在余晖之中来到了棚屋。虽然偶尔有猫头鹰飞起，但夏天的黄昏宁静如常，远方树林中夜莺单调、时断时续的啾啾鸣叫清晰可闻。两只老鼠在甘蓝跟前龇出了牙，但琢磨了一会儿，还是管住了自己。榛子他们已经进过食，还在稻草堆里舒舒服服地休憩了一阵，直到天幕西侧的光辉几乎完全消失才开始行动。

兔子不给星星起名字，但榛子对御夫座中五车二[1]的运动轨迹十分熟悉。榛子望着这光灿灿的星星在一片黑暗之中从东北方向的地平线升起，来到农场的右侧，又爬到了他预先看好的那个点——一根秃枝的旁边，随后他一声令下，带领同伴们沿着山坡向榆树林冲去。榛子在靠近山顶的地方钻入树篱，领着其他兔子跑上了小道。

榛子此前已经告诉过长毛，自己答应了小多子不以身犯险，而对榛子的态度早已大有转变的长毛则对此毫无微词。

“小多子要是这么说，你就听他的吧，榛子。”长毛说，“反正这样行得通：你在外面找个安全的地方等着，我们把笼养兔放出来，交给你，然后你领着我们离开就行啦。”榛子没有说在外面小道上等待其实是他自己的主意，而小多子最后妥协，只是因为没法劝他回心转意。

榛子躲在小道旁边的一根断枝下面，看着黑莓他们跟着长毛钻进了场院。他们按照兔子的习惯，慢吞吞地跳跳、走走、停停，但不一会儿也融入了浓浓的夜色之中。榛子听得出来，他们已经行进至长长的谷仓旁边，于是放下心来，静静等待着。

[1] 位于御夫座的一个双星系统，在中国被称为“五车二”，在西方被称为“御夫座α星”。

没过多久，长毛便实现了自己的雄心壮志：当蹦到谷仓的尽头时，他看见了一只猫——不是榛子遇见过的虎斑猫，而是黄、黑、白相间的三花色母猫。农场中的每一只猫都身形矫健、步伐轻快、行动敏捷、爱甩尾巴，他们平时要么冒雨坐在农庄的窗台上，要么拿麻袋堆当瞭望台，一边沐浴着午后的阳光，一边扫视院中的情况。而此时，这只猫正巧无声无息地拐了过来，眼前出现的几只兔子让她猛地刹住了脚。

长毛见状毫不犹豫地冲了上去，仿佛他面前的不是一只猫，而是高地上的一根树枝。蒲公英甚至比长毛还快，他抢先一步，狠扑过去，抓了一把后立即跳开。猫转身去捉蒲公英，长毛则趁机猛地向她的侧腹撞去。猫又扭过头来冲长毛又挠又咬。长毛则闪身仰躺，扭来摆去，等待反扑时机的同时，嘴里还不住地叫骂——那叫骂声在他的伙伴们听来，简直和猫一样凶。忽然，长毛屈起一条后腿，猛地踹向猫的侧腹，紧跟着又连踢了好几脚。

了解猫的人都知道，猫通常不愿意招惹有蓄谋的攻击者。比如一条狗要是想追着猫玩，那他很可能会被抓个大花脸。然而，同一条狗，如果在走投无路时准备拼死一搏，那么哪怕一大群猫也会落荒而逃。长毛这通宛若电光石火的愤怒还击令三花猫猝不及防。这只猫身强体健，平日里也是捕鼠高手，然而她今天运气实在不好，要跟一位一心想要跟猫比出高下的斗士对峙。她刚刚逃到长毛够不到的地方，虎尾草又紧随其后朝她脸上狠狠揍了几下。战斗就此结束：受了伤的猫咪蹿进了场院另一侧的牛棚篱笆。

长毛后腿内侧多了三条血淋淋的、深深的平行爪痕。其他几只兔子围了上去，称赞他勇猛果敢；但长毛截住了大家的话头，环视着幽暗的院落，努力弄清自己的方位。

“好了，”他说，“快点，趁狗还没叫。棚屋，笼子，咱们应该往哪边走？”

是鹰齿菊发现了那个小小的侧院。榛子早先还担心如果棚屋的门关上了，他们可能打不开；然而那扇门仍然半掩着，兔子们一个接一个地钻了进去。屋内一片漆黑，他们看不见兔笼，但鼻子和耳朵告诉他们，这里有他们的同类。

“黑莓，”长毛急忙说，“你跟我来，把笼子打开。剩下三个放哨。要是又有猫过来，就靠他们了。”

“没问题。”蒲公英说，“交给我们吧。”

长毛和黑莓找到稻草捆，跃上木架。这时，兔笼中的黄杨木开口说话了。

“是谁？榛子统领，你回来啦？”

“是榛子大人派我们来的。”黑莓答道，“我们要放你们出去。跟我们走，好吗？”

一阵沉默。而后，笼中传出一阵响动。三叶草说：“好，好，放我们出去吧。”

黑莓一边嗅，一边挪步，绕到有铁丝网的笼门前，立起身子，把木框和搭扣闻了个遍。片刻后，他判断皮革合页比较柔软，咬得动；可他试了好一会儿，才发现这两条合页紧紧地钉在门框上，还滑溜溜的，根本无从下嘴。他不甘心，又尝试了好几次，最后终于一屁股坐下，茫然不知所措。

“这道门好像打不开。”他说，“是不是还有别的法子？”

这时，黄杨木刚好用两条后腿站起，把前爪搭在了铁丝网上。笼门被他这样向外一推，上端合页的钉孔处有些松动；他放下身体时，黑莓看见靠上的那条合页翘了起来。

“再试试。”他对长毛说。

长毛叼住那条合页使劲拉，钉孔处破损了一点点。

“弗瑞斯保佑，行得通！”黑莓说，俨然一副威灵顿公爵[1]赢得了萨拉曼卡大会战的派头，“接下来我们需要的只是时间而已。”

然而，合页质量上乘，无论兔子们怎样又扯又咬，它仍然没有断裂。蒲公英越发慌张，甚至错发了两次警报。长毛见下面放哨的同伴无所事事，只会一惊一乍，便自己下去，让虎尾草上去接黑莓的班。最后，当蒲公英和虎尾草终于把上方的合页从钉子上扯下时，长毛又回到笼门前帮忙。然而，虽然他们使尽了浑身解数，可进展仍十分有限。笼中的兔子每次直立起来用前爪推铁丝网，笼门都会稍稍打开一点，可下方的合页却纹丝不动。长毛不耐烦地吹吹胡须，把黑莓从门槛处叫了回来。“怎么办？”他问，“快想个妙招——就像那天你把木头往河里推那么妙。”

黑莓望向笼门，黄杨木又在里面推了推。下方的合页虽然动了动，但仍然牢牢地牵着笼门，他们根本啃不着。

[1] 威灵顿公爵，人称“铁公爵”，曾任英国陆军元帅、首相，成功指挥过许多世界闻名的战役，如萨拉曼卡大会战、滑铁卢战役等。

“推。从这边推。”他说，“长毛，你来，让里面的那只兔子下去。”

长毛立起身子，往里面推笼门。外面没有门槛挡着，因此，皮革合页一拧，门便向内倒去，长毛险些扑空。若非金属搭扣还在，他说不定已经摔进笼子了。长毛心惊胆战，匆忙向后吼叫着跳开。

“好啦，是你说要妙招的嘛！”黑莓却扬扬自得，“再来。”

没有任何一条首尾只钉着一枚大头钉的皮革受得了这样反反复复的折腾。不一会儿，钉孔处就有了裂口，下方的合页也几乎从钉子上脱落下来。

“现在小心。”黑莓说，“这玩意要是一下子掉了，会把你甩飞的。还是用牙扯吧。”

两分钟以后，门便只能松松垮垮地挂在搭扣上了。三叶草挪到以前钉着合页的那边，轻轻一拱，钻了出来，黄杨木紧随其后。

包括人在内的某些生物在齐心协力攻克难关后，总会懈怠片刻，仿佛觉得理应趁此时机向让他们有机会展示能耐的对头致意。正如一棵大树终于被伐倒，轰然倒下的瞬间，乱叶纷飞，地面被震得瑟瑟发抖，伐木工人却沉默着没有坐下休息。几个小时后，厚厚的积雪被清理干净，卡车已经准备好要把他们从寒风里送回温暖的家中，那些人却只是拄着铁锹，默默地在旁边站了好一会儿，面无笑意地向对他们挥手致谢的司机点点头。现在，让兔子们头痛不已的笼门已经变成了一块连着木框、钉着两条半截皮带的铁丝网，他们也就是这样静静地坐在架子上，嗅来嗅去。过了一会儿，另外两只笼养兔——月桂和草垛也犹犹豫豫地钻了出来，轮番打量着眼前这几只野兔。

“榛子大人呢？”月桂问。

“离这儿不远。”黑莓回答，“他在小道上等着呢。”

“什么是小道？”

“小道？”黑莓惊讶地说，“小道就是……”

黑莓没有说下去，因为他忽然想起，这四只兔子既没见过道路，也没进过场院，对周遭的情况一无所知。在黑莓暗自琢磨的时候，长毛说话了。

“别磨蹭了！都跟上！”

“去哪儿呀？”黄杨木问。

“这还用问？当然是出去呀！”长毛没耐心了。

黄杨木端详起他来。“我不知道……”

“得了，我知道。”长毛打断了他的话，“不用管那么多，你们只要跟我们走就行了。”

笼养兔们懵懵懂懂地面面相觑。显然，这只脾气火爆的大兔子——无论是他那满头乱毛，还是他身上的血腥味都让他们心生畏惧。他们不知所措，也不明白自己该何去何从。他们想起了榛子；刚才野兔们推笼门时，他们深感刺激，后来又在好奇心的驱使下钻了出来。然而，他们既不知道自己出来以后要做什么，也没有设立目标的意愿，同信誓旦旦地说要跟登山者一起爬山，最后却只知道看热闹的小孩子没什么两样。

黑莓的心沉到了谷底。该拿这几只笼养兔如何是好？要是把他们丢在这里，他们就会在棚屋和小院里乱转，迟早会被猫咬死。要是等他们自己拿主意，他们可能宁愿飞到月亮上，也不想爬上高地。能不能用简单、直接一点的法子劝动他们，或者哪怕是他们之中的一只兔子？他望向了三叶草。

“你没吃过夜草吧？”黑莓说，“草在晚上可比在白天好吃多了。咱们出去尝尝？”

“好哇！”三叶草说，“太好了！可是，外面安全吗？我们可怕猫了。他们有时候会钻进来，隔着铁丝网盯着我们看，吓得我们不停地打哆嗦。”

“还好，终于有一只兔子开始有想法了。”黑莓想。

“哪只猫都斗不过那边的大兔子。”他说，“刚才他在来这里的路上就差点踢死了一只。”

“但他可不想再跟另一只猫打架了。”长毛没好气地插嘴道，“你们如果真想在月亮底下吃草，就赶紧跟我们去找榛子吧！”

长毛领着其余的兔子钻入小院，影影绰绰地看见了被他击败的那只猫正伏在柴堆上观望。出于天性，她对这群兔子很感兴趣，实在不甘心就这样放他们跑掉，可又似乎没有再过来挑衅的胆量，最后只是眼睁睁地看着他们穿过了院子。

他们行进的速度简直慢得离谱。黄杨木和三叶草好像明白得抓紧时间，始终尽力跟着长毛他们；但另外两只一蹦进小院就呆呆地坐下，傻傻地东张西望，彻底蒙了。在他俩磨蹭的时候，那只猫跳下柴堆，鬼鬼祟祟地从棚屋侧面绕了过来；黑莓见状赶紧催月桂和草垛蹿入场院。然而在这里，两只傻兔子发现自己来到了更加空旷的地方，旋即陷入了一阵恐慌之中——某些登山新手在面对绝壁时也是这副模样。他俩呆若木鸡，只知道坐在那里一个劲儿地眨眼，环视周围的一片幽暗，对黑莓的哄劝和长毛的叱喝置若罔闻。这时，另一只猫——榛子对付过的虎斑猫——绕过农庄的另一侧，朝他们冲了过来。他经过狗屋时，又惊醒了里面的拉布拉多犬。狗一下子坐起，探出头和肩膀，向左右两边张望，一发现兔子们便猛扑上来，无奈被绳子扯住，难以更近一步。拉布拉多犬气愤不已，开始拼命狂吠。

“快走！”长毛说，“别在这儿杵着！都上小道，快！”黑莓、虎尾草和鹰齿菊立即飞奔起来，带着黄杨木和三叶草钻进了谷仓下面。蒲公英虽然如“爪”在背，但仍然陪在草垛身边，求她快点行动起来。长毛一纵身，朝蒲公英蹦了过去。

“蒲公英，”长毛对他耳语道，“快走吧，不然就没命了。”

“可是……”蒲公英说。

“听我的！”长毛吼道。喧闹的犬吠把长毛推到了崩溃的边缘。蒲公英犹豫片刻，终于撇下草垛，跟在长毛身边蹿上小道。

他们发现其他兔子都已围在榛子的周围。黄杨木和三叶草抖如筛糠，似乎已经累垮。榛子正在给他俩鼓劲时，长毛从一片漆黑中蹿出，打断了他的话。犬吠停歇了。四周又归于沉寂。

“都到齐了。”长毛说，“走吧，榛子？”

“可是笼养兔一共有四只。”榛子说，“另外两只呢？”

“留在场院里了。”黑莓说，“我们劝不动他俩，狗又叫了起来。”

“嗯，我听到了。你的意思是，那两只不听话？”

“他俩再过一会儿就什么话都听不着了。”长毛怒气冲冲地说，“猫过去了。”

“那你们就这么丢下他俩不管？”

“因为他们说什么也不挪步。狗还没叫，他俩就愣在那里了。”

“狗有绳子绑着吗？”榛子问。

“有。但你指望一只兔子敢站在离一只愤怒的狗只有几英尺远的地方吗？”

“哦，当然不是。”榛子说，“你们已经做得很好了，长毛。在你们还没过来的时候，黄杨木和三叶草已经告诉过我，你把一只猫狠揍了一顿，后来她看见你们都没敢上前。那现在，你、黑莓、虎尾草，还有鹰齿菊，带着这两位先回领地好不好？你们可能得走一晚上。他俩跑不快，需要你们耐心一点。至于蒲公英，你跟我来，好吗？”

“去哪儿呀，榛子大人？”

“去找另外两位。”榛子说，“你腿脚最快，不会轻易被猫狗捉到。好了，走吧！长毛，放心，我已经有一位好同伴同行了。明天见。”

榛子说完，不等长毛回话，便钻进了榆树林。蒲公英则愣在原地，望着长毛，似乎不知该如何是好。

“你要不要听他的话？”长毛问。

“你呢？”蒲公英反问道。

长毛马上意识到，倘若他给出否定的答案，那这支队伍顷刻便会化作一盘散沙。他不能再带着大家回农场，但也不能把他们丢下，自己行动。他嘟囔了两句，抱怨榛子实在太过狡猾，随后使劲撞了撞正在啃苦荬菜的鹰齿菊，带领着五只兔子奔下山坡，钻入了田地。蒲公英则独自追着榛子的背影回到场院内。

蒲公英沿着谷仓前行时，听见榛子在跟母兔草垛说话。自长毛带着另外两只笼养兔离开后，月桂和草垛竟然一步未动。狗钻回了狗屋；蒲公英虽然没有看到那只大家伙的身影，但总感觉对方正在某处瞪着眼睛张望。他屏声敛息地走出阴影，挪到榛子身边。

“我刚跟草垛聊了一下，”榛子说，“告诉她我们还有一段路要走。你能跳到月桂那边去，把他带过来吗？”

榛子的语气倒是轻松愉快，可蒲公英注意到了他睁大的双眼和微微颤抖的前爪。异样的感觉忽然爬上蒲公英的心头：不知从哪里射来了几道光，而且有震感自远方的地面传来。他四处张望，察看是不是有猫过来——果不其然，有两只猫正趴在农庄前方，也许是因为之前被长毛闹得心有余悸，才没敢轻举妄动，可又不愿意就此罢休。蒲公英与两只猫对视着，蓦然间被恐惧摄住了心魂。

“榛子！”他小声说，“猫！弗瑞斯呀，他们的眼睛怎么还会发绿光？你看啊！”

榛子迅速坐起；与此同时，惊恐万状的蒲公英向后一跳——他看见榛子的眼睛在黑暗中闪着红彤彤的光。这时，地面震动得更为剧烈，而且有嗡鸣声传了过来，把夜风都吓得藏进了榆树林。忽然，耀眼的强光如闪电一般向四只兔子袭来，把他们惊得目瞪口呆，将本能全然抛下。狗只叫了几声便安静下来。蒲公英想逃，但就是动不了——这恐怖的光束仿佛刺进了他的脑子。

汽车驶上小道，穿过榆树林，又开了几码才停下。

“看，露西的兔子跑出来了！”

“啊，快抓！别关灯！”

人类的声音从强光后方飘出，让榛子猛地回过神来。眼睛看不见，但没关系，耳朵和鼻子一样可以让他感知到信息。他闭上眼睛，马上想起了自己身在何处。

“蒲公英！草垛！闭上眼睛，快跑！”他叫道。过了一会儿，他嗅到了草堆垫石上地衣的味道和潮气——他已经钻到了谷仓下方。蒲公英听到他的喊声，也跟了过来，草垛紧随其后。外边，人类用穿着靴子的脚踢了踢垫石。

“在这儿！从谷仓后面绕过来！”

“他们跑不远！”

“逮住他们！”

榛子蹭到草垛身边，说：“咱们恐怕顾不上月桂了。跟着我。”

榛子、蒲公英和草垛从谷仓下方向榆树林奔去，把人类的叫声远远地甩在身后。最后，他们钻进小道旁边的草丛，闻到车灯后方的幽暗之中弥漫着呛鼻的臭气——这味道浓烈的汽车尾气让他们头昏脑涨。草垛再次坐下；榛子他们费尽口舌，可她就是一动不动。

“别管她了吧，榛子大人？”蒲公英问，“反正人类不会伤害她的——毕竟他们抓住月桂，也只是把他关回了笼子里。”

“如果她是一只公兔，那我一定不反对。”榛子说，“可是我们需要这只母兔。我们就是为这个来的。”

突然，他们嗅到了小白棍的味道，听见人类回到了场院。

他们把车里面翻得乒乓乱响，仿佛在找东西。草垛听见这个声音，如梦方醒般地望向蒲公英。

“我不想回兔笼里去。”她说。

“想好了？”蒲公英问。

“嗯。我跟你们走。”

蒲公英立即转身奔向树篱。他在穿过树丛、钻进旁边的沟渠之后才发现，自己在慌乱中跑反了方向，跑到了一个他从没去过的地方。不过，似乎倒也不必担心什么：这条沟一直向山下延伸，要回家总归要下山的。于是他慢慢地沿沟前行，等榛子跟上来。

榛子跟在蒲公英和草垛后面跑了一会儿，跃过小道，听见人类派出了“隆嘟嘟”。他跳上沟堤，火把的光芒霎时间照亮了小道，令他的红眼睛和白尾巴显露无遗。

“那儿有只野兔！”

“啊！我们的兔子应该也没跑多远。带上枪追吧？小心着点。”

榛子钻入沟渠，在一丛荆棘下追上了蒲公英和草垛。

“跑快点！”他对草垛说，“人类追过来了。”

“前面过不去，榛子。”蒲公英开口道，“咱们得跳出去，这条沟堵了。”

榛子向前方嗅嗅，忽然发现灌木丛的前面塞满了泥土、野草和垃圾，他们只有跃入田野才能继续前进。几个人已经跑上沟堤，火光在树篱中上下摇曳，映亮了掩护着他们的荆棘。随后，凌乱的脚步声在几码开外的地方响起，又沿着沟边飘来。

榛子扭头对蒲公英说：

“听着，我要往对面跑，钻进那边的沟里，引开他们；他们肯定只顾着追我。到时候你就跟草垛爬上去，沿着小道溜到有甘蓝的棚屋那边躲起来，等我去找你们。明白了吗？”

事态紧急，蒲公英根本无暇质疑。片刻之后，榛子几乎贴着那群人的脚蹿进了田地。

“他去那边了！”

“拿着火把，跟上！小心，别急！”

蒲公英和草垛爬上沟堤，跃上小道。榛子在火光的追赶下飞奔至另一条沟渠的边缘，忽然，他感觉后腿被猛地击中，热辣辣的剧痛自那侧身体蔓延开来。“当！”弹壳坠地的声音立即响起。他翻身滚入沟底的荨麻丛，真真切切地回忆起阳光下蚕豆花的芬芳。他万万没想到那群人竟然带了枪！

榛子在荨麻丛里拖着伤腿匍匐而行。他知道，要不了多久，那群人就会举着火把将他找到，提在手中，而在此之前，他能做的就是贴着沟壁跌跌撞撞地尽可能往前爬，他能感觉到血已经流到了脚上。蓦地，他发觉有一股夹杂着潮腐气味的气流吹到了鼻侧，一丝空洞的回响也飘进了耳朵——一个开在沟壁上的排水口出现在他的面前，里面的排水管酷似一条光溜溜、冰凉凉的地道，虽然比兔子洞狭窄，但完全容得下他。榛子钻进去，放平耳朵，让肚子贴紧潮湿的管底，拱开一小团泥巴，继续爬行，当听到脚步声飘近时，他就停下不动了。

“哦，约翰，说真的，我都不确定你到底打没打中了。”

“肯定打中了！那儿还有血呢，看见没？”

“看见了，但那说明不了什么呀。他跑了这么远，估计捉不到了。”

“我猜他是钻到荨麻丛里去了。”

“那你下去看看呗。”

“说什么呢？”

“你是想跟我斗气斗一晚上？他们从沟里跳出来的时候，咱们就该下手了。约翰，你就不该开枪。这下可好，把他们都吓跑了！他要是在下面，没准明天都不会出来。”

沉寂再次笼罩了四周，然而榛子还是趴在水声汩汩、冷意袭袭的管道中纹丝不动。冰凉的倦意席卷而来，让他带着痛楚昏然陷入梦境。过了一会儿，一缕鲜血流出排水管，注入了刚被人类踩踏过的沟渠。

* * *

在牛棚内的稻草堆中，长毛刚刚拱到黑莓身旁，便被从两百码开外、小路上端传来的枪响吓了一大跳。他猛地跃起，蹿出草堆，又刹住脚，转身望向四散奔逃的伙伴。

“回来！”他急匆匆地说，“你们想去哪儿？这里又没什么动静。”

“离枪远点就行。”黑莓翻着白眼说。

“等等！”长毛侧耳倾听，“他们跑过来了，听见没？”

“好像只有两只兔子。”黑莓也听了听，说，“其中一只还累得够呛。”

大家彼此对视，静静地等了一会儿。长毛再次起身，说：

“你们谁都别动。我去接他们。”

他刚跑到草堆前，就看见蒲公英正在催促草垛挪步；后者则踉踉跄跄的，上气不接下气。

“快进来！”长毛说，“弗瑞斯啊，榛子呢？”

“被枪打了。”蒲公英回答。

他们钻进稻草堆，找到另外五只兔子。蒲公英不待大家问，就兀自说道：

“他们打中了榛子。他们先是把月桂抓走，关回了兔笼，然后就来追我们，我们三个钻进了一条沟，可前面是死路。榛子说要去引开他们，好让我们脱身。但我们不知道他们有枪。”

“榛子真的死了？”鹰齿菊问。

“我不确定他的情况，当时人类离他很近很近。”

“还是等等吧。”长毛说。

兔子们等了很久。最后，蒲公英和长毛小心翼翼地回到了小道，跃到沟底，看到杂草被踩得七零八落，道道血迹依稀可辨。他俩回去把这一发现告诉了同伴们。

大家一起往回走。因为带着三只跌跌撞撞、拖拖拉拉的笼养兔，他们折腾了两个小时才灰头土脸、萎靡不振地到达高地脚下。这时，长毛让黑莓、虎尾草和鹰齿菊先上去。破晓时分，三只兔子钻进了树林，只见一只兔子冲过湿漉漉的草地迎了上来。是小多子。黑莓停了下来，站在他的身旁，另外两只兔子则默默地继续往前走。

“小多子，”黑莓终于开口道，“出事了，榛子他……”

“我知道。”小多子说，“我知道了。”

“你是怎么知道的？”黑莓讶异地问道。

“你们从草地上经过的时候，我就知道了。”小多子低声说，“刚才你们后面还跟着一只瘸着腿、浑身都是血的兔子。等我跑到这里想看清他的模样，这里就只剩下你们仨了。”

小多子说不下去了。他注视着远方，仿佛仍然在寻觅那只鲜血淋漓、消失在曙光中的兔子。见黑莓一言未发，他又问:“到底出了什么事？”

等黑莓把事情的来龙去脉讲完，小多子转身钻进了那空空如也的地洞。少顷，长毛终于把三只笼养兔带上了山，立即召集大家在“蜂巢”中集合。小多子没有去。

欢迎仪式是在一片愁云惨雾的笼罩之下举行的，就连风铃草都说不出一句逗趣的话。蒲公英内疚万分，觉得自己不该让榛子跳出沟渠。最后，新成员的接待会在一片死寂中结束，大家都心不在焉地去希尔弗雷了。

那天清晨稍晚时，冬青步履蹒跚地走进了领地。他的三名同伴中，只有闪银毫发未损，尚打得起精神；剩下的同伴中，沙棘的脸受了伤，草莓则瑟瑟发抖，显然已经累病。并没有其他兔子跟着他们回来。

26

神　游

这段旅程令他饱受折磨。萨满在穿过阴森的森林，翻过崇山峻岭之后……终于来到一片空地。最为艰难的环节开始了：幽深的地下世界向他敞开了大门。

——乌诺·哈如瓦

引自约瑟夫·坎贝尔《千面英雄》

小多子躺在洞底。中午，骄阳似火，高地热浪滚滚，寂然无声。草叶上的露珠和蛛网早已干透，鸟儿刚才便收起了歌喉。干巴巴、静悄悄的草地上暑气翻腾；光灿灿的蜃气沿着穿过领地的小径飘进平整的草坪。远处，突崖边缘的山毛榉投下浓浓的树荫；被阳光晃花的眼睛从这里向上看，根本望不见苍穹。置身此处，只听得见蚱蜢唧唧的鸣叫，只嗅得到百里香温和的芬芳。

地洞内的小多子在闷热中时睡时醒，乱抓乱挠，直至洞顶泥土里的最后几丝水汽也蒸发无踪。有一次，一缕干土散落下来，惊得他睡意全消，赶紧蹿进地道，待回过神来，才返回原处。每一次惊醒，他都会想起榛子已经不在了，都会被那屡次浮现的景象弄得心痛欲裂——一只影影绰绰、一瘸一拐的兔子消失在了刚刚映亮高地的曙光之中。现在那只兔子在哪里?他到底去向何方?小多子在纷乱的思绪里追随着那个幻影，越过浸透了露水的山峰，钻入笼罩在原野上方的晨雾中。

雾气缭绕在小多子周围，他钻过一蓬蓬荆花、一丛丛荨麻，可那只兔子已经不知所终。他形单影只，心慌意乱，却感知到了熟悉的、故乡的声音和味道。虽是夏日，但密密丛丛的野草已经全然不见，他的头上，是白蜡树的秃枝和只在三月里盛开的沙棘花。他穿过小溪，跑上小道对面的山坡，奔向他和榛子看到公告板的地方。那块板子是否还在?他战战兢兢地向上望去。大雾之下，他的眼前一片模糊;然而接近坡顶时，他忽然看见一个人在摆弄工具——一把铲子、一根绳子，还有其他不知用途的小物件。公告板被平放着，看起来似乎变小了，与之相连的是一根长长的方木;人类把木头的顶端削得尖尖的，以便于插入土中。木板跟以前一样，还是白色的，上面满是醒目的、像棍子一样的乌黑线条。小多子犹犹豫豫地走上前去，在男人身边驻足，而对方正在俯视脚边一个深深的窄洞。男人一脸和蔼地望向小多子——食人魔对猎物胜券在握的时候，常会露出这样的神色。

“哈!你猜我在干吗?”男人问。

“在干吗?”小多子哆嗦着瞪圆了眼睛。

“我要把这块板子插好。”男人说，“你是不是想知道这玩意是干什么用的?”

“嗯。”小多子轻声说。

“这是为那只兔子竖的。我们呢，把它插在这里，是想告诉大家某件事情。你猜这上面是怎么说的，嗯？”

“不知道。”小多子说，“板……板子怎么会说话？”

“它当然会。喏，我们就靠这个知道了你们不知道的事，所以我们可以随心所欲地要你们的命。过去好好看看吧，你可能会有收获哦。”

在一片青灰色的混沌之中，小多子定睛向公告板望去。一道道黑色的线条在雪白的板面上摇曳起来，抬起一个个尖楔形的小脑袋，像一窝黄鼠狼幼崽似的交头接耳。在小多子听来，它们仿佛被沙子或者麻袋压住了嘴，微弱的声音满含讽意，又残忍无情。“缅怀榛子大人！缅怀榛子大人！缅怀榛子大人！哈哈哈哈哈哈！”

“听见了吧？”男人说，“我要把他挂在这块板子上，一会儿我就把板子竖起来。松鸡啊，雪貂啊，都是这么挂的。哈！把他也挂上去！”

“不要！”小多子喊，“别呀！”

“可是我没有找到他，”男人不理他，继续说，“所以这活儿到现在也没干完。我找不到他，因为他钻进了一个血洞，在那里面躲着。他趁我不注意，钻进了一个血洞，我掏不出来。”

小多子爬上男子的靴子，窥视着男人所指的洞。那是一个直通向地底的陶制圆洞。“榛子！榛子！”小多子呼喊道。他感觉下方有东西动了动，可当他想再喊时，男人却弯下腰，冲他的两耳之间打了一下。

小多子在尘云之中挣扎着。忽然，他听到有个声音在说："别急，小多子，别急！"他惊醒着坐了起来，眼睛、耳朵和鼻孔中满是尘土。他嗅不到任何气味，只得甩甩头，问："谁？"

"是我，黑莓。我来看你有没有事。不要紧，只是洞顶塌了一小块。今天'蜂巢'有好多地方塌了——天太热了。你是不是做了噩梦，又被土砸醒了？那也算是好事。你刚才乱踢乱蹬，嘴里还不停地喊榛子。唉，可怜的小多子。虽然确实很悲惨，不过咱们得打起精神熬过去。想开点，反正总有一天，咱们也会死的。他们说，弗瑞斯认识每一只兔子——每一只。"

"天黑了？"小多子问。

"还没呢。不过中午已经过去好久了。冬青他们回来了。草莓病得很重，而且他们没带回母兔，一只也没有。什么倒霉事都让咱们碰上了。冬青还睡着——他都累垮了，说今天傍晚要给咱们讲讲他们的遭遇。我们告诉他榛子出事了，他说……唉，小多子，你大概不想听我唠叨吧。"

"黑莓，"小多子说，"你知道榛子是在哪儿中的枪吗？"

"知道。长毛和我在逃跑之前还去那边看了看。不过你还是……"

"你能不能陪我去看看？"

"回那里去？算了吧，太远了，小多子。再说，你去那里干什么？那里很危险，天又热，还是别折腾自己了。"

"榛子还活着。"小多子说。

"是啊，人类把他抓走了。小多子，我看见血了。"

“没错，可是你没看见榛子，因为他没死。黑莓，你就听我的吧。”

“你别任性了，好不好？”

“那我就自己去。不过我要告诉你，我是让你跟我一起去救榛子的命。”

黑莓终于犹犹豫豫地妥协，带着小多子出发了。小多子像是急于找地方藏身似的，跑得飞快，还再三催促黑莓抓紧时间。烈日之下，原野上空空荡荡，比苍蝇大的活物都去避暑了。两只兔子来到小道旁的棚屋边上时，黑莓开始讲述他和长毛回去找榛子的过程，但小多子打断了他的话。

“我知道得爬坡，不过你先带我去那条沟看看。”

榆树一动不动，就连榆树叶都没有发出一丝声响。沟中长满了峨参、毒芹和开着绿花、伸着长须的泻根。黑莓领着小多子钻进那丛被人踩过的荨麻；小多子静静地坐下，嗅来嗅去，环视四周。黑莓难过地望着他。一丝凉风悄悄地拂过原野，一只画眉在榆树林前唱起歌来。小多子开始沿着沟底向前爬。各种飞虫围着他的耳朵嗡嗡叫个不停；忽然，一小群苍蝇受到惊扰，从一块石头上飞了起来——不，不是石头。那里光溜溜的，边缘整整齐齐，还带着一点弧度——是陶器的边缘，一个洞的边缘。洞口下缘有一块污渍；那是一块干透了的血渍，是兔子的血。

“血洞！”小多子轻声叫道，“是血洞！”

他向漆黑的洞里张望。洞堵着，被一只兔子堵着——他一下子便嗅了出来。一只兔子微弱的心跳声被幽闭的管道放大，钻进了他的耳朵。

“榛子？”小多子喊。

黑莓赶紧凑了过来。“怎么了，小多子？”

“榛子在里面，”小多子说，“他还活着。”

27

另类的兔子王国

天哪，别再让我看见这样的人。

——皮奥奇先生被塞西莉亚·斯罗尔引用之言

“蜂巢”内，长毛和冬青正在等待大家到齐，召开他们失去榛子以后的第二次会议。随着暑意渐渐消散，兔子们纷纷醒来，依次穿过地道；大家都郁郁寡欢，心中无底。沉重的打击同重创一样，其后果通常不会立即显现。如果一个孩子听说自己认识的人已经离世，就算他相信，也很可能因为不知道死亡为何物而询问那个人在哪里，什么时候会回来。小水窝就是如此。在听说再也见不到榛子之后，他便像孤树一般暮气沉沉，但在他心中，困惑比感伤更甚。而且他从伙伴们的一言一行中看出，其实他们也同样如此。这群兔子安居在地下，不受灾祸侵扰，亦不必像从前那样为保命而奔逃。如今却被一个想法压垮：他们已然好运不再——榛子死了，冬青的远征队也一无所获，那么接下来又会怎样？

冬青憔悴不堪，根根直立的毛发上沾满了牛筋草和牛蒡的残屑。他正在跟三只笼养兔聊天，尽力安抚他们的心绪。榛子因为蛮干冒失而丢了性命——这话谁都说不出口。况且这几天他们唯一的收获，就只有领地里那两只珍贵的母兔了。可此时，置身于陌生环境之中的她俩惊惶万状，让冬青不禁灰心丧意——忧虑和紧张会导致母兔生不出宝宝。可在场所有兔子都怅然若失，领地中的气氛也压抑至极，又如何能奢求两只母兔能安闲惬意地生活在这里呢？这两只母兔要么活不长，要么会选择逃之夭夭。冬青再次强打起精神，向对方保证以后一切都会好起来，尽管这话就连他自己都不相信。

长毛派橡子去看还有谁要参会。橡子回来后说，草莓病得太重，而黑莓和小多子不见了。

“算了，放过小多子吧。”长毛说，“让这个小可怜自己静一静。”

“可他的地洞是空的。”橡子说。

“没关系。”长毛说罢，忽然想到：“小多子和黑莓都不见了？他们也没打个招呼。他俩要是就这么跑了，别的兔子有样学样该怎么办？要不要趁天还没黑，请基哈尔出去找找？不过就算基哈尔找到了他俩，又能怎样呢？总不能逼着他俩回来；就算勉强把他俩抓回来又有什么好处？”这时，冬青开始发言，大家都安静了下来。

“现在咱们陷入了困境——这一点大家都心中有数。”冬青说，“我觉得咱们应该趁早谈一谈接下来该怎样做，但首先，我觉得有必要跟大家交代一下我们四个——闪银、沙棘、草莓和我——究竟经历了何种遭遇，以及为何没能完成使命。毕竟当初我们出发时，大家都信心满满地以为会一切顺利，最后却无功而返，甚至伤的伤，病的病。这一定让大家充满了疑问。”

“谁都没有怪你，冬青。”长毛说。

“我也不知道自己是否理应受到谴责。”冬青说，“等你们听完再告诉我吧。”

“我们动身的那个早晨，天气很好。我们都觉得没必要着急，因此一边走，一边希尔弗雷。我记得当时很凉快，又过了好一会儿，天才大亮；空中一丝云彩都没有。离这片森林另一侧不远的地方有座农场，尽管人类不会这么早就起来，但我还是不想冒险，于是我们始终在高地的阴面活动。我们本想跑到高地的边缘去，但发现那边与北面不一样，根本没有尽头。地势越来越高，没有树木遮挡，地面干燥，冷冷清清的。可供藏身的地方倒是有很多：玉米株中，树篱内，田埂下，可是我们没有发现树林——满地都是又松又软的土，到处都是大块的白色燧石。我还盼着能像以前一样找到草场和森林，可是我们失算了。最后，我们终于发现一条边侧种着树篱的路，打算沿路而行。我们不慌不忙地前进，时不时地停下张望，免得撞见艾利尔。我知道雪貂和狐狸喜欢在这种地方转来转去，可又不清楚如果碰到艾利尔，我们该如何是好。”

“我们其实是从一只黄鼠狼的眼皮底下溜过去的。”闪银插嘴道，“我嗅到了。不过你们也知道，艾利尔要是没有捉猎物的心思，对咱们看都不会看上一眼。我们提防着，只留下了一丁点气味，又像猫一样把排泄物埋了起来。”

“晌午前，”冬青继续讲述，“我们沿着小路来到了一片挡住我们去路的狭长树林前。在这么高的地方，其实很难见到树林，何况还是那种笔直的、一眼望不到头的树林，一看就是人类做出来的——我很不喜欢。我们跑过去，发现林边有条马路。路上什么都没有，冷冷清清的，可我不想在人做的路上走，就带着大家穿过了树林。基哈尔在前面的田地中找到了我们，说我们应该调整一下方向。我问他我们走到了哪里，他告诉我们路程几近过半。于是我想，或许应该找个地方准备过夜。我不敢在没有遮挡的地方逗留，就领着大家在一小片洼地里刨了个洞，随后我们美餐了一顿，安然度过了那个夜晚。

“其他细节我就不赘述了。清晨，我们刚吃完草就下起雨来，冷风一阵接着一阵；于是我们在洞里避雨，直至午后天晴才上路。雨后地面湿滑难行，但我估计天擦黑时，我们也差不多快到目的地了。我向四下里张望，正巧有只野兔穿过草地。我问他这附近是不是有一个大领地。

“‘艾弗拉法？’他问，‘你们打算去艾弗拉法？’

“‘那片领地叫这个名字？’我问。

“‘你们知道那里吗？’

“‘不知道。’我回答，‘我们想问问它在哪里？’

“‘要我说，你们还是跑吧，快点跑。’

“我还在琢磨他的话的时候，突然有三只大兔子跳上了土埂——就跟那天晚上我去逮捕长毛时一样。其中一只兔子问：‘能不能给我看看你们的印记？’

“‘印记？’我问，‘什么印记？我不明白。’

“‘你们不是从艾弗拉法来的？’

“‘不是。’我说，‘我们从别的地方而来，打算到那里去。’

“‘那跟我走吧。’接下来，他连‘你们那里远吗’‘淋着雨了吧’之类的寒暄话都没有。

“就这样，那三只兔子领着我们跃下土埂，来到了他们口中的艾弗拉法。我尽量描述得详细一些，好让大家意识到，咱们这群兔子真的不过是一群散兵游勇。

“艾弗拉法很大，比咱们以前的那片领地——山梨的领地——大得多。那里的每只兔子都担心领地被人类发现，担心染上白盲病，因此整个兔群都在努力隐瞒领地的存在。他们把地洞都挖在隐蔽的地方，奥斯拉逼迫大家对他们俯首帖耳。对于奥斯拉以外的兔子而言，命不是自己的，但至少保得住。只是这样的代价是否值得，兔子们的想法可能不尽相同。

“他们还有一个类似奥斯拉的名叫‘议会’的组织。议会成员各司其职。寻找食物，遮蔽领地，繁殖小兔，等等，一切事务都有专门的兔子负责。普通兔子可以在地面上活动，但一次只能出去一组。每只兔子从小就被打上了印记——被狠狠地在下巴、腰部或者前爪上咬一口，以伤疤作为他们身份的标识。兔子们每天可以出去的时间依据其印记的位置而定，谁都不能擅自行动。”

“不然呢？”长毛嗤之以鼻。

“那正是艾弗拉法的可怕之处。奥斯拉——啊，要不是亲眼所见，你根本无法想象那是什么样的地方。那里的统领名叫水苏；他们称其为水苏将军——我一会儿再来说他。将军下面是几名队长，分别管理不同的印记组。每位队长又有自己的副官和哨兵。队长会带着副官日夜巡逻，倘若附近恰好有人类出现，哨兵便会提早发出警报，以确保人类在走近领地时不会发现任何异样，遇到艾利尔时也是如此。他们要求大家只在特定的地点排泄，且排泄之后要即刻掩埋。如果怀疑某只兔子在规定时间之外肆意外出，他们便会当场检查对方的印记。对方若无法做出解释，那可怕的下场恐怕只有弗瑞斯才清楚。艾弗拉法的兔子经常不见天日。比如某一印记组某次希尔弗雷的时间被定在了晚上，那么这组兔子就要趁夜间吃草，不论寒暑。他们已经习惯了在地洞里聊天，玩耍，造宝宝。要是某组兔子在规定时间里因故无法希尔弗雷——比如恰好附近出现了人类——那他们只能自认倒霉，等到明天再吃这一顿了。”

“这种活法，他们还能被称为兔子吗？”蒲公英问。

“确实，”冬青回答，“他们中的大多数只会听命行事，从不离开艾弗拉法，也嗅不出艾利尔的气味。每只兔子都把进入奥斯拉作为唯一的志向，因为奥斯拉成员掌握着特权；而每一个奥斯拉成员又都一心盼望跻身议会，享受一流的生活。奥斯拉成员必须身强力壮；他们轮番参加所谓的‘大巡逻’，走遍乡间，每次在旷野中住上几天，在探明周围情况的同时锻炼身体，磨炼意志。他们会把在路上遇见的、流浪的赫莱希尔带回领地，对方倘若拒绝，便难逃一死——他们认为赫莱希尔会吸引人类的注意，从而招致祸端。巡逻队在回去之后，会把所见所闻报告给水苏将军，由议会针对新出现的隐患制定对策。”

“那你们之前一路走过去，难道没被他们发现？”风铃草问。

“是的！我们被那只兔子——剪秋萝队长——带进艾弗拉法后又过了很久，才有一名巡逻队的传令兵跑过来称发现了我们的行踪；那时剪秋萝已经让传令兵向议会报告我们已完全处于他们的管控之下，无法兴风作浪了。

“剪秋萝队长领着我们钻进了土沟中的一个地道口。这个入口似乎插着一截上了年头的陶管——要是陶管被拉出来，洞口便会崩塌，把里面的地道遮挡得严严实实的。他在地洞里把我们交给了另一位队长，因为他要回地面继续履行职责。这位队长带着我们钻进了一个大地洞，还告诉我们不要拘束。

“地洞中还有几只兔子，刚才我说的事情，大多是从他们那里问出来的。我们跟几只母兔聊起了天，我还跟一只名叫希泽恩斯蕾[1]的交上了朋友。我把我们这里的问题和此行的目的说给她听，她则向我们介绍了艾弗拉法的情况。听她说完，我说：‘真可怕。这里起初就是这样吗？’她说不是，她听她妈妈说过，很多年以前，兔群在别处生活，这片领地也小得多。后来水苏将军来了，逼着他们迁到了艾弗拉法。他想出了这套掩藏领地的招数，又不断完善，最后艾弗拉法的兔子们都像天上的星星一样不受侵扰。‘这里的兔子，除去被奥斯拉正法的那些，大多是老死的。’她说，‘可现在的问题是，这里的兔子太多了，领地都不够住了。获准挖洞的兔子在干活时必须接受奥斯拉的监督，务必仔仔细细，马虎不得，力保把洞口隐秘地藏起来。还有，好多兔子都没法满足自己最基本的需要，因为去地面活动的机会有限，实在不够分。不知道为什么，我们这里的母兔比公兔多很多。因为超员严重，我们生不出宝宝，可是他们又不准我们离开。几天以前，我们几只母兔问议

[1] 兔子语，意思是“像露珠一样闪闪发光的毛发”。——作者注

会能不能派我们去别的地方建立新领地，还许诺说会离他们远远的，可是议会让我们住嘴，且没有任何理由。纵使他们这套制度已经千疮百孔，领地都快撑不下去了，可关于离开领地这件事，我们连提都不能提。'

“她的话给了我希望。我们想要带走的，恰好不是公兔，而是他们领地里过剩的母兔，而且我们的领地又远在他们谁都没去过的高地之上，我简直想不到他们有什么理由拒绝我们的提议。

“一小会儿之后，另一位队长进来了，让我们跟他去议会厅。

“议会厅是一个狭长的大地洞，没有我们的‘蜂巢’宽敞，因为那里没有树根，洞顶无以支撑。当时他们在讨论其他事情，我们只得先在外面等。毕竟在议会看来，我们只不过是他们日常杂务中的一项：‘被捕的陌客’。旁边还有另外一只受到特别‘关照’的兔子，看守他的是‘奥斯拉法’——他们口中的‘议会警察’。我活到现在，还从没见过哪只兔子像他那样惊恐。我甚至以为他被吓疯了，还向一位奥斯拉法询问缘由。对方说那只叫‘黑毛’的兔子想要逃跑，被奥斯拉捉了回来。他们把黑毛推进议会厅，我们听见那可怜的家伙先是为自己辩白，然后又惨叫着求饶。出来的时候，他的两只耳朵都已被撕碎——比我这只还惨。我们心惊胆战地围过去嗅他，可是一只奥斯拉法却说：‘没必要大惊小怪，他还活着就已经足够幸运了。’就在我们回味这句话的时候，一只兔子出来叫我们进去。

“我们一走进议会厅，就被带到了水苏将军的面前。这只兔子绝对是个狠角色——长毛，我猜连你跟他比都略逊一筹。

他魁梧健壮，不怒自威，俨然一副对见血、争斗和杀戮习以为常的派头。我以为他会先问我们是谁，想要怎样，可他只是说：‘我给你们讲讲领地的规矩和你们住在这里需要满足的条件。仔细听好了，谁要是坏法乱纪，谁就要受到严惩。’我马上言明这里有误会，我们是另一个领地派来的使团，来艾弗拉法是为了获求他们善意的援助。我进而解释道，我们只想获准带走几只母兔。这时，水苏将军说此事全无可能，没得商量。我则回答，我们打算跟母兔们共处一两天，尽力说服她们。

“‘啊，好哇。’他说，‘你们可以留下来。但不管住几天，你们不会再有浪费议会时间的机会了。’

“我表示恕难从命，我们的请求再合理不过，而我只想请他们设身处地地为我们想一想。这时，另一位议员、一只老兔子开口道：‘你们是不是自以为可以卖弄口舌，同我们争辩？听好了，在这里，你们只有对我们唯命是从的分。’

“我提醒他们，我们代表的是另外一个领地。即使那里没有这片领地这么大，我们也是访客。说到这里，我心头一紧，这才意识到：不管他们嘴上说得多好，从始至终我们就是他们眼中的囚犯。

“谈判自然无果而终。草莓竭尽全力帮我说了许多动物的礼仪、友爱的本性之类的话，‘动物跟人不一样，会在有必要的时候厮杀，但从不会坐在一起想方设法谋害其他生物的性命，伤害他们。动物有兽性，但从未抛弃尊严’。

“那些话听起来掷地有声，可他们不以为意。直到我们终于无话可说，水苏将军才开口道：‘议会不能再在你们身上浪费时间了，我让你们的队长把规矩讲给你们听。你们被分在牛舌草队长的右腹组。以后我们去你们那里视察时，你们就会明白，守本分的兔子在这里会受到怎样的关怀。’

“就这样，奥斯拉把我们带到了右腹组。牛舌草队长似乎很忙，无暇接待我们，而我们也刻意躲着他，怕他给我们咬印记。然后我很快就明白了希泽恩斯蕾说的‘这套制度千疮百孔’是什么意思了。地洞里实在是拥挤不堪——至少按照我们的标准来看是这样的，因此逃过奥斯拉的监管并非难事。即使是同一组的兔子，也并非全部彼此相识。我们在地洞里找了个地方，打算睡上一觉，可是刚刚入夜就被叫出去希尔弗雷。我以为我们可以趁着夜色逃跑，然而哨兵似乎无处不在。队长带在身边的兔子，除了诸多哨兵，还有两名传令兵——一旦听见哪里发出警报，传令兵便立即飞奔回去报告，不论他身在何处。

“吃饱之后，我们又回到地洞。几乎所有的兔子都服服帖帖、循规蹈矩的。我们始终刻意避开他们，因为我们打算趁机逃跑，不想跟谁熟络起来。然而，我绞尽脑汁也没有想出脱身的办法。

“第二天，我随他们在中午之前吃草，回到地洞，感到无聊至极。应该是在黄昏时分吧，我忍不住跟一小群兔子挤在一起听故事——《国王的莴苣》，你们一定都听过。那只兔子讲得比蒲公英逊色多了，可我实在无事可做，还是从头听到了尾。就在他讲到艾尔-阿瑞拉乔装成医生去给达尔津国王看病的时候，我忽然有了个主意。那主意有点冒险，但并非全无成功的可能，因为艾弗拉法的每一只兔子都早已习惯奉命唯谨。我始终在暗中观察牛舌草队长，觉得他其实心地不坏，还吃苦耐劳，只是略显懦弱，而且因为过于繁忙而身心交瘁。

“晚上，我们又被叫出去希尔弗雷。外面漆黑一片，还下着雨。不过艾弗拉法兔绝不介意这样的小事情，能去地面进食已经足够他们欣喜了。右腹组的兔子们集合起来，一直等到深夜。牛舌草队长和两名哨兵爬上沟堤，闪银和其他兔子先钻出地洞，我走在最后，像刚跑回来一样，气喘吁吁地凑到牛舌草队长跟前。

“‘牛舌草队长？’

“‘嗯？怎么回事？’他问。

“‘议会让你马上过去。’

“‘哎？为什么？’

“‘等你去了自然就知道了。’我回答，‘换作我，肯定不会让他们等太久。’

“‘你是谁？’他问，‘我认识议会的所有传令兵，其中可没有你。你是哪个印记组的？’

“‘我来这里不是为了回答你的问题。’我说，‘要不要我马上回去，告诉他们你不愿意从命？’

“他似乎仍心存疑虑，于是我转身就走。这时，他忽然说：‘好吧！’这条可怜虫好像被吓破了胆。‘可是我不在，谁来看管他们？’

“‘我来。’我说，‘这是水苏将军的命令。不过请快点回来，我可不想花半个晚上替你做事。’牛舌草飞奔而去。我转身对两名哨兵说：‘待在这里，警醒着点。我去其他哨兵那里看看。’

“后来，我们四个撒腿就跑，冲向黑暗；两名哨兵一跃而起，想要拦住我们。我们奋力扑了上去。我还以为他们会落荒而逃，可他们非但没有，反而像发狂一样拼命反击，其中一只还抓烂了沙棘的鼻子。不过我们以多胜少，成功甩开他俩，跑进了田野。在雨夜里，我们顾不得辨别方向，只是一个劲儿地奔跑。哨兵愣了半天，才起身追赶——大概是因为牛舌草不在，而他俩没有听到命令就不知道该如何行事了。我们开了个好头，但很快就听到了追兵的脚步声；更糟糕的是，不一会儿他们就赶了上来。

“相信我，与艾弗拉法的奥斯拉对抗绝非儿戏。他们经过层层筛选，都是魁梧强壮的勇士，而且深知如何在雨天与黑暗中行动。他们对议会敬畏至极，以至于在其他事物面前都显得无所畏惧。没过多久，我便发觉我们陷入了困境。在恶劣的环境之中，他们跑得比我们快，不一会儿就追到了我们身后。我刚想告诉沙棘他们，我们别无他法，只能转过身去拼死一搏，却忽然瞧见前方有一条高高的土埂。它的坡面比‘蜂巢’下面的那道坡还陡，又很规整，好像是人类弄出来的。

“我们无暇多想，直接蹿了上去。坡上满是粗草和灌木；我不知道自己过了多久才跑上坡顶，只感觉这道坡跟长成的花楸树一样高——说不定还要更高一些。土埂顶上满是小碎石，我们一跑上去，它们便到处乱飞，这泄露了我们的行踪。随后我们看到了又宽又平的木头，还有两根会嗡嗡叫的长金属杆。我刚想自言自语‘都是人做的’，就一脚踩空，摔了下去。我不知道这道土埂竟然如此之窄，而对面的坡也陡峭无比。我沿坡滚下，撞在一株接骨木上，躺在地上动不了了。”

冬青不说了，仿佛在翻找回忆。最后，他又开口道：

“此后发生的一切实在难以描述。我们四个都在场，但都是一头雾水。毫不夸张地说，是弗瑞斯神派他伟大的信使把我们从艾弗拉法奥斯拉的魔爪中救了下来。我们这儿一只、那儿一只地倒在了坡上。沙棘被自己的血模糊了眼睛，几乎滚到了最下面。我勉强撑起身子，向土埂顶上望去。天上有光，要是艾弗拉法的兔子们也上了山，我一定看得见。这时……这时有个大东西——我也不知道怎么说才能让你们明白，呃……它比一千个‘隆嘟嘟’凑到一起还要大得多——冲进了夜色中。它喷着火，冒着烟，发着光，叫得震天响，沿着地上的金属杆向前跑，把地面都震得颤巍巍的。我们和那群追兵中间像是隔了一千道闪电。实话告诉你们，当时我被吓得魂飞魄散，一动都不敢动。那大东西用光和叫声把夜色劈出了一条口子。我到现在也不知道艾弗拉法的兔子们究竟是逃跑了，还是被大怪物撞飞了。后来，大怪物忽然消失无踪，我们只听到‘咔嚓咔嚓——咣，咔嚓咔嚓——咣’的声音从远方传来，对面则一个追兵也没有了。

“我愣了好久，最后终于回过神来，逐一找到大家。我们都一言不发。后来，我们在坡底发现有条隧道可以穿过土埂，便从那里钻过去回到了对面，又在田野中跑了一大段路，直到确信彻底甩掉了追兵才停脚，随后爬进一条沟，睡到了天亮。不知道为什么，我们就是感觉自己已经安全无虞，不会再被谁追上索命。你们可能认为被弗瑞斯神施法营救是妙事一桩，毕竟如此幸运的兔子能有几只？然而我还是想说，那个大怪物比艾弗拉法的追兵可怕得多。于雨中躺在土坡上，看着冒火的怪物从头顶轰鸣而过——这个场景我们一辈子都忘不了。它为什么会恰巧出现在那里？我们不得而知。

“第二天早上，我四处转了转，总算辨别了回来的方向——好在咱们兔子有这个本事。那时雨已经停了，我们踏上了归程，可行至半路就已经精疲力竭，只有闪银还好些。我真不知道，要是没有他，我们该如何是好。我们不停脚地跑了一天一夜，只想尽快回来。今早钻进树林时，我感觉自己仍像在噩梦中蹒跚而行。我的状况恐怕并不比草莓好多少。他虽不曾抱怨什么，但我想他需要好好地休息一阵，我也是。这是沙棘第二次身受重伤了。但这还不是最糟糕的，对吧？目前看来，最不幸的事情是，我们失去了榛子。黄昏时有兔子问我是否愿意做兔子统领，知道自己得到了大家的信任，我很开心，可我现在疲惫不堪，无法胜任。我感觉自己就像秋天的马勃一样枯槁憔悴，似乎只要一阵风就能随时把我的毛拔起，吹散。”

28

山　脚

独处却不孤单之时，
让人心悦之至。
啊，远离恐惧与黑暗；
家，近在咫尺。

——瓦尔特·德·拉·梅尔《朝圣》

“总还没累到无法希尔弗雷吧？”蒲公英问，“这个时候出去换换心情正合适。我的鼻子告诉我，这个傍晚天气挺好。咱们总不能一直消沉下去，你们说呢？”

“在去希尔弗雷之前，”长毛开口道，“我得说，冬青，我不相信换做别的兔子也能带着三个同伴从那种地方平安归来。”

“是弗瑞斯想要让我们回来，”冬青说，“因此我们才能和大家再见面。”

冬青转身跟着虎尾草钻进通往林中的隧道，发现三叶草跟在自己身旁。“要在外面吃草，你和你的朋友一定不习惯。”他说，“不过你们很快就会适应的。我可以向你们保证，榛子大人没有说谎，在这里生活，要比挤在兔笼里好得多。跟我来，我知道哪里有可口的燕尾草；但愿长毛没在我出去的时候把那里啃干净。”

冬青对三叶草有好感。这只母兔似乎并不像黄杨木和草垛那样胆小懦弱，谁都看得出来，她一直在尽力融入大家。冬青不知道她是哪种兔子，只觉得她身体矫健，精神也挺好。

“其实我挺喜欢待在地洞里的。”他俩来到空气清新的林地中时，三叶草开口道，“那里封闭，跟笼子差不多，就是暗了点。我们觉得在外面吃东西是件难事，也不习惯到处乱跑——唉，我们那时觉得脚都没地方放。你们行动太敏捷了，至少比我们快一倍。咱们别去离洞口太远的地方好不好？”

两只兔子悠然穿过余晖照耀之下的草地，边走边啃。三叶草专心地吃着。尽管身处静谧空旷的高地，冬青却还是不时地立起身体，嗅嗅四周。后来他见长毛在附近向北方凝望，自己也循着他的目光看去。

“瞧什么呢？”他问。

“黑莓。”长毛如释重负。

黑莓从远方慢慢地蹦了过来，似乎疲惫至极。然而，他一见到长毛他们的身影，便加快脚步，蹿到长毛跟前。

“你去哪儿了？”长毛问，“小多子呢？没跟你在一起吗？”

“小多子陪着榛子呢。”黑莓说，“榛子还活着！他受伤了——很难说伤得有多重，不过死不了！”

周围的兔子都愣愣地瞧着他；黑莓则开开心心地站在那里等着大家做出反应。

“榛子还活着？”长毛问，“真的？”

“真的！不会有错！”黑莓答道，“现在他躲在山脚下的一条沟里，就是冬青和风铃草刚到这里来时，你们躲进去的那一条。”

“难以置信。”冬青说，“你要是没有弄错，那你带来的，简直是天大的喜讯。黑莓，你真的弄清楚了？快给我们讲讲到底是怎么回事吧！”

“是小多子找到他的。”黑莓说，“小多子带着我，都快走到农场了；然后他忽然跳进沟里，发现榛子躲在一条光溜溜的地道里。榛子流了好多血，虚弱得要命，自己都爬不出来，还是我俩扯着他那条没受伤的后腿才把他拉出来的——那个地方太窄了，他甚至都转不了身。”

“可是小多子怎么知道他在那里呢？”

“你还是自己去问他吧。我们把榛子拖进沟里之后，小多子看了看他的伤。他的一条后腿中了枪，身体上也有一条长长的口子，不过骨头没断。我们尽量舔干净流血的地方，陪他一起往回走，花了一整个傍晚。你们想想看——光天化日之下，周围什么声音都没有，一只瘸着脚、流着血的兔子，那有多危险……呼，好在今天热得不得了，没有老鼠过来捣乱。我们每走一会儿就钻到峨参丛里休息。我怕得要命，小多子却跟在石头上晒太阳的蝴蝶似的，沉稳得出奇，还坐在草丛里梳耳朵，一直说：‘别急，别急，没什么好担心的。咱们慢慢走。’经过这回，以后哪怕小多子说我们可以去抓狐狸，我也深信不疑。可是我们走到山脚下的时候，榛子体力不支，实在走不动了。现在他正跟小多子在那条长满了草的沟里躲着呢，我回来是给你们报个信。”

黑莓说完，长毛和冬青沉默了许久。最后，长毛问道："他们打算在那里过夜吗？"

"大概吧。"黑莓回答，"榛子要是不养好身体，肯定爬不上山。"

"我下去看看，"长毛说，"尽量把那里弄得舒服点；没准小多子也正盼着有兔子过去帮他照顾榛子呢。"

"那你最好快点。"黑莓说，"太阳马上就要下山了。"

"哈！"长毛说，"要是雪貂挡道，那他最好小心着点，哼！我明天就给你叼一只回来。"说完，他飞奔而去，消失在崖边。

"咱们去把大家召集起来。"冬青说，"来吧，黑莓，把事情原原本本地给我们讲讲。"

努斯安格农场与山脚相距四分之三英里；酷暑和剧痛更让榛子遭受了前所未有的磨难。如果没有被小多子找到，他一定会在那条排水管中丧命。可小多子的呼喊穿透黑暗，驱散了他沉沉的睡意，不过榛子起初并不打算出声回应。待在那里、与他已经忍受了许久的痛楚相伴其实还要更容易一些。后来，他发现自己躺在了沟底碧绿的杂草之中，小多子看过他的伤口，说他可以站起来，可以走。直到这时，"回领地去"这个念头仍然让他无法面对。受伤的那侧身体在一跳一跳地痛，就连感官似乎也因为腿伤而变得迟钝麻木起来。他觉得头昏目眩，听不见，嗅不着。最后，他终于想通，小多子和黑莓冒着生命危险、顶着太阳出行只是为了救他一命，于是他强逼自己站了起来，跌跌撞撞地爬下山坡，向马路走去。他的眼前影影绰绰，走几步就要歇一歇。要不是小多子一直在旁边给他鼓劲，他肯定会倒地不起。后来，他爬不上路堤，只好一瘸一拐地沿着马路走，最后从一扇门的下方钻了过去。再后来，他们经过高压塔线时，他记起了山脚下那条杂草丛生的沟，于是拼命走到了那里。他一爬到沟底就立即瘫倒，疲惫不堪地再次陷入昏睡。

长毛在天黑之前赶到，发现小多子正在高草丛里进食。他俩怕挖洞的声音太大吵到榛子，索性挨着榛子在窄窄的沟底趴了一个晚上。

黎明前夕，灰蒙蒙的光钻进了草丛。长毛一睁眼便看见基哈尔在接骨木丛中觅食。他跺跺脚，试图引起基哈尔的注意；果然，基哈尔一拍翅膀，滑翔到他身旁。

“长毛先森，你找到榛子先森啦？”

“嗯。”长毛说，“他在这条沟里。”

“没死？”

“没有，不过受伤了，身子虚得要命。农场里的人用枪打了他。”

“你把黑石头取出来没？”

“什么？”

“枪，会喷黑黑的小石头。你没见过？”

“没有。枪的事，我一点都不知道。”

“最好，把黑石头取出来。现在吧？”

“我来看看。”长毛说。他跃下沟底，看见榛子已经醒了，正在跟小多子聊天。听长毛说基哈尔来了，榛子便撑起身体，爬出短沟，走上了草地。

“坏枪，”基哈尔说，“会喷小石头，伤你。我看看？”

“太好了。”榛子说，“我的腿还是疼得厉害。”

榛子往地上一躺；基哈尔来回歪着脑袋端详他，仿佛正在他棕色的毛发中寻找蜗牛。基哈尔沿着榛子侧腹上的裂口查看了一番。

“这里，没有石头。”他说，“进去，又出来，没留下。我再看，你的腿——可能疼，一下。”

榛子的臀肌中嵌着两枚子弹。基哈尔先是闻了闻，接着使出从木头缝里叼蜘蛛的本事，又快又准地把子弹取了出来，快到榛子几乎都没来得及躲闪，长毛就已经嗅起被扔在草地上的弹丸了。

“又有血。”基哈尔说，“你在这儿等，大概，一两天，就好了，跟以前一样。我去告诉兔子们，他们等，榛子先森。我让他们，看你。”不等榛子他们答话，基哈尔便飞走了。

榛子在山脚下歇息了整整三天。天气依然炎热，在大部分时间里，他都像孤零零的流浪兔一样，趴在接骨木枝下小憩；他感觉力量在一点一点地回到自己的身上。这期间，小多子始终陪在他身边，给他舔伤口，观察他的伤情。他俩时常一言不发地趴在温暖粗糙的草地上，一趴就是几个小时，看日头西斜，暮色笼罩大地，画眉扑棱棱地翘着尾巴飞走归巢。他俩谁都没有提努斯安格农场，但榛子明显已经对小多子心悦诚服；后者再提建议，他一定会全盘接受。

“小多子，”一天傍晚，榛子开口道，“没有你，我们可怎么办？我们恐怕根本到不了这里。”

“你就那么肯定我们在这里？”小多子说。

“你这话太深奥了。”榛子问，“是什么意思？”

“嗯，还有另外一个地方，另外一片土地。我们睡着的时候，就会去那里；别的时候，还有死掉以后也一样。我猜，艾尔-阿瑞拉可以在这两个地方之间随意穿梭，可是和他有关的故事中从没提到过这件事。有的兔子会说，在那里生活要容易得多，不用像清醒的时候一样，总得提防着领地里的危险。可是我觉得，他们这样想，只是因为对那里还不够了解。那里是一片荒野，简直危机四伏。你说我们现在在哪儿，这边还是那边？”

“咱们的身子在这里——我知道这个就够了。别的话，你还是去找那个叫银叶花的家伙说吧，他比我懂得多。”

“哈，你还记得他？我们听他念诗的时候，我就想到了刚才跟你说的那些事情。他把我给吓到了，可我知道，他的言外之意，我比谁都听得更明白。他知道自己属于哪里，知道这边只是他暂时歇脚的地方。可怜哪，他肯定已经死了，被那边的兔子带走了。泄露他们秘密的兔子，肯定要付出代价——咦，冬青和黑莓来了。现在咱们还是踏踏实实地待在这里吧。”

前一天，冬青就下山来看榛子，还把自己逃出艾弗拉法的经过讲给他听。冬青讲到他们那天晚上借巨怪之“神力”脱身时，小多子竖起了耳朵，还问了一个问题：“它是不是叫得很响？”冬青回去之后，小多子对榛子说，他虽然不知道那是什么东西，不过这件事肯定没有那么离奇。然而榛子并未被冬青的故事所吸引。他认为此时此刻，最重要的是大家现在都失望至极，而他知道原因何在——冬青此行一无所获，完全是因为艾弗拉法的兔子们专横跋扈，令他们始料未及。傍晚，他们刚刚开餐，榛子便提到了这件事。

“冬青，”他说，“咱们的问题根本没有解决对不对？你付出了那么多，可是没有得到回报。而农场突袭简直是一场笑话，让我吃尽了苦头。要挖洞，还是得找行家来。”

“唉，”冬青说，“你说农场之行不过是一场笑话，可榛子，你至少为我们请来了两只母兔，这也是我们目前唯一拥有的两只。”

“她们怎么样了？”

毫无疑问，兔子对许多雄性人类说起异性时自然而然会考虑到的事情——保护欲、忠诚、爱情等等——一无所知。一对兔子在私下里接触之频繁远远超出大多数人类的想象，然而他们并不懂得浪漫。榛子和冬青只在意那两只努斯安格母兔能否为兔群繁衍后代。他们冒着生命危险历尽苦难，完全是为了种群的延续。

“现在还很难说。”冬青答道，“她们正在尽力适应新环境——尤其是三叶草，她好像很明事理。不过这三只笼养兔没有什么生存能力，我从没有见过他们这么没用的兔子。恐怕天一冷，他们就更难熬了；不知道他们能否顺利过冬。算了，你把他们带出农场时恐怕也无暇多想。”

“要是走运，两只母兔或许可以在入冬之前各生一个宝宝。”榛子说，“我知道繁殖季结束了，不过咱们这里事事都颠倒，所以一切都很难说。”

“如果你要征求我的意见，”冬青说，“那我就说一说。我觉得咱们的期望不能太高。她俩也许在短时间之内没法生宝宝——首先，季节不对；其次，她们对这里的生活实在陌生。就算有小兔子降生，他们也很可能跟这几只人类养出来的兔子一样懦弱胆小。不过话说回来，咱们还能指望什么呢？还是珍惜眼前吧。”

“有谁接近过她俩吗？”榛子问。

“没有，她俩还没有准备好。不过我看得出来，时候一到，大家就会狠狠地打上几架。”

“这是另外一个问题。咱们不能把全部希望都放在这两只母兔身上。”

“可是咱们还有别的选择吗？”

“我知道咱们应该做什么，”榛子说，“但是还没有想好怎么办。咱们应该去艾弗拉法带几只母兔回来。”

“你还不如说去银雷那儿走一趟呢，榛子大人。艾弗拉法的情况，我恐怕还没有跟你描绘清楚吧。”

“咳，你说得够清楚了，都把我给吓呆了。可是咱们还是要去。”

“不可能成功的。”

“不能靠蛮力和嘴巴，所以我们要用计。”

“什么计策都没有用的，相信我。艾弗拉法的兔子比我们这里的多很多，而且组织严密。毫不夸张地说，在战斗、奔跑和追踪这些方面，他们比起我们来毫不逊色，甚至还要更胜一筹。”

“这条妙计，”榛子转身对一边啃草，一边默默聆听的黑莓说，“要让我们达到三个目的：首先，把母兔带出艾弗拉法；其次，甩掉追兵——他们肯定会对我们紧追不舍，我们不能巴望再有奇迹发生。不过我们不仅要甩掉他们，而且——也就是我要说的第三点，要让艾弗拉法的巡逻队永远找不到我们。”

“嗯。”黑莓犹犹豫豫地说，“确实，只有做到这三点，咱们才算是真真正正地成功了。”

“没错。那想计谋的事就全靠你了，黑莓。”

空气中弥漫着茱萸又甜又臭的气味；余晖之中，昆虫围着低垂下来的雪白花簇嗡嗡飞舞。一对棕橙相间的甲虫被几只吃草的兔子惊动，却仍缱绻在一起，双双自草茎飞开。

“虫子都在造宝宝，我们却不行。”榛子望着甲虫飞去的方向，“得想一条妙计，黑莓，让我们一劳永逸的那种。”

“你的第一个要求倒是不难满足。”黑莓说，“至少我觉得不难，就是有点危险。其他两个嘛……我还没想好，打算跟小多子商量商量。”

“我和小多子应该赶紧回领地，越快越好。”榛子说，“我的腿好得差不多了，不过我还想再休息一个晚上。冬青，麻烦你告诉他们，小多子和我明早回去，好不好？一想到长毛和闪银随时会为了争三叶草打架，我就心焦。”

“榛子，”冬青说，“听着，你的主意，我一点都不喜欢。我去过艾弗拉法，可你没有。你即将犯的这个天大的错误很可能会害大家丧命。”

这时，小多子插嘴道：“你这么想倒也不奇怪，可是不知道为什么，直觉却告诉我这事没问题。我想榛子说得没错，我们只能打艾弗拉法的主意了。不然咱们再好好商量商量？”

“以后吧。”榛子说，“天都暗了，该休息了。不过你俩要是赶紧上山，没准还能在山顶晒晒太阳。晚安。”

29

去与留

无心战斗之人，

任其离去，为其发放路证，

再把通行符牒置于其皮夹中。

惧怕和同胞一起牺牲之人，

不配与我们生死与共。

——莎士比亚《亨利五世》

第二天早上天不亮，兔子们便开始希尔弗雷，满心欢喜地等着榛子回归。前几天，黑莓把他和小多子在排水道里找到榛子的经过反反复复地讲了好几遍。有兔子说，一定是基哈尔先找到了榛子，又悄悄地告诉给了小多子。不过，基哈尔否认了这种说法，并且在被兔子们追问时故作神秘地说，小多子可比他辛苦多了。至于榛子，大家都觉得他神力非凡。蒲公英本来就是讲故事的行家，这一次更是极尽渲染之能，把榛子为保护同伴而冲出土沟、引开农夫的壮举描述得精彩至极。他们的兔子统领哪怕有天大的错，也为领地请来了两只母兔，现在还要把好运带回领地。

破晓将至，小水窝和虎尾草看见小多子穿过了高地顶部附近湿漉漉的草丛。他俩赶紧跑上去，跟他一起等榛子跟上来。

榛子仍然跛着脚，爬山爬得很吃力，但只要稍加休息、进食，就又能和其他兔子一样敏捷地奔回领地了。大家都围了上来。每只兔子都想贴着他，都在他身上嗅来嗅去，还把他拱了个四脚朝天。此时此刻，榛子甚至觉得大家简直热情得凶巴巴的。人类在这种场合，一般都会问东问西，但兔子们在表达狂喜时，只是反反复复地向自己证明幸事并非虚幻之物——喏，榛子大人真的回来了！而榛子只能一次又一次地迎着大家的“进攻”站起身来。“我要是干脆躺下会怎么样？”他不禁想道，“他们一定不甘心让瘸子做自己的统领，进而会把我赶出去。可能他们自己都不清楚，这到底是在欢迎我，还是在考验我。这群混蛋，总有一天，我要趁自己还没完蛋教训教训他们。”

榛子把沙棘和虎尾草从背上甩下，闪身跑到了林边。草莓和黄杨木正待在土丘上看热闹；榛子跳了上去，坐在阳光下洗脸理毛。

“像你这么规矩的兔子，要是再多几只就好了。”榛子对黄杨木说，“看看那群捣蛋鬼，他们差点要了我的命！你们在这里过得惯吗？”

“嗯，我们确实不太习惯。”黄杨木答道，“不过我们正在努力适应。草莓帮了我大忙。刚才他考我风里有几种味道，可是我闻了半天也答不出来。你知道的，农场里每种气味都很浓；再说，住在笼子里，周围有什么味道根本不重要。可我觉得你们都是靠闻味过日子的。”

“慢慢来，刚开始的时候别太冒险。”榛子说，“待在地洞附近，别单独行动；总之注意安全吧。你呢，草莓？好点了吗？”

“还行。”草莓说，“只要睡好，晒足太阳，我就舒服多了，榛子大人。我简直被吓丢了半条命——但最坏也不过如此。一连几天，我都瑟瑟发抖、心有余悸，总是想起在艾弗拉法看见的桩桩件件。”

“艾弗拉法到底是个什么样的地方？”榛子问。

“我宁可死，也不想再回去，”草莓回答，“不想再接近那一带。无聊和恐惧，我也不知道哪一个更为可怕。不过，”他顿了顿，接着说，“那边有的兔子要是能像我们一样过正常的生活，很快便会恢复如常。据我所知，有几只艾弗拉法兔十分渴望离开那里，只是没有脱身的办法。”

回地洞之前，榛子几乎跟所有兔子都聊了一会儿。如他所料，大家都因为远征队无功而返大失所望，同时也为冬青他们在艾弗拉法遭受虐待而愤恨不已。除了冬青之外，还有别的兔子认为领地中的这两只母兔可能会引起骚乱。

“再多几只母兔才好，榛子。”长毛说，“现在我们谁看谁都不顺眼，可谁都管不住自己。”

下午晚些时候，榛子把大家叫进了“蜂巢”。

“最近我想了很多。”他说，“我知道，那天努斯安格农场的农夫没能让你们摆脱我，一定让你们大失所望。所以，我决定下次冒险再跑远一点。”

“去哪儿？”风铃草问。

“艾弗拉法。”榛子回答，“要是有兔子能跟我一起去，我们就能带回足够多的母兔。”

大家惊异不已，开始交头接耳起来。虎尾草问：“你有办法？”

“黑莓和我已经计划好了。”榛子答道，“可现在还不能跟大家细说,因为这件事很危险。如果谁被捉走,被带进艾弗拉法，那他一定会遭到拷打逼供，而只要他什么都不知道，自然就不会泄密。等时候到了，我一定讲得清清楚楚。”

“需要很多兔子陪你吗,榛子大人？”蒲公英问,“听他们说，咱们根本就打不过艾弗拉法兔。”

“咱们尽量避免动武。”榛子说,“不过发生意外也在所难免。路很远，带着母兔回来更不容易，要是遇到巡逻队，打斗是免不了的。所以去的兔子不能太少。”

“咱们非得去艾弗拉法不可吗？”小水窝怯生生地问。

“当然，”榛子说，“我们……”

“我从来都没有，”冬青插嘴道，“从来都没有想过自己有一天会不得不顶撞你。不过现在我只能再次重申，艾弗拉法之行，不啻于一场灾难。我知道，你认为水苏将军没有像黑莓和小多子一样聪明的部下。没错，我也这样想。可是，即便如此，我们也绝无可能带着一群母兔离开那里。你们都知道，我一辈子都在旷野里巡逻追踪，可是我要承认，艾弗拉法的奥斯拉让我自愧不如。到时，他们一定会追上母兔，把你杀掉。弗瑞斯啊，我们迟早都会遇到强敌，认输也不必愧疚！我知道你一心想要帮助大家，可是请清醒一点，快打消这个念头。相信我吧，对于艾弗拉法那样的地方，我们最好敬而远之。”

兔子们七嘴八舌地议论开来。“对呀！”“谁想被撕得稀巴烂呢？”“那只残耳兔……”“可是榛子大人心里肯定有数。”“太远了吧。”“我不想去。”

榛子耐心地等待大家安静下来，终于开口道："是这样的：我们要么待在这里强撑着，要么主动出击，一劳永逸。当然，冒险是免不了的，大家都听说了冬青他们的遭遇。可是，我们不也是历尽艰险，才从老领地走到这里的吗？你们打算怎样？窝在这里，为那两只母兔争个你死我活，把彼此的眼睛抠出来？哪怕艾弗拉法有那么多愿意加入我们的兔子，你们也宁愿畏首畏尾，不放胆试一试？"

一只兔子喊道："小多子，你怎么想？"

"我肯定去。"小多子斩钉截铁地说，"榛子说得对，他的计划也没什么毛病。我向大家保证，如果我有了不好的预感，一定不瞒着你们。"

"我也绝不把小多子的话当成耳旁风。"榛子接嘴道。

一片沉默。长毛说话了：

"不用说，我肯定去。你们要是不放心，再带上基哈尔也行。"

一阵惊呼。

"当然，要有兔子留守。"榛子说，"从农场来的那几位就不必去了，而且对于已经造访过艾弗拉法的同伴，我也不会强求。"

"可是我想去。"闪银说，"我恨水苏将军和他那个议会，恨得牙痒痒。如果咱们真能耍耍他们，请务必带上我——只要别让我进他们的领地就行，那我可受不了。不过你们总要有个带路的嘛。"

"我去。"小水窝说，"榛子大人救了我……呃，我是说，我知道他明白……"他语无伦次。"反正我去。"最后他又紧张兮兮地重复了一遍。

通往树林的地道里传来了脚步声。榛子喊道:“谁？”

“是我，榛子大人，黑莓。”

“黑莓？”榛子说,“怎么回事,我还以为你在‘蜂巢’里呢。你去哪儿了？”

“抱歉，我来晚了。”黑莓说，“我跟基哈尔聊了半天。加上他的点子，咱们的计划就更完美了。只要不出纰漏，等咱们这边完事了，水苏将军恐怕还在那儿犯傻呢。我起初还犯嘀咕，不过现在心里有底了。”

这时，风铃草开口道:

“去青草更加翠绿的地方，

“那里的莴苣长成了行。

“有只兔子自由自在，

“因为鼻子上的伤疤而威名远扬。

“我觉得我也应该去，满足一下自己的好奇心。我盼着你把计划告诉我，就像等着鸟妈妈喂食的小鸟一样，把嘴张开又闭上，闭上又张开，可谁都没往里面塞东西。我猜你们是想让长毛扮成‘隆嘟嘟’，背着那里所有的母兔跑回来。”

榛子狠狠地拱了他一下。风铃草一屁股坐下，又说:“啊，水苏将军，大人，拜托了，我只是一个小‘隆嘟嘟’，把油都洒在草地上了。您要是不介意就先吃着，大人，请在我带着这位女士兜风的时候……”

“风铃草，”榛子嚷道，“闭嘴吧！”

“抱歉，榛子大人。”风铃草一怔，“我没想取笑谁，只是想逗大家开心。一听你说要去那个地方，我们就发憷——这也不能怪我们，对不对？那里好像格外可怖与危险。”

“嗯，好了。”榛子说，“会就开到这里吧。咱们还是按照老规矩，等着，看最后能做出什么样的决定。不愿意去艾弗拉法的不必勉强，好在我们已经有几位伙伴表明心意了。现在，我亲自去找基哈尔谈谈。”

榛子发现基哈尔正在林中用利喙撕扯一条骨架上棕色的碎肉。浓烈的腐臭味飘得满树林都是，熏得榛子厌恶地皱起了鼻子；蚂蚁和苍蝇却纷至沓来。

“什么东西呀，基哈尔？”他问，“好臭！”

“你不知道？肉，肉啊，大水那边的。好吃。”

“从大水那边弄来的？（呕！）你到那里去了？”

“没有，没有。人弄的。农场那儿，好多垃圾，什么都有。我去翻，找到的。跟大水一个味，我就叼回来了。我又想起大水了。”基哈尔说完，接着吃那条腌鱼，吃了一会儿又叼起来，昂着脖子，把肉使劲往山毛榉树根上一摔。肉屑四溅，恶心得坐在一旁的榛子连连作呕。不过榛子最后还是强打精神，说起了正事。

“基哈尔，长毛说你告诉过他，愿意跟我们一起去大领地，帮我们带回兔子妈妈，对吗？”

“对，对，我去。长毛先森，需要我帮忙。他说，我不是兔子，也可以去，对吗？”

“当然了。我们没你不行。你可真是我们的好朋友，基哈尔。”

“对，对，帮你们找兔子妈妈。不过，你看，榛子先森。我想去大水，一直都想，一直听见大水的声音，想飞去大水。你们，很快就有兔子妈妈，我帮你们。然后，我离开，飞走，不回来。不过下次回来，好吗？秋天，冬天，跟你们住，好吗？”

“我们会想你的，基哈尔。等我们有了好多兔子妈妈，你下次回来的时候，这片领地就热闹了。你会为自己帮助过我们而骄傲的。”

“嗯，肯定。可是榛子先森，你什么时候去？我愿意帮你，可是急着去大水，等不了。你要去，快一点，好吗？”

长毛从地道口探出头来，愣住了。

“弗瑞斯弗瑞斯弗瑞斯呀！”他叫道，“什么味，怎么这么臭！基哈尔，他是被你干掉的，还是自己死在石头上的？”

“喜欢吗，长毛先森？给你一小块？好吃。”

“长毛，”榛子插嘴道，“你去告诉大家我们明天破晓时出发，好吗？冬青留守，负责领地里的大小事宜，沙棘、草莓和笼养兔都一起留下。其他的兔子，要是不愿意去也随他们。”

“没事，”长毛钻回地道，“我让他们上来跟基哈尔一起希尔弗雷。只要闻到这股臭味，不管你想去哪儿，他们肯定都会撒腿往那边跑。”

Awarded Novels
长青藤国际大奖小说书系

兔子共和国

WATERSHIP DOWN

[英] 理查德·亚当斯 著

蔡鑫 译

晨光出版社

目 录

CONTENTS

来 自 沃 特 希 普 高 地 的 故 事

第三部分

征战艾弗拉法

30

全新的旅程

这是一桩伟大的事业、一项壮举，但人们对其一无所知。

——南海泡沫招股书

翌日清晨，五个星期以前跟随榛子一起离开桑德福德领地的兔子们从山毛榉突崖南端出发，踏上了新的征程，只是这次少了沙棘，多了风铃草。榛子感觉顺其自然比较好，因此也没有多劝大家。他知道同伴们很害怕，因为他自己的心也揪成了一团。榛子猜大家跟他一样，一想到艾弗拉法和那里冷血的奥斯拉就心惊肉跳。然而在他们心中，渴望正在与恐惧搏斗——他们希望能多请几只母兔回来，而艾弗拉法恰巧有许多母兔。此外，兔子们爱搞恶作剧的天性也在蠢蠢欲动。兔子都喜欢到处乱闯、乱偷、乱咬，而且哪怕在紧要关头，他们也不会承认自己心生畏惧，除非他们自知能力有限、不堪重负——草莓和沙棘便是如此。榛子又一次语焉不详地提起了自己的秘密计划，让大家好奇不已。他希望利用小多子给出的线索、做出的预言吸引伙伴们一路前行。果然，他没有打错主意。大家对他和小多子深信不疑——是他俩带着他们及时离开桑德福德领地，穿过恩博恩河和公地，让基哈尔成为他们的盟友，还克服万难带回了两只母兔。谁也没有告诉他们接下来应该怎样做，但他们都知道自己背负着使命。长毛和黑莓似乎信心百倍，其他兔子也被带得跃跃欲试，尤其在榛子说明谁不愿意去就可以待在领地之后，他们更觉得自己不能置身事外——在这个时候畏畏缩缩，根本是在证明自己可有可无。以忠诚为天性的冬青没有再出言阻止，而且还强作欢颜，陪大家来到了树林尽头，只是在背地里反复叮嘱榛子不要掉以轻心。“有机会就让基哈尔给我们捎口信，”他说，“早点回来。”

等到闪银带着伙伴们向南而行，爬坡来到农场西边时，恐惧和忧虑才在他们心中露出头来。关于艾弗拉法的故事，他们早已听够，再怎么强悍勇敢的兔子也会对那个地方心生畏惧。在到达那里之前，他们还要在空旷的高地上行进两天——其实不论去哪里，他们都要如此。狐狸、雪貂和黄鼠狼随时都有可能出现,而他们一旦遇险,便只能逃上高地。这群兔子拖拖拉拉，时停时行，走得比冬青的远征队要慢得多——不时溜号、受惊、偷懒本就是兔子的天性。一段时间之后，榛子决定把同伴们分成三队，分别由闪银、长毛和自己带领，就像登上岩壁的攀登者一样，前一队过去，后一队跟上。可尽管如此，他们的行军速度仍然没有得到提升。

好在地面上的植被逐渐茂密起来。六月即将被七月接替，仍值酷暑，树篱和路旁绿带都繁茂无比。兔子们钻入透着点点阳光、鲜花绽放的碧绿墨角兰和峨参丛，在一簇簇遍布斑点、茎带细毛、高举着蓝色与红色花朵的牛舌草跟前东张西望，又在一株株高挑的橙黄毛蕊花间穿行。有时他们也会跑上点缀有夏枯草、矢车菊和委陵菜的如茵草地，但因为找不到遮蔽物只能贴地爬行，以躲避艾利尔，不过这样一来，他们的视野便受到了极大限制。路似乎还很长。

其实，倘若他们是在很多年以前踏上征程的，便会发现高地上几乎既没有可供他们藏身的野草，也没有庄稼，只有羊群在静静地吃草。那个时候，他们几乎不可能在不受艾利尔的侵扰下跑这么远。而现在，羊群荡然无存，拖拉机驶来驶去，耕出了大片大片的小麦田与大麦田。兔子们一整天都浸在庄稼的清新气味中。老鼠不计其数，红隼也一样。飞来飞去的红隼让他们心惊肉跳，但榛子猜得没错：他们根本不会把身强体健的大兔子当作猎物。总之，一路上谁都没有遭到空袭。

中午之前，闪银在一小丛荆棘中停下了脚步。现在是一天中最热的时候，一丝风都没有，空气中弥漫着菊花的甜香——这里生长着干燥高地上常见的菊科植物：玉米洋甘菊、蓍草和艾菊。榛子和小多子跟了上去，坐到他身旁，只见他正在眺望辽阔的远方。

“那里，榛子大人，”闪银说，“冬青特别讨厌那片树林。”

两三百码开外的地方，横着一条林带，其两端简直一眼望不到头。他们已经来到了波特韦公路附近。这条断断续续的公路以安多弗北部为起点，在挂钟、小溪和豆瓣菜田的一路点缀下穿过圣玛丽伯恩，钻出布莱德利森林，越过高地，经过塔德利，最后停在罗马时代的古城锡尔切斯特；与其相伴相随、从高地上通过的，正是大名鼎鼎的“恺撒腰带”——

一片狭长笔直、绵延三英里有余的林地。在正午的烈日照耀下，密密丛丛的树木奉上了浓浓的绿荫。林外酷日当空，林中一片阴凉。周围万籁俱寂，只有蚱蜢的唧唧鸣叫与荆棘上黄鹀的啾啾啼啭。榛子定睛瞧了许久，又竖起耳朵听了听，皱起鼻子嗅了嗅凝滞的空气。

“我没看出哪里不对。”他终于开了口，“你呢，小多子？”

“我也没看出来。”小多子答道，“冬青觉得那片树林奇怪倒也正常，可是那里好像没有人。还是调查一下吧。我去？”

在榛子端详林带的时候，第三小队终于追了上来。大家聚在一起，不是静静地啃草，就是放平了耳朵，在光影相间的翠绿荆棘丛中休息。

“长毛呢？”

长毛一上午都不对劲，总是一副闷闷不乐、心不在焉的样子。要不是大家熟知这位勇士一贯地勇猛，准会以为他是被吓得打了蔫。在兔子们歇脚的时候，风铃草听到长毛跟榛子、小多子和黑莓聊了几句。后来，风铃草对小水窝说，他不管怎么听，都觉得榛子他们是在安慰长毛。“打架，我在行。”长毛这样说，“可是这种事，派别的兔子去更好。”“不，”榛子说，“非你不可。记住，农场突袭不过是小打小闹，这一回可是来真的，全靠你了。”紧接着，榛子发现隔墙有耳，于是又说：“不管怎样，好好想想，做好准备。好了，该动身了。”然后，长毛便怅然若失地去荆棘丛中找自己的队员了。

这会儿，听到榛子叫他，长毛从附近一蓬艾蒿和蓟花中钻出来，走到荆棘下方的榛子面前。

“干吗？”他突兀地问道。

“普利法拉[1]，”榛子说，“请你先去树林那边探察一下，如果发现猫、人什么的，就把他们赶跑，再回来告诉我们前方畅通无阻，好吗？”

长毛跑远后，榛子问闪银：“艾弗拉法的巡逻队一般走多远？咱们目前在他们的巡逻范围内吗？”

“不知道，不过我猜我们已经在他们的巡逻范围内了。”闪银说，“据我了解，各巡逻队的活动范围大小不一。如果队长有魄力，那他所率领的队伍就会走得远一些。”

“知道了。”榛子说，“对于他们，咱们能躲就躲；要是躲不过，就绝不能放他们回艾弗拉法。我把你们都带来，就是为了这个。可我还是想以那片林子作掩护，他们说不定比冬青还讨厌那里。”

“但是它不在去艾弗拉法的必经之路上啊。”闪银说。

“咱们不去艾弗拉法。”榛子说，“咱们只需要在艾弗拉法附近找个地方藏起来。你觉得怎么样？”

“那也很危险，榛子大人！”闪银说，“咱们根本就不可能平平安安地走到艾弗拉法附近——恐怕连寻找藏身之处的机会都没有。还有巡逻队——那群兔子不啻于狡诈的野兽。他们要是来了，就会不露行迹地找到咱们，然后悄悄地回去报告。”

“看，长毛回来了。”榛子说，“一切顺利吗，长毛？好吧，接下来就让我们把他们引进林子里吧，要深入一点。然后我们

[1] 兔子语，意思是“猫咪大王”。——作者注

要从另一端溜出去，且要保证基哈尔能找到咱们。他今天下午就来，务必要和他碰上头。”

随后他们又向西跑了不到一英里，来到一片与恺撒腰带相连的小树林前。其西侧是一条约四百码宽的峡谷，里面长满了开始泛黄的野草。日落之前，基哈尔沿着林带向西飞，终于找到了趴在荨麻和牛筋草丛中的兔子们。他侧身滑翔，落在榛子和小多子面前。

“冬青还好吗？”榛子问。

“他很担心，”基哈尔回答，“怕你们回不去。”鸟儿顿了顿，又说：“三叶草小姐，可以做妈妈了。”

“很好。”榛子说，“领地那边，是不是有谁做了什么？”

“有，有，都要打起来了。”

“唉，顺其自然吧。”

“你有发现吗，榛子先森？”

“这就需要你的帮助了，基哈尔。我们要找个地方藏起来，要离大领地不远、安全，还不能让这里的兔子找到我们。你要是熟悉这一带，说不定能给我们一点建议。”

“榛子先森，要多近？”

“嗯……不要比努斯安格农场离‘蜂巢’的距离再远。事实上，越近越好。”

“那就，只有一个办法。你们去，河对面。那边，他们，找不到。”

“过河？游过去？”

“不行，不行，兔子游不过去。水太大，太深，太急。但是有桥，对面有很多地方，能躲，还离领地近。跟你说的一样。”

“你认为那里就是对我们来说最好的选择了，对吗？”

“那里，很多树。别的兔子，看不见你们。”

“你觉得怎么样？”榛子问小多子。

“比我预想的要好。”小多子说，“我也不想这么说，可是我觉得，就算大家已经累得够呛，咱们也最好尽快赶到那里去，总待在这里实在太危险。再说，等到了那边，咱们就能好好歇歇了。”

“那好，我想，如果大家还跑得动，咱们最快可以在入夜前到达那里——以前咱们也有过一口气跑出老远的时候。不过现在大家得先休息一下，吃点东西。月出时分再出发。”

“唉，我怎么这么讨厌‘出发’和‘月出’这些字眼啊。”黑莓说。

然而，这里的黄昏宁静沁凉，没过多久，大家便都觉得神清气爽。夕阳西沉，榛子带着同伴们在灌木丛的掩护下嚼着粪球歇息。尽管他尽力做出底气十足、兴高采烈的样子，大家似乎还是惴惴不安。有一两位同伴先后问他究竟有何打算，他都避而不答。最后，榛子开始琢磨怎样才能让大家分分心，放松一下，攒足了劲再出发。他想起了自己带领几名同伴逃出桑德福德领地后在外面度过的第一个晚上——当时他们也是不得不在恩博恩河上方的树林里将就着休息。而此时此刻，好在大家似乎还没有精疲力竭——如今他们已经像经常突袭菜园的赫莱希尔一样精壮干练。“大家的胃口可真好，就连小水窝和小多子都跟闪银和长毛一样精神抖擞。不过，还是让大家高兴高兴吧。”

他刚要开口，橡子便抢先说出了他心中的话。

“给我们讲个故事吧，蒲公英？”

“好啊！好啊！”几只兔子应和起来，“讲故事，讲故事！要好听的！”

“好吧。”蒲公英答应了，“讲《水中的艾尔-阿瑞拉和狐狸》怎么样？”

“还是讲《天空中的大洞》吧。”榛子说。

“不，那个不好。”长毛忽然开口道。整个傍晚，他一言未发，因此大家都扭头向他望去。“要讲故事的话，我只想听《艾尔-阿瑞拉和黑兔银雷》。”

“这个……不好吧。”榛子说。

长毛转过身来，气冲冲地冲他叫嚷道：“不是要讲故事吗？你们能选，我就不能挑自己爱听的吗？”

榛子没有答话。一阵沉默过后，蒲公英无可奈何地讲了起来。

31

小故事：《艾尔-阿瑞拉和黑兔银雷》

暗夜沉沉，雨骤风狂，
敌之哨所，耸立前方。
恐惧如穹，清晰可见，
壮士无畏，勇往直前。

——罗伯特·勃朗宁《期待》

秘密是瞒不住的——动物们有自知之明，也就此达成了共识。有的动物说，是胡夫萨在达尔津国王面前揭露了艾尔-阿瑞拉骗莴苣的伎俩。还有的动物说，都怪尤纳总在树林中多嘴多舌。不论怎样，总之达尔津国王终于知道自己上了当，把莴苣白白地送到了凯尔法辛沼泽地。他暂时按捺住火气，没有派兵，但打定主意要找机会报复艾尔-阿瑞拉。这个消息也传进了艾尔-阿瑞拉的耳朵，因此他吩咐子民小心应对，独自外出的时候更要多加提防。

二月的一个下午，拉布斯卡特尔领着几只兔子去远方的一座菜园旁翻垃圾堆。傍晚时分，不待暮光降临，便寒意乍起，浓雾弥漫。兔子们踏上归程，但迷了路，随后又碰到一只猫头鹰，在仓促躲藏之后更加不辨东西。总之，结果就是拉布斯卡特尔与同伴们失散，四处乱转，最后竟然闯进了城外的一座卫兵营房，而达尔津国王的宫殿恰好就在这座城中。卫兵抓住拉布斯卡特尔，把他带到了国王面前。

达尔津国王找到了一雪前耻的机会。他把拉布斯卡特尔关进特制的囚洞，派部下每天放他出来做苦工——有时这可怜的兔子还要冒着严寒挖隧道。艾尔-阿瑞拉暗暗发誓，一定要把伙伴救出苦海。他也确实做到了——他跟两只母兔用四天时间挖出了一条从树林直通工地的隧道，隧道尽头正好在拉布斯卡特尔挖掘的地洞附近。拉布斯卡特尔的任务是在卫兵的看守下把这个洞扩建成储藏室。然而，隧道中的艾尔-阿瑞拉还是凭声音找到了伙伴，并带着他溜进了树林。

达尔津国王听闻此事，火冒三丈，决意发动战争，以彻底结果艾尔-阿瑞拉。他带着军队连夜出发，来到凡洛草原，但士兵们钻不进兔子洞。有几个小兵试了试，可因为不擅长在黑暗的狭长地洞中作战，他们一个个被兔子连抓带咬，直带着满身爪痕狼狈撤出。

但他们并没有撤退，而是坐在外面一直等，只要有兔子出来希尔弗雷，他们就飞扑过去。纵使达尔津国王和士兵们无法看顾到所有兔子洞，但只要有兔子露头，他们就会飞速赶去。很快，艾尔-阿瑞拉的子民便发现，他们只能偷偷摸摸地啃几口草聊以果腹就要蹿回地洞了。艾尔-阿瑞拉想尽了办法，可是既不能把达尔津国王骗走，也无法让子民脱身。兔子们被困在地洞中，越来越瘦，苦不堪言，有几只还生了病。

艾尔-阿瑞拉几近绝望。又是一天晚上，艾尔-阿瑞拉再次冒着生命危险外出，给没有公兔照料的母兔和小兔衔草——这群小兔的父亲在之前的战斗中牺牲了。终于，他悲愤难耐地喊道：“弗瑞斯啊，请救救我的子民吧，我愿意为此付出一切！哪怕让我跟雪貂、狐狸谈判，哪怕要与黑兔银雷对峙，我都心甘情愿！”

话音刚落，艾尔-阿瑞拉心中便冒出一个念头：说起拥有摧枯拉朽之神力、乐于令敌军万劫不复的生物，非黑兔银雷莫属。因为银雷虽然是一只兔子，却要比达尔津国王强大一千倍。然而艾尔-阿瑞拉一想起他便瑟瑟发抖、汗如雨下，不由自主地蜷缩在隧道中。片刻过后，他回到自己的地洞，反思自己刚才所言，猜测这番话会带来怎样的后果。

众所周知，黑兔银雷是恐惧与黑暗的化身。没错，他是兔子，但我们只能祈求弗瑞斯保佑我们兔于落入他一手营造的极寒噩梦。在人类设下铜丝圈套的地方，银雷知道绑铜丝的木桩插于何处；在黄鼠狼跳舞的地方，银雷或许距他仅有几步之遥。我们都知道，有的兔子会忽然犯起傻来，仅仅是玩笑着偷了点东西就丢了性命，而让他们变得如此愚蠢的，正是银雷。他让这些兔子嗅不到狗的气味，看不到枪，此外还会带来疾病。有时，他还会在夜里出现，呼唤某只兔子的名字。每逢这时，那只兔子就算朝气蓬勃、身强力壮，能够以一敌千，也必须随他而去，消失得无影无踪。有的动物说黑兔银雷恨我们，巴不得我们遭受灭顶之灾。然而事实是——起码别的兔子是这样说的——他也为弗瑞斯效力，只是尽自己的本分，启动无可避免之事。我们来到世界上，早晚都会离开，但不能因此就转而为艾利尔卖命，否则兔子总有一天将不复存在。我们离开，要遵循且只能遵循银雷的意愿。尽管此事残忍得让我们难以接受，但他其实已经在用自己的方式保护着我们。他知道弗瑞斯对兔子许下了何种承诺，也会让不经他允许而擅自冒险送命的兔子付出代价。见过护林人绞架的兔子都知道，那些自认为可以为所欲为，随意冒犯银雷的艾利尔会为自己招致怎样的祸殃。

艾尔-阿瑞拉在地洞里待了一晚，酝酿出一个恐怖至极的想法。他知道，从来没有兔子将他想出的办法付诸实践。可他越想，越是提醒自己子民们正在遭受饥饿、恐惧、昏眩乃至死亡的威胁，就越觉得只有这样做才能赢得一丝希望。他要去找黑兔银雷，以自己的生命来换取全体子民的安宁。然而就算他作此提议，对方也未必接受——那样或许更好，说不定他可以用别的东西来做交换。只是谁都无法欺骗银雷。他的子民如今已经危在旦夕，哪怕对方真的要索取他的性命，他也会欣然应允。那样的话，除非银雷对他的生命不屑一顾，否则他就回不来了。因此他得让同伴把银雷赐予的、能够摧毁敌军、拯救兔子们的法宝带回领地。

第二天清晨，艾尔-阿瑞拉去找拉布斯卡特尔，他俩一直谈到天光大亮。随后他把奥斯拉召集到一起，嘱咐了他们一番。

傍晚，余晖将息之时，兔子们全体出动，向达尔津国王的军队发起猛攻。他们蹈锋饮血，有些还命丧当场。敌军以为兔子们打算冲出领地，于是不顾一切地包围上来，把他们逼回洞中。然而他们这样做，只是为了把达尔津国王和一众士兵引开。夜幕降临时，艾尔-阿瑞拉和拉布斯卡特尔终于从领地的另一头溜了出去，钻进沟中；奥斯拉撤回地洞的时候，还听见达尔津国王他们在上面冷嘲热讽。达尔津国王散出消息，说他愿意受降，要与艾尔-阿瑞拉谈条件。

艾尔-阿瑞拉和拉布斯卡特尔连夜赶路。至于他们走的究竟是哪条路，没有任何兔子知道。然而老野甘菊的话，我始终没有忘记——你们还记得他吗？他讲这个故事的时候常说："他们只用了一小会儿，不，一眨眼的工夫，就消失了。他俩在噩梦里一瘸一拐、跌跌撞撞地向那个可怕的地方行进；梦中没有日月，更不分冬夏。他俩……"他每每讲到这里，都会扫视我们，"他俩究竟在黑暗中跑了多久，你们和我都不得而知。你们问我那段路的一半有多长？或许把石头撞裂，就有答案了。"

最后，他俩踩着碎石，穿过比羊还大的巨岩，爬上了一片寸草不生的高地。浓雾缭绕，冰雨纷纷，只闻得远处潺潺流水声和头顶上偶然飞过的巨大魔鸟的嚣叫声。置身于两面比最高的树还要高的漆黑石崖之间，唯有水声和鸟啼不住地回响。阳光照射不到的凹地里满是积雪。苔藓湿滑，每一块被他们不慎蹬掉的鹅卵石都噼里啪啦地滚进深沟。艾尔-阿瑞拉心中有数，他带着拉布斯卡特尔一直向上爬，直到雾气遮蔽了周遭的一切。两只兔子仍贴着崖壁一点一点地向上攀登，直至上方的突崖宛若屋顶一般罩在他俩头上。那时，在突崖与绝壁交界的地方出现了一个酷似兔子洞的大地道口。在寒气与寂静的包围下，艾尔-阿瑞拉跺了跺脚，又向拉布斯卡特尔晃了晃尾巴。朦胧之中，他们看到洞口旁立着一个黑影，原以为是石头，近至隧道口时才发现，那是身披地衣、散发着寒意的黑兔银雷。

“榛子，”小水窝望着远方，抖如筛糠，“我不喜欢这个故事。我胆子还是太小了……”

“没事的，小水窝，”小多子说，“害怕的不止你一个。”话虽这样说，但小多子其实比在场的每一位听众都淡定，甚至淡定得有些超然，只不过小水窝没看出来。“咱们去那边看蜘蛛、抓蛾子吧？”小多子又说，“那边有片野豌豆，我还没吃光呢。走。”他轻声说着，带领小水窝钻进了杂草丛生的峡谷。榛子扭头看他俩将去向何方。蒲公英犹豫起来，不知道是否应该继续往下讲。

“讲啊，”长毛催促道，“把故事讲全。”

蒲公英又继续讲起了故事。

我没有讲到的事情应该有很多，因为谁都不知道当时发生了什么——艾尔-阿瑞拉去找银雷的时候，我们又不在场。不过我听说，他俩刚刚看见银雷，便在本能的驱使下一溜烟地蹿进了隧道，因为除了那里，他俩根本无处可逃。这样看来，他俩虽然决意来找银雷，还为此历尽艰辛，可他俩毕竟还是跟我们一样的兔子；那条隧道也跟我们的地道一样。艾尔-阿瑞拉和拉布斯卡特尔脚底下不住地打滑，终是摔倒后滚进了一个大得不得了的石头地洞——那是银雷用爪子在峭壁上挖出来的。紧接着，他俩便发现银雷正站在一旁。地洞里还有其他的东西——一个个默不作声、没有气味的影子。银雷也有自己的奥斯拉，但我可不想开这个眼界。

暗处，有水流入深潭之中，激起一阵阵回音。银雷随着水声开口问道：

“艾尔-阿瑞拉，你们为何来此？”

“我为我的子民而来。”艾尔-阿瑞拉低声说。

银雷宛若陈年枯骨一般，什么气味都没有。一片漆黑之中，艾尔-阿瑞拉只瞧得见他发着幽光的绯红双眼。

“你不该来此，艾尔-阿瑞拉，”银雷说，“你还活着。”

“大人，”艾尔-阿瑞拉说，“我来这里，是要为子民奉上自己的生命。”

银雷的爪子划得石头洞底吱吱作响。

“又是来谈条件的。”他说，“你们总是没完没了——母兔要用命换自己的孩子，奥斯拉队长为了救兔子统领甘愿牺牲自己。我有时会让你们如愿，有时则断然拒绝。你不必多言。一切只因本应如此。”

艾尔-阿瑞拉无言以对。不过他想：“没准我可以骗他要我的命。他一定跟彩虹王子一样，说到做到。”

“你是我的贵客，艾尔-阿瑞拉，”银雷又说，“这次我就不下逐客令了。休憩也好，进食也罢，你都不必客气——可以享此待遇的兔子寥寥无几。”紧接着，他吩咐奥斯拉，“送食物过来。”

“不用了，大人。”艾尔-阿瑞拉说。他知道，要是在这个地洞里吃下他们的食物，他的小心思便无所遁形，到时再高明的计策都会失灵。

“那么，至少开心一下，艾尔-阿瑞拉。”银雷说，“随意一些，不必拘谨。我们来玩点石头[1]，如何？”

“好呀。”艾尔-阿瑞拉说，“不过大人，要是我赢了，您就开恩允许我用生命换取子民的平安吧？”

“可以。”银雷答应了，“但倘若我是赢家，艾尔-阿瑞拉，你就要把尾巴和胡须献给我。”

奥斯拉送来了石子。艾尔-阿瑞拉置身于寒气和回声之中，跟银雷玩起了游戏。你们或许知道，艾尔-阿瑞拉是玩点石头的行家，他扔石头的技巧绝不逊色于任何一只兔子。然而在这个可怕的地方，在黑兔银雷与无言奥斯拉的注视之下，他哪怕费尽心思也无法占得上风。智慧弃他而去，他甚至感觉对方在他扔出石子之前便可预知答案。银雷却从容不迫，像落雪一样，无声无息，不紧不慢。最后，艾尔-阿瑞拉终于自知没有获胜的可能，怅然认输。

“把你的赌注给奥斯拉吧，艾尔-阿瑞拉。”银雷说，“他们会带你去其他地洞安歇。明天，我仍然会在这里，倘若你没有离开，尽请过来。不过，你去留随意。”

随后，奥斯拉便把艾尔-阿瑞拉带走，切掉了他的尾巴，扯光了他的胡须。艾尔-阿瑞拉再醒来时，发现自己和拉布斯卡特尔待在一个洞口朝外、空荡荡的石洞中。

[1] 点石头：一种兔子常玩的传统游戏。该游戏要用到小石子或者小树枝，规则十分简单，与人类的“猜单双”类似。一只兔子将几枚石子扔到地上后，立即把前爪压在上面，让对家来猜测这几颗石头的数量、光泽、质地等。——作者注

“啊，大人，”拉布斯卡特尔开口道，“现在您还有什么打算？看在弗瑞斯的分上，咱们还是赶紧走吧。就算这里漆黑一片，我也能用鼻子探路。’

“决不。”艾尔-阿瑞拉说。他仍然没有放弃，决意设法达成心愿；而且他知道，银雷之所以把他们送到这里，就是为了诱使他俩溜走。“决不。我用柳兰、铁线莲什么的也能凑合。拉布斯卡特尔，请你出去找吧，不过务必尽快回来，最好再找点吃的。”

拉布斯卡特尔遵命出去了，把艾尔-阿瑞拉独自留在洞中。艾尔-阿瑞拉只睡了一小会儿，因为伤口剧痛难忍，恐惧挥之不去，而且，更重要的是，他仍在为寻找妙计而冥思苦想。不知过了多久，拉布斯卡特尔带着几块芜菁回来了。艾尔-阿瑞拉用过餐后，拉布斯卡特尔又帮他用干枯的铁线莲和千里光做出灰色的尾巴和胡须，系在他身上。然后，艾尔-阿瑞拉又若无其事地去找黑兔银雷了。

“艾尔-阿瑞拉。”银雷嗅了嗅，但他没有皱起鼻子，而是像狗一样伸长了脖子，“这里的洞穴，你或许住不惯。不过你应该有办法让自己舒服一些。”

“当然可以，大人。”艾尔-阿瑞拉答道，“您允许我住在这里，已经让我感到无上光荣了。”

“今晚我们就不玩点石头了。”银雷又说，“艾尔-阿瑞拉，你是知道的，我无意让你受苦。我并非千敌之一。我要重申，你去留随意。然而，你若仍要留于此处，或许愿意听一个故事？随后，如果你愿意，也可以给我讲一个。”

“没问题，大人。”艾尔-阿瑞拉说，“如果我的故事跟您的一样好听，您或许可以开恩，允许我用生命换取子民的平安？”

“可以。”银雷答应道，“但是，如若不然，艾尔-阿瑞拉，这次你就要失去耳朵了。”他等着艾尔-阿瑞拉拒绝，但对方并没有。

就这样，黑兔银雷讲了一个恐怖至极的故事，把拉布斯卡特尔和艾尔-阿瑞拉吓得心惊胆寒，趴在石头洞底缩成了一团，因为他俩知道，这个故事绝非虚构。他们感觉神志开始变得模糊，脑袋里像是被塞了一大团冷冰冰的云，刺激得他俩越发麻木。可银雷道出的字字句句仍像钻进坚果的虫子一样，把他们的心都啃得空落落、干瘪瘪的。待到银雷讲完，艾尔-阿瑞拉才大张开嘴巴，可他根本无法遣词造句。他结结巴巴地蹦话，像要躲避鹰袭的老鼠一样在洞中四处乱走。银雷只默默地等着，一点都不急。结果自然很清楚了——艾尔-阿瑞拉根本讲不出故事，于是奥斯拉把他带走，再一次让他陷入了沉睡。艾尔-阿瑞拉再醒来时，他的耳朵不见了，拉布斯卡特尔在他身边哭得像一只无措的小兔子。

“啊，大人，”拉布斯卡特尔说，“您受这么多苦，究竟有什么用？看在弗瑞斯和青草的分上，让我带您回去吧。”

“不行。”艾尔-阿瑞拉说，“出去找两片酸模叶，要大的。那东西做耳朵正合适。”

“酸模叶撑不了多久，大人。”拉布斯卡特尔说，“连我都要撑不住了。”

“能撑一会儿就够了，”艾尔-阿瑞拉冷冷地说，“只要能撑到我完成使命就好。可是我现在什么办法都没有。”

拉布斯卡特尔出去了。艾尔-阿瑞拉逼着自己理清思路。黑兔银雷不想收下他的命。同时，自己不论跟银雷比什么，都全无获胜的可能。不管怎样，他都是在自讨苦吃。然而，银雷如果不恨他，又为什么要把他折磨得这么惨？为了磨灭他的勇气，逼他放弃、离开？那为什么不直接赶他走，干吗还要跟他打赌，等着他失败，再一样一样地取走他的“赌注”？想到这里，艾尔-阿瑞拉恍然大悟：影子奥斯拉既不能赶他出去，也无法伤害他，除非得到他自己的同意。当然，他们也绝不会帮助他，只是在等待时机，等着攫取他的意志，将他摧毁。那……如果在他们这里找到能够挽救他子民的东西，将其带回领地，他们会横加阻拦吗？

拉布斯卡特尔回来了，将两片酸模叶绑在艾尔-阿瑞拉血肉模糊的脑袋上。过了一会儿，他俩都睡着了。艾尔-阿瑞拉总是梦见忍饥挨饿的兔子们仍在坚守地道，击退敌军的一次次进攻，把全部希望都寄托在他的身上。最后，他惊醒过来，感觉这个地洞又冷又窄，便开始探察周围的地道。他一瘸一拐地在隧道中穿行时，只能把酸模叶拖在脑袋后面，因为这对假耳朵与他失去的真耳朵有着天壤之别——它既无法竖立，也不能转来扭去。最后，他来到一个地方，几条狭窄的地道以这里为起点，向地下更深处延伸；两个可怖的影子奥斯拉正在进行诡秘的勾当。他俩猛地转过身来，盯着艾尔-阿瑞拉瞧。艾尔-阿瑞拉虽然心惊肉跳，但最终还是克服了恐惧回望他们，心中开始思索对方会用什么办法劝他放弃。

“回去吧，艾尔-阿瑞拉。”一名奥斯拉说，“地窟不是你该来的地方。你虽然还活着，但已经受尽苦楚。”

“比起我的子民所遭受的一切，这点苦算不了什么。”艾尔-阿瑞拉说。

“这里的苦难，足够分给一千个领地的兔子。”影子奥斯拉说，“别再执迷不悟了，艾尔-阿瑞拉。那边的洞里放的是为兔子准备的瘟疫和疾病：高热、疥癣、肠炎等等。这边这个，放着白盲症。生了这种病的兔子只能在野外蹒跚而行，就连艾利尔都对他们的腐尸望而生畏。我们的任务，就是让这些疾病为银雷大人所用。一切只因本应如此。”

艾尔-阿瑞拉知道不能再思前想后了。他假装打算离去，却猛地转回身来，向影子奥斯拉冲过去，以比雨滴入土还快的速度一头扎进附近的洞穴躺了下来。两个影子奥斯拉却只能在洞外晃来晃去、大喊大叫，因为他们能够利用的力量只有一种：恐惧。片刻过后，他俩丢下艾尔-阿瑞拉，飘走了。艾尔-阿瑞拉则开始考虑没有胡须和耳朵，自己怎样才能及时赶回家去。

他躺了很久。最后，他感觉自己应该已经染病，便钻出洞口，去寻找回去的路。他既不清楚身上的疾病过多久会发作，也不知道自己还能再活几天，只想尽快回去——可能的话，最好赶在症状出现之前。他不能接近拉布斯卡特尔，却要告诉他赶紧回领地，通知兔子们堵住所有洞口，静候达尔津国王的军队陷入万劫不复之境。

他打着寒战，发着高烧，又无法用胡须探路，因此撞在一块石头上。这时，一个低沉的声音响起：“艾尔-阿瑞拉，你欲往何处？”他没有耳朵，听不到其他动静，但他知道银雷此时就在自己身旁。

“回家，大人。”他答道，“您说过，我想什么时候走都可以。”

“你此刻急于离去，并非无缘无故，艾尔-阿瑞拉。”银雷问，“为何如此匆忙？”

“我去过地窟了，大人。”艾尔-阿瑞拉回答，“我染上了白盲症，要去跟敌军同归于尽，以拯救我的子民。”

“艾尔-阿瑞拉，”银雷说，“你可知白盲症以何为载体？”

艾尔-阿瑞拉心中一惊，未置一词。

“兔耳中的跳蚤。跳蚤从病兔之耳跳到其同伴身上，便将疾病传播开来。然而，艾尔-阿瑞拉，你没有耳朵，酸模叶也并非跳蚤的安身之所。你现在与白盲症无缘。”

艾尔-阿瑞拉终于灰心丧气，瘫倒在地。他想要挪步，但后腿沉沉地搭在石头地面上，他根本无力起身。他挣扎了一会儿，最后终于躺在一片沉寂中，不动了。

“艾尔-阿瑞拉，”银雷说道，“我的领地冰寒凛凛。在这里，动物无法安居，温情与勇气更没有存身之地。你真是令我厌恶至极。快回去吧，我自会救下你的子民。不要心急问我何时可以如愿。此处没有‘时间’一物。他们已经平安无事了。”

与此同时，达尔津国王和他的士兵仍旧围在洞边嘲讽叫骂。蓦然降临的黑暗令他们惶然无措。达尔津他们发现田野里似乎有无数瞪着血红眼睛的大兔子正穿过荆花匍匐而行，于是扭头就跑，消失在夜色之中，谁都顾不上好好地瞧上一眼。因此没有谁能说出那群怪物到底是什么，长什么样，而且直到现在，他们也没有再次露面。

艾尔-阿瑞拉能够起身的时候，银雷已经杳无踪迹，还是拉布斯卡特尔钻进隧道找到了他。两只兔子一起爬出地洞，又在大雾中缓缓下山，来到碎石遍地的深沟中。他们不清楚该往哪个方向走，只知道必须尽快离开银雷的地盘。然而，没过多久，艾尔-阿瑞拉便因惊惧和劳累病倒，拉布斯卡特尔只好草草地刨了个洞，跟他一起在里面躲了几天。

后来，艾尔-阿瑞拉从疾病中康复。他俩继续往回走，但已经找不到来时的路。两只兔子大惑不解，又一筹莫展，只能一边走，一边向遇到的动物求助，借他们的巢穴住。足足用了三个月的时间，他们历尽艰险才回到领地——在这段旅程之中发生的故事，其中有几个你们早已听过。一次，他们跟一只獾住在一起，替对方在森林中弄到了几个雉鸡蛋；还有一次，他们钻进牧草地，险些在人类割草时丧命。拉布斯卡特尔始终对艾尔-阿瑞拉不离不弃，给他找新鲜的酸模叶更换假耳，替他赶走围着伤口乱飞的苍蝇，直到他痊愈。

终于有一天，他们回到了领地。正是傍晚时分，余晖照耀着群山，啃草叶或是在蚁丘上玩耍的兔子们映入他们的眼帘。他俩在坡地顶上驻足，嗅了嗅风中荆豆花和老鹳草的清香。

"呼——他们没事，"艾尔-阿瑞拉说，"一个个都活泼泼的。咱们悄悄地溜进去，看有没有奥斯拉队长在地洞里，省得他们大惊小怪。"

他俩沿着树篱跑了一会儿，但迷失了方向。领地变大了，洞口比以前还多——河岸上，原野里，到处都是。他们看见接骨木花下坐着一群公兔和母兔，于是过去搭话。

"我们要找珍珠菜。"拉布斯卡特尔说，"请问他的地洞在哪儿？”

“这个名字，我听都没听过。”一只公兔说，“他是这个领地的兔子吗？”

“除非他死了。”拉布斯卡特尔答道，“你肯定听说过珍珠菜队长吧？他是奥斯拉长官，在那场战斗中带领兔子作战来着。”

“战斗？”另一只公兔问。

“抵御达尔津国王军入侵的战斗！”拉布斯卡特尔说。

“噢哟，帮帮忙啦，哥们儿，”公兔说，“那场仗打完的时候我都还没出生呢。”

“可是你总认识几位当时的奥斯拉队长吧？”拉布斯卡特尔问。

“我可不想跟他们死在一块儿。那群老家伙胡子都白了，他们有什么值得我们记住的？”

“他们的壮举。”

“那群战争疯子的‘壮举’？”第一只公兔说，“那都是过去的事了，跟我们没关系。”

“就算是珍珠菜打败了什么什么国王，那也是他的事情，”一只母兔说，“跟我们无关，对吧？”

“打仗又不光彩，”另一只母兔说，“简直丢脸。要是大家都不打仗，世界上就没有战争这回事了，对不对？可惜，那群老兔子就是想不明白。”

“我爸爸打过那场仗。”第二只公兔说，“他现在还经常唠叨敌军怎样怎样，我们怎样怎样。他一张嘴，我就赶紧出地洞躲着。说实话，真受不了他这一套。不过这老家伙也怪可怜的。我猜他记性已经不太好了，他说的事里，起码有一半是他自己编出来的。你倒是说说看，那场战争让他过上好日子了吗？”

“您要是不介意等一等，”第三只兔子对艾尔-阿瑞拉说，“我可以去找找看。我不认识珍珠菜，不过这里兔子多，没准我能问出什么来。”

“多谢了。”艾尔-阿瑞拉说，“不过我已经知道该往哪儿走了，还是我自己去找吧。”

艾尔-阿瑞拉沿着树篱钻进树林，独自坐在一棵榛树下，望着原野。天色渐暗，他忽然发觉弗瑞斯现身于他身边的叶丛之中。

“是不是义愤填膺，艾尔-阿瑞拉？”弗瑞斯问。

“没有，大人。”艾尔-阿瑞拉答道，“我不生气。可是我现在明白了，有时我们对自己深爱的对象心怀怜悯并甘愿为其承受苦难，并不是唯一的解决方式。一只不知道安定生活是珍贵礼物的兔子比鼻涕虫还要可悲——即使他自己并不这样认为。”

“智慧是荒瘠之地开出的花朵，艾尔-阿瑞拉。所有兔子都无以为食、在石坡上徒劳地挖洞时，反而会有诸多感悟。说到礼物，我给你带来了几样小东西：喏，一对耳朵、一只尾巴，还有几根胡须。刚开始戴上这双耳朵，你可能会觉得有点怪；我在里面放了一点点星光——只有一点点，不是很亮；你这么聪明的大盗，一定不会因为它而暴露行迹。啊，拉布斯卡特尔过来了。很好，我这里也有给他的礼物。我们……”

“榛子！榛子大人！”兔子们围坐成的小圈旁有一丛牛蒡，小水窝的喊声从绿叶后方传来，“峡谷里有只狐狸！”

32

穿越钢铁之路

竞争和奋勇向前的精神不止一次改变了英国军队失败的命运。

——茹尔丹将军《军事备忘录》

有些人认为，兔子总是在逃避狐狸的追捕。没错，每只兔子都害怕狐狸，一嗅到狐臭便飞奔而去。然而实际上，有些兔子一辈子都没有见过狐狸——或许也有那么几只因为跑得不够快而落入这臭烘烘的天敌之口。捉兔子的狐狸通常潜伏在上风处，或者躲在林地边缘。要是发现在土坡或原野中希尔弗雷的兔子，他们便会趴下不动，静待时机，发动突袭。据说，有时狐狸还会像黄鼠狼一样打滚嬉戏，一点一点地靠近看热闹看得入神的兔子，然后将其一口叼住。总之，没有狐狸会在日落时分大大咧咧地钻进峡谷，追着兔子跑。

榛子以及听蒲公英讲故事的同伴们其实都不知道狐狸长什么样。不过他们都知道，只要能及时发现，在开阔的平原上，狐狸根本对他们构不成威胁。榛子也是这时才想起，是他太过粗心，让大家围着蒲公英听故事，居然连一个哨兵都没有布置，并为此自责不已。现在吹的是东北风，西边峡谷中的狐狸要是潜行到附近扑过来，一定会有兔子丧命。多亏小多子和小水窝钻进峡谷，及时报信，才让他们逃过一劫。榛子听到小水窝的喊声，先是心里一慌，随后马上想到，小多子一定是不愿意当着大家的面提醒他有所疏忽，所以才用陪小水窝去散心当借口前去放哨的。

榛子迅速理清思路。那只狐狸如果离得不太近，那他们跑就是了。附近就是森林，他们可以钻进去逃生，只要注意别把谁落下就行。想到这里，他钻进了牛蒡丛。

“狐狸离这里还有多远？”他问，“还有，小多子呢？”

“我在这儿。”小多子在几码开外犬蔷薇长长的枝条下方答道。榛子凑过去时，他头也不回地说：“狐狸在那边。”榛子循着他的目光望去。

峡谷杂草丛生、凹凸不平的地面一直向下延伸，通往北边的恺撒腰带。最后几缕余晖透过树木的间隙照耀进来，不远处有一只狐狸，尽管身处下风口，一定嗅得到兔子的味道，但他似乎并没有燃起捕猎的欲望，只是拖着有雪白尖端的尾巴，像狗一样不慌不忙地向前跑着。他的身体呈黄褐色，耳朵和腿则是黑色的。躲在犬蔷薇丛中的兔子们哪怕明知对方没有杀意，也被他阴险毒恶的面相吓得瑟瑟发抖。他经过一片荆花便消失在了远方。榛子和小多子回去找大家。

“快！”榛子说，“没见过狐狸的，也别想着去开眼界了。跟我来。”

他刚要带领伙伴们往峡谷南侧跑，便有一只兔子把他挤到一旁，从小多子身边蹭过，向远方狂奔而去。榛子停下脚步，环视大家，诧异不已。

“是谁？”他问。

“长毛。”小多子注视着长毛的背影。

他们赶紧钻回犬蔷薇丛，向峡谷深处眺望，清清楚楚地看见长毛向再次现身的狐狸小心翼翼地挪步。兔子们目瞪口呆。长毛离狐狸更近了，但后者仍然不以为意。

“榛子，”闪银在后面说，“我要不要……”

“别动。”榛子立即说道，“都别动。”

长毛在离狐狸约有三十码远的时候，终于被后者发现。狐狸愣了愣，起身继续向前跑。长毛追上去，在马上就要赶上他时一个急转，匆忙爬上峡谷北坡，冲恺撒腰带狂奔。狐狸又犹豫了一下，终于跟在了长毛的身后。

“他这是要干什么？”黑莓小声问。

“大概是要把狐狸引开吧。”小多子答道。

“用不着吧？咱们直接逃走不就行了？”

“糊涂虫！笨蛋！”榛子说，“我还从来没这么生气过！”

被长毛甩在身后的狐狸加快了脚步，马上就要追上他了。此时太阳西落，天色昏暗下来，兔子们只隐约看见长毛钻进了灌木丛，随即消失无踪，狐狸则紧随其后，接下来是短暂的沉寂。忽然，一声撕心裂肺的惨叫在幽暗空荡的峡谷中回荡开来，清晰无比。

“啊，弗瑞斯啊，银雷啊！”黑莓跺着脚嚷道。小水窝转身就跑，榛子却纹丝未动。

“走吧，榛子？”闪银问，“咱们帮不了他。”

话音未落，只见长毛以迅雷不及掩耳之势冲出树林，不等同伴们回过神来，他便飞身跃上峡谷侧坡，跑到他们中间。

“走，”长毛说，“快走！”

“可是，你……你……你受伤没？”风铃草一脸惊诧地问。

“没有，”长毛说，“我好得不能再好了。快别磨蹭了！”

“再等等嘛，我倒是不急。”榛子冷冰冰、气冲冲地说，“你像个大傻瓜一样跑过去送命——闭嘴，坐下！”他转过身去，尽管天色很快便暗了下来，根本瞧不清峡谷远处，但他依然定定地望着远方。兔子们胆怯心虚起来。在地面上奔走了一整天，钻进这条长满了野草的狭窄峡谷，刚刚听完蒲公英讲的恐怖故事，狐狸又忽然出现，最后还有长毛竟然无端地以身犯险——在接连经历过这一切之后，兔子们感到心力交瘁，一个个垂头丧气又困惑不已。

“把大家带出去，榛子。”小多子轻声道，“不然他们就要萨恩了。”榛子立即转身望向伙伴们。

“好了，狐狸没追过来。”榛子试图用欢快的语气激励大家，“他跑了，咱们也走吧。大家尽量聚在一起，这里这么黑，谁要是掉了队，可不好找。记住，要是碰见了奇怪的兔子，直接冲上去咬，等他们不能反击了再盘问。”

他们沿着峡谷南面树林的边缘行进，又三三两两地溜过前方寂寥的马路，渐渐振作起来。现在他们眼前是一片辽阔的农田；农场的味道和声音也从附近被夜色笼罩的地方飘了过来。前方，路不难走：平坦无垠的牧场缓缓向下绵延而去，横于其上的并非树篱，而是一条条低矮的土垅，垅面宽得能跑过一个“隆嘟嘟”，上面还长着密密丛丛的接骨木、山茱萸和卫矛。比起恺撒腰带和那条杂草遍地的闭塞峡谷，这里简直称得上是兔子的乐土。兔子们在草地上时而飞奔，时而停下听听、嗅嗅，就这样跑出了很长一段路。后来，榛子觉得这里很安全，便让大家驻足休息。他先是安排虎尾草和鹰齿菊放哨，然后又把长毛叫到一旁。

“我很生气。”他说，“我们没有你不行，你却自顾自地犯傻冒险，去惹狐狸。这么做既没有必要，也不明智。刚才你到底是怎么想的？”

“我昏了头了，榛子。”长毛回答，“我一直琢磨着到了艾弗拉法该干什么，心悬了一天，烦得要命。我一觉得自己得干点什么的时候，就会出去打架找刺激。那时我想，要是能耍耍那只狐狸，心里肯定就舒坦了。啊，果然，我现在好多了。”

“你当自己是艾尔-阿瑞拉吗？”榛子说，“你个笨蛋，差点白白丢了性命！我们都以为你死了！别再犯傻了，行吗，好哥们儿？你知道，我们真的不能没有你。现在告诉我，树林里到底发生了什么，你要是没事，怎么叫得那么惨？”

“惨叫的不是我。”长毛说，“说起来这事挺怪，恐怕对我们不利。我打算把狐狸甩掉再回来，就钻进了灌木丛，先是慢慢挪，然后又猛地蹿了出去。忽然我看见一群兔子——咱们没见过的兔子。他们好像要到峡谷里面去，一看见我就跑了过来。我顾不上多看，只知道他们个头儿挺大。‘小心，快跑！’我边喊边扑过去，可是他们似乎只想把我拦住。其中一只还挡在我面前，说着‘站住，别动’什么的。没办法，我只好撞倒他赶紧逃了，接着就是你们听见的那声惨叫了。后来我就赶紧钻出树林，回来找你们了。”

“狐狸咬的是别的兔子？”

“肯定是。狐狸一直跟在我后面嘛——唉，我也不是故意要害他们的。不过具体发生了什么，我也没瞧见。”

“那其余的兔子呢？”

“不知道。应该是跑了吧。”

“嗯。”榛子若有所思，“这样最好。可是，长毛，时候没到就别再耍小聪明了。这样太冒险了。你最好待在我和闪银身边，一步也别离开。我们会好好看着你的。”

这时，闪银恰好过来了。

“榛子，”他说，“我刚发现咱们现在离艾弗拉法太近了，还是赶紧往后撤撤吧。”

“我正想在艾弗拉法周围转转呢，”榛子说，“还想去看看冬青说的那条带铁的路。你知道该往哪边走吗？”

“大概知道。”闪银说，“不过咱们可不能再跑太远，大家都要累垮了。我不大清楚那条路具体该怎么走，但大概方向不会错。”

“那咱们就冒一次险。”榛子说，“只要能在明早之前到达那里，大家就可以好好歇歇了。”

晚上，兔子们借着弯月微弱的光芒沿着田埂悄声前进，没有再受到任何惊扰。半明半暗的田地中，各种响动不绝于耳。有一次，橡子惊起一只啄木鸟。鸟儿绕着他们飞来飞去，颤声叫个不停，他们翻过一条土垅才把那鸟甩掉。没过多久，他们又听到欧夜鹰在附近啁啾起来，那轻柔悦耳、绵绵不绝的鸟鸣声直到他们远去才渐渐消失。还有一次，一只长脚秧鸡哼哼着钻进小径旁边的高草丛（这种鸟的叫声与人用指甲刮梳子齿时发出的声音差不多）。至于艾利尔,他们一只都没有发现。而且，他们虽然一直提防着艾弗拉法的巡逻队，但除了几只老鼠和沿沟东奔西窜寻找鼻涕虫的刺猬之外，他们什么也没瞧见。

最后，当第一只云雀飞向远在天际的曙光时，闪银折返回来，灰白色的毛皮上缀满了露珠。榛子正在给风铃草和小水窝鼓劲。

“打起精神来嘛，风铃草。”他说，“很快就到了！”

“我的精神倒是没什么问题，”风铃草说,“就是腿不听使唤。鼻涕虫命真好，根本没有腿。我想做鼻涕虫。”

“哼，那我就是刺猬，专吃鼻涕虫！”榛子说，“快跑吧！”

“你才不是刺猬呢。”风铃草说，“你身上哪有那么多跳蚤。啊，鼻涕虫也不长跳蚤。做鼻涕虫真自在啊，只要往蒲公英丛里一趴……”

“再被画眉叼住，一扯。”榛子说，“唉，闪银，我们马上就过去。可是那条带铁的路到底在哪儿？冬青好像提到了土埂，说它很陡，上面还长着草——可我没看到。”

“土埂在艾弗拉法那边。前面有一条峡谷，那个大怪物会从里面跑过去。有味道，你闻到没有？”

榛子嗅了嗅。一股金属、煤烟和汽油的味道穿过又凉又湿的空气，钻入他的鼻孔。兔子们向前跑去，不一会儿就钻进一片灌木丛。他们的下方，就是笔直的铁路。四周悄然无声，但他们到齐之后，一群麻雀叽叽喳喳地叫着飞到枕木之间，嬉闹玩耍。此情此景，让他们心旷神怡。

“要过去吗，榛子大人？”黑莓问。

“嗯。”榛子说，“马上过去，让它把咱们和艾弗拉法隔开，然后咱们就可以安心地吃东西了。”

兔子们犹犹豫豫地奔向铁轨，同时又有点期待弗瑞斯的使者气势汹汹、大吼大叫地在曙光中现身，但寂静始终没有被打破。没过多久，他们便都在对面的草场上用起餐来。兔子们疲惫不堪，连藏身、戒备都顾不上，都尽情地啃着青草，放松腿脚。

基哈尔从空中落到他们中间，收起了长长的浅灰色双翼。

“榛子先森，干什么呢？不去那里？”

“大家都累坏了，得好好歇歇，基哈尔。”

“不能在这里。兔子会来。”

“没错，可是现在……”

“哎呀，他们来找你们！很近了！”

“啊，该死的巡逻队！”榛子叫道，“大家快跑，去那边的树林里！虎尾草，你还不动，是想让他们把你的耳朵啃掉吗？快，快跑！”

兔子们越过草场，向前方的林地奔去，最后一只只瘫倒在冷杉树下平坦光裸的地面上。榛子和小多子又去跟基哈尔商量对策。

“大家实在跑不动了，基哈尔。”榛子说，“他们一整晚都没有休息。今天我们得在这里过夜了。你真的看见巡逻队了？”

“对，对，他们，沿着铁的路跑。多亏你们逃了。”

“是你救了我们。可是基哈尔，能不能再麻烦你去看看他们现在在哪儿？他们要是走了，我就让大家好好睡一觉，免得还要嘱咐他们警醒着点。”

基哈尔回来以后，告诉兔子们艾弗拉法的巡逻队没有越过铁路，都折返回去了，还自告奋勇地要帮他们放哨，让他们可以安心睡到黄昏。榛子大大地松了一口气，立即吩咐同伴们睡下。那时已经有一两只兔子侧卧着睡着了。榛子起先还犹豫要不要叫醒他们，让他们钻进草丛躲起来睡，但想着想着，他自己也在不知不觉中进入了梦乡。

时间在热浪与静寂中流逝。树上，一只林鸽懒洋洋地叫了两声，一只布谷鸟有一句没一句地应和起来。整片原野中还在动的，只有那背阴处群牛甩来甩去的尾巴了。

33

大　河

他这一生从未见过河流——这光洁、蜿蜒、丰满的野兽……摇晃，颤抖——波光粼粼，潺潺淙淙，一派回旋跃动的景象。

——肯尼斯·格雷厄姆《柳林风声》

榛子刚一苏醒便跃身而起，耳朵里还回荡着某种掠食性动物的尖叫声。他匆匆环视四周，但并未发现异常。时值黄昏，几只早醒的兔子正在林边吃草。他感觉这阵叫声虽然急促刺耳，但又过于细微尖锐，似乎并非来自艾利尔。声源在他的头顶上方。忽然，一只蝙蝠钻入树丛又飞了出来，连一根树枝都没有碰到，紧接着，另一只也映入他的眼帘。榛子察觉有一大群蝙蝠正边飞边叫着追猎苍蝇与蛾子。他们发出的声音，人耳听不到，却会让兔子觉得周遭吵闹无比。森林外面，余晖依旧灿烂，田野仍旧明朗，然而铁杉树林中已是一片昏暗，成群的蝙蝠来来往往。同铁杉树脂的味道混合在一起的，是另一种浓烈得刺鼻的芬芳。是花的香味，但是一种榛子从没见过的花。他循着芳香来到林边，看见草场的边缘长着几丛茂密的石碱草。其中有些并未开花，只是用嫩绿的花托盛着粉红色螺旋状蓓蕾，但大部分都高举着星形花朵，喷发着浓香，引得众多苍蝇和飞蛾蜂拥而至，让蝙蝠忙得不亦乐乎。

榛子排泄过后开始吃草。后腿又在隐隐作痛，让他有点恼火。他本以为那里的伤口已经完全愈合，但曾被枪弹撕裂的皮肉显然禁不住翻山越岭、长途跋涉。他不知道这里是否离基哈尔说的那条河还很远，如果是，那就麻烦了。

“榛子大人，”小水窝钻出石碱草丛，“没事吧？你看起来不太对劲，怎么拖着腿走？”

“没事。”榛子说，“小水窝，你看见基哈尔了吗？我有话要跟他说。”

“他飞走了，说是去看看附近有没有巡逻队，榛子大人。长毛早就醒了，是他和闪银让基哈尔去的。他俩不想吵到你。”

榛子着急了。比起在这里等着基哈尔带情报回来，他们更应该问清前往河边的路。他们必须尽快过河，而就他看来，这并不是一件容易的事。他无可奈何地等待着，心急如焚，没过一会儿便感受到了前所未有的压力和恐慌。他开始怀疑自己是否太过莽撞，把冬青的话当成耳旁风——显然冬青没有低估此行的危险。他毫不怀疑被长毛在偶然之下引过去的狐狸袭击的正是跟踪他们的巡逻队。早上，他们之所以能在穿过铁路之后躲过追捕，可以说全凭运气和基哈尔的机警。也许闪银的担忧并不是空穴来风，艾弗拉法的巡逻队早已在暗中发现了他们并汇报给了领地？难道水苏将军也有基哈尔那样的干将？是不是有只蝙蝠正在向他通风报信？先知先觉，时时都严防死守——这怎么可能呢？榛子感觉口中的草酸涩难咽，阳光也寒意十足。

榛子满心忐忑地缩在铁杉树下。他现在已经不那么生长毛的气了——他现在能理解他那时的心情了。等待的时间实在难熬，他坐立不安，想找点事做。最后，他决定不等了，让大家集合立即出发，基哈尔却在这时从铁路那边飞了回来。他别别扭扭地落在铁杉之间，惊散了蝙蝠。

“榛子先森，没有兔子。他们，可能不想，过铁的路。”

“很好，这里离那条河远吗，基哈尔？”

“不远，不远。很近，在树林里。”

“好极了。现在天还没黑，我们找得到过河的地方吧？”

“能。有桥，我带你们去。”

兔子们刚在林中穿行了一小段距离，便发现他们其实已经离河不远了。地面软软的、湿湿的，莎草和水的味道弥散在空中。黑水鸡颤颤的尖啸忽然在林子里回响起来，紧接着是“扑棱扑棱”拍翅膀的声音和“哗啦哗啦”入水的声响，就连树叶的窸窣声似乎都在落到远方坚硬的地面之后传来了回音。又过了一会儿，兔子们清楚地听到了流水声——一道矮瀑倾泻而下，隆隆作响。人类听到远处七嘴八舌的说话声时，便可以估摸出那里有多少人在；而兔子们此刻知道，附近这条河的规模乃他们前所未见。它非常宽阔，汹涌无比。他们在聚合草和羊角芹中驻足，面面相觑，彼此寻找安慰，而后又畏畏缩缩地向更加开阔的地方蹦去。河仍然未露身形，但他们看到前方有几缕粼粼的波光。榛子一瘸一拐地和小多子走在最前面，不一会儿便发现他们踏上了一条将荒野与河岸分隔开来的小径。

这条路经过工人的不断修整，路面上没有灌木和杂草，十分平坦。河边，水生植物郁郁葱葱，捧出朵朵鲜花的紫珍珠菜、柳兰、飞蓬、玄参和大麻叶泽兰形成了一道天然篱笆。两只、三只……兔子们渐次钻出树林，透过植株望向河面。他们发现这条河道平顺、熠熠生辉的大河比恩博恩河还要壮阔、湍急。周围似乎既没有艾利尔，也没有其他潜在的威胁，但他们像不知不觉来到宏伟之地的人们一样，自觉渺小，心生畏惧。七百年前马可·波罗最终到达中国时，是否因想到他居然对这个比自己生命还要悠长许多的、伟大辉煌的国度一无所知而心潮起伏？他是否察觉对于这个国家而言，他自己、威尼斯，乃至整个欧洲都可有可无？是否发现这里遍地奇迹，完全超乎他的想象？是否认为自己的到来其实根本无足轻重？我们知道，答案是肯定的。许多对异国一无所知、亲身一游的人也曾有同样的感受。你初至一个陌生的非凡所在，瞪大眼睛东张西望，可来来往往的人却看都不看你一眼——最让人自惭形秽的，恐怕非此般经历莫属。

兔子们忧心忡忡，茫然无措。他们伏在草地上，在落日下，在凉爽的空气中嗅着大河的味道，并逐渐聚拢到一起，唯恐在同伴眼中看到自己的焦灼。小水窝走到小径上，一只足有四英寸长、闪闪发光、黑绿相间的大蜻蜓嗡嗡地飞到他跟前，盘旋片刻，又宛若劈入莎草的闪电一般，蓦地消失无踪。小水窝慌了，往后一蹦。这时，附近又响起一声颤颤的尖叫。他循声望去，只见一只漂亮的蓝色大鸟钻出杂草，掠过水面。片刻之后，天然篱笆的下方哗啦作响，看来下水的动物个头儿应该不小，可对方究竟是什么，他们不得而知。

小水窝左顾右盼地寻找榛子，恰巧看到基哈尔站在不远处两丛柳兰之间的浅滩中，对着淤泥啄来啄去，最后终于扯出一条六英寸长的水蛭，然后将他整个儿吞下。榛子正跟小多子一起坐在前方的杜鹃花下，他一边理着沾满了牛筋草屑的毛，一边听小多子说话。小水窝沿着河岸跑了过去，凑到他俩跟前。

“这里挺好的，”小多子说，“比别的地方安全些。基哈尔会告诉我们从哪里过河，接下来我们要做的，就是赶在天黑前渡河。”

“不可能让他们在这里逗留，”榛子说，“大家不可能窝在这样的地方等长毛回来。这不符合兔子的天性。”

“放心,可以的。稳住。他们会比你想象中更快地适应这里。咱们待过的地方中，这里绝对不是最差的。‘陌生’和‘不好’是两码事。你的腿是不是又疼了，不然由我带他们过去？”

“好吧。”榛子说，“小水窝，把大家叫过来，好吗？”

小水窝离开后，榛子说：“我心里总是不踏实，小多子。我让他们受了好多苦，而且这个计划太危险了。”

“他们比你想象中要能干很多。要是你……”

基哈尔粗声粗气地叫了一声，惊得一只鹪鹩逃出了灌木丛。

“榛子先森，找我？”

“我们想问问你该往哪边走？”小多子接话道。

“桥很近，一直走，就看见了。”

这里灌木遍地，但直觉告诉榛子和小多子，前方，河流的下游处，是一片开阔的草地。于是兔子们继续往前走，榛子始终跟在小多子身后。

其实榛子并不知道“桥”为何物。基哈尔道出的怪词很多，榛子没兴趣逐一问明。他对见多识广的基哈尔深信不疑、尊重备至，但此刻仍然为要在旷野中逗留而烦心不已。这里显然是人类常来的地方，实在太过危险。前面有一条大路，光洁得过分的路面自他的眼前穿过一片草地。他驻足观望，待确定附近没有人类活动后才小心翼翼地走到路边。

路延伸至河边，与一座约有三十英尺长的桥相连。榛子并未觉得有任何不同寻常之处。“桥”是一个超出他思维认知的概念，此时他感觉立在眼前的不过是一条两边竖着栏杆的路。榛子茫然地望着这条跨越河流的“路”，顾虑重重：对面，道路两旁只有狭窄的绿带，而且草很短，不足以容纳他们藏身。到了那边，他的伙伴们无处躲藏，万一遇险，只能沿着一条路奔逃。

“太冒险了吧，小多子？”他问。

“有什么好担心的？”小多子反问道，“你连农家场院和关笼养兔的小屋都进去过，这里可比那些地方安全得多。走吧，别磨蹭了，他们都看着呢。”

小多子蹦到路上，先是环视四周，而后跃上桥面。榛子跟上去，贴着距上游较近的栏杆往前挪步；他回头望了望，看见小水窝紧紧地跟在他身后。来到中段时，始终从容自若的小多子止步坐下，榛子和小水窝也依样而行。

“咱们装装相，”小多子说，“让大家以为有热闹看，这样他们一会儿就都跟过来了。”

桥边的栏杆对于兔子来讲过于稀疏，他们稍有不慎，便会落入下方距桥面约有三英尺的大河之中。他们站在最低的栏杆下面向上游眺望，第一次见到了河流的全貌。榛子对这座桥没什么别样的感受，却被眼前的大河吓了一跳。他记得恩博恩河水面的砾石堆和河流中遍布的水草，而这条河——有人为钓鳟鱼而定期除草、精心维护的特斯特河——在他眼中不啻于一片水的世界。它足有十码宽，河道平顺，水流湍急，在夕阳下闪着耀眼的光芒。从高处望去，河面又似湖面一样平静，映在上面的树影纹丝不乱。没有一株芦苇、一株水草从水下探出头来。在他们附近，左侧堤岸的下方，一片毛茛向下游方向蔓延过去，其轮状叶片全部没入水下。色泽浓得发黑的水藓密生在河床上，茎纹丝不动，只有薄薄的叶片随波缓缓摇摆。舞动个不停的，还有大片大片嫩绿的水芹，但它们摇曳得更为轻盈、迅疾。河水清澈见底，河床上铺满了洁净的黄色沙砾，即使河中央也不到四英尺深。在兔子们的注视之下，这里，那里，时而冒出一股细尘——白垩与砾石粉末犹如风中的沙土随着水流漂散。忽然，一条跟兔子一样长的灰色大鱼摆着扁尾巴懒洋洋地从桥下现身，桥上的看客立即看到他的体侧长满了醒目的黑色斑点。他慢条斯理地在水中徘徊游弋，忽然猛力向上一蹿，浅浮在水面之下。片刻之后，他从水中探出嘴来，兔子们看见他的口中竟然是纯白色的。在一进一退之间，他吞下一只浮在水上的毛翅蝇，再次沉入水底，激起一片涟漪，把树影搅得凌乱错杂，河水也变得浑浊不堪。渐渐地，待河面平静下来之后，兔子们看到那条鱼仍然守在他们下方，还用力甩着尾巴，免得被水冲走。

“这是一只水里的鹰！”小多子说，“鹰就是这样捕捉食物的！小心别掉下去，小水窝，想想艾尔-阿瑞拉和那条大梭子鱼。”

“他会把我也吃掉？”小水窝目不转睛地盯着那条鱼。

“说不定别的东西会。”榛子说，“谁知道呢？好了，咱们赶紧过去吧。你说要是‘隆嘟嘟’来了怎么办？”

“跑啊，”小多子说，“看我的。”说完，他一口气冲到了对面的草地上。大河的这一侧，灌木丛和马栗树林几乎延伸到了桥头。地面湿乎乎的，但好在灌木和高高的马栗树可以遮蔽他们的身形。小多子和小水窝马上开始刨土，榛子则坐下嚼起了粪球，让伤腿好好歇一歇。不一会儿，闪银和蒲公英也跑了过来，但其他兔子比榛子还谨慎，只是窝在对岸的高草丛中。最后，小多子趁天还没黑又蹿了回去，哄大家快点过桥。让他们没想到的是，长毛竟然一反常态地踟蹰不前，直到基哈尔又从艾弗拉法上空飞回来，问他是不是还想再跟狐狸玩玩，他才一步三回头地拖拉着挪过去。

当晚，兔子们都懒懒散散、东倒西歪。榛子总觉得置身于人类的地盘，他们大概率会碰见猫、狗之类的动物。然而，他们不止一次听到了猫头鹰的叫声，却并未受到艾利尔的侵扰。到了早上，他们又欢蹦乱跳的了。

进食完毕，榛子让大家去探察一下周围的情况。他们越发地意识到过分潮湿的河边不适合兔子栖身——有的地方简直跟泥塘一般无二。长在这里的，是莎草、捧出粉红色甜香花朵的缬草和缀着一枚枚果实的水杨梅。闪银回来了，说远离河岸的森林中地面较干。榛子起初打算带大家换个地方挖洞；然而天气一下子变得又闷又热，他只好作罢。微风停歇，烈日让潮气从水生灌木丛中蒸腾而起，熏得兔子们有气无力。水薄荷的清香也弥漫开来，他们顾不上许多，哪里有阴凉就往哪里钻，刚到上午便都在灌木丛中打起了瞌睡。

直到下午，叶影斑驳的灌木丛里才凉爽起来。榛子蓦然惊醒，发现基哈尔正在自己身旁昂着头、迈着碎步走来走去，时不时还焦躁地在高草中乱啄一气。榛子猛地坐起。

“怎么了，基哈尔？有巡逻队？”

“没有，没有。你们，像傻猫头鹰，睡死了。我想去大水。榛子先森，你们，很快就会有，兔子妈妈，还等什么？”

“你说得对，基哈尔，我们得马上出发了。但问题是，我只知道一开始要做些什么，还没想好最后该怎么办。”

榛子穿过草地，叫醒他找到的第一只兔子——风铃草，让他把长毛、黑莓和小多子带来。随后，榛子带着他们去河岸旁的矮草地上找基哈尔。

“现在有一个问题，黑莓。”他说，“你一定记得，那天晚上在高地下面，我说咱们有三个目标：把母兔带出艾弗拉法；摆脱巡逻队；跑得远远的，让他们再也找不到。你的点子很高明，实现前两个目标应该不成问题。可是最后一个呢？艾弗拉法的兔子们行动迅速，又壮又猛。咱们稍微马虎一点，就会被他们找到，插翅难飞，要是再带着一群从没出过艾弗拉法的母兔，那更是难上加难。我们这边兔子太少，打不过他们。还有个糟糕的消息，我的腿好像又开始痛了。你说，咱们到底该怎么办？”

“不知道。”黑莓答道，“不过一定得隐蔽踪迹。游过河怎么样？那样就不会留下气味了。”

“河水太急了，”榛子说，“会把咱们冲走的。而且就算咱们游过了河，对方也不一定会放弃追捕。毕竟艾弗拉法的奥斯拉那么强悍，那条河恐怕拦不住他们。咱们跟母兔一起逃出艾弗拉法之后，应该可以在基哈尔的帮助下甩掉追兵，可是对方很快就会得知咱们的去向并对咱们穷追猛打。你说得没错，咱们确实不能留下踪迹。可该怎么办呢？”

“不知道。”黑莓重复道，“不然咱们去上游看看？说不定能在那里找到藏身的地方。你的腿还撑得住吗？”

“不跑远路就没问题。”榛子说。

“我能一起去吗，榛子大人？”一直等在旁边的风铃草问。

“当然了。”榛子一边和蔼地说，一边蹒跚着向上游走去。

他们很快便发现，河流左岸的森林空寂而茂密，杂草丛生；总的来看，这里的草木比桑德福德开满风铃花的榛树林还要繁茂。有那么几次，他们甚至听见了大啄木鸟“咚咚咚”啄树的声音——这种鸟可最是腼腆怕羞的了。黑莓提醒同伴们这片丛林中或许有他们的藏身之所时，另一阵声响传了过来，是他们刚到河边时听到的水落之声。不一会儿，兔子们便来到了一片向东拐弯的河湾，看见了一道宽阔低矮的瀑布。这条瀑布最多只有一英尺高，人造而成，用于捕捉鲑鱼——这样的人工瀑布在白垩溪上十分常见。在他们眼前，有几条鲑鱼受刚刚孵出的苍蝇吸引，浮到了水面。瀑布上方架着一座小木板桥，基哈尔腾空而起，绕着瀑布下方的水潭飞了一圈，落在桥栏杆上。

“又一个。这个可比昨天晚上的那个隐蔽多了，咱们说不定可以用用。”黑莓说，“以前你知道这里有这个东西吗，基哈尔？”

“这是桥。不知道，没见过。不过这个桥很好。没人用。”

“我想上去跑一跑，榛子大人。”黑莓说。

“小多子先上，”榛子说，“他就爱在桥上跑。你跟着，我跟长毛和风铃草殿后。”

五只兔子慢慢地沿着桥向前蹦，他们灵敏的长耳朵中满是哗啦啦的水声。榛子怕自己踩空，总是跳一跳就停一停，好不容易来到桥头之后，望见小多子和黑莓正在河流下游、瀑布跟前打量岸上的一个大东西。他起初以为那是一截树干，但走近后发现那东西虽然是木头的，但并非滚圆的一根，而是扁扁的，两边比中间还高出一大块。这是人类的东西。榛子忽然想起，很久很久以前，自己跟小多子在农场里翻垃圾堆时，也见过类似的又大又扁、滑溜溜的物件（其实那是被人类丢掉的旧门），还上去嗅了好一阵，最后觉得那东西没用，就没再管它。现在，榛子依然觉得这玩意派不上用场。

这个东西的一端陷入岸上的泥土之中，另一端泡在水中；一圈圈涟漪围着这里扩散开来——水里没有草木，护堤又牢固结实，因此大河边缘的水流与中央的一样湍急。榛子又往前凑了凑，看见黑莓正冲那怪东西挥爪。兔爪碰到木头上，发出了微弱空洞的咚咚声，由此可以推断下面有水——这个奇怪的东西不是插入河床，而是搭在水面上的。

“你想干什么，黑莓？”榛子不耐烦地问。

“有吃的。”黑莓回答，“好东西。你没闻到？”

基哈尔落在怪东西中间，啄起白色的小片；黑莓赶紧冲过去，冲着某种绿色的东西乱啃。过了一会儿，榛子也爬了上去，坐在阳光下望着苍蝇落在怪东西温暖光滑的表面，嗅着这条陌生河流的味道。

“这个东西，这个人类的东西是什么，基哈尔？”他问，“危险吗？”

“不，不危险。你不认识？这是船。大水，有好多好多船。人做的，可以在水上走。没害处。”

基哈尔继续啄食着变质面包的碎屑；黑莓吃完自己找到的莴苣残片坐起身来，向离水较近的那侧探出头，盯着一条鱼瞧：满身黑点的灰色鲑鱼“咻”的一下钻进了瀑布。其实他们身下是一条工人在割芦苇时乘坐的小型平底船，比常见的木筏小得多，中央横着一条坐板。即使在无人使用时——比如现在，船的干舷[1]也只有几英寸。

“你们知道吗？”待在岸边的小多子开口道，“我看见你们坐在那里，想起了另外一个木头做的东西——那个时候，咱们穿过一片有狗的树林，你们让我和小水窝坐上去，过了河。你们还记得吗？”

“我还推着你们呢。”长毛说，“水里冷得要命。”

“我不明白的是，”黑莓说，“这条船为什么不动。不管什么东西放在水里都会漂远，而且漂得还挺快——看那边。”他望着一根浮在水面上的树枝——此刻河水的流速大约为两英里每小时。“这玩意怎么就不动呢？”

基哈尔立即像面对旱鸭子的老水手一样，端起了居高临下的架势。他在自己不那么喜欢的兔子——比如黑莓——面前就

[1] 干舷，泛指船舶浮于静止水面时，自水面至露天甲板上表面舷边处的铅垂距离。民用船中指甲板线上边缘至载重上边缘的铅垂距离。

会摆出这副模样。他更喜欢长毛、沙棘、闪银那种直性子的兔子。

“哼，因为绳子。你一咬，它就跑了，回不来了。”

“喔，我明白了。”小多子说，“绳子一头绕过榛子屁股下面那个金属的东西，另外一头绑在岸上，就像叶柄搭在岸边的大叶子一样——你把柄咬断，叶子就掉到水里去了。”

“好了，咱们回去吧。”榛子心灰意冷，“咱们这次恐怕是白跑一趟了。基哈尔，你能不能明天再离开？我打算在入夜之前带大家到不那么潮湿的地方去，进林子，离河远一点。”

“啊，太可惜了！”风铃草开口道，“你们不知道吧？我都下决心当水兔子了。”

“当什么？”长毛问。

“水兔子。喏，有水老鼠，还有水甲虫，昨天小水窝还说他看见了水鹰，怎么就不能有水兔子呢？我可以漂啊漂……”

“弗瑞斯，我伟大的弗瑞斯啊！”黑莓嚷嚷起来，“还有能蹦到天上去的拉布斯卡特尔！对了！对了！风铃草，你就是水兔子！”黑莓欢呼雀跃，又跳到岸上，用前爪拍了拍小多子。“想到没有，小多子？想到没有？咱们咬断绳子就顺着水漂没影了，水苏将军想破脑袋都想不到咱们去了哪儿！”

小多子沉思起来。“嗯。”他终于出声了，“你的意思是，咱们都上船。我得说，黑莓，你真是太聪明了！我现在都还记得，我们上次过河之后，你就说这法子没准以后也派得上用场。”

“那个，等一等。”榛子插嘴道，“我们——我和长毛，都是普普通通的兔子。能不能把话讲得清楚一点？”

于是黑莓和小多子坐在木桥和矮瀑旁边，你一言我一语地解释起来，全然不顾黑色的蚊虫往自己的耳朵上面落。

“你去看看那条绳子好吗，榛子大人？”黑莓最后问道，“可能有点粗。”

“一点都不粗。”榛子说，“绷得直直的，这样更好啃。我几口就能把它咬断。”

“哈，好啦，”基哈尔说，“有办法了。不过，你们要快。可能会，有变化。人会来，来坐船。知道吗？”

“不用再等了。”榛子说，“去吧，长毛，放开胆子，愿艾尔-阿瑞拉与你同在。记住，现在你是我们的头儿了。你想让我们做什么，就让基哈尔捎口信回来，我们随时随地配合你。”

这时，大家猛然想起长毛以往是怎样履行使命的——这位勇士在他们心中一向言出必行。长毛犹豫片刻，直直地望向榛子。

“这也太突然了。”他说，“我没想到今天晚上就得去。算了，反正我也不喜欢干等着。那再会了。”

他跟榛子碰了碰鼻尖，转身跃入灌木丛中，又在基哈尔的带领下向大河北边开阔的草场，向铁路涵洞和远方的田野奔去。

34

水苏将军

在战争之艺术的实现过程中，铁骨铮铮之人的坚强意志宛若处于城镇干道交汇处的方尖塔一般，昂然屹立，傲然不倒。

——克劳塞维茨《战争论》

暮色笼罩了艾弗拉法。天光越发黯淡，水苏将军向沿着草场边缘希尔弗雷的近后肢组望去。这片草地位于他们的领地和铁路之间，广阔无垠。大多数兔子都围在田野附近吃草，而他们的洞窟就隐藏在跑马径旁的树丛和灌木林中。不过，仍然有几只兔子冒险跑到草地中央，在余晖中玩耍嬉闹。更远些的地方，有奥斯拉哨兵在来回巡视，既提防着人类和艾利尔靠近，也会制止兔子跑远，避免他们在有险情发生时无法及时钻入地洞躲藏。

细叶芹队长——负责看管该印记组的两名长官之一——刚刚巡查一圈回来，见本组专属地块中央有几只母兔，便过去跟她们聊天。水苏将军就是这时出现的。细叶芹队长远远瞥见他的身影，立即扫视了一下四周，见一切照常无异，便又优哉游哉地啃起了甜香草。

水苏将军盖世无双。三年前，他出生在科尔·亨利附近一个乡间菜园外面的地洞中，是五只兔崽中最结实的那个。他的父亲——一只随心所欲、行事不考虑后果的公兔——全然不觉得跟人类做邻居有何不妥，反而为每天清晨可以去菜园中劫掠食物而扬扬自得。当然，他最后也为自己的轻率付出了惨重的代价。在他连续糟蹋园中的莴苣和卷心菜两三个星期之后，农夫于拂晓时守在那里，一枪打中了从土豆田中穿行而过的公兔。到了上午，农夫又刨开土洞，寻找母兔和小兔崽。水苏的母亲钻出羽衣甘蓝菜田向高地逃去，五只小兔都拼命奔跑，想要跟上妈妈，但最后只有水苏逃过一劫。他的母亲带着枪伤，流着血，在天大亮时带着一瘸一拐的小水苏蹿进了树篱。

没过多久，一只黄鼠狼嗅到血腥味跟了上来。小水苏蜷缩在草丛中，眼睁睁地瞧着妈妈惨死。他没有试图逃跑，不过，黄鼠狼在饱食一顿之后还是留了他一条性命，径自钻入了灌木丛。几个小时之后，一位面慈心善、来自欧弗顿的老校长穿过田野，来到了小兔子面前——当时他正拱着妈妈冰冷僵硬的尸体哭泣。老校长救下水苏，把他带回家，用滴鼻管喂他牛奶喝；等他长大一些，又让他吃米糠和菜叶。然而水苏野性难驯，像考珀一带的兔子，看见什么咬什么。一个月之后，他已经长得膘肥体壮、勇猛彪悍。有一次，他钻出笼子跑进厨房，校长的猫看见了，上前挑衅，险些被他弄死。一星期之后的一个晚上，他终于扒下兔笼前面的铁丝网，逃进了旷野。

在这样的环境之中，跟他一样基本没有野外生活经验的兔子大多会沦为艾利尔的美餐，但水苏没有。他东游西逛，几天后来到了一片小领地，狂号乱咬，逼迫那里的兔子们为他腾出了容身之地。没过多久，他便弄死了老统领和对头小糠草，成了新任兔子统领。在那场战斗中，他凶相毕露、阴狠毒辣，哪怕身受重伤也绝不退缩，最后终于凭借强健的身板占得上风。无意与他作对的兔子们即刻对他俯首贴耳，推举他做领袖。

水苏愿意跟任何动物斗上一番——除了狐狸。一天傍晚，他向一只阿伯丁幼犬发起突袭，吓得对方落荒而逃。他对各种鼬类动物毫不畏惧，甚至盼望哪天能干掉一只黄鼠狼，或者至少是一只雪貂。他探索过自身的力量极限后，便迫切地想要满足自己对权力的渴望，而他唯一能做的，便是让身边的兔子变得更强，从而建立一个繁盛的兔子王国。人类对他们构成了极大的威胁，但一切与人类有关的危险都可以凭借智慧和纪律来规避。于是，他带着拥趸离开了小领地，为实现志向而远行。他要找一个可以让兔子们匿迹潜踪、免于遭受灭顶之灾的地方。

艾弗拉法以两条跑马径的交叉点为起始地，其中一条草径为东西走向，两旁的树和灌木密密丛丛，宛若一条天然大隧道。移居此处的兔子们依照水苏的吩咐在树根之间、灌木丛中以及各条土沟里挖出一个个地洞。领地迅速发展壮大，水苏不知疲倦、热忱满腔地看守着兔子们，赢得了他们的忠诚，也让他们对自己畏惧不已。母兔休息时，他便亲力亲为，继续挖洞。要是有人来了，水苏会在半英里开外的地方察觉到。他与老鼠、喜鹊和灰松鼠搏斗，有一次甚至打败了一只乌鸦。一有小兔崽出世，他便会对他们的成长状况多加留意，选出最健壮的幼兔组成奥斯拉，由他亲自训练。他决不允许任何一只兔子离开领地。起初，就有三只兔子想要私自离开，并因此遭到追捕，最后只得被迫回来。

后来，领地越来越大，水苏便制定了一套制度来加以控制。倘若所有兔子都在清晨和傍晚外出进食，他们很可能会引起人类的注意，于是他想到了给兔子们打印记分组的主意。每一个印记组都由专门的长官和哨兵管理，其出去吃草的时间也会定期调整，确保每组兔子都有在清晨和落日时外出的机会——兔子天生喜欢在这两个时段希尔弗雷。就这样，兔子们的生活痕迹都被尽力隐藏起来。奥斯拉在进食、择偶和出行方面拥有特权；未能履行使命的奥斯拉成员会被逐出这一特权群体，违规的底层兔则会面临更为严厉的惩罚。

再后来，领地实在太大，水苏分身不暇时，议会便诞生了。议会成员中，某些由奥斯拉晋升而来，某些则因忠心耿耿、足智多谋而从底层兔中平步青云。雪花莲已经年迈耳背，但他比谁都清楚怎样才能确保领地安全无虞。应他的建议，不同印记组专用的地道与地洞并不相连，这样，倘若疫病或者毒气来袭，灾祸便不会在整个领地蔓延开来。与此同时，阴谋也无法在兔群中传播。未经长官允许，谁都不能擅自前往其他印记组的地洞。为了降低被人类发现的风险，防止自己的控制力被削弱，水苏将军还听取雪花莲的提议，下令不再扩大领地。老兔子反复进言才说服水苏将军做此决定，因为这条政策与水苏无尽的野心实在相悖。因此，在领地规模就此止步之后，水苏将军又组建起巡逻队，以弥补心中的遗憾。

起初，巡逻队只是在水苏的带领下去周围的村落觅食、偷菜。那个时候，他会亲自选出四五名奥斯拉，带着他们去寻衅滋事。第一次出行时，他们十分幸运，遇到一只因为吃了毒老鼠而气息奄奄的猫头鹰，趁机要了他的命。第二次，他们碰上两只流浪兔，逼迫对方加入了领地。水苏也并不只是一味地使用暴力，他还知道如何鼓动其他兔子彼此竞争。没过多久，几名部下就向他请求独自带队巡逻，他也顺势向他们下达了各种各样的任务：去某处搜寻流浪兔，探察某条沟、某个谷仓中是否有老鼠等着兔子们去驱逐，等等。巡逻队不可靠近的地方，只有农场和菜园。有一次，由红门兰队长带领的巡逻队在东方两英里开外的一条公路旁的灌木林附近发现了一片小领地，于是水苏率军远征，将其摧毁，把战俘带回了艾弗拉法——战俘中有几只兔子后来还获得晋升，跻身奥斯拉。

就这样月复一月，定期开展大巡逻逐渐演变成了领地的常规活动之一。每年夏天和早秋，领地都会一次派出两三支巡逻队。渐渐地，艾弗拉法周围不再有其他兔子活动，偶有不慎踏足这一带的兔子也会被立即逮捕。巡逻队的伤亡率很高，因为艾利尔已经知道他们何时会外出。因此巡逻队队长需要具备极大的勇气，使尽浑身解数才能完成任务，带着队员——或者部分队员——回到领地。不过，整个奥斯拉却都以此为荣。此外，水苏还养成了亲自出去观察任务执行情况的习惯。有时某个巡逻队队长在冒着雨、步履蹒跚地钻入距离艾弗拉法一英里多的灌木丛时，会忽然看见将军大人像吃了毒麦一样一动不动地蹲在那里，猝然开口要求他汇报自己做了些什么，为何偏离预定路线。经过如此历练，许多机智伶俐的追踪大师、健步如飞的疾跑健将和勇猛善战的强悍斗士脱颖而出。尽管时运不济时，在巡逻中殒命的兔子会有五六只之多，但这正合水苏的心意：领地急需减员，奥斯拉也要始终留有空缺，以待年轻的公兔去为之拼搏。见兔子们奉令争着豁出性命，水苏心满意足——他、议会与奥斯拉都认为，与领地的安宁相比，付出这么一点点代价简直微不足道。

不过这个傍晚，水苏将军钻出白蜡树林找细叶芹队长谈话时，几件事却让他忧心不已。让这么大的领地完全处于他的掌控之下已经越发地困难，而且，尽管许多母兔都把兔胎吸收回身体，但超员问题依然严峻。他们所做的一切并非坏事，可是许多兔子都心怀怨恨、牢骚满腹。不久之前，几只母兔去找议会，请求离开领地。她们起初还客客气气，说会遵照议会的要求尽量远离这里，可当知道自己无论如何也不可能如愿之后，她们立马火冒三丈、暴跳如雷，逼得议会不得不采取强硬措施。此事的余波至今仍未平息。还有，近日来，底层兔已经不像以前那样对奥斯拉崇敬备至。

一段时间之前，四只自称是另一领地使者的流浪兔被捉到并送进了右腹组。他本想问出他们的来处，但他们只是略施小计便把长官骗得团团转，击退哨兵后趁夜脱逃了。当然，涉事的长官牛舌草队长已被逐出奥斯拉。虽然这个处理结果无可厚非，但此后水苏所面临的难题则变得更为棘手。事实上，艾弗拉法此刻缺少得力干将。承担哨兵责任的普通奥斯拉并不难寻，但长官却不然。还不到一个月的时间，他就失去了三名队长。现在，牛舌草如同行尸走肉，永远都不能再担任高位长官。智勇双全的野芥子队长更倒霉：他带兵追捕逃亡的兔子时不慎跑上铁路，被疾驰而来的火车碾得粉身碎骨。这件事又一次证明，他们对人类深恶痛绝完全合情合理。最糟糕的是，仅仅两个晚上之前，一支前往北方的巡逻队带回噩耗：深负众望、见多识广的锦葵队长死在了狐狸口中。这真是太奇怪了：巡逻队嗅到了陌生的气味，推断出有一大群从北方来的兔子正在向艾弗拉法行进，他们循味搜寻，可还没发现对方的行踪，一只兔子便在他们靠近林边时凭空现身。他们当然要上前阻拦，可就在这时，一只随陌生兔子而来的狐狸从对面的峡谷冲了过来，可怜的锦葵队长当场丧命。其实，这支巡逻队在出发之前已经制定了周全的计划，副队长千里光也已经尽职，然而在出事之前，谁都没有见过那只陌生的兔子。锦葵队长毫无价值的牺牲更是让全体奥斯拉萎靡不振、士气低落。

此后，其他巡逻队立即出发，但他们只查到从北方来的兔子已经穿越铁路，消失在了南边。一想到这群兔子可能已经畅通无阻地来到了艾弗拉法附近，水苏就忍无可忍。其实只要有一位精明干练的长官参与搜查，哪怕面对现在如此恶劣的形势，那群可恶的兔子也插翅难逃。但这位长官一定要有胆量、有魄力，因为巡逻队一般不会穿越铁路行至河边湿地，这导致艾弗拉法的兔子对那里不甚了解。剪秋萝队长或许可以胜任。水苏本想亲自去，但近来领地中风波不断，兔子们似乎不像以前那样安分守己，就连剪秋萝都忙得焦头烂额，他万不可在此时冒险。所以尽管他心有不甘，但也只能暂时把那群兔子撇在脑后。当务之急是填补奥斯拉中的空缺，铁石心肠、能够压制异议的兔子是上上之选。现在他们不能再冒进蛮干，需要从现有的兔子里优中选优，集中精力加以培养，让一切先回到正轨。

水苏心不在焉地向细叶芹队长打了个招呼，继续琢磨心事。

“你的哨兵是否得力，细叶芹？”许久之后，水苏问道，“里面有我认识的兔子吗？”

“他们都很能干，大人。”细叶芹回答，“您应该认识墨角兰。您带队巡逻时，他曾是您的传令兵。还有铜钱草，您或许也知道。”

“唔，没错，我知道这两只兔子。”水苏说，“不过他们都不是做长官的材料。野芥子和锦葵不在了，我们得找兔子来补缺——我想的是这个。”

“这件事可不好办，大人。”细叶芹说，“那么能干的兔子不可能凭空从草丛里蹦出来。”

“嗯，可总得找出像样的兔子来。你再好好想想，然后给我个答案。现在我要去你的哨兵那里看看。跟上。”

他们刚要挪步，剪秋萝队长就跑了过来。这位队长的主要任务是于每日晨昏查探艾弗拉法的周边地带并上报新情况：哪片泥地中出现了“隆嘟嘟”轮胎的印痕，雀鹰在哪里留下了粪便，人类在哪块田里施了肥，等等。他是追踪的行家，对任何事物都洞察入微。水苏从心底敬佩的兔子屈指可数，剪秋萝正是其中之一。

“有事？”水苏问。

“是的，大人。”剪秋萝答道，“我们捉到一名流浪兔，并把他带了回来。”

“在哪儿捉到的？”

“铁路下面的大洞那里，大人。接近我们领地的那一侧。”

“他去那儿干什么？”

“他说他远道而来，只为加入艾弗拉法，大人。所以我觉得，或许您想要见见他。”

“他想加入艾弗拉法？”水苏有点纳闷。

“他是这样说的，大人。”

“明天带他去见议会行吗？”

“听您的，大人。不过我感觉他有点不同寻常。依我看，他似乎很有本事。”

“嗯。”水苏想了想，“好吧，不过我没有太多的时间。他现在在哪里？”

“在林中的十字路口，大人。”剪秋萝说的地方距他们此刻所在之地大约五十码远，“我的两名部下正在看管他。”

水苏在剪秋萝的陪同下向十字路口奔去，细叶芹则因职责在身留在了原地。

此时，这个十字路口被笼罩在一片绿荫之中，红彤彤的余晖穿过摇曳的树叶，让这里时明时暗。小径两旁潮湿的草地中，时而有淡紫色的花穗探出头来，变豆菜和花叶野芝麻丛中花团锦簇。小径外侧的一株接骨木下方，两名奥斯拉法，即议会警察，正在等待水苏到来。站在他们身边的，就是那只不速之兔。

水苏马上就明白了剪秋萝言之所指。这只兔子魁梧健壮又不失机敏，一副粗犷老到的派头，俨然一名刚猛的斗士。他头顶上的毛茂密得出奇，有点像鸟类的羽冠。他大大咧咧地打量着水苏——这样的神情，将军大人已多时未见。

“你是谁？”水苏问。

“长毛。”陌生的兔子回答。

“长毛，要叫大人。”剪秋萝纠正道，但长毛没有理他。

“我听说是巡逻队带你进来的。你有什么打算？”

“我想加入艾弗拉法。”

“为什么？”

“这有什么好问的？这不是你的领地吗？有兔子要入伙，难道很奇怪？”

水苏无言以对。他绝非傻瓜。居然会有神志清醒的兔子主动走进艾弗拉法，事情绝没那么简单，然而这话不能明说。

“你有什么能耐？”

“我打架猛，跑得快。对了，我还会插话——谁要是讲故事，我就能把故事拐得没法听。以前我是奥斯拉，当长官的。”

“你会搏斗？那你打得过他吗？”水苏望着剪秋萝问。

“当然了，一定不让你失望。”陌生兔子蓦地跃起，冲剪秋萝猛力挥爪。后者向后一跳，及时闪开。

“行了，别胡闹，坐。”水苏说，“你以前在哪里的奥斯拉做长官？”

“离这儿挺远的。我们的领地被人类给毁了，不过我逃了出来。我在外面转悠了好些日子，听说有艾弗拉法这么个地方——这很正常，对吧？我跑了好远的路才来到这里。你们应该用得上我。”

“你独身一个？”

“现在是。”

水苏又思忖片刻。这只兔子自称担任过奥斯拉长官，应该不是说谎，哪里的奥斯拉都不会拒绝这样的成员。如果他说的是实话，能在领地遭劫时逃出生天，又能历经长途跋涉、多日栖身于旷野却安然无恙，那么他一定聪明绝顶。他一定走了很远很远——在艾弗拉法巡逻队的巡逻范围之内可连一片兔子领地都没有。

“哈，”水苏终于开口道，“如你所言，你在我们这里或许派得上用场。今晚由剪秋萝——就是这边这位——来照料你；明天早上，带你去见议会。别再惹是生非了，听见没有？在这里，你不打架也闲不下来。”

“好。”

第二天一早，议会就领地所处的困境展开讨论。水苏将军说，鉴于近日里多名奥斯拉长官殒命，不如索性让新来的大块头先到近后肢组做长官试试，正好细叶芹队长可以从旁指导他。各位议会成员一见到陌生兔子的面，当即表示同意。就这样，到了中午，长毛就走马上任了，那时他腰部左侧深深的牙印还在流血。

35

秘密行动

所在世间，未竟与未知之事甚多……

——约翰逊博士

“在队中兔子希尔弗雷前，”细叶芹队长说，“我一般会先看看天气。前面那个印记组会派传令兵来告诉我们他们什么时候回来，顺便报告天气，不过我还是会亲自去看一眼。有月光的时候，哨兵要跟紧一些，我们还要不停地巡逻，免得组员们跑得太远。要是下雨，或者外面漆黑一片，咱们就要让他们分组上去活动，一组吃完再换下一组，分别由一名哨兵看管。天气如果实在糟糕，我们就要向将军请示，推迟希尔弗雷的时间。”

“总有兔子往外跑吗？”长毛问。下午，他跟着细叶芹和另一位长官水杨梅转遍了各条隧道和各个地洞，暗想自己活到这么大，还从没见过这么多颓废消沉的兔子。“我可不觉得他们会有多淘气。”

“没错，他们大多都很听话，”水杨梅说，“可是我们得提防有意外情况发生。比如说，你刚才还说整个艾弗拉法数右腹组的兔子最乖。那是你不知道，不久前，议会塞给他们四只流浪兔。可第二天晚上，牛舌草就犯傻被他们耍了一道，还让那些兔子逃了。牛舌草这辈子算是完了。野芥子更可怜，惨死在铁路上。这种事就像闪电一样，‘咔嚓’一下劈下来，让你一点防备都没有，有的时候还跟热病似的会传染——一只兔子心血来潮跑出去，你要是不赶紧把他放倒，那么接下来就会有三四只兔子有样学样。所以呢，当他们在地面上活动时，我们最好盯紧一点，等闲下来的时候再消遣——这样才万无一失。毕竟咱们就是干这个的——对了，还有大巡逻。”

“我再给你讲讲埋排泄物的事。”细叶芹说，“那真是再怎么小心也不为过。不然等将军发现有排泄物留在地面上，一定会让你把自己的尾巴吞下去的。兔子天生就不愿意埋排泄物，只想做自由自在、无拘无束的小动物，可他们不明白，要想过上好日子就需要大家全力配合。我每天都会让三四只不听话的兔子刨坑以示惩罚。只要够心狠，你总能找到施惩的对象。今天受罚的兔子要把同伴昨天挖的坑填上，然后再挖一个新的。每个印记组在出去排泄的时候，都要走通往沟底的专用地道，否则就是违规。我们还要派哨兵在沟里看着，以免有兔子借故溜走。”

“希尔弗雷后，你们怎么知道他们有没有都进洞？”

“我们认识本组的每一个组员，”细叶芹说，“到时要看着他们进地洞。每个印记组只有两个地道口，我俩各守一个。他们都知道自己该钻哪个洞，谁要是没下来，我一定会知道。哨兵是殿后的，只有在确定所有兔子都在下面时，我才会叫哨兵过来，让他们分别把守两个洞口，免得有组员在进地洞之后又偷跑上去。还有挖洞——在艾弗拉法，必须经过议会允许才可以挖洞。如果遇到紧急情况，如突然有人或狐狸来了，大家听到警报要立即找最近的地洞藏身。到目前为止，从来没有不按照规定路线逃生的兔子能保住小命。此外，绝不能向艾利尔那边冲，这样规定，也是为了保障大家的安全。”

“你说得还挺细，谢了。”长毛暗自叫苦，感觉完成这份秘密任务的希望比想象中还要渺茫，“我尽快记熟。咱们什么时候能出去巡逻？”

“你第一次巡逻，将军应该会亲自带你去。”水杨梅说，“我当时就是这样的。你跟他在一起待上一两天，没准就不盼着这事了——实在太累了。不过我得说，长毛，你这体格真不错，只要受累学两天，你很快就能应付得来了。”

这时，一只兔子从地道钻了下来，他的喉咙上有一条白色伤疤。

“脖颈组回地洞了，细叶芹队长。”他说，“傍晚天气不错，我得好好享受享受。”

“我正纳闷你怎么还不来呢。”细叶芹说，“告诉红豆草队长，我马上带着我这组上去。”

紧接着，细叶芹望向身边的一名哨兵，让他去各个地洞叫兔子们去希尔弗雷。

“好了，”细叶芹说，“水杨梅，你跟往常一样，去那边的地道口，我跟长毛一起看守这边这个。我们先派四名哨兵出去，等兔子们全都上去之后再派四名，让两名留守。我在老地方——土坡上的燧石旁边等你。”

长毛跟着细叶芹沿着地道前行，青草、三叶草和车轴草经太阳晒过散发出的缕缕清香飘了进来。长毛发现这里的地道大多憋闷得过分，毫无疑问，这是由于开在地上的洞口实在太少。一想到马上就可以趁着黄昏希尔弗雷，他便心花怒放——哪怕此刻身处艾弗拉法。长毛想起了远离此地的“蜂巢”，想起了在“蜂巢”上方唰唰作响的山毛榉叶，不禁叹了口气。“不知道冬青怎么样了。”他想，“不知道我还能不能再见到他，对了，还有榛子。哼，我得趁出去以前给那群混蛋找点事干。唉，太惨了，自己守着这么大的秘密可真难受！”

两只兔子来到地道口，细叶芹出去环视了一圈，回来时站在地道的顶端。长毛挨了过去，第一次发现对面的地道壁有个凹坑，里面趴伏着三只兔子：左右两只都严肃冷漠，大概是奥斯拉法，而中间那只让他忍不住端详了许久。这只兔子的毛色深得发黑，但最让他显得与众不同的是他受过的伤：他的耳朵只剩下了两截残根，边缘参差不齐，伤痕交错，上面的息肉星星点点、光裸刺目；他一边的眼皮已经变形，斜耷着。尽管七月的黄昏清凉爽朗，黑兔却无精打采地盯着脚下，还不时地眨眨眼睛。过了一会儿，他低下头，懒洋洋地抹抹鼻子，抓抓脖子，随后又摆回原来的姿势，一副萎靡不振的样子。

生性热心、冲动的长毛在好奇心和怜悯的驱使下走上前去。

“你是谁？”他问。

“我叫黑毛，大人。”那只兔子面无表情地说，并未抬头，仿佛早就被问习惯了。

“你不去希尔弗雷吗？”长毛又问。他以为这只兔子肯定是领地的英雄——黑兔英雄在某场大战中受了重伤，如今体弱多病，领地便为他配备随从，以回报他付出的一切。

“不了，大人。”黑兔说。

“为什么？天气挺好的。”

“现在不是我希尔弗雷的时间，大人。”

“那你来这儿干吗？”长毛依旧直率。

“今天要在傍晚希尔弗雷的印记组，大人，”黑兔说，“那个印记组……他们……我……”他犹豫起来，没有说下去。

一名奥斯拉法开口道：“说下去。”

“我来这里，是为了让那个印记组看到我。”黑兔有气无力地说，“我要让每一个印记组都看到我因为叛逃落了个什么下场。议会心怀慈悲……议会……我不记得了，大人，我真的不记得了。”他几乎嚷嚷起来，又对刚才说话的奥斯拉法说，“我好像什么都不记得了。”

奥斯拉法一言未发。长毛惊愕地盯着黑兔瞧了一会儿，回到细叶芹身边。

“不管谁问他，他都要如实回答。”细叶芹说，“这么过了半个月，他好像都变傻了。当初他打算逃跑，被剪秋萝捉了回来。议会撕烂了他的耳朵，让他每天清晨和黄昏待在最显眼的地方，以儆效尤。要我说，他活不了多久，不知道哪个晚上就会去见那位毛色比他还深的兔子了。”

长毛打了个冷战，因为细叶芹的冷漠无情，也由于忆起了往事。近后肢组的组员挤满了地道，兔子一只一只地从他眼前走过。他们先是在地道口伫立片刻，而后用力一跃，蹦到山楂树下。显然，细叶芹为自己能记住所有组员的名字而颇为自得。他跟他们中的大多数搭话，还装出很了解对方生活状况的样子。长毛感觉这群兔子对细叶芹并不热情，但他也不知道他们是不喜欢这位队长，懒得理对方，还是实在没有精神多说什么——艾弗拉法的底层兔几乎个个如此。他按照黑莓的吩咐用心观察着，在兔群中寻找不满与反叛的迹象，然而那一张张又僵又木的脸上根本找不到任何迹象。最后，三四只母兔聊着天过来了。

“你跟新朋友相处得还愉快吧，纳尔希尔塔？”领头的母兔经过时，细叶芹问道。

鼻子狭长、俏丽可爱的母兔停脚望向他，她看起来最多只有三个月大。

“队长大人，我敢说，你的日子快到头了。”她说，“就和锦葵队长一样，现在他正孤单着呢。为什么母兔不能进巡逻队？”

母兔静静地等着对方答话，但细叶芹未置一词，而且其他母兔跟在纳尔希尔塔身后出洞时，他也没再向她们打招呼。

“她那话是什么意思？”长毛忍不住问道。

“唉，真麻烦。”细叶芹说，“几只前肢组的母兔在议会会议上大吵大闹，将军说不能再让她们抱团，于是就往咱们组塞了两只。我一直盯着她俩。那两只母兔倒是没惹出什么乱子，可是纳尔希尔塔跟她俩搭上关系后，变得一点都不乖巧，说话还阴阳怪气的——你刚才不是听见了吗？不过，我现在倒不怎么担心——她说那番话，至少表明她们还知道奥斯拉压她们一头。如果年轻的母兔都变得客客气气的，那我才要心烦，指不定她们在打什么坏主意呢。尽管如此，长毛，我还是想让你去套套那几只母兔的话，再想办法让她们学乖一些。”

“好的。”长毛说，“对了，能给我讲讲找配偶的规矩吗？”

“找配偶？哦，你想要母兔做伴的话，可以在咱们组里随便挑。这里能享受这个特权的只有你、我和水杨梅。咱们做长官总得有点好处，对吧？不过我们没必要争抢——毕竟母兔多的是。母兔必须听话，而其他任何公兔都不可以作梗。”

“知道了。”长毛说，“好了，那我去希尔弗雷了。你要是没有别的事，我就出去跟她们聊几句，再去哨兵那里转转，顺便看看地形。对了，黑毛最后会怎样？”

“别管他了。”细叶芹说，“这事跟我们没关系。奥斯拉法会在那里看管他，等外面的兔子都回来后就会把他带走。”

长毛跃入原野，发觉周围的每一只兔子都在怯怯地瞧他。长毛感到茫然无措——他所背负的任务危险至极，该以哪里为切入点呢？总之不能再耽搁了，因为基哈尔说得很清楚，他不想再等下去了。可现在除了撞大运似的找一只值得信任的兔子奋力一搏外，他别无他法。但要跟谁合作呢？这样的领地中一定到处都是探子，而且也许只有水苏将军才知道谁是自己的耳目。说不定他自己现在都正处于某只兔子的监视之下呢！

“我得相信自己的感觉。”长毛想，“我先到处转转，看能不能交上朋友。还有，如果能成功，我不仅要带着几只母兔逃出这里，还要带上可怜的黑毛。弗瑞斯保佑！我一想起他被迫惨兮兮地坐在那里，就心头冒火。水苏将军这个混蛋，被枪打死都算他命好。”

他一边想心事一边啃草，慢慢挪入余晖照耀下的草场。过了一会儿，他发现一个土坑——他和闪银就是在类似的土坑中发现基哈尔的。坑里有四只母兔背朝着他，她们并没有狼吞虎咽，看来都已吃饱，只想四处逛逛，随便聊聊。四只兔子中，有三只正全神贯注地注视着另一只。长毛喜欢听故事，而且瘾头比多数同类大，加上他正置身于一片陌生的领地，就更想听听新鲜事了。于是他悄悄蹭到坑边，刚巧那只母兔正要开口。

原来对方没在讲故事，但她说的那套东西，长毛隐约觉得在哪里听过。那只母兔声情并茂，腔调时高时低，另外三只则专心地听着——她们是不是想起了什么？忽然，长毛记起了胡萝卜的味道，记起了大地洞中银叶花被兔子们热捧的场面。但他当时对银叶花的话无动于衷，此时母兔道出的字字句句却都钻进了他的心底。

很久很久以前，
黄鹀唱着歌，在荆棘上空高高飞翔。
歌声飘向跟妈妈出来玩耍的小兔，
飘入风中，落到小兔头上。
时间在接骨木花下流逝，
然而，鸟儿不知所踪，我也黯然神伤。
美好的时光一去不返。

很久很久以前，
橙色的甲虫攀在黑麦草茎上。
碧草在风中摇曳，公兔和母兔跑过草场。
他们在坡地上挖洞，
在榛子树下玩耍徜徉。

然而，甲虫在严霜中死去，我也黯然神伤。
我再也不会与谁相依相傍。

严寒降临，钻入我的身体，
让我的鼻子和耳朵麻痹。
崖燕会在春天前来，喊着："新鲜事！新鲜事！
母兔们，挖洞吧，让兔宝宝啜饮乳汁。"
我不想听，胎芽也回到我疲乏的身体内。
在我入眠之时，铁丝网拦在那里，
风儿受困，我将永远与之别离。

母兔朗诵完毕，她的三位同伴什么都没有说，但此时的沉默恰恰表明母兔道出了她们的心声。一群椋鸟从她们头顶掠过，有的叽喳乱叫，有的尖声呼啸。一滴鸟粪恰好落入她们中间，但谁都没有受惊奔逃。她们似乎都在品味心底的感伤——这样的感伤虽然摧心剖肝，但至少属于艾弗拉法以外的地方。

长毛身强体健、刚强坚毅，从不多愁善感，但是他同大多数经历过千难万险的动物一样，在看到其他生灵受苦时，也会心生悲悯与敬畏。如今，他已经习惯一看见其他兔子，就在心里盘算对方有何特长，能干点什么。他忽然感觉眼前的母兔已经离末日不远——自认为没有任何理由苟活下去的野生动物会动用自己仅存的力量走向死亡。他们在樱草的领地中时，长毛还曾误以为小多子就是陷入了这样的心态。但经历过那次的事，他的判断力有所增进。此时，他能感受到这群母兔已经几近绝望，冬青、细叶芹以及艾弗拉法本身早已把原因摆在了他面前：

压抑、拥挤的生存环境所带来的影响首先会作用在母兔身上——她们无法生育、焦急暴躁。倘若发火无法解决问题，她们便会走上另一条路。长毛怀疑这几只母兔已经站在了绝路的路口。

他跃入坑中，把几只母兔从沉思中惊醒。她们瞧着他，纷纷后退，眼神中满是厌恶。

“我认识你，你叫纳尔希尔塔。”长毛对在地道里跟细叶芹顶嘴的漂亮母兔说。“你叫什么名字？”他又问纳尔希尔塔旁边的那只。

对方犹豫片刻，答道：“丝苏辛楠格[1]，大人。”

“你呢？”长毛这次问的是朗诵诗歌的兔子。

母兔神色凄然地望着长毛，仿佛满怀愤恨与苦楚，令长毛险些忍不住当场大喊：“我其实是你们的朋友，我也恨艾弗拉法，恨我现在代表的那群兔子！”纳尔希尔塔在地道中说话时，似乎对细叶芹深恶痛绝，此刻她的目光却饱含着难以言表的冤屈。长毛与她对视着，忽然想起冬青说过，一个黄色的大“隆嘟嘟”摧毁了他们地洞上方的土地。“当时那玩意应该也看到了这样的眼神。”他想。这时，母兔开口说道：“我叫希泽恩斯蕾，大人。”

“希泽恩斯蕾？”长毛不禁一愣，“就是你……”他把后半截话咽了回去。这个时候问对方是否记得冬青未免太过冒险。然而，不论这只母兔对冬青还有没有印象，总之是她把艾弗拉法陷入困境、母兔们心怀不满的消息传递给冬青他们的。“如

[1] 兔子语，意思是“叶之舞”。——作者注

果没有记错，希泽恩斯蕾似乎本来就打算离开这里。不过……”他再次望向母兔噙满忧伤的双眼，想，“现在告诉她有什么用？”

“我们能走了吗，大人？”纳尔希尔塔问，“各位长官可真是了不起，爪子伸得这么长。”

“啊……是……那个……就是……”长毛语无伦次，只能杵在原地，任母兔们蹦远。纳尔希尔塔甚至还扯着嗓门儿喊了一句“大傻瓜”，并挑衅似的回头看了看，似乎期望长毛听见自己骂了他。

“呼，还好，起码有只兔子精神头儿挺足。”长毛一边想，一边跃出土坑，向哨兵那边奔去。

长毛跟几名哨兵聊了一会儿，了解到岗哨的安排规则——那制度简直无懈可击。当异常情况发生时，每一名哨兵都可以迅速跑到临近的战友身旁予以援助。他们还有一套完整的暗号系统，用特定的方式跺脚便能把长官和留守的哨兵叫出来。在必要时，奥斯拉法会即刻出动，而剪秋萝等长官哪怕还在外面巡逻，也可立即收到指令。一次只有一个印记组外出且在特定的区域活动，因此警报的源头并不难寻。一个名叫墨角兰的哨兵向长毛讲述了黑毛逃跑与被捕的经过。

“他假装吃草，走得越来越远，”墨角兰说，“后来忽然蹿了出去，还撞倒了两名拦路的哨兵。我猜再没哪只兔子像他这么有劲了。他一个劲儿地跑，跟发疯了一样。可是剪秋萝队长收到警报，稍稍绕了一段路就在田野那边把他截住了。要是他没有袭击哨兵，议会说不定也不会罚得这么重。”

“你觉得这里的日子好过吗？”长毛问。

“还可以吧，我是奥斯拉了嘛。”墨角兰答道，“要是能当上长官就更棒了。我参加过两次大巡逻——这可是咱们表现的机会。在打架、追踪这两件事上，我并不比别的兔子差，可是要做长官还远远不够。我觉得咱们的长官都特别有本事，你说呢？”

“嗯，没错。”长毛假装自己心服口服。他看出来了，墨角兰并不知道他是新来的，而且对他既不嫉妒，也不怨恨。长毛渐渐发觉，在这里，每只兔子能够掌握的讯息极为有限；有些事情，除非亲眼所见，否则他们一辈子都不会知道。墨角兰或许认为长毛是从另外一个印记组晋升上来的。

夜幕降临，希尔弗雷快要结束时，剪秋萝队长带着三名巡逻队员来到田野，细叶芹跑上前去，在哨兵巡逻的路线上与他会面。长毛凑到一旁听他们聊天，获知剪秋萝已经去过铁路附近，但没发现任何异常。

“你们去过铁路另一侧吗？”长毛问。

“一般不去。”剪秋萝说，“那边十分潮湿，不适合兔子生存。不过我倒是去过，是在例行巡逻时，但也只在附近活动。我的任务是将周围的新动向报告给议会，同时协助抓捕逃跑的兔子。黑毛那个混蛋被我放倒之前还咬了我一口，我一辈子都忘不了这件事。要是哪天天气好，比如今天，我就会到铁路路堤上看看情况，或者朝反方向走——那边有一座谷仓。我的行动路线完全依具体情况而定。对了，我刚才见了将军一面，他似乎打算等你们印记组完成早晨、傍晚的希尔弗雷，而你也适应这里以后，就带你出去巡逻两三天。”

“这有什么好等的？”长毛努力摆出一副急不可耐的样子，“就不能早点吗？”

“印记组在早晨和傍晚希尔弗雷时，该组的所有奥斯拉都要出动。你也清楚，兔子在这两个时段最为活跃，要严加看管。而在中午和月出之后出去希尔弗雷的印记组就没这么麻烦，奥斯拉可以随机调配着巡逻。好了，现在我要带部下去十字路口向将军汇报新发现，先失陪了。”

在兔子们都进入地道，而黑毛也被奥斯拉法带走之后，长毛向细叶芹和水杨梅道过别，回到了自己的地洞。底层兔的住处十分拥挤，哨兵则可以睡在宽敞的大地洞中，长官更是拥有其专属的安身之所。终于得到独处机会的长毛安下心来，开始琢磨下一步的对策。

他现在简直一筹莫展。没错，在基哈尔的协助之下，他随时都可以逃离艾弗拉法。但是，他要怎么带着想要离开的母兔们脱身呢？趁兔子们希尔弗雷的时候把哨兵支走？不行，他的一举一动根本逃不过细叶芹的眼睛，所以他只能在白天寻找时机：等细叶芹睡着，再支开守在某个地道口的哨兵。长毛反复琢磨，感觉这法子万无一失。随后他又想到：“那黑毛怎么办？”白天，黑毛一定也处于严密监管之下，谁都不知道他住在哪里，问也问不出来——这里的兔子其实对艾弗拉法的了解非常有限。这样的话，只好把黑毛抛下了。唉，现实一点吧。

“要是放任他不管，那我还不如死掉算了！”长毛又自言自语道，“黑莓一定会骂我傻，可他又不在这儿，我想怎么办就怎么办。不过，我要是为了救黑毛而把整件事情都搞砸可怎么办？

啊，弗瑞斯，干吗要这么为难我？”

长毛绞尽脑汁，最后发觉自己又回到了原点。不知过了多久，他睡着了。再睁眼时，皎洁而柔和的月光已经笼罩了大地。蓦地，他有了个主意。或许他可以反其道而行之，先拉拢几只母兔，跟她们一起想办法，也许她们可以帮大忙。想到就做，长毛沿着地道前行，遇到一只熟睡的年轻兔子。这只兔子被挤出了洞外，但依然睡得很沉。长毛叫醒了他。

“你认识希泽恩斯蕾吗？”长毛问。

“认识，大人。”那只兔子毫不犹豫地回答，顺从得可悲。

“让她去我的地洞。”长毛说，“就她自己。明白了吗？”

“是，大人。”

年轻兔子立即转身离去，长毛则回到自己的地洞，回想刚刚是否露出了破绽。应该没有。据细叶芹所说，艾弗拉法的长官找母兔做伴本就是平常之事。如果谁就今晚的事情问他，他装相糊弄过去就可以。于是长毛趴下，静静地等待着。

幽暗中，一只兔子缓缓钻出地道，停在地洞的入口处，踟蹰不前。

“希泽恩斯蕾？”长毛问。

“是我。”

“我有话跟你说。”长毛说。

“我确实归属于近后肢组，受您的管辖。不过大人，请您不要误会。”

“没什么误会。”长毛说，“别怕，过来，离我近点。”

希泽恩斯蕾依令而行。长毛感觉她心跳加速，身体僵硬，双目紧闭，爪子紧紧抠着洞底。

“希泽恩斯蕾，”长毛对她耳语道，“听好了。你一定还记得，好几天以前，有四只兔子在傍晚来到了艾弗拉法。其中一只浑身都是浅灰色的毛，还有一条前腿上有老鼠的牙印。你跟他们领头的说过话——他叫冬青。我还知道他都跟你说了些什么。”

希泽恩斯蕾慌了，猛地转头问道：“你怎么知道？”

“先别管这个，听我说。”

接下来，长毛说起了榛子和小多子，讲到了惨遭毁灭的桑德福德领地，叙述了他们的沃特希普高地之旅。希泽恩斯蕾全程一动不动，只静静地听着。

“那天傍晚跟你说话的兔子，”长毛说，“他说他们的领地要完蛋了，想从艾弗拉法请几只母兔过去——你知不知道他们后来怎么样了？”

希泽恩斯蕾轻声细气地回答道：

“我听说他们第二天早上逃走了，野芥子队长在追捕他们的时候遭遇了不测。”

“后来……第二天，将军有没有派其他巡逻队去捉他们？”

“我们听说，因为牛舌草被捕，野芥子丧命，当时已经没有能带队的长官了。”

“那几只兔子平平安安地回去了。现在其中一只离我们不远，跟榛子、小多子他们在一起。他们都很聪明，总是想得出好主意，正等着我从艾弗拉法带母兔出去呢——他们让我能救几只就救几只。明天早上我就可以请朋友捎口信给他们了。”

“朋友？怎么捎？”

“请一只鸟帮忙——如果顺利的话。”长毛又开始介绍基哈尔。他说完之后，希泽恩斯蕾一言不发。长毛也不知道对方究竟是在琢磨他的话，还是因为害怕或者怀疑而无言以对。难道希泽恩斯蕾以为他是将军派来刺探她的耳目？此刻这只母兔是不是只想马上逃离此地？长毛等了许久，终于开口问道：

“你相信我吗？”

“相信。”

“我不是议会的探子。”

“我知道。”

“你是怎么知道的？”

“你提起了你的朋友——预言你们以前的领地要出事的那只。有这种能力的兔子不止他一只。有时我也有预感，但是现在不行了，因为我的心正处在严霜之中。”

“那你愿不愿意跟我一起走？也劝劝你的朋友，好吗？这里的兔子觉得你们多余，可我们需要你们。”

希泽恩斯蕾又不吭声了。长毛听到一条小虫在他身边蠕蠕爬行，外面有一只小动物在草地上一蹿而过。他知道此刻万万不能多嘴，因此只是静静地等待着。

母兔终于开口了。她的声音细微无比，简直跟时轻时重的喘息一般无二。

“我们可以逃出去。虽然这个方法很危险，但我们完全可以险中取胜……除此之外，我什么都没看见。夜幕低垂，困惑、恐惧……然后，人，人，都是人类的东西！一条狗，一根绳子，像枯枝一样，‘啪’的一声断了……一只兔子——不，不可能！

一只兔子在‘隆嘟嘟’上！啊，我一定是糊涂了……这一切，在夏天的黄昏当故事讲给兔宝宝听还差不多。这些画面就像雨幕后方的树影一样，朦朦胧胧，一眨眼就消失不见，再也寻不回来。”

“呃……你真的应该跟我走，去见见我那个朋友。”长毛说，“他也这样说话。现在他说什么我都信，所以我也信你一回。你要是觉得这事能成，那肯定没问题。但我还是想问问你，能不能带上你的朋友一起逃？”

又一阵沉默过后，希泽恩斯蕾说：

“我的勇气和意志已经大不如前。你仰赖于我，让我心生胆怯。”

“看得出来。你这是怎么了？你不是还带着几只母兔去找议会讲理了吗？”

“领头的有我和丝苏辛楠格，其他几只母兔如今不知道怎么样了。起初我们都是右前肢组的；我有相应的印记，可是进了现在这个组之后，别的地方又被他们咬了一口。对了，黑毛——你见过黑毛没有？”

“当然了。”

“他之前也是右前肢组的，是我们的朋友，总给我们鼓劲。我们被议会赶出来后过了大概一两晚，他曾试图逃跑，但是被抓了回来。他们是怎样折磨他的，想必你已经看到了。当天黄昏，你的朋友们来了；第二天夜里，他们四个就逃了出去。随后议会又把我们几只母兔叫了过去；将军说不能再给任何一只兔子溜走的机会，于是把我们分开，推给不同的印记组——每组最多两只。可不知道他们为什么还让我跟丝苏辛楠格待在一起。不过他们一向如此，从不思考，只知道遵从命令。将军当时说的是‘每个印记组两只’，执行命令的兔子根本没考虑过不能把哪两只分在一组。但现在我还是有点害怕，总感觉自己始终处于议会的监视之下。”

“没错，不过有我在。”长毛说。

“议会里的兔子都诡计多端。”

“那他们算遇上对头了。不骗你，我们这边有几只兔子比他们还厉害，跟艾尔-阿瑞拉的奥斯拉一样厉害。对了，那天去找议会的母兔里有纳尔希尔塔吗？”

“没有，她是土生土长的近后肢组组员。她很勇敢，但还是年轻，有点莽撞。她觉得造反很好玩，急于让大家知道她是我们的朋友，因此总是稀里糊涂地胡闹，根本不把议会的喜恶放在心上。顶撞长官这类事情在她眼中不过是一场游戏。总有一天，她会因为这些出格的事而连累我们。无论如何，不能把秘密托付给她。”

“现在这个印记组会有多少母兔愿意跟咱们一起逃？”

“很多。你知道的，大家心中都积存了太多不满。可是，长毛，我们只能在快要行动之时再把计划披露给她们——是她们，不止是纳尔希尔塔。在兔子领地里，秘密总会不胫而走，而在艾弗拉法，密探更是无处不在。我们——你、我，再加上丝苏辛楠格——要瞒着大家，在私下里把一切都安排好。待到时机成熟，我和她一定能召集起许多母兔。”

长毛发现自己竟然对这只母兔佩服得五体投地——此时此

刻，他最需要的就是一位刚强坚毅、清醒理智、会独立思考、能帮他分担重负的战友。

“那动员母兔这事就交给你了。”他说，“等你们准备好了，我来创造逃跑的机会。”

“定好时间了吗？”

“最好在太阳下山的时候，越快越好。榛子他们会接应咱们，打退追兵。不过最重要的是，那只鸟也会参战——到时就连水苏都会大吃一惊。”

希泽恩斯蕾又不说话了。长毛知道对方正在暗自思量，寻找计划的不妥之处，不由得心生敬意。

“可是一只鸟能在战斗中出多少力？”她终于问道，“他能把他们都赶走吗？突围绝非易事，容不得半点马虎。长毛，到时将军肯定会亲自率领精兵追捕我们。我们不可能跑一辈子，可他们会循着我们的踪迹紧追不舍，迟早能拦住我们。”

“我不是说过嘛，我们这边的兔子比议会的厉害。不管我怎么说，你可能都听不明白。你见过河吗？”

“‘河’？什么叫‘河’？”

“喏，对吧？我也说不清楚。不过我向你保证，咱们用不着跑多远就没影了。这里的奥斯拉就算跑到河边也只能干瞪眼。哈哈，我都等不及了。”

希泽恩斯蕾未置一词。长毛接着说：“你得相信我，希泽恩斯蕾。我用性命跟你保证，咱们什么踪迹都不会留下。真的。”

“要是出了纰漏，我们能死个痛快都算是走运了。”

“谁都不会死。我的朋友们想了个妙计，要是艾尔-阿瑞拉知道了，都会为他们骄傲。”

“要在落日之时行动，”希泽恩斯蕾说，“就得选在明天或者后天。这两天我们这个组会在黄昏时分希尔弗雷，你知道吧？”

“嗯，听说了。那干脆就明天。不过还有一件事：咱们得把黑毛也带上。”

“黑毛？你有办法吗？他始终处于议会警察的监视之下。”

“我知道。救他不是件容易的事，不过我说什么也不能丢下他。我是这样想的：明天傍晚我们这个组希尔弗雷的时候，你就和丝苏辛楠格带上你们能召集的母兔，随时准备逃跑。到时候我会跑远一点，去草场上跟那只鸟碰头，告诉他一看见我钻进地洞就去啄哨兵，然后我再去解决看管黑毛的兔子——他们肯定没有防备。我很快就能把黑毛救出来，跟你们会合。到时艾弗拉法一定乱得要命，咱们就可以趁乱逃走。谁追我们，那只鸟就去啄谁。记住，咱们要往带铁的路下面的大洞跑，榛子他们都在那里等咱们。你们跟着我就行，我带路。”

“那个时候剪秋萝队长可能正在带队巡逻。”

“呵！我可真希望他在巡逻！”

“黑毛也可能会被惊呆，吓得跑不动。”

“能不能提前给他报个信？”

“不行。奥斯拉法对他寸步不离，他们每天都是单独带着他出去希尔弗雷的。”

“他还得熬多久？”

“等每个印记组都看过他之后，议会就会把他杀掉——大家都这么推测。”

“那好，他要是跑不了，我也不走了。”

“长毛，你确实勇气非凡，但愿你也足智多谋。明天我们能否逃出生天，可全靠你了。”

“你觉得刚才那个计划有问题吗？”

“没有。可我从来没出过艾弗拉法，或许会有意外之事？”

“冒险是免不了的。你就不想出去，跟我们一起住在高地上？想想吧，那样过日子会有多快活。”

“长毛，在那里，我们是不是也可以按照自己的心意选择配偶，自己挖洞生宝宝？”

“当然啦！还能在‘蜂巢’里讲故事，想什么时候到地面上吃草就什么时候去！要多自在有多自在，我向你保证！”

“我去！哪怕历尽千难万险我也要去！”

“我的运气可真不赖，有你在这个组里。刚才你没来的时候，我把脑袋想破都没想出好主意。”

“现在我要回地洞了，长毛。你这个时候找我来，肯定会有兔子对此起疑心——大家都知道我没有给谁做伴的心思。等我回去后，就说你误会了，没能遂意。就这么说，别忘了。”

“忘不了。行了，你回去吧，让她们在明天傍晚希尔弗雷的时候准备好。我肯定不让你们白等。”

希泽恩斯蕾出去了。长毛立即感觉自己心力交瘁、茕茕无依。他一个劲儿地提醒自己，朋友们都在不远的地方，再用不到一天的工夫就能跟他们相聚。然而，他也清楚地知道，他跟榛子之间隔着一个偌大的艾弗拉法。他开始胡思乱想，美好的憧憬分崩离析，恐怖的幻想取而代之。半梦半醒中，他看到剪秋萝队长化身为一只海鸥，大叫着在河面上方翱翔。他猛地被惊醒，随后又迷迷糊糊地睡了过去。这一次，他瞧见细叶芹队长追着黑毛狂奔，而他们前方的草丛中正紧绷着一根亮闪闪的铜丝。紧接着，水苏将军登场了，他变得如马一般高大，世间万物都映照在他眼中。最后，长毛终于被忧惧拖垮，索性抛下心事，在冷冷清清的地洞中沉沉睡去。

36

雷暴前夕

我们正要溜之大吉，
却遇到了比尔·哈珀，
徒叹一句：奈何奈何，不得。

——音乐厅歌曲

长毛渐渐走出梦境，清醒的意识像从一潭死水底部泛上来的气泡。一只公兔此时正伫立在他的洞中。长毛猛地起身，问道：“谁？”

“水杨梅。”那只兔子答道，“希尔弗雷的时间到了，长毛。云雀都出来唱歌了。你睡得可真香。”

“是吗？”长毛说，“好好好，走吧。”他刚要往地道里钻，就被水杨梅接下来的话惊得一愣。

“‘小多子’是谁？”

长毛慌了。“什么？”

“我问，小多子是谁？”

“我怎么知道？”

“你刚才说梦话来着，一个劲儿地叫：‘问小多子吧，问小多子吧。’我就犯嘀咕了。”

“哦，我想起来了。是我以前认识的一只兔子，他会看天什么的。”

“如果他现在在咱们这儿就好了。有雷的味道，你闻到了吗？”

长毛嗅了嗅。远方浓云又潮又闷的气息同青草和牲畜的味道混合在一起，钻入他的鼻孔，扰得他心烦意乱。几乎所有动物在察觉惊雷将至时都会烦躁不安。越发紧张的气氛会让他们备感压抑，进而打乱他们正常的生活节奏。长毛此刻真想窝在地洞里，可他怀疑艾弗拉法的日程安排根本不会因为打雷这样的小事而受到影响。

事实果真如此。细叶芹已经趴伏在洞口东张西望，黑毛和两名奥斯拉法就在他的对面。长毛和水杨梅凑上前去。

“过来啦，长毛。”细叶芹说，“哨兵已经就位。你是在担心打雷吗？”

“有一点。”长毛说。

“放心吧，这雷今天打不起来。”细叶芹说，“离咱们这里还远着呢，我猜，明天傍晚才能听见雷声。但无论如何，不能让其他兔子看出你心生畏惧，只要没有将军的命令，我们就要照常行事。”

“我叫了半天他都没醒。”水杨梅没好气地插嘴道，“听说昨晚有只母兔进了你的地洞，长毛？”

“哦，是吗？”细叶芹说，“是谁？”

“希泽恩斯蕾。”长毛实话实说。

“哦，是那只孤独绝望的母兔啊。”细叶芹说，“有点意思。

我还以为她不想找伴呢。”

“她确实不想。”长毛说，“是我搞错了。不过你还记得吧，你让我尽力从那几只麻烦的母兔那里套套话，让她们乖一点，所以我还是跟她聊了聊。”

“有收获吗？”

“不好说。”长毛答道，“以后我再加把劲。”

在组员们沿着地道往外走的时候，长毛已经规划好了入洞袭击奥斯拉法、救出黑毛的最佳路线。看管黑毛的奥斯拉法有两名，他要尽快先解决其中一名，这时剩下的奥斯拉法肯定会有所防备。如果大战在所难免，就要尽量避免当着黑毛在地道口与对方搏斗，因为那很容易使黑毛受惊狂奔；倘若通往地面的路不通，他就只能往地穴深处跑了，这可不行。当然，如果走运，也许剩下的那名奥斯拉法会落荒而逃，这就免了动武的麻烦。不过遇上这种好事的几率不大，毕竟遇事便逃可不是这里奥斯拉法的作风。

长毛奔上田野，不知道基哈尔能不能看到他。他俩之前已经约好，第二天，无论他什么时候跑到哪里，基哈尔都要来找他。

他果然无须担心——天还没亮，基哈尔就已经开始在艾弗拉法上空盘旋了。一看到兔子们出洞，基哈尔便飞入田野，在灌木丛和岗哨之间的草丛中觅食。长毛啃着草慢慢向他靠拢。见没有兔子注意自己，他便放心地大吃大嚼起来。过了一会儿，他感觉基哈尔落在了自己身后不远的地方。

“长毛先森，不要说太多。榛子先森问，你这边，怎样？要什么？”

“两件事——都在今晚太阳下山的时候做。首先，我们这边的兔子得跑到铁路大洞那里去，我会带着母兔穿过大洞。要是有追兵，你和榛子他们就得大战一场了。那条船还在那里吗？”

“在，在，人没动。我转告榛子先森。”

“很好。听着，基哈尔，还有第二件事，这件事非常重要。你看见那边的兔子没有？他们是哨兵。太阳下山的时候，咱俩在这里碰头，然后我会往那边树林的后面跑，钻回洞里去。你一看见我进洞，就去啄哨兵——吓唬他们，把他们赶走。他们要是不跑，你就使劲啄，使劲！反正一定要把他们赶走。到时我会从洞里出来，那些母兔会跟我一起向大洞跑。可是我们很可能会在路上遇袭——到时你也帮帮我，好吗？”

“好，好，我飞过去，不让他们拦你。”

“太好了！那就说定了。榛子他们还好吗？”

“好。他们说，你是他们的好兄弟。风铃草先森说，每只兔子，都会有一个兔妈妈做伴，他要两个。”

长毛听闻此言，不知该说什么好。忽然，他看见细叶芹越过草地跑了过来。于是他没再跟基哈尔说话，转身向细叶芹那边蹦了几下，大口大口地啃起了三叶草。细叶芹来到长毛身边时，基哈尔已经飞掠过他们头顶，消失在了树林中。

细叶芹盯着基哈尔瞧了一会儿，然后望向长毛。

“你不怕鸟？”他问。

“不怎么怕。”长毛说。

“他们会啄老鼠，有时连小兔崽都不放过。在这里进食太危险了，你怎么一点都不防备？”

长毛坐直身体，向细叶芹扑去。这一下虽是闹着玩，但也把对方推了个跟头。

“因为这个。”长毛说。细叶芹气哼哼地站了起来。

“不错嘛，你确实比我有力量。”细叶芹说，“不过，你要学的东西还有很多。长毛，要想做艾弗拉法的长官，光是体格健壮可不行。还有，鸟是一种很危险的生物，况且此时并不是他们活动的季节，而这里竟然出现了一只，实在太奇怪了。我要向上面报告。”

“为什么？”

“因为这事很反常。我们必须把反常之事无一遗漏地报告上去，要是被别的兔子抢了先，我们就被动了。其实我们印记组里早就有几只兔子见过那只鸟，我要立即向将军汇报。希尔弗雷快结束了，要是我没能及时回来，你就和水杨梅监视着组员们进地洞。”

细叶芹离开后，长毛立即去寻找希泽恩斯蕾和丝苏辛楠格。这个组的大多数兔子并没有因为将要打雷而惊慌失措，确实如细叶芹所说，他们觉得雷云尚远。可这两只母兔却忐忑不安，一副紧张兮兮的样子。长毛把他和基哈尔的安排讲述了一遍。

“可是那只鸟真的会啄哨兵吗？”丝苏辛楠格问，“鸟啄大兔子？我从来都没听说过。”

“会的，我向你保证。今天傍晚，希尔弗雷一开始，你们就把母兔聚集起来。等我和黑毛钻出地道后，那群哨兵肯定会被吓得到处乱跑，找地方躲藏。”

“我们朝哪个方向跑？”丝苏辛楠格又问。

长毛带着她们跃入空旷的田野，让她们望向四百码开外的涵洞。

“剪秋萝会追过来的。”丝苏辛楠格说，“你也想到了吧？”

“他上次在抓捕黑毛时就吃了亏，”长毛答道，“所以我觉得，他肯定应付不了我和那只鸟。喏，水杨梅带着哨兵来了。咱们走吧。别担心，回去嚼嚼粪球，睡上一觉；要是睡不着，就把爪子磨一磨——到时候可能用得上。”

组员们钻回地道，黑毛也被奥斯拉法带走了。长毛回到自己的地洞中，尽力不去猜想今天黄昏会遇到何种状况。过了一会儿，他终于决定找地方凑凑热闹，于是去底层兔居住的两个地洞转了一圈，玩了一轮点石头，听了两个故事，他自己也讲了一个，还去沟里排泄了一通，又心血来潮去找细叶芹，最后获准去其他印记组看看。中午已过，长毛在十字路口一带东游西逛，看见左腹组的兔子们正在希尔弗雷，便等在一旁，最后跟他们一起回了地洞。该组的长官特意腾出一个大地洞，邀他在那里跟几位经验老到的长官见了面。长毛还饶有兴味地听了对方在大巡逻以及执行其他任务时的见闻。下午过半时，长毛轻松愉快、胸有成竹地回到近后肢组，一直休憩到一名哨兵叫他带组员出去希尔弗雷。

长毛来到地道顶端，黑毛早已瘫在老地方。长毛蹲坐在细叶芹旁边，望着组员钻出地道。希泽恩斯蕾和丝苏辛楠格从他眼前走过时，瞧都没瞧他一眼。虽然她俩似乎有些紧张，但整体还算从容。细叶芹跟在队尾，也出去了。

长毛静静地等着。待细叶芹远离地道口后，他向黑毛的所在之处瞄了一眼，随后跃上地面。落日的余晖晃得他头昏眼花，他坐下眨眨眼睛，拂去挡在眼前的毛发，好让双目适应洞外的一片通明。少顷，他看见基哈尔从远方飞了过来。

“行了，”他自言自语道，“干吧。”

忽然，一只兔子的声音从他身后传来。

“长毛，我有话要跟你说。去灌木丛那边可以吗？”

长毛放下前爪，转过身去。

是水苏将军。

37

悄然酝酿

你盖得住火，可你藏得住烟吗？

——钱德勒·哈里斯《雷默斯大叔说谚语》

长毛的第一反应是就地与水苏拼死一搏，但转念一想，此举非但徒劳，还会让整个艾弗拉法与自己为敌。此情此景，他只有乖乖听话的分。于是他跟着水苏穿过灌木丛，来到跑马径上的绿荫中。虽然已是黄昏，但天空依然浓云密布，林中阴沉沉的，又闷又热。炸雷正在酝酿之中。他望着水苏，等对方开口。

“今天下午你出去过？”水苏问。

“是的，大人。”长毛答道。直到现在他也不喜欢称水苏为“大人”，不过他既然做了艾弗拉法的长官，那就还是不要特立独行比较好。他并没有主动解释自己是得到了细叶芹的允许才出去的。迄今为止，他还没有因为任何事受过责备，可不能先自乱阵脚。

“你去哪儿了？”

对于水苏的明知故问，长毛努力按捺住从心中涌起的厌烦。

“我去了左腹组，大人。去了他们的地洞。”

“去干吗？”

“打发时间，还有听那边的长官分享经验，跟他们学一学。”

“去别的地方了吗？”

“没有，大人。”

“你见了左腹组的一名奥斯拉，一只名叫千里光的兔子。”

“呃……大概吧，他们的名字我没记全。”

“你以前见过他吗？”

“没有，大人。我怎么可能见过他？”

一阵沉默。

“我能不能问问到底是怎么了，大人？”长毛问道。

“是我在问你问题。”水苏说，“千里光说他见过你。他认出了你头上的乱毛。你猜他是在哪里见到你的？”

“猜不出来。”

“你有没有被狐狸追着跑过？”

“有啊，大人。就在几天前，我在来这里的路上碰见过一只狐狸。”

“你把他引向一群兔子，而他咬死了其中一只。对吧？”

“我不是故意的。我又不知道他们在森林里。”

“但你从未向我们提起过这件事，对吧？”

“我早就把这事忘了。狐狸追我，我当然要逃命啦。”

“你害死了一名艾弗拉法的长官。”

“那是意外。再说，就算我不在，他也可能被那只狐狸咬死。”

“不可能。”水苏说，“锦葵不是那种贸然挑逗狐狸的兔子。对于深知狐狸习性的兔子来讲，他们并不危险。”

“大人，我为他的牺牲感到难过。他可实在是太倒霉了。”

水苏用灰色的大眼睛定定地盯着长毛。

“还有，长毛，当时那支巡逻队在循迹搜捕一群兔子——陌生的兔子。关于后者，你是否有所了解？”

“那个时候，我看到了他们的脚印，别的我就不知道了。”

“你跟他们不是一伙的？”

“大人，我要跟他们是一伙的，那我来艾弗拉法干吗？”

“我说了，是我在问你问题。那你知不知道他们去了哪里？”

“不知道，大人。”

水苏移开目光，静静地坐了一会儿。长毛感觉对方正在等待自己问他是否问完了，能否离去，不过长毛决定不吭声。

“还有一件事，”水苏终于又开口道，“关于今早飞入原野中的那只白鸟——你不怕鸟吗？”

“不怕，大人。没谁说过鸟会伤害兔子。”

“但你见多识广，应该知道他们确实会对兔子构成威胁。当时你为什么要到他身边去？”

长毛的脑子转得飞快。“大人，跟你说实话，我是打算跟细叶芹队长显摆显摆。”

“哦？这个理由倒还算合情合理。不过，你要是想在谁的面前表现自己，那也应该从我开始。后天我要亲自率队巡逻，穿过铁路，看能否找到那群兔子的踪迹。若不是你鲁莽冒失，锦葵早就该捉到他们了。所以，你最好一起去，让我们看看你有多大的本事。”

“好的，大人。这太棒了。”

又是一阵沉默。这一次，长毛决定主动告辞。然而他刚张开嘴，另一个问题便追了上来。

“你跟希泽恩斯蕾待在一起的时候，她有没有说自己为什么被遣入近后肢组？”

“有，大人。”

“此事恐怕尚未尘埃落定，我还是不大放心。长毛，盯紧点。她要是愿意与你交流，那再好不过。我想知道那几只母兔是否已经死心。”

“好的，大人。”

“行了，”水苏说，“回你们组去吧。”

长毛奔入田野。此时日头西沉，天色渐暗，希尔弗雷已经接近尾声。厚云铺展开来，太阳的余晖变得黯淡。基哈尔不见踪影。哨兵围上前来，看管着兔子们下地洞。长毛独自坐在草丛里，一直等到最后一名组员跃入地道口，基哈尔还是没有出现。他跳跳停停地来到洞口边，钻了进去，撞到了一名奥斯拉法——这只兔子堵在那里，防止黑毛趁乱逃跑。

“别挡路，你个又脏又臭、多嘴多舌的小跳蚤。”长毛破口大骂。“去吧，告状去吧。”他朝自己的地洞走了几步，又回头喊道。

* * *

阴云密布的天空中，最后一丝天光褪去。榛子又一次从涵洞坚硬光裸的地面上蹿过，来到其北侧，直立起上身，仔细聆听。片刻之后，小多子也来了。两只兔子向艾弗拉法的方向爬了一小段路。四周闷热无比，空气里已经浸透了雨水和渐熟大麦的味道。附近倒是没有声响，但在他们背后，在下方特斯特河岸边的浸水草甸上，一对矶鹬用微弱的颤声唠叨个没完。基哈尔飞过铁路路堤，落在他俩面前。

“他说的是今晚？”这是榛子第三次问了。

“不好，不好！”基哈尔说，“他可能，暴露了。长毛先森，可能，完蛋了。怎么办？”

榛子一时语塞。

“不一定吧。”小多子开口道，“那边又是乌云密布又是雷声轰轰的——跟河底一样，什么事情都有可能发生。”

“长毛在那里，会不会丧命？他们会不会逼问他……”

“榛子，”小多子说，“榛子大人，天都黑了，你干着急根本帮不上他的忙。说不定他没什么事，只是我们得等一等。反正他今晚肯定来不了了，咱们不能待在这里，太危险了。基哈尔明天可以飞去高地，再看看那边的情况。”

“你说得对。”榛子说，“可是我不想走——万一他来了呢？让闪银带其他兔子回去吧，我再等一会儿。”

“就算腿不疼了，你也没办法仅靠自己打赢他们。难道草还没露头，你就急着啃吗？总得等它们长出来再下嘴吧？”

榛子和小多子回到涵洞中，闪银钻出灌木丛和他们会合。他们三个听到荨麻丛里传出一阵骚动——大家都躲在里面。

“今天晚上就算了吧，闪银。”榛子说，“趁夜还没深，我们先带大家回河边。”

“榛子大人，”小水窝溜了出来，“那……那个……没事吧？

长毛明天就回来了，对吧？”

“当然了。”榛子说，“到时候，咱们都来这里接应他。放心吧，小水窝，他要是明天还不来，我就亲自到艾弗拉法去。”

“我陪你去，榛子大人。”小水窝说。

* * *

长毛缩在自己的地洞中，紧紧地贴在希泽恩斯蕾身旁，瑟瑟发抖。他倒是不冷——这个印记组的地道宛若枯叶堆，又闷又热，但长毛这会儿总感觉像是有雷要在里面炸开似的。他几乎要被恐惧压垮了。从水苏将军那里回来之后，他越发惊惶，身份暴露后的各种可怕后果一齐涌入他的脑海。水苏究竟发现了多少破绽？那家伙似乎无所不晓——他知道榛子他们从北方而来，还穿过了铁路；他知道那只狐狸的事，知道一只本应于此时迁徙的鸟在艾弗拉法附近活动，还知道他——长毛——有意接近过那只鸟。再过多久水苏就能从这些事情中推断出真相呢？也许他早已洞悉一切，只是在等待时机把他们一网打尽？

水苏简直占尽了天时地利。他仿佛稳坐在各条小径的交汇处，把每条路上的情形都尽收眼底；而长毛居然不自量力地想要与这样的兔子一较高下，那他就只能在荆棘中别别扭扭地穿行，时刻忧心可能露出的马脚。长毛不知道怎样才能再跟基哈尔取得联络——就算他可以，榛子是否还会愿意带着大家冒第二次险？他们是否早已被在外巡逻的剪秋萝队长发现？再去找基哈尔会让他显得更为可疑。他的计划已经千疮百孔，秘密即将随之泄露——不，是倾泻而出，挡都挡不住。

这还不是最糟糕的。

“长毛，”希泽恩斯蕾轻声说，“你觉得你、我，还有丝苏辛楠格今晚能逃出去吗？我们要是能打败地道口的哨兵，或许还能在巡逻队追上来之前脱身。”

“怎么了？”长毛问，“干吗问这个？”

“我好怕。在希尔弗雷之前，我们已经把计划告诉了另外几只母兔，她们都做好了准备，打算等那只鸟一开始袭击哨兵就拼命跑。然而什么事情都没有发生。纳尔希尔塔她们知道了咱们的计划，议会再过不久也会听到风声。当然，我们已经警告过大家，说要想保命就得严守秘密，还安慰她们说你会再次发起行动。丝苏辛楠格正看着她们呢，她说会尽量撑着不睡。可是在艾弗拉法，我们这样的兔子根本没有秘密可言。虽说我们在选同行伙伴的时候已经慎而又慎，但说不准她们之中恰好就有议会的探子。也许等不到明早，我们就会被捕。”

长毛想要理清思路——有一群意志坚定、晓事明理的母兔协助，他一定能够带领她们逃出这里。然而就算他杀掉哨兵，也绝对无法阻止对方发出警报；再说，他甚至无法保证一定能在黑暗中找到通往河边的路。纵使他可以，追兵或许也会跟着他跑上木板桥，冲入他毫无防备、酣然大睡的伙伴中间。而且他现在已经心力交瘁，最多只能带两只母兔出逃。闪银他们可不知道他到底经受了怎样的折磨，到时只会以为他见势不妙、扭头便跑。

“不行，现在还不是放弃的时候。”他尽量心平气和地说，

“你只是因为要打雷才慌的。听着，我跟你保证，明天这个时候以前，你们就在艾弗拉法外面了，一辈子都不会再回来。在这儿睡一会儿，然后回去帮帮丝苏辛楠格。想想高地，想想我说的话。咱们肯定不会总这么倒霉，一定逃得出去！”

希泽恩斯蕾睡着了。长毛还在琢磨怎样才能履行自己的承诺，担心他俩会不会被议会警察带走。“要是议会警察来了，”他想，“我就拼到底，哪怕被他们撕烂也不认输。把我变成另一个黑毛？想都别想！”

长毛再醒来时，发现地洞中只剩下他自己。起初他甚至以为希泽恩斯蕾被议会警察带走了，但转念一想，又放下心来——如果是那样，奥斯拉法可不会把他丢在这里呼呼大睡。希泽恩斯蕾一定是在苏醒之后悄悄地去找丝苏辛楠格了。

黎明将至，洞中的压迫感却丝毫没有消散。长毛向地洞口蹿去，只见今天值守的哨兵铜钱草正在忐忑不安地窥视洞外，他凑上前去，铜钱草立即扭回头来。

“看起来要下雨了，长官。”铜钱草说，“这阵雷肯定厉害，能把草都给吓酸了，可是我估计，它至少得闷到黄昏才响得起来。”

“今天是咱们组最后一天在清晨和傍晚希尔弗雷，真够倒霉的。”长毛说，“去叫细叶芹队长过来吧，我替你守一会儿。”

铜钱草离开了，长毛坐在地洞口，嗅了嗅滞重的空气。天空仿佛压到了树梢，浓云凝集，东方现出一缕淡黄色的微光。云雀不知躲在何处，画眉也无心歌唱。旷野中空空荡荡，一片沉寂。长毛真想撒腿狂奔——要不了多久，他就能跑到涵洞那里。剪秋萝的巡逻队应该不会在这样的天气出动。田野上下、树林内外都悄无声息，仿佛被一只柔软的大爪子按在了下面。这样的天气，连动物们的直觉都会变得迟钝缓滞，实在是出逃的绝好时机。

“啊，耳朵上缀着星辉的艾尔-阿瑞拉啊，请告诉我该怎么办！”长毛说。

这时，长毛身后响起了一阵脚步声，是奥斯拉法带着囚犯来了。在这个惊雷将至的清晨，黑毛鼻子干燥，眼白毕现，似乎比往日更加憔悴虚弱、情绪低沉。长毛跃出地道，把几株三叶草叼住扯起，衔了回来。

“振作一点，”他对黑毛说，“吃点三叶草吧。”

“这可不行，大人。”一名警卫说。

“唉，让他吃吧，疗齿草。”另外一名奥斯拉法说，“这里又没有别的兔子。今天这样的日子，谁都不好过，更别说囚犯了。”

黑毛吃掉三叶草，长毛回到了他的对面。这时，细叶芹来了。

兔子们慢慢吞吞、犹犹豫豫，细叶芹也一反常态，不像往日那样精干麻利，见组员从眼前经过，都没怎么说话，对丝苏辛楠格和希泽恩斯蕾更是不理不睬。然而，纳尔希尔塔偏偏停下脚步，冒冒失失地瞪着他。

“心情不好啊，队长？”她问，“提提精神吧，没准一会儿会有个大惊喜等着你呢。”

“你这话什么意思？”细叶芹厉声质问。

“也许母兔子长了翅膀会飞呢！”纳尔希尔塔说，“这秘密传得比地下的土拨鼠跑得还快。”

说完她就跟着同伴们走了。细叶芹看起来很想把她叫回来继续细细拷问。

“嗨，你能不能帮我看看脚后跟？”长毛及时打断了细叶芹的思考，“我的脚上好像扎了根荆棘。”

“好啊，来吧，”细叶芹说，“到外面去。那里能看得更清楚。”或许是因为还在思索刚才纳尔希尔塔的话，又或是出于其他原因，总之细叶芹并没有特别仔细地找那根荆棘，不过这样也好，毕竟本来也没有什么荆棘。

“啊，该死！”细叶芹抬起头来，“又是那只讨厌的白鸟！他为什么总到这儿来？”

“他怎么惹你了？”长毛问，“他在那边找蜗牛吃，又没碍着谁。”

“一切不寻常之事都有可能成为隐患。”细叶芹说——这是水苏经常挂在嘴边的话，“今天你离他远一些，听到没有？这是命令。”

“哦，好的。不过，你肯定知道怎么赶鸟吧？兔子就没有不知道的。”

“别鬼扯了！难道你打算让我去攻击一只身形巨大、尖嘴跟我的爪子一样厚的大鸟？”

“不用打，用咒语——我妈妈教我的。喏，就像一说‘瓢虫妈妈，瓢虫妈妈，快点回家’什么的，瓢虫就飞走了一样。这法子很管用的。”

“那只对瓢虫有用，因为所有瓢虫都是爬到草尖就飞走了。”

“算了，随便你信不信。我是见你讨厌那只鸟，才跟你说这个的。这样的咒语和谚语，我们以前的领地那边有一大堆。

要是哪条能赶走人类就好了。”

“赶鸟的那条，你说说看？”

“听好了：

飞吧，飞吧，白色的大鸟，
别再回头，直到今宵。

“当然，得说通用语，鸟肯定是听不懂兔子语的。咱们去试试吧，就算咒语不好使，咱们也没什么损失;可要是真有用，那赶走大鸟的功劳可就算在你头上了。哎，他去哪儿了？天这么暗，我什么都看不见——啊，那边，荆花后面。喏，你得像我这么跑过去，然后往这边蹦蹦，再朝那边跳跳，最后用脚刨刨地——对对对，就这样！把耳朵歪一歪，再挺直——对，没错！接着再说：

飞吧，飞吧，白色的大鸟，
别再回头，直到今宵。

“看见没？有用！要我说，咱们对这些古话咒语什么的还是知道得太少。当然，那只鸟也可能只是碰巧想飞。但反正他飞走了。”

“说不定是我们蹦来跳去的，把他吓飞了。”细叶芹没好气地说，“咱们刚才肯定跟疯了似的，组员们看在眼里会怎么想？算了，既然我们出了洞口，就去哨兵那边看看吧。”

“你要是不介意，我想在这儿好好吃一顿。”长毛说，“昨天晚上我都没吃饱。”

长毛还算走运。过了一会儿，他竟然找到了跟黑毛单独说话的机会。那时希尔弗雷刚刚结束，他在地下四处乱逛，发现几个地洞酷热难当，急促的喘息声和狂乱的心跳声不绝于耳。于是他开始琢磨能否理直气壮地让细叶芹向议会请命，让他们允许本组组员在地面上的灌木丛中躲到晚上。倘若可以，他便有了可乘之机。长毛刚想到这里，就涌上了一股排泄的感觉。没有兔子会在地洞和地道中排泄，除非实在憋不住，就像小学生知道尿急要去卫生间，兔子也明白该去专门的地方解决此类问题。艾弗拉法的兔子都在专用的土沟内排泄，顺便呼吸呼吸新鲜空气，看看风景。奥斯拉虽然不能出去得太频繁，但还是比底层兔自由一些。长毛来到通往那条沟的地道，发现有两三只公兔正在里面闲逛，于是他又端起了居高临下的派头。

“你们在这儿瞎溜达什么？”他问。

“看押囚犯的卫兵在上面洞口那里，他们把我们赶了回来，大人。”一只公兔说，“他们说，现在谁都不能出去。”

“连排泄都不行？”长毛问。

“不行，大人。”

长毛愤然蹿到地道口，只见看守黑毛的奥斯拉法正在跟执勤的哨兵聊天。

“恐怕您现在不能出去，大人。”疗齿草说，“囚犯正在沟内，不过您不会等太久的。”

“我一会儿也等不了了。”长毛说，“快滚开。”说完，他把疗齿草撞到一旁，径自跃入沟中。

此刻，天压得更低，云也铺得更厚。黑毛正蹲在离洞口稍远、叶子密密丛丛的峨参下方。苍蝇在他的残耳上爬来爬去，但他似乎不以为意。长毛走过去，蹲在他身边。

“黑毛，听着，”他急匆匆地说，“我以弗瑞斯和银雷的名义发誓，我说的话都是真的。其实我是被派到艾弗拉法的卧底。这事只有你和几只母兔知道。我打算今天晚上带着她们逃出去，当然，还有你。你什么都不用干，等我去找你就行。振作一点，准备准备。”

长毛不待对方答话，便做出打算另找个好地方的样子，向旁边蹿去。即便如此，他还是比黑毛先回到洞中——后者显然是在有意拖延外出的时间，而那名奥斯拉法似乎也并不着急。

“大人，”看到长毛回到洞中，疗齿草说，“这已经是您第三次无视我的职权了。谁都不能随意欺侮议会警察，恐怕我要将此事上报。”

长毛没有理他，径自向那几只公兔跑去。

“多等一会儿。”他对他们说，“我猜那可怜的家伙今天就只能出去这一次了。”

长毛起先打算去找希泽恩斯蕾，但后来又觉得还是谨慎一些，离她远点比较好，那只母兔会自己拿主意，他俩不老往一块儿凑才安全。长毛感觉此刻热得头疼，决定静一静，于是回到自己的地洞中小憩起来。

38

惊雷轰鸣

啊，风急浪涌，小心航行！

风暴渐起，危机重重！

——莎士比亚《朱利叶斯·恺撒》

接近傍晚的时候，天色昏暗，雷暴迫在眉睫，晚霞和余晖隐而不现。榛子坐在河岸旁边的草径上心烦意乱地想象着此刻艾弗拉法里面是何情形。

“他想让你趁兔子们吃草的时候袭击哨兵，对吧？”榛子问基哈尔，“他还说会趁乱带着母兔们逃走？”

“对，对。不过，昨天没成。他让我飞走，今天，晚上回去。”

“这么说，他想再试试？可问题是，今天他们还会出来吃草吗？天都这么暗了。闪银，你说呢？”

“我觉得，他们定下来的事情，不会轻易更改。”闪银说，“如果你担心咱们去晚了帮不上忙，那为什么不现在就出发呢？”

“因为他们总是巡逻。咱们在那里等得越久，就越容易被他们发现。如果巡逻队在长毛过来之前找到了咱们，那么咱们要面临的问题就不仅仅是怎样脱身了：他们会想到咱们聚在那里一定是为了做点什么，然后发出警报。到那时，长毛就一点机会都没有了。”

“听我说，榛子大人，”黑莓说，“要做到跟长毛同时到达铁路，那不如先带着大家过河，去船边的灌木丛里等着。基哈尔击退哨兵后，一定会马上飞回来给我们报信的。”

“对，就这么办。”榛子说，“一旦基哈尔通知我们，我们就得赶紧去接应长毛，片刻都不能耽误。长毛需要基哈尔，也需要我们。”

“可是你的腿……”小多子说，“你没法一口气跑到大洞那里去。你可以先上船，把绳子啃断一半，然后等我们过去。指挥的事就交给闪银吧。”

榛子有些不情愿。“可是你们都有可能会受伤，我不能缩在后面。”

“小多子说得对。”黑莓说，“榛子，你得在船上等着。万一你落下被艾弗拉法的兔子抓住，我们可不能冒这样的险。再说，啃绳子这事也很重要，得找心细的兔子来干，不然，绳子要是提前断了，咱们就都完蛋了。”

大家劝了很久，榛子才勉强同意不随队行动，但他说：“要是长毛今天晚上还不来，那不管他身在何处，我都要去找他。恐怕只有弗瑞斯才知道现在那边怎么样了。”

兔子们跑上河流左岸，暖风吹起，时断时续，莎草随之沙沙作响。当第一阵雷声响起时，他们刚好抵达木板桥的桥头。阴森诡异的天光似乎放大了他们身边的草木，也让远方的田野显得近在咫尺。紧接着，一切都安静下来，静得让他们心惊肉跳。

“啊，榛子大人，”风铃草开口道，“在寻找母兔的日子里，数今天晚上最有意思。”

“一会儿就更有意思了。”闪银接过话来，“会打闪电，会下大雨。还有我们要做的事可没那么容易，不过大家别慌，都镇定点，否则咱们就回不了家了。”随后他又轻声对榛子说：“我心里有点不踏实。”

* * *

长毛猛地惊醒，听见有谁在连连叫他的名字。

“长毛！长毛！醒醒，长毛！”

是希泽恩斯蕾。

“怎么了？出什么事了？”他问。

“纳尔希尔塔被捕了。”

长毛一怔。

“什么时候的事？为什么？”

“刚才铜钱草来我们的地洞，让纳尔希尔塔马上带他去找细叶芹队长。我钻进地道，远远地跟在他俩后面，一直走到了细叶芹的地洞附近。我看见地洞口站着两名议会警察，其中一名对细叶芹说：‘尽快，别磨蹭。’然后他俩就把纳尔希尔塔带走了——他们一定是去议会厅了。啊，长毛，咱们该怎么办？她会把一切都供出来的——”

“听我说，”长毛说，“不能再磨蹭了。叫丝苏辛楠格她们到这里来，我现在要出去，你们在这里等我回来。只等一会儿就行。快！这事能不能成，全看咱们够不够快！”

希泽恩斯蕾的身影刚刚消失在地道里，长毛便听见另一只兔子的脚步声从反方向传来。

“谁？”他警惕地转过身去。

“细叶芹。”那只兔子说，“太好了，你醒着。听着，长毛，咱们有大麻烦了。今天早上我向马鞭草报告过组内的异常情况，刚才议会逮捕了纳尔希尔塔。他们一定能问出点什么。我敢说，将军大人听到口供后一定会亲自到这里来。喏，我要马上到议会厅去，你和水杨梅留守，立即安排哨兵站岗。傍晚的希尔弗雷取消了，谁都不能以任何理由外出。多派几只兔子把守洞口。听清楚没有？”

“这些，水杨梅知道吗？”

“他没在地洞里，我来不及去找他了。你自己去叫哨兵，再分派别的兔子去找水杨梅；还有，告诉疗齿草，今天傍晚不用带黑毛过来了；然后你就在这边的地道口等着，也别忘了去排泄的洞口那边瞧瞧。据我所知，今天可能有兔子打算出逃，我们虽然已经尽力在不惊动其他兔子的情况下逮捕了纳尔希尔塔，但整个印记组很有可能会猜出个大概。在必要时刻可以采取强硬手段，明白了吗？现在我要赶紧走了。”

“好的，”长毛说，“我马上去安排。”

长毛跟着细叶芹来到地道顶端。把守在洞口的墨角兰闪身让细叶芹过去，长毛则来到墨角兰身后，站在洞口望向灰蒙蒙的原野。

“细叶芹告诉你没有，”他说，“天气不好，今天的希尔弗雷提前了。队长命令我们马上带他们出去。”

长毛在等待墨角兰回话——倘若细叶芹已经跟他通过气，那么一场恶斗在所难免。然而过了一会儿，墨角兰只是问："你听见雷声没有？"

"所以我说得马上带他们出去。"长毛说，"你去把奥斯拉法和黑毛带过来，快点。咱们得赶在下雨之前让他们吃完草。"

墨角兰走了，长毛赶紧回到自己的地洞。希泽恩斯蕾丝毫没有耽搁——三四只母兔正挤在地洞中，丝苏辛楠格伏在旁边的地道里，身边也有几位伙伴。大家都默不作声，惊惶万状，有那么一两只已经几近呆滞。

"现在可不是萨恩的时候。"长毛说，"你们只要听我的就能保住命。黑毛和奥斯拉法马上就到，墨角兰可能会跟在他们后面，你们围过去跟他闲扯，不一会儿就能听到打斗的声音，因为我要对付那两名议会警察。等到那时你们就赶紧往外冲，绝对不能耽搁。"

他话音刚落，便听见黑毛和两名奥斯拉法走来了——错不了，黑毛跟别的兔子不一样，平日里都是垂头丧气地拖着脚走。长毛不等母兔们接话便返回地道口，只见三只兔子排成了一列纵队，疗齿草走在最前面。

"我恐怕是让你们白跑一趟了。"长毛说，"我刚刚才知道今天傍晚的希尔弗雷取消了。原因嘛，你们看看外面吧。"

疗齿草把头探出洞外，长毛猛力一蹿，来到他和黑毛中间。

"哦，快打雷了吧？"疗齿草说，"可是我还是不……"

"快跑，黑毛！"长毛叫道，从疗齿草背后扑了过去。

疗齿草和扑到他身上的长毛一起摔出洞口。他既然当得上奥斯拉法，就绝非等闲之辈——实际上，他还是艾弗拉法公认的勇猛斗士。他俩先是在地上打了个滚，而后疗齿草立即扭头冲长毛的肩膀狠狠地咬了下去。他接受过专业训练，知道如何一招制敌。昔日里，他不止一次凭这招克敌制胜。然而，在应对长毛这种力大无穷、无所畏惧的兔子时，老法子失灵了。其实他若是闪身挥爪，或许还有机可乘。接着，疗齿草开始像狗一样拼命撕咬，而长毛咆哮一声，双腿屈起，朝疗齿草的侧腹猛力一蹬，对方当场飞了出去。长毛感觉肩膀上的皮肉已经被疗齿草的牙齿撕裂，但还是在对方落地之后跃上前去。疗齿草拼命地乱蹬乱踢，长毛则纵身一闪。显然，这名奥斯拉法的腰部受了伤，他奋力挣扎，可就是站不起来。

“你好好庆幸吧，”长毛流着血，气呼呼地说，“我就不杀你了。”

不等疗齿草做出反应，长毛便蹦回地道，发现黑毛竟然跟另一名奥斯拉法扭打在了一起。这时，希泽恩斯蕾跑了过来，丝苏辛楠格紧随其后。长毛冲那名奥斯拉法的侧脸狠狠一扑，把对方撞进了黑毛常待的凹坑。奥斯拉法迅速起身，气喘吁吁、一言不发地怒视着长毛。

“别动，”长毛说，“不然你会比现在还惨。没事吧，黑毛？”

“没事，长官。”黑毛说，“现在怎么办？”

“跟我走。”长毛说，“大家都跟上！”

长毛领着兔子们跑出地道，没见到疗齿草的踪影。然而，他回头看有没有兔子掉队时，瞥见水杨梅正在另外一个地洞中慌里慌张地向外张望。

“细叶芹队长找你！”他一边喊，一边奔入田野。

长毛跑到早上基哈尔降落的荆花丛时，滚滚雷声从远方的峡谷传来，温热硕大的雨点随即落下。乌紫的云团压在西方天际，将远方的树木衬托得越发渺小却格外醒目。大地的边缘逐渐向上倾斜，仅剩的余光勾勒出遥远的山峦。那古铜色的群山岿然不动，在一片朦胧缥缈之中，宛如一触即碎的冰霜。沉雷再度响起，兔子们战战兢兢、哆哆嗦嗦地奔跑着，任由锐如冰锥的水滴砸在自己身上。整片大地都被染成了赭石色。长毛拼命狂奔，心急如焚，却也激情澎湃。他已经把肩伤抛在脑后。这场雷暴是来襄助他的，他相信自己终究会战胜艾弗拉法。

他跑进田野深处，向远方的涵洞张望，忽然发觉地面震动起来——有兔子在报警。他立起上身，环顾四周，确认没有兔子掉队，只是因为数量众多，已经分散开来。长毛深知，如果此刻不把他们集合起来，等遇到巡逻队拦路，一定会有母兔在混乱中被捉回去。因此他决定耽误片刻，重整队伍。这时，他又想到，天色这么暗，雨又下得这么大，追兵要是看不见他们，或许会就此罢休。

雨骤风急，原野西边出现了一排朝着铁路延伸而下的树篱。长毛看见黑毛在附近，便跑到他跟前。

“我想让大家都钻到树篱的另一边去。”他说，“你能不能带上几只母兔往那边跑？”

长毛知道自己只告诉过黑毛准备逃跑，不过此刻他无暇多做解释。

“去树篱，白蜡树那里。”长毛说，“能带几只母兔就带几只。钻过去，我马上就到。”

这时，希泽恩斯蕾和丝苏辛楠格也满面惊慌地带着两三只母兔冲了过来。

“刚才有兔子跺脚，长毛！”丝苏辛楠格上气不接下气地说，“他们追上来了！”

“跑就是了！”长毛说，“跟上！”

长毛没想到这群母兔竟然都是奔跑健将。他们到达白蜡树下时，又有几只母兔跟了上来。长毛感觉除非巡逻队有撼地摇天的本事，否则自己的队伍确有与之一战的本事。钻过树篱后，他转而沿着树丛的边缘向南狂奔，带领大家跑下土坡。带铁的路，还有铁路下方的大洞就在前面。榛子在那里吗？基哈尔呢？

* * *

“然后呢，纳尔希尔塔？”水苏将军问，“你们的阴谋我们已经几近勘破，现在给你机会，快事无巨细，从速说来。马鞭草，放开她。你这个傻瓜，你按着她，她怎么说话？”

“希泽恩斯蕾说……呼，她说，会有一只鸟去啄哨兵。”纳尔希尔塔喘着粗气说，“我们可以趁乱逃跑。然后……”

“她说会有一只鸟向哨兵发起攻击？”水苏大惑不解，“你说的是真的？什么鸟？”

“我不……我不知道。”纳尔希尔塔仍然没有喘匀气，“新长官……希泽恩斯蕾说，新长官告诉那只鸟……”

“这事你知道吗？”水苏问细叶芹。

“我向您报告过，大人。”细叶芹答道，“您一定记得，我说那只鸟……”

拥挤的议会大厅外面响起了脚步声，水杨梅挤了进来。

“大人，新长官、新长官，他……”水杨梅嚷嚷道，“他跑了，还带走了一群我们组的母兔！他扑倒疗齿草，还废了他的腿！黑毛也跑了。我们根本拦不住他们。天知道他带走了多少兔子。长毛——都是长毛干的！”

“长毛？”水苏叫道，“弗瑞斯！等我捉到他，就戳瞎他的眼睛！细叶芹、马鞭草、水杨梅，对了，还有你们俩，跟我来！他往哪边跑了？”

“他下山了，大人。”水杨梅说。

“带路。”水苏命令道。

他们涌出十字路口。两三名艾弗拉法的长官慑于暴雨中昏暗的天地而停下了脚步，但不过一瞬，水苏将军的余威压过了他们对自然之力的恐慌，他们跟在水苏身后，坚定地向铁路挺进。

他们很快便看见了尚未被雨水冲刷干净的血迹，于是循踪来到了艾弗拉法西方树篱中的白蜡树下。

* * *

长毛穿过涵洞，坐下来环视四周。榛子和基哈尔都不在。这是在击倒疗齿草后，惊惶和疑虑第一次涌上他的心头。难道基哈尔没有听懂他的暗语？难道榛子他们出了意外？是逃了，还是死了？竟没有一个伙伴来接应他们。难道他和这群母兔只能在田野中漫无目的地游荡，等着被巡逻队追捕、猎杀？

“不，不会的。”长毛自言自语，“最不济我们也可以过河，藏在树林里。哎哟，这肩膀，比我想得还要命。起码我得带着他们去木板桥那里，追兵要是追了许久还不见我们的踪迹，也许会被这场大雨搞得垂头丧气——虽说这多少有点白日做梦，但万一成真了呢？”

他回到涵洞中，找到躲在那里的母兔。她们大多惶惑不已。希泽恩斯蕾曾经向她们保证过，会有一只大鸟前来帮忙；而且新长官还有连将军都识不破的妙招，能让大家摆脱追兵。而这些承诺并未实现。现在，她们浑身湿透。雨水汇成小溪，从山上淌进涵洞。光秃秃的土地上泥泞一片。前方，除了一条小路、一丛荨麻和一片田地，什么都没有。

“走吧，”长毛说，“不远了，没事的。这边。”

兔子们立即跟了过去。艾弗拉法严明的规矩法令倒也并非一无是处——长毛垮着脸，一边这样想，一边领着他们离开涵洞，接受暴雨的冲击。

农场的拖拉机已经在田地一边的榆树林旁碾出了一条宽阔平坦的道路，这条路一直向下坡伸去，通往河边的浸水草甸——三天前，他在小船旁边同榛子告别后，就是沿着这条路跑上来的。此路现在变得泥泞不堪，兔子跑在上面一定不舒服，但至少可以到河边去；如果基哈尔来了，也能一眼便看到他们。

他刚要起跑，便有一只兔子从后面追了上来。

“站住，长毛！你来这儿干什么？你要去哪儿？”

长毛早就料想到剪秋萝会现身拦路，也已经下定决心：倘若有必要，就置对方于死地。然而现在，他眼见这位队长头顶大雨，脚踩泥巴，镇定自若地带领着四位健壮的巡逻队队员冲进他们这群只顾着逃命的流亡之兔中，竟然为他们只能为敌而深感遗憾——要是能带着他一起离开艾弗拉法该有多好啊！

“滚开。”长毛说，“别挡路，剪秋萝，我不想伤害你。”

接着，他又瞄着身旁，说：“黑毛，把母兔们集合起来。谁要是掉了队，巡逻队肯定会围上去。”

“别再负隅顽抗了。”剪秋萝冲到他面前，“无论你去哪儿，都逃不出我的视线。我已经收到信号，另一支巡逻队也正赶往这边。等他们到达这里，你们便毫无取胜的机会。你现在都还血流不止呢。”

“去你的！”长毛咆哮起来，“我就算要完蛋，也得先给你放放血。”

“我上吧，长官？”黑毛说，“这次他赢不了我。”

“不，”长毛说，“他只是在拖延时间。你快带着母兔们逃跑。”

“长毛！”他身后的丝苏辛楠格忽然惊叫起来，“将军！是将军！啊，咱们该怎么办？”

长毛回头望去。映入他眼帘的这一幕足以令最骁勇的兔子魂飞魄散。水苏带领部下们穿过涵洞，怒吼着向他冲过来。他一眼便认出，跟在将军后面的几名长官中，有细叶芹、水杨梅，还有千里光。除了他们，还有其他兔子，那只敦实健壮、满脸凶相的大概是马鞭草——议会警察的头头。长毛的脑海中掠过一个念头：此刻他若是撒腿就跑，把黑毛和母兔们丢下，水苏他们或许会就此放过他，而且会为不费一兵一卒便可摆脱他而深感庆幸；如若不然，摆在他面前的便只有死路一条了。就在长毛胡思乱想的时候，黑毛说话了。

“不要紧的，长官，您已经尽力了。我们差一点就成功了。现在，在一切结束之前，我们干脆豁出命去跟对方拼死一战，母兔要是被逼急了，也是很厉害的。”

长毛用鼻子蹭了蹭黑毛的残耳，随即坐下，望着水苏走到他们面前。

“你个肮脏不堪的小东西。”水苏说，“我听说你向一名议会警察动了粗，还弄断了他的腿。不如我们就此做个了断，也省去带你回艾弗拉法的麻烦。”

“你这个把其他兔子当奴隶的疯子！”长毛还嘴道，“倒让我看看你有什么本事！”

“哈，”水苏说，“够了。我们这边都有谁？马鞭草、剪秋萝，干掉他。其他长官带着母兔们回去，把那名囚犯交给我。”

“弗瑞斯在上！”长毛吼道，“你也算是兔子！愿弗瑞斯把你和你的这群混蛋奥斯拉都轰得稀巴烂！”

霎时间，一道霹雳划过天空。电光飞掠，树篱和远方的树林似乎都猛地向前一跃。暴雷接踵而至，惊天动地、震耳欲聋。仿佛有巨物在他们头顶轰然炸裂，每一枚碎片又分崩离析，隆隆作响。暴雨如瀑，转眼间，地面便被雨水淹没，由无数细微水珠凝聚而成的水雾升腾而起。浑身尽湿的兔子们呆若木鸡，都一动不动地伏在原地，有如被雨钉在了地上一般。

长毛的脑海中有谁在小声说话。

“这是你的雷、你的雨，长毛，抓住机会！”

他气喘吁吁地撑起身体，用后腿踢了踢黑毛。

“醒醒，”他说，“去叫希泽恩斯蕾，咱们快跑。”

长毛甩了甩头，用力眨眨眼睛想把眼中的雨水甩出去。忽然，趴在他面前的兔子从黑毛变成了水苏。这只兔子满身污泥，双目圆瞪，硕大的双爪乱抓一通。

“我亲自来取你的小命！”水苏说。

水苏像老鼠一样龇着长牙，长毛怯怯地直视将军。他知道，水苏体格壮，个头儿大，一定会猛扑上来，而他必须及时闪躲，用爪子奋力还击。长毛如芒在背，不由自主地左挪右闪，感觉脚下直打滑。他暗自琢磨水苏怎么还不发起进攻。忽然，长毛发现对方望着的并非自己，而是他头顶的某样东西，某样他看不见的东西。蓦地，水苏向后一蹦——一阵刺耳的大叫压过响彻四方的雨声，闯入长毛的耳朵。

“嘎！嘎！嘎！”

一只雪白的大东西向水苏冲去，后者缩起脖子，用爪子捂住了脑袋。怪东西从水苏头上掠过，向上直飞，又在雨中急转而回。

“长毛先森！兔子们来了！”

长毛百感交集，感觉眼前种种如梦似幻。这一切仿佛与现实无关，完全出自他已然错乱的感官。他听见基哈尔又大叫着向马鞭草袭去，感觉冰冷的雨一个劲儿地往他肩膀上深深的伤口里灌。他透过雨帘望到水苏缩在一众长官中间，催促他们护着自己撤退，钻入田边的土沟；他瞧见黑毛扑向剪秋萝，而后者转身便跑。这时，一只兔子来到他身边，说起话来：“来了，长毛！长毛？长毛！你说话啊？我们该怎么做？”是闪银。

“榛子呢？”他问。

“在船那边等着呢。哎哟，你受伤了！这……”

“把这群母兔带过去。”长毛说。

一时间发生的事情实在太多。母兔们都茫然无措，三三两两地贴在一起，愣在原地。闪银一再催促她们起身往旷野中跑，可她们就跟听不懂似的。其他兔子依次在雨中现身。橡子满面惧色，却坚持着没有逃跑；蒲公英在给小水窝鼓劲；虎尾草和鹰齿菊向基哈尔跑去——现在地上水雾蒙蒙，他们只瞧得见在半空中盘旋的大鸟。长毛和闪银尽力让母兔们聚拢在一起，苦口婆心地向她们解释，她们得救了，自由了。

“去找黑莓，找黑莓！”闪银反复强调了两遍，“我在三个不同的地方安排了同伴接应你们，以免你们迷路。先找黑莓，然后是风铃草，最后是小多子——找到他，你们就离河不远了。”

“黑莓不就在这儿吗？”长毛反问道。

“你成功了，长毛！”黑莓打着哆嗦说，“啊，你这肩膀，疼不疼？”

“还没完事呢。”长毛截过话头，“大家都过去了？”

“就剩你了。”黑莓说，“咱们走吧？这场雨都要把我吓死了！”

基哈尔落在长毛的身旁。

“长毛先森，”他说，“我向坏兔子飞，可是，他们不跑，躲沟里了。我进不去，他们又过来了。”

“他们才不会罢休呢。”长毛说，“闪银，我提醒你一句，他们一定会来找我们的麻烦。水边的草甸很密，他们可能会藏在那里。橡子，回来，离那条沟远点！”

“去找风铃草，风铃草！”闪银一边来回跑，一边大喊。

他们是在田野边上的树篱旁找到风铃草的。大家见到他时，他眼睛发白，端着随时逃跑的架势。

“闪银，”他说，“我看见一群兔子，不认识的兔子——大概是从艾弗拉法来的，他们从那边的沟里跳出来，钻到水边的草甸里去了，现在应该就在我们后面。那里面有只兔子——在我见过的兔子里，数他个头儿最大！”

“那就别在这儿杵着了。”闪银说，“刚刚虎尾草过去了。那是谁？哦，橡子和两只母兔。好了，大家都到齐了。你们也别磨蹭了。”

这里离河边并不远，然而他们四周满是湿漉漉的灯芯草、灌木、莎草和深深的水坑，实在难以辨别方位。他们唯恐待在原地会遭到艾弗拉法兔的突袭，只好左奔右突，其间若是发现了哪只母兔或者同伴，便催促他们赶紧前行。要是没有基哈尔，这群兔子恐怕会彼此失散，永远无法到达河边。这只大鸟在长毛的所在地和河边之间来回穿梭，每隔一会儿，还要带他去找落了单、跑错路的母兔。

“基哈尔，”长毛在等丝苏辛楠格穿过一片歪倒的荨麻丛时开口道，“你能不能看看艾弗拉法的追兵在哪里？他们应该离咱们不远，现在咱们又东一个西一个的，正是他们发起进攻的好时候。可他们为什么还没有冲上来？他们到底在干什么？”

没过一会儿，基哈尔便回来了。

“他们躲在桥那里，”基哈尔说，“都在灌木底下。我一飞下去，一个坏兔子，就冲上来。”

“是吗？”长毛说，“那我可得夸他一句——那混蛋胆子还挺大。”

“他们以为你们会从那里过，不知道你们有船。你们离船很近，现在。”

小多子钻出了灌木丛。

“几只母兔已经上船了，长毛，”他说，“可是剩下的都不相信我，老是问你在哪儿。”

长毛跟着小多子跑上岸边的草径。河面上涟漪片片，咚咚作响，但河水似乎并未涨高多少。那条船还是老样子，一端搭在岸上，一端探入水中。榛子趴在翘起的那一头，耳朵耷拉在脑袋两边，全身的毛都被雨水抹平，毛色更是深得发黑，嘴里还叼着紧绷绷的绳子。橡子、希泽恩斯蕾和另外两只母兔围在榛子身旁，但其余的母兔都蜷缩在水边。黑莓正在劝她们快点上船，但她们谁都不动。

“榛子都不敢放下绳子。”黑莓见长毛来了，对他说，“他再咬上一口，船就要跑了。这群母兔一直说你是她们的长官，怎么都不肯挪窝。”

长毛扭头望向丝苏辛楠格。

“这就是我说的妙招。”他说，“快把她们带上去，跟希泽恩斯蕾坐在一块儿。喏，就是那里。大家都上去，快！”

不等丝苏辛楠格答话，另一只母兔便尖叫起来。是剪秋萝和他的巡逻队，他们自下游的灌木丛钻出，冲上了草径；另一侧，马鞭草、细叶芹和千里光也飞奔过来。惊叫的母兔转身蹿到后方的灌木丛旁，刚要往里面躲，水苏便跳了出来，立起上身，伸出爪子猛力一挥。母兔在仓皇之间一个急转，稀里糊涂地穿过草径，上了船。

直到这时长毛才明白，刚才水苏躲避基哈尔的袭击时，不仅仍然在对各位长官发号施令，而且还制定好了对策，一直在静待发动攻击的时机。暴雨和路上的艰险让长毛他们彼此离散，无法顺利前行；水苏却带着部下沿着土沟偷偷摸摸地钻入浸水草甸，在那里躲避基哈尔的尖喙利爪。随后，他一定是直接去了木板桥那里——显然他知道那个地方，还在那里安排了伏兵。然而很快，他意识到长毛他们无意过桥，于是马上派剪秋萝穿过灌木丛，抄近路去下游围追堵截。剪秋萝队长没有辜负将军的期望，一刻都没有耽搁。现在，水苏打算就地解决他们。他知道基哈尔不会跟他们形影不离，而且这里的灌木丛足以阻挡来自空中的袭击。没错，长毛那边的兔子数量是他这边的两倍，但他们在水苏眼里不过是一群没有经过专门训练的乌合之众，肯定早就被他吓得屁滚尿流了。此刻，他们已经被堵在河边，他随时可以大开杀戒，把他们撕个稀巴烂。就算有兔子仓皇中侥幸脱身，余生也只能在恐惧和悲痛中度过。

长毛有点明白艾弗拉法的长官为何对水苏亦步亦趋、甘心为他肝脑涂地了。

“他根本就不像兔子，”长毛想，“从来都不逃——三天前我要是知道他这么厉害，肯定不敢到艾弗拉法去。他应该不认识船吧？那可就太好了。”长毛穿过草地，纵身一跃，坐在榛子旁边。

刚才不论黑莓和小多子怎么劝，那群母兔都不肯动，可是水苏一现身，她们便纷纷往船上跑。黑莓和小多子也跟着她们一起狂奔。水苏紧追不舍，来到岸边，直冲向长毛，而长毛丝毫没有躲闪。这时，他听见黑莓在身后急切万分地对榛子说：

“蒲公英不在，只缺他。”

榛子终于开口说话。“很遗憾，我们不能等他了。对方马上就要冲过来了，咱们根本无力抵挡。”

长毛凝视着水苏，说道：“再等一会儿吧，榛子。这里交给我。咱们不能把蒲公英撇下不管。”

水苏面带讥讽。“我那么相信你，长毛。现在你也可以信我一次：你要么自己跳下河，要么在这里等着被我撕碎——你们谁都跑不了！这里绝对无路可逃！”

长毛瞥见了躲在对面灌木丛中探出头来的蒲公英，他似乎慌了神。

“千里光！马鞭草！”水苏喝令道，“到我这里来！我一声令下，你们就冲上去。至于那只鸟，不用管他……”

“大鸟，上啊！”长毛忽然大喝一声。水苏随即抬头望天，向后一跳。蒲公英则乘机蹿出灌木丛，如电光火石般穿过草径，跳到榛子身旁。与此同时，绳子“咔嚓”一声断了，小船马上沿着岸边随波而行。漂出几码后，船尾缓缓摇晃着指向上游，原本横在河面上的船身顺了过来。就这样，小船驶入河中央，向着南边的河湾漂去。

长毛回过头去，只瞧见水苏从小船在柳兰丛中压出的缺口伸出脑袋，对他们怒目而视，这让他想起了沃特希普高地上的那只红隼——当时那只鸟在地道口折腾了半天也没逮到他们的老鼠朋友时，也是这副模样。

第四部分

兔群之战

39

桥

船夫能起舞，船夫可高歌，
船夫样样皆可。
舞吧，舞啊，
彻夜起舞，通宵达旦，
晨曦中和心爱的姑娘归航。
嘿——嗬！船夫摇起桨，
划进俄亥俄河。

——美国民歌

其实倘若换作别的河流，黑莓的“妙招”根本就不可能成功——那条船要么连岸都离不了，要么会在离岸后搁浅或者被水草等东西挂住。然而特斯特河比较特殊，水中没有浮枝，河底没有砾石坑，水面上也没有水草从下方探出头来。两岸之间只有平稳流淌的河水，其流速与人走路的速度相当。小船顺顺当当地向下游漂去，不颠不簸，自离岸几码后便始终保持匀速前进。

船上的兔子大多如坠云雾里。艾弗拉法的母兔们从来没有见过河，小水窝和鹰齿菊绞尽脑汁也没能让她们明白“船”为何物。不过所有的兔子都本能地觉得应该信任榛子，听从他的安排，毕竟水苏及其追兵已经远在天边这一事实绝对毋庸置疑。此时，这些历尽艰险、全身湿透的兔子们正缩成一团。他们感觉心神恍惚，却又难得一片安宁。喜怒哀乐都变得无足轻重，毕竟他们连琢磨接下来会怎样的力气都没有了。

仅从这些兔子此时此刻的心态足以判断，他们对自己的处境知之甚少，对水苏的恐惧超过了一切。雨仍然未停。这些刚从水苏将军的魔爪中脱逃的兔子似乎已把好运用尽，但他们对此无知无觉，只顾在寒冷中哆哆嗦嗦。被雨水浸透的软毛重重地压在他们身上。此时，船中积水已超过一英寸半；好多兔子刚上船时还为自己能够浮在水上而纳闷，但他们很快就发现船内也有水，因此纷纷离开覆有板条的内底板，爬到船头和船尾。丝苏辛楠格和虎尾草则蜷在小船中央的坐板上。他们因为无遮无挡而倍感不适，不知如何是好。他们不会驾船，因此也不知道船会漂向何方——然而这样的问题，除了榛子、小多子和黑莓，谁都不会费心去想。

长毛精疲力竭地侧身瘫在榛子身旁。他去艾弗拉法时怀着的满腔热忱与勇气已经随波漂远，肩膀也剧痛无比。此时，他顾不上淅淅沥沥下个不停的雨，也不想去理会跳痛的前腿，只想酣畅淋漓地睡上一觉，于是他将四肢伸展开来。然而片刻之后，他又睁开眼睛，望向了榛子。

“别再让我干这事了，榛子。”他说。

“就这一回。”榛子说。

“真是太险了。咱们这是千死一生。”长毛说。

“‘这样咱们孩子的孩子才有故事可听。’”榛子说了一句兔子的谚语，接着问道，“你是怎么受的伤？还挺严重的。”

“我跟一名议会警察打架来着。”长毛答道。

“一名什么？”榛子既不知道什么叫“议会警察”，也没听说过“奥斯拉法”。

“跟胡夫萨一样的坏蛋。”长毛说。

“你赢了吗？”

“当然，不然我还回得来吗？现在那名议会警察估计已经没命了吧。我说，榛子，咱们已经有母兔了，接下来要做什么？”

“不知道。”榛子坦白道，“咱们得向那几只聪明的兔子请教。还有基哈尔——咦，他到哪里去了？他应该知道咱们在这玩意上面吧？”

蜷在榛子身边的蒲公英一听见“聪明的兔子”这几个字，立即越过满是积水的船板，把黑莓和小多子带了过来。

“接下来该怎么办？”榛子问。

“喏，”黑莓说，“我想，再过不久，咱们就能漂到岸边，然后下去，找地方藏身。有长毛带来的这一大群新朋友做伴，在外面多待几天也不赖嘛。”

“问题是，”榛子说，“咱们被困在了这里。万一遇到艾利尔，咱们跑都跑不了。要是附近再有人类，麻烦就大了。”

“人类不喜欢雨天。”黑莓说，“在这件事上，我也一样。这坏天气反而让咱们变得更安全。”

忽然，他身后的希泽恩斯蕾一怔，抬起头来。

“很抱歉，大人，我不该插嘴。”母兔毕恭毕敬地说，仿佛坐在她面前的是一位艾弗拉法的长官，“可是那只鸟，白色的鸟，飞过来了。”

基哈尔穿过雨幕，飞到河流上空，落在船侧，吓得跟前的兔子纷纷后退。

“榛子先森，”他说，“前面有桥。看见了吗？”

在此之前，谁都没有发现他们在风暴来临之前走过的小路正在旁边——各种植物把岸边遮了个严严实实，而且他们漂在水上时，感觉整条河都变了模样。但此时此刻，他们看见前方不远处架着一座桥。四个晚上之前，他们刚刚来到特斯特河时，还从那上面奔跑而过。他们一眼便认出它来——不论是从河面上还是在岸上看，桥都是一个模样。

“不知道，能不能过去。”基哈尔说，“不过，坐在这里，很麻烦。”

桥架在两岸之间，两端下方各有一座低矮的桥台。桥面与水面平行，距水面仅有大约八英寸，下方没有拱洞，以铁梁支撑。榛子马上明白了基哈尔言何所指。小船倘若不停，只需一挥爪的工夫便会从桥下飘过，那么待在小船两端的兔子很可能会被桥底撞到，落入水中。思及此，榛子蹚过略带暖意的积水，跑到对面，挤入兔群。

“到下面去，到下面去！”他喊道，“闪银，鹰齿菊——都去下面！先别管水了。你，还有你——你叫什么？啊，黑毛，对吧？把大家带到下面去，快一点！”

艾弗拉法兔马上依令而行。榛子看见基哈尔腾空飞起，消失在桥两侧的木栏杆后。两座水泥桥台都有一部分浸在水中，把河面挤窄了一些，因此桥下的水流更加湍急，把小船冲得横了过去；没过多久，榛子便发现眼前的景象从桥换成了岸边的草木。他正纳闷，桥底便像从粗枝上滑落的积雪压在了他的头顶上。他赶紧把头没入积水中。突然，一声尖叫响起，一只兔子落到了他的背上。船重重地颠簸了一下，行驶的速度变慢了，吱嘎吱嘎的声音回响起来。榛子眼前一黑，发现小船上方罩了个东西，恍惚中还以为自己进了地洞。紧接着，“罩子”不见了，船继续稳稳地向前漂去，基哈尔的叫声也随即钻入了他的耳朵。他们已经穿过桥底，正在朝下游行进。

刚才落在他背上的是橡子。橡子似乎撞到钢梁，飞了起来。不过好在他虽然晕头转向，但仅仅是擦破了点皮，没受重伤。

“我没能及时躲开，榛子大人。”橡子说，“我真该去艾弗拉法练一练。”

“去了也是白去。”榛子说，“不过，那边那只兔子恐怕就没你这么走运了。”

一只母兔被钢梁挤到了小船内底板的一侧，后背似乎受了伤，但榛子瞧不出她伤得有多重。他见母兔有希泽恩斯蕾照料，心想既然自己帮不上忙，或许还是不要去打扰她们比较好。榛子先是瞧瞧自己满身泥污、瑟瑟发抖的同伴们，又看看基哈尔——立于船尾的鸟儿干净光鲜、神采奕奕。

“我们得回到岸上去，基哈尔。”他说，“你有什么办法吗？兔子可不该待在水里。”

“船，停不了。不过，前面还有桥，到时候，停下来。”

兔子们别无他法，只能等待。小船漂啊，漂啊，来到了第二个河湾。这一次河流是向西拐的，流速并未放缓。在绕行弯道时，小船几乎就是在河中央打转。刚刚橡子和那只母兔的遭遇让大家心有余悸，因此他们都乖乖地趴在污水中，只把半截身体露出水面。榛子爬回船头，向远方眺望。

目之所及的前方，河道变宽，水流也没那么湍急了。榛子这才注意到，其实刚刚船速就慢了下来。离他们较近的那侧堤岸很高，岸上的树又密又粗，另一侧却地势低缓，空旷辽阔。草地延展开来，像高地上马场内的草坪一样平整。榛子真希望他们现在就能离河上岸，然而小船还是静悄悄地漂着，一直漂到一个大水潭的中央。草场消失不见了，此时河道两岸的树木都苍翠挺拔。水潭附近也有一座桥——基哈尔说的就是它。

这座砖砌桥有些发黑，看起来已经上了年头。常春藤从桥身上蔓延而过，把缬草和蔓柳穿鱼压在下面。桥身有四个低矮的拱洞，拱顶最高处距水面不足一英尺，零碎的光线从这狭窄的空隙中透出。桥墩并不是很粗，每一根旁边都堆着一小堆垃圾；总有浮藻和断枝绕开桥墩，随着水流从桥下穿过。

毫无疑问，小船会漂向这座桥并最终停在桥墩附近。近了，更近了。榛子赶紧俯下身体。不过这一次其实无此必要。船侧着轻撞到两根桥墩停了下来，横在中间的一个桥洞前。

兔子们漂流了十五分钟左右，所行不过半英里。

榛子把前爪搭在较低的船舷一侧，小心翼翼地向上游眺望。船身与河水的交界处泛起圈圈涟漪。显然，兔子们离岸太远，根本蹦不上去，而且两侧的堤岸也过于陡峭。榛子扭回身子，抬头仰视。砖桥耸然挺立，桥身中部有一条挑砌腰线，无法攀爬。

“怎么办，黑莓？”他走到船头上油漆斑驳的螺栓旁，“是你让我们上来的，现在咱们该怎么下去呢？”

“我也不知道，榛子。”黑莓说，“我什么都想到了，唯独没琢磨过这个问题。看来咱们得下水了。”

“下水？”闪银说，“我可不想游泳，榛子大人。我知道用不着游太远，可是你看看河岸，说不定咱们还没上去，就被河水冲远了。”

榛子又端详起桥拱来，其实他也瞧不出什么。桥洞十分幽暗，有点像短短的隧道——或许还没有小船长，里面水静无波，似乎空空荡荡，足以容下一只小动物。但水面与拱顶离得太近，天色又越来越暗，他实在看不清另一侧是什么情况——水、绿叶、摇曳不止的绿叶倒影、雨点打出的水花，还有个怪东西立在水中，上面有好多灰色的竖杠。淅淅沥沥的雨声在洞中回响，苍凉可怖，铿锵之声不绝于耳，让兔子们毛骨悚然。榛子又扭头望向黑莓和闪银。

“看来咱们的处境很糟糕。”他说，“咱们不能总待在这里，但我也想不出什么好办法。”

这时，基哈尔在桥栏上现身，甩甩翅膀上的水珠，又飞到榛子旁边。

“船，用完了。”他说，“别等了。”

“可是我们该怎么下去呀，基哈尔？”榛子问。

鸟儿十分惊讶。“狗会游，老鼠会游，你们不会？”

“会，只是不能游太久。两边的河岸都太陡了，我们免不了会被河水冲到这几个洞里去，再说我们还不知道桥那一边是什么样子呢。”

“那边很好，没事。”

榛子有点为难。基哈尔的这句话该怎样理解？基哈尔不是兔子。不论这只鸟口中的“大水”是什么模样，那边的情况一定比这里恶劣，而基哈尔早已习以为常。还有，他不会兔子语，描述事物时只能说个大概。他为他们所救，知恩图报，但榛子知道，鸟类免不了会瞧不起那些懦弱无能、平时只在巢穴周围转悠、不会飞的动物，因此他经常不耐烦。他刚才说“没事”的时候，是否已经掌握对面的情况，有没有设身处地地为兔子们着想？难道桥下水流不急？难道对面有容易上岸的地方？似乎未必如此。或者说，也许基哈尔只是催他们抓紧时间，去做他不费吹灰之力就能做到的事情？这倒很有可能。要是他们之中有谁真的跳下船，随波而一去不返，那该如何是好？

可怜的榛子环视着伙伴们。闪银正在舔长毛的肩伤；黑莓紧张兮兮地一会儿跃下坐板，一会儿又跳上去，看来榛子的心情，他绝对感同身受。就在榛子犹豫不决的时候，基哈尔大叫起来：

“嘎！你们兔子，不好。我来，你们看。”

小船此时紧挨着黑漆漆的桥洞。基哈尔笨拙地跳下船头，像野鸭一样坐在水中，钻进桥洞，消失了。榛子用目光追随着他，起初什么都瞧不见，但片刻之后便看到对面有一个鸟形的黑影漂到亮处，那黑影随即一扭，游到了自己受限的视野之外。

“这能说明什么？”黑莓的牙齿咯咯作响，“他还会飞呢。这只鸟从来不脚踏实地——哦，对了，他的脚还是长蹼的。反正浑身尽湿、打着哆嗦、身子有平时自己两倍重的又不是他。”

基哈尔再次出现在桥栏杆上。

“你们游吧。”他只说了这一句。

可怜的榛子仍然迟疑不决，他的腿伤又发作了。他实在无计可施，不由自主地望向长毛——那么多兔子，他唯独向长毛那边看——可非但没有心生欣慰，反而更加泄气。长毛早已精疲力竭，甚至渐有昏迷的趋势。他知道，对方此次再也无法挺身而出了。榛子无可奈何，踉踉跄跄地走到滑溜溜的船头坐下，忽然发现小多子出现在自己身旁。

“我去，榛子。”小多子从容自若地说，“没事的。”

小多子刚把前爪搭在船头边缘，猛然间，所有兔子都呆住了。一只母兔还在积满了水的内底板上跺了跺脚。上方响起了脚步声和人类的说话声，小白棍的气味也飘了下来。

基哈尔飞走了。兔子们都一动不动。脚步声更近了，说话声更响了。桥上有好多人，而这座桥最多只有树篱那么高。每只兔子都在本能的驱使下急欲逃跑钻洞。榛子见希泽恩斯蕾正在看自己，便接住了她的目光，竭力用眼神劝她稍安勿躁。说话声、人类的汗味、皮革味、小白棍的味道、腿上的疼痛、积了水的幽暗洞穴——在榛子听来，那汩汩的水声宛若窃笑一般——他对这一切并不陌生。人类怎么可能瞧不见他？他们一定看到他了，他就在他们的脚下，而且还受了伤，他们马上就会把他抓走。

人类的声音和各种气味渐渐远去，噼里啪啦的脚步声也慢慢消失。这群人径直走过桥，谁都没有俯视下方。

榛子也回过神来。“就这么定了。”他说，“大家都下水。风铃草，你不是说你想做水兔子吗？跟我来。”说完，他爬上坐板，走到船边。

然而他扭头一看，发现小水窝凑到了自己身旁。

“快点，榛子大人。”小水窝全身发抖，还不时抽搐一下，“我也去，只要快点就行。”

榛子跳进河里后，立即感觉到寒意刺骨，和当初在恩博恩河中一样。不仅如此，他还被河水裹挟着不由自主地向下游移动。水流如大风一般推搡着他，悄无声息，却又难以抵抗。榛子半浮在水面上，被冲到憋闷、冰冷的“隧道”中。他害怕极了，奋力挣扎，不住地扑腾，趁昂头时深吸一口气，努力伸爪抓住水下粗糙的砖块，但流水不依不饶，硬要带着他继续前行。随后，河水流速慢了下来，“隧道”消失了。视线由暗转明，他感觉头顶又被天空和枝叶所笼罩。榛子奋力拨水，爪子忽然碰到一个硬硬的东西，一下子滑脱，而后身体也撞了上去。过了一会儿，他感觉脚下出现了一片柔软的地面。他接着拼命划水，却发现自己已经踩在了黏糊糊的泥巴之中。他终于上岸了——虽然这里泥泞不堪。他趴下缓了缓气，又抹了抹脸，睁开眼睛，看见几英尺开外的地方，满身泥污的小水窝也正在往岸上爬。

霎时间，榛子心头的恐惧烟消云散，喜悦和信心取而代之。他爬到小水窝身边，跟对方一起钻进了灌木丛。他一言未发，小水窝似乎也无心说话。他俩就这样躲在一蓬千屈菜下，向河面望去。

河水流出桥洞，淌进一个浑圆的水潭，圆潭两岸的绿树和灌木枝繁叶茂。这里像是一片沼泽，远方林地与此处的界线并不分明；满是细沙与稀泥的水底已经被两只急于上岸的兔子刨出了几条深沟。从他们脚下到斜对面离砖桥不远的地方之间拦着一道用细金属杆做成的栅栏。每年在特定的季节，河中的水草就会纠结成团，从上游打鱼的地方漂下，被这道栅栏拦住，然后会有身着防水连身裤的人用耙子把草团耙到岸边，堆起来沤肥。左岸绿树成荫的树林中，腐烂的水草已经堆成了山，臭气熏天，衬得这里越发潮湿憋闷。

“基哈尔，好样的！”榛子在恶臭和幽寂中心满意足地东张西望，“我真该早点相信他的话。”

这时，第三只兔子也从桥下游了出来。他无奈地挣扎着，活像一只陷入蛛网的苍蝇。见到这一幕，榛子和小水窝心急如焚。那只兔子也是先撞上铁栅栏，又贴着它向旁边游，最后踩到河底，爬出泥水。是黑毛。他趴在那里歇气，根本没察觉榛子和小水窝正在向他靠近。过了一会儿，他开始咳嗽，直到吐出了几口水，才坐了起来。

“没事吧？”榛子问。

“还好，”黑毛说，“不过我们今晚还要跑远路吗，大人？我实在是累坏了。”

“不用，在这儿歇着就行。”榛子说，“不过你为什么愿意冒险呢？如果我们沉底了，你不就白白送死了吗？”

“我以为您下了命令。”黑毛答道。

“哦，”榛子说，“恐怕你以后就会发觉，我们是一群懒散的兔子。那边还有别的兔子想下水吗？”

“我觉得他们有一点紧张。”黑毛答道，“不过这也不能怪他们。”

“话虽如此，但问题是，什么事情都有可能发生。”榛子犯起愁来，“他们坐在那里，可能会萨恩的，而且那群人或许还会回去。要是能告诉他们这边很安全……”

“交给我吧，大人。”黑毛插嘴道，“要是我想得没错，只要从那边跑上去，再从桥的另一侧下去就能找到他们。不如我现在就去？”

榛子有些不忍心。据他所知，黑毛虽然来自艾弗拉法，但并非那里的奥斯拉，而是受尽凌辱和折磨的囚犯，而且这只兔子刚才还说自己已经精疲力竭。不过，他绝不能辜负黑毛对自己的信任。

“咱们一起去。”榛子说，“小水窝，你留在这里放哨行吗？要是运气好，他们可能一会儿就过来了。你要是还有力气就帮帮他们吧。”

榛子和黑毛钻进了湿漉漉的灌木丛，又爬上一条自陡峭堤岸顶部穿过、通往桥头的草径。他们借小路旁的高草藏身，小心翼翼地打量周围的情况。路上空荡荡的，寂静无声，也没有什么特别的味道。于是两只兔子沿着草径跑到桥头，六英尺高的河堤几乎是笔直插入水中的。黑毛毫不犹豫地向下爬，榛子则慢吞吞地跟在后面。砖桥上方有一大块凸出来的泥炭，两只兔子穿过荆棘丛，纵身一跃，落在了上面。小船正横在围满水草的桥墩前，离它们只有几英尺远。

“闪银！”榛子喊道，“小多子！快，让大家下水！桥下面很安全。先让母兔下去。别磨蹭了，那群人随时可能回来。”

要让呆若木鸡、仓皇失措的母兔振作起来，并明白她们接下来该做什么绝非易事。闪银为此从船头跑到船尾，又从船尾挪到船头，真可谓费尽了口舌。而蒲公英一见到岸上的榛子，立即蹿到船头，跳入河中。虎尾草紧随其后。小多子刚要下水，却被闪银拦住了。

“榛子，我们几个要是都下去了，”闪银说，“船上可就只剩下母兔了。她们好像不愿意下河。”

“她们都听长毛的话，大人。”不等榛子答话，黑毛便抢先说道，“只要他开口，母兔们马上就会行动起来。”

长毛此刻仍然躺在内底板的污水中，自从小船漂到第一座桥跟前，他就一直待在那里，好像睡着了。但被闪银一拱，他又马上抬起头来，迷迷糊糊地东张西望。

“哦，是你啊，闪银。”他说，“我这肩膀可真要命。好冷啊。榛子呢？”

闪银把事情的原委讲给他听。长毛费劲地站起身来，伤口依然在流血。他一瘸一拐地挪到坐板旁，爬了上去。

“希泽恩斯蕾，”他说，“你的朋友们都成落汤鸡了，咱们还是赶紧让她们下河吧，你说呢？让她们一个接一个地下，这样在水里谁都伤不着谁。”

尽管黑毛预料得没错，但母兔们还是磨蹭了好久才下船。其实从艾弗拉法逃出的母兔共有十只——当然，兔子数不到十。虽说她们之中有那么一两只在长毛不厌其烦的催促下跳了下去，可还有几只已经疲惫不堪，要么蜷缩在原地，要么呆呆地望着河面，直到长毛让别的母兔过来，她们才懒洋洋地往旁边挪一挪。长毛让雄性伙伴们依次做个样子，于是橡子、鹰齿菊和风铃草分别带着几只母兔跃下了船侧。刚才被桥底刮到的母兔丝蕾雍罗萨伤势很重，黑莓和丝苏辛楠格便一前一后地把她夹在中间，跟她一起游。

夜幕降临，雨停了。榛子和黑毛回到桥下的水潭岸边。乌云已经散去，压抑的气氛全然消失，雷声在东方天际响了起来。然而，直到月出时分，长毛才在闪银和小多子的陪伴下穿过桥底。长毛还游得动。他在栅栏前翻过身来,像死鱼一样仰面朝天，顺势漂进了浅滩，又在闪银的协助下顺利登岸。榛子和几只兔子正围在那里等他，而他霸道如常，连嘘寒问暖的话都不想听。

“得了，别挡路，”长毛说，“我要睡了，榛子。你要是不让我睡，就求弗瑞斯保佑吧！”

“喏，我们平时就这样。”榛子对双目圆睁的黑毛说，“你很快就会习惯的。好了，咱俩找个干一点、还没被其他兔子占领的地方，先好好睡一觉吧。”

灌木丛中的每一处干燥地面上都挤满了疲累至极、沉沉睡去的兔子。榛子和黑毛找了半天，才看到一株下方树皮已被剥光的倒木。他们钻进树冠，在枝枝叶叶中弄出一个平坦的凹坑，刚趴进去便觉得暖意融融，不一会儿就睡着了。

40

归 途

山胡桃夫人，山胡桃夫人，
你家门外有一只狼。
他的舌头甩来甩去，
牙齿雪白闪寒光！
“才怪呢，”山胡桃夫人说，“你这假话仙子！”
然而门外真有一只狼，而且他饥火烧肠。

——瓦尔特·德·拉·梅尔《山胡桃夫人》

第二天清晨，榛子得知的第一件事情便是丝蕾雍罗萨昨晚去世了。丝苏辛楠格悲愧交集，因为是她觉得这只母兔体格健壮、通晓事理，才拉上对方一起逃跑的。她俩从桥下游过之后，丝苏辛楠格又拱又拉，好不容易才帮她上了岸，又在灌木丛中挨着她睡着了，心里还盼着对方第二天会好起来。然而丝苏辛楠格醒来时，却发现丝萝雍罗萨不见了。她找来找去，终于在下游处的芦苇丛中发现了对方。这只可怜的母兔已经奄奄一息，因为自知命不久矣才离开了同伴——许多野生动物都是如此。

榛子心灰意冷。他知道，他们带着这么多母兔，未经恶战逃离艾弗拉法实属走运。纵使他计划周密，但也险些因为风暴突起、水苏的雷厉风行而落空。尽管长毛和闪银临危不惧，可要是没有基哈尔，他们一定会一败涂地。现在基哈尔即将离去，长毛又受了伤，而他自己的伤腿也在隐隐作痛。此外，他们要照料这群母兔，因此无法像跑下高地时那样，在旷野中无牵无挂地肆意狂奔。他本打算嘱咐大家在这里休息几天，让长毛养一养身体，也让母兔们适应一下领地之外的生活。可后来他发现，这里实在不是休养的好地方。植被倒是茂密，但环境过于潮湿，不适合他们栖身。此外，附近还有一条热闹非凡的马路，天一亮，“隆嘟嘟”的声音和气味便飘了过来，惊得母兔们提心吊胆、坐立不安。丝蕾雍罗萨的死使得形势变得更加严峻，本就被噪音和地面震动惊扰的母兔们吓得连草都吃不下，现在又都往下游跑，望着尸体交头接耳，说这地方是如何奇怪，又多么危险。

榛子问过黑莓，黑莓说人类可能很快就会找到那条船。因此这几天，附近可能会出现人类的身影。于是榛子决定马上出发，先找个舒服一点的地方歇脚。耳朵和鼻子告诉他，这片沼泽向下游延伸了很长一段距离，南边是公路，因此他们只能穿过砖桥向北行进，而那边也恰好是沃特希普高地所在的方向，是家的方向。

榛子带着长毛爬上堤岸，踏上草径，一眼便看见基哈尔正在砖桥附近的铁杉丛中啄鼻涕虫吃。他俩一声不吭地凑过去，啃起了鸟儿身旁的短草。

过了一小会儿，基哈尔说:“你们有兔子妈妈了，榛子先森。都好了，对吧？”

“嗯。要是没有你，这事肯定成不了，基哈尔。我听说你昨天晚上还及时出现，救了长毛的命。”

“那个坏兔子，大大的那个，还扑我，很狡猾。”

“不过他也被吓了一大跳。”

“哼，对。榛子先森，人类要来了。你们怎么办？”

“我们要回领地去，基哈尔，要是能回去的话。”

“那，这里不用我，我去大水了。”

“咱们还能再见面吗，基哈尔？”

“你们回山上？待在那儿？”

“对，我们想待在那里。带着这么多兔子跑远路一定很不容易，而且还得躲着艾弗拉法的巡逻队。”

“你去那儿。大水那边，冬天很冷，风很大，好多鸟飞回来。等我回来，去山上，看你们。”

“那咱们说好了，基哈尔。”长毛说，“我们得提防着点，免得你像昨天晚上那样，‘呼’地一下飞过来。”

“哈，哈，把兔子妈妈、小兔子，吓一跳，把小长毛，吓得，满地乱跑！”

基哈尔鼓起双翼，腾空而起，飞过桥栏和河流上游，随后一个急转，又回到草径上空。他掠过两只兔子的头顶，嘎嘎叫着向南翱翔，在榛子和长毛的目送下消失在树林上方的天际。

“唉，基哈尔走了。”长毛说，“现在我都想飞了。那个什么大水，我也想去看看！”

他俩仍然望着基哈尔远去的方向，榛子忽然发现草径尽头竟然有一座小屋。草地从那里向上倾斜，一直延伸到公路旁。一个人把上身探出灌木树篱，正一动不动地注视着他俩。榛子跺跺脚，立即蹿进沼泽地中的灌木丛，长毛紧紧跟上。

“你猜他琢磨什么呢？”长毛说，“‘菜园里的菜保不住了。’”

“我知道。”榛子说，“他们一冒出这样的念头，就肯定不会放过咱们。咱们越快动身越好。”

他们带领兔群立即穿过草地，向北方进发。没过多久，长毛便发现自己根本跑不了多远：伤口剧痛难忍，肩膀也使不上劲。榛子仍然一瘸一拐，而母兔们虽然个个心怀憧憬、毫无怨言，但基本上对流浪的生活一无所知。这段旅程相当艰难。

接下来的几天，阳光普照，晴空万里，黑毛一次又一次地证明了自己可堪大用，最后榛子终于把他看作跟长毛、黑莓他们一样足以托付生死的伙伴。谁都没想到，这位新朋友竟然如此出色。长毛当初下定决心要把他带出艾弗拉法，完全是出于怜悯。在长毛的心中，黑毛不过是深受水苏迫害而苦于无法脱身的可怜兔子。然而，事实证明，摆脱了羞辱和虐待的黑毛简直出类拔萃。他的出身与经历十分离奇。他的母亲并不是在艾弗拉法出生的，而是被水苏从纳特利灌木林掳走的母兔之一，被一名队长看中之后便没有再寻找过其他配偶。后来，那名队长在巡逻时殒命。而黑毛以父亲为荣，从小就立志做奥斯拉的长官，可他母亲对艾弗拉法深恶痛绝，不想让他为这里卖命。黑毛怀着这样矛盾的想法长大，随后被送进右前肢组接受考验。锦葵队长对敢作敢为、吃苦耐劳的黑毛大为赞赏，但同时也把他骨子里的孤傲看在眼中。当时，右腹组的细叶芹队长需要助理，议会在水杨梅和黑毛之间选择了前者。黑毛知道自己不是泛泛之辈，感觉议会是因为他母亲的出身而对他存有偏见。而后他错上加错，在见到希泽恩斯蕾后私下跟她交上了朋友，还为右腹组中心怀不满的母兔出谋划策。他催促她们向议会请愿，提出离开艾弗拉法，倘若成功，再要求带他一起离去。然而这一请求直接被议会驳回，于是他转而打算私自出逃。起初他本想带上那几只母兔一起走，但他与那个时候的长毛一样，忐忑不安、惶惶不可终日，因此改变了主意，最后独自行动，被剪秋萝抓住。在受过议会的酷刑之后，原本意气风发的黑毛变得萎靡不振、麻木不仁，让一向大大咧咧的长毛都生出恻隐之心。好在长毛在排泄土沟中的那番话重新点燃了他的斗志——换做别的兔子，一定不会如此坚强刚毅。可黑毛早已做好准备，甘愿随时步入险境，再经劫难。如今，黑毛自由自在，又身处一群随和友善的兔子中间，认为自己既然接受过艾弗拉法系统的训练，就应该尽己所能地发挥长处，帮助他们。他现在仍然听令行事，但也能畅所欲言，在侦察地形、探察险情方面，他更是游刃有余。榛子是一位理智且乐于接受谏言的统领，他接受了黑毛提出的大部分建议，并把任务交给长毛——黑毛发自肺腑崇敬的英雄——来处理。

兔子们战战兢兢、慢慢悠悠地行进了两三天，一发现可以藏身的地方便跑过去休息。就这样，一天傍晚，恺撒腰带终于再次映入他们的眼帘。但彼时他们正身处某片高地上的一个小灌木林中，比正确路线向西偏离了一点点。大家都已疲倦困乏，便就地希尔弗雷。“每天都可以在黄昏的时候希尔弗雷可真好！”希泽恩斯蕾对长毛说。这时，风铃草和虎尾草提出，或许他们可以在树下的松土中挖几个洞，在里面住上一两天。榛子觉得这个主意不错，但小多子有不同意见。

“我知道咱们现在可以歇一歇，”小多子说，“可我心里总觉得不踏实，榛子大人。我得想想为什么。”

“我倒是没问题，”榛子说，“不过你恐怕得劝劝他们。用基哈尔的话说，有一两只母兔已经准备好‘做兔子妈妈’了。风铃草他们宁愿费时费力地挖洞就是因为这一点。不过这也没什么不好，对吧？不是有句话吗——‘兔子在地下，什么都不怕’。”

“唔……大概吧。”小多子说，“维尔苏丽尔可真漂亮，我也想好好认识认识她。再说，兔子平时也不是总赶路过日子的！”

然而，等自告奋勇出去巡逻的黑毛和蒲公英回来之后，小多子便更加反对在这里歇脚了。

“这里一刻都不能多待，榛子大人。”黑毛说，“就算是艾弗拉法的巡逻队都不敢在这个地方停脚，因为这里到处都是狐狸。咱们应该趁天还没黑再往前跑跑。”

长毛的肩膀已经疼了一下午，现在他情绪低落，憋了一肚子火。他觉得黑毛的精明能干全都建立在同伴们的痛苦之上。倘若依黑毛所言，要是没有遇到像艾弗拉法那么合适的领地，他们就得拖着疲惫至极的身体一直奔波，而且就算即刻动身，他们或许不会比待在灌木丛中更安全。黑毛却可以因为让大家幸免于难而居功自傲——有狐狸什么的可能都是他瞎编的。真讨厌，这家伙竟然还学艾弗拉法兔搞起了大巡逻。现在就该教训教训他，让他别再虚张声势。

“高地嘛，有狐狸也不奇怪。”长毛刻薄地说，“怎么这儿的狐狸就比别的地方多了？”

黑毛跟长毛一样在意体面。可面对这个问题，他给出的答案完全无法服众。

“我也说不清楚。”他说，“我就是有一种很强烈的感觉，可又说不清楚依据。”

“哈，感觉？”长毛嗤之以鼻，“你看见狐狸的排泄物了？还是闻到狐狸的气味了？要不然，是小绿老鼠在蘑菇底下唱着歌告诉你的？”

黑毛十分伤心。他最不想与之争吵的对象就是长毛。

“您把我当傻瓜吗？”他的艾弗拉法口音浓重起来，“没有排泄物，也没有气味，但我坚持认为狐狸经常在这里出没。我们已经巡逻了几次，我们……”

“你呢，看没看见，闻没闻着？”长毛问蒲公英。

“呃，我也说不准。”蒲公英说，“我是说，黑毛懂得很多巡逻的技巧，他也问过我是否感觉……”

“得了。咱们现在出发，跑一晚上也不是不行。”长毛打断了蒲公英的话，“黑毛，你知不知道，今年夏天，在还没有你帮忙的时候，我们一连跑了好几天，什么样的地方都去过——田地、帚石楠丛、森林、高地——我们一路跑过来，一只兔子都没少！”

“有的地方被挖过。仅此而已。”黑毛收敛了一些，“我发现附近有些新挖出来的洞，还听见从很远的地方传来打洞的声音。”

“好了，”榛子截住长毛的话头，“你把他救出艾弗拉法，总不是为了欺负他吧？黑毛，我来做决定。我觉得你说得对，这里确实不那么安全。可是，咱们只要没回领地，就总得冒险，现在大家都累了，咱们还是先在这里休息一两天吧。这样对大家都有好处。”

兔子们立即行动起来。日落之后，他们便挖出了好几个洞。经过一夜休整，每只兔子都精神抖擞，体力充沛。正如榛子所料，几只兔子配了对，有的还为此打了架，不过谁都没有受伤。黄昏时分，欢乐融洽的气氛蔓延开来。榛子感觉腿有了点力气，长毛自从艾弗拉法之行开始以来，还从未像现在这样活力十足、神采奕奕。两天前还心神不宁、瘦骨嶙峋的母兔们也都容光焕发。

第二天早上，大家直到黎明过后才开始希尔弗雷。微风穿过灌木林，吹向北侧的土丘——黑毛就是在那里发现土洞的。风铃草跑到伙伴们身旁，信誓旦旦地说自己嗅到了兔子的味道。

“是冬青在挤着下巴给我们发信号，榛子大人。”他说，“晨风一吹，一只兔子打了个喷嚏，对我们想念无比，然后就……”

“一屁股坐在了菊苣丛里，盼着身边能有一只圆滚滚的母兔。”榛子接话道。

“不会吧，榛子大人。”风铃草说，“他那边有两只呢。”

“都是笼养兔。”榛子说，“她俩现在应该已经坚强起来，不那么懦弱了，不过肯定还是比野兔差上一截。比如三叶草吧，她从来不会去离洞稍远的地方希尔弗雷，因为她知道自己跑不快。可是这群艾弗拉法的母兔从小被哨兵监视着长大，如今初获自由，就都欢天喜地地到处乱跑。你看那两只，就是土丘下面的那两只，她们还……啊，弗瑞斯！”

就在他说话的当口，一只像狗一样的黄褐色动物悄无声息地跃出了茂密的灌木，酷似一道从云隙间射出的光。他在两只母兔中间稳稳落地，咬住其中一只的脖子，眨眼间便叼着猎物蹿上了土丘。风向变了，草地上洋溢起狐狸的臭味。兔子们都跺跺脚，转身逃上坡地，找地方藏身。

榛子和风铃草发现他俩恰好跟黑毛躲在了一起。此时此刻，这只来自艾弗拉法的兔子仍然冷静稳重、就事论事。

“可怜啊，”他说，“在艾弗拉法的生活削弱了她们的本能——竟然在上风处的灌木丛下面吃草！没关系的，榛子大人，这也是常事。不过我得说，我们还算走运，附近只有一只狐狸，否则我们起码要等到中午才能上路。而且刚才那只吃饱了，应该暂时不会再出来捕猎了，我们还是尽快离开这里吧。”

榛子表示同意，立即去把兔子们召集到一起。他们沿着一片渐熟小麦的边缘向东北方奔去，虽然队伍零零散散的，但行进的速度很快。谁都没有再提那只母兔。待他们至少跑了四分之三英里后，长毛和榛子停下歇脚，又检查了下后面是否有同伴掉队。眼见黑毛和希泽恩斯蕾赶了上来，长毛开口说道：

“你早就说过，都怪我没听你的。”

“说过？”黑毛说，“说过什么？”

“你说那儿可能有狐狸。”

“哦，我不记得了。不过这种事情谁都没法事先预料。反正母兔而已，多一只少一只又能怎样？”

听闻此言，长毛目瞪口呆，黑毛却若无其事地啃起草来。长毛一头雾水地走到稍远的地方，跟希泽恩斯蕾和榛子一起吃草。

“他怎么回事？”过了一会儿，长毛问，“两个晚上以前，他还提醒我们说那儿可能有狐狸，你们都记得吧？我还跟他抬杠来着。”

“在艾弗拉法，”希泽恩斯蕾说，“要是哪只兔子的建议没有被采纳，那只兔子就会立即把这事忘得一干二净——无一例外。现在，黑毛的脑袋里只有榛子的决定。不论最终的结果是好是坏，他都不会有什么想法。他已经不记得自己提过意见了。”

“这个我倒是相信。”长毛说，“哼，艾弗拉法！不过住着一群被狗看管着的蚂蚁！可咱们现在又不在艾弗拉法，难道他真能把那天的事忘了？”

“大概吧。反正不管他有没有忘记，你都绝不可能让他承认他警告过你，或者让他听你说他是对的，这就跟逼他在地洞里排泄一样。”

“可是你也是从艾弗拉法来的。你也那样吗？”

“我是母兔。”希泽恩斯蕾说。

* * *

午后，兔子们已经距离恺撒腰带不远了。长毛一眼便找到了蒲公英当初讲《艾尔-阿瑞拉和黑兔银雷》那个故事的地方。

“就是那只狐狸，”他对榛子说，“肯定是他。我早就应该想到……”

“好了，”榛子说，“你肯定知道自己对我们有多么重要。母兔也都认为是艾尔-阿瑞拉派你把她们救了出来，她们觉得只有你才有这个本事。至于今天早上的事，我也有错。可是我从来都没有妄想过咱们能毫发无伤地回去。虽然现在咱们已经失去了两位同伴，但已经比我预想中要好得多了。咱们要是跑得够快，今晚就能回到‘蜂巢’。别再想那只狐狸了。长毛，你自责也没有用，还是……谁在那儿？”

他俩凑到一丛杜松和犬蔷薇旁。下方的荨麻和泻根盘错在一起，植株上即将成熟的果实已经发红。他俩停下脚步，想找地方钻进去。忽然，有四只大兔子跃出高草，坐下直盯着他们看。一只母兔奔上山坡，见状猛地止步，跺脚之后转身便逃。榛子和长毛听见黑毛厉声叫住了那只母兔。

“你怎么不告诉他呢，长毛？”一只陌生兔子开口道，“我是谁？”

一阵沉默过后，榛子说话了。

“他们身上有印记，是艾弗拉法兔吧。他就是水苏？”

“不是，”黑毛的声音从榛子背后传来，“是剪秋萝队长。”

“喔。”榛子说，“我听说过你，剪秋萝。我不知道你想怎样，不过你们最好别再打我们的主意。我们不想再跟艾弗拉法打交道了。”

“你的想法是一回事，”剪秋萝说，“但现实如何，又是另一回事。你身后的那只母兔，还有其他母兔，一定要跟我们回去。”

这时，闪银和橡子来到山坡下方，他们身后还跟着丝苏辛楠格。闪银一看到那几只艾弗拉法兔，便匆匆跟丝苏辛楠格说了几句，后者赶紧蹿进了牛蒡丛。紧接着，闪银跑到了榛子身边。

“我派兔子去找白鸟了，榛子。”他从容自若地说。

这句谎话很有用。剪秋萝立即慌张地抬头望天，他的巡逻队员也纷纷向身后的灌木丛瞄，似乎想马上躲进去。

“你可别犯傻。”榛子对剪秋萝说，“我们这边有一大群兔子，除非你的同伙不止这三个，否则你们根本打不过我们。”

剪秋萝犹豫起来。这是他平生第一次贸然行事。刚才，他看见榛子和长毛带着黑毛与一只母兔跑了过来，由于急着在议会面前表功，便没有多想，以为他们几个孤立无援。因为在没有树木遮挡的地方，艾弗拉法兔通常都会聚集在一起行动。剪秋萝从未考虑过榛子他们还有其他伙伴在周围活动，甚至还以为自己遇到了千载难逢的机会，可以狠揍可恶的长毛、黑毛，还有他俩那名瘸腿伙伴一顿——或许还能要了他们的命，然后带着母兔返回议会。没错，他若是发动突袭，完全能够如愿以偿，可他心里又盼着这几只公兔能主动投降，免去一番搏斗，因此选择了正面对峙。而现在，眼见榛子的同伴三三两两地围过来，他终于明白自己犯了个错误。

“我的部下当然不止这几个。”剪秋萝说，“你们若乖乖地把母兔留下，我可以放你们一马，不然你们就等死吧。”

“很好。”榛子说，“那就让你的巡逻队好好亮亮相，我们也好乖乖听话呀。”

这时，又有好多兔子跃上山坡。剪秋萝和三名巡逻队员默默地望着他们，谁都没有挪步。

“你们最好别轻举妄动。”榛子说，“谁要是敢挡路，肯定会吃苦头。闪银、黑莓，你们带着母兔们上路。我们一会儿就过去找你们。”

“榛子大人，”黑毛低声说，“得把他们干掉——一个都不能剩下，不能放他们回去向水苏报信。”

其实榛子也做过这样的打算。然而，他一想到这会是一场多么残酷的搏斗，那四只艾弗拉法兔将会被撕扯得血肉模糊，便心有不忍。而且，战胜他们绝非易事。他的伙伴肯定也会在战斗中受伤乃至殒命。这样，他们就无法在当晚抵达“蜂巢”了，而且他们走过的地方也会留下血迹。他并不嗜血，再说双方一旦开战，后果可能相当严重。

“算了，别管他们。”他斩钉截铁地说。

黑毛不吭声了，跟榛子一起坐下，直勾勾地望着剪秋萝。这时，最后几只母兔也消失在了灌木丛中。

“好了，”榛子说，“带着你的部下离开吧。你们从哪边来，就从哪边回去。别废话，赶紧走。”

剪秋萝他们跑下山去。榛子为免去一场恶斗松了一口气。他飞奔起来，去追闪银，其他几只兔子紧随其后。

一穿过恺撒腰带，他们的行程便更加顺利了。休息了一天半之后，母兔们都朝气蓬勃、精神抖擞。她们知道，今天晚上便可以不再奔波。一想到自己逃脱了狐狸和巡逻队的追捕，她们更是心满意得，有令必从。反倒是黑毛拖慢了大家的行进速度，他似乎总是惴惴不安地在队尾磨磨蹭蹭。将近傍晚时，榛子终于把他叫来，让他去突崖向阳面的山毛榉林地中探查情况。少顷，黑毛便飞奔回来。

“榛子大人，我跑到了您说的那片森林边上。”他说，“有两只兔子正在林边的一片矮草地上玩耍。”

“我去看看。”榛子说，“蒲公英，你陪我？”

他们跑下山坡，向小径右侧奔去。榛子认出老地方，便雀跃起来。他发现头顶的一片碧绿透着几分古铜色的韵调，还多了一两点金黄。紧接着，他看见沙棘和草莓冲过了草地。

“榛子大人！”沙棘喊道，“蒲公英！其他兔子呢？你们带母兔回来了吗？大家还好吗？”

“他们一会儿就到。”榛子说，“我们带回来好多母兔，带出去的伙伴一个都没少。这是黑毛，从艾弗拉法逃出来的。”

“那他可真厉害。”草莓说，“啊，榛子大人，自从你们出发，我们每天傍晚都在森林的尽头往下看。冬青和黄杨木挺好的，现在应该在地洞里。还有，你猜怎么着？三叶草要生宝宝了。这是大好事，对不对？”

“太棒了。”榛子说，“她是第一个做妈妈的。天啊，我们这一路可真不容易。我都迫不及待地想和你们分享了——我们的故事精彩得不得了！不过你们得先等一等。走吧，咱们先把大家带上来。”

日落时分，二十只兔子全都爬上山毛榉突崖，来到了领地，在缀着露珠的草地上和颀长的树影下大快朵颐。余晖落到高地下方的田地中时，他们一起涌进“蜂巢”，听榛子和长毛讲他们此次出行的所见所闻——留守领地的兔子们已经迫不及待了。

最后一只兔子钻入地道后，从恺撒腰带一直悄悄尾随着榛子他们来到此处的巡逻队向东绕了半圈，随后转身离去。在旷野中寻找动物过夜的痕迹是剪秋萝的拿手本事。他打算带领自己这支纪律严明、能耐非凡的队伍休息到天明，再在傍晚前跑完最后三英里的路，回到艾弗拉法。

41

小故事：《嗷嗷罗乌斯比和汪汪叫仙子》

不要对穷凶极恶之辈施以仁慈。他们会像狗一样龇牙咧嘴，在城中东奔西跑。可是，上天必嘲笑、鄙视他们。

——《诗篇》第五十九章

三伏天来了，一连几日都酷热难当。万籁俱寂，有那么几个小时，唯一在外面活动的东西似乎只剩下了阳光。太阳、云朵和微风在空中苏醒，高地却昏昏欲睡。山毛榉粗枝上的叶片更为翠绿，草被啃光之后，马上便有新芽露出头。领地终于热闹起来了，榛子常常坐在土丘上，一边晒太阳，一边细细品味欢乐与幸福。兔子们时而跃上地面，时而钻入地下，吃草，挖洞，安睡，自然而然地沉浸在平静祥和的生活之中。这里又多了几条地道、几个地洞。母兔们虽然从未挖过土，但也乐于承担此任。希泽恩斯蕾和丝苏辛楠格都告诉过榛子，在艾弗拉法时，她们常常因为不能打洞而闷闷不乐。就连三叶草和草垛都发觉自己其实精于此道，还扬扬得意地说要在自己挖好的洞中生下领地的第一批兔宝宝。黑毛和冬青成为挚友，经常交流巡逻、追踪等方面的心得，还结伴巡查过几次——为保护领地的安全，更为获得成就感。一天清晨，他俩还拉上闪银跑了至少一英里，来到了金斯克利尔的郊外，回来时把他们在一片小菜园里捣乱、吃大餐的过程描述得绘声绘色。黑毛在艾弗拉法受过酷刑之后，听力有所下降，但冬青发现这位新朋友拔草瞻风、见微知著的本事简直无与伦比，而且他似乎可以随心所欲地隐蔽身形。

十六只公兔和十只母兔让这片领地生气勃勃。虽然总有兔子吵嘴、打架，但都是玩闹性质，谁也不当真。正如风铃草所说，谁要是不喜欢这里，随时都可以回艾弗拉法去；而且他们曾经同生死，共患难，这样的经历足以化解任何龃龉。母兔们的欣悦也鼓舞了每一只公兔。一天傍晚，榛子说，领地里没有问题需要他来解决，没有争端需要他来调解，这个兔子统领做得简直没劲透了。

“你想过过冬的问题吗？”冬青问。

距日落还有一个小时，四五只公兔，还有三叶草、希泽恩斯蕾和维尔苏丽尔正在突崖西边晒着太阳进食。暑热未消，高地上寂静无声，半英里外坎农·希斯农场中马儿吃草时扯动草叶的声响都清晰可闻。现在考虑过冬的事情似乎不合时宜。

“高地可能比大家待过的任何地方都要冷。”榛子说，“不过这里的土很松，而且土里插着许多树根，咱们可以在天气转凉之前把洞挖得很深很深。至于风，只要堵住几个地道口，地洞里就会很暖和了。我知道，冬天里草不多，不过愿意换换口味的兔子可以跟着冬青出去碰碰运气，尝尝菜叶、胡萝卜什么的。但是，等到了冬天，咱们一定要小心提防艾利尔。我呢，更愿意睡在地洞里，玩玩点石头，听听故事。”

“听故事？现在就讲吧？”风铃草说，“快，快，蒲公英。《我差点上不了船》——这个故事好不好？”

“哈，你指的是《大失所望的水苏》？”蒲公英说，“那可是长毛的故事，我不跟他抢。不过，在这样的傍晚考虑冬天的事情，感觉还蛮新鲜的。我想起了从别处听来、但是从未亲自讲过的故事——《嗷嗷罗乌斯比和汪汪叫仙子》，有谁听过吗？”

“快讲吧。”小多子说，“讲得精彩一点。”

蒲公英开始讲了。

话说有一只大兔子，还有一只小兔子。一个冬天，艾尔-阿瑞拉的新胡须上结了霜。地上、地下都冻得硬邦邦的，兔子们要是不小心，就会在地道里把爪子划伤。灌木丛中静悄悄的，一片叶子都没有剩下，不论谁从里面经过，知更鸟都会对他说：“这是我的地盘，你去自己的窝里挨饿吧。”

一天黄昏，又大又红的太阳在碧绿的天空中渐渐西沉，艾尔-阿瑞拉和拉布斯卡特尔打着哆嗦在冷冰冰的草地上蹒跚而行，这里啃一口，那里啃一口，打算填填肚子，好在地洞中再熬过一个漫漫冬夜。草又干又硬，一点味道都没有，而他们已经连续多日靠这样低劣的食物果腹，实在是饿极了。最后，拉布斯卡特尔提出，他们可以冒冒险，穿过田野去村庄边上——那里有一座大菜园。

他说的菜园是那一带最大的。种菜的人住在园子里，经常又挖又割，弄出一大堆菜，放到“隆嘟嘟”里面运走。那人在菜园周围设下了许多铜丝圈套，好把兔子挡在外面。可尽管如此，只要艾尔-阿瑞拉想进去，他就一定进得去。不过菜园里很危险，因为那个人有枪，经常打松鸡和鸽子，还把猎物挂在外面。

“我们要提防的，不仅仅是枪。”艾尔-阿瑞拉想，“我们还得小心，别被讨厌的嗷嗷罗乌斯比给盯上。”

嗷嗷罗乌斯比是那个人养的狗。在舔过人类手心的动物里，数他最凶、最坏、最恶心。他个头儿很大，眼睛上遮着乱毛。这条狗的职责是看守菜园——尤其是在晚上。嗷嗷罗乌斯比不吃菜，所以谁都以为他会睁一只眼闭一只眼，准许饿坏了的小动物吃棵莴苣、胡萝卜什么的，然而事实绝非如此。嗷嗷罗乌斯比经常在菜园里跑来跑去，从黄昏一直跑到第二天早上，不光吓得其他人类不敢进去，而且无论看见什么动物他都会扑上去——老鼠、兔子、田鼠，甚至还有鼹鼠。只要能把对方咬死，他就绝不会放对方一条生路。他一嗅到不速之客的气味就会大吼大叫，然而他这种愚蠢的行径只会让兔子心生警惕，及时逃跑。嗷嗷罗乌斯比的主人认为他是了不起的捕鼠行家，经常对别人夸口称赞自己的狗有多么厉害，还拉着他到处显摆。这条狗也因此得意忘形，自认为是世界上最好的捕鼠犬。他吃过好多生肉，不过不是在傍晚吃的，因为主人怕他提前吃饱晚上犯困，而且小动物们一闻到肉腥味就知道他在附近了。就这样，那条狗的存在使得菜园变成了一个危险的地方。

“咱们去嗷嗷罗乌斯比那里碰碰运气。”拉布斯卡特尔说，“只要咱们拼命跑，他肯定追不上。”

艾尔-阿瑞拉和拉布斯卡特尔穿过田野，来到菜园外面。他俩一眼便看见那个人正叼着冒烟的小白棍，砍着经过霜打的卷心菜。嗷嗷罗乌斯比跟在那人身边甩着尾巴，还滑稽地蹦蹦跳跳。过了一会儿，那个人把好多卷心菜堆上一个带轮子的东西，往房子那边推。这样来回了几次，他把所有卷心菜都运到门口，又开始往屋里搬。

“他这是在干什么？”拉布斯卡特尔问。

“我猜他可能是想让菜叶上的霜化掉，”艾尔-阿瑞拉答道，“然后明天再把菜运走。”

“明明带霜的菜更好吃嘛！”拉布斯卡特尔说，“咱们要是能趁它们还长在地里的时候啃上几口就好了。不过没关系，现在还有机会。他既然在这边忙，那咱们就去另外一边看看。”

但是，他俩还没跑过半个菜园，连卷心菜的影子都还没看见，嗷嗷罗乌斯比便嗅到了他们的气味，狂吠着冲了过来。好在他俩运气不错，及时逃了出去。

“邋里邋遢的小东西！”嗷嗷罗乌斯比嚷嚷道，“你们……你们！你们……你们怎么敢在这里转……转……转悠？出……出……出去！出去……去！”

“这条坏狗！”艾尔-阿瑞拉一边往领地狂奔，一边说。两只兔子费尽周折，却一无所获。“他可把我给惹火了。我现在还没想出好点子，不过，我以弗瑞斯和银雷的名义起誓，我一定要在菜叶上的霜融化之前，吃到那个人房子里的卷心菜，让那家伙知道知道我的厉害！”

“您倒也不必如此，大人。”拉布斯卡特尔说，“为了一棵卷心菜丢掉性命，实在太不值得。我们努力过，这就够了。”

“哼，等有机会的时候吧。”艾尔-阿瑞拉说，“咱们伺机而动。”

第二天下午，拉布斯卡特尔跑出领地，沿着路旁的土埂嗅来嗅去。忽然，一个“隆嘟嘟”从路上跑了过来。“隆嘟嘟”后面的门开着，摆来摆去，里面有好多鼓鼓囊囊的袋子——人类有时会丢在田里的那种袋子。“隆嘟嘟”从拉布斯卡特尔身旁经过时，一个袋子掉在了路上。拉布斯卡特尔等“隆嘟嘟”跑远，赶紧跳下来去嗅袋子，盼着里面装的是吃的东西。然而他大失所望——袋子里塞满了肉。他回去后，向艾尔-阿瑞拉抱怨起这件事。

“肉？”艾尔-阿瑞拉问，“还在那里吗？”

“我怎么知道？”拉布斯卡特尔说，“真恶心。”

“跟我来，快。”

他俩跑上小路，发现装着肉的袋子还在原地。艾尔-阿瑞拉将袋子拖回沟内，跟拉布斯卡特尔一起把它埋了起来。

“可是这东西有什么用呢，大人？”拉布斯卡特尔问。

“我还没想好，”艾尔-阿瑞拉说，“不过总会有用的。你小心别让老鼠把袋子偷走。天黑了，我们先回去吧。”

回家途中，他们看见沟里有一个黑色的“隆嘟嘟”的旧轮子皮。你们要是见过这玩意，就会知道它跟大蘑菇差不多，都是光溜溜、肉乎乎的，很柔软，又很结实，不过有股难闻的气味，也不好吃。

“来，”艾尔-阿瑞拉马上说，“咱们去咬一大块下来。这玩意用得上。”

拉布斯卡特尔怀疑艾尔-阿瑞拉疯了，不过他还是依令而行。轮子皮已经破破烂烂，他们没费多大工夫便扯下来一块，有兔子的脑袋那么大。残片的味道怪怪的，但艾尔-阿瑞拉还是小心翼翼地把它叼回了领地，还啃了一晚上。第二天早上希尔弗雷过后，他又开始咬。将近中午时，艾尔-阿瑞拉叫醒拉布斯卡特尔，把他带出洞外，又把残片放在他面前。

"说说看，它像什么？"艾尔-阿瑞拉问，"别管味道，只说模样。"

拉布斯卡特尔端详了一会儿，说："有点像狗的鼻子，大人。就是太干了。"

"很好。"艾尔-阿瑞拉心满意足地去睡觉了。

天依然很冷，碧空如洗，寒意刺骨。晚上，一轮弦月升上天幕，所有兔子都缩在地洞里取暖，只有艾尔-阿瑞拉带着拉布斯卡特尔出去了。艾尔-阿瑞拉顶着黑色的假鼻子，一路上不论看见什么恶心的东西都把那玩意放在上面沾一沾。有一次，他竟然……

"呃……这里不用描述得那么具体。"榛子插嘴道，"接着往下讲吧。"

蒲公英继续讲下去。

最后，连拉布斯卡特尔都躲得远远的了，但艾尔-阿瑞拉依然屏住呼吸，坚持顶着假鼻子溜达。就这样，他俩来到了埋肉的地方。

"挖出来。"艾尔-阿瑞拉吩咐，"快。"

他俩挖肉时，不小心把纸袋撕破了。里面的一块块肉被像泻根须一样的东西捆在一起。可怜的拉布斯卡特尔依命将肉拖到菜园后面——这可是一桩难事。终于能把肉放下后，他才松了一口气。

“现在嘛，”艾尔-阿瑞拉开口道，“咱们绕到前面去。”

两只兔子跑到菜园前面，发现那个人不在——首先，房子里黑漆漆的；其次，大门那里还有人刚才留下的味道。房子前面有一片花圃，花圃和菜园之间隔着一道高高的木板墙。站在墙的一端向对面望去，能看见一大丛月桂树。越过这道木板墙，就可以到达厨房的后门。

艾尔-阿瑞拉和拉布斯卡特尔悄悄地穿过菜园，凑到木板墙上的一条裂缝跟前。此时嗷嗷罗乌斯比正坐在冷冰冰的碎石路上打哆嗦，一丝睡意都没有。两只兔子离他非常近，甚至看得见对方在月光下眨眼。厨房的门关着。屋外排水沟上方的墙面上少了块砖，因此留出一个方洞。厨房的地面上也铺着砖，那个人经常用大扫把刷地，再把水扫进方洞里。现在，那个洞中塞着一团破布——这样可以挡风。

过了一小会儿，艾尔-阿瑞拉小声叫：“嗷嗷罗乌斯比！啊，嗷嗷罗乌斯比！”

狗坐起身来，恶狠狠地望向他，浑身的毛根根直立。

“谁？”狗问，“你是谁？”

“啊，嗷嗷罗乌斯比！”艾尔-阿瑞拉趴在木板墙的另一侧，说，“最幸运、最有福气的嗷嗷罗乌斯比啊，你的奖励在这里！我为你带来了全天下最好的消息！”

“嗯？”嗷嗷罗乌斯比说，“你到底是谁？少耍花招！”

“花招？”艾尔-阿瑞拉说，“哦，嗷嗷罗乌斯比，看来你不认识我。但这怎么可能呢？听着，忠心耿耿、一身能耐的乖狗狗，我是汪汪叫仙子，是伟大的流口水女王的信使。女王的宫殿位于东方，离这里很远很远。啊，嗷嗷罗乌斯比，你要是能见见她的尊容，逛逛她的宫殿就好了！那里满地都是烂肉和粪便，到处都是污水沟！啊，你要是去了那里，就可以在自己喜欢的味道里尽情撒欢了！”

嗷嗷罗乌斯比什么都没有说，只是站起身来东张西望。对方的话真假难辨，他对此疑虑重重。

“你是顶尖的捕鼠犬，你的大名已经传进了女王的耳朵。”艾尔-阿瑞拉继续说道，“我们都知道你，仰慕你，世界上最了不起的捕鼠犬，所以我来到了这里。啊，可怜的狗狗，直到现在，你居然还不明白！不过这也不足为奇。到这儿来，嗷嗷罗乌斯比，到木板墙这儿来，咱们认识认识。”

嗷嗷罗乌斯比走到木板墙跟前，艾尔-阿瑞拉把假鼻子按在裂缝上，还晃了晃。狗凑上去嗅了半天。

“高贵的捕鼠大师啊，”艾尔-阿瑞拉郑重其事地说，“女王派我——汪汪叫仙子——来向你致敬！”

“啊，汪汪叫仙子！”嗷嗷罗乌斯比激动得一边流口水一边呲尿，“啊，您真优雅，真高贵！您果然不一般！我是不是闻到了死猫的味道？还有烂骆驼肉的味儿。啊，真是清新淡雅！啊，东方，好棒啊！”

“‘骆驼’是什么东西？”长毛问。

“我也不知道。”蒲公英说，“反正他们就是这么讲的，大概是某种动物吧。”

“乖狗狗，这下你可高兴了！”艾尔-阿瑞拉说，“我得告诉你，流口水女王衷心希望与你会面，但不是现在。嗷嗷罗乌斯比，现在还不行。首先，你要证明自己并非浪得虚名。女王派我给你带来了一项考验，还有一个凭证。听好，嗷嗷罗乌斯比，菜园的后面有一捆肉，真正的肉。我们虽然是仙子，但要犒劳像你这么高贵、勇猛的动物时，也会带上实实在在的礼物。去吃吧，你不在的时候，我会替你看守菜园。这是对你信仰的考验。”

嗷嗷罗乌斯比早就饥肠辘辘，肚子里也灌满了冷风。但他仍然在犹豫，他知道，主人一定不许他擅离职守。

“啊，好吧，”艾尔-阿瑞拉说，“你要是不愿意也没关系，那我走了。旁边的村庄里也有一条狗……”

“别，别啊！”嗷嗷罗乌斯比嚷嚷起来，“别走，汪汪叫仙子！我相信您！我马上就去！您一定要待在这里守着门口，等我回来！”

“别怕，好狗狗。”艾尔-阿瑞拉说，“只要你相信伟大的女王就好。”

嗷嗷罗乌斯比在月光下一蹦一跳地消失在远方。

“现在就进去吧，大人？”拉布斯卡特尔说，“咱们得快一点。”

“不行。”艾尔-阿瑞拉说，“怎么能出尔反尔呢？这太丢脸了，拉布斯卡特尔！咱们得看门嘛！”

他俩默默地等待着。片刻之后，嗷嗷罗乌斯比咧着嘴、舔着嘴唇回来了。他一边嗅，一边来到了木板墙前。

“我敦厚的朋友，”艾尔-阿瑞拉说，“看来你不光会捉老鼠，找肉的本领也很高。这边一切都好。行了，我要回女王那里向她禀报了。女王的本意是，倘若你相信她的信使，并证明了自己的诚意，她便会亲自邀请你前去宫殿，向你致敬。明天晚上，她要去北方过狼之节日，路过这里时会稍作停留，届时她会召见你。好好准备下，嗷嗷罗乌斯比！”

“啊，汪汪叫仙子！”嗷嗷罗乌斯比大声说道，“能匍匐在女王脚下是我无上的荣幸！我简直都想在地上打滚了！我真想做她的奴隶，一辈子低声下气地讨好她！我要让她知道，我是一条真真正正的狗！”

“这一点，我倒是深信不疑。”艾尔-阿瑞拉说，“好了，再会吧，耐心些，等我回来！”

说完，艾尔-阿瑞拉取下假鼻子，带着拉布斯卡特尔悄无声息地溜走了。

要说第二天晚上有什么特别的，那就是比前一天更冷了。艾尔-阿瑞拉在洞里蜷缩了一天，好不容易才下定决心穿过田野。昨天，他和拉布斯卡特尔把假鼻子藏在了菜园外面，现在好不容易又把那玩意给刨了出来。确定那个人已经离开后，他们又一次钻进菜园，来到木板墙跟前。嗷嗷罗乌斯比正在后门外上蹿下跳，气息在严寒之中化作片片白雾。艾尔-阿瑞拉开口时，这条狗立即俯下上半身，把下巴贴在两爪之间的地面上，高兴地哼哼起来。

“女王马上就到，嗷嗷罗乌斯比。”艾尔-阿瑞拉举着假鼻子说，“作陪的是杆边尿和嗅屁股两位仙子。现在我来传达她的旨意——你知道村子里的十字路口吗？”

“知道，知道！”嗷嗷罗乌斯比拖着长声说，“知道，知道！啊，我要让女王知道我有多乖！亲爱的汪汪叫仙子，我……”

“很好，”艾尔-阿瑞拉说，“幸运的狗狗，去十字路口那里等待女王大驾光临吧。她会乘着黑夜之翼前来，路途遥远，请你务必耐心等待。千万不要辜负她——到时你就有福报了。”

“辜负她？不会，不会的！”嗷嗷罗乌斯比叫道，“我会像一条小虫一样，乖乖地趴在路上等着。在女王面前，我就是乞丐。汪汪叫仙子，我是乞丐，是傻瓜，是……”

“千真万确，你可真棒。”艾尔-阿瑞拉说，“好了，快去吧。”

嗷嗷罗乌斯比刚刚离去，艾尔-阿瑞拉和拉布斯卡特尔就赶紧绕过木板墙。艾尔-阿瑞拉咬住破布，把它扯出了个方洞，随后带着拉布斯卡特尔进入厨房。

厨房里跟现在这座土丘一样暖和，最里面放着一大堆准备明早装进“隆嘟嘟”运走的蔬菜，有卷心菜、抱子甘蓝、欧防风什么的。蔬菜上的霜已经化净，清甜的味道令他俩无法抗拒。艾尔-阿瑞拉和拉布斯卡特尔马上开餐，以弥补这些天来肚皮受的委屈。

“放心吧，那条狗一定会说到做到。”艾尔-阿瑞拉含着满口的食物说，“女王让他在那里等，他不得急着向女王表忠心吗？再来根欧防风吧，拉布斯卡特尔。”

与此同时，嗷嗷罗乌斯比在十字路口焦急地等待着。他在严寒中竖着耳朵，寻觅流口水女王驾到的声响。很久很久以后，他听到了脚步声，但不是狗的，而是人的。脚步声近了，更近了，他忽然发现原来是自家主人走了过来。他笨得要命，既没有跑，也没有躲，只是呆呆地杵在原地，直至返家的主人走到了他面前。

“怎么回事，嗷嗷罗乌斯比？”他的主人问，“你怎么在这儿？”

嗷嗷罗乌斯比露出一副傻相，到处乱嗅。他的主人先是纳闷，后又恍然大悟。

“啊，好狗狗！”主人说，“你是来接我的，对吧？你可真棒！走，咱们一起回家吧。”

嗷嗷罗乌斯比想溜，但主人牢牢地扯住他的项圈，还从口袋里掏出一截绳子拴在上面，就这样一直把他领回了家。

这一人一狗的突然归来令艾尔-阿瑞拉惊慌失措。因为他太专注于啃卷心菜，完全没听见门把转动的声响。紧急关头，他和拉布斯卡特尔一同钻到了一摞筐子后面。他俩刚藏好，那人便领着嗷嗷罗乌斯比进了厨房。嗷嗷罗乌斯比一声不吭。沮丧的情绪使得他甚至没有从柴火和食品橱的味道中辨认出兔子的气味，只是往垫子上一趴。他的主人则给自己倒了点水喝。

艾尔-阿瑞拉打算伺机逃走，但那个人在厨房里坐下开始喝水，还叼着小白棍喷起烟来。忽然，那人环视四周后站起身来——他发现方洞内的破布不见了，便拾起麻袋，又把洞塞得严严实实的，这也让两只兔子更心惊胆战了。那人喝完水后，给火炉添了几根柴，就去睡觉了。也许是担心天冷，狗无法在外过夜，他还把嗷嗷罗乌斯比也关在了厨房里。

嗷嗷罗乌斯比先是哼哼唧唧地叫着抓门，但过了一会儿，他又回到火炉旁的垫子上趴下了。艾尔-阿瑞拉屏声敛息地沿着墙根挪到墙角处一个大金属箱子后面。箱子里塞着许多麻袋和废纸，因此他觉得嗷嗷罗乌斯比应该瞧不见他。没过一会儿，拉布斯卡特尔也凑了过去。这时，艾尔-阿瑞拉轻声说道：

“啊，嗷嗷罗乌斯比！”

嗷嗷罗乌斯比“咻”地一下起身。

“汪汪叫仙子！”他喊道，“是您吗？”

“当然。”艾尔-阿瑞拉说，“很抱歉，让你失望了。嗷嗷罗乌斯比，你没有见到女王，对吧？”

“唉，没有。”紧接着，这条狗道出了自己的遭遇。

“不要紧。”艾尔-阿瑞拉说，“不要灰心，嗷嗷罗乌斯比。女王没有来是有原因的：她收到情报，得知此行相当危险。啊，是非常非常危险，嗷嗷罗乌斯比！于是她改变了行程。我也是冒着生命危险在此提醒你。有我这样的朋友，你应该深感庆幸，不然你那位好主人就会身染重疾。”

“生病？”嗷嗷罗乌斯比惊呼道，“啊，怎么会呢，我的好仙子？”

“东方的动物王国中有许多仙子和妖精。”艾尔-阿瑞拉说，“他们之中，有的跟我们交好，有的是我们的死敌——但愿那些敌人一辈子倒大霉！最坏的那个敌人就是苏门答腊的老鼠巨妖——哈默尔恩[1]的噩梦。他不敢与我们尊贵的女王光明正大地一较高下，只会偷偷摸摸地下毒，传播疾病。刚才你离开

[1]《格林童话》中《吹笛人》这一故事的发生地。——译者注

后不久，我就听说他命许多讨厌的鼠妖带着疾病藏在云朵里。我已将此事禀报女王，可是仍然在这里等你回来，想要提醒你一声。疾病一旦从天而降——那群鼠妖已经离此地不远了，要丧命的不仅是你，还有你的主人，恐怕还有我。你本事非凡，能救他和你自己一命，那是我力所不逮之处。”

“太可怕了！”嗷嗷罗乌斯比喊道，“不能再磨蹭了！我该怎么办，汪汪叫仙子？”

“他们那边一念咒语，你们的疾病就会发作。”艾尔-阿瑞拉说，“不过，如果有一条有血有肉、真真正正的狗能绕着房子跑四圈，扯着喉咙拼命叫，咒语就会失灵，你们也不会为疾病所害。啊，我差点忘了！你被关在这里了，嗷嗷罗乌斯比，这可怎么办？完了，一切都完了！”

“不，不会的！”嗷嗷罗乌斯比说，“我能救你，汪汪叫仙子，也救得了我亲爱的主人。交给我吧！”

嗷嗷罗乌斯比开始狂吠，吼得连死人都会被他从墓里吵起来。窗子阵阵发抖，煤块落下了炉架。他的叫声简直震耳欲聋。忽然，他们听见人下楼的声音。那人没好气地高声叫骂，但嗷嗷罗乌斯比还是没有停。他的主人跺着脚进来了，拉开窗子，侧耳倾听有没有小偷的动静——当然，他什么也听不到，外面本就寂静无声，而且一刻不停的犬吠足以遮蔽一切声响。最后，那人拿起枪，推开门，小心翼翼地出去检查有何异常。就在这时，嗷嗷罗斯比猛地冲出门，像公牛一样一边吼，一边绕着房子跑。那人快步跟上，没有关门。

“快跑！”艾尔-阿瑞拉说，“要比离开鞑靼人强弓的箭还快！快！”

艾尔-阿瑞拉和拉布斯卡特尔冲进花园，消失在月桂丛中。他俩跑进原野时，停下了脚步——惨叫和哭号声从他们身后飘了过来，其中还夹杂着人类的怒吼：“过来，你这条坏狗！”

“好伟大啊！”艾尔-阿瑞拉说，“他救了自己的主人，拉布斯卡特尔，也救了我们。咱们回地洞好好睡一觉吧。”

那个等待流口水女王前来的夜晚让嗷嗷罗乌斯比刻骨铭心、永生难忘。没错，女王没到，令他大失所望；然而，他每每回忆起自己的壮举、回忆起主人和汪汪叫仙子如何因他而免遭坏鼠妖毒害，都觉得失落、受冤什么的不过是小事一桩。

42

情　报

你能证明此为人神共愤之举？

没错，苏格拉底，但至少，他们会听我的。

——柏拉图《游叙弗伦》

故事讲完了。蒲公英这才想起自己应该去接橡子的班放哨。岗哨在树林东边的角落附近，离领地稍远。刚好榛子想看看黄杨木和虎尾草那边的洞挖得怎么样了，便跟蒲公英一起在土丘下方前行。他刚刚钻进新挖出来的地道口，就看见有一只小动物在草丛里蹿来跑去——是他从红隼爪下救出的老鼠。榛子见这小东西安然无恙，依旧欢蹦乱跳的，非常欣慰，扭过身去跟他打招呼。老鼠认出榛子，坐直身体，一边用前爪抹脸，一边热情地说了一大堆话。

“天不错，好热。你说呢？好多，吃的。肯定，不冷。那边，山底下，丰收了。我想要，玉米，可是，路太远。我以为，你们走了，可是你们又，回来了，对吧？”

“嗯。”榛子说，“我们好多兔子离开了一阵，不过事情办成之后就回来了。”

“不错。现在有，好多兔子。草一直，短短的。”

“草是长是短又怎么啦？”长毛跟黑毛蹦了过来，在一旁啃草，“你又不吃。”

“草短，跑起来，容易。”老鼠还是那副腔调，他一开口，长毛就烦躁地抖起了耳朵，“可以，跑很快。可是，草短，没有，种子。现在，领地，热闹。今天，还来了，新兔子，马上，就有，别的领地。新兔子，也是，你们的朋友？”

“对，对，我们的朋友遍天下。”长毛说着，转过身去，“榛子，我有话要跟你说。等待小兔子出生以后，待他们长到能到地面上来的时候……”

然而榛子呆立在原地，定定地望着老鼠。

“等等，长毛。”他说，“小老鼠，你刚才说什么？别的领地？怎么会有别的领地？”

老鼠十分惊讶。“你，不知道？不是，你们的，朋友？”

“这件事，你不说，我根本就不知道。什么新兔子，什么别的领地？”

榛子这般疾言厉色的样子让老鼠紧张起来，他开始拣自认为兔子爱听的话说——这种小动物就是如此。

“也许，没有领地。这里，好多兔子，都是，我的朋友。没有，别的兔子。不需要，别的兔子。”

“可你刚才说的是怎么回事？”榛子逼问道。

“没有，没有，没有，别的兔子，不会有。这里的，都是，我的朋友，给了我，好日子。他他他……我我……怎怎……”老鼠开始胡言乱语起来。

榛子左思右想，恍然大悟。

“得了，榛子，”长毛说，“放过这可怜的小东西，你还是跟我说两句吧。”

榛子没有理长毛，而是凑到老鼠面前，低下头，温柔却坚定地说：

“你总说你是我们的朋友，别害怕，给我们讲讲那几只兔子的事。”

老鼠似乎愣了一会儿，然后说：“我没有，看见兔子。不过，我的，一个，兄弟说，一只，黄鹀说，有新兔子，很多，很多。新兔子，从向阳面，来了，在峡谷里。他可能，听错了。我，说错了。你们，不像老鼠，不喜欢，朋友太多。”

“不，没关系。”榛子说，“别怕，再跟我说说，那只鸟说那群新兔子在哪儿？”

“他，刚才说，在，向阳面。我，没看见。”

“你可真是我的好哥们儿，”榛子说，“帮了我大忙。”他回过身，向其他兔子跑去。“你怎么想，长毛？”

“没怎么想。”长毛答道，“草地里的小东西，就爱乱传话——一会儿这样，一会儿那样，一天能变上一千回。你要是问问他银雷的事，没准还能有新发现呢。”

“如果真是这样，确实是我弄错了，那咱们就当他什么都没说过。”榛子说，“不过我一定要查清楚。得让谁去看看才好。我想自己去，可我腿不好，跑不快。”

“好好好，就今天晚上吧。”长毛说，“咱们可以……”

“得让谁去看看才好。”榛子又毫不含糊地说了一遍，“得找个巡逻的行家。黑毛，去把冬青叫来，好吗？”

“我在这儿呢，真巧。”榛子话音未落，冬青便从土丘顶上跳了下来，“怎么了，榛子大人？”

“有传言说一群陌生的兔子上了高地，现在在向阳面的峡谷里。”榛子说，“我想好好查查这件事，你能不能跟黑毛去那边，到峡谷顶上看看？”

“好的，榛子大人。”冬青说，“如果那里确实有其他兔子，我们要不要把他们带回来？再多几位伙伴也没什么不好。”

“那也要看对方是谁，”榛子说，“所以我才让你们去瞧一瞧。马上出发吧，冬青。我心里不踏实。”

冬青和黑毛刚要出发，虎尾草就从地道钻了上来。他兴高采烈、得意扬扬，让大家都不禁向他望去。虎尾草坐到榛子面前，静静地打量着他，等待着他的夸奖。

“挖好了？”榛子问。

“先别管挖洞的事了，”虎尾草说，“我来不是为了说这个。三叶草生宝宝了。几只小兔都活活泼泼、健健康康的。她说是三只公兔、三只母兔。”

“把这个好消息编成歌，再找棵山毛榉，爬上去唱吧。”榛子说，“让大家都高兴高兴！不过记得告诉大家，别全都往三叶草的地洞里钻，免得打扰她。”

“他们才不会呢。”长毛说，“难不成还有谁想再当一回小兔崽呀？再说，那些小东西又聋又瞎，连毛都没有，有什么好看的？”

“其他母兔可能会想去看看，”榛子说，“她们现在都高兴坏了吧。但是最好别惊着三叶草，不然她就会把小兔子吃掉。

还是尽量避免发生这样的惨剧吧。”

“咱们终于又过上正经日子了。”长毛和榛子在土丘旁闲逛起来，“这个夏天真不赖，好多——好多大喜事！我老是梦见又回到了艾弗拉法。还好，那些日子都过去了。不过我在那儿学到了一件事：把领地藏起来确实好处多多。等咱们这儿的兔子再多一点，榛子，咱们也得想想这件事了。我相信，咱们肯定能比艾弗拉法做得妥当——等兔群扩大到一定地步，就鼓励大家出去自立门户。”

“但你可不能走。”榛子说，“你要是跑了，我就让基哈尔叼着你的颈背把你捉回来。我还指望你给领地训练奥斯拉呢。”

“你这么说，我就有盼头了。”长毛说，“派一群年轻兔子攻进农场，把谷仓里的猫都赶跑，然后咱们自己进去猛吃一顿！哈哈，这都是早晚的事！我说，这片草干得跟挂在铁丝网上的马毛似的。咱们下山看看好不好？就你和我，或者再叫上小多子。田地里的玉米都割完了，应该还能剩点好吃的。我看人类好像打算放火烧地了，但还没动手。”

“不了，咱们在这里等一等。”榛子说，“我想等冬青和黑毛回来，听听他们有什么发现。”

“一会儿就回来。”长毛说，“咦，我要是没看错，他俩这不就回来了嘛！挑的还是没有树的小道，都没想着躲一躲。他俩跑得可真快啊！”

“不对劲。”榛子望着渐渐跑近的兔子说。

冬青和黑毛像是被谁追着一样，飞速奔入树荫。榛子和长毛以为他俩来到土丘跟前时会放慢脚步，但他们一直向前冲去，似乎打算钻进地道。最后，还是冬青停在了地道口，环顾四周，跺了两下脚。黑毛一闪身便消失在离他最近的洞口中。在地面上活动的兔子听到跺脚声，四散奔逃，纷纷找地方藏身。

“喂，等一等。”榛子从飞奔过草地的小水窝和鹰齿菊身旁追了过去，“冬青，怎么回事？说清楚点，别一个劲儿地跺脚。到底怎么了？”

“进洞！”冬青气喘吁吁，“让大家都进地洞，把洞口填上！一刻也别耽搁！”他眼睛泛白，涎沫糊满了他的下巴。

“是人还是什么？我们什么都没看见、没听到，也没闻着。别慌，先说说发生了什么！”

“快！别磨蹭了！”冬青说，“峡谷里面全都是艾弗拉法兔！”

“艾弗拉法兔？他们是逃到这里来的？”

“不是。”冬青说，“剪秋萝也在其中，我们遇到了他，还有三四名队长——黑毛认识他们。水苏应该也来了。他们来这里就是为了找我们。绝对不能大意！”

“你是说，来这儿的不止一支巡逻队？”

“肯定不止。”冬青说，“我嗅得出他们的味道，也听到了他们的声音——就在下面的峡谷中。我们不知道为什么有那么多兔子聚在那边，于是想下去看个究竟，没想到跟剪秋萝撞了个照面。我们先是愣着互相对望，等我回过神来，马上带着黑毛跑了。剪秋萝没有追上来——大概是因为没有听到水苏的命令吧。可是要不了多久，他们就会上来的！”

黑毛钻出地道，身后还跟着闪银和黑莓。

“我们得马上离开，大人。”他对榛子说，“现在走，说不定还能甩掉他们。”

榛子向四下里望了望。“谁想走谁就走，反正我不走。我们自己弄出了这片领地，只有弗瑞斯知道我们为它经历过多少苦难。我绝对不能抛下这里不管。”

“我也一样。”长毛说，“就算要去找银雷，我也得拉上一两只艾弗拉法兔。”

一阵沉默。

“冬青说得对，咱们应该把洞口封上。”榛子继续说道，“这样最好。咱们把洞口填得结结实实，他们要想找到我们，就得拼命挖。但我们的地洞那么深，又藏在一座土丘底下，还盘根错节着许多树根，那些兔子要想把洞挖开，势必要在高地上闹出很大动静，这怎么可能不引来艾利尔呢？到时他们就只能罢手了。”

“您还是不了解艾弗拉法兔。”黑毛说，“我母亲经常给我讲她在纳特利灌木丛中的所见所闻。我们还是马上离开吧。”

“你走好了。”榛子答道，“我不会拦着你。但我决不会离开这片领地，这是我的家。”他看了一眼正怀着兔宝宝的希泽恩斯蕾，她正坐在附近的地道口听大家说话。“再说，你觉得孕育宝宝的母兔子能跑多远？还有刚生产完的三叶草——难道咱们要丢下她？”

“不行，我们不能跑。”草莓说，“我相信艾尔-阿瑞拉会帮助我们脱离水苏的魔爪。就算跑不掉，我也决不会跟他们去艾弗拉法。”

“填洞。”榛子说。

太阳西沉时，兔子们都在地道里又刨又挠。天太热，地洞壁太硬，很难挖，而且就算他们挖得动，落下来的细土也又轻又薄，根本挡不住洞口。后来黑莓想了个好点子：大家都在“蜂巢”中向外挖，把通向“蜂巢”的地道刨塌，从而堵住各条通道，最后只留下一条通往林中基哈尔栖身地的隧道供大家进出——如今那条隧道的入口处还堆着鸟粪。榛子路过那里时，忽然想到水苏应该还不知道基哈尔已经离去，于是特意把鸟粪刨了出来，撒得到处都是。随后，在地下工作还在如火如荼地进行时，榛子独自坐到土丘上，凝望着东方渐渐暗淡下去的天际。

他伤心欲绝。虽然刚才在大家面前慷慨陈词，但他心里明白，能令这片领地免遭艾弗拉法兔蹂躏的希望十分渺茫。对方志在必得，一定有办法攻入“蜂巢”，而艾利尔前来吓跑他们的可能性微乎其微。千敌猎杀兔子一般都是为了填饱肚子，雪貂和狐狸一旦有所收获，就不会在饥肠辘辘之前再度出击。然而死亡在艾弗拉法兔的眼中不过是家常便饭，除非水苏丧命，否则他们一定不会为保命半途而废。除了天灾，什么都挡不住他们进攻的步伐。

然而，如果他亲自去跟水苏谈谈呢？那样的话，对方能否回心转意？不论纳特利灌木丛中发生过什么，这里只要有长毛、冬青和闪银在，艾弗拉法兔就绝不可能全身而退，说不定还会面临惨重的伤亡。水苏一定对此心中有数。也许现在劝他回头还不晚。要是有两全其美的办法，对方说不定会愿意和他们谈谈。

“大概吧。”榛子满心惆怅地想，“也许有机会。不过作为兔子统领，说什么我都得试一试。但那个暴君说不定会出尔反尔，为减少伤害，兔子统领应该单打独斗。”

思及此，榛子回到蜂巢，找到了长毛。

“我要去找水苏谈一谈，看能不能说服他。在我回来之前，你暂行兔子统领之权。让大家小心点。”

“可是榛子，”长毛说，“等等，太危险了……”

“用不了多久的。”榛子说，“我只是去问问他到底想怎样。”

片刻之后，榛子跃下土丘，一瘸一拐地跑上小道。他不时止步，直立起身体，搜寻艾弗拉法巡逻队的身影。

43

大巡逻

啊，士兵们，世界为何？
是我。
我，是这无休无止的雪，
是北方的天野。
士兵们，我们穿过的这片静寂，
正是我自己。

——瓦尔特·德·拉·梅尔《拿破仑》

榛子他们乘坐的小船在雨中漂走之后，水苏将军的部分威信也随之而去。当时，水苏觉得就算榛子和他的伙伴们从树上飞走了，也不会让他更茫然无措。在此之前，他始终雷厉风行，所向披靡。哪怕面对随时会对他们发动突袭的大鸟，部下们闻风丧胆，他也能镇定自若，不仅可以对榛子他们穷追不舍，甚至还有余力为切断他们的后路定下计策。尽管对方狡猾机警，他还是成功潜伏在木板桥旁的灌木丛中，只差一点就伤到了那只鸟，还曾把对方困在大鸟无法施展本领的地方。然而，对手神来一笔，使出妙招，证明他们技高一筹，徒留他在岸边无地自容。水苏率军冒雨返回艾弗拉法时，听见部下们在窃窃私语，其中一名还道出了“萨恩”一词。事实确实如此，长毛、黑毛和近后肢组的母兔都已无影无踪。他确已尽力拦阻他们，却在众目睽睽之下一败涂地。

当晚，水苏几乎整夜未眠，一直在琢磨接下来该如何是好。第二天，他召开了议会会议，表示此刻就算派远征队沿河巡逻、搜寻长毛等叛逃兔也于事无补，除非他们能在找到敌方后将其一举歼灭。然而要做到这点，首先要组建足够强大的远征队，这就得从奥斯拉中选调几名长官和大量士兵。可这些精英一旦出去，艾弗拉法便会处于危险之中，而且可能还会有别的兔子趁机脱逃。其次，他们很可能根本找不到长毛一行，因为对方无迹可寻，而倘若搜捕行动无果而终，他们的处境则会更为尴尬。

“现在，下面的兔子都把我们当成傻瓜，”水苏说，“让马鞭草给你们讲讲各个印记组的组员是怎么说的：剪秋萝被白鸟追着逃进沟里；长毛一声令下，就有一道闪电从空中劈了下来——只有弗瑞斯才知道他们还胡诌了些什么。”

“最好的办法就是尽量不提此事。”年迈的雪花莲说，“随便他们怎么说，反正他们的记性并不好。”

“但我觉得有件事值得一试。”水苏说，“现在我们知道了长毛及其同伙曾经藏身的地点，只是当时谁都没有多想。那个时候，锦葵正带着巡逻队跟踪他们，可惜后来被狐狸杀害了。我感觉他们迟早还会在他们去过的地方再次出现。”

“可是我们不能一直在那里埋伏大军，大人。”千里光说，“要在那里栖身，意味着我们要挖洞，并暂住在里面。可如果去的兔子太少，又无法克敌制胜。”

“你说得对。”水苏说，“我们可以先派一支巡逻队过去，等有了新发现再做打算。巡逻队可以挖坑住在那里，每两天派其他队伍去换班。长毛要是出现，我们就会秘密监视和跟踪他。我们只要确定他把母兔带到了哪里，就可以制裁他了。这事并不简单，我已经做好了面对各种困难的准备。我曾对长毛说过，要亲自取他性命，这话也许他忘了，但我可不会忘。”

水苏带领第一支巡逻队出去了，让千里光带他去找锦葵寻觅到陌生兔子们南行踪迹的地方。他们在恺撒腰带边缘的灌木丛中打了几个洞，躲在里面等着。两天以后，他们无功而返，马鞭草来换下了水苏；又过了两天，剪秋萝来接了马鞭草的班。这时，奥斯拉中的个别长官已经开始在私下里议论纷纷，说将军简直执迷不悟，得想办法让他罢休，否则后果不堪设想。第二天黄昏，议会建议两天后召回全部巡逻队员，水苏火冒三丈，咆哮着让他们等着瞧。双方针锋相对，水苏遇到了前所未有的阻力。就在此时，剪秋萝和他的巡逻队精疲力竭地回来报告，说他们恰好在水苏预料的地点遇到了长毛及其伙伴，将军深觉这条情报来得正是时候。剪秋萝在暗中尾随长毛一行并发现了他们的领地。那片领地虽然离艾弗拉法有点远，但并未远到无法出兵袭击，而且无须费时寻找。那里的兔子似乎并不是很多，打他们个猝不及防应该不难。

剪秋萝的情报扑灭了所有异议，也把议会和奥斯拉重新带回到水苏的绝对控制之下。有几名官员提议立即出兵，但水苏在听剪秋萝讲完他与长毛、黑毛等兔子对峙的经过并衡量了敌我双方的情况后决定稍候片刻，以让对方放松警惕。此外，他也需要时间来探路，组织远征军。在水苏的筹谋中，他们应该尽可能在一天之内从艾弗拉法奔袭到沃特希普高地，以免对方事先听到风声，有所防备。为了保证行进的速度和作战能力，他、剪秋萝和另外两名长官飞奔了三英里半，率先来到沃特希普高地东侧，并确定了可在对方不知不觉间突袭山毛榉突崖的最佳路线。这里和艾弗拉法都是多吹西风。他们可以在傍晚时分到达、集合，在坎农·希斯高地南面的峡谷中休息。天一黑，他们就沿着山脊进发，向那片领地发动袭击。如果走运，对方可能连给彼此发警报的机会都没有。然后，远征军就可以在被他们占领的领地中安然过夜了。翌日，他和马鞭草必须返回艾弗拉法，由剪秋萝带领队员再休息一天，最后和母兔，还有战俘——如果有的话——一起回去。从发兵到战捷归来，一共只需要三天。

最好不要带太多兔子。体力不佳、长途跋涉之后无法立即投入战斗的兔子只会成为累赘。此役之中，速度就是一切。他们的行动速度越慢，就越可能遇到危险。掉队的兔子还会引来艾利尔，影响军队的士气。而且水苏深知，他的统战力在此时尤为重要，要让每一只兔子都感觉自己得到了他的器重。倘若他们都认为自己是因为出类拔萃而被选入远征军的，那便再好不过了。

出征的兔子一定要经过精挑细选。远征军由二十六七只兔子组成为宜，其中半数为奥斯拉成员，其余的为各个印记组长官举荐的年轻兔子。水苏推崇竞争，也告诉远征军士兵，此行立功的机会数不胜数。剪秋萝和细叶芹会带领这些被挑选出来的精英进行长距离巡逻，还要在清晨希尔弗雷的时候组织他们接受搏斗训练。远征军成员不必承担包括放哨在内的任何职责，也享有可以随心所欲希尔弗雷的特权。

八月里一个晴朗的早晨，远征军沿着条条土埂、树篱向正北方进发。在他们到达恺撒腰带之前，千里光所率部队受到了一老一小两只雪貂的袭击。水苏在听到身后的尖叫声后瞬息而至，并以利齿和长有尖爪的后脚为武器和老雪貂缠斗在一起。最后，被卸掉一条前腿的老雪貂落荒而逃，小的也紧随其后逃走了。

“你能亲眼看见这一幕是好事。”水苏对千里光说，“这让你知道雪貂并不可怕。走吧。”

中午刚过不久，水苏去队尾接应掉队的三只兔子，其中一只还被玻璃刺伤了脚。他在给对方止血后，让三名掉队者归队，然后下令暂停行军，就地歇息，吃草，由他来放哨。天气实在太热，有几只兔子已经显出疲态。水苏把他们单独分在一队，亲自照看。

黄昏时分——差不多就在蒲公英开始讲故事的时候，艾弗拉法的远征军绕过坎农·希斯农场东边的猪圈，钻入坎农·希斯高地上的峡谷。许多兔子都已倦乏，尽管他们都对水苏崇敬备至，但也难免因离家太远而心生恐惧。这时，水苏命令大家寻找藏身之所，进食，休息，等待日落。

他们所处的地方偏僻冷清，只有黄鹀和几只老鼠在阳光下穿梭。几只艾弗拉法兔在高草丛中沉沉睡去。山坡完全被阴影笼罩时，剪秋萝飞奔着带回了消息，说他在峡谷上方遇见了黑毛和冬青。

水苏听完有点气恼。“他们怎么会到这儿来？你就不能干掉他们两个？现在害得我们失去了先机。”

“十分抱歉，大人。”剪秋萝说，“当时我有点懈怠，他们跑得又快，我没反应过来。此外，我也不确定您是否想让我追上去。”

“算了，反正结局不会因此改变。”水苏说，“也不知道他们到底有多大能耐，不过他们既然知道我们来了，就必然不会坐以待毙。”

水苏在自己的兔群中巡视、鼓舞士气时，考虑了一下当前的状况。有一件事再清楚不过：他们已经无法趁长毛那伙兔子毫无防备时将他们一网打尽了。然而，长毛他们现在或许慌张失措，失去了斗志？那几只公兔也许会丢下母兔，自己逃生。如果他们正在逃跑的路上，那么远征军就要立即追上去：艾弗拉法兔不熟悉这里的地形，而且精疲力竭，跑不了太远。还是要尽快查明敌情。于是水苏扭头望向一只在他身边吃草、来自脖颈组的年轻兔子。

“你叫蓟花吧？”他问。

“我是蓟花，大人。”年轻兔子回答。

“好，我找的就是你。你去找剪秋萝队长，告诉他我在那边的杜松旁等他——就是那里，看见了吗？快去。你最好跟他一起回来。一定要快，别耽搁。”

剪秋萝和蓟花刚刚来到杜松下方，水苏就带着他俩爬上了山脊。他想看看山毛榉突崖那边的情况。倘若对方已经逃之夭夭，他便派蓟花给千里光和马鞭草报信，让他们带着士兵尽快上去。如果长毛一伙仍然守在领地中，那么他就要弄清楚远征军对他们构成了何种程度的威胁。

太阳下山了。水苏、剪秋萝和蓟花来到了峡谷上方的小路，谨慎地沿路前行。微弱的西风裹挟着新鲜的兔子气味吹了过来。

“他们要是逃了，应该还没有跑远。”水苏说，“不过我猜他们没有跑，仍然待在领地里。”

这时，一只兔子钻出草丛，坐在小路中央，犹豫片刻，走上前来。他瘸了一条腿，看起来有点紧张，却毅然决然。

“你就是水苏将军吧？”那只兔子说，“我想跟你谈谈。”

“是长毛让你来的？”水苏问。

“我是长毛的朋友。”对方答道，“我想问问你为什么到这里来，到底想要怎样？”

“那天，你也在河岸上？”水苏问。

“我在。”

“当时未果之事，今天要有个了断。”水苏说，“我们要让你们粉身碎骨。”

“没那么容易。”那只兔子说，“你带来的兔子，肯定会有把命丢在这里的。咱们双方不如谈谈条件。”

“好啊，”水苏说，“把你们从艾弗拉法带走的母兔还给我们，把长毛和黑毛两名叛徒交给我的奥斯拉。”

“这绝无可能。我来，是想跟你商量商量，做出有利双方的决定。一只兔子有两只耳朵、两只眼睛、两个鼻孔，咱们两个领地也应该这样——彼此合作、和平相处。咱们可以在已有的两个领地之间建立几个新领地，让两边的兔子都能住在里面。

这样做，你不会有任何损失，反而对双方都有利。想必你已经感受到，在你的高压统治下，你那边的兔子有很多并不开心，如果能按我说的做，那他们的境况会大不一样。兔子的天敌已经够多了，我们不应该再自相残杀。两个自由、独立的领地结成同盟，难道不是更好的选择吗？”

此时此刻，在沃特希普高原上的余晖之中，水苏将军面临着这样的抉择：是展露出他自以为拥有的远见卓识与统帅风范，还是甘愿做一名鲁莽短视、阴险刁钻的暴君。刹那间，这只瘸腿兔子的提议无比清晰地展现在他的眼前，他立即领会到其中的深意。可接下来，他却把这个建议推到了一边。太阳已经坠入云海，山脊上那条通往山毛榉突崖的小路依稀可辨。多日以来，他殚精竭虑，只为把那里变成血流成河的杀戮场。

“我没时间坐在这里跟你说废话。”水苏说，“你也没资格跟我们谈判。蓟花，回去告诉马鞭草队长，马上把大家带到这里来。”

“大人，那这只兔子，”剪秋萝问道，“要我杀掉他吗？”

“不必了。”水苏说，“他们既然派他来跟我们谈条件，那就让他带话回去——你去告诉长毛，等我到了那里，如果没看见他和黑毛，以及那几只母兔乖乖地在外面等着，我就会在明天中午之前，撕烂那里每一只公兔的喉咙。”

瘸腿兔子似乎还想说点什么，但水苏已经转过身去，向剪秋萝布置任务去了。那只兔子踉踉跄跄地踏上了来时的路，而水苏和剪秋萝看都没有看他一眼。

44

艾尔-阿瑞拉的启示

他们无可奈何，被动防守，陷入无休无止的等待之中，即将招架不住。日日夜夜，他们总能听见上方镐头凿地的闷响，梦见藏身的洞窟轰然坍塌，各种可怕的事情接踵而来。摄住他们心智的，是最为极端的“城堡心态”。

——罗宾·费登《十字军城堡》

“他们不挖了，榛子大人。”虎尾草说，“洞口那里没动静了。”

“蜂巢”内一片漆黑，榛子从三四位趴伏在树根之间的同伴身旁挤过，来到地势稍高的地方，虎尾草正在那里倾听从上方传来的声音。薄暮时分，艾弗拉法兔冲上突崖，随后跃上土丘，钻入树林，调查领地的规模与各个洞口的位置。让他们大为惊讶的是，这么小的地方竟然有这么多地道口——此前他们从未去过其他领地，而艾弗拉法留给众多兔子的地洞数量极为有限，只能满足他们的基本需求。起初他们还以为躲在地下的兔子不计其数，幽寂、空阔的山毛榉林也让他们望而生畏。大多数艾弗拉法兔都在林边踟蹰不前，生怕遭到伏击，逼得水苏一再劝他们放宽心。他说这里的地道如此之多，完全是因为对方犯傻，没事就在领地乱挖乱刨、浪费精力；他还说对方很快就会发现自己犯下了天大的错误——他们会把每一条地道都掘开，直到那群傻瓜无处可躲。林中白鸟的粪便显然是多日之前留下的，而且没有任何迹象能够表明那只鸟还在附近活动。可尽管如此，许多士兵仍然战战兢兢地东张西望。高地上，一只田凫忽然尖啸一声，惊得一两只艾弗拉法兔拔腿就跑，最后又被长官追了回来。白鸟在雷暴中为长毛攻敌这一传说在艾弗拉法的各个地洞里广为流传，至今仍让他们心有余悸。

水苏吩咐剪秋萝布置岗哨，又派出一支巡逻队，还下令让马鞭草和千里光带兵掘通被堵住的洞口。千里光跃上土丘，又挖又刨。马鞭草则钻入树林，来到树根之间，马上便发现一条通畅的地道。他听了又听，但里面无声无息——这名艾弗拉法长官平日里的职责是看守囚犯，而非率军战斗。他命两名士兵钻进去，希望能够出其不意，一举攻下对方的大本营。可怜这两只奉令行事的兔子，在地道中开阔的地方遇到了闪银和沙棘，挨了一番狂抓猛咬，逃出去时只剩下半条小命。马鞭草的部队本来就对贸然挖掘洞口一事心怀顾忌，一见此状更是魂飞魄散。从天黑到月出，他们连一条地道都没有挖通。

千里光觉得自己应当身先士卒，于是钻进了土丘上一条堵着松土的地道中。他像夏日里落在黄油上的苍蝇一样拨开障碍，奋力前行，终于从土堆中探出头来，却发现黑毛赫然出现在眼前。黑毛扑上去，狠狠咬住千里光的喉咙，而后者无法使出全力，只能尖叫着乱踢乱蹬。好在千里光同其他艾弗拉法的长官一样健硕，最后终于从土堆中挣脱出来，又拖着黑毛跑了几步，直到这时，对方才松口。黑毛吐出满嘴兔毛，还欲扑上去继续挥爪，却发现千里光早已落荒而逃。千里光这番算是走运，没有受致命伤。

水苏终于明白，就算能够攻入地道，要战胜对方也绝非易事。除非多掘开几条隧道，几支部队同时发起冲击，那胜算会大大提升。可他也隐隐担心，远征军在目睹过刚才的种种后已丧失斗志。直到这时，他才意识到自己实在太过鲁莽，以至于根本没想过无法发动突袭时该怎样攻破对方的防御。现在，他要三思而后行。月亮升起时，他把剪秋萝叫到跟前，跟他商量起对策。

剪秋萝认为，只要拖下去就好；地下的兔子饿得受不了，早晚会投降。现在天气暖和，又没有下雨，艾弗拉法兔在这里逗留两三天不成问题。水苏则颇不耐烦地否决了这条提议。他认为天一亮，那只白鸟便会回来，所以他们应当在破晓之前攻入地下，但他怕动摇军心，因此并没有将这桩心事宣之于口。除此之外，水苏还感觉到自己的威望与战功息息相关。他率领奥斯拉长途跋涉，是为了把这里的兔子一举歼灭，围而不攻实在扫兴。还有，他也希望能尽快回艾弗拉法去——水苏跟大多数军阀一样，总是对背后之事有一千个不放心。

“我要是没记错，”他说，“在纳特利灌木林里的那一仗，对方的主要领地都陷落之后，还有几只兔子躲进了一个比较封闭的小地洞中。我说不能放过他们，然后就带着战俘回艾弗拉法了。后续是谁把他们歼灭的，用的什么法子？”

“是锦葵队长。”剪秋萝答道，“但他已经牺牲了，不过远征军中应该有当时在场的兔子，我去找一找。”

少顷，剪秋萝带着一名壮实的奥斯拉哨兵回来了。那哨兵名叫狗舌草。狗舌草对将军突如其来的问题一头雾水，回忆了好一会儿才说，一年多前他随锦葵队长出征，在战斗善后阶段，锦葵命他们挖一条直通地下的隧道，他们挖着挖着，下面的土忽然塌落，他们恰好掉在那群躲起来的兔子面前，顺手就把对方收拾了个干干净净。

“嗯，看来别无他法了。”水苏对剪秋萝说，“大家齐上阵，轮番挖，应该能赶在日出之前攻进去。那接下来重新布置岗哨，只留两三只兔子放哨就可以。其他兔子开始挖洞。”

没过多久，窝在“蜂巢”中的榛子他们便听到了第一阵刨土声，随即反应过来，这是对方分兵两处，挑选了两个地点同时向下挖。一个挖掘点位于“蜂巢”北端、“树根柱廊”的上方，此处有细密的树根在洞顶盘结交织在一起，可形成坚固的屏障。另一个挖掘点似乎在“蜂巢”中央偏南的位置，这里由土块隔出了几个隔间和几条隧道，前方还有几个地洞。其中的一个洞底此时正铺着细土，旁边垫着三叶草从自己肚子上扯下的毛，角落里还堆着草和树叶，三叶草和问世不久的兔宝宝都在里面安睡着。

“哈，看来他们被咱们逼得没招了。”榛子说，“这倒不错，他们这样挖来挖去，爪子迟早会钝。我猜他们不等挖到这里来就得累垮了。你说呢，黑莓？”

“大事不妙啊，榛子大人。”黑莓说，“那边地面厚，且还有树根挡着，确实不好挖。但这边可不一样，很快就会被他们挖透，而且洞顶还有塌陷的风险。现在咱们可真是一点办法都没有了。”

黑莓的声音颤颤的。挖土的沙沙声不绝于耳。榛子发觉恐惧正在地洞中蔓延开来。“他们会把我们捉回艾弗拉法去的！”维尔苏丽尔对丝苏辛楠格小声说，“议会警察……”

“别说了。”希泽恩斯蕾说，“其他兔子都不怕，你慌什么？我宁愿像现在这样待在这里，我一点也不后悔离开艾弗拉法。”

从这番豪言壮语中听出她用意的，不止是榛子。长毛想起了自己身在艾弗拉法的那个晚上：他也是这样底气十足地讲述着高地上的生活，保证他们一定能够脱身，才让希泽恩斯蕾冷静了下来。于是，他在黑暗中拱了拱榛子的肩膀，把对方带到了宽阔地洞的一侧。

“听着，榛子。”他说，“咱们还没到完蛋的时候。还早着呢！等洞顶塌了，他们就会从这里掉下来。那时咱们可以带着大家撤进平时睡觉的地洞里，再把地道都堵住。这样他们就没辙了。”

“那样也只能拖一会儿而已。”榛子说，“从这里闯进那边的地洞是迟早的事。”

“到时候，他们就会看见我，”长毛说，“还有其他一两只兔子。届时他们要是不愿意回去，那我也不介意好好招待他们一番。”

榛子突然发觉长毛是真的盼着与艾弗拉法的远征军较量一番，忍不住嫉妒起他的直线思维。长毛知道自己本领高强，也急欲显显能耐，除此无他。他根本没有考虑过他们眼下的生存希望是多么渺茫，就连头顶上越发清晰的挖掘声也只是逼迫着他想了想应当怎样随心所欲地抛出自己的生命。可除此之外，他们又能做什么呢？长毛起码还能组织大家备战，以此驱散充斥在地洞中的无声恐惧。

“你说得对，长毛。”榛子说，“咱们得准备准备，好好招待招待他们。你能不能跟闪银他们说说你的想法，让他们也行动起来？”

长毛去和闪银、冬青商量的同时，榛子让虎尾草去“蜂巢”北端仔细聆听，随时汇报新发现。虽然他觉得不论哪里的洞顶塌落下来，最终结果都不会有所不同，但他还是要让大家知道，这个时候绝不能自乱阵脚。

“长毛，到时要堵住地道的话，这几道墙可不能挖，”冬青说，“洞顶还得靠它们撑着。”

“我知道。”长毛说，“咱们要挖的，是后面地洞的墙。咱们如果都要钻进去，就得把洞挖得大一点，然后把挖出来的土弄到地道里就行。”

长毛从艾弗拉法回来以后始终备受推崇。其他兔子看见长毛斗志昂扬，便极力抛下恐惧，遵照他的吩咐，涌入“蜂巢”南端的地洞挖了起来，又把软土堆进条条地道，最后在那里筑起一道坚实的墙。大家休息时，虎尾草报告说北端的挖掘停止了。榛子跑过去蹲在虎尾草身旁，仔细地听了听，果然什么都没有听到。他又钻进沙棘驻守的唯一一条畅通隧道中——他们都称之为“基哈尔的地道”。

“我猜，”榛子说，“他们发现那边都是树根，所以不挖了，打算在另一头加把劲。”

“我想也是，榛子大人。”沙棘说。过了一会儿，他又开口道:“你还记得谷仓里的那群老鼠吗?咱们那个时候平平安安地逃了出来,对吧?不过,这个坎儿咱们大概是过不去了。在咱们共同经历了那么多之后,这可真是遗憾啊。”

“当然过得去。”榛子努力劝导着沙棘,同时也是在安慰自己。然而他知道,要是再不走,自己恐怕也会崩溃失态。沙棘,正直仗义、坦坦荡荡的沙棘,明天中午时将会在哪里呢?而他自己呢?他的谋划,最终把大家引领到了何种境地?他们穿过帚石楠丛,躲过亮闪闪的铜丝圈套,顶着暴风雨钻过涵洞,难道只为死在水苏的利爪之下吗?他们聪明机智,明明跑上了一条光明的坦途,为何最后却要接受死亡的洗礼?怎样才能让水苏罢休?他们怎样才能得救?“不可能,”他想,“除非外面的艾弗拉法兔忽然遭遇祸患,否则决不可能的。”榛子转身离去。

“咔嚓咔嚓”“唰啦唰啦”““咔嚓咔嚓”——挖土的声音不绝于耳。榛子茫然地在幽暗之中缓行,忽然发现眼前有一只兔子。那只兔子趴在刚刚建起的土墙旁边,一动不动,一声不吭。榛子停下脚步嗅了嗅,是小多子。

“你不挖土吗?”榛子无精打采地问。

“不挖。”小多子回答,“我在听。”

“听他们挖土?”

“不。我想听的,是大家听不到的声音。可是我也听不到。不过快了。好深啊,叶子堆,好深。我要走了,榛子,走了。”小多子的声音越来越低,越来越弱,“我掉下去了。好冷啊,好冷。”

地洞里又暗又闷。榛子俯身凑向小多子,用鼻子拱了拱对方瘫软的身体。

“好冷。”小多子又喃喃低语，“怎么……怎么，怎么……怎么这么冷！”

小多子又不说话了。

“小多子？”榛子叫道，“小多子？你能听见我说话吗？”

忽然，小多子用诡异的声音大喊起来，把地洞中的兔子都吓了一大跳。这样的声音低沉阴森、离奇怪异，没有哪只兔子发出过，也没有哪只兔子发得出，让在土墙另一侧培土的几只兔子惊恐万状地蜷伏在洞底，也吓得一只母兔惊叫连连。

“肮脏的小畜生，”小多子吼道，“你们……你们好大的胆子！滚出去，滚出去！”

长毛破墙而出，瑟瑟发抖，气喘吁吁。

“看在弗瑞斯的面上，让他别再喊了！”长毛说，“他要把大家吓疯了！”

榛子哆哆嗦嗦地挠了挠小多子的侧腹。

“醒醒！小多子，醒醒！”

然而小多子静静地躺着，似乎陷入了深度昏迷。

榛子的脑海中忽然钻出一个画面：嫩枝在风中不住地上下摇曳，还有一个东西一闪而过。那是什么？他感知到了水，还有恐惧。蓦地，他清清楚楚地看见，曙光下，一小群兔子坐在溪边，倾听着从上方森林中传出的吼叫与松鸦的啼鸣。

“我要是你，就不会磨蹭到中午才出发，而是现在就走。说实话，我觉得咱们现在非走不可。有条大狗在林子里转悠。”

清风拂过，一棵棵树高举着无数叶片左摇右晃。小溪不见了。他回到了蜂巢之中，与长毛面对面地坐着，中间隔着纹丝不动的小多子。头顶上，挖土的声音更响、更近了。

“长毛，”榛子说，“好哥们儿，听我的。咱们的时间不多了。去找蒲公英和黑莓，到基哈尔的地道里跟我碰头。快！”

沙棘仍然守在原地。即使听到了小多子的怪叫，他也寸步未离。但是现在，他呼吸急促，心怦怦乱蹦。他和其他三只兔子围在榛子身边，未置一词。

“我有个主意。”榛子说，“这个法子要是管用，咱们就可以永永远远地摆脱水苏了。不过时间紧迫，我现在不能多说。蒲公英、黑莓，跟我来。你们从这条地道出去，穿过树林，跑到高地，然后向北转，去下面的田地。一直跑，别停。你们比我跑得快，在山下那棵大铁树下面等我。”

“可是，榛子……”黑莓说。

“我们出去以后，”榛子又对长毛说，“你们把这条地道封好，带大家躲到你们堆起来的土墙后面去。他们要是闯进来，就尽量拖时间，无论如何都不能投降。艾尔-阿瑞拉告诉我应该怎么做了。”

“那你要去哪儿，榛子？”长毛问。

“去农场，”榛子说，“再啃一次绳子。好了，你们两个跟我一起出去。别忘了，要一直跑到山下，一步也别停。要是外面有艾弗拉法的兔子，别打，跑就是了。”

他说完，立即蹿出洞口，奔入树林。黑莓和蒲公英紧随其后。

45

重返努斯安格农场

浩劫啊！放出战争之犬吧！

——莎士比亚《朱利叶斯·恺撒》

已是后半夜。斑驳昏黄的月光中，水苏坐在土丘下空旷的草地上。他的对面是蓟花和狗舌草。

“我让你们去那个洞口不是为了听动静，”他说，“是为了抓逃出来的兔子。谁让你们乱跑的？马上回去！”

“可我得跟您说一声，大人，”蓟花不服气，“那里面有个怪物。我们都听见他叫了。”

“那你们嗅到奇怪的气味了吗？”水苏问。

“没有。我俩也没有发现特殊的脚印和粪便。可是我们都听见了奇怪的叫声——不是兔子的声音。”

几名挖土的士兵停了下来，围在附近静静地听着，又开始窃窃私语。

“他们有一只狐狸，就是咬死锦葵队长的那只。当时我哥哥就在旁边，他都看见了。”

“他们还有一只大鸟。那只鸟能变成闪电，一下子从天上劈下来。”

“还有别的东西驮着他们在河里跑呢。”

“咱们就不能回家吗？”

“够了！”水苏大吼一声，走到几名士兵面前，“刚才是谁在胡说？你吗？很好，回家吧！快走，我不拦你！从那边走，走吧！”

那只兔子没有挪步。水苏的目光缓缓地从周围每一只兔子的脸上掠过。

“哈，”他说，“谁要想回去，尽可以马上离开。只是路途遥远，也没有长官带领你们，因为他们，还有我，都在忙着挖土。马鞭草队长、千里光队长，跟我来，好吗？蓟花，你去把剪秋萝队长叫过来。狗舌草，你回洞口那边去，把洞口守住！”

眨眼间，士兵们又开始挖土了。他们挖出的洞已经很深，比水苏预想的还要深，但下方的土层依旧毫无坍塌的迹象。然而水苏、马鞭草和千里光能感觉到，地下深处是空的。

“坚持，”水苏说，“很快就要挖透了。”

剪秋萝来了，说自己看见三只兔子越过高地向北方跑去，其中一只还瘸着腿。他本想去追，可是蓟花既然奉命去找他，他便不能置将军的命令于不顾。

“不要紧，”水苏说，“随他们去。不过是我们攻进去之后，少杀三只兔子而已——怎么又是你？”他见狗舌草凑了过来，厉声问道：“又怎么了？”

“大人，那条隧道，”狗舌草说，“塌了，封住了。”

“你就只会在外面看着？”水苏说，“把树根扯出来。树根！笨蛋！”

艾弗拉法兔们继续挖着。这时，东方已经露出了鱼肚白。

* * *

悬崖底下大片大片的农田里，作物已经被收割干净，但浅黄色的秸秆还一行行地堆在颜色稍深、根根直立的麦茬上，等着人放火烧；田中的野草——两耳草、紫虀蒌、车前草、虎尾草、三色堇和长鬃蓼静静地立着，仿佛被朦胧的月光洗去了颜色。每两行秸秆堆之间的空地跟高地一样空旷。

“好了。”他们钻出高压线铁塔旁由山楂树与山茱萸组成的绿带时，榛子说，“该怎么做，你们都明白了吧？”

“这个任务太艰巨了，榛子大人。”蒲公英说，“不过咱们还是得试一试。要救领地，也只有用这个法子了。”

“那就上吧。”榛子说，“田里没有庄稼，路程缩短了一半。不用找掩护，就这样直冲过去。不过大家注意别分散，我也会尽量跑快一点。”

他们轻松地穿过田地，蒲公英跑在最前面。一路上，他们只受到了一次惊吓：四只松鸡突然呼啦哗啦地向西飞过树篱，展开翅膀，落在了远方。不一会儿，他们就来到了公路旁边，榛子在路堤高处的灌木丛中停下脚步。

“好了，黑莓，”他说，“你留下，躲起来别动。到时候千万不要急着行动。你的脑袋比我们的都聪明，好好用，别慌。回去之后，你就藏在基哈尔的地道里，等外面安全了再出来，明白了吗？”

“明白了，榛子大人。”黑莓说，“不过我是不是得一口气从这里跑到铁树那边去？这路上可连个能躲的地方都没有。”

“是的，”榛子说，“但这也没办法。要是最坏的情况发生，你就转弯去树篱，用灌木做掩护前进。随机应变吧，咱们没时间慢慢琢磨了。只是你一定要回到领地去，大家离不开你。”

黑莓踩着苔藓，拱开盘绕交织的常春藤，钻进荆棘丛中。另外两只兔子则越过公路，沿着小道上山，向山顶的几座棚屋奔去。

“胡萝卜长得不错嘛。”他们经过胡萝卜田、到达树篱旁边时，榛子说，“可惜现在没时间了。等事情结束，咱们一定要悄悄过来，好好地吃上一顿。”

“但愿可以，榛子大人。”蒲公英说，“你要沿路直接跑过去吗？那几只猫怎么办？”

“这样最快。”榛子说，“快比什么都要紧。”

这时，第一缕曙光映亮了天际，云雀已然苏醒。他俩接近那片环形的榆树林时，再次听见树叶在头顶窸窣作响，还有一片黄叶打着旋儿落在了沟边。两只兔子来到山顶，看见了前方的谷仓和场院。鸟鸣此起彼伏，白嘴鸦在树上大喊大叫，然而地面上连只麻雀都没有。在他们对面，场院的另一头，犬舍依然伫立在房子旁边。狗没有待在外面，但系在螺丝圈上的绳子被拖过犬舍顶边缘，拉进了覆盖着稻草的犬舍门槛。

“正好，”榛子说，“那家伙还睡着。蒲公英，务必小心。你趴在那边的草丛里，就是狗屋对面那里。绳子断了以后会落下来，你肯定看得到。到时候，那条狗一定会醒——说不定不等我去咬绳子，他就已经醒了。你的任务是引着他跑上公路。你跑得快，注意别把他甩掉。实在没办法的时候，可以进树篱，但千万别让拴狗的绳子挂在灌木上。最重要的是，你要一边引着他，一边往黑莓那边跑。”

“咱们要是还能再见面，榛子大人，”蒲公英一边往草丛里钻，一边说，“到时候就编得出最精彩的故事了。”

“没错，而且到时候还得由你亲自来讲。”榛子说。

榛子绕了半圈，跑到农舍向阳面的屋墙下，小心翼翼地沿着墙根跃动，时而钻进窄窄的花丛，时而探出脑袋。各种各样的气味乱糟糟地涌进他的鼻孔：夹竹桃的甜香，灰烬的焦味，牛粪的臭味，猫、狗和母鸡的体味，还有死水的腥味。他来到狗舍后边，又嗅到了杂酚油的怪味和烂稻草的恶臭。狗舍边斜立着半捆稻草，估计是农夫给狗垫好窝之后忘了把草放回草棚。榛子感慨自己的运气可真不错，本来他还担心腿上的旧伤让他不那么容易能爬上去，但有了稻草捆借力可就轻松多了。犬舍的毛毡屋顶上盖着一块被露水打湿的破毯子。榛子嗅了嗅，把前爪搭在上面，试了试，不滑。于是，他用力一撑，爬了上去。

他弄出了多大的动静？在弥漫着沥青和稻草气味的农家场院中，一只兔子的味道又会有多明显？榛子等着，等着。他竭力按捺住想跃起逃跑的冲动，留意着下方的动静。一片寂静之中，一股狗独有的恶臭让他恶心，他的每一根神经都在惊呼：“跑啊，快跑啊！”然而，他还是向钻在犬舍顶上的螺丝圈爬去，爪子从毛毡上一下一下地轻轻划过。最后，他停了下来——那条狗还是没有动。榛子俯下身，开始啃绳子。

他本以为要费好大工夫才能把绳子啃断，然而这条绳子虽然跟船上的那条一样粗，却好啃得多。船上的绳子浸透了雨水，又韧又滑还扎嘴，而这一条尽管表皮挂着露水，里面的芯却是干的，十分轻盈。没啃多久，干净的绳子芯便露了出来。榛子一鼓作气，凿子般的前齿不断发力，干燥的绳缕逐一断裂。拴狗绳已经断了一半。

就在此时，榛子发觉脚下出现了一个庞大的身影。那身影伸了伸懒腰，还打了个哈欠。绳子动了动，拨散了稻草，一股刺鼻的臭气在窸窣声中弥漫开来。

“就算他听见也没关系。”榛子想，“我只管赶紧啃绳子。狗只要能扯断绳子，就会去追蒲公英了。”

榛子啃了一阵，坐下歇气，向蒲公英藏身的地方眺望，却没想到被眼前之景吓得目瞪口呆。那只白胸虎斑猫正瞪着眼睛、甩着尾巴趴在蒲公英身后不远的地方。猫早已发现榛子，也看到了蒲公英。可蒲公英一心一意地潜伏待命，完全没注意到猫的到来。此时，猫已经弓起身体，准备出击。

榛子不由自主地在犬舍顶上跺起脚来。“咚、咚”，蒲公英闻声回过神来，蹿出草地，奔向砾石路。榛子见状也欲跳下舍顶逃跑。与此同时，猫纵身跃起，恰好落在蒲公英刚才趴过的地方。狗狂吠两声，跟着冲出犬舍。他一眼便瞧见了蒲公英，使劲追了上去。拉扯间，那根拴狗的绳子越绷越紧，终于自榛子啃过的地方断成了两截。犬舍随之前摇后晃，最后“轰”地一下塌了。尚未来得及逃脱的榛子脚下一滑，从舍顶掉了下去。那条伤腿重重地墩在地上，疼得他躺在地上乱踢乱蹬，好在那时狗已经不见了。

榛子伏在原地缓气，他感觉腰痛得厉害，但还能动。他想起场院那头谷仓下方有可以藏身的空隙——只有一小段路，他完全可以挪过去，藏在里面，然后再想办法钻进外面的沟渠中。于是，他勉力用前腿撑起了身体。

蓦地，榛子后背传来一阵刺痛，他被撞翻并按在地上动弹不得。榛子蜷起后腿，拼命踢了两下，可什么都没有踢到。他扭过头来，发现那只猫正侧压在他身上。坚硬的猫胡须扫过他的耳朵，一双硕大的碧绿猫眼已然在阳光下缩成两道细缝，仿佛要把他吸进去。

“再跑啊？”猫嘶叫着说，“动不了了吧？”

46

铁血长毛

猛攻，先生们。让我们看看谁能坚持到最后。

——威灵顿公爵在滑铁卢战役中的讲话

千里光爬出远征军挖出的纵向地道，奔入洼地，来到水苏面前。

“快挖透了，大人。”他说，“只要稍稍一踩，那里就会塌下去。”

“知道下面是什么吗？”水苏问，“是地道还是地洞？”

“很可能是个地洞，大人。”千里光回答，“而且是个大得非同寻常的地洞。”

“你认为下面有多少兔子？”

“什么动静都听不到。不过他们似乎在故意收敛声息，等着我们攻入以后发起偷袭。”

“他们肯定没打过几场仗。”水苏说，“一群可怜虫，只能缩在地底下，有几只还趁天黑逃跑了。这场仗应该不难打。”

“是的，大人。除非……”千里光说。

水苏望着他，等他继续说下去。

“除非……那只怪物搅局，大人。不论那是什么东西，狗舌草刚才都不是在胡编乱造——他头脑简单，没那个本事。”他见水苏仍然没有说话，又加了一句，“我只是觉得应该防备不测之事，大人。”

“哼，”水苏终于开口道，“如果那真是一只怪物，他终将发现，我也像怪物一样强悍。”说完，水苏爬上了土丘。剪秋萝和马鞭草正同许多士兵在那里待命。

“最大的困难已经被我们化解。”水苏说，“接下来，我们只要冲下去，就能把母兔带回领地。一会儿我去挖最后一爪，再带三只兔子冲进下面的地洞——那里漆黑一片，下去的兔子过多反而容易乱作一团、自相残杀。马鞭草，你带上两名士兵跟我来。不论里面有什么麻烦，我们都可以从容应对。千里光，你在我们挖的地道里等着，明白吗？没有我的命令，谁都不要下去。待我们弄清里面的情况，制定出对策后，你再多带几名士兵下来增援。”

每一位艾弗拉法的奥斯拉都对水苏推崇备至。水苏说自己要率先闯入敌营时那镇定自若的口吻，就好像他是打算去找几朵蒲公英换换口味一般，这更让几名长官意气激昂，感觉对方会不攻自败。纳特利灌木林一役，水苏把三只躲在地下的兔子杀掉之后，剩下的战俘便都对他俯首帖耳，而在此之前仅一日，外围的地道中仍有兔子在负隅顽抗。

“很好，”水苏说，“现在谁都不要走远。剪秋萝，这件事交给你：我们从里面把某条封住的地道挖开，然后你带兵冲进去；别让士兵们乱跑，一接到我的命令就迅速行动。”

“祝您一切顺利，大人。”剪秋萝说。

水苏跳进洼地，压低耳朵，跃进地道。他已经下定决心，绝不止步聆听。不论下面有什么动静都无关紧要，反正他会毅然决然地攻进去。他要展现出义无反顾的气魄，让马鞭草也无所顾忌；他要以风驰电掣之势出现在那群可恶的兔子面前——如果他们还躲在里面的话。下面，要么是一条地道，要么是一个地洞。他，要么立即陷入战斗，要么尚有时间探查环境与敌情。不过这些都不要紧。唯一重要的是，找到那群可恶的兔子，要他们的命。

水苏很快落到了洞底。正如千里光所说，这里只剩下了白垩、鹅卵石与松土，薄薄的一层，宛若水坑中的浮冰，一触即碎。水苏用前爪一刨，片刻之后，略微潮湿的土层轰然塌落，水苏也随之掉了下去。

他下落的距离同他的身长差不多——没错，这里是个地洞。落地时，他后腿发力，向前一蹿，省得被马鞭草砸到，也可以立于墙边，避开可能出现的敌袭。他撞上了一团软土——显然是某个被堵住的地道口——于是转过身来。过了一会儿，马鞭草也下来了。第三只兔子好像迷了路，在落下的土石中乱抓乱扒，闹出很大动静。

“这边。”水苏厉声说道。

这只兔子名叫响雷，是一名健壮有力的老兵。响雷跑到将军和长官身边，抖个不停。

“你怎么回事？”水苏问。

“没什么，大人。”响雷说，“只是地上有只死兔子，刚才把我吓了一跳。”

“死兔子？”水苏问，“你怎么知道他死了？他在哪儿？”

“就在那边，大人，离咱们落地的地方不远。”

水苏踏着从上方落下来的碎石，快步跑了过去，果见有一只公兔静静地躺在地上。他上前嗅了嗅，又用鼻子拱了拱。

“刚死不久。”他说，“身体凉了，但还没有僵。马鞭草，这事你怎么看？兔子一般是不会死在地洞里的。”

“这是一只小兔子，大人。”马鞭草答道，“也许是不愿意与我们作对，因此被同伙杀害了。”

“不，不对。他身上一条抓痕都没有。算了，别管他了，我们还有事要忙。这么小的兔子，就算活着也跟死了没什么两样。”

水苏开始贴墙而行，一边走还一边嗅。他经过两个被封住的地洞口，止步于两根粗壮的树根之间。看来这个地洞很大——比艾弗拉法的议会厅还大。水苏想，既然他们现在还没有遇到抵抗，那么利用地形优势，再多叫几个士兵下来也无妨。于是他马上回到纵向地道的下方，立起身体，他的两只前爪刚好能搭在地道参差不齐的下边缘上。

“千里光？”他叫道。

“在，大人。”千里光在上面应道。

“下来。”水苏说，“带四名士兵，跳到这边来。”他往旁边挪了挪。“地上有只死兔子，是他们一伙的。”

水苏始终在提防对方发动袭击，但四周没有丝毫动静。他听着，嗅着，等五只兔子跳进地洞后，带着千里光来到东边被堵塞的两个地道口跟前。

“尽快把这两条地道挖通。”他说，“再派两名士兵看看树根后面有没有埋伏。他们要是遇袭，你就赶过去支援。”

“那边的墙好像有点怪，大人。”千里光给士兵们分配任务时，马鞭草说，“大部分都是硬邦邦的，但有一两处塞着软土。看起来可以通往墙后的地道，而且洞口是最近才封死的，也许就是昨天晚上的事。”

水苏和马鞭草沿着“蜂巢”的南墙仔仔细细地又抓又听。

“你说得对。”水苏说，“墙里面有响动吗？”

“有，大人，站在这里就能听见。”马鞭草说。

“来两只兔子，把这里的软土刨开。”水苏说，“要是我没想错，长毛就在里面。这下他们可要倒霉了。我要逼他把他的同伙都干掉，且看他肯不肯。”

响雷和蓟花开始挖土。水苏趴在他俩身后等待着，一言不发。

* * *

在“蜂巢”洞顶塌陷之前，长毛就知道艾弗拉法兔迟早会发现南墙的异常，进而挖通地道。要不了多久，他们就会攻进来，到时他一定会陷入苦战。与他搏斗的对象，或许是水苏。倘若身大力沉的水苏把他逼到死角，再扑上来，那他的胜算可以说微乎其微。因此一定要抢占先机，攻其不备。可是该怎么办呢？

长毛去向冬青请教。

“问题是，这个地洞根本就不是为了御敌而挖的。”冬青说，

“山梨告诉过我，老领地的‘无用地道’有此用途，在必要的时候，我们可以钻进去，从敌方脚下绕到他们意想不到的地方来发起突袭。”

“对了！”长毛喊道，“我有主意了！我要在这个洞口下面挖个坑，藏在里面，你们再把我埋起来。现在有好多兔子在外面刨土，他们一定听不见咱们这边有响动。我知道这样有点冒险，不过总比跟水苏那样的兔子硬碰硬强。”

“如果他们从别的地方挖进来怎么办？”冬青问。

“那就得靠你了。”长毛说，“你要是听见他们在别的地方挖，就在埋我的地方弄出点动静来，把他们往这边引。好啦，快来帮我挖坑。闪银，带着大家到后面去，再把洞口彻底封死。”

“长毛，”小水窝开口道，“我叫不醒小多子。现在他还躺在那边呢，怎么办？”

“没办法。”长毛说，“我也舍不得，不过咱们管不了他了。”

“啊，长毛，”小水窝哭了，“让我去陪他吧。反正少我一个也没什么大不了，让我继续……”

“小水窝，”冬青努力柔声对他说，“在这场战斗中，我们已然失去了小多子，那更要好好保护自己，要相信弗瑞斯一定会来支援我们。真的很抱歉，但小家伙，别再胡说了。我们需要你，这里的每一只兔子都不可或缺。闪银，看着他，别让他乱跑。”

水苏从“蜂巢”洞顶落下来的时候，长毛已经趴在南墙另一侧、三叶草地洞附近的土坑里了，身上还盖着一层薄土。

* * *

响雷狠狠地咬住一截断树根，把它扯了出来。土堆瞬间崩塌，露出一个缺口，地道的上半部分通畅了。水苏仍在静静地等待着，他通过嗅觉和听觉已经判断出里面有许多兔子。他盼着他们立即涌出来，扑上来，但他的希望落空了。

人类或狼这种大型动物在进入战斗状态前，通常会率先考虑敌我的数量差异来决定自己采取何种对策以及如何加以实施，但水苏从不如此。身经百战的他将作战的动物分为两种：一种是生性好战的，一种是并不喜欢争斗却迫不得已参战的。他曾不止一次孤身作战，也曾逼着其他兔子浴血厮杀，还在几名忠诚长官的协助之下摧毁过一个大领地。可此时此刻，水苏带来的士兵大多没有进来，而墙那边的兔子要比他身边的多得多，在千里光挖通那边的地道之前，那些兔子就算想逃也没有去路——这些事情，水苏从未想过，或者说，纵使他想到了，也不会把它们放在心上。在兔子与兔子的战争中，这样的事情无足轻重，凶残悍戾、勇猛彪悍才是最要紧的。水苏知道里面的兔子怕他，而这就是他的优势所在。

“千里光，”他说，“地道一打通，你就让剪秋萝把士兵们都带进来。余下的跟我来，我们要在后面的队员进来之前结束战斗。”

千里光叫回那两只搜查地洞北端树根柱廊的兔子之后，水苏便带着马鞭草爬上倒塌的土堆，挤进了狭窄的地洞口。他在黑暗中听到了窸窸窣窣的声响，嗅到了兔群的味道。前方有公兔，也有母兔。有两只公兔站在洞口处，但他刚进去，他们就拔腿便跑。水苏向他们扑去，却忽然感觉脚下有东西向上一顶。紧接着，一只兔子钻出地面，冲他一边的腋窝，也就是那条前腿与身体连接的地方狠劲一咬。

水苏身强体壮，几乎百战百胜。没有兔子压制得了他，而那些被他击中的对手也往往很难再爬起来。此时，水苏拼命挣扎，想要脱身，可是他的后腿陷进了松软的土堆之中。他立起上身，才注意到那只可恨的兔子刚才是躲在了地上的土坑中。水苏猛力乱抓，感觉自己的爪子深深地划过了对方的后背和腰部。可那只兔子仍然没有松口，而是后腿踩在坑底，使劲一蹬；水苏随即仰面摔倒。他继续奋力踢踹，对方又突然松开嘴巴，闪身蹦到了一旁。

水苏站起身来。他感觉鲜血从自己的前腿内侧汩汩涌出，痛楚蔓延开来。那条腿无法发力了。此外，他的爪子上也沾满了血，但那血不是他的。

“没事吧，大人？”马鞭草在他身后问道。

“我好得很，你这个笨蛋。”水苏说，“跟紧点。”

对面的兔子说话了。

“您不是说过吗，我要是想在谁的面前表现自己，就得从你开始。将军大人，希望我没有令您失望。”

“我也告诉过你，总有一天我要亲自要你的命。”水苏还嘴道，“白鸟可飞不到这里来，长毛。”说罢，他再次冲上前去。

长毛俯下腰，打算在水苏跳起来的时候再咬他一口。然而长毛刚刚压低身体，便发觉水苏心思缜密，行动毫无破绽。总能随机应变的水苏贴着地面，慢慢挪步上前，打算找机会抓长毛几爪。长毛则惴惴不安地竖起耳朵，听见忽轻忽重的脚步声来到跟前，本能地连连后退。听着听着，他忽然想到："被水苏拖着的那条腿一定使不上劲了。"于是他仰躺在地，向左侧一歪，狠狠地蹬了水苏一脚。

长毛的爪子刮到水苏的前腿，划出几道口子，但不等他收回脚，水苏便扑到他的身上，咬住了他的右耳。长毛惨叫一声，翻过身来，使劲甩头。水苏感觉到了他的惊恐和无奈，迅速松开嘴，准备去叼他的颈背。可就在水苏要压到无助的长毛身上时，他的肩膀被撞向了通道的洞壁，那条伤腿也跟着一软，随即整个身子猛地向旁边倒去。长毛抓住时机，冲他的脸上猛揍了两下，再出第三爪时，被对方撤步避开，只蹭到了他的胡须。水苏粗重的喘息声从地道口的土堆上飘了下来。长毛坚守在原地，静静地等着，任凭后背和耳朵血流如注。蓦然间，他发现自己已经可以依稀辨认出水苏朦胧的身影。新一天的第一缕曙光已经透过"蜂巢"破损的洞顶洒落进来。

47

破　局

那头公牛低着头向我跑来，但我没有退却……我向前冲去，他却落荒而逃。

——弗洛拉·汤普森《雀起》

榛子一跺脚，蒲公英便本能地蹿出了草地。如果周围有洞，他肯定会钻进去。仓促之间，蒲公英前后打量着砾石路，见那条狗扑了过来，便赶紧向谷仓下面跑。然而，不等逃到那里，他猛然想到，倘若自己躲起来，那条狗便不会再追着他跑了——农夫随时都会出来把狗叫回去。他得设法冲出场院，去公路那边。于是蒲公英一个急转，沿着小路冲榆树林飞奔而去。

没想到那条狗追得这么紧，蒲公英简直听得到他的呼吸声和他爪下砾石飞溅的声响。

“他跑得太快了！”蒲公英想，“我都快被他逮住了！”也许再过一会儿，那条狗就会用爪子按住他，折断他的脊背，冲他脖子一咬，要了他的命。蒲公英知道，有的野兔在被狗追着跑时，会猛地转身，向前猛冲几步，以此来把狗吓蒙。“我也得用这招。”他在绝望中想，“可是，如果我这样做了，说不定他会惊得跑回去，然后被人叫走；要是我钻进树篱，也会把他甩掉，到时候榛子的计划就落空了。”

蒲公英翻过坡顶，向牛棚跑去。榛子的意思是让他把狗引下山，而他现在狂奔却只是为了保命。蒲公英这辈子从没跑得这么快过，但他知道自己撑不了多久。

其实，这只兔子在不到半分钟的时间里足足跑了三百码。然而，蒲公英在到达铺着稻草的牛棚入口时，感觉自己简直飞奔了一辈子。榛子和场院已经被他远远地甩在身后。感受着喷在自己后肢上的狗的气息，蒲公英满心恐惧，像要把一辈子要跑的路都跑完一样，一路狂奔。蒲公英好不容易抵达农场门口时，一只大老鼠蹿出来，吓得狗愣了神。蒲公英则趁机冲向离他最近的棚屋中，躲进靠在一堆杂物上的两捆稻草间。地方太窄，他费了好大的劲才转过身来。狗在后面急得又抓又挠，还沿着稻草捆底部嗅来嗅去，把稻草扬得满天飞。

“别怕。”一只小老鼠从蒲公英身旁的稻草中钻了出来，“他一会儿就会走的。狗跟猫不一样。”

“那可不妙。”蒲公英气喘吁吁地翻着白眼，“不能把他甩掉，得抓紧时间。”

“啊？”老鼠糊涂了，“你说什么？”

蒲公英没有答话，而是溜到另一道缝隙前，稳了稳心神后又猛地冲了出去，奔向对面的棚屋。这座小屋是前开式的，他直接跑到后面的木板屋墙跟前，发现一条木板上有个缺口，就直接钻了过去，来到田野之中。狗追了过来，把头探进缺口，一边使劲往前拱，一边气急败坏地狂吠。那条木板像门一样渐渐被狗拱开，狗也从裂口处挤了出去。

蒲公英喜出望外，继续在田野中狂奔，一直来到公路旁的树篱前。他知道自己的速度慢了下来，但那条狗也一样。他找了个植株茂密的地方钻了进去，又穿过公路。黑莓从对面的路堤上小跑而至，跟他碰头。蒲公英精疲力竭地瘫倒在边沟内，狗则被树篱挡在了二十英尺开外的地方。

“没想到他跑得这么快，”蒲公英上气不接下气，“不过他现在应该也累了。我尽力了，得趴着歇歇。快把我累死了。”

接力的黑莓此时显得张皇失措。

“弗瑞斯啊，快帮帮我吧！”他小声嘀咕，“不然我就要完蛋了。”

“快去，”蒲公英说，“不然他觉得没意思就不追了。一会儿我要是还跑得动，就赶过去帮帮你。”

黑莓战战兢兢地蹦到公路中央，坐下了。狗瞧见他，连叫两声，随即扑来。黑莓慢慢地沿着公路向远处的两扇大门跑去。狗在后面紧追不舍。看到前面的大门，狗正准备追进去，黑莓忽然一个急转奔上田埂，在满是麦茬的农田中挑逗着等狗跟上来。

不知过了多久，狗终于钻出门柱和田埂之间的空隙，跑进农田，却并没有搭理黑莓，只顾着在田埂脚下一个劲儿地嗅，还惊起了一只松鸡。狗先是追着松鸡蹦蹦跳跳，而后又开始在酸模丛中乱挖乱刨。有那么一会儿，黑莓一动都不敢动，但最后还是强撑着摆出漫不经心的样子，慢吞吞地向狗蹦了几下。狗随即撒腿追来，但没跑几步，似乎又兴味索然，回身继续在地面上又拱又嗅。就在黑莓无可奈何之际，狗竟然自己穿过田地，踏着轻快的小碎步，拖着绳子，沿着一行秸秆堆好奇地探索起来。黑莓躲在旁边那行秸秆堆后，与狗齐头并进。一兔一狗就这样跑到了高压线塔下方。高地就在前方。蒲公英也在此时赶了上来。

“还得再快点，黑莓！咱们得加把劲，不然长毛就没命了！”

“我当然知道，他没往别的地方跑已经不错了。我刚才都蒙了。咱们就不能……”

“得尽快把他引上高地，不然就镇不住他们了。快，咱俩一起来。咱们得跑到他前面去。”

两只兔子飞速穿过麦茬，来到树丛边，又故意转了个弯，从狗面前跑过。这一次，狗马上追了上去。蒲公英和黑莓飞奔到陡崖下方的灌木丛时，与狗相距只有不到十码的距离。他俩开始向上爬，听见狗钻进了接骨木丛，弄得枝条噼啪乱响。那狗发出一声吠叫，撵在两只兔子后面蹿上了山坡。

* * *

血从长毛的脖子上流出，淌下他的前腿。他死死地盯着伏在土堆上的水苏，等对方扑过来。他听见了一只兔子从后面过来，但地道太窄，他连转身的余地都没有。

“大家都没事吧？”他问。

“还好。”冬青说，“长毛，你去歇歇，我来替你。”

“不行，”长毛喘着粗气说，“地方太小，你根本过不来。而且我一回头，那家伙就会冲过来，到时他就能在后面的地洞里撒野了。放心，这里交给我，我心里有数。”

长毛早就想到，在如此狭窄的地道中，纵使他变成一具尸体，也能阻挡对方前进的脚步。届时，艾弗拉法兔要么得设法把他拖出去，要么必须把地道拓宽，总之要花费很多时间才能接近他的伙伴。他听见风铃草正在给母兔们讲故事。“不错嘛，”他想，“这样大家能高高兴兴的。要是换我坐在那儿，大家就只能干瞪眼了。”

身后的地洞里回荡着讲故事的声音：“然后，艾尔-阿瑞拉对狐狸说：‘你闻着像狐狸，看着也像狐狸。我可是会用水算命的哦！’”

身前，水苏忽然开口了。

“长毛，”他说，“你这条命，是不想留了吧？只要我一声令下，我的士兵就会一只接一只地冲过来跟你车轮战。可你这么出色，我实在舍不得杀你。回艾弗拉法来吧。到时你想管哪个组，我就让你做哪个组的长官。”

“去吃屎吧，你这只愚蠢的臭狐狸。”长毛以此作为应答。

讲故事的声音继续传来：“‘啊哈！’狐狸说，‘好好讲讲，我的朋友，水是怎么说的？是不是有好几只胖胖的兔子跑过了草地，是不是，是不是？’

“‘不，’艾尔-阿瑞拉说，‘我在水里看见的，不是什么胖胖的兔子，而是循味而来的猎犬。他们跑得飞快，我的死敌仓皇逃命。’”

长毛知道，水苏也明白他不论是死是活，都碍事得要命。“他这是想引诱我自己走出去。”长毛想，“不过他想送我去的地方可不是艾弗拉法，而是银雷那边。”

霎时间，水苏猛力向前一跃，像从树上落下的粗枝一样砸在长毛身上。他并没有挥爪，只是死死地按住长毛的后背。他俩偏着头互相撕咬，啃噬着对方的肩膀。长毛感觉自己渐渐被推着向后挪去，却无力抵抗。他张开的后爪在地道底犁出了几条深沟。这样下去，要不了多久，他就会被水苏整个儿推搡进后面的地洞。长毛为守在原地耗尽了最后一丝力气，他松开嘴，低下头，宛若一匹不堪重负的老马，只能任凭自己向后滑动。渐渐地，对方似乎也松了劲，长毛趁机牢牢地抓住了地面。水苏狠狠地咬着长毛的后背，自己也几近窒息。长毛并不知道，他刚才抓伤了水苏的鼻子，如今对方鼻孔中灌满了鲜血，嘴一合上就无法呼吸。又过了一会儿，水苏也松开了嘴巴。长毛精疲力竭地趴了一会儿，试图起身，却虚软无力，就像在满是落叶的土沟中翻滚一样。他闭上了双眼。四周一片沉寂。忽然，他听见小多子在高草丛中说道："比起我来，你跟死亡离得更近。"

"啊，铜丝！"长毛大叫一声，猛地跳起睁开了眼睛，却发现地道内只剩下了自己。水苏将军不知所踪。

* * *

水苏爬出地道，钻回"蜂巢"。微光通过他们挖出的纵向地道洒落下来。他看到了马鞭草和响雷惊慌失措望过来的眼神，但也只是一屁股坐在地上，抬起前爪，抹了抹脸。一股从未有过的疲惫向水苏袭来。

“长毛碍不了事了。”水苏缓了缓说道，“马鞭草，既然他不出来，那你就进去会会他。”

“大人，您要让我去跟他斗？”马鞭草问。

“过过招而已。”水苏说，“还有，把这堵墙再挖出一两个洞来吓吓他们。等士兵们挖好了，我再回来。”

马鞭草知道，不可能发生之事已然发生。将军一败涂地，正在用另一种方式嘱咐他：“替我瞒着，别让他们知道。”

“弗瑞斯啊，这到底是怎么了？”马鞭草暗自想道，“毫无疑问，长毛自混进艾弗拉法以来，一直比将军略胜一筹。我们还是尽快撤退为好。”

看着水苏暗淡下来的眼睛，马鞭草犹豫片刻，爬上了土堆。水苏一瘸一拐地向东边的两个地洞走去，之前他曾命令士兵把它们打通。如今，这边的一个洞口已经大敞四开，挖洞的兔子却不见了踪影。水苏走着走着，看见千里光从另一条隧道钻了进来，还在伸出土壤的树根上擦起了爪子。

“你那边怎么样？”水苏问。

“这条隧道已经通了，大人。”千里光说，“不过另一条堵得很严实，恐怕得挖得久一点。”

“一条就够了。”水苏说，“只要士兵们进得来就行。我们要让他们进来，把那边的墙挖倒。”

水苏刚要再进隧道，却发现马鞭草挪到了自己面前。有那么一刻，他还以为这名部下会向自己汇报长毛已经丧命，然而他定睛一瞧，便发现自己想错了。

“我，呃……眼睛里进沙子了，大人。”马鞭草支吾着说，“我先把沙子弄出来，再叫别的士兵进去对付他。”

水苏未置一词,回到“蜂巢”最里面,马鞭草跟在他的身后。

“胆小鬼。”水苏对马鞭草耳语道，“我要是威信扫地，你又会在半天之内沦落到何种境地？你可是艾弗拉法里最被憎恨的长官吧？那只兔子非死不可。”

说完，水苏再次爬上土堆，却突然停下了脚步。马鞭草和蓟花见状不由得伸长脖子，努力想窥探地道内的情况，却见长毛正伏在土堆下方。他头上的乱毛糊满了鲜血，一只耳朵被咬断了一半，耷拉在脸侧，他的呼吸又缓又重。

“嘿，将军大人，现在您会发现，想从这里把我往后推就更难了。”长毛说。

水苏感到疲惫萎靡，惊觉自己竟然有些心生畏惧。他不想再跟长毛较量了，他心虚了，知道自己根本无力制胜。可该让谁来呢？他思索着。谁才能克敌胜任？如果他的部下都过来，那所有艾弗拉法兔都会知道这里发生了什么，那绝对不行。

“长毛，”水苏软言劝诱，“我们已经打通了那边的地道。我完全可以带兵把这道墙挖烂。你还是出来吧。”

长毛说起话来气喘吁吁，声音低缓，却毫不含糊。

“我们的兔子统领让我守住这条地道。在他下达别的命令之前，我一步都不会离开。”

“他们的兔子统领？”马鞭草瞪圆了眼睛。

水苏和他的部下从没想过长毛居然不是这片领地的兔子统领。然而他的话掷地有声，绝非虚言。这里的兔子统领既然不是他，那就一定是附近哪只更为壮健的兔子，比长毛还要魁梧有力的兔子。可他现在在哪里，此刻在做些什么？

水苏发现蓟花已经不在自己身后。

“那只年轻的兔子去哪儿了？”他问马鞭草。

“好像是溜走了，大人。”马鞭草答道。

“怎么不拦着他？”水苏说，“快把他追回来。”

然而片刻之后，回到他身边的不是蓟花，而是千里光。

“十分抱歉，大人。”他说，“蓟花沿着那边的地道上去了。我以为是您有事吩咐他做，不然我会问他上去干什么的。还有一两名士兵也跟他一起走了，真不知道他们想干什么。”

“我会让他们知道该干什么。”水苏说，“跟我来。”

水苏已经打定主意，要把带来的每一只兔子都叫过来挖土，把南墙上的每一个洞口都打通。至于长毛，就把他丢在那里好了，最好谁都不要提起他来。一定要避免再在狭窄的地道内打斗。等找到那只可怕的兔子统领，就让士兵围攻，把他逼到开阔的地方去。

水苏再次转身，想去对面瞧瞧，却又忽然愣住。有一只兔子站在从洞顶透下来的微光之中——不是艾弗拉法兔，水苏没见过他。这只小兔子只顾着东张西望，就像第一次钻上地面的兔宝宝一样，把两只眼睛瞪得圆溜溜的，仿佛不知自己身在何处。他在水苏的眼前哆哆嗦嗦地抬起一只前爪，往脸上抹了两把。刹那间，朦朦胧胧、影影绰绰的昔日回忆从水苏将军的脑海中一掠而过：菜园中湿漉漉的卷心菜散发着清香，某地某处洋溢着安闲祥和的气氛。那样的日子一去不回，他也早已将其抛在脑后。

“那是谁？”水苏将军问。

“是……是刚才躺在那里的兔子。”千里光说，“我们还以为他死了。”

“哦，是吗？”水苏问，“正好，马鞭草，这么个小东西，你肯定对付得了。快去。”水苏语带讥讽，然而马鞭草不知道将军是否在开玩笑，仍然踟蹰不前。“完事了就出去找我。”水苏继续说道。

马鞭草不情不愿地走上前去。将军对他冷嘲热讽，而他却要奉对方的命令杀掉一只身量只有自己一半大、已然萨恩的兔子——哪怕他平日里心狠手辣，此刻也怨怼满腹。小兔子一动不动地站在那里，既没有逃，也没有摆出自卫的架势，只是瞪着大眼睛望着他，虽然茫然若失，但并不颓唐沮丧。在他的注视之下，马鞭草犹犹豫豫地停下了脚步。幽暗中，两只兔子就这样你看着我，我瞧着你。过了一会儿，眼前那只奇怪的兔子开口说话了，声音很小，却没有掺杂半分恐惧。

“真是对不起，不过别怪我们。”

“我干吗要怪你们？”

“因为你活不了了。我真的很抱歉，真的。”

马鞭草活到现在，见过的囚犯和战俘不计其数，他们在丧命之前，要么破口大骂，要么出言威胁，像长毛在惊雷乍起那天那样以鬼神之名发愿诅咒的也不在少数。他要是会为这种事畏首畏尾，就根本当不成奥斯拉法的首领。以往，要是听见身陷绝境的兔子胡言乱语，他都会不假思索地反唇相讥。可现在，他凝望着这只莫名其妙的兔子——他们在费尽气力搜寻了整晚之后见到的唯一一只敌方的兔子，竟然感觉毛骨悚然。对方轻声细语，却又冷酷无情。那字字句句宛若片片冰凉的雪花，让立于裸地之上的他寒入骨髓。此刻，这怪异地洞的深处仿佛有无数狰狞的鬼魂在窃窃私语。马鞭草听出来了，他们都是几个月前被杀死在艾弗拉法土沟之中的兔子——那些早已被他遗忘的兔子。

“离我远点！”马鞭草嚷嚷起来，“别过来，让我走！”

马鞭草跌跌撞撞地奔到敞开的地道前，爬进地道口，在跑了一会儿后遇到了水苏，后者正在听千里光部队中的一名士兵说话。那只兔子抖如筛糠，眼睛都泛白了。

“啊，大人，”年轻的兔子说，“他们说这里的兔子统领非常非常大，还有怪物……”

“闭嘴！”水苏喝道，“跟我来。”

水苏跃上土丘，在阳光下眨眨眼睛。士兵们散坐在草地各处，皆惊恐万状地望着他，还有几只互相询问上面这位到底是不是水苏将军——毕竟此时的水苏，鼻子和一边的眼皮开裂，整张脸血肉模糊，连走路都只能拖着受伤的前腿，身体明显侧歪。当水苏终于爬上草地，他环顾四周，说道：

“现在，我们要做的事只有一件，那就是冲进去。里面有一堵墙……”话还没说完，水苏发觉士兵们都面露难色、惴惴不安，于是截住了话头。他望向狗舌草，对方赶紧扭头避开他的目光。有两只兔子偷偷摸摸地挪到草地边缘，似乎想要溜走，水苏把他俩叫了回来。

“你们怎么回事？”他问。

“没事，大人。”其中一只答道，“我们只是想……”

忽然，剪秋萝队长从突崖角落蹿了过来，与此同时，远方响起了一声惨叫。有两只陌生兔子一起连蹦几下跃过土丘，钻进树林，蓦地无影无踪。

“快跑！”剪秋萝跺着脚大喊，“快逃命啊！”

随后，他径直穿过兔群，狂奔而去。剩下的兔子们既不明白剪秋萝为何如此，也不知道应该往哪边跑，全像没头苍蝇一样四处乱撞。忽然，一条大黑狗扑入兔群，像闯入养鸡场的狐狸一样追着四散奔逃的兔子乱咬。最后，五只兔子蹿进了刚被打通的隧道，还有几只钻进了树林。

水苏岿然不动，哪怕部下都逃得无影无踪，他也没有挪步。这只兔子颈毛直竖，高声咆哮，张牙舞爪，他的利齿与尖爪已被鲜血染红。狗初从草地上跃至他面前时，愣了一下，显得有点慌乱，但随即回过神来，向前一扑。艾弗拉法的奥斯拉即使在飞奔之时仍听得到来自将军的怒吼：“回来！你们这群傻瓜！狗有什么了不起的？快给我回来战斗！”

48

救　星

年少青涩，无忧无虑；
牛儿马儿，与我相知。
场院之中，四处嬉戏；
以此为家，高歌时时。
璀璨阳光，落于我身，
日虽恒久，青春也逝……

——狄兰·托马斯《蕨山》

露西醒来时，屋子里亮堂堂的。窗帘没拉，窗子也开着。一束阳光经过反射钻进屋内，躺在床上的露西时而向前探探头，时而向后挪挪身子，和阳光玩起了捉迷藏。一只林鸽在榆树林中唠叨个不停，但她知道，叫醒自己的，是另外一种声音，那声音异常刺耳，蓦地闯进她的梦里，把她那尚未做完的梦惊得像从洗脸池里沿着管子溜走的水，消失得无影无踪。也许是狗又叫了。可是现在外面静悄悄的。潜入她房间的，除了阳光，只有飘进她耳朵里的林鸽的低语。这阳光，这啼鸣，就像是画笔在一大张白纸上勾勒出的第一根线条，根本不足以让人判断出这一整天的全貌。今早天气不错。有蘑菇长出来吗？要不要马上起床，去田里看看？最近没下雨，也很热，不适于蘑菇生长。蘑菇跟黑莓一样，要是不淋雨就长不好。要不了多久，早上就会变得潮乎乎的，树篱里会有大蜘蛛——背上有白杠杠的那种——爬上爬下。那一次，她用火柴盒装了一只拿给泰朗特小姐看，结果把简·珀柯克吓得一下子就蹿到校车最里面去了。

蜘蛛宝宝坐校车，
胆小鬼简胡乱叫，
蜘蛛也要上学校。

那束阳光不见了。太阳在天上挪了挪步。今天是什么日子？星期四，纽伯瑞的集市日，爸爸会去赶集。医生要来看妈妈。医生的眼镜有点滑稽，把他的鼻梁都压出了两道印子。他不忙的时候会跟露西说说话。刚认识他的人会觉得他有点怪，不过等熟了以后会发现其实他人很好。

忽然，又一阵尖利的声音响起，划破了清晨的寂静：好像有什么东西划过干净的地板，弄出了“吱——”的一声响。不，是一声尖叫——恐惧的尖叫，绝望的尖叫。露西赶紧跳下床，跑到窗边。是外面的声音，不会错的。她踮起脚尖，探出身子。窗台硌着她的肚子，让她有点喘不过来气。小虎待在狗屋旁边，爪子按着什么东西。一定是老鼠，只有老鼠才那么叫。

“小虎！”露西大声喊道，“小虎，你爪子底下是什么？”

虎斑猫一听见小主人的声音，先是抬起头来，又马上直勾勾地盯住他的猎物。“不是老鼠，是兔子，都站不起来了，快没命了。”露西想。这时，兔子又叫了一声。

露西穿着睡裙跑下楼梯，拉开门，一脚踩在砾石中，险些摔了跟头，于是她往旁边挪步，踏着坚实的地面向花坛奔去。她来到犬舍旁边时，虎斑猫再次抬起头，还冲她嘶叫一声，一只爪子仍然按着兔子的脖子。

“放开他，小虎！”露西说，“你这没心肝的东西！快松爪！”

她打了虎斑猫一巴掌，后者则压低耳朵，想伸爪挠她。但她没躲没闪，还第二次扬起了胳膊。猫只能咆哮着跑开，还悻悻地回头望着。露西捧起兔子。那兔子挣扎了几下，身体都僵了。

“撑住！”露西说，“我不会伤害你的！”

她抱着兔子跑进屋门。

“你就这么跑出去了？”露西的爸爸问，他的靴子踩在瓷砖上，啪嗒作响，“看看你的脚！我不是说过吗——那是什么东西？”

“兔子。”露西心存戒备。

“你穿着睡衣就跑出去，是不是找打？你想拿他怎么着？”

“养着。”

“不行！”

“啊，爸爸，你看他多好看！”

“告诉你，不行！把他扔出去，让他等死算了。野兔子绝对不能养。等他缓过来，咱们这儿可就要遭殃了。”

“可是他被猫咬了，我不能不管他。”

“猫那是尽本分。这种坏东西，就不该留。”

“我想请医生看看他。”

“医生那么忙，没工夫搭理兔子。快点把他丢掉。”

露西哭了。她从小在农场长大，知道爸爸的话都有道理，然而她实在不忍心见死不救。没错，她的确不知道以后该拿这兔子如何是好。此刻，她只想让医生帮忙瞧瞧。她知道自己在医生心中是一个淳朴善良的乡村农场女孩。她每次把金翅雀的蛋、在果酱罐里扑棱翅膀的蝴蝶、酷似橘子皮的霉菌等新发现拿给医生看，对方都会郑重其事地打量这些宝贝，把她当成大人一样同她聊天。她这次也要做出大人的样子，去向他请教该如何帮助一只受伤的兔子，就是不知道爸爸会不会让步。

“爸爸，我只想带着这只兔子去医生那儿让他看看。保证不捣乱，真的！跟医生聊天可有意思了。”

其实，露西能跟医生相处融洽，让男人颇为得意——当然，是暗暗地得意。大家都说露西聪明、懂礼貌，大有希望进入文法学校。有那么一两次，医生也告诉他，露西脑子灵，一教即会，一点就透。至于这只血淋淋的兔子——算了，只要不让他乱跑，应该无妨。

“你怎么就不能学乖点，”男人妥协道，“就知道赖在这儿唧唧歪歪地哭鼻子。你先去穿件衣服，再去棚屋，把这只兔子关进笼子里，就是以前养鹦鹉的那个。”

露西止住泪水，抱着兔子跑上楼去。她把兔子安置在抽屉中，又换好衣服去找笼子，还在回来的路上扯了几把犬舍后面的稻草。这时，她的爸爸从长长的谷仓那边绕了过来。

“看见鲍勃没有？”

“没看见。”露西说，“他去哪儿了？”

“绳子断了。我知道这根破绳子撑不了几天，可也没想到它能被狗扯断。算了，上午我要去纽伯瑞，等鲍勃回来，你把他拴紧点。”

“我一会儿就去找他，爸爸。”露西说，“我先去给妈妈送早饭。”

“真乖。她明天应该就会好一点了。”

十点刚过，亚当医生就来了。露西那时正在叠被子，打扫房间——此前她一直忙着照料兔子，但她一听见小道尽头的榆树林中有停车声响起，便马上丢下手里的活儿，跑出屋门，还琢磨着医生为什么不像往常那样把车停在房子跟前。这时，亚当已经下车了，正背着手向小道的另一端眺望。在看见露西后，他略显羞涩地向她打了个招呼。

“嗨……露西。”

露西跑上前去。亚当将夹鼻眼镜摘下，放进了马甲口袋。

“那是你的狗吗？”他问。

黑色的拉布拉多拖着断绳跑了过来，似乎疲惫至极。露西上前扯起了绳子。

“刚才他自己跑出去了，医生，我们可担心了。”

拉布拉多开始嗅亚当的鞋子。

“他打过架。”亚当说，“鼻子被抓破了，腿上好像还有牙印。”

“那您说他是碰见什么东西了，医生？”

“我猜是只大老鼠，要么就是雪貂。他先扑了过去，然后就跟对方撕咬了起来。”

“今天早上，我找到一只兔子，医生。野兔，还活着，是我从猫爪子底下救出来的，好像伤得挺重。您能不能过去看看？”

“我要先去看看凯恩太太。(他说的不是‘你妈妈’——露西想。)接下来，如果还有时间，我就去看看那个倒霉蛋。”

二十分钟以后，露西捧着兔子，尽力闭紧嘴巴，看亚当医生用指腹在兔子身上这边按按，那边戳戳。

“唔，应该没有大碍。”他作出判断，“骨头没断，这条后腿有点不对劲，不过也是旧伤，而且好得差不多了。你看，猫把这里抓伤了，但伤口不是很深。我猜这只兔子很快就会痊愈的。”

“我是不是不能养他，不能把他关在笼子里，医生？”

“没错，野兔在封闭的环境里无法存活，要是不能出去，很快就会死掉。你们要是不打算吃掉这只兔子，就把他放生吧。”

露西笑了。“要是这只兔子到处乱跑，爸爸可要发火了。爸爸总是说，兔子糟蹋起东西来，一只跟一百零一只差不了多少。”

“嗯，我跟你说……”亚当医生把怀表掏出来，举远，瞄了一眼——他是远视眼，“我要去几英里外的柯尔·亨利给一位老夫人看病。你要是愿意坐车，可以把兔子带到高地那边放生。我可以在吃晚餐之前再把你送回来。”

露西高兴得跳了起来。“我去问问妈妈。”

亚当医生把车停在黑尔·沃伦高地与沃特希普高地之间的桥上。

“这里就不错，”他说，“离农场远，兔子祸害不到你们。你们就放心吧。”

露西跟着医生沿着公路向东走了一段路，把兔子放在地上。兔子呆呆地坐在原地，一动不动。大约半分钟之后，他忽然向远方的草地蹿去。

“你看，他那条腿确实有毛病。”亚当医生指着兔子说，“不过从目前的情况看，他还能再好好地活上几年。‘小狐狸，小狐狸，生在荆棘丛，长在荆棘里。’[1]”

---

[1] 电影《南方之歌》中的台词。——译者注

49

回 归

哈，我俩真是幸运无比。

不必赌咒，不必发誓，

我们的友谊之绊便变得更为紧密。

因为有更坚固的存在，

让它无缝无隙。

——罗伯特·格雷夫斯《两个燧发枪手》

水苏最后像疯了一样，冲狗狂抓猛咬，而他这通疯也没有白发，若非如此，那天早上恐怕会有更多兔子命丧于沃特希普高地。当时那条狗追着蒲公英和黑莓上了山，健步如飞、无声无息。剪秋萝队中的一名哨兵在草丛里放了一晚上哨，早已昏昏欲睡。他看见狗，转身想逃，却被对方当场咬死。后来，狗从水苏身旁逃开，又在土丘和草地上闹腾了好一会儿，时而狂吠，时而往灌木丛和草丛里钻。艾弗拉法兔们趁他被水苏拖住，早已尽力跑到远处藏身。狗也完全没有想到水苏竟然如此凶猛，令他对兔子有了些敬畏之心，也让他对这场打斗意兴阑珊。可即便如此，一只之前就受了伤的艾弗拉法兔还是丧命他手。这让狗觉得不虚此行，终于沿着来时的路回去，消失在了高地边缘。

在经历过这番突如其来的乱战之后，艾弗拉法兔溃不成军，再没有发动侵袭的余力。长官们逃之夭夭，每一名士兵的脑子里只有一个念头：逃。他们觉得那条狗跟神神秘秘的狐狸和白鸟一样，肯定是和敌方一伙的——毕竟就连头脑最简单的狗舌草都听见了从地底传出的怪叫。剪秋萝、马鞭草和四五名士兵蜷伏在荨麻丛中，打着哆嗦就一件事情达成了共识：他们已经在这个危险的地方逗留了太久，应当尽早离开。

要是没有剪秋萝，恐怕没有一只兔子能够平安返回艾弗拉法。然而，尽管这名队长精于野外求生之道，但最后跟他一起回到艾弗拉法的兔子仍不足半数。其实返程时，虽然有三四只兔子因慌乱间逃得太远而不知去向，但仍有十四五只兔子跟随剪秋萝一起上路。他们在中午之前出发，打算像前一天一样，强撑着远行。可夜幕降临时，他们未能到达目的地。没过多久，比疲劳和消沉更为严峻的问题挡在了他们面前。恺撒腰带内外流言四起：勇猛凶悍的水苏将军和他的奥斯拉在沃特希普高地上被撕得稀巴烂，侥幸逃脱的兔子们正在向南而行，但都已乏累不堪、涣散懈怠。于是千敌蠢蠢欲动：几只雪貂、一只狐狸，甚至还有一只来自某座农场的猫，都渐渐向这群兔子逼近。这支残军每次停下休息都会有兔子莫名其妙地失踪，连马鞭草都在这消失的兔子之列。直到此时，远征军的诸位才意识到，水苏将军不在，他们也一无所有了，哪怕回到艾弗拉法，恐怕也会成为众矢之的。

纵然饱受恐惧与磨难的摧残，剪秋萝依然竭力保持沉稳。他见微知著、深谋远虑，始终鼓励精疲力竭的幸存者们团结一心、奋力前行。第二天下午回到艾弗拉法时，正是近前肢组的希尔弗雷时间。一瘸一拐的剪秋萝沉默地从哨兵中间穿过，他的身后还远远地跟着六七只兔子。此时他已几近崩溃，根本无力向议会叙述他们到底经历了怎样的劫难。

再说回沃特希普高地，当那条狗忽然现身时，千里光、蓟花和另外三名士兵反应机敏地钻入了地道。千里光一走进“蜂巢”，便立即带着其他四只兔子向小多子投降，而此时的小多子刚刚回过神来，被眼前的一幕惊得不知所措。五只艾弗拉法兔在洞中听着狗在外面咆哮撕咬，瑟缩着伏地不起。小多子终于鼓起勇气，走到南墙上的地道口前，看见长毛正有气无力地瘫在里面。他告诉冬青和闪银，他们已经完全脱险，于是大家一起把“蜂巢”这一端其余的地道也打通了。恰好，第一只回到“蜂巢”的兔子是风铃草。在接下来的几天里，他一直学着“小多子队长”的模样，在几名战俘面前把架子端得高高的，还努力“精益求精”。“要像在一群正在脱毛的寒鸦中间巡视的大山雀一样。”他如此说道。

其实谁都没把那几只艾弗拉法兔放在心上。大家真正关心的是榛子的去向和长毛的伤势。长毛似乎已经离死不远。他全身都是伤口，躺在他死守的地道中，双目紧闭，连希泽恩斯蕾在他耳边讲述艾弗拉法远征军溃败逃跑、大家安然无恙时也一声不吭。兔子们小心翼翼地拓宽了地道，母兔们每天轮流为长毛舔伤口，倾听他那微弱的呼吸。

至于黑莓和蒲公英，他们在把狗引上山之后就溜入了基哈尔的地道。地道口堵得不是很严实，他们三爪两爪便把土刨松，钻进去同大家会合，还把他们的经历讲给大家听。蒲公英根本不知道狗挣断绳索之后榛子遭遇了什么。中午过后，大家都心急如焚。最后，小水窝实在按捺不住，提出一定要去努斯安格农场看一看，小多子表示要与他同行。就这样，两只小兔子跑出树林，向北奔去。不久之后，小多子坐在蚁丘上向四周眺望，忽然看见一只兔子正在向西边的高地爬。他俩飞奔过去，认出那是榛子。小多子去接应榛子，小水窝则冲回“蜂巢”，给大家报信。

听完大家的讲述和千里光的口供之后，榛子让冬青带两三只兔子出去看看艾弗拉法远征军是否已经全部撤退，他自己则去找长毛。希泽恩斯蕾见榛子来了，抬起头来。

“刚才他还清醒了一小会儿，榛子大人。”希泽恩斯蕾说，“他问你去哪儿了，还说耳朵好痛。”

榛子拱了拱长毛的头顶。凝固的鲜血让那里的乱毛变成了一根根尖刺，扎着榛子的鼻子。

“你真了不起啊，长毛。”他说，“他们都跑光了。”

长毛起初并没有动。过了许久，他才终于张开眼睛，抬起头来，鼓起腮帮，嗅了嗅身旁的两只兔子。榛子见他一声不吭，还怀疑他没有听清自己的话。可是，这位勇士轻声说道：“水苏完蛋了，哈？”

“嗯！”榛子说，“我是来拉你出去希尔弗雷的。多吃点对你有好处，在外面给你舔毛也容易。走吧，今天下午天气不错，阳光足，叶子绿。”

长毛起身跌跌撞撞地钻进残破不堪的“蜂巢”，一下子瘫倒，缓了口气，又站了起来，慢慢地挪到基哈尔的地道入口下方。

“我还以为自己活不成了。”他说，“我受够了，这辈子都不打架了。你的主意好像还挺管用，榛子大人，现在能跟我说说了吧？还有，你是怎么从农场跑回来的？”

“一个人把我放在‘隆嘟嘟’里面。”榛子说，“‘隆嘟嘟’带着我跑了半天。”

“然后呢，剩下的路都是你自己跑的？”长毛说，“嘴里还叼着小白棍？榛子大人，好好讲讲嘛！”

“啊！”希泽恩斯蕾突然瞪大了眼睛，“啊！”

“怎么了，希泽恩斯蕾？”

“果然！”

“果然什么？”

“他果然坐在‘隆嘟嘟’上回家了！那天晚上，在艾弗拉法，在你的地洞里，我都看见了！想起来没有？”

“想起来了。”长毛说，“我还说你应该见见小多子。对，咱们现在就去找他。他要是说你信得过，那以后我也听你的。走吧，榛子大人。”

50

轮 回

> 此外，我要承认，我原本以为将军的干涉会破坏他们的幸福，然而实际上，那位先生的举动或许可以增进他们对彼此的了解，使其变得更加亲密。于是我从此事中抽离出来，把它留给相干人等去解决……
>
> ——简·奥斯汀《诺桑觉寺》

大约六个星期后，十月中旬一个云淡风轻的傍晚，尽管山毛榉尚未开始落叶，阳光中也不乏暖意，但辽阔的高地上，寂寥的气氛却越发浓郁。野花零零落落，草丛中、晚开的风信子旁，还有把紫色小花装在棕色脆嫩花穗中高高举起的夏枯草身边，时而有金色的委陵菊钻出头来。不过大多数植株都已经结籽。树林边上，铁线莲宛若浓烟一般弥漫开来，一朵朵甜香四溢的花丝缕绽放，好似老人的胡须。昆虫们的歌声变得断续、稀拉。夏日里热闹的高草丛变得冷清了，八月还在这里忙活的小家伙们如今只剩下了甲虫和蜘蛛，前者急匆匆地爬来爬去，后者却动都懒得动。飞虫仍在阳光下舞蹈，昔日里经常俯冲下来捉虫吃的崖燕却不见踪影；空中高亢的燕鸣无处可闻，桃叶卫矛上一只知更鸟的啁啾声却不绝于耳。山下的作物都已被收割干净，人们还犁好了一块田，从山脊向下眺望，看得见田中犁沟边缘泛起的点点油光。天上也空荡荡的，如清水般明净。七月时，那一片湛蓝还像奶油一样浓稠，似乎要滴落在碧绿的树梢上。而现在，浅苍的天幕高高悬起，太阳每天早早地行至西方，唤起一丝寒意，再懒洋洋地缓缓下沉，大大的，红红的，像刺玫丛捧出的玫瑰果那样鲜艳。清风从南边吹来，红黄相间的山毛榉叶彼此摩擦，发出刺耳的脆响，取代了前些日子那绵延不绝的唰唰之声。禁受不住寒冬考验的生灵都会在这个季节悄然离去。

许多人说他们喜欢冬天，然而他们真正喜欢的，是躲避严寒的感觉。不必为食物发愁，有炽热的炉火，有温暖的衣裳，不会被严寒伤到分毫，这一切让那些人觉得自己聪慧明智，日子过得安然惬意。然而，在飞禽走兽和穷人眼中，过冬却是严峻无比的问题。兔子跟大多数野生动物一样，也要在冬季受尽煎熬。诚然，他们比起某些动物来还算幸运，总能找到聊以果腹的东西。然而，在冰封雪飘之时，他们要在地洞中一连躲上好几天，只能靠自己的粪球充饥。还有，他们会因寒冷而萎靡不振，更容易生病。尽管如此，有些地洞也温暖舒适，尤其在许多兔子挤在一起的时候。所以，比起晚夏和秋天，他们更喜欢在这个时候求偶，母兔也大多选在二月前后生宝宝。没有风雪的时候，希尔弗雷仍然是乐事一桩。喜欢刺激的兔子经常劫掠菜园并乐此不疲。哪怕躲在地洞里，他们也可以讲故事，玩点石头一类的游戏。因此在兔子的眼中，冬天倒也没有那么可怕：这段日子虽然艰苦，但只要想想办法，总熬得过去，而且有时还能享受到别样的乐趣——在这一点上，他们确实同某些中年人不谋而合。

夕阳下，山毛榉突崖西侧，榛子、小多子、冬青、闪银和千里光坐在一起，那五名艾弗拉法幸存者已经赢得了原住民的认可。起初大家还觉得这几只兔子面目可憎，行为可疑，但榛子决定不计前嫌。因此经过一段时间的磨合，大家相处得相当融洽。

自从领地遭到围攻的那晚起，小多子便总是独自在一旁默默地想心事，哪怕在“蜂巢”中或在晨昏希尔弗雷时也不例外。谁都没有因此对他心生反感。“他就是这样不声不响、和和气气地把大家一个个看透的。”风铃草如此总结。每只兔子都真切地感知到，小多子再次不由自主地被某股未知的力量控制了。六月将尽时，他陪榛子在高地脚下待了几天，曾跟榛子讲起过某个神秘的世界；如今，他似乎更为彻底地沉浸在了那个世界当中。在一个小多子不在的傍晚，大家正在“蜂巢”里听故事，长毛说起，那晚为战胜艾弗拉法远征军牺牲最多的不是自己，而是小多子。小多子的配偶维尔苏丽尔则跟榛子一样，对他了解至深，亦深爱他的忠诚可靠、满腔热忱。

山毛榉突崖之外，希泽恩斯蕾的四个小宝宝正在草丛里玩耍。他们大概在七天之前才学会吃草。如果希泽恩斯蕾又生了新宝宝，那她此时就没法这样费心，只能让小兔子们早早地学会如何照顾自己了。而现在，她还是守在附近，一边进食，一边盯着这几只小家伙，还不时地跑过去扑打个头儿最大的兔宝宝几下，让他不要恃强凌弱。

“他们体格不错。”冬青说，“要是再多一大群这样的小兔子就好了。”

“在冬天过完之前，估计没这个可能了。”榛子说，“不过再多几只应该没问题。”

“依我看，什么都有可能。”冬青说，“秋天就有三窝小兔子出生——这种事，你以前听说过吗？弗瑞斯根本就没想让兔子们在酷夏里造宝宝。”

“我对三叶草不太了解，”榛子说，“她是笼养兔，说不定她觉得在什么时候生宝宝都天经地义。可是希泽恩斯蕾和维尔苏丽尔也是在盛夏怀小兔的，难道是因为她们之前在艾弗拉法时不像正常兔子那样过日子吗？不过话虽这么说，到现在艾弗拉法兔中也只有她俩生了小兔子。”

“要这么说，弗瑞斯还不想让兔子在盛夏里打架呢。”闪银开口道，“什么反常的事咱们都经历过了，打架，生宝宝，全拜水苏所赐。跟水苏比起来，恐怕再离谱的兔子都算循规蹈矩。”

“长毛说得对，水苏根本就不像兔子。”冬青说，“他就是一头野兽，而且是好斗的那种，跟老鼠、狗一样凶狂。他战斗，是因为他觉得战斗比逃跑安全。他的确骁勇，但没有遵循兔子的生存之道，所以才走上了绝路。他总想违逆弗瑞斯的意愿，为所欲为。他要是想，一定会像艾利尔那样猎杀其他动物。”

“他可还活着呢。”千里光插嘴道。

其他兔子没吭声。

“他一定没死。”千里光激动起来，“你们谁看见他的尸体了吗？没有吧！他坚不可摧。他让兔子们超越自己，变得更强大、勇敢、睿智。我知道，我们为此付出了很多，有些兔子甚至牺牲了生命，可身为一只艾弗拉法兔，我认为这都值得。将军向我们展示了兔子可以从容应险的可能，让艾利尔对兔子心生畏惧，是我们不配做将军的部下。虽然现在他去别处开辟新领地了，可是每一名艾弗拉法的长官都会把他铭记在心里。”

“喂，我告诉……”闪银开口要说些什么，不过被榛子截住了话头。

“别说自己不配。”榛子说，“兔子能做的、不能做的，你都尽力为他做了。我们也从你身上学到了好多东西呢！至于艾弗拉法，我听说剪秋萝把那里管理得不错，只是规矩改了好多。好了，我跟你说，等到明年春天，咱们这里就会拥挤得要命。我想劝年轻兔子在这里和艾弗拉法之间建立新的领地，剪秋萝应该也会愿意让他那边的兔子住过去。到时候，你在中间做协调最合适。”

“这事不好安排吧？”冬青问。

“等基哈尔回来就简单了。”榛子一边跟着大家轻捷地往突崖东北角的地道口蹦，一边说，“大水快起风了，他这几天就会露面，到时候让他给剪秋萝捎个口信，也就你从这里到大铁树之间跑一个来回的工夫。”

“弗瑞斯啊，我知道谁看见他最高兴！”闪银说，“就是那边那家伙！”

他们已经来到了树林东侧的空地。太阳还没有落山，三只比希泽恩斯蕾的宝宝稍大一点的小兔子正蹲在高草丛中听一只大兔子说话。那只兔子魁梧健壮，一只耳朵耷拉着，有一条长长的伤疤从他的鼻子一直延伸到腰际。没错，那是长毛，这片兔子领地的奥斯拉队长，一位无拘无束、轻松自在的奥斯拉队长。几只小兔子是三叶草的孩子，就跟一个模子刻出来的似的。

“喂，不行不行不行不行！”长毛嚷道，“啊，真要命！你，你叫什么名字？轮峰菊？喏，现在我是猫，看见你在我家菜园吃莴苣。那我会怎么样？大大咧咧地走过去，冲你摇尾巴？嗯？”

“拜托啦，队长，我又没见过猫。”小兔子说。

“也对。”这位勇猛的队长说，“嗯，猫嘛，挺难对付的。他长着长尾巴，浑身都是毛，胡子硬硬的，打架的时候会凶巴巴地叫，很阴险。”

“喔，知道了，队长。”小兔子说。过了一会儿，他又毕恭毕敬地问：“呃，那你的长尾巴呢？”

“给我们讲讲你在暴风雨里打仗的事吧，队长。”另一只小兔子说，“还有水里的隧道！”

“可以，但等以后再说。”他们冷面无情的教官说，“现在，注意，我是猫，对吧？我正晒着太阳睡觉，对吧？而你们要从我身边溜过去，对吧？那么，你们……”

“那群小家伙又在拿他寻开心了，”闪银说，“不过他们也发自内心地崇拜他。”这时，冬青和千里光钻进了地道，闪银和榛子又挪到了阳光下。

“我们也一样。”榛子说，“那天要不是他，就算狗被引上高地，大家也会丧命。水苏他们不会无缘无故地离开‘蜂巢’——要不是无可奈何，他们肯定会待在下面，把自己想干的事干完。”

“他打败了水苏。”闪银说，“在狗来之前，水苏就已经撑不住了。这话我早就想说了，不过想想大家应该心里也都有数。”

“不知山底过冬用的地洞挖得怎么样了。”榛子说，“天一冷，那里就派得上用场了。‘蜂巢’顶上开了个洞，根本挡不了风。

虽说那个洞总有一天会自己封住，可它现在还是个大麻烦。”

“挖洞的来了。”闪银说。

小水窝、风铃草以及三四只母兔跑过了山顶。

“啊哈，榛子大人，”风铃草开口道，“地洞挖好，又暖又妙，舒服，虫少。等下雪了，咱们钻进去，到时候……”

“到时候，我们会狠狠地念你们的好，”榛子说，“真的。地道口都藏起来了吧？”

“应该跟艾弗拉法那边的差不多吧。”风铃草说，“其实，我还给你们带来一只艾弗拉法兔——是不是没看见？他藏得挺好吧？哈，就是跟那群小家伙玩的老长毛呀。要是现在让他回艾弗拉法去，管事的估计都不知道该让他进哪个组吧，毕竟他全身都是印记。”

“我们一起去树林那边好不好，榛子大人？”小水窝问，“我们特意早点完工，好赶在天黑之前晒晒太阳。”

“走吧。”榛子柔声细气地说，“其实我和闪银刚从那边回来，不过再过去待一会儿也挺好的。”

“去土坑那边吧——就是咱们第一次见到基哈尔的地方。”闪银说，“那里背风。你们记不记得，那时他冲我们大叫大骂，还想啄我们来着？”

“还啄了我们送给他的虫子。”风铃草说，“谁能忘得了呢？”

几只兔子来到土坑旁边时，发现坑中有动静，显然别的兔子也觉得这里是个好地方。

“咱们悄悄地过去，看对方什么时候才能发现。”闪银说，“学学剪秋萝的做派，跟上。”

他们顶着北风悄悄地挨到坑边，向里面窥探，看见了维尔苏丽尔和四只小兔子。兔妈妈正在讲故事。

“他们游过河后，”维尔苏丽尔说，“艾尔-阿瑞拉领着他的子民穿过偏僻的原野，钻进一片幽暗之中。有的兔子很害怕，但艾尔-阿瑞拉知道该往哪边走。到了早上，他领着大家平安地来到了好地方。那里风景很美，满地都是又嫩又甜的青草。他们找到一片领地，一片神秘的领地。这里的每一只兔子都会念邪咒，他们脖子上长着一圈亮闪闪的毛，会像小鸟一样唱歌，有的还会飞。他们一个个漂漂亮亮的，可是心又阴又毒。艾尔-阿瑞拉的子民说：‘哈，他们都是彩虹王子的兔子，一个个都带着王子范儿。就跟他们住一起吧，以后咱们也会变成王子的。’”

维尔苏丽尔猛地抬起头来，看见榛子他们，犹豫片刻，又继续讲了下去：“可是弗瑞斯给拉布斯卡特尔托梦，警告他这片领地被施了邪术。于是拉布斯卡特尔钻入地下，想找到埋藏的符咒。他挖啊挖，找啊找，终于找到了邪恶的符咒，把那坏东西拖了出去。原住民们纷纷逃走，但符咒变成一只大老鼠，向艾尔 - 阿瑞拉扑了过去。艾尔 - 阿瑞拉跟他厮打起来，从地面上一直打到地洞里，最后终于将他按在爪下制服。这时，那坏家伙又化作一只巨大的白鸟，还说起话来，祈求艾尔 - 阿瑞拉赐福。”

“我好像知道这个故事，”榛子小声说，“可是我想不起来是在哪里听到的了。”

风铃草坐直身体，翘起后脚抓了抓脖子。小兔子们听到声响，纷纷回头看，而后全都使出吃奶的力气爬出坑，一边喊着

“榛子大人！榛子大人！”，一边围到榛子身旁。

“喂喂喂，等等，”榛子往后退退，“我可不是来跟你们这群小东西胡闹的。咱们把故事听完吧。”

“有个人坐在马上过来了，榛子大人。”一只小兔子说，“咱们还是进树林吧？”

“你怎么知道？”榛子问，“我什么都没听见。”

“我也是。”闪银竖起了耳朵。

小兔子似乎犯起了糊涂。

“我也不清楚，榛子大人，”他说，“可我就是知道。”

他们在原地等了一会儿，火红的夕阳又向下坠了坠。就在维尔苏丽尔打算继续讲故事的时候，马蹄声响起，骑手从西方现身。马儿迈着轻快的碎步，沿着马道向坎农・希斯高地跑去。

“他不会来咱们这里，只是从前面路过。”闪银说，“咱们不用跑。不过你可真了不起啊，小梨梨，这么远就发现他了。”

“他总这样。”维尔苏丽尔说，“那天他还告诉我河是什么样的，说他在梦里见过。不过这倒不足为奇，毕竟他身上流着小多子的血。”

“小多子的血？”榛子说，“只要小多子的能耐传承下去，咱们就都能活得好好的。天凉了是不是？咱们进地洞吧，暖暖和和地把故事听完。看，小多子在土丘上，咱们比比谁先跑到他那里，好不好？”

几分钟之后，高地上的兔子全部无影无踪。太阳落到了莱德尔山下方，只有秋天才露头的星座在东方天际闪起光来。凉风拂过，无数落叶将一条条土沟、一个个土坑填平，又随风向远方的一片昏暗飘去。地下，故事还在继续。

尾声

他确知
自己的应尽之职，
追随最伟大的勇士。
然而岁月如梭，
空叹奈何……

——莎士比亚《终成眷属》

他当然属于我的梦——可我也在他的梦中。

——刘易斯·卡罗尔《爱丽丝镜中奇遇记》

“最后呢？”跟随榛子和他的伙伴经历千难万险，最终回到高地的读者不免要问——对了，起初是小多子把他们带到那里去的。见多识广的洛克利先生告诉我们，野兔的寿命大约为两到三年。然而，据那个世界的居民所述，榛子比较长寿，平平安安地度过了好几个寒暑。春去冬来，冬尽春至，高地的变迁都在他的眼中，直到领地上的小兔子多得他都认不过来了。有些天气晴好的傍晚，他们聚在山毛榉树林边讲故事的时候，他甚至分不清故事的主人公究竟是他自己，还是旧日传说中的某只兔子。

领地越发兴旺。后来，真的有一片全新的领地出现在沃特希普高地与艾弗拉法之间的恺撒腰带上。曾经一天的黄昏，榛子为拯救同伴而独自面见水苏将军，想劝他回心转意，如今，他的设想终于成为现实。千里光是新领地的第一任兔子统领，但他听从了草莓和沙棘的建议，没有给诸位成员咬印记，就连大巡逻也只是偶然行之。剪秋萝欣然同意派艾弗拉法的兔子去新领地居住，而带领第一批艾弗拉法兔过去的，恰恰是水杨梅。他深明大义，出色地履行了职责。

水苏将军始终没有再现身。然而，正如千里光所说，谁都没见过他的尸体，因此说不定这只非同寻常的兔子真的又在别处霸气十足地过起了日子，跟以前一样施展神通，把艾利尔揍得屁滚尿流。曾经有兔子请基哈尔从空中搜寻水苏的踪迹，可他只是说：“坏兔子，没看见，不想看。”几个月之后，沃特希普高地上新出生的兔子便不知道，也不计较自己究竟有没有艾弗拉法血统了，这让榛子十分欣慰。然而，一个传说始终被大家口口相传。高地之外的某处有一只离群索居的大兔子，很大很大，艾利尔见了他都像老鼠一样四处乱窜。他有时会飞上天空希尔弗雷；要是敬仰他的兔子遇到危险，他也会出现，为其而战。兔妈妈们则告诉自己的宝宝，他们要是不听话，就会被将军捉走——这位将军可是黑兔银雷的表亲哦！这倒也算是在用别样的方式来纪念水苏了，只是对方未必会领情。

三月里一个大风呼啸、寒意刺骨的早晨——我也不知道这是多少年以后的事情了——榛子在自己的地洞中时睡时醒。最近他总窝在这里，因为他怕冷，而且嗅觉与腿脚都已大不如前。刚才他一直在迷迷糊糊地做梦，梦里好像有雨，还有接骨木花。醒来的时候，他发现身边静静地趴着一只兔子——肯定是哪只小兔子有事要向他请教。外面地道里的哨兵怎么不问问他就把这家伙放进来了？“唉，算了。”榛子想。接着他又抬起头问：“你想跟我聊聊吗？”

“是的，我正有此意。”那只兔子说，“你知道我是谁吗？”

“当然了。”榛子真希望自己能马上想起对方的名字。忽然，他发现，陌生兔子的耳朵竟然在幽暗的地洞中闪着淡淡的银光。“没错，大人。”他说，“我认识您。”

“你累了，”陌生兔子说，“不过我有办法。我来是想问问你愿不愿意加入我的奥斯拉。我们都欢迎你来，你也一定会喜欢我那里。你要是准备好了，咱们马上就走。”

他俩从年轻哨兵的面前经过，后者似乎根本看不见这位访客。阳光灿烂，尽管外面很冷，但仍然有几只公兔和母兔在背风处希尔弗雷，啃着刚刚钻出头来的草芽。榛子感觉自己已经不再需要这副皮囊，于是将它丢在了沟边。然而，在离去前，他还是驻足环视了一下那几只兔子，将自己的力量、迅捷与灵敏的感官倾囊注入那些年轻的身体。

“不用替他们担心。”他身边的兔子说，“他们，还有几千只他们这样的兔子，都会活得好好的。你跟我来，很快就会明白。”

他猛力一跃，跳到了土丘顶上；榛子也跟了上去。他俩一起轻巧地穿过树林，绝尘而去。林中，第一朵报春花正含苞待放。

编后记

干得漂亮，榛子。在经历过千磨百折之后，你理应颐养天年，寿终正寝。你是禁得起考验的出色领袖。其实你并不具备非凡的才能，总是那样谦逊——我知道，你并不介意我这样讲。然而大家都喜欢你，因为像你一样和善可亲的领袖完全能够博得我们的认同。生来就善于做领袖的人（或者兔子）寥寥无几。他们很强大，却又常常在泯然于众生时苦恼连连。

作者理查德·亚当斯十分巧妙地让兔子成为本书的主人公。乡野环境遭到人类的持续破坏是他最为关注的问题之一。那么，最好由谁来见证人类甚于野生动物的轻率、残忍和贪婪呢？同时，动物角色也更易赢得各个读者群体的青睐，因为他们不代表任何阶级、人种和教派，不居住在任何特定的城市中，也不从事任何行当。然而，那些经常在成年人的复杂世界中经受磨难的小动物又同孩子们有许多共同之处。或许正因如此，动物故事才深受青少年读者的喜爱。

由动物们本色出演的故事很难写，因为动物不会说话。本书中的兔子一举一动全无人类的痕迹，却满口豪言壮语，酷似一位位战士。作者为了提醒读者故事的主要角色都是兔子，还自创了一系列词汇，用以指代兔子们特有的生活行为。本书的主线故事与传统英雄小说类似，以雄性角色的一桩桩壮举为纲。此类故事自古即有，总是会强调力量与生存技能的重要性——力大无穷、适应能力超强的主人公们走南闯北，克服重重困难，最终达成宏愿。该书不乏以弱胜强、殊死搏斗等引人入胜的情节，绝不会让读者失望。与此同时，作者对鸟类、植物和昆虫的喜爱与了解也在字里行间有所流露。在他的笔下，一小片野地化为辽阔的宇宙。难怪大批读者蜂拥至故事的发生地，只为一饱眼福。在娇小柔弱、动不动就胆战心惊的兔子眼中，哪怕是普普通通的田野也危机重重。小动物们初次见到我们熟悉无比的铁路、汽车等人类发明时，更会觉得不可思议。

在《兔子共和国》诞生之前，大多数专家都认为应当对现代儿童读物的篇幅加以限制。而理查德·亚当斯则用实际行动证明了他们大错特错。这部小说受到了各个年龄段读者的青睐。这本大部头将许多冒险故事融于其中，每一个都惊险紧张、别致精彩、扣人心弦。作者还别出心裁地让蒲公英等角色出于提振士气等目的讲起了“故事中的故事”。读到兔子们不顾一切地奋力前行，读者们会想起古往今来总有诸多勇士为创造更好的世界而奋斗。兔子大多同常人一样，过着安静平淡的生活，然而所有生灵都可以在紧要关头展现出非凡的意志，并去攻克难关。《兔子共和国》告诉我们，永远不要将舒适与安逸视为理所当之物；那些敢于摆脱旧环境的压迫、追求自由之人，值得我们尊敬。

英国著名儿童文学学者 尼古拉斯·塔克

鸣 谢

在出版本书上助我一臂之力的，除了家人，还有我的挚友——里格·思通斯与哈尔·萨摩斯，他们在读过本书后提出了宝贵的建议，令我心怀感激。

我还要向玛格丽特·艾普斯夫人和米莉亚姆·霍布斯小姐表达谢意，她们为打印书稿费力劳神，帮了我大忙。

我还要感谢 R.M. 洛克利先生写出了精彩绝伦的《兔子的私生活》一书，让我得以对兔子这种生物及其生活习性加以了解，比如我了解了关于野兔的迁徙、用下巴蹭同类、食粪球等行为，也了解了兔场过于拥挤会带来的影响，重复受精现象，公兔可与雪貂匹敌的战斗力，以及兔子的其他生活特性——如果您想进一步掌握这方面的知识，可以参阅这部权威著作。

注：与本书中的其他场所一样，努斯安格农场确有其地，但凯恩夫妇和他们的女儿露西，以及农场工人纯属虚构，并不影射我所认识的任何在生者与已逝之人。

图书在版编目（CIP）数据

兔子共和国 /（英）理查德 · 亚当斯著；蔡鑫译 .
— 昆明：晨光出版社，2024.6（2025.7 重印）
ISBN 978-7-5715-1904-9

Ⅰ.①兔… Ⅱ.①理… ②蔡… Ⅲ.①儿童小说－长篇小说－英国－现代 Ⅳ.① I561.84

中国国家版本馆 CIP 数据核字（2023）第 055173 号

TU ZI GONG HE GUO

兔子共和国

［英］理查德 · 亚当斯 著　蔡鑫 译

出 版 人　杨旭恒

绘　　者　李滋禾　王　锦
选题策划　禹田文化
责任编辑　李彦池
版权编辑　张晴晴
项目编辑　刘莎莎
营销编辑　赵　莎
美术编辑　沈秋阳
封面设计　木　木　尾　巴
版式设计　尾　巴
责任印制　盛　杰

出　　版　晨光出版社
地　　址　昆明市环城西路 609 号新闻出版大楼
邮　　编　650034
发行电话　（010）88356856　88356858
印　　刷　固安兰星球彩色印刷有限公司
经　　销　各地新华书店
版　　次　2024 年 6 月第 1 版
印　　次　2025 年 7 月第 2 次印刷
开　　本　145mm×210mm　32 开
印　　张　18
I S B N　978-7-5715-1904-9
字　　数　373 千
定　　价　72.00 元

WATERSHIP DOWN

著作权合同登记号 图字：23-2022-015 号